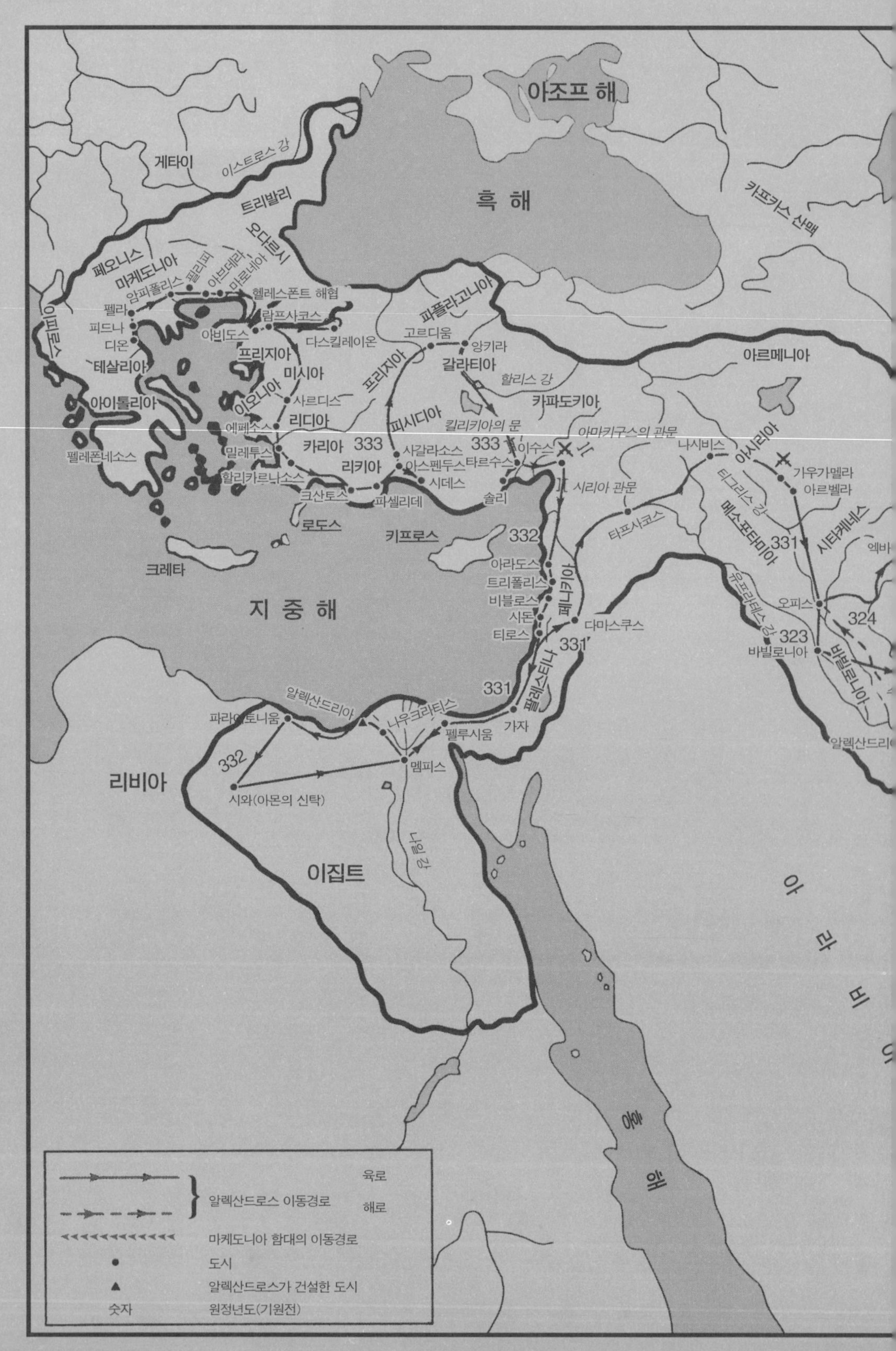
아조프 해
흑 해
게타이
이스트로스 강
카프카스 산맥
트리발리
오드륏시
페오니스
마케도니아
암피폴리스
펠라
필리피
아브데라
마로네이아
헬레스폰트 해협
람프사코스
파플라고니아
피드나
디온
아비도스
다스킬레이온
고르디움
앙키라
아르메니아
테살리아
프리지아
미시아
프리지아
갈라티아
할리스 강
아이톨리아
이오니아
사르디스
피시디아
카파도키아
에페소스
리디아
킬리키아의 문
아마키구스의 관문
펠레폰네소스
카리아 333
사갈라소스 333
이수스
나시비스
아시리아
밀레투스
리키아
아스펜두스
타르수스
가우가멜라
할리카르나소스
시데스
솔리
시리아 관문
아르벨라
크산토스
파셀리데
티그리스 강
메소포타미아
시타케네스
로도스
키프로스 332
타프사코스
331
엑바
크레타
아라도스
트리폴리스
오피스
지 중 해
비블로스
유프라테스 강
324
시돈
다마스쿠스
바빌로니아 323
티로스
331
바빌로니아
알렉산드리아
팔레스티나
331
알렉산드리아
파라이토니움
알렉산드리아
나우크라티스
331
리비아
332
펠루시움
가자
시와(아몬의 신탁)
멤피스
나일 강
이집트
아
라
비
아
육로
알렉산드로스 이동경로
해로
마케도니아 함대의 이동경로
도시
알렉산드로스가 건설한 도시
숫자   원정년도(기원전)

발하슈 호
이시크-쿨 호
아랄 호
스키타이
옥수스 강
자사르테스 강
329
부카라
마라칸다
가장 먼 알렉산드리아
키로폴리스
나우타카
소그디아나
파미르
소그디아나 요새
코리엔네 요새
329
328
알렉산드리아 옥수스
히르카니아
마르기아나
박트라/자리아스파
드라파스카
카라코람 산맥
자드라카르타
수시아
아오모스
박트리아나
알렉산드리아 카우카소
327
포르토
오스텔레 왕국
타브리즈
담간
헤카톰필로스
330
파르티아
오르토스파나
니케아
바치라
아오모스
포로스 왕국
오라
소피테 왕국
가이
카스피 관문
안타코아나
아리아
알렉산드리아 아리아
페우켈라오티스
326
엠볼리마
디르타 탁실라
왕국
페게 오
왕국
탁실라
부케팔라
니케아
아굴라시
326
핌프라마
상갈라
프라다
330
알렉산드리아
아라코시아
아라코시아
파레타케니
331
330
드랑기아나
말리 시
브라흐마나 시
파사르가다에
페르세폴리스
아리아스피
말리 수도
알렉산드리아
카르마니아
페르시아
인더스 강
알렉산드리아 카르마니아
알렉산드리아
삼보 왕국
무지카누스
왕국
타르 사막
호르모체이아
푸라
게드로시아
325
오리티
옥시카누스
왕국
코칼라
아라비티
파탈라
페르시아 만
오만 만
알렉산드리아 리멘
인 도
갠지스 강
쳅발 강
아라비아 해

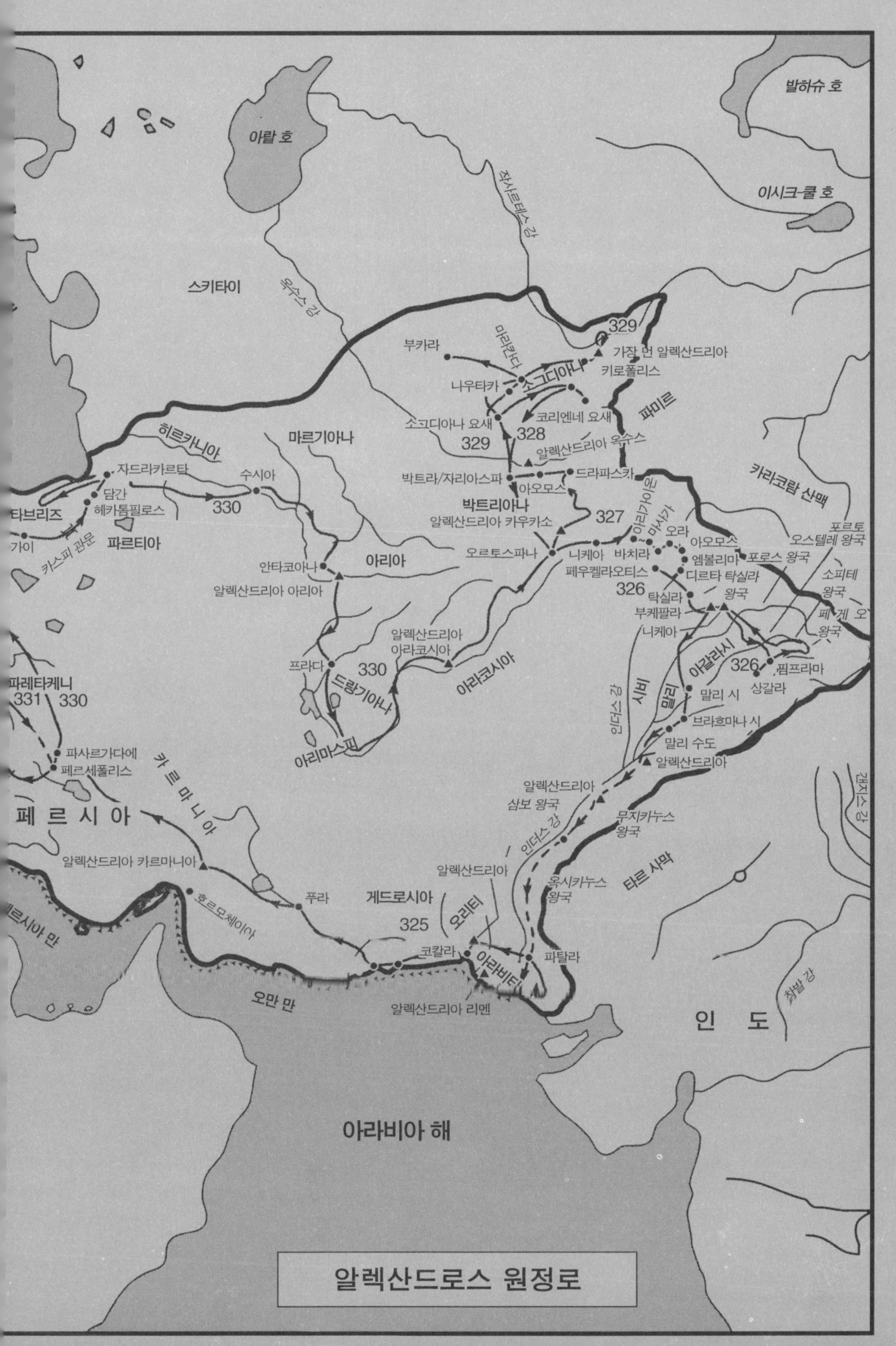

알렉산드로스 원정로

ALÉXANDROS

VALERIO MASSIMO MANFREDI

알렉산더 대왕

3 세상의 끝

발레리오 마시모 만프레디 지음 · 이현경 옮김

들녘

알렉산더 대왕 · 3 ⓒ 들녘 2001

초판 1쇄 | 2001년 11월 30일 / 7쇄 | 2003년 9월 20일
2판 1쇄 | 2004년 7월 23일

지은이 | 발레리오 마시모 만프레디
옮긴이 | 이현경
펴낸이 | 이정원

펴낸곳 | 도서출판 들녘 | 등록일자 · 1987년 12월 12일 | 등록번호 · 10-156
주소 | 서울시 마포구 합정동 366-2 삼주빌딩 3층
전화 | 마케팅 02-323-7849 · 편집 02-323-7366
팩시밀리 | 02-338-9640
홈페이지 | www.ddd21.co.kr

값은 뒤표지에 있습니다. 잘못된 책은 구입하신 곳에서 바꿔드립니다.
ISBN 89-7527-443-8(04880)
      89-7527-440-3(전3권)

　알렉산드로스 모험의 후반부인 제3권은 가장 복잡하고 가장 중요한 부분이다. 페르세폴리스의 화재, 깜둥이 클레이토스 장군과 두 번의 모반에 연루된 사람들(필로타스와 견습기사들)의 처형 등 사료史料에서도 분명히 밝혀지지 않은 사건들이 포함되어 있기 때문이다.

　소설의 임무는 역사 비평에서 이미 광범위하게 토론된 문제들을 해결하는 것이 아니다. 그렇지만 소설이 역사 해석의 실마리를 제시할 수도 있다. 왜냐하면 소설가는 제한된 시각에서 바라볼 때는 포착할 수 없는, 혹은 아주 전문적인 연구에서 놓치기 쉬운 전체적인 그림에 신경을 써야 하기 때문이다. 예컨데 파르메니오가 알렉산드로스에게 페르세폴리스를 파괴한 이유를 묻는 장면 같은 경우다.

　나는 마케도니아의 정복자가 모험에서 맞이한 가장 고통스럽고 치욕스러운 순간들을 윤색하지 않고 사실 그대로 표현했다. 다만 역사적 자료에서 부정적으로 제시하는 몇몇 일화는 내 판단에 근거해 원래의 사실이라고 할 수 있는 상황으로 재현시켰다.

독자들, 특히 여성 독자들은 알렉산드로스가 몇몇 여주인공들을 좀 더 소중한 존재로 여겼다는 인상을 받을 수도 있다. 하지만 나는 가능한 한 그 시대상에 근접한, 그리고 알렉산드로스의 성격에 가까운 상황을 만들어내고 싶었다. 그 여주인공들이 중요한 인물이었다고 해도, 고대 자료에는 겨우 이름만 나와 있을 뿐이다. 나는 그들에게 좀더 무게를 주고, 논리적인 고찰을 토대로 그들의 존재를 재구성하고 사건들에 영향을 주게끔 만들고자 했다.

원정대가 지나간 지방은 대략적으로 되살릴 수밖에 없었다. 아마도 원정 경로를 꼼꼼하게 기록했을, 카르디아의 에우메네스가 쓴 '일지'와 측량기사들(소설에서 행군장교로 등장하는)의 보고서가 소실되었기 때문이다. 그래서 안타깝지만, 원정대가 지나간 지방의 풍경과 특색을 가장 비슷하게 표현할 수밖에 없었다.

ALÉXANDROS

알렉산더 대왕

CONTENTS **3** 세상의 끝

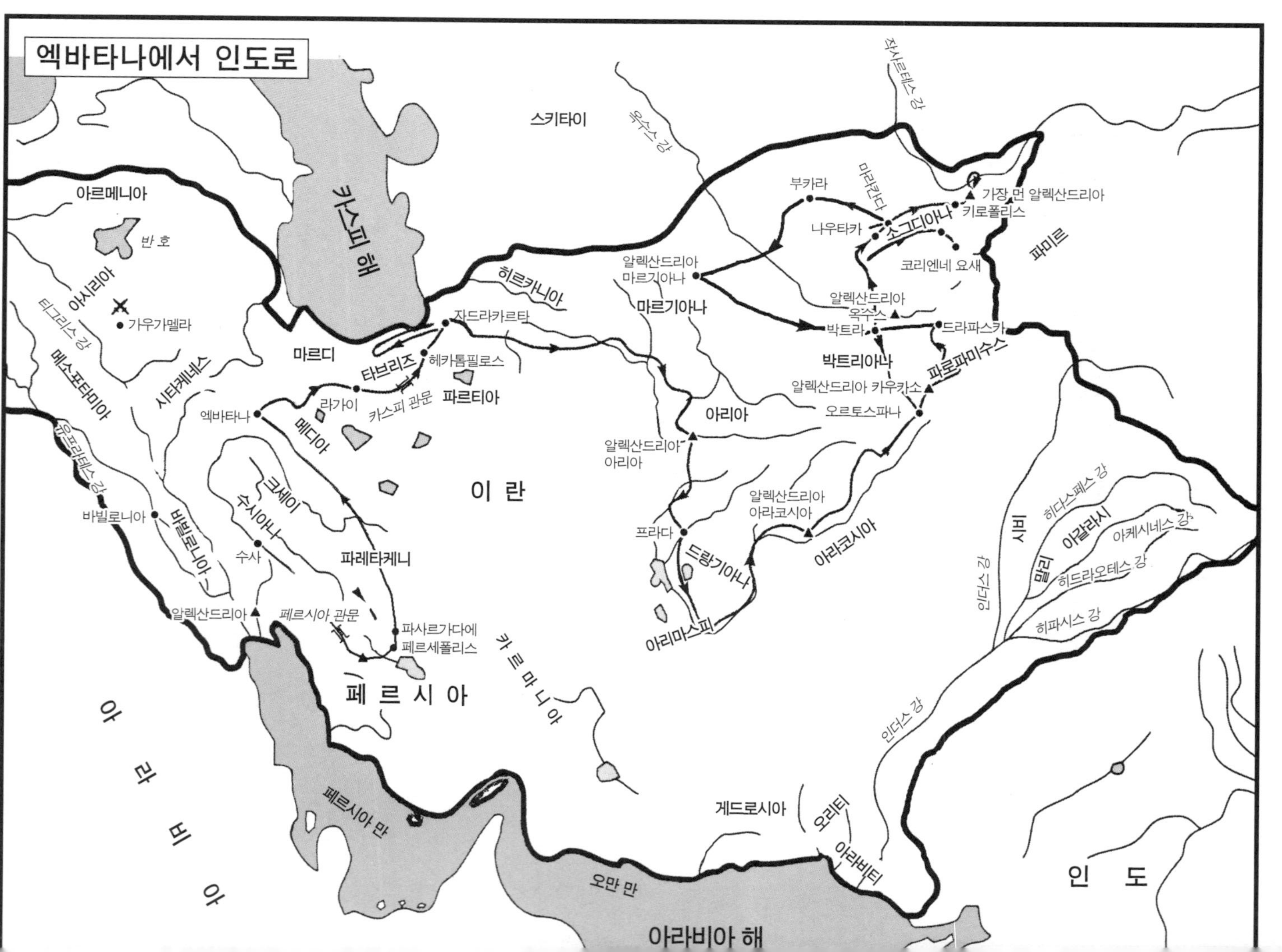

엑바타나에서 인도로
스키타이
작사르테스 강
옥수스 강
아르메니아
반 호
아시리아
가우가멜라
티그리스 강
카스피 해
히르카니아
부카라
마라칸다
가장 먼 알렉산드리아
나우타카
소그디아나
키로폴리스
파미트
알렉산드리아 마르기아나
코리엔네 요새
마르기아나
자드라카르타
알렉산드리아 옥주스
마르디
타브리즈
헤카톰필로스
박트라
드라파스카
카스피 관문
파르티아
박트리아나
파로파미수스
메스포타미아
시타케네스
엑바타나
라가이
메디아
파르티아
아리아
알렉산드리아 카우카소
오르토스파나
유프라테스 강
바빌로니아
수시아나
크세이
이 란
알렉산드리아 아리아
알렉산드리아 아라코시아
인더스 강
시피
히다스페스 강
아갈라시
아케시네스 강
히드라오테스 강
바빌로니아
수사
파레타케니
프라다
아라코시아
히파시스 강
알렉산드리아
페르시아 관문
파사르가다에
페르세폴리스
드랑기아나
페르시아
키르마니아
아리마스피
아 라 비 아
페르시아 만
게드로시아
오리티
아라비티
오만 만
인 도
아라비아 해

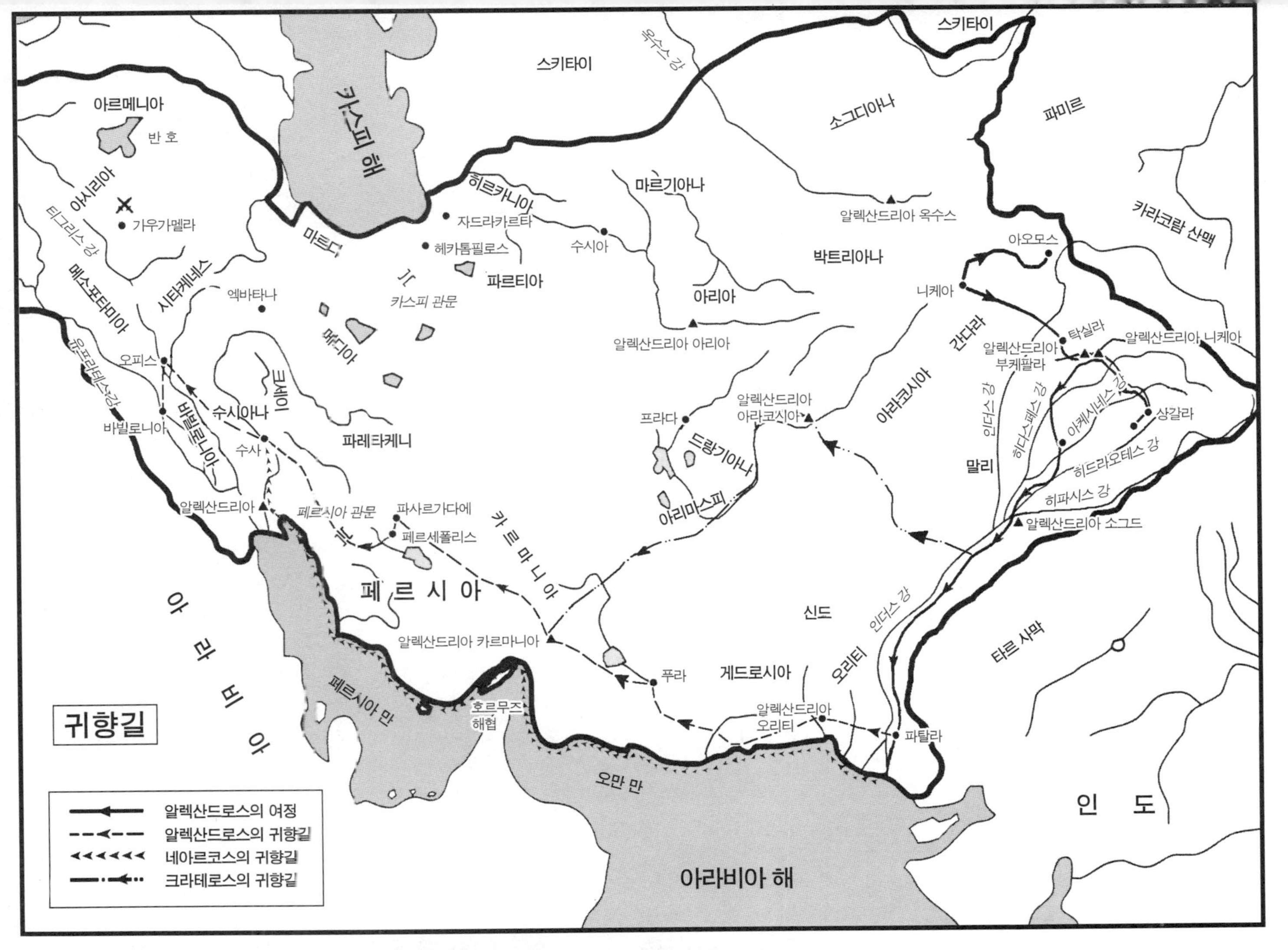
아르메니아
반 호
아시리아
가우가멜라
티그리스 강
카스피 해
옥수스 강
스키타이
스키타이
소그디아나
파미르
히르카니아
마르기아나
자드라카르타
헤카톰필로스
수시아
알렉산드리아 옥수스
카라코람 산맥
마르드
박트리아나
아오모스
파르티아
메소포타미아
시타케네스
엑바타나
메디아
기 카스피 관문
아리아
니케아
간다라
탁실라
알렉산드리아 니케아
유프라테스 강
오피스
알렉산드리아 아리아
알렉산드리아
부케팔라
인더스 강
히다스페스 강
바빌로니아
바빌로니아
수시아나
수사
아라코시아
말리
아케시네스 강
상갈라
파레타케니
프라다
알렉산드리아
아라코시아
히드라오테스 강
알렉산드리아
페르시아 관문
파사르가다에
페르세폴리스
드랑기아나
히파시스 강
카르마니아
아리마스피
알렉산드리아 소그드
페르시아
신드
인더스 강
오리티
타르 사막
알렉산드리아 카르마니아
아라비아
게드로시아
푸라
페르시아 만
호르무즈
해협
알렉산드리아
오리티
파탈라
귀향길
오만 만
인 도
아라비아 해
알렉산드로스의 여정
알렉산드로스의 귀향길
네아르코스의 귀향길
크라테로스의 귀향길

가우가멜라 전투

봄이 끝나가고 여름이 시작될 무렵, 알렉산드로스는 다시 사막을 횡단했다. 군대는 아몬의 오아시스에서 멤피스 근교의 나일 강변까지 곧게 뻗은 길을 따라갔다. 대왕은 사르마티아산 밤색 말을 타고 몇 시간씩 혼자 달렸다. 그럴 때면 고삐도, 마구도 갖추지 않은 부케팔로스가 그의 곁에서 함께 달렸다. 그는 가급적 전쟁터 외에는 부케팔로스의 힘을 낭비하고 싶지 않았다.

타는 듯한 태양 아래서 3주일 동안 행군을 하고서야 일행은 목적지 근처에 다다랐다. 나일 강변의 비옥한 평야가 가느다란 초록 띠처럼 모습을 드러냈다. 힘겨운 행군을 계속해온 병사들이 다함께 힘성을 내질렀다.

대왕은 자기 생각에 빠져 피로도, 배고픔도, 갈증도 느끼지 못하는 것 같았다. 일행은 사막 한가운데서 상념에 빠져 있는 대왕을 가급적 방해하지 않으려 했다. 대왕은 뭔가 뜨거운 열망에 사로잡혀 있었다. 그런 대왕을 남겨두고 원정대는 평야에서 천막을 쳤다.

저녁이 되어서야 동료들은 대왕에게 말을 붙일 수 있었다. 프톨레마이오스는 대왕의 말벗이 되어주려고 막사로 찾아갔다. 대왕은 렙티나의 시중을 받으며 목욕을 하고 있었다.

프톨레마이오스가 그동안 가슴에 담고 있던 질문을 던졌다.

"아몬 신께서 자네에게 뭐라고 말했나?"

"나를 아들이라고 불렀네."

알렉산드로스가 대답했다. 렙티나가 수건을 떨어뜨렸다. 프톨레마이오스가 수건을 주워주었다.

"그래서 자네는 뭐라고 대답했나?"

"부왕을 암살한 자들이 모두 죽었는지, 아니면 아직도 살아 있는 자가 있는지 물어보았네."

프톨레마이오스는 아무 말도 하지 않았다. 그는 대왕이 욕조에서 나오기를 기다렸다가 깨끗한 리넨 수건을 그의 어깨에 둘러주었다. 그는 알렉산드로스의 영혼 밑바닥까지 샅샅이 훑어보려는 사람처럼 대왕을 주의 깊게 살폈다.

"자네는 신이 된 지금도 필리포스 폐하를 사랑하고 있나?"

알렉산드로스가 한숨을 쉬었다.

"자넨 이런 질문을 할 사람이 아니야. 칼리스테네스나 깜둥이 클레이토스 장군이라면 또 모르겠네……. 자네, 검을 이리 줘보게."

프톨레마이오스가 놀란 눈으로 대왕을 바라보았다. 그는 대왕의 말에 아무 대꾸도 할 수 없었다. 프톨레마이오스는 검을 빼 친구에게 내밀었다. 알렉산드로스가 칼끝으로 팔뚝을 그었다. 붉은 피가 뚝뚝 떨어졌다.

"이게 뭔가, 피가 아닌가?"

"물론 피일세."

"피야, 그렇지? 이건 신들의 정맥 속에 흐른다고 말하는 이코르가 아니야."

알렉산드로스는 계속 말했다.

"그러니까 친구, 자네가 나를 사랑한다면 나를 이해하려고 애써보게. 쓸데없는 말로 나에게 상처를 주지 말고 말이야."

프톨레마이오스는 말뜻을 이해했다. 그는 알렉산드로스에게 신의 아들을 들먹인 것을 사과했다. 그 사이 렙티나가 포도주로 대왕의 상처를 씻고 붕대로 묶었다.

알렉산드로스는 프톨레마이오스의 기분이 좋지 않다는 것을 알고 저녁식사를 함께 하자고 했다. 마른 빵과 야자열매, 약간 신맛이 나는 야자과일주가 식탁에 놓여졌다.

"이제 우리는 어떻게 할 건가?"

프톨레마이오스가 대왕에게 물었다.

"티로스로 돌아갈 걸세."

"그런 다음에는?"

"나도 몰라. 티로스에 가면 안티파트로스 장군에게서 소식이 와 있을 걸세. 그 소식을 들으면 지금 그리스에서 무슨 일이 벌어지고 있는지 알게 될 거야. 그리고 우리 정보원들이 다리우스가 무슨 계획을 진행시키는지도 알려줄 거야. 결정은 그때 가서 하세."

"에우메네스가 자네 매제의 운명을 알려주지 않았나?"

"그랬다네. 내 동생 클레오파트라가 몹시 상심해 있을 거야. 어머니 역시 동생을 몹시 아끼셨지."

"내가 보기엔 자네 슬픔이 가장 큰 것 같은데. 내 생각이 틀렸나?"

"아니, 사실이네."

알렉산드로스가 표정이 굳어지며 말했다.

"자네와 이피로스의 알렉산드로스 폐하가 어떻게 그토록 가까워지게 되었나? 단지 친척관계 때문만은 아닌 것 같던데……."

"원대한 꿈 때문이었다네. 이제 그 꿈의 무게가 내 어깨에 실렸어.

우린 머지않아 이탈리아에 가게 될 걸세, 프톨레마이오스 그래서 내 매
제를 죽인 야만인들을 몰살시켜버릴 거야."
　알렉산드로스가 친구의 잔에 술을 따르며 말했다.
　"시를 좀 들어보겠나? 적적함을 달래려고 테살로스를 초청했어."
　"좋고 말고. 어떤 시를 골랐나?"
　"바다에 대한 시라네. 여러 시인들이 바다를 노래했지. 이 끝없는 모
래 사막을 보면 광대한 바다가 생각나. 게다가 무척 더운 사막에 있다
보니 시원한 바다가 그립기도 하다네."
　렙티나가 두 사람의 식탁을 치우자 곧 테살로스가 들어왔다. 테살로
스는 화장을 하고 무대 의상을 입고 있었다. 고동색으로 눈 화장을 하고
붉은 안료로 입술을 그렸다. 하지만 그 입술은 비극에 사용되는 가면처
럼 비통하게 일그러져 있었다. 테살로스가 리라 줄을 퉁기며 낮은 화음
을 연주했다. 곧이어 화음 속에서 시가 울려퍼졌다.

　　바다의 산들바람이여,
　　파도 위에 떠 있는 배들을 빠르게 밀어내는
　　산들바람이여,
　　날 어디로 데려가려나?

　알렉산드로스는 깊은 정적 속에 울려퍼지는 낭송을 홀린 듯이 듣고
있었다. 테살로스는 그 어떤 음조로도 시를 낭송할 수 있었다. 목소리의
떨림을 이용해 인간의 모든 감정과 열정을 표현할 수 있었고, 탄식 같은
바람소리와 요란한 천둥소리를 흉내낼 수 있었다.
　그들은 늦은 시간까지 대배우의 시 낭송을 들었다. 다양한 음색으로
변하는 테살로스의 목소리는 비탄에 젖은 여인의 통곡처럼 애절하게,
때로는 영웅들의 함성처럼 용맹스럽게 울리고 있었다. 테살로스가 공연

을 끝내자 알렉산드로스가 그를 포옹했다.

"고맙네."

대왕이 축축하게 젖은 눈으로 배우에게 말했다.

"자네는 오늘밤 내가 꿀 꿈들을 노래해줬네. 이제 가서 자도록 하게. 내일 긴 행군을 해야 할 테니까 말이야."

테살로스가 돌아가자 프톨레마이오스는 대왕과 술을 마셨다.

"펠라 생각은 나지 않나?"

갑자기 프톨레마이오스가 물었다.

"자네 어머니와 아버지 생각은 안 나나? 어린 시절, 마케도니아의 언덕에서 말 달리던 때를 생각한 적이 있나? 고향의 강물과 호수는 어떤가?"

알렉산드로스가 잠시 생각하다가 대답했다.

"종종 생각한다네. 하지만 그런 기억들은 아주 오래 전 일처럼 까마득하게 느껴져. 우리의 하루하루가 격렬하다 보니 매 시간이 1년처럼 생각될 정도야."

"그건 우리가 때가 되기도 전에 이미 늙어버렸다는 뜻이 아닌가?"

"그렇다고 할 수 있겠지. 연회장 안에서 빛나는 등불을 생각해보게. 가장 밝은 등불은 맨 먼저 꺼지게 되어 있네. 그게 운명이지. 하지만 사람들은 연회장에서 가장 환히 빛나던 그 불빛이 얼마나 사랑스럽고 아름다웠는지를 기억하게 될 걸세."

알렉산드로스는 프톨레마이오스를 밖에까지 바래다주었다. 시막 위의 하늘에는 셀 수 없이 많은 별들이 반짝거리고 있었다. 두 젊은이는 눈을 들어 눈부신 듯 하늘을 올려다보았다.

"하늘에서 빛나는 저 별들의 운명도 연회장의 불빛과 다를 게 없겠지. 편안한 밤 보내게, 친구."

"자네도, 알렉산드로스"

프톨레마이오스는 병영 가장자리에 있는 자신의 막사로 향했다.

닷새 후 그들은 멤피스의 나일 강에 도착했다. 파르메니오와 네아르코스가 그곳에서 대왕을 기다리고 있었다.

그날 밤, 알렉산드로스는 바르시네를 다시 만났다. 그녀는 파라오의 소유였던 화려한 궁전에 묵고 있었다. 그녀의 방은 궁전에서 가장 높은 곳에 있었다. 밤이면 서늘한 계절풍이 불어오는 곳이었다. 나비의 날개처럼 가벼운 하늘색 리넨 커튼이 바람에 흩날렸다.

바르시네는 이오니아식 얇은 속옷을 입고 황금과 에메랄드 장식이 된 팔걸이 의자에 앉아 있었다. 자줏빛이 도는 검은 머리카락이 그녀의 어깨와 가슴으로 흘러내렸다. 그녀는 방금 이집트식으로 화장을 마친 뒤였다. 방 안에서는 라벤더와 알로에 향기가 은은하게 풍겨왔다. 설화석고로 만든 벽 뒤에서 등잔불빛이 흘러나와 달빛과 함께 방을 환하게 밝혀주었다. 줄마노[1] 어항의 수면은 달빛을 받아 호박빛으로 빛나고 있었다. 물 위로는 연꽃과 장미꽃들이 유유히 떠다녔다. 담장나무 가지와 새의 모습이 수놓인 커튼 뒤에서 부드러운 플루트와 하프 소리가 흘러나오고 있었다. 벽에는 고대 이집트의 화법을 사용한 프레스코 벽화가 그려져 있었다. 알몸의 처녀들이 왕좌에 앉은 황제 부부 앞에서 류트와 탬버린 음악에 맞춰 춤을 추는 그림이었다. 방의 한쪽 구석에는 침대가 놓여 있었다. 침대의 나무 기둥마다 연꽃 모양의 금박이 입혀져 있고 하늘색 커튼이 달려 있었다.

방으로 들어선 알렉산드로스는 오랫동안 바르시네에게 뜨거운 눈길을 보냈다. 그의 눈 속에는 아직도 현기증 나는 사막의 빛이 담겨 있었다. 귀에서는 은밀하게 아몬의 신탁이 울려퍼졌다. 어깨를 스치는 그의

---

1) 보석의 일종

황금빛 머리카락에서, 상처 자국이 곳곳에 난 그의 가슴에서, 무지갯빛
으로 변하는 그의 눈빛에서, 푸른 정맥이 돋아난 단단한 손에서 그 특유
의 매혹적인 분위기가 풍겨나왔다. 알렉산드로스는 알몸에 얇은 클라미
스만 걸치고 있었다. 아르가이 왕조 대대로 전해져오는 은색 버클이 클
라미스를 고정시켜주었다. 그는 금색 띠로 이마를 묶고 있었다.

바르시네가 자리에서 일어섰다. 그녀는 뜨거운 눈길을 받자 금세 정
신을 잃을 것만 같았다. 그녀가 중얼거렸다.

"알렉산드로스……."

알렉산드로스가 그녀를 품에 안았다. 잘 익은 야자열매처럼 촉촉하고
육감적인 그녀의 입술에 알렉산드로스는 입을 맞추었다. 계속해서 그는
그녀의 따뜻하고 향긋한 가슴을 어루만지며 그녀를 침대에 눕혔다.

그때였다. 바르시네의 살갗이 갑자기 차가워지며 몸이 뻣뻣해졌다.
순간 알렉산드로스는 심상치 않게 흔들리는 공기의 움직임을 감지해냈
다. 그와 동시에 잠자고 있던 전사의 위기의식이 한꺼번에 눈을 떴다.
그는 순간적으로 허리를 움직여 여인의 몸에서 벗어났다. 알렉산드로스
는 자신을 향해 달려드는 육체와 정면으로 부딪혔다. 고막을 찢을 듯한
고함소리와 함께 공중에서 단도를 움켜쥔 괴한의 손이 보였다. 바르시
네가 비명을 지르며 얼굴로 두 손을 가져갔다.

알렉산드로스는 순식간에 괴한을 쓰러뜨리고 재빨리 팔목을 비틀었
다. 굳게 움켜쥐고 있던 단도가 괴한의 손에서 떨어졌다. 알렉산드로스
는 번개처럼 옆에 놓여 있던 촛대를 움켜쥐었다. 그러나 들어올려진 촛
대는 순간 허공에서 멈추고 말았다. 불빛이 괴한의 얼굴을 비추고 있었
다. 다름 아닌 바르시네의 큰아들 헤테오클레스였다. 만약 헤테오클레스
가 아니었더라면 그는 촛대를 사정없이 내리쳐 죽여버렸을 것이다. 헤
테오클레스는 덫에 걸린 어린 사자처럼 몸부림치며 욕을 퍼부었다. 손
에 무기가 없자 헤테오클레스는 알렉산드로스를 깨물고 할퀴었다.

소란스런 소리를 듣고 호위병들이 뛰어왔다. 호위병들은 한꺼번에 달려들어 헤테오클레스를 붙잡았다. 상황을 파악한 장교가 소리쳤다.

"폐하를 시해하려 했다! 체포하라, 처형시킬 것이다."

이때 바르시네가 눈물을 흘리며 알렉산드로스의 발 앞에 엎드렸다.

"살려주세요, 폐하. 제 아들을 살려주세요. 이렇게 애원합니다!"

고개를 든 헤테오클레스가 자기 어머니를 경멸의 눈초리로 쳐다보았다. 그러다가 알렉산드로스를 돌아보며 말했다.

"날 죽이는 게 좋을 거다. 그렇지 않으면 수천 번이고 똑같은 시도를 계속할 거다. 내 아버지의 복수를 하고 명예를 되찾아드릴 때까지 말이다."

헤테오클레스는 흥분과 증오심으로 몸을 부들부들 떨었다. 대왕은 호위병들에게 물러가라는 신호를 보냈다.

"하지만 폐하……."

장교가 항의했다.

"나가라! 그는 아직 어린 소년에 불과하다."

알렉산드로스가 명령했다. 할 수 없이 장교가 호위병들을 데리고 방에서 나갔다. 대왕은 헤테오클레스 쪽으로 몸을 돌렸다.

"네 아버지의 명예는 조금도 손상되지 않았다. 그리고 네 아버지는 치명적인 병에 걸려 돌아가셨다."

"그렇지 않아!"

헤테오클레스가 소리쳤다.

"네가 아버지를 독살했어. 그리고 지금은…… 지금은 아버지의 여자를 차지했단 말이야. 당신은 명예가 뭔지도 모르는 남자야!"

알렉산드로스가 그에게 다가갔다. 그리고 단호하게 말했다.

"난 네 아버지를 나와 대적할 수 있는 유일한 상대로 생각할 만큼 존경했다. 그리고 언젠가 네 아버지와 단둘이 결투할 수 있기를 꿈꿔왔다. 그를 독살시키는 일 따윈 절대 하지 않았다. 난 검과 창을 들고 정면으로 대적한다. 네 어머니 문제로 말하자면, 피해자는 오히려 나다. 나는 매일 네 어머니를 생각했고 잠을 잘 수도, 평정을 찾을 수도 없었지. 사랑은 신의 힘으로 이루어지는 것이다. 인간은 사랑을 피할 수도, 사랑에게서 달아날 수도 없다. 그것은 태양이나 비를 피할 수 없고, 태어나고 죽는 것을 피할 수 없는 것과 마찬가지다."

바르시네는 한쪽 구석에서 두 손으로 얼굴을 가린 채 울고 있었다.

"네 어머니에게 할말이 없느냐?"

대왕이 물었다. 헤테오클레스는 여전히 증오심에 가득 찬 표정으로 외쳤다.

"너의 손이 저 여자의 몸에 닿았던 그 순간부터 저 여자는 내 어머니가 아니었다. 나를 죽여라! 그게 좋을 거다. 그렇지 않으면 내가 너희 둘을 죽여버리겠다! 내 아버지의 혼령 앞에 너희의 피를 바치겠다. 하데스에서 아버지가 평화를 찾으시도록 말이다."

알렉산드로스가 바르시네 쪽으로 몸을 돌렸다.

"내가 어떻게 하면 좋겠소?"

바르시네가 눈물을 닦았다. 그리고 자제력을 되찾았다.

"제발 부탁드립니다. 저애에게 말과 식량을 줘 풀어주세요. 저를 위해 그렇게 해주실 거죠?"

헤테오클레스가 말했다.

"당신에게 경고하겠다. 만약 나를 풀어주면 난 페르시아 황세에게 갈 거다. 그리고 너와 싸울 수 있게 갑옷과 검을 달라고 청할 거다."

"그렇게 해야겠다면 그렇게 하라."

알렉산드로스가 말했다. 그는 호위병을 불러 헤테오클레스를 풀어주고 그에게 말과 식량을 주라고 명령했다.

헤테오클레스는 아무 말 없이 문 쪽으로 걸어갔다. 그는 자신의 마음을 뒤흔들어놓고 있는 격한 감정들을 숨기려고 애썼다. 바르시네가 아들을 불렀다.

"잠깐만."

헤테오클레스는 걸음을 멈추고 잠시 어머니를 돌아보았다. 하지만 그는 어머니의 말을 기다리지 않고 곧 등을 돌려 문턱을 넘어갔다.

바르시네가 외쳤다.

"제발 기다려주렴!"

바르시네는 나무상자가 놓여 있는 탁자로 달려갔다. 상자를 열고 빛이 나는 검을 꺼내 아들에게 내밀었다.

"네 아버지의 검이란다."

헤테오클레스가 그것을 받아 가슴에 꼭 껴안았다. 그의 두 눈에서 비 오듯 눈물이 흘러내렸다.

"잘 가거라, 내 아들아."

흐느낌 때문에 바르시네의 목소리가 제대로 나오지 않았다.

"아후라 마즈다께서 널 보호해주실 거야. 그리고 돌아가신 아버지의 신들께서도 널 보호해주실 거다."

헤테오클레스는 복도를 따라 달려갔다. 그가 궁전의 뜰에 도착하자 호위병들이 말고삐를 넘겨주었다. 그가 막 말에 올라타려는 순간, 뜰 옆의 주랑에서 그림자 하나가 나타났다. 동생인 프라아테스였다.

"나도 데려가줘, 부탁이야. 나도 더 이상 야만인들의 포로로 살고 싶지 않아."

헤테오클레스가 잠시 주저했다. 그러자 동생이 계속 고집을 부렸다.

"날 데려가줘, 부탁이야. 제발! 난 무게가 얼마 나가지 않아. 우리 둘이 이 말을 타고 갈 수 있을 거야."

헤테오클레스가 대답했다.

"그럴 수 없어. 넌 너무 어려. 그리고 누군가는 어머니 곁에 있어야 해. 잘 있어, 프라아테스 이 전쟁이 끝나면 다시 볼 수 있을 거야. 형이 직접 널 자유롭게 해줄 거야."

헤테오클레스는 눈물을 흘리며 오랫동안 동생을 껴안았다. 잠시 후 헤테오클레스는 말 위에 뛰어올라 시야에서 사라져버렸다.

바르시네는 창가에 서서 그 광경을 지켜보았다. 깜깜한 밤과 맞서서 미지의 세계로 말을 타고 달려가는 열다섯 살짜리 아들을 보자 가슴이 무너져내렸다. 그녀는 인간의 운명이라는 게 얼마나 가혹한지를 생각했다. 조금 전까지만 해도 그녀는 야만인 화가들이 그린 그림처럼 마치 올림포스 여신들 중의 하나가 된 듯 황홀한 기분이었다. 그러나 지금은 한 사람의 노예가 되어, 떠나가는 아들조차 붙잡을 수 없었다. 비참한 기분이 온통 그녀를 짓눌렀다.

알렉산드로스는 원정대가 나일 강의 동쪽 연안으로 건널 수 있게 두 개의 선교를 놓도록 했다. 그리고 그 지방에 주둔하고 있던 마케도니아 병사들과 합류했다. 그는 부유한 이곳이 한 사람의 손에 휘둘리지 않도록 여러 장교들에게 나누어 관리를 맡겨두었다. 그동안 주둔 부대들은 알렉산드로스의 뜻대로 훌륭하게 처신했다.

이집트인들은 아몬 신전에서 돌아오는 알렉산드로스를 신으로 맞아 들였다. 그들은 파라오의 대왕관을 알렉산드로스의 머리에 씌워주며 환대했다. 하지만 이 시기에 운명적으로 벌어질 수밖에 없었던 몇 가지 비통한 사건들이 연이어 터졌다.

알렉산드로스는 매일 절망에 빠져 있는 바르시네를 지켜보았다. 하지만 그보다 더 큰 불행이 곧이어 벌어졌다. 파르메니오 장군에게는 필로타스 외에도 아들이 둘 더 있었다. 헤타이로이 기병대 장교인 니카노레스와 열아홉 살의 청년인 헥토르였다. 파르메니오 장군은 세 아들 가운데 특히 헥토르를 사랑했다. 어느 날 헥토르는 강변에 서 있다가 마케도

니아 함대가 강을 거슬러 올라오는 광경을 보자 흥분했다. 그는 마케도
니아 함대의 위용을 좀더 가까이서 보고 싶었다. 그래서 파피루스로 만
든 이집트인들의 배에 올라타고 강 한가운데로 나갔다. 헥토르는 무거
운 갑옷에다 화려한 예식용 망토를 입고 배 뒤쪽에 꼿꼿이 서 있었다.
강가에 있던 사람들이 모두 그의 모습에 감탄하며 지켜보고 있었다. 그
때였다. 갑자기 하마 한 마리가 물 위로 불쑥 솟구쳤다. 마침 그곳을 지
나던 헥토르의 배는 하마의 등에 정통으로 부딪쳤다. 배는 균형을 잃고
좌우로 심하게 흔들렸다. 헥토르는 몸의 중심을 잃고 뒤뚱거리다가 결
국 물에 빠지고 말았다. 청년은 갑옷의 무게 때문에 눈 깜짝할 사이에
시아에서 사라졌다.

　노를 젓던 이집트인들이 황급히 물 속으로 뛰어들었다. 몇 명의 마케
도니아 청년들과 사고 현장에 있던 니카노레스 역시 강으로 뛰어들었다.
근처에 떼지어 살고 있는 악어떼는 안중에도 없이 이들은 오로지 헥토
르를 구조하는 데 전력을 기울였다. 하지만 그들의 노력은 헛수고가 되
고 말았다. 파르메니오 장군은 물에 빠진 아들을 위해 아무런 조치도
취하지 못한 채 동쪽 강가에서 그저 바라볼 수밖에 없었다. 그는 군대가
질서정연하게 강을 건너도록 감독하던 중이었다.

　알렉산드로스는 잠시 후 보고를 받았다. 대왕은 즉시 페니키아와 키
프로스 해병들에게 시체라도 찾도록 수색작업을 명령했다. 하지만 허사
였다. 밤늦도록 대왕은 수색작업을 직접 독려했다. 시간이 지나자 병사
들도 서서히 지쳐갔다. 알렉산드로스는 마침내 수색작업을 중단했다. 그
리고 망연자실해 있을 노장군을 위로하려고 그의 천막으로 갔다.

　"장군은 어떠신가?"

　아버지의 슬픔을 지켜주기라도 하려는 듯 막사 밖에는 필로타스가
서 있었다. 필로타스는 절망적으로 고개를 저었다.

　파르메니오는 막사 안의 땅바닥에 아무 말 없이 앉아 있었다. 어둠

속에서 그의 하얀 머리만 보였다. 알렉산드로스는 자신도 모르게 무릎이 떨렸다. 장군은 기회가 있을 때마다 선왕의 위대함을 상기시켜 알렉산드로스의 화를 돋우던 사람이었다. 알렉산드로스는 용감하고 충성스러운 노장군이 한없이 측은했다. 폭풍 속에서도 꿋꿋이 버텨온 떡갈나무가 갑자기 내리친 벼락에 맞아 참담하게 쓰러진 몰골이었다.

"이런 일로 찾아뵙게 되어 유감입니다, 장군."

대왕이 망설이다가 마침내 말을 꺼냈다. 그때 그는 머리에서 맴도는 동요를 떨쳐버릴 수 없었다. 어린 시절, 벌써 하얗게 세어버린 파르메니오의 머리를 두고 부르던 노래였다.

늙은 군인이 전쟁터에 나갔다가
땅에 넘어졌대요, 땅에 넘어졌대요!

파르메니오가 대왕의 목소리를 듣고 땅에서 몸을 일으켰다. 그리고 잦아드는 목소리로 겨우 말했다.

"찾아와주셔서 고맙습니다, 폐하."

"우리는 아드님의 시신을 찾기 위해 할 수 있는 일을 모두 했습니다. 아드님에게 성대한 장례식이라도 치러주려고 말이지요. 나는…… 무슨 일이든 할 수 있을 겁니다……."

파르메니오가 대답했다.

"압니다. 평시에는 아들이 아버지를 묻고, 전시에는 아버지가 아들을 묻는다는 속담이 있지요. 하지만 저는 이런 고통이 저에게만큼은 비켜가기를 바랐습니다. 가족들 중 화살이나 칼에 목숨을 잃어야 한다면 그것은 제가 제일 먼저여야 한다고 굳게 믿었지요. 그런데……."

"정말 무서운 운명이었습니다, 장군."

알렉산드로스가 말했다. 그 사이 그의 눈은 천막 안의 어둠에 익숙해져 고통으로 초췌해진 파르메니오를 자세히 볼 수 있었다. 장군은 순식간에 10년은 더 늙은 것 같았다. 눈은 붉게 충혈되어 있었다. 주름은 더욱 깊어졌으며 머리는 엉망이었다. 힘겨운 전투를 치르고 난 뒤에도 장군은 그런 모습을 보인 적이 단 한 번도 없었다.

장군이 말했다.

"차라리…… 칼을 쥐고 싸우다가 죽었더라면 그 죽음을 받아들이기가 훨씬 쉬웠을 겁니다. 우리는 군인이니까요. 하지만 이렇게…… 이렇게……. 늪 속에서 악어떼에게 갈기갈기 찢겨 먹히다니! 오, 하늘에 계신 신들이시여, 대체 무엇 때문에? 무엇 때문에 이런 일이 일어나는 겁니까?"

파르메니오는 두 손으로 얼굴을 가렸다. 그리고 울음을 터뜨렸다. 그 울음소리는 심장을 찢어놓을 듯 비통했다. 알렉산드로스는 어떤 위로의 말도 찾아낼 수 없었다.

"유감입니다……. 유감입니다."

단지 그 말밖에 할 수 없었다. 알렉산드로스는 절망스러운 눈으로 필로타스에게 인사하고 밖으로 나왔다. 바로 또 다른 형제인 니카노레스가 아버지의 막사로 왔다. 그 역시 고통과 피곤으로 초췌해져 있었다. 그때까지도 그는 진흙투성이에다 물에 흠뻑 젖은 옷을 입고 있었다.

다음날 대왕은 죽은 젊은이를 위해 기념비를 세우게 했다. 그리고 엄숙한 장례식을 거행했다. 줄을 맞춰 늘어선 군인들은 죽은 자를 영원히 기억하도록 그의 이름을 열 번 합창했다. 하지만 일리리아의 새파란 하늘 밑이나 드라게의 눈 덮인 산 정상에서 죽은 동료들의 이름을 외칠 때와는 그 느낌이 사뭇 달랐다. 숨을 쉬기도 힘겨운, 무겁고 어두운 분위기가 장례식장을 짓눌렀다. 군인들이 합창한 헥토르의 이름은 그를 집어삼킨 물 위로 금방 사라져버렸다. 그리고 침묵이 이어졌다.

그날 밤, 대왕은 바르시네를 다시 찾아갔다. 바르시네는 침대에 누워 울고 있었다. 그녀의 유모는 바르시네가 며칠 전부터 거의 먹지 않았다고 일러주었다.

알렉산드로스가 바르시네에게 말했다.

"너무 슬퍼하지 마시오. 당신 아들은 무사할 거요. 병사 두 명에게 당신 아들을 미행하도록 했소. 나쁜 일이 일어나지 않게 말이오."

바르시네가 몸을 일으켜 침대 끝에 앉았다.

"고맙습니다. 폐하께서 제 마음속의 근심걱정을 덜어주셨군요……. 하지만 제 아들들은 저를 심판하고 제게 형벌을 내렸어요."

그녀의 울음 섞인 말에 알렉산드로스가 대답했다.

"그렇지 않아요. 큰아들이 동생에게 뭐라고 했는지 아시오? '넌 어머니 곁에 있어야 한다'고 했다는구려. 이 말은 큰아들이 아직도 당신을 사랑하고 있다는 뜻이오. 그러니 당신은 아들들을 자랑스럽게 생각해야 하오."

바르시네는 눈물을 닦았다.

"이런 일이 벌어져서 폐하를 뵐 면목이 없습니다. 전 당신에게 기쁨이 되고 싶었어요. 폐하께서 개선했을 때 폐하 곁에 있고 싶었어요. 그런데 지금은 그저 울고만 싶습니다."

알렉산드로스가 대답했다.

"눈물이 눈물을 부르는 거라오. 파르메니오 장군은 막내아들을 잃었어요. 지금 전 부대가 애통해하고 있소. 난 그런 일이 벌어지는 것을 막을 수가 없었소. 신탁에 따라 내가 신으로 거듭났다고는 하지만 아무런 도움도 되지 못했소……. 어쩌면 질투심 많은 운명이 우리의 행복을 빼앗아가려고 하는지도 모르겠소. 그러니 이제 제발 슬픔을 거두시오. 그리고 같이 식사합시다. 우리 함께 행복을 되찾아야 해요."

다음날 해군 제독 네아르코스는 페니키아를 향해 돛을 올리라고 명령했다. 배가 바다로 나가자 원정대는 다시 바다와 사막 사이로 난 길을

따라 육로로 행군했다. 그들이 가자 근처에 도착했을 때 전령이 시돈에
서 좋지 않은 소식을 가지고 왔다.

전령은 말에서 뛰어내리며 숨 돌릴 틈도 없이 말했다.

"폐하, 사마리아인들이 폐하께서 임명한 시리아의 총독 안드로마코
스 사령관을 오랫동안 고문한 뒤 산 채로 불태워 죽였습니다."

최근의 사건들로 무척 괴로워하고 있던 알렉산드로스가 마침내 분노
를 터뜨렸다.

"사마리아인들이 대체 어떤 자들이냐?"

"유다 왕국과 카르멜 산 사이의 산악지대에 사는 야만인들입니다."

전령이 대답했다.

"그자들은 알렉산드로스가 누군지도 모른단 말이냐?"

그 물음에 리시마코스가 끼어들었다.

"아마 알 걸세. 하지만 신경쓰지 않는 거지. 그들은 자네의 분노와
맞서 싸운다 해도 아무런 피해도 입지 않을 거라고 생각하는 거지."

"그렇다면 내가 누군지 제대로 알게 해주겠네."

대왕은 즉시 행군을 명령했다. 그들은 잠시도 쉬지 않고 아크라까지
행군했다. 그리고 그곳에서 내륙 지방을 향해 동쪽으로 길을 잡았다. 트
리발리인과 아그리아인 경기병대, 그리고 전투 준비를 완전히 갖춘 정
예부대가 함께 행군했다. 대왕은 동료들과 함께 직접 부대를 이끌었다.
그동안 중장보병대와 지원부대, 헤티이로이 기병대들은 파르메니오의
지휘 아래에 비갓시에 [illegible] 있었다.

저녁 무렵, 알렉산드로스 부대는 불시에 마을로 들이닥쳤다. 사마리
아인들은 원래 유목민으로, 남자들은 짐승들에게 풀을 먹이려고 산이나
언덕 이곳저곳에 흩어져 지내고 있었다. 그 덕분에 원정대는 거의 피해
를 입지 않고 여러 마을을 정복했다. 사흘 동안 마을이란 마을은 모두
불타버렸다. 다른 마을보다 약간 더 크고 성벽에 둘러싸여 있던 수도

사마리아는 완전히 파괴되어버렸다. 신상도, 그림도 없는 초라한 신전과 사당은 재로 변했다.

공격을 완전히 끝냈을 때는 이미 세 번째 밤이 깊어가고 있었다. 대왕은 산 위에서 병사들과 함께 야영했다. 다음날은 바닷가를 향해 행군할 예정이었다. 대왕은 적의 기습 공격을 막기 위해 모든 오솔길에 이중 보초를 세웠다. 그리고 초소마다 횃불을 환히 밝혀놓았다. 덕분에 그날 밤은 평온하게 지나갔다. 동이 트기 직전, 마지막 보초 교대를 지휘하던 장교가 대왕을 깨웠다. 장교는 에우리알로스라는 이름의 테살리아인이었다.

"폐하, 일어나십시오."

"무슨 일이냐?"

알렉산드로스가 잠에서 깨어나며 물었다.

"남쪽에서 사람이 왔습니다. 사절단이라고 합니다."

"사절단이라니? 대체 누가 보낸 사절단이라는 거냐?"

"저도 모르겠습니다."

"남쪽에 있는 도시라고는 하나밖에 없는데."

에우메네스가 말했다. 그는 조금 전에 잠이 깨어 순찰을 돌고 오는 길이었다.

"예루살렘을 말하는 모양이군."

"어떤 도시인가?"

"대왕이 없는 작은 왕국의 수도지. 유대인들의 왕국이야. 산 위에 세워진 도시인데, 경사가 급한 성벽이 도시를 에워싸고 있다네."

에우메네스가 설명하는 동안 유대인 몇 명이 첫 번째 초소에 나타나 거듭 접견을 요청했다. 알렉산드로스가 명령했다.

"그들을 보내라. 내 천막 앞에서 접견하겠다."

알렉산드로스는 망토로 어깨를 감싸고 병영에서 주로 사용하는 접이

식 의자에 앉았다.

사절단의 한 남자가 에우리알로스와 얘기를 나누고 있었다. 그것으로 보아 그 남자는 그리스어를 할 줄 아는 게 분명했다. 남자는 에우리알로스에게 천막 앞에 앉아 있는 젊은이가 알렉산드로스 대왕이냐고 물었다. 그렇다는 대답을 듣자 그 남자는 나머지 사절단을 이끌고 다가왔다. 나이가 많은 노인이었다. 보통 키에 공들여 가꾼 수염을 길게 기르고 있었다. 머리에는 단단한 삼중관을 쓰고 색깔이 다른 열두 개의 돌로 장식된 가슴받이를 두르고 있었다.

노인이 먼저 말을 꺼냈다. 그가 하는 그리스어는 페니키아어와 비슷하게 들렸다. 그는 균형 잡힌 후두음을 내는 동시에 가운데 음을 생략하고 숨소리를 강하게 냈다.

"신의 가호가 있기를 바랍니다, 폐하."

통역관이 노인의 말을 전했다.

"어느 신을 말하는 거요?"

알렉산드로스가 노인의 말에 호기심을 느끼며 물었다.

"우리의 신이시며 이스라엘의 신이신 야훼 하나님을 말하는 겁니다."

"그런데 당신네 신이 왜 나를 보호해줘야 하는 거지요?"

대왕의 물음에 노인이 대답했다.

"이미 신께서는 가호를 베푸셨습니다. 폐하께서 수많은 전투를 무사히 치르시고 여기까지 오신 것도 저희 신의 가호이며, 불경스러운 사마리아인들을 무찌르실 수 있었던 것 또한 저희 신의 가호입니다."

알렉산드로스는 통역관의 말을 손으로 제지했다. 그는 이미 노인이 말하는 것을 모두 이해하고 있었다.

"불경스럽다는 게 뭐요?"

알렉산드로스가 물었다. 그때 누군가의 손이 대왕의 어깨 위에 놓였다. 알렉산드로스가 몸을 돌렸다. 아리스탄드로스가 흰 망토로 몸을 감싸고 서 있었다. 문득 올려다본 그의 눈빛이 예사롭지 않았다. 아리스탄드로스가 알렉산드로스의 귀에다 대고 속삭였다.

"이 남자의 말을 존중해주십시오 그의 신은 분명 강력한 신일 겁니다."

통역관이 다시 말했다.

"불경이란 신에 대한 모욕입니다. 사마리아인들은 게리짐 산 위에 신전을 세웠습니다. 폐하께서 하나님의 도움으로 파괴해버린 그 신전 말입니다."

"그런데 그들의 어떤 행동이 불경스럽다는 것이오?"

"그곳에는 원래 하나의 신전밖에 존재할 수 없습니다."

대왕이 깜짝 놀라 물었다.

"하나의 신전만? 우리나라엔 1백여 개의 신전이 있소"

그러자 아리스탄드로스가 흰 수염의 노인과 이야기할 수 있게 해달라고 청했다.

"그 신전은 어떤 신전인가요?"

아리스탄드로스가 노인에게 물었다. 노인은 영감을 받은 것 같은 목소리로 말했고 통역관이 통역을 했다.

"신전은 하늘과 땅, 눈에 보이는 것과 보이지 않는 것들을 모두 창조하신, 우리의 유일신 하나님께서 사시는 곳입니다. 하나님은 이집트에서 노예로 살던 우리 조상들을 해방시켜주시고 약속의 땅으로 인도해주셨습니다. 하나님께서는 솔로몬 대왕이 시온 성 위에 황금과 청동의 눈부신 신전을 지을 때까지 오랜 세월 동안 실로스 시의 천막에 머무르셨습니다."

아리스탄드로스가 물었다.

"그러면 그 신의 모습은 어떻소? 혹시 내게 보여줄 만한 그림 같은 걸 가지고 계신가요?"

노인은 아리스탄드로스의 말을 듣자 불쾌한 듯 곧바로 얼굴을 찡그렸다. 그리고 냉랭하게 대답했다.

"우리의 하나님은 그 어떤 모습도 가지고 계시지 않습니다. 우리에게는 상像을 사용하는 일이 절대적으로 금지되어 있습니다. 우리 하나님의 모습은 어디서나 찾아볼 수 있습니다. 하늘의 구름 속에, 들판의 꽃 속에, 새들의 노래 속에, 그리고 나뭇잎 사이로 불어오는 바람의 속삭임 속에 계십니다."

"그렇다면 당신들의 신전에는 대체 뭐가 있습니까?"

"인간의 눈으로 볼 수 있는 것은 아무것도 없습니다."

"그런데 당신은 누구지요?"

"난 최고 신관입니다. 하나님께 백성들이 올리는 기도를 전해줍니다. 나는 1년에 한 번, 신전의 가장 은밀한 내실에서 하나님의 이름을 부를 수 있도록 허락받았습니다. 그런데, 이런 질문을 해도 될지 모르겠지만, 당신은 누굽니까?"

아리스탄드로스는 그 물음에 대답하지 못했다. 대왕은 대화를 나누고 있는 두 사람의 얼굴을 번갈아 쳐다보다가 말했다.

"당신 신의 신전을 보고 싶구려."

늙은 사제는 대왕의 말을 전해듣자마자 무릎을 꿇고 땅에 이마를 대며 간절하게 애원했다.

"제발 부탁드립니다. 저희 신전을 더럽히지 마십시오. 할례를 받지 않은 사람, 하나님이 선택하신 백성 편이 아닌 사람은 그 누구라도 신전에 들어갈 수 없습니다. 저는 피를 흘리더라도 신전에 들어가는 사람을 막아야 합니다."

대왕은 화가 치밀었다. 하지만 아리스탄드로스가 대왕의 분노를 가라앉혔다.

"폐하를 속이거나 아첨의 말을 하지 않는 저 남자를 존중해주십시오. 저 사람은 얼굴도 없는 신을 위해 목숨을 바칠 준비가 되어 있습니다."

알렉산드로스는 잠시 동안 깊은 생각에 잠겼다. 그런 다음 다시 흰 수염의 노인에게 말했다.

"당신의 뜻을 존중해주겠소. 하지만 그 대신 당신에게 듣고 싶은 대답이 하나 있소."

"뭡니까?"

노인이 물었다.

"유일신의 모습이 하늘의 구름 속에, 들판의 꽃 속에, 새들의 노래 속에, 바람의 속삭임 속에 있다고 했는데 그렇다면 인간의 존재 속에서 당신 신은 어떤 모습으로 나타나는 거요?"

노인이 대답했다.

"하나님은 자신과 같은 모습으로 인간을 만드셨습니다. 하지만 인간들의 태도에 따라 하나님께서는 때로는 흐릿하고 혼란스럽게, 때로는 대낮의 태양처럼 환하게 모습을 보이십니다. 폐하는 하느님이 눈부신 모습으로 나타나신 사람들 중 한 분이십니다."

이렇게 말한 뒤 노인은 자신이 왔던 곳으로 사라졌다.

원정대는 팔레스티나를 지나 페니키아로 행군해 들어갔다. 알렉산드로스는 티로스에 도착하자 제일 먼저 멜카르트에게 제물을 바치고 싶어 했다. 나이 어린 헥토르의 죽음 이후 병사들은 불안감에 휩싸여 있었다. 병사들은 헥토르의 죽음을 비극적 불행의 전조로 생각하고 있었다.

지난해에 파괴되었던 도시는 아직도 그대로였다. 그러나 삶은 강인하게 다시 꽃피울 준비를 하고 있었다. 생존자들은 집을 짓기 위해 자재들을 육지에서 배로 날라왔다. 열심히 고기를 잡는 사람들도 있었고, 건물들을 수리해 안료를 생산하려고 준비하는 사람들도 있었다. 진홍빛 안료는 암초에 붙어사는 흉한 조개를 불려서 만드는데, 이 지방에서는 아주 진귀한 물품으로 통했다. 키프로스와 시돈에서 새 이주민들이 와서 옛 수도에 정착했다. 가족들이 다시 모이고 새로운 일상이 시작되면서, 폐허의 도시에 퍼져 있던 비통한 분위기는 점점 사라졌다.

알렉산드로스는 티로스에서 그리스의 여러 도시와 섬들에서 온 사절단을 접견했다. 안티파트로스 장군의 서신도 몇 통 받았다. 장군은 북쪽 지역에서 원정대에 참가할 전사들을 징집하고 있었다. 그 외에도 아주 인상깊은 편지가 한 통 있었다. 바로 어머니 올림피아스 황태후가 보낸 편지였다.

올림피아스가 너무도 사랑하는 아들에게
그동안 잘 있었느냐!
네가 사막의 모래 속에 서 있는 제우스 아몬 신전을 방문했다는 소식을 들었다. 신이 너를 위해 신탁을 내렸다고? 그 이야기를 듣고 나는 말할 수 없는 감동을 느꼈다. 네가 내 뱃속에서 움직이고 있다는 걸 처음 알게 된 날이 생각난다. 바로 그날 나는 내 고향 이피로스의 도도나에 있는 제우스 신전에 신탁을 청했다.
그날, 강한 바람이 사막의 모래를 도도나 신전까지 실어왔단다. 신관들은 네가 리비아의 사막 한가운데에 있는 또 다른 신전에 도착할 때, 네가 운명적으로 타고난 위대함이 실현될 거라고 말했단다. 나는 지금 뱀의 형상을 한 신이 내 몸 속으로 들어왔던 꿈을 생각한단다. 애야, 난 네가 필리포스의 아들이 아니라 정말 신의 피를 이어받았다고 생각한다. 그렇지 않다면 이런 압도적인 승리를 어떻게 설명하겠느냐? 네 앞에서 바다의 파도가 물러서는 것을, 사막의 뜨거운 모래 위에 기적의 비가 내리는 것을 어떻게 설명하겠느냐?
애야, 하늘의 아버지를 생각하도록 해라. 그리고 필리포스를 잊어라. 네 혈관 속에 흐르는 피는 필리포스의 피가 아니란다.

어머니는 원정기간 동안 벌어지는 일에 대한 정보를 완벽하게 수집하고 있었다. 또한 알렉산드로스가 추진하고 있는 계획도 모두 파악하고 있었다. 알렉산드로스의 원대한 계획이 실현되려면 지금까지 그가 살아온 모든 시간을 완전히 지워야 했다. 알렉산드로스를 위해 필리포스와 아리스토텔레스가 준비했던 과거의 시간은 장차 닥쳐올 다른 미래를 위해 자리를 양보해야 했다. 알렉산드로스의 과거에는 이제 필리포스의 기억조차 자리할 공간이 없었다.

알렉산드로스가 탁자 위에 편지를 내려놓았을 때 에우메네스가 들어왔다. 그는 대왕이 읽고 서명해야 할 서류들을 들고 있었다.

"안 좋은 소식인가?"

에우메네스는 대왕의 당혹스러워 하는 표정을 보며 물었다.

"아니라네. 우리 어머니께서도 나를 신의 아들이라고 생각하신다니 얼마나 기쁜 일이겠나."

"내가 보기엔 전혀 기쁜 얼굴이 아니군."

"자네가 그걸 어떻게 아나?"

"잘 알지. 이집트를 다스리고 멤피스의 사제들에게 인정받으려면 어떻게 해야겠나? 아몬의 아들, 다시 말해 파라오가 되는 방법밖에 없어. 사실 제우스 신과 마찬가지로 아몬 신을 탄생시킨 것도 그리스인들이지. 리비아에 살고 있는 그리스인들과 나우크라티스와 키레네의 그리스인들, 그리고 자네의 도시 알렉산드리아가 건설되면 곧 그곳에 살게 될 그리스인들 말일세. 자네는 아몬의 아들이 됨으로써 자네 스스로가 제우스의 아들이란 점을 여러 사람들에게 표방한 셈이야. 그건 피할 수 없는 일이었네."

알렉산드로스는 에우메네스의 눈앞에 어머니의 편지를 갖다댔다. 에우메네스는 편지를 단숨에 읽었다.

"황태후께서는 자네가 이 새로운 역할을 잘 감당하도록 도와주려는 것일세."

"자네가 잘못 알았네. 어머니는 언제나 꿈과 현실을 뒤섞어 생각하시지. 그러면서 그 둘을 구별하지 않고 서로 정반대로 뒤바꿔놓기도 하시네. 좀더 이야기해주겠네."

알렉산드로스가 잠시 말을 멈추었다. 마치 이렇게 큰 비밀을 에우메네스에게 말해도 될지 망설이고 있는 것 같았다.

"우리 어머니는 자신의 꿈을 현실화시키고 다른 사람들도 그 꿈속에 얽혀들게 하는 힘을 지니셨어."

"무슨 말인지 잘 모르겠는걸."

에우메네스가 말했다.

"내가 펠라에서 도망치던 그날, 선왕께서 나를 죽이려고 하던 그날 기억나나?"

"왜 기억나지 않겠나, 나도 거기 있었는걸."

"난 어머니와 함께 이피로스로 가기 위해 길을 떠났지. 그리고 베로에아에서 30스타디온쯤 떨어진 떡갈나무 숲에서 잠을 잤다네. 그런데 갑자기 한밤중에 어머니가 일어나더니 어둠 속으로 사라지셨어. 난 그 모습을 보게 되었지. 어머니는 마치 공중에 떠다니는 사람처럼 디오니소스 신상이 있는 곳으로 걸어가셨네. 그 신상은 아주 오래된 것으로, 담쟁이덩굴에 뒤덮여 있었어. 나는 내 눈으로 어머니가 땅 속에 있던 거대한 뱀을 밖으로 불러내는 걸 똑똑히 보았네. 그건 지금 내가 자네를 보고 있는 것처럼 생생했어. 어머니께서 무엇에 홀린 듯 피리를 부셨지. 그 피리소리를 듣고 모여든 사티로스와 마이나스들이 어머니와 함께 오르기아2)를 거행하는 것을 보았네……."

에우메네스는 자신의 귀를 믿을 수 없다는 듯, 당황한 눈으로 알렉산드로스를 쳐다보았다.

"혹시 꿈을 꾼 것은 아니었나?"

"천만에! 어머니가 똬리를 튼 거대한 뱀에 휘감겨 피리 부는 모습을 봤어. 그리곤 갑자기 어머니가 내 어깨를 치셨어. 알겠나? 꿈이 아니었기

---

2) 디오니소스를 숭배하기 위한 비교秘敎 의식

때문에 내가 그곳에 서 있었던 거지. 어머니와 나는 꽤 먼 길을 함께 걸어서 돌아왔네. 자네는 이것을 어떻게 설명하겠나?"

"나도 모르겠어. 꿈을 꾸며 걷는 사람들이 있다고 하더군. 그리고 잠자는 동안 자기 몸에서 빠져나와 멀리 떨어진 사람들에게 모습을 나타내는 사람도 있다고 하더군. 그걸 엑스터시라고 부른다네. 분명 올림피아스 황태후는 다른 여자들과 다른 분이셔."

"그 점에 대해서는 나도 의심하지 않네. 안티파트로스 장군은 어머니를 제어하기가 점점 더 어려워질 거야. 어머니는 통치를 하고 권력을 행사하고 싶어하네. 어머니를 막기가 쉽지 않을 걸세. 아리스토텔레스 선생은 이런 일을 어떻게 생각할지 가끔 궁금할 때가 있네."

"그것을 쉽게 알아보는 방법이 있지. 칼리스테네스에게 물어보면 금방 알 수 있을 거야."

"칼리스테네스는 가끔 나를 화나게 만들어."

"그런 것 같더군. 칼리스테네스도 그 점은 유감스럽게 생각할 걸세."

"유감스럽게 생각한다고? 그렇다면 왜 다른 방법을 강구하지 않는 거지?"

"진정하게. 칼리스테네스는 나름대로 자기 원칙들을 가지고 있네. 그리고 그것을 포기하지 말라고 삼촌에게 교육받았지. 그를 이해하도록 애써보게나."

에우메네스가 화세를 바꾸었다.

"앞으로의 계획은 어떤가?"

"연극 경연과 체조 경기를 벌였으면 하는데……."

"연극…… 경연?"

"그렇다네."

"대체 뭣 때문에?"

"병사들에게는 지금 오락이 필요해."

　“병사들에게 필요한 것은 다시 손에 검을 쥐는 일이야. 전투를 한 지 1년이 넘었어. 만약 지금 페르시아인들이 공격해온다면 어떻게 할 텐가?”

　“페르시아인들은 지금 당장 공격해올 수 없어. 다리우스는 지금 대군을 모으느라 정신이 없네.”

　“자네는 다리우스가 하는 대로 보고만 있을 텐가? 정말 연극 경연과 체조 경기를 개최할 거냐고?”

　서기장은 바보 같은 생각이라는 듯 고개를 저었다. 알렉산드로스가 자리에서 일어나 에우메네스의 어깨에 한 손을 얹었다.

　“내 이야기를 들어보게. 우리는 페르시아 제국의 도시와 요새들을 일일이 함락시키느라 힘을 소모할 필요가 없어. 밀레투스와 할리카르나소스, 티로스를 차지하는 데 얼마나 큰 대가를 치렀는지 자네도 봤지……”

　“그래, 하지만……”

　“그래서 난 다리우스에게 시간을 주고 싶네. 그가 남아 있는 마지막 한 명의 군사까지 모두 모아올 시간을 말이야. 그런 다음 그와 단 한 번의 결전으로 문제를 해결해버리겠어.”

　“하지만…… 우리가 패할 수도 있네.”

　알렉산드로스는 쓸데없는 말을 하고 있다는 듯이 친구의 눈을 들여다보았다.

　“패하다니? 있을 수 없는 일이야.”

　에우메네스는 눈을 내리깔았다. 올림피아스의 편지가 눈에 들어왔다. 순간 에우메네스는 알렉산드로스가 굳게 믿고 있는 것이 무엇인지 비로소 깨달았다. 알렉산드로스는 스스로를 무적의 불사신, 신의 아들로 믿고 있음이 분명했다. 편지는 그런 믿음을 더욱 부추겨주는 데 불과했다. 에우메네스는 그의 태도가 다른 사람들에게 어떻게 보일지 몹시 궁금했다. 원정대원들과 동료들도 알렉산드로스와 똑같은 확신과 결심을 가지고 있을까? 만약 그런 확신 하에 페르시아의 대부대와 맞선다면 어떤 일이 벌어질까?

"무슨 생각을 하나?"

알렉산드로스가 물었다.

"아무것도 아닐세. 하지만 『1만 병사의 퇴각』에 나오는 한 구절이 생각나는군. 이런 거였는데……."

"말하지 말게. 자네가 뭘 말하려는지 알고 있네."

그러면서 대왕은 외우고 있던 문장을 직접 읊었다.

어느새 정오가 되었다. 적들은 아직 보이지 않았다. 오후가 되자 먼지 구름이 평원을 뒤덮었다. 잠시 뒤 금속의 번뜩거림이 보였다. 그러더니 창들과 전열을 갖춘 채 다가오는 병사들이 보였다…….

"쿠낙사의 전투였지. 페르시아 황제의 대부대가 사막의 먼지 속에서 유령처럼 나타났네……. 그때도 그리스인들은 승리했지. 그때 그리스인들이 적의 왼쪽 날개를 공격하는 대신 중앙을 공격했더라면 페르시아 대왕을 죽일 수도 있었어. 그랬으면 이미 그때 제국을 차지할 수 있었겠지. 친구, 어서 가서 체조 경기와 연극 공연을 하도록 준비해주게."

에우메네스는 이번에도 역시 고개를 저었다. 그리고 입구 쪽으로 걸어갔다.

"하나만 더."

대왕이 밖으로 나가려는 에우메네스를 불러세웠다.

"테살로스의 목소리와 연기가 돋보일 수 있는 연극을 골라보게. 예를 들면 「오이디푸스 대왕」이라든가……."

"걱정 말게. 내가 그런 일엔 선수라는 건 자네도 알지 않나."

서기장이 대왕을 안심시켰다.

"에우메네스."

"왜 그러나."

"장군은 어떤가?"

"파르메니오 장군? 아마 지금도 기력이 없을 거야. 하지만 장군은 그런 모습을 다른 사람들에게 보이려 하지 않을 걸세."

"때가 되면 전투를 할 수 있을 것 같은가?"

"그럴 거라고 믿네. 장군 같은 남자는 흔치 않지."

이렇게 말하고 에우메네스는 밖으로 걸어나갔다.

알렉산드로스가 체조 경기와 연극 공연의 시작을 엄숙하게 선포했다. 이 기간 중 그는 동료들과 고급 장교들을 연회에 초대했다. 파르메니오를 제외하고 모두들 빠짐없이 참석했다. 파르메니오는 하인을 시켜 편지를 보내왔다.

파르메니오가 알렉산드로스 폐하께

안녕하십니까!

연회에 참석하지 못하는 것을 용서해주십시오. 몸이 몹시 좋지 않아 폐하의 연회에 참석하는 영광을 누릴 수 없게 되었습니다.

연회는 여느 때와 달리 방탕하지 않게 진행되었다. 무희들도, 사랑놀이에 능숙한 '짝'들도 없었다. 알렉산드로스는 '연회의 주인' 자격으로 포도주에 물을 조금만 섞도록 했다. 사람들은 대왕이 전쟁에 관한 이야기보다 철학이나 문학에 관한 이야기를 나누고 싶어한다는 것을 알게 되었다. 바르시네와 테살로스에게 자신의 옆자리를 내준 것이 이를 증명했다. 그 다음 자리에는 칼리스테네스와 아테네에서 사절단으로 온 철학자 두 명이 앉았다. 그 옆으로는 헤파이스티온, 에우메네스, 셀레우코스, 프톨레마이오스가 앉았고 다른 친구들은 이들과 맞은편에 자리를 잡았다.

한여름이었지만 바깥 날씨는 좋지 않았다. 비라도 쏟아질 듯 먹구름이 도시 위로 몰려들었다. 요리사들이 신선한 콩을 곁들인 구운 양고기를 날랐다. 그때 갑자기 귀청이 떨어질 듯한 천둥소리가 울렸다. 집 안의 벽이 흔들렸다. 잔 속의 포도주들이 출렁거렸다.

연회에 참석한 사람들은 아무 말 없이 서로의 얼굴만 쳐다보았다. 잠시 후 천둥소리는 먼 곳으로 물러갔다. 요리사들이 다시 고기를 날랐다. 그때 칼리스테네스가 알렉산드로스 쪽으로 몸을 돌리고 빈정대듯 미소를 지으며 물었다.

"제우스의 아드님이신 폐하도 천둥과 번개를 내릴 수 있습니까?"

대왕이 잠시 동안 고개를 숙였다. 방 안의 사람들은 모두 대왕이 화를 내리라고 생각했다. 칼리스테네스도 곧 자신의 실수를 깨닫고 후회했다. 셀레우코스가 새파랗게 질린 칼리스테네스를 보고 프톨레마이오스의 귀에다 대고 속삭였다.

"이번에는 제대로 겁이 났나 보군."

알렉산드로스는 고개를 들더니 전혀 동요하지 않은 표정으로 미소를 지었다. 그리고 대답했다.

"아니, 난 그렇게 하지 않을 걸세. 난 내 연회에 참석한 사람들을 죽이고 싶지 않거든."

그 말에 사람들이 하나둘 웃음을 터뜨렸다. 긴장되었던 분위기가 일거에 풀어지면서 연회는 무사히 끝났다.

헤테오클레스는 몇 날 며칠 동안 쉬지 않고 말을 달렸다. 밤이 되면 말 옆에서 잠깐씩 눈을 붙였다. 한밤중 야행성 동물들과 승냥이들의 울음소리가 선잠을 깨웠다. 길을 잃을지도 모른다는 두려움과 예상치 못한 적의 공격에 대한 불안감이 시시각각 엄습했다. 말과 식량을 빼앗기고 산적들에게 잡혀갈 수도 있었다. 아무도 찾지 못하는 곳으로 팔려가 영영 자유의 몸이 되지 못할 수도 있었다. 그런 두려움들 때문에 그는 깊은 잠을 잘 수 없었다. 지금까지 얼마 살지는 않았지만, 이렇게 위험한 상황과 고뇌에 직면해보기는 처음이었다. 하지만 로도스의 위대한 장군이자 아버지인 멤논의 검을 손에 꽉 쥐고 있자니 저절로 용기가 생겼다.

헤테오클레스는 알렉산드로스를 증오했다. 그는 아버지의 명예를 더럽히고 어머니의 영혼과 육체를 빼앗아간 사람이었다. 하지만 알렉산드로스의 배려로 자신이 안전하게 길을 가고 있다는 사실은 꿈에도 생각지 못했다. 알렉산드로스의 호위병들이 그를 그림자처럼 따르고 있었다.

헤테오클레스는 예전에 외할아버지에게서 들은 어둠과 악의 사신 아흐리만의 얘기를 머릿속에 떠올렸다. 그 아흐리만이 어쩌면 알렉산드로스일지도 모른다고 생각했다.

헤테오클레스가 팔레스티나와 시리아의 거주지역을 지나갈 때까지는 모든 게 순조로웠다. 그곳을 지날 때 호위병들은 이 마을에서 저 마을로 물건을 팔러 다니는 카라반(대상隊商)으로 가장했다. 그들은 눈에 띄지 않게 헤테오클레스를 보호했다. 하지만 끝없이 펼쳐진 사막 입구에 이르자 미행하던 두 헤타이로이는 어떻게 해야 할지 난감해졌다. 두 사람은 머리를 맞대고 의논했다. 그들은 마케도니아 출신의 왕실 근위대원들 중 가장 용감하고 지혜로운 병사들이었다. 그들은 대왕의 성격을 너무나 잘 알고 있었다. 만약 소년을 제대로 보호하지 못한다면 무슨 일이 벌어질지 가히 짐작하고도 남았다.

두 대원 중 한 사람이 말했다.

"우리가 이렇게 계속 미행하다간 곧 발각되고 말 거야. 사막에는 몸을 숨길 데가 없으니 말일세. 그렇다고 저 아이의 눈을 피하려다간 영영 놓쳐버릴지도 몰라."

"다른 방법이 없어."

다른 병사가 대답했다.

"우리 둘 중 한 사람이 저 아이에게 접근해서 신뢰를 얻어야 하네. 그 방법말고는 저 아이를 보호할 방법이 없어."

두 사람은 구체적으로 계획을 짰다.

다음날 동이 틀 무렵, 헤테오클레스는 제대로 잠을 자지 못해 지칠 대로 지친 몸을 이끌고 다시 길을 떠났다. 그때 길 앞쪽에서 한 남자가 말을 타고 가는 게 보였다. 헤테오클레스는 잠시 말을 멈추고 곰곰이 생각해보았다. 멀찌감치 따라가는 게 좋을지, 아니면 혼자 여행하는 그 남자와 동행하는 게 좋을지 판단이 서지 않았다.

그 남자가 멀리 가기를 기다렸다가 뒤를 따라간다는 건 별로 현명한 짓 같지 않았다. 그렇게 되면 태양이 제일 뜨겁게 내리쬘 때 사막여행을 해야 하기 때문이었다. 겉으로 보기에 무기 하나 없이 혼자 여행하는 남자가 크게 위험할 것 같지는 않았다. 그는 장차 자신에게 닥칠 위험과 험난한 여정들을 생각했다. 그러자 이런 일쯤 아무것도 아니란 생각이 들면서 저절로 용기가 났다. 헤테오클레스는 발꿈치로 말 옆구리를 차고는 곧 앞서가던 남자를 따라잡았다. 남자가 말발굽소리를 듣고 몸을 돌렸다. 헤테오클레스는 쑥스러움을 억누르며 페르시아어로 말을 걸었다.

"아후라 마즈다의 가호가 있기를, 나그네 양반. 어느 쪽으로 가십니까?"

"난 페르시아어를 모르네, 젊은이. 난 크레타의 귀금속 세공사라네. 지금 페르시아 황제 폐하의 궁전에서 일하기 위해 바빌로니아로 가는 중일세."

남자는 그리스어로 대답했다. 그는 헤테오클레스가 그리스어를 할 줄 안다는 사실을 잘 알고 있었다. 헤테오클레스는 안도의 한숨을 쉬며 그리스어로 말했다.

"저도 바빌로니아로 가는 길입니다. 폐가 안 된다면 동행을 했으면 하는데요."

"폐라니, 무슨 말인가. 오히려 고마운걸. 혼자서 한적한 길을 가다 보니, 정말 겁이 났다네."

"그런데 왜 혼자 가시는 겁니까? 카라반들 속에 섞여 가시는 게 훨씬 더 나을 텐데요?"

"맞네. 그런데 사실은 카라반들에 대해 좋지 않은 이야기를 들었네. 카라반들은 돈벌이를 위해 길에서 만난 여행자들까지 노예로 판다더군. 그래서 무서운 일행과 함께 가느니 차라리 혼자 가는 게 낫겠다고 생각했네. 혼자 가도 지평선은 분명 보일 테니까 말이야. 방향을 잡는 데는 어려움이 없었네. 해가 솟는 곳을 향해 계속 걸어가기만 하면 되거든. 그러다 보면 유프라테스 강가에 도착하게 될 거야. 그 다음에는 다 된 거지. 튼튼한 배 한 척이면 끝이야. 드넓은 바빌로니아에 조금도 힘들이지 않고 도착할 수 있다네. 그런데 나보다도 자네는 혼자 다니기엔 너무 어려 보이는군. 자네는 부모형제가 없나?"

헤테오클레스는 대답하지 않았다. 그는 잠시 말발굽소리만 듣고 있었다. 사막 위를 걷는 말발굽소리가 텅 빈 하늘 밑에 울려퍼졌다. 남자가 다시 말했다.

"미안하네. 자네의 개인적인 일에 참견하려는 건 아니었네."

헤테오클레스는 잔잔한 바다처럼 기복이 없는 지평선을 물끄러미 바라보았다.

"유프라테스 강까지 가려면 아직 멀었나요?"

"아닐세. 이 길로 계속 가면 내일 밤에는 도착할 수 있을 거야."

남자가 대답했다.

그들은 저녁이 될 때까지 계속 길을 갔다. 밤이 되자 그들은 모래가 움푹 파인 곳에다 잠자리를 마련했다. 헤테오클레스는 낯선 남자가 어떤 행동을 할지 몰라 가능한 한 잠을 자지 않을 생각이었다. 하지만 몰려드는 피로를 이기지 못한 채 깊은 잠에 빠져들었다. 헤테오클레스가 곯아떨어진 것을 확인한 남자는 잠자리에서 일어나 오던 곳으로 되돌아갔다. 뒤따라오는 동료가 말 옆에 누워 잠든 모습이 멀리서 보였다. 모든 것이 계획대로 진행되고 있었다. 남자는 다시 헤테오클레스 곁으로 돌아와 눈을 붙였다. 하지만 그는 선잠을 자면서도 계속 밤의 소리에 귀를 기울였다.

새벽녘 헤테오클레스가 잠에서 깨어났다. 남자는 망토 위에 마른 빵과 야자열매 한 주먹을 꺼내놓았다. 황양나무 컵에는 물이 가득 담겨 있었다. 물은 밤새 마시기 좋을 만큼 차가워져 있었다. 두 사람은 말없이 식사했다. 그리고는 짐을 챙겨 고인 물처럼 미동도 없는 공기 속으로 걸어나갔다. 햇볕이 강하게 내리쪼였지만 그들은 한 번도 쉬지 않았다. 정오가 되자 말들이 먼저 지치기 시작했다. 그들은 말에서 내려 고삐를 잡고 걸었다.

한밤중이 되어 두 사람은 유프라테스 강가에 도착했다. 강은 달빛을 받아 눈부시게 빛났다. 속삭이듯 흐르는 강물소리가 그들을 맞이했다. 그들은 사방을 두리번거렸다. 그리고는 강물이 바닥의 자갈과 부딪혀 거품 띠를 만들어내는 지점을 찾아냈다. 양쪽 강변을 잇는 곳 중 수심이 가장 얕은 지점이었다. 남자가 그곳에서 강 한가운데로 조금 걸어갔다. 그는 그곳이 안전한지 확인한 다음 강에서 나왔다.

"이곳으로 건너가시면 됩니다. 원한다면 지금 강을 건너실 수 있습니다."

그가 헤테오클레스 쪽으로 몸을 돌리며 말했다.

"왜 그렇게 말하는 거죠? 당신은 가지 않나요?"

헤테오클레스가 묻자 남자가 고개를 가로저었다.

"가지 않습니다. 제 임무는 끝났습니다. 이제 전 돌아가야 합니다."

"임무라뇨?"

헤테오클레스의 눈이 놀라움으로 한층 더 커졌다.

"그렇습니다. 알렉산드로스 폐하께서 당신을 무사히 국경까지 호위 해드리라고 명령하셨습니다. 또 다른 동료 한 명이 뒤에서 우리를 따라 오고 있습니다."

헤테오클레스가 고개를 숙였다. 그리고 잠시 후 대답했다.

"네 주인에게 돌아가 전하라. 이 일로 인해 내가 원수 갚는 일을 포기 하지는 않을 거라고 말이다."

헤테오클레스는 강 속으로 말을 몰고 갔다. 기사는 말 위에 꼿꼿이 앉아 소년이 반대편 강가에 무사히 도착하는 것을 지켜보았다. 그리고

나서 그는 멀지 않은 곳에서 자신을 기다리고 있을 동료에게로 돌아갔
다. 달빛이 사막을 환히 밝혀주었다. 그러나 동료의 모습은 보이지 않았
다. 다음날 해가 뜰 무렵에도 그를 찾을 수가 없었고, 그 다음날도 마찬
가지였다. 사막이 그를 삼켜버린 것이었다.

"헤테오클레스가 무사히 국경을 넘었다는구려."

알렉산드로스가 바르시네의 방으로 들어서며 말했다.

"그런데 그 아이를 보호하라고 보낸 근위대원 한 명이 돌아오지 못했소."

"정말 안됐어요. 당신이 병사들을 얼마나 아끼는지 전 알고 있어요."

바르시네가 대답했다.

"내게는 자식과 같은 병사들이오. 하지만 당신을 안심시키기 위해서 치른 값이니 어쩔 수 없구려. 참, 다른 아들은 어떻소?"

"제 곁에 있습니다. 저를 사랑하고 이해하는 것 같아요. 아이들은 아이들의 본성이 지켜준답니다. 아이들은 아주 쉽게, 그리고 빨리 잊어버리지요."

"그런데 당신은? 당신은 어떻소?"

"폐하께서 베풀어주신 은혜에 깊이 감사하고 있어요. 하지만 제 마음은 예전 같지 않아요. 자식을 둔 여자는 진짜 연인이 될 수 없나 봅니다.

가슴 한편에는 항상 아이들에 대한 애정이 자리잡고 있으니까요.”

“이제 날 만나고 싶지 않다는 말이오?”

바르시네는 어쩔 줄 몰라하며 고개를 숙였다.

“절 고통스럽게 하지 마세요. 제가 당신을 그리워하지 않는 때가 단 한순간도 없다는 걸 너무나 잘 아시잖아요. 당신이 멀리 계시거나 제게 냉담해지시면 전 몹시 우울하답니다. 제발 부탁이에요. 시간을 조금만 더 주세요. 제가 다시 기운을 차릴 수 있도록, 제 아픔들이 피난처를 찾아갈 수 있을 때까지만 말이에요. 그러고 나면…… 그러고 나면 당신이 원하는 대로 당신을 사랑할 수 있을 거예요.”

그녀가 일어섰다. 그녀에게서 풍기는 매혹적인 향기가 알렉산드로스를 휘감았다. 알렉산드로스는 두 손으로 그녀의 얼굴을 감싸쥐고 입을 맞추었다.

“희망을 잃지 말아요. 아들을 다시 보게 될 날이 있을 거요. 그리고 머지않아 우리는 다함께 평화롭게 살 수 있을 거요.”

알렉산드로스는 바르시네의 얼굴을 다시 한 번 어루만진 다음 밖으로 나갔다. 그는 계단을 따라 내려가다가 셀레우코스를 만났다. 셀레우코스는 대왕을 찾고 있던 중이었다.

“안티파트로스 장군이 보낸 배가 도착했네. 긴급 서신을 가져왔어. 여기 있네.”

알렉산드로스는 재빨리 편지를 펼쳤다.

마케도니아 왕국의 섭정자 안티파트로스가 알렉산드로스 폐하께 안녕하십니까!

스파르타인들이 군대를 모아 행군해오고 있습니다. 펠로폰네소스 반도에 있는 마케도니아 주둔 부대와 동맹군들을 공격하기 위해서입니다. 아직은 동조 세력이 없습니다. 당분간 이 상태를 유지하는 게 가장 중요할 것 같습니다. 상황이 바뀌지 않도록, 폐하께서 최선의 조치를 취해주시리라 믿습니다. 그렇게 되면 저도 폐하의 원군 없이 이 상태를 계속 유지할 수 있을 것 같습니다. 황태후 마마와 클레오파트라 공주님께서는 잘 계십니다. 폐하께서 클레오파트라 공주님의 재혼을 생각하셔야 할 것 같습니다.

몸조심하십시오.

"좋은 소식이었으면 좋겠군."

셀레우코스가 말했다.

"불행히도 좋은 소식은 아니군. 스파르타인들이 우리를 공격하려 한다는군. 아테네인들에게 우리와의 약속을 상기시켜줘야겠어. 아테네 정부에서 보낸 사절단과의 접견은 언젠가?"

알렉산드로스가 물었다.

"오늘밤이야. 벌써 사절단은 그라니코스 전투의 포로 송환 요구를 에우메네스에게 문서로 전달해왔다네."

"시간 낭비를 하지 않는군. 그들이 실망할까봐 두려워. 다른 일은?"

"시의侍醫인 필리포스가 지금 페르시아 왕비의 해산을 돕고 있네. 그는 몹시 걱정하고 있어. 자네에게 그 사실을 알리고 싶어하더군."

"알겠네. 아테네인들에게는 공연이 끝난 다음에 접견하겠다고 알리게. 그리고 바르시네에게 왕비 처소에 가보라고 하게. 아마 도움이 될 거야."

알렉산드로스는 빠른 걸음으로 계단을 내려가 필리포스에게로 갔다. 그는 조수 두 명을 데리고 자신의 숙소에서 나오고 있었다. 조수들은 양팔 가득 약병을 안고 있었다.

"왕비는 어떤가?"

대왕이 의사에게 물었다.

"여전히 그 상태입니다. 안 좋다는 말이지요."

"대체 왜 그런가?"

"태아가 나오려고 하는데, 왕비는 아기를 출산할 수 없다는 겁니다."

"자네가 도와줄 방법이 전혀 없나?"

"아마 뭔가는 해줄 수 있을 겁니다. 하지만 걱정되는 건 왕비가 남자 의사의 진찰을 허락하지 않는다는 겁니다. 지금 제가 산파를 교육시켜보려 하지만 전혀 믿을 수가 없습니다. 산파는 이곳 원주민 여자입니다. 제 생각이 맞다면, 그 여자는 의술보다 마술에 더 능통한 것 같습니다."

"기다려보게, 곧 바르시네가 올 걸세. 어쩌면 그녀가 왕비를 설득할 수 있을 거야."

"그랬으면 좋겠군요."

필리포스가 대답했다. 하지만 별로 믿는 기색은 아니었다.

그들이 페르시아 황제 후궁들의 거처에 도착했을 때 바르시네는 이미 문 앞에서 그들을 기다리고 있었다. 페르시아 환관이 그들을 맞아 아트리움으로 안내했다. 위층에서 숨가쁜 신음소리가 들려왔다.

"진통이 찾아왔는데도 전혀 비명을 지르지 않습니다. 겨우 신음소리만 내고 있어요. 아마 수치심 때문일 겁니다."

필리포스가 말했다. 환관이 따라오라는 신호를 보내왔다. 그들은 함께 위층으로 올라갔다. 때마침 산파가 왕비의 방에서 나오고 있었다. 의사가 바르시네에게 말했다.

"제가 왕비를 설득하도록 통역을 좀 해주시지요."

바르시네가 고개를 끄덕이고 의사와 함께 왕비의 방으로 들어갔다. 그 사이 환관은 알렉산드로스를 다른 방으로 안내했다. 환관이 문을 두드리자 화려하게 옷을 차려입은 페르시아 귀부인이 문을 열고 나왔다. 대기실로 들어간 알렉산드로스는 잠시 후 황태후인 시시감비스의 응접실로 안내되었다. 황태후는 창가에 앉아 있었다. 무릎 위에는 글자들이 빼곡이 적힌 파피루스 두루마리가 놓여 있고 황태후는 나지막한 목소리로 그 글귀들을 읽고 있었다. 환관은 알렉산드로스에게 지금 황태후가 기도 중이라고 알려주었다. 대왕은 정중한 자세로 문 옆에 조용히 서 있었다. 얼마 기다리지 않아 황태후가 그를 맞으러 자리에서 일어섰다. 그녀는 알렉산드로스에게 페르시아어로 다정하게 인사했다. 얼굴에는 걱정과 간절함, 그리고 깊은 고통이 뒤섞여 있었다. 하지만 절망스런 표정은 아니었다. 통역관이 통역했다.

"황태후 마마께서 폐하께 인사를 여쭈었습니다. 그리고 마마는 폐하의 방문을 환영한다고 말씀하셨습니다."

"감사하다고 전하라. 마마를 방해하고 싶은 생각은 없다. 난 그저 위험에 처한 왕비를 도와주려고 온 것일 뿐이다. 내 의사의 말로는, 왕비가 수치심을 버리고 의사에게 진찰을 허락한다면 보다 쉽게 출산을 도울 수 있을 것 같다고 한다."

알렉산드로스는 황태후의 눈을 보며 말했다. 통역관의 말을 들은 시시감비스는 감동 어린 표정으로 알렉산드로스의 눈을 바라보았다. 두 사람은 그렇게 무언의 시선으로 얘기를 나누고 있었다. 그들은 통역관의 형식적인 언어가 얼마나 그들의 감정과 동떨어져 있는지를 느꼈다. 잠시 침묵이 이어지는 동안 자존심만으로 고통과 싸우고 있던 산모의 신음소리는 점점 더 커졌다. 황태후는 숨가쁜 신음소리에 상처를 받은 것 같았다. 두 눈이 눈물로 흐려졌다.

마침내 황태후가 먼저 입을 열었다.

"저애가 허락한다 해도 폐하의 의사가 저애를 도와줄 수 있다고는 생각지 않아요."

"왜 그렇습니까? 제 의사는 아주 뛰어나고……."

알렉산드로스는 그녀의 눈에서 시선을 떼지 않았다. 그는 그녀의 생각이 전혀 딴 방향으로 흐르고 있다는 걸 알고는 말을 멈추었다.

시시감비스가 그 해답을 말했다.

"제 생각에는, 며느리가 아기를 낳고 싶어하지 않는 것 같아요."

"이해할 수 없군요. 시의인 필리포스는 태아가 부자연스러운 위치에 있어서 바깥 세상으로 나오는 데 약간 애를 먹고 있다고 했습니다. 그러니……."

연륜과 고통이 묻어나는 황태후의 두 뺨 위로 눈물이 흘러내렸다.

"내 며느리는 포로가 될 왕자를 낳고 싶어하지 않습니다. 어떤 의사가 와도 그 결심을 바꿀 수 없을 거예요. 아기가 밖으로 나오지 못하게 막고 있는 사람은 바로 며느립니다. 아기와 함께 죽으려는 거지요."

알렉산드로스는 당황해서 아무 말도 하지 못했다. 그리고 고개를 떨구었다.

"폐하에게는 아무런 잘못도 없습니다."

격한 감정 때문인지, 시시감비스 황태후의 목소리가 갈라졌다.

"폐하께서 저희 페르시아 제국을 파괴하는 운명을 타고난 탓이지요. 당신은 땅 위에 거세게 몰아치는 돌풍과도 같습니다. 돌풍이 지나가고 나면 그 무엇도 예전과 같을 수 없답니다. 하지만 우리 인간들은 성난 폭풍우가 몰아칠 때 풀잎에 매달려 있는 개미들처럼 과거의 추억에 매달려 있을 수밖에 없습니다."

그때 엄청나게 큰 신음소리가 들려왔다. 잠시 후 저택의 내실에서 통곡소리가 울려퍼졌다. 그러자 시시감비스가 말했다.

"마침내 일이 벌어졌군요. 마지막 황제가 될 아기가 미처 태어나기도 전에 돌아가셨어요."

시녀 두 명이 급히 들어와 어깨까지 덮이는, 검은 베일로 황태후의 얼굴을 가렸다.

알렉산드로스는 석상같이 서 있는 황태후를 바라보며 무슨 말이든 하고 싶었다. 하지만 감히 한마디도 입 밖에 낼 수 없었다. 알렉산드로스는 고개를 숙여 인사하고 응접실에서 나왔다. 그는 다리우스 후궁들의 통곡소리를 들으며 복도를 지났다. 필리포스가 창백한 얼굴로 왕비의 방에 딸린 대기실에서 나오고 있었다.

다음날 알렉산드로스는 엄숙한 장례식을 거행했다. 지위에 맞게 왕비는 호화롭고 정중하게 땅 속에 묻혔다. 알렉산드로스는 페르시아인들의 관습대로 거대한 무덤을 만들어주라고 명령했다. 왕비를 땅에 묻을 때 알렉산드로스는 아름답고 우아했던 왕비와 이 세상에 머리를 내밀어보지도 못한 채 죽은 아기를 생각하며 눈물을 흘렸다.

그날 밤, 페르시아 환관은 말을 타고 몰래 저택을 빠져나왔다. 그는 며칠 동안 말을 달려 티그리스 강 근처에 자리잡은 페르시아의 전초부대에 도착했다. 그곳을 지키고 있던 병사들에게 강 건너에 있는 다리우스 황제의 진영으로 데려다달라고 했다. 메디아족 기사 몇이 그를 호위해 10파라상³⁾쯤 되는 사막을 가로질러갔다. 다음날 해가 질 무렵 환관은 다리우스 황제 앞으로 안내되었다.

다리우스는 장군들과 함께 회의를 하고 있었다. 그는 일반 병사들처럼 거친 양모 바지에 양가죽 상의를 입고 있었다. 그가 황제임을 알려주는 표시는 단단한 삼중관과 허리에 찬 황금 단도, 아키나케스뿐이었다.

환관은 황제 앞으로 인도되자마자 이마를 땅에 대고 흐느꼈다. 그는 길고도 고통스러웠던 왕비의 산고産苦와 그녀의 죽음, 장례식 이야기를 상세하게 전했다. 알렉산드로스가 눈물을 흘렸다는 이야기도 빼놓지 않았다. 다리우스는 큰 충격을 받았다. 그는 내실로 환관을 불러들였다.

"이렇게 슬픈 소식을 가지고 온 저를 용서해주십시오"

환관은 눈물을 흘리며 용서를 구했다. 다리우스가 환관을 달래며 물

---

3) 페르시아의 거리 단위. 1파라상은 약 5.5킬로미터

었다.

"울지 말아라. 너는 네 임무를 충실히 수행했다. 그 점을 나는 고맙게 생각한다. 어떠했느냐, 왕비가 많이 고통스러워했느냐?"

"몹시 고통스러워하셨습니다, 폐하. 하지만 페르시아 왕비다운 위엄과 노력으로 그 고통을 견디셨습니다."

다리우스는 말없이 환관을 바라보았다. 환관은 불안하면서도 절망적인 다리우스의 눈빛을 보았다. 그리고 그의 마음에서 상반된 감정이 소용돌이치고 있는 걸 직감할 수 있었다. 황제의 이마에는 깊은 주름이 파여 있었다.

황제가 입을 열었다.

"알렉산드로스가 울었다는 것이 사실이냐?"

"그렇습니다, 폐하. 저는 아주 가까운 거리에서 그가 우는 것을 볼 수 있었습니다."

다리우스가 한숨을 쉬었다. 그리고 긴 의자 위에 털썩 주저앉았다.

"그렇다면…… 그렇다면, 두 사람 사이에 무슨 일이 있었을 것이다. 사람들은 자기가 사랑하던 사람이 죽으면 눈물을 흘리지."

"폐하, 전 그렇게 생각하지 않습니다."

"아마 죽은 아기가 알렉산드로스의……."

"아닙니다, 아닙니다."

환관이 단호하게 말했다.

"입 디물어리!"

다리우스가 소리쳤다.

"네놈이 감히 내 판단을 무시하는 것이냐?"

환관은 비 오듯 눈물을 쏟으며 다시 무릎을 꿇었다. 그는 벌벌 떨고 있었다.

"폐하, 제발 말씀을 드릴 수 있게 해주십시오!"

환관은 간청하는 자세로 두 손을 앞으로 모았다.

"넌 이미 너무 많은 이야기를 했다. 더 할말이 뭐가 있느냐?"

"알렉산드로스는 왕비 마마께 손도 대지 않았습니다. 오히려 온갖 배려를 해주고 존중해주었습니다. 허락을 구하지 않고 왕비 마마를 찾은 적이 단 한 번도 없으며, 왕비 마마의 친구들이 계실 때만 그곳을 방문했습니다. 알렉산드로스는 왕비 마마뿐만 아니라 황태후 마마에게도 그렇게 했습니다."

"지금 나를 속이는 건 아니겠지?"

"제가 감히 어떻게 그럴 수 있겠습니까, 폐하. 제가 말씀드린 것은 조금도 거짓이 없는 진실입니다. 아후라 마즈다의 이름을 걸고 맹세할 수 있습니다."

"아후라 마즈다……."

다리우스가 중얼거렸다. 그는 자리에서 일어나 천막 출입구에 드리워진 휘장을 들어올렸다. 하늘에는 별이 총총했다. 눈부시게 빛나는 은하수가 지평선 위에 걸려 있었다. 야영 중인 수천 개의 천막에서 불빛이 새어나와 평원을 밝히고 있었다.

"하늘에 계신 불의 신이시며 우리의 신이신 아후라 마즈다시여."

다리우스가 기도를 드렸다.

"제게 승리를 주십시오. 제 선조들이 세우신 제국을 구하게 해주십시오. 만약 제가 승리를 거둔다면 제 적을 관대하게 다루고 존중해줄 것을 약속드립니다. 우리가 서로 겨루는 운명이 되지 않았더라면 전 그에게 우정과 애정을 느꼈을 것입니다."

환관은 생각에 잠겨 있는 황제를 홀로 남겨둔 채 그 자리를 떠났다. 황제의 천막에서 멀어지던 그는 병영 입구에서 요란한 소리가 들려오자 걸음을 멈추었다. 그는 아시리아 기사들이 모여 있는 곳으로 다가갔다. 기사들은 잘생긴 소년 하나를 호위해오고 있었다. 환관이 그 앞을 지나가자 소년은 아는 사람이라도 발견한 듯 얼굴을 돌렸다. 환관은 우뚝 걸음을 멈추었다. 그는 자기 눈을 믿을 수 없다는 듯이 소년을 뒤따라갔다. 호위대는 황제의 천막으로 향하고 있었다. 그때 황제의 천막 앞에서 불타고 있던 횃불이 소년의 얼굴을 비추었다. 그제야 시종의 의구심은 완전히 사라졌다. 소년은 로도스의 멤논과 바르시네의 아들 헤테오클레스였다.

「오이디푸스 대왕」에서 테살로스의 연기는 완벽했다. 버클 핀으로 자신의 눈을 찌르는 장면에 이르렀을 때 관객들은 배우의 가면 위로 두 줄기의 피눈물이 흐르는 것을 보았다. 무대에서 오이디푸스가 음률에 맞춰 비탄의 통곡을 했다.

"오오오오, 흐흐흑흑흑!"

그와 동시에 객석에서도 '오오오오'라는 탄식이 터져나왔다.

특별석에 앉아 있던 알렉산드로스는 오랫동안 열광적으로 박수를 쳤다. 곧이어 「알케스티스」가 공연되었다. 마지막 장에서는 타나토스[4]의 검은 옷을 입은 죽음의 사신이 땅 밑에서 솟아나 박쥐 같은 날개로 무대 위를 날아다녔다. 헤라클레스가 곤봉을 휘두르며 사신을 무찌르려고 애쓸 때 청중들의 놀라움은 훨씬 더 커졌다. 에우메네스는 무대효과를 내는 기계들을 건축가 디아데스에게 맡겼다. 디아데스는 티로스의 성벽을

---

4) 고대 그리스에서 의인화된 죽음

가루로 만든 기계를 제작한 사람이었다.

"아주 만족스러울 거라고 내가 말했지. 청중들을 좀 보게. 모두 넋을 잃고 보고 있어."

서기장이 알렉산드로스의 귀에다 대고 속삭였다. 죽음의 사신은 회전하는 공중 장대에 매달린 채 자유자재로 움직였다. 바로 그때 헤라클레스의 곤봉이 정확하게 타나토스를 후려쳤다. 그 순간 장대고리가 풀리며 죽음의 사신이 요란한 소리와 함께 바닥으로 떨어졌다. 그러자 헤라클레스가 달려가 곤봉을 마구 휘둘러 죽음의 사신을 해치웠다. 청중은 열광했다.

"자네가 기적 같은 일을 해냈어. 모두 상을 받을만해. 특히 무대장치를 만든 건축가가 상을 받아야 할 거야. 난 저런 장치를 본 적이 없네."

"돈을 대준 우리 친구들의 공도 크지. 키프로스 왕이 장비를 구입하도록 돈을 댔다네…… . 그런데 한 가지…… ."

에우메네스가 덧붙였다.

"페르시아 전선에서 새로운 소식이 도착했네. 오늘밤 아테네인들을 접견하고 난 뒤 자네에게 보고하도록 하겠네."

에우메네스는 말을 마친 뒤 시상식 준비를 하기 위해 자리를 떴다.

심사위원들이 회의실로 모였다. 심사위원들 중에는 예의상 임명된 아테네 사절단이 다수 포함되어 있었다. 회의실에서 돌아온 심사위원들이 심사 결과를 발표했다. 최우수 무대상은 「알케스티스」에 주어졌고, 최우수 배우상은 여자 가면을 쓰고 아르고스의 왕비 역을 밑았던 아테노도로스에게 돌아갔다.

대왕은 자신이 좋아하는 테살로스에게 상이 돌아가지 않자 금세 실망스런 표정을 지었다. 하지만 내색하지 않고 상을 받은 아테노도로스에게 정중하게 박수를 보냈다.

"신경쓰지 말게. 심사위원들은 아테노도로스가 동성애자처럼 여자 목소리를 냈기 때문에 상을 준 거야."

에우메네스가 대왕에게 말했다. 대왕과 조금 떨어진 곳에 있던 프톨레마이오스가 셀레우코스의 귀에다 대고 속삭였다.

"내가 보기엔 아테네 심사위원들이 결정을 잘못 내린 것 같군. 오늘밤 그들이 알렉산드로스를 설득하자면 꽤 애먹겠어."

그러자 셀레우코스가 말했다.

"그렇겠지. 하지만 어떤 심사 결과가 나왔든 아테네인들에겐 지금 상황이 별로 좋지 않아. 스파르타의 아기스 대왕이 우리 주둔군을 공격하고 있네. 어쩌면 아테네인들에게 유혹의 손길이 뻗칠 수도 있어. 그러니 지금부터라도 다른 희망을 품지 못하도록 아테네인들을 다잡아둘 필요가 있어."

셀레우코스의 생각이 맞았다. 시간이 되자 대왕은 아테네 사절단을 접견했다. 그리고 그들의 요구사항에 귀를 기울였다. 의회의 일원이자 나이와 경륜이 많은 사절단장이 말했다.

"이오니아를 정복할 때 우리 아테네는 폐하를 지지함으로써 신의를 지켰습니다. 그리고 폐하께서 마케도니아와 안전하게 연락을 취할 수 있도록 바다의 해적들을 소탕했습니다. 그래서 저희는 폐하께 자비를 베풀어주십사 청을 드리는 겁니다. 그라니코스 전투에서 폐하에게 포로로 잡힌 아테네인들을 석방해주십시오. 포로의 가족들은 그들을 만나게 될 날만 손꼽아 기다리고 있습니다. 도시는 그들을 맞을 준비를 하고 있습니다. 그들이 잘못을 저지른 것은 사실이지만, 한편으로 그들의 행동은 선의에 의한 것이었습니다. 그리고 이미 자신들이 취한 행동의 대가를 가혹하게 치렀습니다."

대왕은 맞은편에 있던 셀레우코스와 재빠르게 눈길을 주고받았다.

"나도 당신들의 요구를 들어줄 의향이 있소. 하지만 아직 과거를 완전히 잊어버릴 때가 된 것 같지는 않소. 제비뽑기를 하든 당신들이 선택하

든 난 5백 명의 병사들만 석방할 것이오 나머지 병사들은 당분간 나와
함께 있어야 하오.”

아테네 사절단장은 감히 반론을 펼 수 없었다. 그는 대왕이 한 번 내린
결정은 번복하지 않는다는 것을 잘 알고 있었다. 그것이 정치와 군사작
전에 관계된 것일 때는 더욱더 그랬다. 때문에 그는 비록 불만스러웠지
만 할 수 없이 물러날 수밖에 없었다.

사절단이 물러가자 회의에 참석했던 사람들도 하나둘 자리를 떴다.
에우메네스만 마지막까지 남아 있었다. 알렉산드로스가 물었다.

“자네가 내게 말하려던 게 뭔가?”

“곧 알게 될 걸세. 자네를 만나러 온 사람이 있네.”

에우메네스는 쪽문으로 가서 이상하게 생긴 남자를 들어오게 했다.
검은색 머리와 수염을 정성 들여 지진, 시리아 풍의 옷을 입은 남자였다.
알렉산드로스는 가까스로 그를 알아볼 수 있었다.

“솔리스의 에우몰푸스! 그런데 어떻게 이렇게 변할 수가 있나?”

“신분을 바꿨습니다. 이제는 바알라드가르라고 불립니다. 시리아에서
점쟁이와 예언가로 명성을 날리고 있습니다. 그런데 온 아시아를 두려
움에 떨게 하시며 나일 강과 유프라테스의 주인이신 젊은 신께는 어떻
게 인사를 드려야 하는 겁니까?”

그렇게 말하며 그는 주위를 두리번거렸다.

“그런데 개가 보이지 않는군요?”

“여기 없네. 설마 자네 눈이 잘못된 것은 아니겠지?”

에우메네스가 말했다. 계속해서 알렉산드로스가 물었다.

“그런데 정말 무슨 소식을 가지고 왔나?”

에우몰푸스는 망토 자락으로 의자의 먼지를 털었다. 그런 다음 양해
를 구하고 자리에 앉았다.

“이번에는 그 어느 때보다 폐하께 도움이 되는 소식입니다.”

에우몰푸스가 말을 시작했다.

"일이 어떻게 됐느냐 하면 말입니다. 황제는 대군을 모으고 있습니다. 이수스에서 폐하께 대적했던 군대보다 훨씬 규모가 큽니다. 게다가 낫이 달린 전차를 고안해냈습니다. 면도날처럼 날카로운 칼날이 박혀 있는 전차를 말입니다. 그들은 바빌로니아의 북쪽에 기지를 세우고 폐하가 어느 쪽에서 전진해올지 살피고 있을 겁니다. 그들은 그 지점에서 싸움터를 고르고 있습니다. 분명 수적 우세를 활용할 수 있고 전차들이 달리기 쉬운 평지를 선택할 것입니다. 다리우스는 더 이상 폐하에게 협상을 청하지 않을 것입니다. 이제는 자신의 운명을 마지막 결전에 걸고 있습니다. 그는 자신이 승리하리라고 확신하고 있습니다."

"대체 다리우스가 갑자기 생각을 바꾼 이유가 뭔가?"

"폐하께서 무기력하게 계셨기 때문입니다. 폐하께서 이곳 해안에서 칩거하시는 동안 그는 폐하를 무찌르는 데 필요한 군대를 모을 시간이 충분했습니다."

알렉산드로스가 에우메네스 쪽으로 몸을 돌렸다.

"봤지? 내 생각이 맞았어. 이제 바야흐로 때가 되었네. 우리는 곧 마지막 결전을 벌일 수 있을 걸세. 그리고 나는 그 전투에서 승리할 걸세. 그러고 나면 온 아시아가 내 것이 될 거야."

에우메네스가 다시 에우몰푸스에게 물었다.

"자네 생각에, 어느 곳을 싸움터로 고를 것 같나? 북쪽인가? 남쪽인가?"

"그것은 말씀드릴 수 없습니다. 하지만 한 가지 사실만은 분명합니다. 폐하의 정찰대가 무방비상태로 방치된 어떤 길을 발견하게 될 경우, 바로 그곳에서 페르시아 황제가 기다리고 있을 것입니다."

알렉산드로스는 잠시 생각에 잠겼다. 에우몰푸스는 알렉산드로스를 주의 깊게 지켜보았다. 잠시 후 알렉산드로스가 말했다.

"우리는 초가을에 움직일 걸세. 타프사코스에서 유프라테스 강을 건널 거야. 내게 건네줄 정보가 있다면 나중에 그쪽 지역에서 만나도록 하지.”

에우몰푸스는 정중하게 인사하고 물러났다. 에우메네스는 대왕과 이야기를 나누기 위해 잠시 더 그 자리에 머물렀다.

“타프사코스라고? 그렇다면 자네는 유프라테스 강을 따라 내려가고 싶다는 뜻이군. 『1만 병사의 퇴각』에서처럼 말이지, 그렇지?”

“아마 그럴 거야. 하지만 아직 말할 수는 없어. 강 연안에 도착한 뒤에 결정할 걸세. 지금은 그냥 운동 경기나 계속하게. 난 병사들이 즐기면서 기분 전환을 했으면 하네. 앞으로 몇 달 동안은 그런 시간을 가질 수 없을 거야. 어쩌면 몇 년이 될지도 모르지. 권투 시합에는 누가 참가하나?”

“레온나토스.”

“그렇군. 격투에는?”

“레온나토스.”

“알겠네. 이제 헤파이스티온을 찾아서 내게 보내주게.”

에우메네스는 인사를 하고 친구를 찾으러 나섰다. 헤파이스티온은 레온나토스와 격투 연습을 하고 있었다. 헤파이스티온은 두 번이나 땅바닥에 쓰러졌다. 에우메네스는 그가 세 번째로 레온나토스의 발 밑에서 나뒹굴자 비로소 용건을 말했다.

“알렉산드로스가 자네를 불러오라고 했네. 가보게.”

“나도 오라고 했나?”

레온나토스가 물었다.

“아니. 자네는 부르지 않았어. 자네는 여기서 계속 연습하게. 아테네인 도전자를 이기지 못하면 살아남기 어려울 거야.”

레온나토스는 다른 병사를 새로운 연습상대로 지목했다. 레온나토스는 자기만 소외된 것이 불만스럽다는 듯 뭐라고 계속 투덜거렸다. 헤파이스티온은 모래로 뒤범벅된 상태에서 대충 손만 씻고 대왕의 숙소에 나타났다.

"나를 찾았나?"

"그래. 자네에게 임무를 하나 맡기겠네. 기병대 2개 부대를 선발하게. 원한다면 정예부대원들 중에서 선발해도 되네. 그리고 페니키아 해군 공병도 2개 부대를 선발하게. 네아르코스도 함께 가게. 유프라테스 강가의 타프사코스로 가서 네아르코스가 선교 두 개를 만들 동안 그를 엄호해주게. 우리 원정대가 그 선교를 건널 걸세."

"시간은 얼마나 줄 건가?"

"최대한 한 달이야. 한 달 후, 나는 전 부대를 이끌고 자네가 있는 곳으로 갈 걸세."

"드디어 움직이는군."

"그렇다네. 움직이는 거야. 바다의 파도에게 인사하게. 대양大洋에 도착할 때까지 당분간 바닷물을 보지 못할 거야."

나흘 동안 헤파이스티온은 기병과 공병을 선발하고 건축자재들을 모았다. 선교를 만들 때 사용될 배들이 분해되어 노새들이 끄는, 번호가 매겨진 마차에 실렸다. 선발대의 긴 행렬이 해안을 떠날 준비를 했다. 떠나기 전날 밤, 헤파이스티온은 알렉산드로스에게 인사를 하고 천막에서 나왔다. 그때 헤파이스티온은 천막 뒤에서 두 개의 그림자가 나타나 뒤를 밟는 것을 눈치챘다. 그가 막 검을 쥐려는 순간, 낯익은 목소리가 속삭였다.

"날세."

에우메네스였다.

"살고 싶지 않은가?"

헤파이스티온이 말했다.

"검이나 좀 치우게. 꼭 얘기할 게 있네."

헤파이스티온은 함께 있는 또 다른 자를 살펴보았다. 솔리스의 에우몰푸스였다.

“이게 누군가! 우리 군대를 팔아 페르시아의 장대에서 엉덩이를 구한 그 남자로군.”

헤파이스티온이 비웃었다.

“입 다무시게, 꼬마 양반. 당신 엉덩이와 그 엉덩이에 사는 기생충들까지 무사하고 싶으면 조용히 내 말을 들으란 말야.”

에우몰푸스가 응수했다. 헤파이스티온은 두 사람을 자기 막사로 데리고 갔다. 그는 두 개의 잔에 포도주를 따랐다. 에우메네스는 포도주를 한 모금 마시고 이야기를 시작했다.

“에우몰푸스는 알렉산드로스에게 사실대로 이야기하지 않았네.”

“나도 그럴 거라는 생각이 들었어.”

헤파이스티온이 대답했다.

“에우몰푸스가 아주 잘한 거야, 제기랄! 알렉산드로스는 자기 힘도, 적의 힘도 계산할 줄 모르고 단지 황소처럼 공격하려 한다니까.”

에우메네스가 투덜거렸다.

“하지만 알렉산드로스가 옳아. 우린 그라니코스와 이수스에서 승리했잖아.”

“그라니코스에서는 적의 수가 우리와 엇비슷했고, 이수스에서는 운이 따랐지. 하지만 그들은 지금 1백만 대군이야. 잘 알겠나? 1백만 병사라고. 어마어마한 수지. 자네 이 숫자를 다 셀 수나 있겠나? 난 상상도 할 수 없는 수야. 어쨌든 계산을 한번 해보도록 하지. 여섯 줄로 선다면 그들은 좌우로 우리보다 3스타디온이나 더 길게 만들 수 있어. 게다가 낫이 달린 전차는? 그 무시무시한 전차를 우리 병사들이 어떻게 감당하겠나?”

“그래서 내가 어떻게 해야 한다는 거야?”

“내가 설명해주겠소.”

에우몰푸스가 끼어들었다.

"페르시아 황제는 바빌로니아의 총독이며 황제의 오른팔인 마체오스를 보내 타프사코스의 길을 수비하게 할 겁니다. 마체오스는 그곳부터 인더스 강 하구까지의 전 지역을 자기 손바닥처럼 알고 있는 늙은 여우 같은 인물입니다. 그리고 당신의 피를 토하게 만들 강력한 그리스 용병들을 수천 명이나 거느리고 있습니다. 다른 것도 말해줄까요? 마체오스는 그리스어를 당신보다 더 잘하기 때문에 그 용병들을 너무나 잘 이해하고 있습니다."

"무슨 말인지 잘 모르겠으니 계속 말해보게."

"마체오스는 얼마 전부터 깊은 실의에 빠져 있습니다. 키루스 대왕과 다리우스 황제의 제국이 황혼기로 접어들었다고 믿는 거지요."

"그렇게 생각하는 게 좋지, 그래서?"

"내게 이런 정보를 준 자는 마체오스와 아주 가까운 사이입니다. 그러니까 우리 중 누군가 늙은 여우와 얘기해볼 수 있다는 겁니다. 이해하겠습니까?"

"대충."

"혹시 그를 만날 기회가 있으면 이야기를 나눠보게. 네아르코스가 예전에 키프로스에서 그를 본 적이 있으니까 알아볼 수 있을 거야."

에우메네스가 말했다.

"그렇게 할 수는 있겠지. 하지만 그 다음에는?"

"1백만 대군과 싸운다면 우리가 패할 수도 있어. 하지만 도와주는 사람이 있다면 싸움이 한층 수월해지지."

"그가 배신하게 유도하라는 거군."

"뭐, 대충 그런 뜻이지요."

에우몰푸스가 말했다.

"알렉산드로스와 이야기해봐야겠군."

"미쳤나?"

에우메네스가 벌떡 자리에서 일어서며 말했다.

"안 그러면 일을 진행시킬 수 없어."

헤파이스티온의 말에 에우몰푸스가 안타깝다는 듯 고개를 저었다.

"자기보다 현명한 사람의 말에 귀기울이지 않는 젊은이들이야…….
좋소, 당신은 당신 방식대로 행동하시오 염병할 멍텅구리 같으니."

에우몰푸스는 서기장을 따라 나왔다. 밖으로 나오던 두 사람은 하마
터면 알렉산드로스와 부딪힐 뻔했다. 알렉산드로스는 페리타스를 데리
고 바닷가로 산책을 가던 길이었다. 페리타스가 두 사람이 있는 쪽을
보며 사납게 짖어댔다. 에우메네스가 페리타스와 에우몰푸스를 번갈아
보다가 물었다.

"자네 그 가발, 혹시 여우털로 만든 건가?"

헤파이스티온의 부대는 1주일 동안 행군한 끝에 타프사코스의 유프
라테스 강가에 도착했다. 타프사코스는 서방 세계 각지에서 온 상인들
과 여행객들로 붐볐다. 온갖 동물들과 상품들이 넘쳐나는 도시였다. 그
곳이 유일한 도하 지점이었기 때문이었다.

그곳은 원래 페니키아인의 기원지였다. 도시 이름은 '도하' 혹은 '길'
을 뜻했다. 볼 만한 것은 아무것도 없었다. 유적지도, 사원도, 주랑과 석
상들이 늘어선 광장도 없었다. 그래도 도시는 사람들의 활기로 넘쳐났
다. 화려한 옷차림의 행인과 상인들, 창녀들이 도시를 그림처럼 장식했
다. 창녀들은 강가에서 일하는, 노새와 낙타몰이꾼들에게 몸을 팔았다.
도시에서는 시리아어, 킬리키아어, 페니키아어, 아랍어, 그리고 그리스
어가 뒤섞인 이상한 말들이 사용되었다.

헤파이스티온이 첫 번째 정찰을 돌았다. 그는 도하 지점 외에는 강을
건널 만한 곳이 없음을 알게 되었다. 산 쪽에서는 벌써 비가 내리고 있었
고 강물은 엄청나게 불어났다. 강을 건너려면 다리를 세우는 수밖에 없

었다. 페니키아의 목수들이 네아르코스의 명령에 따라 배를 만들기 시
작했다. 각 목판의 이음 부분에는 페니키아의 알파벳을 불로 지져 새겨
놓았다. 조립할 때를 대비한 표식이었다.

배들이 모두 준비되자 다리를 조립했다. 해병들은 배들을 정해진 자
리로 옮겼다. 닻을 내리고 배들을 연결해 고정시킨 다음, 그 위에 널빤지
를 올려놓고 난간을 세웠다. 그들이 작업을 시작한 지 얼마 되지 않았을
때였다. 강 건너에서 마체오스의 부대가 모습을 드러냈다. 시리아와 아
랍 기병대, 그리고 그리스 중장보병대였다. 그들은 곧 방해작전을 폈다.
강 한가운데로 불붙은 화살을 쏘아댔다. 나프타를 실은 화공선을 상류
에서 띄워보내기도 했다. 화공선은 한밤중에 불로 만든 공처럼 재빠르
게 떠내려와 선교에 부딪혔다. 네아르코스의 병사들이 공들여 세운 다
리가 순식간에 불덩이로 변했다.

시간만 자꾸 흘러갈 뿐, 일은 전혀 진척이 없었다. 어느새 알렉산드로
스의 원정대가 도착할 날이 가까워졌다. 식량을 실은 2천 대의 군용마차
가 원정대와 함께 곧 모습을 드러낼 참이었다. 헤파이스티온은 준비도
제대로 해놓지 못한 채 알렉산드로스를 맞아야 할 것을 생각하자 너무
도 끔찍했다. 그는 네아르코스와 자주 머리를 맞대고 이야기를 나누었
다. 어느 날 밤, 두 사람이 강둑에 앉아 앞으로의 일을 의논하고 있었다.
그때 네아르코스가 헤파이스티온의 어깨를 쳤다.

"보시지요."

"뭘요?"

"저 남자요."

헤파이스티온은 네아르코스가 가리키는 쪽을 바라보았다. 반대편 강
가에서 한 남자가 말을 탄 채 횃불을 들고 있었다.

"누굴까요?"

"아마 우리와 이야기하고 싶은 사람일 겁니다."

"우리가 어떻게 해야 하지요?"

"내 생각엔 장군이 한번 가보시는 게 좋을 것 같군요. 배를 타고 저쪽으로 건너가 저 사람이 뭘 원하는지 들어보세요. 필요하면 우리가 엄호해줄 테니까."

마침내 결심한 헤파이스티온은 배를 타고 건너편 강가로 갔다. 강가에 다다르자 말을 탄 남자가 그리스어로 유창하게 말했다.

"안녕하시오."

헤파이스티온도 인사하며 물었다.

"안녕하시오. 그런데 당신은 누구시오?"

"나는 나부나이드요."

"내게 원하는 게 뭡니까?"

"아무것도 없소. 우리는 내일 마지막 남은 다리마저 모두 부술 것이오. 결전을 벌이기 전에 당신에게 이 물건을 주고 싶소. 혹시 바알라드가르를 만나면 전해주시오."

'솔리스의 에우몰푸스 말이로군.'

헤파이스티온은 남자가 손에 들고 있는 작은 상像을 보며 속으로 생각했다. 토기로 만든 상의 받침대에 설형문자들이 새겨져 있었다.

"무엇 때문에 이것을 전하려는 거요?"

"언젠가 그분이 내 불치병을 고쳐주었소. 그래서 나는 답례로 그분이 아주 좋아하는 물건을 주기로 약속했소. 그게 바로 이거요."

헤파이스티온은 '그자를 이렇게 말하는 자가 있다니. 내가 보기엔 둘도 없는 사기꾼인데'라고 속으로 생각했다.

"좋소, 전해주리다. 그 외에 달리 할말은 없소?"

"없소."

그 남자가 대답했다. 이어 그는 횃불을 손에 든 채 말을 타고 가버렸다. 헤파이스티온은 다시 강을 건너왔다. 정박해 있는 배 위에서 네아르코스가 기다리고 있었다. 상태가 좋은 배는 그 배뿐이었다.

"저 사람이 누군지 아셨습니까?"

헤파이스티온이 정박지로 가까이 오자 제독이 물었다.

"아니오."

"내가 잘못 본 게 아니라면, 저 사람은 바빌로니아의 총독인 마체오스입니다."

"맙소사! 그런데 왜……."

"그가 뭐라고 하던가요?"

"우리를 전멸시킬 거라고 말하더군요. 하지만 바알라드가르, 그러니까 솔리스의 에우몰푸스에게 빚이 있다고 했습니다. 그에게 이걸 전해 달라더군요."

그러면서 그는 작은 상을 보여주었다.

"이것은 저 사람이 약속을 소중하게 생각한다는 것을 의미합니다. 우리를 전멸시킬 계획이라면 나도 나름대로 생각해둔 게 있습니다. 이틀 내로 우리가 저들을 기습할 겁니다."

"생각이라뇨?"

"아직 조립되지 않은 배들은 이동시켜놓았습니다."

"우리에게 남아 있는 마지막 배들이겠군요."

"그렇습니다. 사람들의 눈을 피해 숲 속에서 모두 조립할 겁니다. 그런 다음 그 배에 3백여 명의 기사들을 태워 강을 건너게 할 생각입니다. 한밤중에 마체오스의 병영을 공격해 아수라장으로 만드는 거지요. 기사들을 강 건너편으로 실어다준 뒤 배를 다시 이 지점으로 내려보낼 겁니다. 도하한 기사들이 전투를 벌이는 동안 우리 공병들은 방해받지 않고 배들을 연결시킬 수 있을 겁니다. 다리가 모두 완성되면 장군께서 정예 부대원을 이끌고 다리를 건너가 전투 중인 아군을 도와주는 겁니다. 우리는 승리할 것이고 저들은 패배할 겁니다. 타프사코스 도하 지점은 우리 것이 될 겁니다. 경기는 끝난 겁니다.”

헤파이스티온은 네아르코스를 쳐다보았다. 검게 그을린 얼굴에 곱슬 머리를 한 이 크레타인은 배를 이용해 어떤 일을 해야 하는지 너무나 잘 알고 있었다.

“언제 시작할 겁니까?”

헤파이스티온이 물었다.

“이미 시작했습니다. 어떤 생각이 떠올랐을 때는 쓸데없이 시간을 낭비할 필요가 없지요. 내 병사 몇 명이 벌써 정찰을 하러 떠났습니다.”

네아르코스가 자신있게 대답했다.

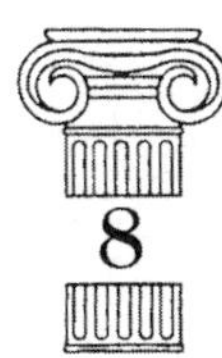

이틀 후, 자정이 지나자 네아르코스의 작전이 개시되었다. 기사들을 실은 배는 강 상류에서 물살의 흐름을 타고 반대편으로 건너갔다. 기사들이 모두 내리고 나자 배를 움직이는 해병 몇 명만 남았다. 배들은 잠시 그곳에 머물렀다가 재빠르게 다시 유프라테스 강을 따라 아래로 내려왔다.

배들이 헤파이스티온의 병영에 도착했다. 때마침 강 건너편에서는 마케도니아 공격대에게 급습을 당한 페르시아 병사들의 비명소리가 들려왔다. 네아르코스는 배들을 계류 밧줄로 단단히 묶으라고 명령했다. 적진에서 전투가 격렬하게 진행되는 동안 네아르코스는 선교를 연결해 강 건너편에 고정시켰다.

배를 타고 강을 건너갔던 공격부대가 점차 열세에 몰렸다. 이제나저제나 때를 기다리고 있던 헤파이스티온의 정예부대는 선교가 완성되자마자 강 건너편으로 돌격했다. 적진에 가 있던 공격부대가 기진맥진할 즈음이었다. 지원부대가 도착하자 교전은 다시 격렬해졌다. 적진 중앙에 위치한 그리스 용병들은 무겁고 커다란 방패를 맞대고 기병대의 공격에 끈질기게 저항했다.

그때 아무도 예상치 못한 사태가 발생했다. 갑자기 적진에서 싸우던 페르시아인들이 약속이나 한 듯 남쪽으로 달아났다. 열심히 싸우던 그리스 용병들은 멍하니 그들을 바라보다가 꼼짝없이 헤파이스티온의 기병대에게 포위되고 말았다. 그리스 용병들은 더 이상 저항하지 못하고 항복했다. 헤파이스티온은 승리의 표시로 적진 한가운데에다 아르가이 왕가의 별이 새겨진 붉은 깃발을 꽂았다.

잠시 후 네아르코스가 와서 물었다.

"모든 게 다 잘됐지요?"

"모두 잘됐습니다, 제독. 하지만 제독이 빈 껍데기 같은 배들을 가지고 어떻게 이런 작전을 펼칠 생각을 했는지 궁금합니다. 5단 갤리선 함대를 지휘하는 데 익숙해진 제독께서 말입니다."

"자기가 가지고 있는 걸 최대한 이용할 줄 알아야 합니다, 헤파이스티온 장군. 중요한 것은 우리가 승리했다는 사실이지요."

네아르코스가 대답했다.

강 건너편을 장악한 헤파이스티온은 그때까지 남아 있던 페르시아 병영을 해체하라고 명령했다. 그리고 정찰소대원들을 보내 들판 주변을 정찰하게 했다. 정찰대원들 중 몇 명은 사방을 한눈에 내려다볼 수 있는 야트막한 언덕으로 올라갔다. 그들은 멀리 남쪽 지평선이 붉게 타오르는 것을 발견했다.

"불이다!"

정찰소대장이 외쳤다.

"빨리 보고하도록 하자!"

"저 아래에서도 불이 났다!"

기사 한 사람이 소리쳤다.

"저쪽, 강가에도 불이 났다!"

그 기사의 말이 채 끝나기도 전에 다른 기사가 고함을 질렀다. 사방에서 불길이 일고 지평선과 맞닿은 하늘은 벌겋게 변하고 있었다.

"누구 짓일까요?"

마지막으로 불길을 발견한 기사가 물었다. 그러자 장교 한 사람이 말했다.

"페르시아인들이야. 우리가 행군하는 동안 아무것도 얻지 못하게 모조리 불태워버리는 거지. 우리를 배고픔과 고통 속에 빠뜨리려는 거야. 가서 살펴보도록 하자."

장교는 급히 불이 난 곳으로 말을 달렸다. 그들은 강 오른쪽으로 계속해서 달려갔다. 그리고 곧 자신들의 생각이 옳았다는 것을 확인했다. 유프라테스 강가의 마을과 평야의 마을들이 사방에서 불타고 있었다. 야트막한 언덕 위에서도 불기둥이 보일 정도였다. 불기둥은 사방으로 불꽃을 날리며 하늘로 올라가고 있었다. 그 모습이 너무도 인상적이었다. 말을 탄 사람들이 횃불을 들고 사방으로 달리고 있었다. 무시무시하고도 놀라운 광경이었다.

"돌아가자. 너무 많은 걸 봤다."

장교가 명령했다. 그는 말고삐를 잡아당기고 박차를 가해 병영 쪽으로 달렸다. 장교는 사태를 보고하려고 네이르코스와 헤파이스티온에게로 갔다. 하지만 이미 병영에서도 평야에서 번지고 있는 불길이 보였다. 광대한 지평선이 붉게 물들었다. 마치 해가 남쪽으로 지고 있는 것 같았다.

"이제 막 수확한 곡물들이 창고에 가득 쌓여 있을 텐데…… 여기서부터 바빌로니아까지 밀 한 톨, 보리 한 톨 남아 있지 않겠군. 이 사실을 빨리 알렉산드로스가 알아야 해!"

헤파이스티온이 소리쳤다. 그는 전령을 티로스로 급히 보냈다.

알렉산드로스는 그동안 식량과 장비를 모아 수송마차에 싣게 했다. 다음날 그는 해변을 떠나 타프사코스 도하 지점으로 진군할 예정이었다.

곧 출발할 것이라는 소문이 퍼져 있었기 때문에 엄청난 수의 행렬이 모여들었다. 그들은 군대를 따라 함께 이동할 민간인들이었다. 원정대가 전투를 하지 않는 동안 민간인들의 천막은 군대와 조금 떨어진 곳에 위치해 있었다. 민간인들은 온갖 종류의 상품을 파는 상인들, 남창과 창녀들이 대부분이었다. 하지만 개중에는 집을 떠나 병사들과 관계를 맺고 있는 가엾은 처녀들도 있었다. 그녀들 중 임신한 여자가 적지 않았으며, 이미 아기를 낳은 여자들도 있었다. 검은 피부에 파란 눈과 금발 머리의 예쁜 아기들이었다.

그날 저녁 무렵, 마케도니아에서 온 배 한 척이 티로스의 항구에 닻을 내렸다. 배는 창을 만들 물푸레나무와 갑옷이 가득 든 상자들과 전투기계에 필요한 부품들을 부두에 내려놓았다. 그리고 한 병사가 배에서 내렸다. 그는 구도시 쪽으로 가더니 칼리스테네스의 거처가 어디냐고 물었다.

그의 등에는 자루 하나가 매달려 있었다. 칼리스테네스의 집 앞에 도착하자 그는 조심스레 문을 몇 번 두드렸다.

"누구요?"

안에서 칼리스테네스의 목소리가 들렸다. 남자는 아무 대답도 하지 않고 다시 문을 두드렸다. 칼리스테네스가 나와 문을 열었다. 검은 곱슬머리에 덥수룩하게 수염을 기른 건장한 남자가 문 앞에 서 있었다.

"제 이름은 헤르모크라테스입니다. 저는 안티파트로스 장군의 호위대원입니다. 아리스토텔레스 선생께서 저를 보내셨습니다."

"들어오시게."

칼리스테네스가 그를 안으로 맞아들였다. 그의 눈에는 초조한 빛이 담겨 있었다. 남자는 방으로 들어오며 주위를 살폈다. 너무 오랫동안 바다에서 보낸 탓인지, 육지에 적응하지 못하는 사람처럼 왠지 불안해 보였다. 그가 앉아도 되겠느냐고 물었다. 칼리스테네스가 의자를 내주었다. 그러자 그는 곧 메고 있던 자루를 끌러 조심스럽게 탁자 위에 내려놓았다.

"아리스토텔레스 선생께서 이것을 전해드리라는 임무를 제게 맡기셨습니다."

남자가 쇠로 된 상자를 칼리스테네스에게 건네며 말했다.

"그리고 여기에 편지가 있습니다."

칼리스테네스 역시 남자처럼 불안한 시선으로 상자를 바라보며 편지를 받았다.

"대체 왜 이렇게 늦은 건가? 이 상자는 아주 오래 전에 내게 전달됐어야 했어. 지금은 이것을 어떻게 해야 할지 모르겠군……."

칼리스테네스는 편지를 훑어보았다. 아리스토텔레스의 편지가 분명했다. 편지는 암호로 쓰여 있었고 인사말이 생략되어 있었다.

이 약을 사용하면 중병에 걸린 사람과 똑같은 증상이 나타나며 10일 이내에 죽음에 이르게 된다. 약을 사용한 뒤에는 나머지를 없애버려라. 물론 약을 사용하지 않을 경우에도 처리를 잘해야 한다. 어떤 이유에서든 약을 만지면 안 되고 냄새를 맡아서도 안 된다.

"1년 전에 자네를 기다렸지."

칼리스테네스가 조심스레 상자를 들어올리며 말했다.

"불행하게도 운이 따르지 않았습니다. 제가 탄 배가 보레아에서 풍랑을 만나 며칠 동안 표류해야 했습니다. 그러다가 아무도 살지 않는 황량한 리비아의 바닷가에서 배가 침몰해버리고 말았습니다. 난파당한 저와 동료들은 이집트 국경에 도착할 때까지 몇 달 동안 물고기와 게만 먹으며 걸었습니다. 이집트 국경에서 알렉산드로스 폐하께서 아몬 신전으로 원정을 떠나셨다는 소식을 들었습니다. 거기서부터 계속 걸어서 삼각주 부근의 항구에 도착했고, 그곳에서 배를 한 척 구할 수 있었습니다. 그 배 역시 북풍 때문에 항로를 이탈한 배였습니다. 다행히 저는 그 배를 타고 티로스로 올 수 있었습니다. 사람들이 티로스로 가면 폐하의 원정대를 만날 수 있을 거라고 말해줬습니다."

"자네는 정말 용기 있고 신의 있는 사람이군. 자네에게 보답할 수 있게 해주게나."

칼리스테네스가 가방을 들며 말했다.

"보답은 원치 않습니다. 단지 지금 가진 돈이 한 푼도 없어서 마케도니아로 돌아갈 방법이 없습니다. 그러니 여비를 조금만 주십시오."

헤르모크라테스가 대답했다.

"배는 고프지 않나? 갈증은 나지 않나?"

"먹을 게 있으면 뭐든 주십시오. 배 음식은 형편없었습니다."

칼리스테네스는 헤르모크라테스에게서 건네받은 상자를 보관함에 안전하게 넣어두었다. 그런 다음 손을 씻고 빵과 치즈, 구운 생선 한 토막을 탁자 위에 올려놓았다. 칼리스테네스는 올리브유와 소금을 갖다놓으며 물었다.

"우리 삼촌 건강은 어떠시던가?"

"좋으셨습니다."

남자가 소금과 올리브유를 바른 빵을 씹으며 대답했다.

"자네가 삼촌을 마지막으로 만났을 때 뭘 하고 계셨나?"

"미에자에서 아이가이 쪽으로 떠나셨습니다. 날씨가 몹시 안 좋았는데도 말입니다."

"그러니까 조사를 계속하고 계시다는 이야기로군."

칼리스테네스가 혼잣말처럼 말했다.

"뭐라고 하셨습니까?"

헤르모크라테스가 물었다.

"아무것도, 아무것도 아니라네."

칼리스테네스가 고개를 저으며 말했다. 그는 잠시 동안 아무 말 없이 헤르모크라테스를 바라보았다. 헤르모크라테스는 몹시 배가 고팠던지 음식을 맛있게 먹었다. 칼리스테네스가 다시 물었다.

"필리포스 폐하의 암살범에 대해 사람들이 뭘 좀 알고 있나? 내 말은, 마케도니아에서는 사람들이 뭐라고 하느냐는 말일세."

헤르모크라테스는 입 안의 음식을 삼키더니 고개를 숙인 채 아무 말이 없었다.

"나를 믿고 이야기해도 되네. 우리가 나눈 이야기는 우리 둘만 알 거야."

칼리스테네스가 그를 안심시켰다.

"사람들은 파우사니아스가 자발적으로 계획한 일이라고 알고 있습니다."

칼리스테네스는 이 남자가 이야기하고 싶어하지 않다는 것을 알아차렸다.

"아리스토텔레스 삼촌에게 편지를 한 통 써주겠네. 언제 떠날 건가?"

"마케도니아로 가는 배를 찾기만 하면 곧바로 떠날 겁니다."

"좋아. 나는 내일 폐하와 함께 떠난다네. 배를 찾을 때까지 이 집에 머물게나."

칼리스테네스는 펜을 쥐고 편지를 썼다.

칼리스테네스가 아리스토텔레스 삼촌에게

안녕하세요!

삼촌께 부탁드렸던 때로부터 1년이 지난 오늘에야 비로소 이 물건을 받았습니다. 아쉽게도 이제 이 물건은 필요없게 되었습니다. 사용처가 사라져버렸거든요. 그래서 이것을 없애버리려고 합니다. 쓸데없는 위험을 초래하지 않기 위해서지요. 필리포스 폐하의 암살범에 관해 어떤 단서라도 발견하시면, 가능한 빨리 알려주세요. 시와 신전에 있는 제우스 아몬 신조차 암살범에 대해 대답하기를 꺼리셨습니다. 이제 우리는 내륙 쪽으로 행군하기 위해 바다를 떠납니다. 언제 다시 바다를 볼 수 있을지 잘 모르겠어요. 항상 건강하시기를 빕니다.

그는 잉크가 번지지 않도록 재를 묻힌 다음 깨끗이 털어냈다. 그리고 그것을 말아서 헤르모크라테스에게 건네주었다.

"난 내일 새벽에 떠날 걸세. 그래서 지금 작별인사를 해야 할 것 같군. 우리 삼촌에게 내가 삼촌의 조언과 지혜를 몹시 그리워하고 있다고 전해주게나."

"그렇게 하겠습니다."

남자가 말했다.

다음날 원정대는 행군을 시작했다. 황태후와 후궁들과 후궁들의 자식들, 그리고 다리우스의 하렘에 살던 여인들이 군대를 뒤따랐다. 바르시네도 그 행렬에 섞였다. 그녀는 시시감비스를 정성껏 보살폈다.

원정대는 유프라테스 강에 도착하기 전, 오론테스 계곡 동쪽에서 헤파이스티온이 보낸 전령과 마주쳤다. 전령은 곧 알렉산드로스에게로 안내되었다.

"폐하, 저희는 선교를 세우고 유프라테스 동쪽 강변을 확실하게 손에 넣었습니다. 그런데 지금 페르시아인들이 바빌로니아로 이어지는 길가의 마을들을 모두 불태우고 있습니다."

“그것이 확실하냐?”

“제 눈으로 똑똑히 보았습니다. 어느 곳을 보든 불밖에 보이지 않습니다. 보리 그루터기는 물론 온 평야가 불바다로 변했습니다.”

“어디, 가보자. 대체 무슨 일이 벌어졌는지 몹시 궁금하구나.”

알렉산드로스는 기병대 둘을 이끌고 동료들과 함께 타프사코스를 향해 말을 달렸다.

다음날, 정오가 되기 전에 알렉산드로스는 선교를 건넜다. 동료들과 기병대가 그 뒤를 따랐다. 헤파이스티온과 네아르코스가 그를 마중 나왔다.

"우리가 보낸 전령을 만났나?"

"만났네. 상황이 정말 그렇게 심각한가?"

"폐하께서 판단하십시오"

네아르코스가 대답했다. 그러면서 도처에 타오르고 있는 검은 불기둥을 가리켰다.

"그런데 동쪽은?"

"저쪽 말씀입니까? 지금으로선 아무 일도 일어나지 않았습니다. 피해도 전혀 없고 파괴도 없었습니다."

"그렇다면 다리우스가 동쪽인 티그리스 강에서 우리를 기다리고 있다는 이야기로군. 이 화재는 글로 적어 보낸 편지보다 더 분명한 뜻을 담고 있어. 70년 전 크세노폰의 '1만 병사'는 남쪽으로 난 길을 따라 행군했지.

그때 그들은 식량이나 보급품 문제로 어려움을 겪진 않았어. 하지만 곡식과 온 마을이 모두 불타버린 지금으로선 그때처럼 남쪽으로 행군하기는 불가능해. 다른 길은 없어. 우리에게 남아 있는 길은 티그리스 강의 도하 지점으로, 페르시아 황제에게로 향하는 길뿐이야. 거기서 다리우스는 우리를 기다리고 있을 거야. 그곳이 마지막 결전지가 될 걸세. 결국 우리가 편한 길을 갈 수 있게 페르시아 병사들이 길을 다져준 셈이야. 남쪽으로 가서 공연히 힘을 낭비할 필요가 없어졌어. 게다가 동쪽으로 가면서 타우로스 산기슭의 마을에서 쉽게 보급품을 구할 수 있을 걸세.”

“그러면 그 초대를 받아들여야겠군. 그렇지 않나, 알렉산드로스?”

페르디카스가 앞으로 나서면서 말했다.

“그렇다네, 친구. 내일부터 행군해서 적진 쪽으로 다가가야겠네. 엿새 뒤에 우리는 역사상 최대의 대군과 연회를 벌이게 될 거야.”

하지만 파르메니오는 남쪽 지평선에서 올라오고 있는 검은 불기둥을 바라보며 아무 말도 하지 않았다. 잠시 후 그는 자리를 떴다.

프톨레마이오스가 눈으로 그의 뒷모습을 좇았다.

“장군은 별로 좋아하지 않는 것 같군, 안 그런가?”

“이제 너무 늙으셨어. 차라리 귀국하시는 게 좋을 것 같아.”

크라테로스가 말했다. 근처에 있던 필로타스가 그 말을 듣고는 버럭 화를 냈다.

“우리 아버지가 늙기는 하셨지만, 자네들 모두가 힘을 합쳐도 우리 아버지 손톱만큼도 따라갈 수 없을 거야!”

“이봐, 진정하라고! 크라테로스가 농담한 거야.”

셀레우코스가 말했다.

“다음부터 어떤 사람에 대해 농담을 할 때는…….”

필로타스가 뭔가 말하려 하자 헤파이스티온이 화제를 돌리며 물었다.

“누구, 솔리스의 에우몰푸스를 본 사람 없나?”

“여자들 행렬에 끼어 있을 것 같은데…….”

셀레우코스가 대답했다.

“왜, 그자에게 볼일이라도 있나?”

“아무것도 아니야. 선물을 전해줘야 되는데……. 조금 있다가 보세.”

헤파이스티온은 말에 뛰어올라 병영이 세워지고 있는 곳으로 달려갔다. 그는 어느 천막 앞에 앉아 있는 에우몰푸스를 발견했다. 시종 두 명이 그의 시중을 들고 있었다. 한 사람은 깃털 부채로 부채질을 했고, 다른 사람은 작은 식탁 위에 음식을 갖다놓고 있었다.

“날 감옥에 가두겠다든지 하는 우울한 소식이라면 더 이상 듣고 싶지 않소…….”

헤파이스티온이 말에서 내리는 것을 보자 에우몰푸스가 말했다.

“입 다물게. 자네에게 선물을 전해주러 온 거야.”

“선물이라고요?”

“그래, 적군이 보낸 거야. 이 사건에 대해 알렉산드로스에게 보고해야겠다고 생각하는 중일세. 알렉산드로스가 자네를 올리브유 짜는 압착기에 밀어넣기만 한다면 아주 흥미로운 사실들을 많이 알아낼 수 있을 텐데 말이야.”

“그만하시지, 젊은이. 대체 그 선물이 뭔지 보기나 합시다.”

헤파이스티온은 에우몰푸스에게 마체오스에게서 받은 작은 조각품을 내밀었다. 에우몰푸스가 조각품을 자세히 살펴보았다.

“이걸 준 적군이 뭐라고 하던가요? 아니, 대체 그 적군이 누구요?”

“바빌로니아의 총독, 마체오스였네. 잘못 본 게 아니라면, 약간 뚱뚱하더군.”

에우몰푸스는 헤파이스티온의 말을 신경써서 듣지 않고 계속 조각을 살펴보았다. 그러더니 갑자기 식탁 모서리 쪽으로 조각품을 집어던져 산산조각을 내버렸다. 부서진 조각품 속에서 조그마한 파피루스 두루마리가 나왔다. 두루마리에는 설형문자가 빽빽이 적혀 있었다.

"적과 내통하는군. 별로 좋지 않은 일인 것 같은데……."

헤파이스티온이 토를 달았다. 에우몰푸스는 읽은 종이를 다시 말더니 병영 쪽으로 걸어갔다.

"이봐, 어딜 가나?"

"당신보다 조금 더 영리한 사람을 만나러 가는 길이오."

"페리타스가 돌아다니고 있으니까 엉덩이나 물리지 않게 조심하게!"

헤파이스티온이 뒤에서 소리쳤다. 에우몰푸스는 돌아보지도 않았다. 하지만 그는 본능적으로 손을 엉덩이 쪽으로 가져갔다.

에우몰푸스는 부대관리 막사에서 보급품과 마차 목록을 작성하고 있는 에우메네스를 찾아냈다. 그는 에우메네스에게 할말이 있다는 신호를 보냈다. 에우메네스는 부관에게 장부를 넘겨주고 에우몰푸스 쪽으로 다가왔다.

"새로운 소식이 있나?"

"마체오스의 편지입니다."

"오, 세상에. 그 바빌로니아의 총독 말인가!"

"페르시아 황제의 오른팔 말입니다."

"뭐라고 썼나?"

"그는 전장에서…… 우리를 도울 준비가 되어 있다고 합니다. 자기에게 바빌로니아의 총독 자리를 넘겨주시기만 한다면 말이지요."

"마체오스에게 답장을 보낼 방법이 있나?"

"그럼요."

"좋다고 답장하게."

"하지만 보증서가 필요합니다."

"어떤 종류의 것 말인가?"

"저도 확실히는 모르겠습니다. 폐하의 편지 같은 것이겠지요."

"그거라면 만들어낼 수 있지. 예전에 알렉산드로스의 필체와 사인을 흉내내 편지를 써본 적이 있다네. 오늘밤 내 막사로 들르게. 자네에게 필요한 걸 모두 주겠네. 하지만 엉덩이가 무사하려면 가발은 벗게. 페리타스가 알렉산드로스를 따라 여기저기 돌아다니고 있어."

"어떤 사람이 벌써 그 이야기를 해주더군요."

에우몰푸스는 마지못해 가발을 벗어 자루에 넣으며 말했다. 가발을 벗자 에우몰푸스의 대머리가 나타났다.

"페리타스가 벌써 값비싼 제 모자를 먹어치웠지요. 그 개가 저를 좇아오면 자루를 통째로 던져줄 겁니다."

그렇게 말하고 에우몰푸스는 막사에서 멀어져갔다. 내리쬐는 태양 아래서 그의 대머리가 빛났다.

다음날 원정대는 아르메니아의 산들을 왼편으로 끼고 동쪽을 향해 움직였다. 행군을 책임진 장교들은 원주민 안내자들을 몇 명 고용했다. 그 지역의 길을 안내해줄 지도나 여행 안내서 같은 것은 전혀 없었다. 장교들은 또 휴대용 화판과 도구들을 미리 준비했다. 진군하면서 가능한 한 그 지역 지도를 정확하게 그리기 위해서였다.

원정대는 5파라상마다 한 번씩, 여섯 번의 휴식을 취했다. 이틀째 되는 날, 그들은 시리아의 아라스 강을 지나 사막에 인접한 지역으로 들어갔다. 가끔씩 야생 당나귀떼나 가젤 영양, 어린 양떼의 모습이 보였다. 양떼는 드문드문 자라는 가시 돋친 관목들 사이에서 풀을 뜯고 있었다. 사흘째 되던 날 밤에는 사자가 포효하는 소리가 들렸다. 사자 울음소리는 거대한 공간에 천둥처럼 울려퍼졌다.

사자 울음소리가 들리자 말들이 이리저리 날뛰었다. 페리타스도 잠에서 깨어나 미친 듯이 짖어댔다. 금방이라도 맹수의 냄새가 풍겨오는 곳으로 달려갈 태세였다. 알렉산드로스가 페리타스를 진정시켰다.

"착하지, 페리타스. 착하지. 지금은 사냥을 갈 시간이 없단다. 자, 이제 그만 자거라."

알렉산드로스는 페르타스가가 다시 잠을 잘 수 있도록 손으로 귀를 긁어주었다.

다음날 병사들은 타조 알과 들기러기 알이 있는 둥지를 찾아냈다. 요리사가 알을 들고 햇빛에 비춰보았다. 저녁식사를 위해 갓 낳은 알들을 골라 한쪽에 따로 놓아두었다. 알렉산드로스는 타조 알을 아리스토텔레스에게 보내려고 두 개를 껍질이 손상되지 않게 잘 보관하라고 명령했다.

헤파이스티온은 레온나토스와 페르디카스, 그리고 무장한 아그리아인과 트리발리인 공격대 20여 명과 함께 타조 사냥을 나갔다. 하지만 사냥은 생각처럼 쉽지 않았다. 그 볼품없는 새들은 믿을 수 없을 만큼 재빨랐다. 또 배의 돛처럼 하늘을 향해 날개를 쭉 편 채 바람을 이용해 달아나곤 했다.

사냥꾼들은 힘이 쭉 빠져 빈손으로 돌아왔다. 여러 사람이 그들을 놀려댔다. 알렉산드로스가 그들을 보며 고개를 가로저었다.

"자네는 뭐라고 흉볼 텐가?"

헤파이스티온이 퉁명스럽게 물었다.

"자네도 나처럼 『1만 병사의 퇴각』을 읽었더라면 타조 사냥을 어떻게 해야 하는지 알았을 거야. 크세노폰은 대단한 사냥꾼이었네. 그 점을 잊지 말라고"

"그래, 어떻게 사냥해야 하나?"

"릴레이를 해야 해. 한 그룹이 타조들을 뒤좇아 다른 그룹의 기사들이 잠복해 있는 곳으로 몰아대는 거야. 기사들은 사다리꼴로 잠복하고 있어야 하네. 첫 번째 그룹의 말들이 지쳐 더 이상 속력을 내지 못하게 되었을 때 두 번째 그룹이 그 뒤를 이어 전속력으로 타조들을 좇아 달리는 거지. 그 다음 세 번째 그룹, 네 번째 그룹, 계속 그렇게 좇아가는 걸세. 타조들이 지쳐 더 이상 속력을 낼 수 없을 때까지 말이야. 그런 다음 타조들을 포위해 쓰러뜨리기만 하면 되지.”

“내일 시험해봐야지.”

헤파이스티온이 말했다.

“그동안은 타조 알로 위안을 삼아야겠군. 소금과 기름을 쳐서 프라이를 하게. 아니면 그냥 삶아먹어도 진미일 거야.”

알렉산드로스가 말했다.

“타조 깃털도 있어.”

페르디카스가 덧붙였다.

“내 투구를 멋지게 장식해줄 거야. 여길 좀 봐, 굉장하지! 사막 한가운데에 타조 털이 수도 없이 흩어져 있어. 털갈이 계절인 것 같아.”

다음날도, 그 다음날도 타조는 한 마리도 보이지 않았다. 헤파이스티온이 아주 효과적인 사냥법을 습득했다는 사실을 타조들이 눈치챈 것 같았다.

군대는 다시 행군했다. 행군하는 동안 만난 사람은 두 명의 카라반밖에 없었다. 그들을 만난 것은 닷새째 되는 날이었다. 카라반들은 향을 싣고 아라비아에서 오는 길이었다. 그들은 원정대와 멀리 떨어진 곳에서 밤을 보냈다. 아리스탄드로스는 비용에 신경쓰지 말고 그 향을 모두 사두라고 대왕에게 청했다. 결전이 임박한 순간 신들에게 제사를 올려야 한다는 게 그의 취지였다. 대왕이 허락했고, 카라반들은 짐을 나르는 수고를 덜 수 있었다.

엿새째 되는 날 저녁, 알렉산드로스는 마침내 소용돌이치며 흐르는 거대한 티그리스 강의 물을 부케팔로스에게 먹일 수 있었다.

석양녘의 해가 아직 남아 있었다. 건너편 강가에서는 사람이 살고 있는 흔적을 발견할 수 없었다. 바람 한 점 불지 않았다. 청로 몇 마리가 물고기와 개구리를 찾아 천천히 강둑으로 내려오고 있었다.

알렉산드로스는 말에서 내려 페리타스와 부케팔로스에게 물을 먹였다. 그러나 부케팔로스가 물을 너무 많이 먹지 않도록 가끔씩 고삐를 잡아당겼다. 그는 두 손에 물을 담아 말의 배와 다리에다 뿌려주었다. 시원한 듯 부케팔로스가 고개를 쳐들고 주인을 돌아다보았다. 잠시 후 원정대원들이 모두 강으로 내려와 말에게 물을 먹였다.

"이해할 수 없군."

셀레우코스가 다가와 건너편 강가를 바라보며 말했다. 리시마코스도 투구를 벗으며 한마디 거들었다.

"난 페르시아인들이 공격 준비를 마치고 저 건너편에 정렬해 있을 거라고 생각했는데……."

프톨레마이오스는 투구를 벗어 물을 가득 담고는 자신의 머리에 쏟아

부었다.

"우와! 정말 시원하군!"

"그래, 그렇게 좋다면 여기도 있다!"

레온나토스가 프톨레마이오스에게 뿌리려고 투구에 물을 가득 담았다. 하지만 그는 프톨레마이오스에게 행동을 제지당했다.

"그만, 그만! 서기장님이 오신다. 내 신호에 따라 준비해, 알았지."

그때 전투복 차림의 에우메네스가 투구에 타조 깃털을 꽂은 채 다가오고 있었다.

"알렉산드로스, 내 이야기 좀 들어보게. 소식이 왔는데……."

에우메네스가 말을 채 마치기도 전이었다. 레온나토스가 큰 소리로 외쳤다.

"기습! 기습!"

그러자 여러 사람의 투구에 담긴 물이 일시에 에우메네스에게로 부어졌다.

"안됐구려, 서기장 각하. 불시에 기습해서 나도 어떻게 해볼 도리가 없었다오."

알렉산드로스가 겨우 웃음을 참으며 말했다.

에우메네스는 머리부터 발끝까지 물에 젖었다. 투구에 꽂혀 있던 타조 깃털은 동정심이 일 정도로 초라해지고 말았다.

"대체 이게 무슨 장난이야. 바보 떼거리들, 후레자식들……."

에우메네스가 투구 깃털을 바라보며 투덜거렸다.

"용서해주시게나, 서기장 각하. 아직 어린아이들이잖나."

알렉산드로스가 화난 에우메네스를 달랬다.

"그런데 방금 내게 무슨 말을 하려고 했지?"

"별것 아니야. 다음에 이야기하겠네."

화가 풀리지 않은 듯 에우메네스가 말했다.

"자, 화내지 말게. 조금 있다가 내 막사에서 기다리겠네. 자네들도 같이 와."

알렉산드로스가 다른 동료들에게 말했다.

"헤파이스티온! 자네는 부대를 이끌고 가서 여러 지역을 정찰하게. 저녁식사 전에 적들이 어디 있는지 알고 싶네."

알렉산드로스는 페리타스를 데리고 천막을 세우고 있는 곳으로 갔다. 병사들은 모습을 갖춘 천막에 열심히 말뚝을 박고 있었다. 잠시 후 에우메네스가 옷을 갈아입고 알렉산드로스에게 왔다. 대왕은 그에게 앉을 자리를 권했다. 렙티나와 다른 여자들은 저녁식사를 위한 연회 좌석을 마련하느라 정신없었다.

"그런데 소식이란 게 뭔가?"

"지금 말하려고 하네. 솔리스의 에우몰푸스가 편지를 한 장 받았네. 페르시아 황제의 군대가 여기서부터 동남쪽으로 5파라상쯤 떨어진 곳에서 진을 치고 있다는군. 바빌로니아로 이어지는 가우가멜라라는 마을 근방이라네."

"이상한 이름이군……."

"낙타의 집이란 뜻이네. 그 이름에 관해서는 오래 전부터 전해오는 이야기가 있어. 어느 날 다리우스 황제가 기습을 받아 낙타를 타고 도망간 적이 있었지. 그런데 이 낙타가 어찌나 빨리 달렸던지, 대왕은 무사할 수 있었네. 대왕은 그 고마움의 표시로 마을에 훌륭한 낙타 우리를 짓게 했지. 그리고 마을에서 생기는 수입 중 일부를 그 낙타에게 종신연금으로 주게 했어……. 그래서 그런 이름을 갖게 되었네."

"5파라상이라면 하루 행군 거리가 아닌가. 이상하군. 페르시아 황제가 강가에 진을 쳤더라면 얼마 동안이라도 우리의 발목을 붙들어둘 수 있었을 텐데……."

"이유가 있는 것 같지 않나? 이곳과 강 건너편 지형이 어떤지 살펴봤겠지.”

“기복이 있지. 움푹 파인 곳과 돌들도 많아.”

“맞아, 낫이 달린 마차가 달리기엔 적당하지 않지. 페르시아 황제는 평지에서 우리를 기다리고 있어.”

에우메네스가 말했다. 그리고 자기 앞에 있는 매끄러운 나무식탁을 손바닥으로 쓸었다.

“황제는 마차들이 최대속도를 낼 수 있도록 울퉁불퉁한 땅을 모두 평평하게 만들었네.”

“그렇군. 그래서 우리가 접근하는 걸 방해한 사람이 아무도 없었어. 우리가 마을에서 조용히 보급을 받을 수 있게 놓아둔데다 아무 문제 없이 티그리스 강을 건널 수 있도록 내버려두었어. 물론 그럴 만한 이유가 있기 때문이지.”

“강물은 별 문제가 없겠지?”

“문제가 없겠지. 하지만 산에는 틀림없이 비가 내리고 있을 거야. 곧 강물이 불어나겠지.”

알렉산드로스가 말했다. 그때 다른 동료들이 도착했다. 일행 중에는 네아르코스도 끼어 있었다.

“서기장께서 다시 멋진 외모를 되찾으신 것 같군.”

레온나토스가 들어오면서 말했다.

“이거 놀라운 변신이군! 방금 전까지만 해도 물에 빠진 생쥐 꼴이었는데.”

“이제 그만하게!”

알렉산드로스가 빈정대는 동료들을 말렸다.

“앉아보게. 긴히 할말이 있네.”

모두들 자리에 앉았다. 페리타스도 대왕의 발 앞에 웅크리고 앉아 강아지 때부터 해오던 버릇대로 샌들을 물어뜯었다.

"지금까지 살펴본 바에 따르면, 페르시아 황제는 여기서부터 하루 정도 걸리는 곳에 있다네. 탁자처럼 평평한 지형에서 우리를 기다리고 있어."

"잘됐군! 드디어 우리가 움직일 차례로군. 난 권태로운 건 싫거든."

페르디카스가 호기롭게 소리쳤다.

"하지만 에우몰푸스가 가져온 정보는 페르시아 쪽에서 나온 거야. 함정일 수도 있다는 점을 배제할 수 없어."

알렉산드로스가 심각한 표정으로 말했다.

"그래, 이수스의 일을 잊어서는 안 돼. 그 개 같은 자식이 오로지 자기 똥구멍 하나를 구하려고 우리 모두를 전멸시킬 뻔했어!"

레온나토스가 투덜대듯 말했다.

"그만해!"

페르디카스가 레온나토스의 말을 가로막았다.

"자네 생각을 좀 고쳐놓고 싶군. 그가 뭣 때문에 우리를 다시 배신하겠는가? 난 에우몰푸스를 믿네."

"나도 그렇네."

알렉산드로스가 인정했다.

"하지만 내 말은 그게 아니야. 적들이 우리를 진퇴양난의 상황에 빠뜨리기 위해 고의로 소문을 퍼뜨린 것일 수도 있다는 거야."

"그러면 자네 계획은 어떤가?"

리시마코스가 동료들의 잔에 포도주를 따르며 물었다.

"오늘밤 헤파이스티온이 정찰을 돌고 있네. 페르시아인들이 강에서 멀리 떨어져 진을 치고 있는 것이 사실인지 알아올 거야. 만약 그것이 사실이라면 내일 우리는 강을 건너 적진으로 향하는 거야. 그리고 이삼 파라상을 행군하고 난 뒤 정찰대를 보내 상황이 어떻게 돌아가는지 볼 걸세."

"그런데 낫 달린 전차는 어떻게 할 생각인가?"

프톨레마이오스가 물었다.

"힘을 못 쓰게 만들어야지. 그런 다음 우리 힘을 모두 모아 중앙으로 돌격해야 하네. 이수스에서처럼."

"적들은 패할 겁니다. 우린 틀림없이 승리할 겁니다. 아시아는 우리 것이 될 겁니다."

네아르코스가 잘라 말했다. 이때 셀레우코스가 끼어들었다.

"말하기는 쉽지요. 그렇지만 평야에서 그 무시무시한 전차들이 돌격해온다고 상상해보십시오. 어마어마한 먼지구름이 일고 천둥치듯 요란한 바퀴소리가 들리고 낫들이 햇빛 속에서 회오리바람처럼 돌아갈 겁니다. 내 예상대로라면 일단 적군은 기병대를 보내 우리의 측면을 에워쌀 겁니다. 그런 다음 전차들이 우리 중앙부대로 돌진해오는 거지요."

"자네 말이 완전히 틀린 건 아닐세."

알렉산드로스가 셀레우코스에게 말했다.

"하지만 지금은 작전을 미리 예상할 상황이 아니야. 낫 달린 전차는 '1만 병사'가 쿠낙사에서 대응했던 대로 하면 돼. 자네들 기억나나? 중장보병대가 넓게 대형을 펼치고 있다가 전차가 지나가도록 순식간에 통로를 만들었지. 전차들이 지나갔지만 병사들은 전혀 부상을 입지 않았네. 전차들이 지나가면 사수들이 뒤로 돌아서서 전차를 공격하는 거야. 먼지가 걱정되는군. 전투가 시작되면 바람이 조금만 불어도 먼지구름이 일어날 거야. 한치 앞도 볼 수 없게 되는 거지. 부대간의 연락을 신속히 하려면 나팔을 이용해야 하네. 자, 이제 음식이나 즐기세. 고민할 이유가 없어. 우린 항상 승리해왔어. 이번에도 이길 걸세."

"정말 저 강 건너편 어딘가에 1백만 대군이 있을 거라고 생각하나? 젠장, 상상도 할 수 없는 숫자라니까! 대체 1백만 명이면 얼마나 되는 거지?"

레온나토스가 눈에 띄게 걱정스런 표정을 지으며 말했다.

"내가 말해주지. 우리 병사들이 각자 스무 명의 적을 죽여야 해. 그런 뒤에도 적은 남아 있을 걸세."

에우메네스가 말했다.

"믿을 수 없어. 1백만 명의 병사에게 식사를 보급해준다는 건 거의 불가능하거든. 말에게 필요한 물이나 그 나머지 것들을 계산에 넣지 않는다 해도 말이야. 내 생각에는…… 내 생각에는 아마 그 절반 정도가 아닐까 해. 이수스 때보다 조금 더 많은 정도겠지. 어쨌든 적과 직접 대면했을 때 어떤 게 맞는지 알아보도록 하세나."

알렉산드로스가 말했다.

하인들이 식탁으로 음식을 날라왔다. 알렉산드로스는 동료들을 위해 얼마 전 그리스에서 도착한 여자들을 들여보내라고 했다. 여자들 중에서 빼어나게 아름다운 처녀가 눈에 띄었다. 타는 듯한 눈에 여신처럼 단단한 몸매, 갈색 피부를 가진 처녀였다.

그녀가 안으로 들어서자 알렉산드로스가 큰 소리로 말했다.

"아름답군! 굉장하지 않나? 위대한 프로토게네스가 아프로디테 상을 만들면서 저애를 나체 모델로 썼다는군. 이름은 타이스이고, 올해의 '칼리피지아'로 선정되었다네."

"아테네에서 엉덩이가 가장 예쁜 여자라는 말이지, 그렇지 않나? 그런데 아테네 시민들이 어떻게 저 여자 엉덩이를 볼 수 있었지?"

레온니토스가 싱싱거리며 물었다.

"얼마 전까지는 모든 게 가능했답니다, 혈기왕성한 색골 나리."

여자가 관능적인 미소를 지으며 대답했다. 그러자 레온나토스가 얼굴이 하얗게 질린 채 에우메네스에게 말했다.

"혈기왕성한 색골이라고? 나를 그렇게 부르는 여자는 지금까지 아무도 없었어. 도대체 칭찬인지 욕인지 알 수가 없군."

"너무 머리를 쓰려고 애쓰지 말게. 건강에 해로워. 어쨌든 혈기왕성한
색골이란 말은 별로 나쁘지 않아 보이는데. 그런데…… 자네, 지금 충격
을 받은 건가?"

에우메네스가 놀리듯 말했다.

다른 여자들이 연이어 연회장 안으로 들어왔다. 모두들 아름다웠다.
그녀들은 식사가 준비되는 동안 대왕의 동료들 곁으로 가서 앉았다. 프
톨레마이오스는 연회의 주인 자격으로, 포도주와 물을 1대 1로 섞게 했
다. 전체의 동의를 얻은 결정이었다.

식사를 하고 어느 정도 술기운이 돌 때였다. 아테네 처녀가 일어나서
춤을 추었다. 그녀는 속옷을 입지 않은 채 짧은 키톤만 걸치고 있었다.
그녀가 몸을 돌릴 때마다 아테네에서 가장 아름답다는 엉덩이가 드러
났다.

그녀는 탁자에서 플루트를 집어들었다. 플루트를 불며 리듬에 맞춰
춤을 추었다. 플루트 음이 점점 더 빠르게 회전하는 그녀의 몸을 휘감았
다. 처녀는 어지러울 정도로 빠르게 돌아가다가 한순간 갑자기 멈췄다.
예리한 플루트 음이 폭포수처럼 그녀 위로 쏟아졌다. 타이스는 도약하
기 전의 야수처럼 숨을 헐떡인 채 몸을 웅크렸다. 플루트 소리도 끊어졌
다. 땀에 젖은 그녀의 몸이 불빛에 번들거렸다. 잠시 후 그녀가 다시 플
루트를 불었다. 초소에서 꼼짝 않고 보초를 서던 병사들도 그 소리를
들을 수 있었다. 이번엔 너무나 달콤한 멜로디였다. 타이스는 부드럽고
유연하게 움직이며 춤으로 뜨거운 욕정을 표현했다.

남자들이 웃음과 농담을 멈추었다. 대왕도 넋을 놓고 타이스의 춤을
지켜보았다. 그녀는 서서히 빨라지는 리듬에 따라 다시 빙글빙글 돌았
다. 잠시도 쉬지 않고 점점 빠르게 회전해서 이제는 마치 발작을 일으키
는 것처럼 보일 정도였다. 타이스는 살내음을 풍기며, 굽이치는 머리카
락들을 이리저리 흔들며 천막 안의 공간을 완전히 장악해버렸다. 사람

들은 무희가 발산하는 힘에 저항하지 못하고 점점 그녀의 강한 매력 속으로 빠져들었다.

알렉산드로스는 번개처럼 지나간 삶의 한순간을 떠올렸다. 어머니 올림피아스가 헤오르데아 숲의 신전에서 플루트를 연주하던 장면이었다. 한밤중 올림피아스의 플루트 소리에 따라 사티로스들과 마이나스들은 격정적인 춤을 추었고 곧 코모스에 빠져들었다.

그때처럼 타이스가 기진맥진한 채 땅에 쓰러져 숨을 가쁘게 내쉬었다. 사람들의 눈은 뜨거운 욕망으로 넘쳐났다. 모두들 꼼짝 않고 대왕의 태도를 주시했다. 순간 말 울음소리와 함께 급하게 달려오는 말발굽소리가 사람들의 긴장을 깨뜨렸다. 땀과 먼지로 뒤범벅된 헤파이스티온이 천막 안으로 성큼 들어섰다.

그가 숨을 헐떡거리며 말했다.

"다리우스의 군대가 여기서 반나절 정도 행군하면 닿을 곳에 있네. 셀 수도 없을 만큼 엄청난 병사들이 진을 치고 있네. 그들이 밝혀놓은 불빛이 밤하늘의 별 같았어. 나팔 신호가 평야의 이쪽 끝에서 저쪽 끝까지 울려퍼졌다네."

알렉산드로스는 자리에서 벌떡 일어나 동료들의 얼굴을 샅샅이 살펴보았다. 모두들 꿈에서 방금 깨어난 표정들이었다.

"가서 잠을 청하도록 하세. 내일 우리는 강을 건널 거야. 해가 질 무렵, 페르시아 군대의 코앞에서 작전회의를 소집하겠네."

11

티그리스 강의 도하 지점은 물살이 거셌다. 보병들이 맨 먼저 강을 건넜는데, 강 한가운데에 이르자 가슴까지 물이 차올랐다. 특히 무거운 방패가 너무나 거추장스러웠다. 방패를 물 밑으로 내리면 물의 저항이 너무 커졌다. 할 수 없이 머리 위로 방패를 쳐들자 곧 균형을 잃고 물살에 떠밀려갔다. 물 속으로 들어갔던 병사들은 어쩔 수 없이 방패를 버리고 강을 건너야 했다.

파르메니오는 강을 가로질러 두 개의 밧줄을 연결했다. 그런 다음 일단의 병사들에게 다른 밧줄을 이용해 서로의 몸을 묶게 했다. 밧줄로 묶인 병사들을 2열로 세웠다. 그 중 1열은 거센 물살의 힘을 완화시키기 위해 강 윗부분에 배치했다. 다른 1열은 사나운 강물에 휘감긴 병사들이 떠내려가지 않도록 강 아래쪽에 배치시켰다. 마침내 병사들이 강을 가로지른 두 개의 밧줄에 의지해 물 속에서 인간 방벽을 만들자 그 사이로 나머지 병사들이 통과했다. 중장보병대가 모두 강을 건너자 다음에는 기병대가 강을 건넜다. 이어 양식을 실은 마차와 수레들, 여자와 아이들이 강을 건넜다. 오후가 되자 마침내 선두부대는 적군의 진지가 보이는 곳에 도착했다. 하지만 후위부대는 아직도 티그리스 강가에 머물러 있었다. 마지막 병사들이 모두 원정대와 합류하는 데 꼬박 반나절이 걸렸다.

가우가멜라 평야는 생각보다 훨씬 드넓었다. 페르시아 보초병들의 점호소리가 들릴 정도로 두 군대는 가깝게 대치했다. 해가 지자 대왕은 예정대로 작전회의를 소집했다. 야간 보초들이 첫 번째 교대 근무를 시작했을 때 알렉산드로스의 막사에 등불이 켜졌다. 대왕의 동료들과 파르메니오, 그리고 깜둥이 클레이토스 장군과 그 휘하에 있는 코이노스, 심미아스, 멜레아그로스, 폴리스페르콘 같은 장군들이 차례로 도착했다. 모두들 대왕에게 인사를 하고 뺨에 입을 맞추었다. 그런 다음 작전계획 도표가 펼쳐진 탁자 주위로 모였다. 도표는 행군 담당 장교들이 준비한 것이었다. 대왕의 장기판 위에는 다양한 색깔의 말들이 늘어서 있었다. 그것들은 여러 보병·기병부대들을 의미하는 것이었다.

알렉산드로스가 말했다.

"다리우스의 명령이 떨어지면 전차가 우리를 향해 돌격해올 것이오. 우리의 전열을 흐트러뜨리고 팔랑크스 대열에 혼란을 일으키기 위해서요. 그에 대비해 우리는 사다리꼴로 적의 전선을 향해 전진할 것이오. 적들은 엄청난 수의 병사를 이용해 우리를 압도하려고 할 게 분명하오. 우리는 먼저 페르시아 황제가 평평하게 닦아놓은 지역을 포위해야 하오. 전차가 움식이면 여러분은 지체없이 병사들에게 신호를 보내시오. 신호를 받은 병사들은 창으로 방패를 두드려 요란한 소리를 내는 거요. 힘껏 고함쳐 적의 말들을 흥분시키시오. 적군이 사격을 하면 우리 사수들과 투석병들도 적 전차를 목표 삼아 사격을 해야 하오. 중요한 것은 전차병을 쓰러뜨리는 것이오. 그러나 전차병이 쓰러졌는데도 계속 질주하는 전차들이 있을 수 있소. 그런 전차들은 여전히 우리에게 위험한 존재가 될 것이오. 전차가 전면으로 다가오면 중대 지휘관들이 나팔로 신호를 보내시오. 그 신호에 따라 보병대는 갑자기 전열을 넓혀 전차가 그냥 통과하도록 길을 열어주시오. 다른 보병들과 사수들은 기다리고 있다가 지나친 전차를 뒤에서 공격해야 하오. 일단 전차가 지나가고 나면 팔랑크스는 계속 중앙으로 전진하게 될 겁니다. 헤타이로이 중기병대와 트라케, 아그리아 경기병대는 중앙으로 오는 적 기병대를 막으시오. 나는 정예부대를 이끌고 적의 왼쪽 날개 쪽으로 돌진할 것이오. 일단 적의 왼쪽 날개를 해체시키면 그 다음에는 중앙에 모여 팔랑크스를 공격하는 불사조 근위대와 다리우스를 밀어붙여야 하오. 크라테로스 대대와 페르디카스 대대는 중앙에서 적의 공격을 막아내는 즉시 역습해야 하오. 파르메니오 장군은 페체타이로이 3개 대대와 테살리아 기병대를 이끌고 왼쪽에 대기하고 있다가 신호가 떨어지면 적에게 결정타를 가해야 하오. 클레이토스 장군은 그리스 연합군과 용병부대를 이끌고 오른쪽 날개를 맡으시오. 이 부대는 적진을 돌파하고 있는 정예부대가 시간을 벌 수 있도록, 페르시아 군의 오른쪽 날개를 포위하는 임무를 맡게 될 거요. 질문들 없소?"

"있네. 왜 적이 택한 땅에서 전투를 벌이는 건가?"

셀레우코스가 물었다. 알렉산드로스는 대답을 해야 할지, 말아야 할지 망설였다. 그는 셀레우코스 옆으로 다가가 그의 눈을 똑바로 쳐다보며 말했다.

"장군은 페르시아 전 제국에, 그러니까 이곳에서 파로파미수스 산악지대에 이르기까지 적의 요새가 몇 개나 되는지 알고 있나? 요새화된 협로가 몇 갠지, 요새와 성벽에 둘러싸인 도시가 몇 갠지 알고 있느냐고? 쓸데없는 소모전으로 피를 뿌리는 동안 우리는 머리가 하얗게 세고 말 거야. 끊임없는 전투로 우리 병사들은 하나둘 죽어갈 거란 말이지. 그렇게 되면 고국의 젊은이들을 모두 데려와야 할 것이고, 결국 고국을 완전히 고갈시켜 곧 멸망하게 될 거야. 다리우스는 교묘한 작전을 세웠어.

자신들에게 유리한 곳으로 우리를 유인한 다음 전멸시키려는 거야. 난 속아넘어가는 척했네. 사실은…… 내가 다리우스의 작전에 말려든 게 아니라 나 스스로 이곳에서 전투를 하기로 결정했네. 다리우스는 마지막 순간에 결국 자신이 패배하리란 걸 아직 모르고 있네.”

“그렇지만 우리가 어떻게 저 대군을 이긴다는 건가?”

셀레우코스가 알렉산드로스를 똑바로 쳐다보며 물었다.

“내일 새벽에 보면 알게 될 걸세.”

알렉산드로스가 대답했다. 그리고 좌우를 둘러보며 말했다.

“이제 여러분에게 할말은 다했습니다. 여러분은 각자 부대로 돌아가 휴식을 취하도록 하십시오. 내일은 마지막 한 방울의 땀까지, 마지막 남아 있는 힘을 모두 짜내야 할 테니까 말이오. 행운을 비오. 신의 가호가 있을 겁니다…….”

장군들은 인사를 하고 자리를 떴다. 알렉산드로스는 문까지 그들을 배웅했다. 그리고 부케팔로스에게 직접 먹을 것과 마실 것을 주려고 작은 방목지로 향했다. 부케팔로스는 보리가 가득 든 양동이에 주둥이를 들이밀고 있었다. 알렉산드로스는 말의 갈기를 쓰다듬으며 말했다.

“훌륭해, 부케팔로스 내 친구……. 내일이 네겐 마지막 전투가 될 거야. 약속할게. 그 다음부터 넌 그저 열병식 때나 나오면 돼. 도시로 개선해 들어갈 때, 또 너와 내가 단둘이 메디아의 언덕이나 티그리스 강과 아라세스 강가를 달릴 때만 너를 탈 거야. 부케팔로스, 그러기 전에 먼저 내게 승리를 이겨줘야 해. 내일 넌 바람보다 빠르게, 페르시아인들이 쏘는 화살보다, 창보다 날쌔게 달려야 해. 돌격하는 너를 가로막을 수 있는 건 아무것도 없단다.”

말은 고개를 들어 콧소리를 내고 갈기를 흔들었다.

“내 말 잘 알아들었니, 부케팔로스? 네 발굽으로 저들을 짓밟아버려라. 그리고 키마이라처럼 코에서 불을 내뿜어라. 네 동료들을 이끌고 사

납게 돌진하거라. 천둥 같은 네 울음으로 온 산을 뒤흔들어놓아라. 그러
면 정예부대의 5백 마리 말들이 네 뒤에서 땅을 뒤흔들 거야.”

부케팔로스는 한쪽 말발굽으로 땅을 긁었다. 그리고 갑자기 뒷발을
들더니 길게 울음소리를 냈다. 잠시 후 진정되자 쓰다듬어주기라도 바
라는 듯, 알렉산드로스의 가슴에 주둥이를 갖다댔다. 자신은 싸울 준비
가 다 되었고, 이 세상 그 무엇도 자신의 질주를 막을 수 없다고 말하려
는 것 같았다.

알렉산드로스는 부케팔로스의 이마에 입을 맞추고 그 자리를 떠났다.
그는 황태후 시시감비스의 천막 쪽으로 걸음을 옮겼다. 천막은 병영의
가장자리, 이집트 무화과나무 그늘 아래 자리잡고 있었다. 알렉산드로스
가 먼저 자신의 방문을 알렸다. 그러자 시종이 나와 천막 안으로 안내했
다. 황태후가 왕좌에 앉아 그를 맞았다.

알렉산드로스는 궁정의 관습대로 잠시 서 있다가 황태후가 앉으라는
허락하자 자리에 앉으며 말했다.

“황태후 마마, 저희가 다리우스 황제와 결전을 치르려 한다는 말씀을
드리려고 왔습니다. 아마도 이번 전투가 아드님과의 마지막 대결이 될
것 같습니다. 해가 질 무렵이면 우리 둘 중 한 사람만 살아 있을 겁니다.
저는 내일이 승리의 날이 되도록 하기 위해 제가 할 수 있는 일을 준비하
고 있습니다.”

“알고 있습니다.”

시시감비스가 말했다.

“제 말은, 마마의 아드님이 죽게 될지도 모른다는 뜻입니다.”

알렉산드로스의 말에 황태후가 무겁게 고개를 끄덕였다. 알렉산드로
스가 덧붙였다.

“아니면…… 제가 죽겠지요.”

시시감비스는 눈물에 젖은 눈을 들었다. 그리고 한숨을 쉬었다.

"내게는 아주 비통한 하루가 되겠지요. 접전의 결과가 어떻든 내겐 마찬가집니다. 만약 당신이 이기면 난 내 아들과 조국을 잃어버리는 겁니다. 당신이 죽거나 진다면 난 내게 사랑하는 법을 가르쳐주었던 젊은 이를 잃게 됩니다. 당신은 친어머니를 대하듯 나를 대했어요. 내 가족 모두를 존중해주었지요. 지금까지 당신 같은 승리자는 없었어요. 알렉산드로스, 당신도 내 가슴속의 한자리를 차지하고 있어요. 그래서 난 고통스러울 수밖에 없는 거예요. 내 조국의 병사들이 승리를 거둘 수 있게 해달라고 아후라 마즈다께 기도를 드릴 수가 없어요. 기도를 올리면서 위안을 얻을 수도 없고요. 가세요, 알렉산드로스. 그리고 내일 해질녘에도 무사히 살아 있길 바랍니다. 이게 내가 당신을 위해 해줄 수 있는 유일한 축복의 말이랍니다."

황태후의 말이 끝나자 대왕은 머리 숙여 인사를 하고 시시감비스의 거처에서 나왔다. 그는 자기 천막 쪽으로 천천히 걸어갔다. 휴식을 앞둔 병영은 활기찼다. 병사들이 땅바닥에 둥글게 모여 앉아 저녁을 먹고 있었다. 그들은 죽음의 전투가 눈앞에 다가온 상황에서도 용기를 잃지 말자며 서로의 어깨를 다독였다. 허풍스런 말로 동료들을 웃기는 병사가 있는가 하면, 조용히 돌아앉아 술을 마시는 병사도 있었다. 병사들은 에우메네스가 일찌감치 지급해준 돈으로 내기 주사위 놀이를 하기도 했다. 부대를 따라온 창녀들이 병사들 앞에서 춤을 추었다. 병사들 중 일부는 상인들의 천막촌에서 밤을 보냈다. 많은 병사들이 천막촌에 있는 창녀들과 지속적인 관계를 맺고 있었으며, 어린 자식들이 있는 병사들도 있었다. 날이 갈수록 아이들에 대한 병사들의 애정은 깊어갔다. 하지만 애정을 쏟을 존재가 있다는 것이 그리 기쁜 일만은 아니었다.

특히 오늘 같은 날에는 운명을 뒤바꿀 수 있는 전투가 그들을 기다리고 있었다. 전투 결과에 따라 그들은 영광과 부를 얻을 수도 있고 목숨을 잃을 수도 있으며 노예로 팔려가 죽음보다 못한 인생을 보낼 수도 있었다.

알렉산드로스는 병영을 한 바퀴 돌아본 뒤 자기 숙소 앞에 도착했다. 렙티나가 문 앞에서 그를 맞았다. 그녀가 그의 손에 입을 맞추었다.

"폐하, 이상한 일이 있었어요. 어떤 남자가 폐하의 저녁식사를 가지고 방문했습니다. 제가 한 번도 본 적이 없는 남자였어요. 믿을 수 없는 사람 같아요. 독이 든 음식일지도 몰라요."

"음식을 버렸느냐?"

"아뇨, 하지만……."

"음식을 가져와라."

렙티나는 대왕을 연회장으로 안내했다. 그리고 식탁 위에 놓인 요리를 보여주었다. 알렉산드로스가 미소를 지으며 고개를 끄덕였다.

"지빠귀를 꼬챙이에 꿴 것이군."

알렉산드로스가 음식에 손을 가져갔다.

"아직 따뜻하구나. 남자는 어디 있느냐?"

"가버렸습니다. 하지만 이것을 남겨놓고 갔습니다."

렙티나가 작은 파피루스 두루마리를 보여주었다. 알렉산드로스는 그것을 재빨리 훑어보았다. 그런 다음 다급하게 밖으로 나가 시종을 불렀다.

"빨리 가서 사르마티아산 밤색 말을 끌고 오라."

시종이 방목지 쪽으로 달려갔다. 잠시 후 시종은 마구를 갖춘 말을 데리고 돌아왔다. 대왕은 말을 타고 어디론가 급히 달려갔다. 대왕의 호위대는 그때까지도 영문을 몰라 우왕좌왕했다. 호위병들이 뒤따라가려 했을 때는 이미 대왕이 사막 속으로 사라진 뒤였다.

알렉산드로스는 말을 달려 강과 병영의 중간쯤에 위치한 마을에 도착했다. 마을은 굽지 않은 벽돌과 역청으로 만든 작은 집 몇 채뿐이었다. 알렉산드로스는 야자나무 숲 옆에 있는 우물가로 갔다. 말에서 내린 그는 조용히 누군가를 기다렸다.

잠시 후 동쪽 평야를 에워싼 야트막한 언덕 사이로 달이 떠올랐다. 달빛은 마을, 마을을 금반지처럼 에워싸고 있는 보리밭, 그 너머로 광활하게 펼쳐진 사막을 비춰주었다. 알렉산드로스는 말의 고삐를 놓아주었다. 말은 무화과나무 사이를 걸어다니며 풀을 뜯었다. 알렉산드로스는 그 자리에 가만히 서서 주위를 둘러보았다. 잠시 후 남쪽으로 이어지는 오솔길에서 그림자 하나가 나타났다. 오솔길을 따라 낙타를 탄 채 다가오고 있는 사람은 솔리스의 에우몰푸스였다.

"안심하고 내려도 되네. 페리타스는 병영에 있네."

에우몰푸스가 조심스럽게 주위를 살피는 것을 눈치채고 알렉산드로스가 말했다.

“안녕하십니까, 위대하신 아시아의 황제 폐하.”

낙타에서 내리며 에우몰푸스가 깍듯이 예의를 갖추었다. 하지만 알렉산드로스는 시간이 별로 없었다.

“내게 보낸 편지에 대해 뭔가 좀더 알아냈나?”

“사실대로 말씀드리겠습니다. 마체오스는 페르시아 제국에 최후의 순간이 다가오고 있음을 확신하고 있는 듯합니다. 지금 그는 매우 큰 실망감에 빠져 있습니다. 그래서 제가 헤파이스티온 장군에게 그를 우리편으로 끌어들이라고 부탁했지요. 하지만 헤파이스티온 장군은 거절했습니다. 아마 적군의 배신을 유도한다는 게 불명예스러운 일이라고 생각한 것 같습니다.”

“나도 헤파이스티온과 똑같은 생각이네.”

“아니지요. 헤파이스티온 장군이 폐하와 똑같은 생각을 가지고 있다고 해야 옳을 겁니다.”

“자네 좋을 대로 생각하게.”

“알겠습니다. 그런데 운명의 여신께서 우리편으로 돌아섰습니다. 분명 여신께서는 저의 군주이신 폐하를 편애하시는 것 같습니다. 믿지 못하실 겁니다. 마체오스와 저희가 연락할 수 있는 길을 만들어놓은 사람은 바로 헤파이스티온 장군입니다. 마체오스는 헤파이스티온 장군에게 작은 조각상 하나를 선물로 주면서 제게 전해주라고 했습니다. 저는 급하게 처리해야 할 일 때문에 티로스와 다마스쿠스 중간쯤 되는 곳에 있었는데, 그때 그 선물을 받았습니다. 조각상의 받침대에는 ‘이 상을 깨뜨리시오’라는 글귀가 이방인 글씨로 적혀 있었습니다. 저는 주저하지 않고 그렇게 했습니다. 그리고 그 안에서 마체오스의 편지를 발견한 것입니다. 편지 내용은 폐하께서 군대를 이끌고 티그리스의 도하 지점으로 오고 계실 때 전령을 통해 전해드렸던 바로 그것입니다. 전 메시지가 정확하게 전달되었는지 확인하러 직접 와보고 싶었습니다.”

"그랬군. 자네가 보낸 꼬챙이에 꿴 지빠귀는 잘 보았네."

"특이하지 않습니까? 제 하인들이 오늘 아침 그물을 쳐서 지빠귀를 몇 마리 잡았습니다. 그러자 불현듯 폐하께 암호를 보내야겠다는 생각이 떠올랐던 겁니다."

"자네 뜻대로 되었군 그래."

"그런데 전령이 메시지를 정확하게 폐하께 전했습니까?"

"마체오스가 싸움터에서 나를 도와줄 테니 그 대가로 자신이 바빌로니아 총독 자리를 맡을 수 있는지 확인해달라고 했다더군. 마체오스는 다리우스 군대의 우측 날개에 정렬하게 될 거라고 했어. 그러니까 마체오스는 우리 좌측 날개를 공격하게 되겠지. 내 좌측 날개의 병사 수를 줄여 다른 곳, 그러니까 포위될 위험이 큰 우측 날개 쪽을 보강하라고 하더군. 어떤가, 내가 제대로 알아들은 건가?"

"정확합니다. 적당한 제안 같지 않습니까?"

"자네는 배신자를 믿는다는 말인가?"

"그 제안이 양측 모두의 이해와 맞아떨어진다면 믿습니다. 그런데 제가 보기엔 딱 맞아떨어지는 것 같습니다. 마체오스는 다리우스가 폐하를 쓰러뜨릴 수 있다고 보지 않습니다. 그는 폐하께서 승리자가 되실 것이라고 확신하는 겁니다. 그래서 폐하에게 뭔가를 베풀고 그 대가를 원하는 거지요. 폐하는 그 제안으로 인해 중요한 이득을 취할 수 있고 마체오스도 마찬가지입니다."

"그자가 거짓말을 하고 있다고 한번 생각해봐. 마체오스의 말대로 페르시아 기병대의 포위 공격이 예상되는 우측 날개 부분을 보강하기 위해 좌측의 병사들을 철수시키는 것 말이야. 마체오스는 우리에게 약속했던 것과 달리 병사들을 이끌고 우리 진영 좌측으로 깊숙이 전진해올 수도 있어. 그리고 내가 정예부대와 함께 중앙을 공격하려는 찰나에 날 급습하는 거지. 그렇게 되면 파국이야. 우리는 끝장이라고 할 수 있지."

“사실입니다. 하지만 마체오스의 제안을 받아들이지 않으신다 해도 폐하는 승리하실 수 없습니다. 적군의 숫자가 너무 많기 때문입니다. 게다가 폐하는 적들이 선택한 곳에서 전투를 하기로 결정하셨습니다. 그야말로 진퇴양난이지요.”

“어찌되었든 난 막사로 돌아가 잠을 잘 걸세.”

에우몰푸스는 희미한 달빛에 드러난 알렉산드로스의 얼굴 표정을 자세히 살펴보려고 앞으로 나섰다. 하지만 알렉산드로스의 무표정한 얼굴에서는 그 어떤 생각도 읽어낼 수 없었다.

“오늘밤, 저는 마체오스에게 뭐라고 해야 합니까?”

에우몰푸스가 알렉산드로스에게 물었다.

“폐하께서 보시다시피, 저는 시리아 상인으로 변장했습니다. 그리고 곧 마체오스를 만나 폐하의 대답을 전해줘야 합니다.”

알렉산드로스는 밤색 말의 고삐를 움켜쥐더니 말 위로 훌쩍 올라탔다.

“제안을 받아들인다고 전하라.”

“잠깐만 기다려주십시오!”

에우몰푸스가 떠나려는 대왕을 불러세웠다.

“한 가지 더 말씀드릴 게 있습니다. 혹시 폐하께서 궁금해하시지 않을까 해서요. 바르시네의 아들이 다리우스의 병영에 있습니다. 그리고 내일 전투에 참가할 계획이랍니다.”

알렉산드로스는 몸이 얼어붙은 듯 잠시 동안 꼼짝하지 않았다. 그러다가 이내 정신을 차리고 말에 박차를 가해 먼지구름 속으로 사라져버렸다. 에우몰푸스는 고개를 내젓고는 이 짧은 면담에 대해 생각해보았다. 그리고는 말을 잘 듣지 않는 낙타를 주저앉게 한 다음 안간힘을 쓰며 올라탔다. 출발 명령을 내리자 낙타가 갑자기 앞다리를 들었다. 그 바람에 에우몰푸스는 뒤로 나가떨어질 뻔했다. 그리고 곧이어 낙타가 뒷다리를 들자 이번에는 앞으로 고꾸라질 뻔했다. 드디어 제대로 자리를 잡은 낙타는 서투른 인도자를 싣고 페르시아 병영 쪽으로 종종걸음쳤다.

알렉산드로스는 전속력으로 달려오고 있는, 호위대의 헤타이로이 소대와 맞부딪쳤다. 헤파이스티온이 소대를 이끌고 있었다. 알렉산드로스가 말을 멈추며 물었다.

"지금 어디로 가는 길인가?"

알렉산드로스가 묻자 헤파이스티온이 잔뜩 화난 목소리로 말했다.

"어디로 가느냐고? 자네가 그걸 묻다니. 우리는 지금 자네를 찾아가는 중이야. 자네는 아무에게도 알리지 않고 병영을 떠났어. 한밤중에 적군의 정찰대가 우글거리는 지역을 혼자 돌아다니고 있다고. 우리의 운명을 결정할 전투를 코앞에 두고 말일세. 다행히 보초가 자네가 떠나는 걸 보고 나에게 보고해왔지. 우리는 걱정이 되어 거의 죽는 줄 알았네."

알렉산드로스가 손짓으로 그를 막았다.

"나 혼자 처리해야 할 일이 있었네. 그런데 마침 자네들이 와서 잘됐군. 이 소대의 지휘관이 누군가?"

린케스티데스 산악지대 출신의 젊은이가 앞으로 나왔다.

"접니다, 폐하. 에우프라노레스라고 합니다."

"잘 들어라, 에우프라노레스 우리가 병영으로 돌아가는 동안 너는 네 부하들과 함께 이 길에서 10여 스타디온쯤 떨어진 마을로 가거라. 그곳에 네 부대의 반 정도를 주둔시키고 자네는 나머지 부대원들과 함께 티그리스 강가로 가라. 그곳에서 기다리고 있다가 누군가가 '바빌로니아로 가는 길이 어디요?'라고 물어오면 그때 자네는 '이쪽으로 가면 되오'라고 대답해라. 그런 다음 그 사람들을 크라테로스 장군에게로 데리고 가서 그의 명령에 따르게 하라."

"다른 명령은 없습니까, 폐하?"

"없다, 에우프라노레스 내 명령을 잘 따르도록 하라. 우리 모두의 목숨과 관련된 일이다."

“편히 주무십시오. 저희는 눈을 붙이지 않을 겁니다. 우리편이 아닌 사람이 단 한 명도 도하 지점과 마을 사이를 지나갈 수 없게 하겠습니다. 그렇게 하라는 말씀이지요, 맞습니까?”

“바로 그것이다. 이제 가거라.”

“우리가 기다리는 사람들이 누군가?”

헤파이스티온이 병영 쪽으로 말을 돌리며 물었다.

“두고보면 알 걸세. 이제 돌아가세나. 곧 새벽이 될 테니 잠잘 시간도 별로 없을 거야.”

두 사람은 병영으로 다시 돌아왔다. 헤파이스티온은 자신의 정예부대가 있는 곳으로 갔고, 알렉산드로스는 바르시네의 처소로 향했다. 바르시네가 그에게로 달려나와 입을 맞추었다.

“혼자 멀리 가셨다고 들었어요. 걱정했습니다.”

알렉산드로스는 아무 말도 하지 않고 그녀를 가슴에 안았다.

“내일 기병대 공격을 직접 지휘하실 거죠, 그렇죠?”

“그렇다오”

“왜 그렇게 무서운 위험에 몸을 맡기시는 건가요? 당신에게 무슨 일이 일어나면 당신의 병사들은 지휘자를 잃게 되는 거예요.”

“물론 대왕에게는 특권이 있소. 하지만 대왕은 자기 부하들이 위험과 맞설 때마다 맨 먼저 죽을 각오가 되어 있어야 하오. 잘 들어요, 바르시네. 이쪽에서 8~9스타디온쯤 떨어진 곳에 당신의 아버지 아르타바조스가 있소. 그리고…… 당신의 아들이 있소.”

바르시네의 눈이 금방 눈물로 가득 찼다.

“당신이 그곳에 가고 싶다면 당신과 프라아테스를 페르시아 군의 보초가 있는 곳까지 직접 호위해 데려다주겠소.”

“당신이 원하는 건가요?”

바르시네가 물었다.

"아니오, 난 당신을 사랑하오. 하지만 당신 마음은 둘로 나뉘어져 있소. 난 당신이 그 때문에 행복하지 못하다는 걸 너무나 잘 알고 있소."

바르시네가 알렉산드로스의 얼굴과 머리를 쓰다듬으며 말했다.

"난 당신 여자예요. 이곳에 남겠어요."

"당신이 내 여자라면 전쟁을 눈앞에 둔 오늘밤, 내가 모든 것을 잊을 수 있게 해줘요. 세상 그 어떤 남자에게도 해본 적이 없는 애무를 해줘요. 당신이 내게 줄 수 있는 기쁨을 모두 전해주구려. 내일이면 난 한 줌 재로 변해버릴 수도 있소."

말을 마치자 알렉산드로스는 그녀의 목과 가슴에 입을 맞추었다. 그런 다음 배와 다리를 쓰다듬으며 그녀를 힘껏 끌어안았다. 바르시네는 그의 체온이 점점 뜨거워지는 것을 느꼈다. 그리고 그의 머리카락에서 나오는 향기와 그의 음부에서 올라오는 강렬한 정욕 냄새를 맡았다. 숨을 쉬는 것처럼, 몸 속으로 피가 흐르는 것처럼 그녀는 자신의 살 속으로 흐르고 있는 욕망의 파도에 자연스럽게 몸을 내맡겼다.

그가 계속 몸 구석구석을 쓰다듬고 입을 맞추는 동안 그녀는 서둘러 옷을 벗었다. 그리고 더 이상 참을 수 없게 되자 그의 옷마저 벗겼다. 그녀는 정신없이 그의 입술에, 가슴에 입을 맞추었다. 그녀는 알몸이 된 알렉산드로스를 양탄자 위로 이끌었다. 그의 뜨거운 욕망이 폭발할 때까지 그녀는 점점 더 열정적으로 입을 맞추었다. 알렉산드로스가 그녀를 자신의 몸 아래에 눕혔다. 그리고 다시는 육체와 사랑의 쾌락을 느끼지 못할 사람처럼 힘껏 그녀의 몸 위에서 요동쳤다. 그는 밝게 빛나는 그녀의 눈과 기쁨으로 휩싸인 그녀의 얼굴을 보았다. 어느 순간 등을 쓰다듬던 그녀의 손톱이 살갗 속으로 파고들었다. 그리고 마침내 신들이 인간에게 줄 수 있는, 어디에도 얽매이지 않는 쾌락의 끝을 맛보았다. 그녀가 한껏 비명을 내질렀다.

바닥에 등을 대고 누운 알렉산드로스가 그녀의 가슴을 쓰다듬어주다가 자리에서 일어섰다.

"제발, 저와 함께 주무세요."

바르시네가 말했다.

"그럴 수 없소. 지금 병사들은 그 어느 때보다 힘든 전투를 앞두고 밤잠을 설치고 있을지도 모르오. 내 모습을 병사들에게 보여주고 싶소. 함께 고뇌하고 있는 대왕의 모습을 말이오. 지금 저 밖에 서 있는 보초들은 새벽까지 대왕을 지켜준 사실을 두고 몹시 자랑스럽게 생각할 것이오. 이제 그들에게로 가야겠소. 잘 있어요, 바르시네. 내가 전투를 하다가 죽는다 해도 슬퍼하지 말아요. 전쟁터에서 죽을 수 있다는 건 오히려 축복일지 모르오. 길고 지루한 노년을 맞지 않아도 되고 육체의 쇠락을 경험하지 않아도 되오. 내가 죽으면 당신 동족과 아들에게 돌아가도록 하오. 이 세상 그 어떤 여자도 받아보지 못한 사랑을 받았다는 것을 추억하며 평온하게 여생을 보내도록 해요."

바르시네는 알렉산드로스가 문턱을 넘어가기 전, 마지막으로 그의 입을 맞추었다. 그녀는 용기가 나지 않아 그의 아기를 가졌다는 말을 차마 할 수 없었다.

파르메니오 장군이 직접 천막으로 들어와 대왕을 깨웠다.

"폐하, 시간이 되었습니다."

장군은 이미 전투용 갑옷을 입고 있었다. 알렉산드로스는 여느 때와 다름없이 감탄 어린 눈으로 장군을 바라보았다. 노전사는 아직까지도 떡갈나무처럼 꼿꼿하고 단단해 보였다. 대왕은 자리에서 일어나 렙티나가 준비한 '네스토르의 잔'을 급히 들여 삼켰다. 그동안 두 병사가 그에게 옷과 갑옷을 입혔다. 다른 병사가 사자 머리 모양의 눈부신 투구와 방패를 기져왔다.

"장군."

알렉산드로스가 노장군을 불러 자신의 생각을 말했다.

"오늘은 확실한 게 아무것도 없습니다. 무엇보다 좌측 날개 부분에서 어떤 일이 벌어질지 알 수 없습니다. 그래서 나는 아군의 좌측 진영을 장군에게 맡기기로 결정했습니다. 클레이토스 장군은 우측 진영을 지휘하게 될 겁니다. 우리는 양 날개를 접은 채 전진할 겁니다. 적들이 돌진

해오면 내가 나서서 적의 전선을 둘로 나눠놓을 겁니다. 그때 장군께서
는 왼쪽으로 나눠진 적과 대치하십시오. 저는 장군이 잘 막아내시라 믿
습니다. 어떤 일이 있어도 물러서지 않으시리라는 걸 잘 알고 있습니다."

"절대 물러서지 않을 겁니다, 폐하."

알렉산드로스가 고개를 저었다.

"여전히 격식을 갖춰 말씀하시는군요. 어린 시절에는 저를 무릎 위에
앉혀놓기도 하셨잖습니까."

파르메니오가 고개를 끄덕였다.

"내 목숨이 붙어 있는 한 절대 물러서지 않겠네, 알렉산드로스 신들
이 우리를 보호해주실 걸세."

밖으로 나온 대왕은 아리스탄드로스가 병영 한가운데서 짐승을 제물
로 불태우고 있는 걸 목격했다. 연기는 뱀처럼 땅 위로 느리게 퍼졌다가
아주 힘들게 하늘로 올라갔다.

"점괘가 어떻게 나왔나, 점술사 양반."

아리스탄드로스는 선왕 필리포스를 상기시키는 몸짓으로 대왕을 향
해 돌아섰다.

"알렉산드로스 폐하, 오늘은 폐하의 생애에서 가장 힘겨운 하루가 될
겁니다. 하지만 승리하실 겁니다."

"신들의 도움으로 자네 말이 사실로 확인되었으면 좋겠군."

그렇게 말하고 대왕은 마구간에서 데려온 부케팔로스의 고삐를 잡았
다. 병영은 활기차게 움직였다. 여기저기서 딱딱한 명령소리가 들려왔
다. 기병대들은 위치를 잡아 정렬했고, 보병부대들은 행군 대열로 늘어
섰다. 알렉산드로스는 말 위로 뛰어올랐다. 그는 말을 달려 이미 완벽하
게 정렬해 있는 정예부대의 선두 쪽으로 향했다. 헤파이스티온이 대왕
의 옆으로 와서 위치를 잡았다. 그의 뒤로는 철 갑옷으로 무장하고 손에
는 거대한 도끼를 움켜쥔 레온나토스가 자리잡고 있었고 그 옆에는 프

톨레마이오스가 있었다. 그 뒤로는 리시마코스, 셀레우코스, 그리고 필로타스가 나머지 기병대원들과 헤타이로이 기사들을 이끌고 도열했다.

대왕이 손을 들었다. 출발을 알리는 나팔소리가 울려퍼졌다. 정예부대는 알렉산드로스 뒤에서 말을 타고 행군했다. 알렉산드로스는 정예부대를 병영의 가장자리 쪽으로 인도했다. 트라케인과 아그리아인들이 선두에 서기 위해 좌측으로 달려갔다. 팔랑크스 대대와 돌격부대들이 그 뒤를 따라 출발했다. 이들 첫 번째 대대의 선두에는 코이노스와 페르디카스, 멜레아그로스, 심미아스, 그리고 폴리스페르콘 같은 사령관들이 나서서 부대를 이끌었다. 마지막으로 크라테로스가 테살리아 부대를 지휘했다. 오른쪽으로는 이미 그리스 연합군 8개 대대가 행군 중이었다. 트라케와 트리발리인 보병들이 줄지어 그 뒤를 이었다. 평원이 그들 앞에 펼쳐졌다.

그때 맞은편에서 전투 나팔소리가 울리며 드디어 페르시아 황제 부대가 모습을 드러냈다. 끝도 없이, 어마어마한 전선을 형성한 부대는 여러 깃발들을 앞세우고 있었다. 그들 위로 거대한 먼지구름이 피어올랐다. 폭풍우 속에서 번개가 번쩍이듯, 행군하는 병사들의 무기가 방금 전 떠오른 태양 빛을 받아 먼지구름 사이에서 번쩍거렸다.

레온나토스는 평야의 이쪽 끝에서 저쪽 끝까지 늘어선 어마어마한 전선을 한눈에 볼 수 있었다. 그가 입 속으로 중얼거렸다.

"오, 맙소사!"

하지만 대왕은 그 엄청난 광경 앞에서도 전혀 놀라는 기색을 보이지 않았다. 그는 말고삐를 가슴 높이에서 움켜쥔 채 계속 앞으로 걸어나갔다. 부케팔로스는 눈부시게 빛나는 목을 구부려 콧김을 뿜어냈다. 말은 돌진하고 싶어 계속해서 주인을 보채고 있었다.

일렬로 뒤따르던 기병대대와 보병대대가 큰북 소리에 맞춰 조금씩 대형을 넓혔다. 박자를 맞춰 걷는 병사들의 발걸음소리와 흥분한 채 제

자리걸음을 하는 말들의 발굽소리가 귀를 먹먹하게 만들었다. 평평하게 펼쳐진 가운데 공간은 서슬이 퍼렇게 전진하는 페르시아 부대와 마케도니아 부대를 둘로 갈라놓았다. 알렉산드로스는 기복이 심한 지대로 가기 위해 오른쪽으로 서서히 방향을 틀었다.

하지만 그것을 눈치챈 적 진영에서 음울하고 긴 뿔나팔소리가 울려왔다. 그것을 신호로 페르시아 좌측 진영의 스키타이인과 박트리아나인 기병대가 우회하며 한꺼번에 돌격해왔다. 알렉산드로스가 신호를 보냈다. 그러자 대기하고 있던 아그리아인 경기병대가 비 오듯 화살을 쏘아대며 적 기병대를 향해 달려나갔다. 그와 동시에 알렉산드로스는 헤타이로이 기병대도 돌진시켰다.

정예부대의 선두에 선 알렉산드로스는 계속해서 앞으로 전진했다. 그는 어느 때보다 침착해 보였다. 하지만 그의 곁에 서 있는 몇 사람은 그의 속눈썹이 불규칙적으로 떨리는 것과 관자놀이를 따라 땀이 흘러내리는 것을 목격할 수 있었다.

헤타이로이들과 아그리아인들이 사나운 파도처럼 질주해오던 아시아 기사들을 향해 돌진했다. 잠시 후 두 진영을 갈라놓았던 공간이 눈 깜짝할 사이에 사라지면서 무시무시한 충돌이 일어났다. 수백 마리의 말과 사람들이 한꺼번에 땅바닥에 나뒹굴었다. 먼지가 자욱한 가운데 말과 사람들의 울부짖는 소리가 사방에서 들려왔다. 거대한 먼지구름은 한치 앞도 구별 못하게 만들었다. 멀리서 바라보던 사람들은 그 먼지 속에서 무슨 일이 벌어지고 있는지, 상황이 어떻게 돌아가는지 전혀 알 수 없었다.

그때 페르시아 진영 중앙에서 날카로운 나팔소리가 울려퍼졌다. 레온나토스가 알렉산드로스의 어깨를 쳤다.

"오오, 맙소사! 저길 좀 봐! 마차야, 낫 달린 전차야!"

하지만 대왕은 아무런 대답도 하지 않았다.

가공할 전차부대가 마케도니아 진영의 선두를 향해 서서히 움직였다. 그것을 발견한 페르디카스가 있는 힘껏 소리를 질렀다.

"병사들, 조심하라!"

바로 그 순간 한 무리의 페르시아 기병대가 전차 앞으로 몰려나왔다. 말들은 마치 제자리걸음을 하듯 사선의 형태를 유지한 채 천천히 앞으로 달려나왔다. 그들의 말발굽 밑으로 짙은 먼지구름이 피어오르자 순식간에 페르시아 전차부대의 모습이 시야에서 사라졌다. 적진에서 다시 한 번 나팔소리가 울려퍼졌다. 그것을 신호로 일정한 거리를 달려나오던 페르시아 기병대가 먼지 장막 양편으로 재빠르게 흩어졌다. 그와 동시에 전차 바퀴 구르는 소리가 천둥소리처럼 들렸다. 잠깐씩 햇빛을 받아 번뜩이는 낫이 먼지구름 사이로 보였다. 낫은 바퀴 축과 4두전차의 버팀목, 그리고 짐칸 밑에서 솟아나와 소용돌이치듯 공기를 가르며 돌았다.

페르디카스와 지휘관들이 숨가쁘게 경계 나팔을 불어댔다. 전차의 공격을 알리는 깃발이 사방에서 펄럭거렸다. 먼지구름은 시시각각 마케도니아 진영을 향해 다가왔다. 마케도니아의 대열이 신호에 따라 급격하게 흩어졌다. 먼지구름이 1스타디온까지 접근해왔을 때였다. 마침내 먼지 장막을 뚫고 전차가 불쑥 앞으로 튀어나왔다. 많은 전차가 열려진 통로 사이로 그냥 지나쳐갔다. 하지만 뒤이어 먼지를 뚫고 나온 전차는 양편으로 몰려 있는 마케도니아 진영을 정확하게 파고들었다. 전차는 대열 한가운데로 질주해와 병사들을 보리 베듯 자르고 지나갔다. 예리하게 실려서 나간 병사들의 머리가 땅바닥에 나뒹굴었다. 공포에 질려 눈을 부릅뜬 모습 그대로였다. 바퀴 축에 달린 낫들은 병사들의 다리를 참혹하게 잘라냈다. 맹렬하게 돌진하는 전차에 치여 쓰러지는 병사들도 있었다. 쓰러진 병사들의 뼈는 말발굽 아래 으스러지고 그 몸은 짐칸 밑에 달린 낫에 갈가리 찢겨졌다. 뒤쪽에 배치되었던 두 번째 아그리아

인 기병대가 방금 지나간 전차를 향해 일제히 화살을 쏘았다. 일부 기병
대는 창을 들고 페르시아 전차를 뒤좇아갔다.

전차를 피해 흩어졌던 전열은 다시 하나로 모아졌다. 이들 보병대는
사다리꼴을 갖추며 알렉산드로스의 뒤를 따라 계속 전진했다. 마케도니
아 군은 다리우스가 평평하게 다져놓은 평야지대를 3분의 1 이상 지나
고 있었다. 병사들은 큰북 소리에 박자를 맞춰 계속 전진했다.

한편 처음으로 격돌했던 헤타이로이 기병대와 아그리아인 기병대는
적장 베수스가 이끄는 스키타이인과 박트리아나인 중장기병대에게 계
속 밀리고 있었다. 우세에 놓인 베수스의 기병대는 점차 전선을 넓게
펼치며 우측에서 전진해오는 그리스 연합군을 포위했다. 그리스 연합군
은 페르시아 기병대를 보자 힘껏 함성을 질렀다.

와아아아아!

그리스 연합군은 열 간격을 최대한 좁혀 방패와 창으로 단단히 방어
벽을 만들었다. 약간 우측에서 전진하던 알렉산드로스는 평원의 중앙을
향해 왼쪽으로 반회전을 시도했다. 부케팔로스는 주인의 의도대로 보통
걸음을 유지하며 뒤따르는 병사들을 인도했다. 알렉산드로스의 옆에 있
는 기수의 손에는 황금빛 별이 새겨진 새빨간 아르가이 왕가의 깃발이
들려져 있었다. 깃발은 햇빛을 받자 불꽃처럼 펄럭거렸다.

이때 또다시 다급한 공격 나팔소리가 들려왔다. 그러자 적 진영 왼쪽
에 포진하고 있던 히르카니아인과 메디아인들로 구성된 페르시아 기병
대가 전속력으로 달려나왔다. 적 기병대는 왼쪽에서 진군 중인 페르디
카스와 멜레아그로스의 대대, 그리고 후미에 있던 심미아스와 파르메니
오 대대 사이로 파고들었다. 그들의 지휘관은 마체오스였다. 그들은 창
과 칼을 휘두르며 보병들 사이를 뚫고 물밀듯 달려왔다. 마침내 전열을

통과한 일부 기병대가 최후방에 있던 병영까지 흘러들어갔다. 파르메니오가 크라테로스에게 소리쳤다.

"저자들을 제지하라! 테살리아인들을 보내라!"

크라테로스의 명령에 따라 즉각 나팔수가 나팔을 불었다. 최후의 예비군으로 좌측 날개의 후미와 떨어져 전진하고 있던 테살리아 기병대 2개 대대가 그들을 향해 달려나갔다. 테살리아인들은 격렬한 전투를 벌이며 마체오스 부대의 길을 가로막았다. 파르메니오는 테살리아 기병대를 지원하기 위해 급히 일부 방패부대와 돌격부대를 후방으로 내보냈다.

"황제 가족들을 빼내가려 한다! 기필코 저자들을 막아라!"

장군이 외쳤다.

마침내 좌측 날개는 전진해오는 적의 우측 날개와 정면으로 맞부딪쳤다. 보병들과 말들이 뒤얽혀 무시무시한 전투가 벌어졌다. 병사들은 맹렬한 분노에 휩싸여 한 뼘의 땅도 양보하지 않으려고 사력을 다했다.

알렉산드로스는 후방에서 울려오는 절망적인 나팔소리를 들었다. 하지만 그는 뒤돌아보지 않았다.

"깃발을 높이 들라!"

알렉산드로스가 외쳤다. 알렉산드로스의 명령소리는 격렬한 전투 소음을 압도하면서 주위에 울려퍼졌다. 기수가 후방의 모든 병사들이 볼 수 있도록 깃발을 높이 쳐들었다. 부케팔로스가 발굽으로 땅을 긁으며 울어댔다.

마침내 대왕이 말 옆구리에 박차를 가했다. 군마는 맹수처럼 콧김을 내뿜으며 땅을 박치고 미친 듯이 앞으로 달려나갔다. 성예부대가 정신 없이 대왕의 뒤를 따라 돌격했다. 헤타이로이 기병대 5개 대대가 정예부대 뒤에서 쐐기형으로 대열을 펼치며 페르시아 진영의 중심을 향해 돌진했다. 중앙에 있던 페르시아 부대는 포위 공격을 펼치는 우측 날개의 군대와 분리되어 있었다.

"전진!"

알렉산드로스가 외쳤다.

알렉산드로스는 칼을 빼들고 황제의 전차를 방어하는 불사조 근위대 측면으로 달려들어갔다. 마케도니아의 전 기병대가 알렉산드로스의 뒤를 따르며 그들을 제지하는 하는 적들을 가차없이 쓰러뜨렸다. 부케팔로스의 어마어마한 덩치와 빠른 속력이 위력을 발휘했다. 적들은 청동과 가죽으로 뒤덮인 부케팔로스의 어마어마한 무게에 떠밀려 스치기만 해도 땅바닥에 나가떨어졌다. 일단 적진 가운데를 통과해나온 정예부대는 대왕의 지휘에 따라 대열을 유지한 채 다시 한 번 방향을 틀었다. 넓게 전선을 형성한 정예부대는 중앙에 포진한 적의 후미와 측면을 겨냥했다. 헤타이로이들은 정예부대의 좌우를 방어하도록 양쪽에 4열로 늘어섰다. 알렉산드로스가 신호를 보내자 정예부대는 다시 한 번 페르시아 군의 중앙으로 홍수처럼 밀려들어갔다.

그 사이 마케도니아의 병영은 거의 적들의 수중에 들어가 있었다. 마체오스가 이끄는 메디아인과 히르카니아인 병사들이 천막에 불을 지르고 닥치는 대로 병영을 파괴했다. 일부 페르시아 기병대는 여자들의 처소로 말을 몰아갔다. 테살리아 병사들은 사력을 다해 싸웠으나 워낙 수적으로 열세였다. 병영을 지키던 테살리아 병사들의 시체가 하나둘씩 늘어났다.

파르메니오는 도무지 이 전투의 운명을 점칠 수 없었다. 그 자신도 혈기왕성한 젊은이처럼 창과 방패를 들고 열심히 싸움에 임하고 있었지만 도무지 승산이 보이지 않았다. 그는 마침 지나가는 전령을 발견하고 외쳤다.

"가라! 알렉산드로스 폐하께 가서 우리 힘으로 막아낼 수 없으며 도움이 필요하다고 전하라! 빨리 가라!"

전령은 말 위로 뛰어올랐다. 그리고 뒤집어진 전차와 격렬하게 싸우고 있는 전사들 사이를 뚫고 평원 한가운데로 내달렸다. 전령은 저 멀리 중앙 전투가 한창인 곳에서 휘날리는 아르가이 깃발을 보자 그곳으로 힘차게 말을 달렸다.

마케도니아 기병대에게 뒤쪽과 측면을 공격당한 다리우스의 호위대는 그리스 용병부대의 지원을 받아 반격을 가했다. 하지만 그것도 잠시, 곧 알렉산드로스 정예부대의 거센 공격을 받게 되자 갈팡질팡했다. 대왕의 옆에 선 헤파이스티온은 크고 무거운 물푸레나무 창으로 다가서는 적병들을 쉴새없이 찔러대고 있었다. 레온나토스는 무거운 도끼를 휘둘러 적들의 머리를 산산조각 냈다. 그의 도끼에서는 피가 뚝뚝 흘러내렸다. 프톨레마이오스와 리시마코스는 측면에서 공격해오는 그리스 용병들과 페르시아 불사조 부대를 칼로써 막아내고 있었다.

양쪽 모두 이 전투가 자신의 목숨과 조국을 구할 마지막 기회라고 생각했다. 때문에 어느 누구도 굴복하려 들지 않았고, 그래서 전투는 더욱 격렬해졌다.

우측 날개에서는 그리스 연합군 중장보병대의 공격으로 주춤했던 베수스의 기병대가 다시 전열을 갖추고 파상 공격을 해왔다. 그들 중 일부는 그리스 연합군 전열을 피해 트라케인들에게로 밀려갔다. 트라케인들은 이미 대부분 적의 수중에 넘어간 병영의 오른쪽을 필사적으로 방어하고 있었다.

좌측 날개 쪽 상황은 더욱 절망적이었다. 파르메니오와 그의 병사들은 직으로부터 완전히 포위된 상태였다. 팔랑크스 대형을 이끌고 중앙을 향해 전진해가던 페르디카스와 멜레아그로스 등 다른 장군들은 이 상황을 번연히 지켜보면서도 도와줄 수가 없었다. 공격 신호에 따라, 창을 앞으로 향한 채 다리우스 진영의 중심부로 공격해 들어가야 했다. 그동안에도 대왕의 기병대는 계속 다리우스 진영의 뒷면과 측면에서 압박을 가했다.

마체오스는 황태후의 천막에 도착하자마자 무릎을 꿇고 말했다.

"황태후 마마, 빨리 저를 따르십시오 이제 마마의 존귀하신 아드님께로 돌아가셔서 다시 자유와 권위를 되찾으십시오"

하지만 황태후는 왕좌에 앉은 채 꼼짝도 하지 않았다.

"난 자네를 따라가지 않겠네. 난 너무 늙어 말을 탈 수 없네. 날 여기 내버려두게. 여기 앉아, 아후라 마즈다의 뜻에 따라 오늘 하루가 어떻게 끝날지 그 결과를 기다리게 해주게. 가게, 시간 허비하지 말고! 할 수 있다면 나 대신 황실의 후궁들과 왕자들을 데려가주게."

마체오스가 다시 한 번 애원했다.

"이렇게 애원합니다, 황태후 마마. 제발!"

하지만 아무 소용이 없었다. 황태후는 조금도 움직이지 않았다.

바로 그때 아주 어린 페르시아 전사 하나가 그곳에서 얼마 떨어지지 않은 바르시네의 천막 안으로 달려갔다. 바르시네는 이 끔찍한 전투의 결과가 어떻게 될지 몰라 초조하게 서성거리고 있었다. 천막 안으로 갑자기 뛰어든 어린 전사가 투구를 벗었다. 윤기 있는 머리카락이 이마 위로 흘러내렸다. 전사가 외쳤다.

"어머니! 어머니를 구해드리려고 제가 왔습니다! 빨리 가세요! 말을 타고 가세요! 동생은 어디 있습니까?"

"헤테오클레스!"

아들을 보자 바르시네는 깜짝 놀라 소리쳤다. 그녀는 아들을 품에 안으려고 달려갔다. 그 순간 두 명의 아그리아인이 긴칼을 쥐고 천막 안으로 달려왔다. 그들은 대왕으로부터 그 누구도 여자에게 손대지 못하게 하라는 엄명을 받고 있었다.

헤테오클레스는 아버지의 검을 빼들고 그들과 맞섰다. 하지만 그는 아직 어린 소년이었다. 그가 휘두른 칼은 아그리아인 병사의 투구 위로 힘없이 스쳐지나갔다. 순간 아그리아인 병사가 칼을 휘두르자 헤테오클레스의 팔이 단번에 잘려졌다. 또 다른 병사가 소년의 가슴을 향해 칼을 내리꽂았다. 순간 바르시네가 비명을 지르며 몸을 던졌다.

"안 돼요! 내 아들이에요!"

칼은 소년의 가슴 대신 그녀의 가슴을 파고들었다. 칼이 꽂힌 채 그녀가 쓰러졌다. 그 광경을 지켜보던 헤테오클레스가 남은 한 손으로 칼을 움켜쥐었다. 그는 마지막 힘을 다해 아그리아인 병사들에게 달려들었다. 하지만 그가 지른 괴성이 채 사라지기도 전에 아그리아인 병사의 칼이 먼저 그의 가슴을 후벼팠다. 소년은 어머니 위에 쓰러져 마지막 숨을 거두었다.

용감한 테살리아 병사들까지 모두 병영 밖으로 밀려난 상태였다. 병영을 장악한 마체오스의 부대는 베수스 기병대의 돌격을 막아내고 있는 헤타이로이 보병대와 트라케인들을 급습하기 위해 우측으로 몰려갔다. 그들이 보기에, 전투는 이미 이긴 거나 다름없었다.

그때였다. 갑자기 큰북 소리와 함께 어디선가 수천 명의 전사들이 내지르는 함성이 울려퍼졌다.

와아아아아!

함성은 강으로 이어지는 길 쪽에서 울려퍼졌다. 패퇴를 거듭하던 마케도니아 병사들은 갑자기 나타난 아군의 깃발을 보고 눈이 휘둥그래졌다. 최근에 징병된 테살리아와 마케도니아 기병대 3개 대개가 깃발을 앞세우고 홀연히 나타난 것이었다.

그들을 발견한 크라테로스가 신호를 보내기 위해 깃발을 손에 쥐었다. 그는 이미 한쪽 팔에 부상을 입고 있었다. 크라테로스가 기진맥진한 목소리로 소리쳤다.

"병사들, 이쪽으로 오라!"

그는 마침 주인 잃은 말 한 마리가 지나가는 것을 보고 그 위에 훌쩍 올라탔다. 그리고는 방금 나타난 병사들을 향해 달려나갔다. 지원군을 맞은 그는 선두에 서서 기병대를 이끌고 좌측 날개를 향해 돌격했다. 그곳에는 메디아인과 히르카니아인, 그리고 마체오스의 아시리아인 부대가 궤멸 직전인 파르메니오 부대를 에워싸고 공격 중이었다. 그들 사이에 또다시 피비린내 나는 전투가 벌어졌다.

전투 결과는 예측하기 어려웠다. 알렉산드로스는 적의 중심부를 향해 계속 위협적인 공격을 해나갔다. 마침내 다리우스의 전차가 시야에 들어오자 알렉산드로스는 등자에서 창을 뽑아들었다.

"나를 엄호하라!"

그의 명령을 받은 동료들이 방패를 들고 알렉산드로스를 엄호했다. 그는 다리우스의 전차를 향해 힘껏 창을 날렸다. 전사들 머리 위로 날아간 창은 다리우스를 아슬아슬하게 비켜나가 옆에 있던 전차병의 가슴을 꿰뚫었다. 순간 말들이 제멋대로 북쪽으로 내달렸다. 당황한 다리우스는 전차병 대신 말고삐를 움켜잡았다. 연신 채찍으로 후려쳤지만 말은 그대로 싸움터 밖으로 달아나고 말았다. 불사조 근위대는 도주하는 왕을 내버려둔 채 다가오는 알렉산드로스 일행을 향해 맹렬하게 싸움을 걸어왔다. 그들은 더 이상 도망칠 곳이 없다는 사실을 누구보다 잘 알고 있었다.

늦은 오후가 되자 녹초가 된 불사조 대원들이 하나둘 말 위에서 굴러 떨어졌다. 그 사이 황제가 죽었다는 소문이 삽시간에 각 전장으로 퍼져나갔다. 전장을 이탈해 달아나는 페르시아 병사가 하나둘 늘어났다.

우측에서 한껏 위세를 떨치던 베수스는 전령으로부터 다리우스가 전쟁터를 떠났다는 보고를 받았다. 그는 즉시 그리스 연합군에 대한 공격을 중단했다. 그는 황제의 삼중관이 마케도니아인들의 손에 들어가는 것을 막기 위해 기사들을 이끌고 페르시아 황제가 도주한 곳으로 달려갔다. 황제를 보호하기 위한 것이기도 했지만, 상황에 따라 그는 왕의 운명을 심판하려는 속셈까지 갖고 있었다.

그 무렵, 승리에 한 걸음 다가가 있던 마체오스는 테살리아 병사들과 원군으로 온 마케도니아 병사들, 그리고 반격을 시작한 페르디카스와 파르메니오 대대에게 포위되어 결국 항복하고 말았다.

알렉산드로스는 말을 타고 폐허가 된 병영 한가운데를 지나갔다. 황폐해진 병영은 이미 대부분 불길에 휩싸여 있었다. 무거운 공기 속에 매운 연기가 피어올랐다. 그는 바르시네의 천막을 찾아갔다. 천막에서는 어린아이의 울음소리밖에 들려오지 않았다. 프라아테스가 쓰러져 있는 어머니와 형을 지키고 앉아 울고 있었다. 두 사람은 숨을 거두었을 때처럼 여전히 서로를 부둥켜안고 있었다.

대왕은 말에서 내려 그곳으로 다가갔다. 그는 눈앞의 광경을 도저히 믿을 수 없었다.

"오, 신이시여!"

알렉산드로스가 외쳤다. 그의 눈에 눈물이 고였다.

"왜, 무엇 때문에 죄 없는 사람들에게까지 이처럼 가혹한 운명을 주시는 겁니까?"

그는 피투성이가 된 시체 옆에 무릎을 꿇었다. 그는 헤테오클레스를 반듯이 눕혔다. 그런 다음 바르시네의 얼굴을 덮은 머리카락을 쓸어내리고 부드럽게 이마를 쓰다듬었다. 그녀의 눈에 고여 있던 마지막 눈물이 반짝거렸다. 그녀의 눈은 분노의 울부짖음과 공포의 비명이 들리지 않는 먼 하늘의 한 곳을 응시하고 있었다. 그 시선은 일순간 사라져버린 자신의 꿈을 애처롭게 좇는 것 같기도 했다.

폐허가 된 병영은 비현실적일 정도로 고요했다. 소년의 절망적인 울음소리가 침묵을 깨뜨리며 그의 가슴을 더욱 아프게 찢어놓았다. 알렉산드로스는 소년을 향해 돌아섰다.

"울지 말아라. 멤논 장군의 아들은 울지 않는 법이다. 힘을 내거라, 얘야. 용기를 내야 한다."

하지만 알렉산드로스의 위로에도 불구하고 프라아테스는 울음을 멈추지 않았다.

"왜 우리 엄마가 죽어야 하지요? 왜 우리 형이 죽어야 하지요?"

이 세상에서 가장 강력한 대왕일지라도 대답해줄 수 없는 질문이었다.

"엄마를 누가 죽였는지 내게 말해보렴, 프라아테스. 내가 네 엄마의 원수를 갚아주겠다."

소년은 페르시아 기사의 시체를 약탈하고 있는 한 무리의 아그리아인들을 가리켰다. 알렉산드로스는 그제야 사태를 짐작했다. 전투가 시작되기 전, 그는 보초병들에게 어떤 일이 있어도 바르시네를 보호해야 한다고 명령했다. 결국 바르시네와 헤테오클레스를 죽인 것은 다른 사람이 아닌 자신의 명령 때문이었다. 때늦은 후회가 그의 가슴을 더욱 아프게 찢어놓았다.

시체를 치우는 병사들이 다가왔다. 그들이 바르시네에게 손을 뻗으려 하자 대왕은 그들을 물러서게 했다. 그는 직접 바르시네의 시신을 안아 들고 자신의 막사로 향했다. 알렉산드로스는 그녀를 침대에 눕히고 머리카락을 매만졌다. 창백한 뺨을 쓰다듬어주고 핏기 없는 그녀의 입술에 입을 맞추었다. 그런 다음 비로소 그녀의 눈을 감겨주었다. 바르시네는 여전히 아름다웠다. 마치 잠을 자고 있는 것만 같았다. 알렉산드로스가 속삭였다.

"편안히 잠을 자두도록 해요, 내 사랑."

그런 다음 알렉산드로스는 프라아테스의 손을 잡고 밖으로 나왔다.

그 사이 병사들이 속속 싸움터에서 돌아왔다. 병영 여기저기서 승리의 함성이 울려퍼졌다. 포로들은 급히 만든 두 개의 울타리 안에 수용되었다. 한편에는 그리스 용병들, 다른 편에는 페르시아인들이 수용되었다.

헤파이스티온이 도착해 대왕을 껴안았다.

"바르시네 일은 안됐네. 피할 수 있었던 불상사였어. 마체오스가 왼쪽 깊숙이 들어와 다리우스 일가를 구하는 임무를 맡았던 게 분명해. 거의 성공할 뻔했지. 파르메니오 장군은 부상을 입으셨네. 페르디카스와 크라테로스도 물론이고. 우리 쪽 전사자의 수가 엄청나다네."

그때 페르시아 황제의 여인들과 그 자식들, 그리고 황태후가 조용한 곳에 세워진 새 천막으로 옮겨가고 있었다. 헤파이스티온은 그들 속에서 칼리스테네스의 모습을 보았다. 두 명의 하인이 칼리스테네스의 파피루스가 든 바구니와 개인 사물함을 들고 그를 따라가고 있었다. 알렉산드로스는 황태후 일행에게 고개 숙여 인사했다. 그런 다음 다시 친구에게 몸을 돌리며 물었다.

"전사자가 몇 명이나 되나?"

"많다네. 적어도 2천 명은 될 거야. 어쩌면 더 많을 수도 있어. 하지만 페르시아의 전사자도 엄청날 걸세. 평야에 수천 명의 시체가 흩어져 있어. 그리고 지금 기병대가 도주하는 페르시아 군을 뒤좇고 있으니 전사자 수는 더 늘어날 거야."

"다리우스는?"

"베수스와 함께 달아났네. 아마 수사나 페르세폴리스로 간 것 같아. 나도 잘 모르겠네. 하지만 마체오스는 잡았네."

알렉산드로스가 잠깐 동안 생각에 잠겼다가 물었다.

"아르타바조스에 대한 소식은 없나?"

"중요한 포로들은 따로 분리해놓았어. 아마 그들 중에 섞여 있을지도 모르겠군. 내 생각이 틀리지 않다면, 아마 마체오스와 함께 있을 거야."

"날 아르타바조스가 있는 곳으로 데려다주게."

"하지만 알렉산드로스, 병사들이 자네를 기다리고 있어. 자네에게 박수갈채를 보내고 자네의 칭찬을 듣고 싶어한다고……. 병사들은 사자처럼 싸웠네."

"날 아르타바조스에게 데려다주게, 헤파이스티온. 그리고 사람을 시켜 저 두 사람을 지키도록 하게."

알렉산드로스가 바르시네와 헤테오클레스의 시체를 가리키며 말했다. 그때 시체 운반병들이 헤테오클레스의 시체를 어머니 곁에 내려놓고 있는 중이었다.

알렉산드로스가 프라아테스에게 말했다.

"가자, 애야."

에우메네스는 페르시아의 대장들, 총독들과 황제의 친척들을 싸움터에서 멀리 떨어진 천막에 수용해놓고 있었다. 에우메네스는 군의관들을 불러 그들 중 부상을 입은 사람들을 먼저 치료하도록 조치했다. 군의관들은 전쟁터에 누워 도움을 호소하는 수많은 부상병들을 돌보느라 정신이 없었다.

알렉산드로스가 천막 안으로 들어왔다. 그곳에 모인 사람들이 일제히 고개를 숙였다. 그들 중 한 사람이 알렉산드로스 쪽으로 걸어나왔다. 그는 무릎을 꿇고 이마가 땅에 닿을 정도로 몸을 구부렸다. 그런 다음 대왕의 오른손을 자기 입술에 가져갔다.

"뭘 하는 짓인가?"

알렉산드로스가 에우메네스에게 물었다.

"황제가 된 사람에게만 바치는 페르시아인들의 전통적인 입맞춤이네. 우리 그리스인들은 저런 인사를 프로스키네시스라고 부르지. 이 사람들이 자네를 합법적인 대왕, 대왕 중의 대왕인 황제로 인정한다는 뜻일세."

에우메네스와 이야기를 나누는 동안에도 알렉산드로스는 프라아테스의 손을 잡고 있었다. 그는 모여 있는 사람들을 둘러보았다. 알렉산드로스가 말했다.

"이 소년의 이름은 프라아테스요. 로도스의 멤논과 바르시네의 아들입니다. 이 소년은 전쟁 때문에 어머니와 형 헤테오클레스를 잃었소."

그러자 천막 끝에 서 있던 나이 많은 고관이 눈물을 글썽거렸다. 알렉산드로스는 그 고관이 바로 자신이 찾는 사람임을 직감했다.

"나는 여러분 중에 이 소년의 외할아버지인 아르타바조스 총독이 있기를 바라오. 이 소년을 돌봐줄 수 있는 핏줄이라곤 이제 이 아이의 외할아버지밖에 없소."

노인이 앞으로 걸어나와 페르시아어로 말했다.

"내가 이 아이의 할아비입니다. 저를 믿으신다면 이 아이를 제게 주십시오."

통역관이 통역을 마치자 알렉산드로스는 프라아테스 쪽으로 몸을 숙였다. 프라아테스는 튜닉 소매로 눈물을 닦고 있었다.

"보거라, 외할아버지이시다. 이제 네 외할아버지에게로 가거라."

소년은 물기가 마르지 않은 눈으로 외할아버지를 보았다. 소년의 얼굴은 아직도 먼지에 뒤덮여 있었다. 소년이 조그맣게 말했다.

"감사합니다."

소년은 바닥에 무릎을 꿇고 있는 외할아버지에게로 달려가 안겼다. 그곳에 있던 사람들은 모두 할말을 잃은 채 조용히 그 광경을 바라보고만 있었다. 사람들은 몇 걸음 뒤로 물러서서 소년과 외할아버지가 천막 가장자리로 옮겨갈 수 있게 길을 만들어주었다. 잠시 후 소년의 흐느낌과 숨죽여 우는 늙은 총독의 울음소리가 들려왔다. 알렉산드로스도 격한 감정에 휩싸였다. 그가 에우메네스에게 말했다.

"저 두 사람이 슬픔을 마음껏 토해내도록 놔두게. 그리고 저분이 하고자 하는 대로 바르시네의 장례식을 준비해주게. 그리고 아르타바조스에게 지금 맡고 있는 팜필리아의 총독 자리를 다시 맡게 될 거라고 알려주게. 그가 누리던 특권과 재산을 그대로 유지하게 될 것이고, 저 아이를 좋은 환경에서 교육시킬 수 있을 거라고 말해주게."

모여 있는 사람들 중에서 알렉산드로스의 관심을 끈 또 다른 인물이 있었다. 그 사람은 아직도 전투용 갑옷을 입고 있었다. 얼굴과 몸에 전투의 흔적이 역력히 남아 있는 초로의 전사였다.

"마체오스라네."

에우메네스가 알렉산드로스의 귀에다 대고 속삭였다. 알렉산드로스는 다른 사람에게 들리지 않게 에우메네스의 귀에다 대고 대답한 뒤 밖으로 나갔다.

알렉산드로스는 병영으로 돌아왔다. 여섯 줄로 정렬해 있던 부대원들과 말을 탄 장교들이 열렬히 그를 환영했다. 파르메니오는 부상을 입은 채로 '받들어 창' 구령을 내렸다. 헤타이로이들이 공격용 창을 하늘 높이 처들었다. 페체타이로이들은 거대한 장창을 부딪치며 요란한 소리를 만들어냈다. 대왕의 동료들은 가슴을 활짝 편 채 경례했다. 크라테로스와 페르디카스는 전쟁터에서 입은 상처를 자랑스럽게 내보였다.

대왕은 병사들 앞에 있는 야트막한 구릉으로 부케팔로스를 몰고 갔다. 그는 천연의 단상에 서서 병사들을 향해 외쳤다.

"여러분!"

곧 주위가 조용해졌다. 탁탁거리며 타고 있는 장작불만 침묵을 깨뜨렸다.

"여러분, 지금 밤이 찾아오고 있습니다. 그리고 내가 여러분에게 약속했던 대로 우리는 승리했습니다!"

병영의 끝에서 끝까지 함성이 울려퍼졌다. 박자를 맞춘 힘있는 함성은 시끄러운 무기소리를 뚫고 점점 더 크고 분명하게 하늘 높이 울려퍼졌다.

알렉산드로스! 알렉산드로스! 알렉산드로스!

"난 우리의 전우인 테살리아 병사들과 적절한 때에 도착한 마케도니아 기병대에게 감사의 인사를 전하고 싶습니다. 마케도니아 기병대는 오늘의 전투에 참가하기 위해 바다를 건너왔습니다. 난 간절히 기병대 여러분의 도착을 기다렸습니다, 여러분!"

테살리아인들과 새롭게 도착한 마케도니아 기병대들이 환호성으로 대답을 대신했다.

"그리고 또 우측에서 공격해준 그리스 연합군을 치하하고 싶습니다. 그쪽에서 공격하기가 쉽지 않았다는 것을 나는 잘 알고 있습니다!"

그리스인들이 검으로 요란하게 방패를 두드렸다.

"이제 전 아시아가, 그 아시아의 보물과 경이로움이 우리 것이 될 찰나에 있습니다. 그 어떤 적도 우리가 가는 길을 막을 수 없을 겁니다. 우리는 그 어떤 기적이라도 이룰 수 있습니다. 우리는 세상 끝까지 갈 수 있습니다. 나는 여러분을 세상 끝까지 데려갈 겁니다. 나를 따를 준비가 되어 있습니까, 여러분?"

"준비되어 있습니다, 폐하!"

보병과 기사들이 한꺼번에 창을 들었다 내리며 열광적으로 답했다.

"그러면 내 이야기를 들어보십시오! 이제 우리는 바빌로니아로 갈 것입니다. 이 세상에서 가장 크고 아름다운 도시를 보기 위해, 피로에 지친 여러분에게 휴식을 주기 위해 우리는 반드시 그곳에 가야 합니다. 그런 다음 다시 행군할 겁니다. 대양의 끝에 이를 때까지 우리는 쉬지 않고 행군할 겁니다."

산들바람이 불어왔다. 바람은 일순간 강해지면서 먼지를 불러일으켰다. 투구의 깃털들이 바람을 따라 물결쳤다. 바람은 멀리서 달려온 듯 금방 힘을 잃고 약해졌다. 하지만 그 바람 속에는 잊혀졌던 어떤 목소리가 담겨 있었다. 대왕은 그 목소리가 바로 병사들의 마음을 사로잡는 향수라는 걸 깨달았다. 그제야 대왕은 연설을 하는 도중 병사들의 얼굴에 언뜻 스쳐간 절망스런 표정의 의미를 이해할 것 같았다.

알렉산드로스가 다시 말을 이었다.

"난 여러분을 이해합니다. 여러분이 고향의 아내와 자식들을 보고 싶어한다는 것도 압니다. 하지만 페르시아의 다리우스가 완전히 굴복한 것은 아닙니다. 다리우스는 자신의 땅 끝으로 몸을 숨겼습니다. 그는 설마 우리가 그곳까지 추격하리라곤 생각하지 못할 것입니다. 만약 그렇게 생각했다면 그것은 오산입니다. 이제 고국으로 돌아가고 싶어하는 병사가 있다면 난 그를 비난하지 않을 것입니다. 하지만 여러분이 계속 나를 따라와준다면 난 여러분을 지휘하는 왕으로서 무한한 자부심을 느낄 것입니다. 내일부터 에우메네스 서기장이 여러분 모두에게 은화 3천 냥을 나누어줄 것입니다. 우리가 계속해서 다른 도시들도 정복해간다면 나는 그곳에 쌓인 어마어마한 돈도 여러분에게 나누어줄 것입니다. 우리는 바빌로니아에 한 달 동안 머물 예정입니다. 그러니까 여러분은 그 동안 충분히 생각할 시간을 갖도록 하십시오. 그런 다음 에우메네스 서기장이 여러분을 다시 소집할 것입니다. 그때 집으로 돌아갈 사람과 나를 따라 새로운 모험을 할 사람이 나눠지게 되겠지요. 이제 해산하십시오, 여러분. 그리고 내일 다시 행군하도록 합시다."

병사들은 오랫동안 열광적으로 환호했다. 알렉산드로스는 부케팔로스를 몰고 해산하고 있는 병사들 사이로 달려나갔다. 그는 동료들에게 신호를 보냈다. 동료들은 대왕과 함께 페르시아 병영으로 갔다. 그곳은 정예부대와 아그리아 공격부대가 물샐틈없이 지키고 있었다.

황제의 막사는 이수스에서 보았던 것보다 더 사치스럽고 호화로웠다. 하지만 하인들은 훨씬 적었다. 그곳에서 2백 탈렌트가 넘는 금화와 은화가 발견되었다. 용병들과 최근 징병된 병사들의 월급을 지급하고도 남을 돈이었다. 에우메네스는 그 자리에서 노획한 물품의 목록을 작성했다.

대왕이 먼저 의자에 앉았다. 그는 나머지 동료들에게도 앉기를 권하고 하인들에게 원기를 회복할 음식을 가져오라고 했다. 알렉산드로스는 동료들과 함께 음식을 먹었다. 레온나토스가 투덜거리듯 말했다.

"친구들, 난 믿을 수가 없어. 오늘은 정말 끔찍했지. 적들이 파르메니오 장군 진영 쪽으로 돌격해왔어. 그리고 베수스가 우측에서 그리스 연합군을 포위했는데, 우리는 그 한가운데에 멍청하게 있어야 했단 말이야."

이어 셀레우코스가 말했다.

"나는 마케도니아와 테살리아 원군이 제때에 도착한 것이 아직도 실감나지 않아. 그런데 어떻게 그 시점에 원군이 도착할 수 있었을까? 한 시간만 늦게 도착했더라면 우리는……"

"우리는 장대에 매달려 있을 거야. 게다가 우리 머리 위에서는 눈과 살을 뜯어먹으려고 까마귀들이 날아다니고 있겠지."

레온나토스가 말했다. 그러자 알렉산드로스가 그들의 말을 가로막았다.

"그만두게. 난 농담하고 싶지 않아."

그리고는 셀레우코스를 돌아보며 말했다.

"안티파트로스 장군이 치밀하게 준비해두었기 때문에 가능한 일이었네. 난 티로스로부터 지원부대의 이동 상황을 매일매일 보고받고 있었네. 나는 이번 전투에서 반드시 성공하리라고 확신했어. 그 이유를 아는가? 어쨌든 조금 있으면 더 많은 것을 알 수 있을 걸세. 날 찾아오는 방문객을 한번 기다려보세나!"

"확실한 건 아무것도 없었습니다. 눈부시게 빛나는 나의 젊은 신이

시여.”

천막 입구에서 어떤 사람의 목소리가 들려왔다.

“지난밤, 산에 비가 조금만 더 왔더라도 상황은 완전히 달라졌을 겁니다. 그랬더라면 폐하의 지원부대는 티그리스 강 건너편에서 배꼽을 긁으며 강물이 줄어들기만을 애타게 기다릴 수밖에 없었지요. 다리우스가 여러분을 전멸시킬 동안 말이지요”

“이리로 오게, 에우몰푸스”

알렉산드로스가 그를 불렀다.

“마체오스와의 약속을 믿어도 된다고 내게 말하지 않았나? 가장 위험했던 것은 바로 그의 공격이었어. 그가 우리 등 뒤에서 포위할 뻔했지.”

“마체오스에게 그 이유를 물어보는 게 좋지 않겠습니까?”

에우몰푸스가 안으로 들어왔다. 포로들의 천막에서 보았던 그 인물이 에우몰푸스 곁에 서 있었다.

“그가 여기 있습니다. 폐하가 원하신 대로 함께 왔습니다.”

마체오스 총독이 다가왔다. 그는 대왕 앞에서 이마가 땅에 닿을 때까지 등을 구부리고는 손을 입에 대고 대왕에게 입맞춤을 보냈다.

알렉산드로스가 말했다.

“지금 자네는 자네의 대왕에게나 보내는 경의의 표시를 내게 하고 있군. 그런데 내가 자네 말을 믿었더라면 나는 지금쯤 개와 새들에게 살점을 뜯기고 있을 걸세!”

총독이 일어서더니 그리스어로 유창하게 물었다.

“대답해도 되겠습니까, 폐하?”

“물론이지. 그보다 먼저 둘 다 자리에 앉도록 하게. 내게 아직도 설명해줄 것이 몇 가지 남아 있네.”

이야기는 깊은 밤까지 이어졌다. 마체오스가 마케도니아 진영의 좌측 날개 쪽을 강력하게 공격한 것은, 어떻게 해서라도 황제의 가족들을 구해내겠다고 한 다리우스와의 약속을 지키기 위해서였다. 그는 사실 마케도니아의 보급 마차들이 있는 구역을 보다 철저하게 공격할 수 있었다. 또한 페르시아 진영의 중앙을 향해 행군하는 팔랑크스의 대열을 등 뒤에서 전복시켜버릴 수도 있었다.

"왜 그렇게 하지 않았나?"

알렉산드로스가 물었다.

"그렇게 할 수 없었기 때문입니다. 우리가 계속 저항하고 있었고, 우리를 전멸시키지 않고는 지나갈 방법이 없었기 때문이지요."

파르메니오가 끼어들어 대화를 중단시켰다.

"그렇다고 할 수도 있겠지요. 그 문제에 관해서는 끝도 없이 토론을 벌일 수 있을 거요. 자, 마체오스 그러니 내 질문에 대답해주게."

파르메니오의 말을 무시한 채 알렉산드로스가 다시 물었다.

"전 바빌로니아인입니다, 폐하. 바빌로니아인들은 하늘에 쓰여진 메시지를 읽고 별자리의 움직임을 읽을 줄 압니다. 우리 점성가들이 하늘에서 폐하의 별을 보았습니다. 그 별은 어떤 별보다 눈부시게 빛났습니다. 반면 다리우스의 별은 폐하의 별빛에 가려 보이지도 않았습니다. 저는 하늘이 우리에게 보내준 신호를 외면할 수 없었습니다. 또한 우리의 최고 신이신 마르두크께서 바빌로니아의 에사길라 신전에 신탁을 내리셨습니다. 우리는 그 계시를 존중해야 했습니다."

알렉산드로스가 말했다.

"자네 이야기를 이해할 수가 없군. 그러니 내가 알고 있는 대로, 내가 본 대로만 말해야 될 것 같네. 자네는 자네의 황제와 그 가족을 위해 최선을 다해 용맹스럽게 싸웠네. 내가 자네에게 상을 주고 싶은 것은 바로 그 때문이라네. 자네가 마지막 순간에 자네 기사들의 돌격을 제지했다는 것과 자네가 들려준 모호한 예언 때문은 아니라네. 자네는 다시 바빌로니아 총독 자리를 보장받게 될 걸세. 그리고 자네의 권위가 약화되지 않도록 우리의 주둔 부대를 바빌로니아에 남겨두어 자네를 보호하도록 하겠네."

마케도니아 군대의 주둔 하에 훌륭한 원주민에게 총독의 임무를 맡기고 관용을 보여주는 것은 아주 적절한 방법이었다. 에우메네스는 고갯짓으로 동의의 뜻을 표했다.

마체오스가 더욱 깊이 고개를 숙였다.

"자유의 몸으로 바빌로니아로 돌아가게 된다는 말씀이신가요?"

"자네의 총독 관서로 돌이가게. 원한다면 지금이라도 당장, 자네 개인 수행원을 데리고 가게."

마체오스가 일어나 시선을 떨구며 말했다.

"지금부터 저는 어떤 일이 벌어져도 폐하께 맹세한 제 충성을 배신하지 않을 것입니다. 신들과 제 명예를 걸고 맹세합니다."

"고맙네, 마체오스. 이제 우리 모두 쉬러 가세. 너무 힘든 하루였어. 내일은 전사한 동료들의 장례식을 치러야지."

모두 자리에서 일어나 말을 타고 마케도니아 병영으로 돌아갔다. 하지만 알렉산드로스는 부케팔로스의 고삐를 잡고 걸어서 병영으로 향했다. 솔리스의 에우몰푸스가 그 뒤를 따랐다.

"제가 폐하와 조금만 같이 걸어도 되겠습니까?"

"물론. 이렇게 대학살이 벌어진 뒤 찾아온 평화로운 밤에는 걷는 게 좋지."

"바르시네와 그 아들의 일은 알고 있습니다. 뭐라 말할 수 없이 안타깝습니다. 제가 그 아들이 다리우스의 병영에 있다는 것을 알려드렸지요. 혹시 뜻하지 않은 일이 벌어질까 걱정되어서였습니다."

"아이들은 아이들이지."

알렉산드로스가 대답했다. 긴 머리칼이 달빛에 드러난 창백한 그의 얼굴을 가리고 있었다. 그 얼굴은 청년의 것이라고 믿기 어려웠다.

"헤테오클레스는 자신이 옳다고 믿은 일을 한 거야. 어린 나이에 영웅처럼 죽었지. 우린 그의 죽음을 애석해할 필요가 없네. 그 어떤 인간도 자신이 살아 있다는 것을 기뻐해서는 안 되네. 내일 무슨 일이 우리를 기다리고 있을지 아무도 모르는 거야. 어쩌면 죽음보다 훨씬 더 나쁜 일이 우리를 기다리고 있을 수도 있어. 흉측한 병에 걸릴 수도 있고, 불구자가 될 수도 있고, 노예가 되거나 고문을 당할 수도 있어……."

에우몰푸스는 의젓하게 걷고 있는 부케팔로스의 걸음에 맞춰 알렉산드로스의 뒤를 따랐다. 알렉산드로스가 말의 갈기를 쓰다듬으며 말했다.

"이 녀석을 씻기고 빗질해줄 시간조차 없다네. 불쌍한 부케팔로스."

"그런 게 아니라 세상을 손에 쥐게 해준 이 친구와 잠시도 헤어져 있기 싫으신 것이겠지요."

"맞네."

알렉산드로스가 시인했다. 그리고 더 이상 아무 말도 하지 않았다.

그때 멀리서 구슬픈 플루트 소리와 함께 긴 통곡소리가 들려왔다. 그리고 평야에서 반짝이는 횃불이 보였다. 횃불은 긴 행렬을 이루고 있었다. 대왕은 곧 그게 무슨 행렬인지 알아차리고 평야를 가로질러갔다. 행렬은 넓은 평야를 지나 조그만 언덕 위에 서 있는 돌무덤을 향해 가고 있었다. 에우몰푸스가 알렉산드로스가 떠난 자리에 서서 중얼거렸다.

"가보게, 젊은이. 그녀가 마지막으로 가는 길에 동행해주게나."

그러고 나서 에우몰푸스는 마케도니아 병영 쪽으로 걸어갔다.

마케도니아 병영과 정반대편인 다리우스의 막사 쪽에서는 육식성 새들의 목쉰 울음소리가 끊임없이 들려왔다. 새들은 시체가 널려 있는 전쟁터에서 연회를 즐기듯 쉴새없이 땅과 하늘을 오르내렸다.

행렬이 언덕 위에 도착했다. 시체 운반인들이 미리 마련해둔 돌무덤 위에 가마를 내려놓았다. '침묵의 탑'이라 불리는 돌무덤의 네 귀퉁이에는 향로가 설치되었다. 향로에서는 옅은 남색 연기가 피어올랐다. 시체가 안치되자 운반인들은 그 자리를 떠났다. 그때까지 멀찍이 떨어져 서 있던 알렉산드로스는 바르시네 곁으로 갔다. 시체에는 썩지 않도록 향유가 칠해져 있었다. 그녀의 얼굴은 살아 있을 때와 똑같은 모습이었다. 가만히 감긴 두 눈은 마치 잠을 자고 있는 듯했다. 시신은 흰색 옷과 하늘색 스톨을 두르고 있었다. 머리에는 사막의 노란 꽃으로 만든 화관이 씌워져 있었다. 알렉산드로스는 시신 앞에서 기억 속의 그녀를 떠올렸다. 그는 그녀의 미소와 눈물을 다시 보았다. 그의 몸을 쓰다듬어주던 그녀의 따스한 손길과 입맞춤을 다시 느꼈다. 모든 것이 끝나버렸다는 것, 이렇게 아름다운 육체가 영원히 사라진다는 사실이 도저히 믿어지지 않았다. 그는 황금색 왕관을 벗어 그녀의 손 위에 올려놓았다. 알렉산드로스는 그녀에게 입을 맞추었다. 그리고 마지막 작별인사를 했다.

"잘 가오, 내 사랑. 나는 당신을 영원히 잊지 않을 거요."

이제 그녀의 모습이 영원 속으로 사라지고, 더 이상 그녀의 가냘픈 목소리조차 들을 수 없다고 생각하자 알렉산드로스는 깊은 절망감에 사로잡혔다. 그는 어린아이처럼 주위에 들어찬 어둠이 갑자기 두려워졌다. 어마어마한 전투의 소음이 사라진 지금, 깜깜한 대지는 깊은 침묵 속에 잠겨 있었다.

알렉산드로스는 가슴속에 차오르는 고통과 비탄을 주체할 수 없었다. 그는 땅에 무릎을 꿇었다. 그리고 이마를 돌무덤에 댄 채 눈물을 흘리며 그녀의 이름을 불렀다. 그러다가 일어서서 마지막으로 다시 한 번 그녀를 생각했다. 그는 아름다운 그녀의 육체가 들개와 새들에게 갈가리 찢기는 광경을 더 이상 두고볼 수 없었다.

병영으로 돌아오자마자 에우메네스에게 정사각형의 돌로 사당을 지으라고 명령했다. 그녀의 유해를 안치하기 위해서였다. 알렉산드로스는 에우메네스가 자신의 명령을 충실히 이행한 것을 확인한 후에야 다시 행군을 시작했다.

전쟁터에는 화장용 장작더미를 쌓을 나무가 없었다. 살아 있는 자들은 전투 중 숨진 그리스 병사들과 마케도니아 병사들을 땅에 묻고 난 뒤 다시 행군했다. 무더위는 숨이 막힐 정도였다. 평야 여기저기에 흩어져 있는 페르시아인들의 시체 때문에 사방에는 악취가 가득했다. 몇몇 전사들은 이상한 병에 걸려 고열에 시달렸다. 원인을 알 수 없는 이 병은 어떤 치료를 해도 소용이 없었다.

다시 티그리스 강의 도하 지점에 도착한 병사들은 강을 건너 바빌로니아 쪽으로 내려갔다. 원정대가 아디아베네스를 통과해 네 번째 야영지에 이르렀을 때였다. 마체오스의 호위대 장교 한 사람이 알렉산드로스를 찾아왔다. 그는 나프타 샘의 이상한 현상에 대해 얘기했다.

"나프타라니?"

대왕이 물었다. 대왕은 예전에 미에자에서 아리스토텔레스가 병에 담긴 나프타를 태우던 광경을 떠올렸다. 그 액체는 아시아에서 가져온 것으로, 짙은 연기와 불쾌한 냄새를 풍겼다. 대왕은 티로스인들이 마케도니아의 신형 무기를 불태우기 위해 화공선을 띄워보냈던 것도 기억났다. 화재가 난 다음날까지 그 심한 악취가 가시지 않았던 것을 알렉산드로스는 잊지 않고 있었다.

알렉산드로스는 장교를 따라 땅이 움푹 꺼진 지점으로 가보았다. 그곳에서는 불길이 타오르며 검고 짙은 연기 기둥이 공중으로 올라가고 있었다. 그 주위에는 기름 얼룩으로 뒤덮인 늪이 있었다. 무지갯빛의 이상한 액체가 가득 차 있는 늪은 구역질나는 냄새를 발산하고 있었다. 칼리스테네스가 어느새 와서 유리병에 액체를 담고 있었다.

"아리스토텔레스 삼촌이 실험에 사용하실 수 있게 보내려는 것입니다."

"그런데 대체 이건 뭔가?"

알렉산드로스가 물었다.

"글쎄, 말씀드리기가 쉽지 않군요. 맛은 폐하께서 상상하시는 것보다 훨씬 더 역겹습니다. 냄새 또한 마찬가지입니다. 아마도 이것은 일종의 분비액이라고 할 수도 있습니다. 뜨거운 태양 광선을 받아 이 땅이 흘리는 액체이지요. 이 액체는 타는 성질을 가진데다 엄청난 열을 만들어냅니다. 보십시오!"

칼리스테네스가 말을 마치고 옆에 서 있던 병사들에게 손짓했다. 한 그룹의 병사들이 나프타가 가득 든 부대를 들고 병영으로 이어지는 오솔길에 두 줄로 뿌렸다. 장교 하나가 병사로부터 불이 붙은 램프를 넘겨받았다. 장교는 두 줄의 나프타 끝에 불을 붙였다. 그 즉시 두 개의 불기둥이 양쪽에서 활활 타올랐다. 불은 오솔길을 따라 병영 입구까지 순식간에 퍼져나갔다. 모두들 놀란 나머지 벌린 입을 다물 수 없었다. 불길로부터 구역질나는 냄새와 뜨거운 열기가 번져나왔다.

지독한 냄새는 머리까지 배었다. 알렉산드로스는 냄새를 없애려고 목욕탕으로 향했다. 대왕은 욕조에서 렙티나에게 몸을 맡긴 채 헤파이스티온과 프톨레마이오스, 칼리스테네스와 얘기를 나누었다. 그들 옆에는 아테네에서 새로 온 아테노파네스라는 안마사와 그의 조수 스테파노가 앉아 있었다.

"내가 본 바로는, 이 나프타를 무기로 사용해도 될 것 같아. 적들에게 나프타를 던졌을 때 그 효과가 어떨지 한번 상상해봐!"

대왕이 말했다.

"나프타는 살상무기로 쓰기에는 적당치 않다고 들었습니다."

어린 시절부터 철학 수업을 들었다던 안마사가 화제 가운데로 끼어들었다.

"나프타는 아주 이상한 형태의 불길을 만들어냅니다. 여러분도 모두 다 잘 알고 계시겠지만, 불은 공기를 통해 그 열과 빛을 전달할 수 있는 영묘하고 신성한 것입니다. 나프타는 모래처럼 건조하거나 아니면 바빌로니아의 남쪽 땅처럼 습기가 많고 기름진 땅에서만 불을 만들어냅니다. 그렇지만 건조하지도, 습기가 많지도 않은 인간의 몸에 나프타를 뿌린다고 불이 날 리 없습니다. 이건 분명한 사실입니다."

"내 생각엔 위험한 가정인 것 같은데? 물리적 현상들이란 수많은 우연적인 요소들의 영향을 받소. 단순한 지식만으로 이 물리적 현상을 이해하려 드는 것은 아무래도……."

칼리스테네스가 반박했다.

"전 제가 말씀드린 게 옳다고 확신합니다."

아테노파네스도 지지 않고 말했다. 그 사이 알렉산드로스는 목욕을 마치고 욕조에서 나왔다. 렙티나가 리넨 천으로 알렉산드로스의 몸을 닦았다.

"제 말은 저의 스승이신 소피스트 에르미포스 선생이 하신 말씀입니다. 제 조수인 스테파노도 그분의 말씀을 같이 들었습니다."

아테노파네스가 말했다. 그러자 이번에는 젊은 조수가 나섰다.

"여러분이 보시는 앞에서 실험해서 그 사실을 증명해드릴 수 있습니다."

조수는 대왕의 관심을 끌고 싶은 모양이었다.

"내가 보기엔 실험해볼 만한 가치가 없는 것 같은데……. 그냥 잊어버리는 게 좋을 것 같아."

대왕이 말했다. 하지만 청년은 계속 고집을 부렸다. 아테노파네스 역시 자신의 철학적 이론들을 장황하게 늘어놓으며 청년을 지지했다. 청년은 마침내 하인을 시켜 나프타를 가져오게 했다. 스테파노는 가져온 나프타를 온몸에 조심스럽게 발랐다. 마치 올리브 오일을 몸에 바르는 것 같았다.

"적은 습기를 지닌 인간의 몸에서 나프타는 불을 만들어낼 수 없다는 것을 이제 여러분에게 똑똑히 보여드리겠습니다."

아테노파네스가 램프를 집어들며 말했다. 청년이 드디어 살갗에 램프를 갖다댔다. 순간 청년의 몸은 무서운 힘과 열기를 지닌 불덩이에 휘감겼다. 조수는 절망적으로 울부짖었다. 모두들 양동이와 그릇을 들고 욕조의 물을 청년의 몸에다 퍼부었다. 불길은 잠시 후에야 잦아들었다.

알렉산드로스는 즉시 필리포스를 불러오게 했다. 부랴부랴 달려온 필리포스는 화상 연고를 청년의 온몸에 바르고는 곧 다른 천막으로 옮기게 했다. 다행히 청년은 목숨을 구할 수 있었다. 하지만 이 가엾은 젊은이는 일평생 흉측한 몰골로 살아가야 했고, 오랜 고통에 시달려야 했다.

칼리스테네스는 삼촌에게 이 악취 나는 물질을 자세히 파악하기 전까지는 함부로 건드리지 말라고 편지에다 썼다.

원정대가 앞으로 나아갈수록 건조한 스텝지대는 차츰 기름지고 비옥한 평야로 바뀌었다. 티그리스 강과 유프라테스 강을 연결하는 수십 개의 운하들이 평야에 물을 공급하고 있었다. 평야에는 셀 수 없이 많은 마을이 흩어져 있었다. 마을의 농부들은 다음 파종을 위해 땅을 가느라 여념이 없었다.

병사들이 마을에 머물 때면 그 지역의 유지들이 시원한 야자열매 같은 특산물들을 들고 찾아왔다. 같이 보내준 야자 술은 위를 무겁게 하고 두통을 일으켰다. 하지만 야자 술을 대신할 만한 것이 없었다. 원정대가 애써 가지고 온 포도주는 이 지방의 무더운 기온에서는 제대로 보관하기 어려웠다. 어떤 때는 물도 너무 뜨거워서 마시기 힘들 정도였다. 그 대신 뛰어난 맛을 지닌 대추야자와 석류는 사방에 널려 있었다.

농부들이 운하의 수문을 열어놓자 광대한 들판이 물에 잠겼다. 알렉산드로스의 눈에는 그들의 행동이 아주 이상하게 비춰졌다. 칼리스테네스는 그 이유에 대해 들은 바가 있었다. 땅을 계속 비옥하게 유지하려면 지표면에 형성된 소금기를 씻어내야 했던 것이다.

"나일 강의 범람으로 이집트에서는 그 일이 자연스럽게 진행되었지만 여기에서는 인공적으로 해내는 거지. 그런데 놀라운 것은 티그리스나 유프라테스 강에는 악어가 살지 않는다는 거야. 악어는 나일 강에만 사는 동물인가 봐."

프톨레마이오스가 말했다. 그러자 네아르코스가 이의를 제기했다.

"절대 그렇지 않습니다. 언젠가 마르세이유의 한 선원이 하는 이야기를 들었습니다. 그는 헤라클레스의 기둥을 넘어 아프리카의 해안을 따라 크레테스라고 부르는, 악어가 우글대는 강 하구까지 여행했다고 하더군요."

"헤라클레스의 기둥을 넘었다고……. 이 세상을 다 보기에 한 사람의 인생은 너무 짧군!"

알렉산드로스가 한숨을 쉬었다. 곧이어 그는 이탈리아에서 억울하게 죽은 이피로스의 알렉산드로스를 생각했다.

마지막 행군을 하는 며칠 동안은 열병식 때처럼 위엄을 갖추고 행군했다. 자신들의 새로운 대왕을 보기 위해 수많은 주민들이 연도로 몰려

나와 환호했다. 마침내 원정대의 눈앞에 우뚝 솟은 성벽과 피라미드가
나타났다. 세계에서 가장 아름답다는 도시의 정원들도 지평선에 모습을
드러냈다. 그 모습은 여태껏 해왔던 모든 상상을 뛰어넘을 만큼 경이로
웠다. 드디어 바빌로니아였다.

페르시아 제국 정복

바빌로니아가 동화 속 인물 같은 새 정복자를 맞이했다. 도시로 이어 지는 10여 스타디온의 길가에 청년과 처녀들이 구름같이 몰려들었다. 사람들은 알렉산드로스에게 꽃을 던졌다. 알렉산드로스는 훌륭한 갑옷 으로 차려입은 병사들과 장교들, 그리고 동료들과 함께 당당하게 앞으 로 걸어나갔다. 알렉산드로스가 이끄는 원정대의 장엄한 행렬은 이슈타 르 대문의 위풍당당함마저 압도하는 것 같았다. 높이가 1백여 미터에 이르는 이슈타르 대문에는 용과 날개 달린 황소들의 모습이 타일로 그 려져 있었다.

성안 사람들은 탑의 난간과 성벽 위에 모여 있었다. 성벽의 폭은 두 대의 4두전차가 동시에 지나갈 수 있을 정도로 넓었다. 그들은 그곳에 몰려 새로운 왕이 나타나기를 초조하게 기다렸다. 불과 2년도 안 되는 기간 동안, 페르시아의 막강한 군대를 두 차례나 물리치고 10여 개의 도시를 굴복시킨 알렉산드로스의 모습을 그들은 조금이라도 더 빨리 보 고 싶어했다.

마침내 알렉산드로스가 성문 앞에 모습을 나타냈다. 사람들이 환호성을 보내는 가운데 신관들과 고관들이 알렉산드로스를 맞았다. 그들은 우선 알렉산드로스를 에사길라 정상에 위치한 마르두크 신전으로 안내했다. 마르두크 신전은 거대한 계단식 신전으로, 드넓은 성소의 한가운데에 자리잡고 있었다. 넓은 뜰에는 군중이 모여들어 이들을 지켜보고 있었다. 알렉산드로스는 동료 장군들과 함께 테라스와 테라스를 이어주는 계단을 딛고 맨 위의 사당으로 올라갔다. 그곳에는 신이 지상에 머물 동안 사용한다는 황금 침대가 놓여 있었다.

알렉산드로스는 그곳 신전에서 대도시의 전경을 인상깊게 내려다보았다. 바빌로니아는 온갖 경이로운 모습으로 그의 발 아래에 펼쳐져 있었다. 끝도 보이지 않는 성벽이 도시를 에워싸고 있었다. 도시 북쪽에 자리한 왕궁과 '여름 궁전' 역시 3중 보루에 에워싸여 있었다. 알렉산드로스는 1천여 개가 넘는 사당들이 교외 여기저기에 산재해 있는 것을 보았다. 사당에서는 향을 사르는 연기가 피어오르고 있었다. 알렉산드로스는 직각으로 교차하는 곧고 넓은 길과 간선도로들을 보았다. 그 도로들은 테라코타와 아스팔트 재료를 섞어 포장한 것이었다. 그 길들은 모두 스물다섯 개의 성문에서 시작되고 있었다. 거대한 성문들은 한결같이 청동과 금은 등으로 입혀져 있었다.

성벽의 끝에서 끝으로 유프라테스 강이 길게 흘러갔다. 은색 띠처럼 빛나는 강은 도시를 두 부분으로 나누었다. 강 옆으로는 공원이 자리잡고 있었다. 온갖 종류의 나무들이 늘어서 있고 각양각색의 새들이 그 나무에 둥지를 틀었다.

특히 눈에 띤 것은 강 건너 서쪽에 산재한 왕궁들이었다. 각 왕궁들은 돌로 된 거대한 다리들로 연결되어 있었다. 왕궁은 다채로운 색깔의 도자기 벽돌을 붙여 놀랄 만큼 아름다웠다. 유약으로 색깔을 낸 그 벽돌들은 여러 인물들과 동화적인 풍경, '두 강 사이의 대지(Terra dei fiumi)'라는 고대 신화의 장면들을 묘사하고 있었다.

왕궁에서 얼마 떨어지지 않은 곳에는 이 도시에서만 찾아볼 수 있는 환상적인 인공 정원이 있었다. 파이리다에자라는 전형적인 페르시아 정원이었다. 원래 바빌로니아의 기후는 넓은 정원을 조성하기에 적당치 않았다. 따라서 이곳 정원들은 모두 인공적인 것으로, 천재적인 인간들의 손에 의해 오랜 시간에 걸쳐 힘겹게 만들어졌다. 알렉산드로스는 신관들로부터 정원에 얽힌 이야기를 들었다. 그 얘기는 다음과 같았다.

옛날 엘람 지방 출신의 한 처녀가 바빌로니아의 네부카드네자르 왕에게 시집을 오게 되었다. 왕비는 숲이 무성한 고향을 늘 그리워하며 시름에 젖었다. 보다 못한 왕은 신하들에게 나무가 우거진 숲과 아름다운 꽃들이 만발한 인공 산을 만들라고 지시했다. 건축가들은 우선 평평한 반원형 단을 쌓아올렸다. 단과 단 사이는 천연 아스팔트를 씌운 거대한 기둥들이 떠받치도록 했다. 그 단은 피라미드처럼 위로 올라갈수록 크기가 작아졌다. 기둥과 마찬가지로 거대한 단에도 아스팔트가 입혀지고 크고 작은 관목들과 꽃들이 뿌리를 내릴 수 있도록 흙이 채워졌다. 이윽고 숲이 형성되자 각종 새들이 나무에 둥지를 틀었다. 인도나 카우카소 지방에 사는 공작과 꿩들도 이곳으로 옮겨왔다. 이국의 각종 새들은 이곳에서 잘 적응했다.

각 단마다 물을 뿜어내는 분사기가 설치되었다. 분수도 만들어졌다. 독창적으로 제작된 이 기계들은 유프라테스 강에서 물을 끌어올려 산밑으로 졸졸 흐르게 만들었다. 외형적으로 보면 이 정원은 숲으로 뒤덮인 언덕이었으나. 하지만 자세히 안을 살펴보면 덩굴식물과 풍성한 꽃과 과일나무 사이로 여러 층의 단과 방벽 등, 인간의 손이 닿은 흔적들이 엿보였다. 왕비의 향수를 달래주려는 왕의 노력이 마침내 기적을 만들어냈던 것이다.

알렉산드로스는 감동한 표정으로 이야기를 끝까지 들었다. 그러면서 가우가멜라 사막의 '침묵의 탑'에 영원히 잠들어 있을 바르시네를 생각했다. 알렉산드로스는 정원을 내려다보며 혼자 중얼거렸다.

"정말 경이롭군!"

프톨레마이오스와 페르디카스, 레온나토스와 필로타스, 리시마코스와 에우메네스, 셀레우코스와 크라테로스 역시 경이로운 눈으로 도시를 내려다보고 있었다. 이 도시는 수천 년 전부터 세계의 심장으로 간주되어온 곳이었다. 이곳 사람들은 바빌로니아를 밥일루, 즉 '신의 문'이라 불렀다. 오랜 세월 동안 사람들은 그 이름만큼이나 이 도시를 존중해왔다.

파이리다에자 외에도 도시의 구역과 구역 사이, 집들과 궁전 사이에는 크고 작은 초록색 공간이 펼쳐져 있었다. 이들 정원과 밭에는 온갖 종류의 과일들이 자라고 있었다.

강에서는 10여 척의 배들이 기민하게 움직이고 있었다. 메소포타미아의 신화적 옛 도시인 우르, 키시, 라가시들로부터 오는 배였다. 배들은 커다란 돛에 바람을 담뿍 담은 채 항구로 들어서고 있었다. 북쪽에서 오는 배들도 있었다. 그 배들은 바구니처럼 둥글었고 무두질된 가죽으로 덮여 있었다. 배에는 멀고 먼 땅에서 나는 과일과 물고기, 가죽, 땔감 등이 가득 실려 있었다.

이처럼 넓게 둘러쳐진 성벽과 우뚝 솟은 장대한 탑 안쪽에는 하늘과 물과 땅이 어우러져 완벽하게 조화된 우주가 만들어져 있었다. 알렉산드로스는 어린 시절, 스승인 레오니다스가 들려주었던 또 다른 기적을 찾아보기 위해 주위를 두리번거렸다. 그가 찾는 것은 300피트 높이의 '바벨탑'이었다. 바벨탑은 당시 이곳 주위에 살던 사람들이 모두 동원되어 돌과 천연 아스팔트를 사용해 만든 전설적인 탑이었다.

신관이 아무렇게나 방치된 채 잡초가 무성히 자라고 있는 넓은 지역을 가리켰다.

"저곳이 하늘을 찌를 듯이 높았던 탑, 성스러운 에테메난키5)가 서 있던 곳입니다. 그 탑은 크세르크세스 재위 당시, 이곳 도시의 주민들이 반란을 일으켰을 때 분노한 페르시아인들에 의해 파괴되었습니다.”

그러자 알렉산드로스가 말했다.

“페르시아인들이 그리스를 침략했을 때 우리의 신전도 그렇게 파괴됐지. 하지만 이제 약속하겠소. 내가 이곳 바빌로니아에 되돌아오는 날, 나는 반드시 저 탑을 다시 세울 것이오.”

그날 밤, 대왕은 수백 명의 사람을 초대해 성대한 잔치를 벌였다. 최고의 요리들과 포도주, 그리고 독한 술이 연회용 식탁에 올랐다. 메디아, 카우카소, 바빌로니아, 아라비아, 히르카니아, 시리아, 히브리 등지에서 온 아름다운 동양 처녀들이 춤을 추었다.

흥청망청 먹고 마시는 잔치가 한 달 동안 쉴새없이 벌어졌다. 그들은 이곳까지 오는 동안 그라니코스와 이수스, 가우가멜라에서 승리를 거두었다. 또한 밀레투스와 할리카르나소스, 티로스와 가자를 함락시켰다. 승리한 병사들은 이제 새로운 모험과 힘겨운 여정을 앞두고 있었다. 따라서 그들은 이 모든 것을 누릴 권리가 있었다.

알렉산드로스가 서늘한 바람을 즐기기 위해 ‘여름 궁전’에 가 있을 때였다. 한밤중에 페르디카스가 그를 찾아왔다. 페르디카스는 아직도 가우가멜라 전투에서 당한 부상 때문에 가슴에 붕대를 두르고 있었다. 그는 술에 취한 것 같기도 하고 울적한 것 같기도 했다.

왕이 물었다.

“어떻게 지내나, 페르디카스?”

“잘 지내네, 알렉산드로스.”

“내게 할말이 있다고 했지.”

---

5) 바벨탑

“그렇다네.”

“그래, 할말이 뭔가?”

“자네, 여동생 클레오파트라 왕비가 혼자 된 지 벌써 1년이 넘었네.”

“불행하게도 그렇지.”

“난 그녀를 사랑하네. 예전부터 지금까지 줄곧 사랑해왔네.”

“알아.”

“그걸 어떻게 알지?”

페르디카스가 당황한 표정으로 물었다.

“알고 있네. 그러면 된 거지.”

“내가 여기 온 것은 클레오파트라에게 청혼하기 위해서야.”

알렉산드로스는 아무 말이 없었다.

“자넨 이러는 내가 너무 무례하다고 생각되지 않나? 하지만 술에 취하지 않고는 감히 말을 꺼낼 용기가 없었네.”

페르디카스가 절망스러운 듯 젖은 눈을 하고 말했다.

“많이 마셨나?”

“많이 마셨네.”

페르디카스가 고개를 끄덕였다.

“사실은…….”

“뭔가?”

페르디카스가 애처로울 정도로 초조한 표정을 지었다. 그는 멍하니 입을 벌린 채 알렉산드로스의 다음 말을 기다렸다.

“프톨레마이오스도 청혼을 했네.”

“오!”

“그리고 셀레우코스도.”

“역시 그렇군. 그 외의 다른 사람은 없었나?”

“리시마코스와 헤파이스티온도 있어. 하지만 그 외에는 없어……. 그리고 물론 자네가 있지."

"혹시 파르메니오 장군도?"

"그분은 아니야."

"천만다행이군. 하지만 내게 희망은 별로 없어 보이는군."

"자네가 진실을 알고 싶다면 말해주지. 내가 보기에, 그들의 청혼은 클레오파트라가 내 동생이기 때문인 것 같아. 사랑하는 사람이기 때문에 아내로 맞고 싶다고 청한 사람은 아마 자네뿐일 거야. 하지만 그것만으로는 충분치 않네. 이피로스의 알렉산드로스가 죽은 지 얼마 되지 않았네. 만약 그애와 결혼하고 싶다면 어떤 위험이나 어떤 희생, 자네가 상상조차 할 수 없는 고난과 고통을 견딜 준비가 되어 있어야 해. 게다가 자신이 그 누구보다 가치 있는 사람이라는 걸 직접 보여줘야 하네."

평정을 되찾은 페르디카스는 울고 싶은 기분이었다.

"하지만 난 자네를 위해 그 모든 것과 맞서지 않았나?"

"자네 동료들보다 더 뛰어났던 건 아닐세. 하지만 기회는 다시 찾아올 걸세, 친구. 20여 일 후 우린 다시 이곳을 떠나 다리우스를 추격하게 될 거야. 그런 다음 이 도시로 되돌아올 걸세. 그때 누가 청혼자 중 가장 뛰어난 사람인지 알게 되겠지. 자, 가보게. 가서 예쁜 여자와 즐기게. 이곳엔 아름다운 여자들이 넘쳐나네. 인생은 길지 않으니 즐기도록 하게."

페르디카스가 자리를 떠났다. 알렉산드로스는 꽃이 핀 넓은 발코니 쪽으로 몸을 돌렸다. 발코니 너머로는 수천 개의 불빛이 깜빡이는 도시가 내려다보였다.

바빌로니아에 머무는 동안 알렉산드로스는 주州를 정비하고 새로운 행정체제를 마련했다. 그런 다음 이듬해의 행동계획서를 작성하는 데 몰두했다. 어느 날 저녁, 그는 동료들과 참모들을 '여름 별장'에 소집했다. '여름 별장'은 특히 저녁 무렵이 되면 시원한 바람이 불어와 저지대의 참을 수 없는 무더위를 식혀주었다.

"내 계획을 여러분에게 알리고 싶소."

왕이 말했다.

"우리가 전투를 시작한 첫해에 나는 항구를 모두 다 정복하기로 결정했소. 그것은 바다에서 페르시아 함대를 몰아내고, 그들이 마케도니아로 역습하는 것을 막기 위해서였소. 이제 우리는 페르시아 제국의 수도를 모두 점령하게 될 것이오. 다리우스 왕국은 이제 존재하지 않으며 그가 소유했던 모든 것이 우리 것이라는 사실을 명백히 알게 할 것이오. 바빌로니아는 이미 우리 것이오. 이제 우리는 수사, 엑바타나, 파사르가다에와 페르세폴리스를 점령할 것이오. 그렇게 되면 다리우스는 극동 지방으로 달아날 수밖에 없소. 하지만 우리는 그가 어디로 가든 끝까지 추격할 것이오. 우리가 수도들을 점령해야 하는 이유는 또 있소. 바로 돈 문제요. 다리우스의 보물들은 모두 그의 수도에 쌓여 있소. 그 거대한 부를 이용하면 우리는 그리스의 안티파트로스 장군을 도와줄 수 있을 것이오. 장군은 스파르타인들과 싸우는 중에도 매일 내 어머니와 얼굴을 붉히고 있다오. 어쩌면 안티파트로스 장군의 임무 중 가장 중요한 것이 내 어머니와 싸우는 일일지도 모르오."

동료들이 모두 웃어댔다. 함께 있던 페리타스가 시끄럽게 짖어댔다.

"또 우리는 용병을 모집해야 하고, 지금 이곳으로 오고 있는 새 지원병들도 무장시켜야 하오. 파르메니오 장군은 그리스 동맹군과 팔랑크스 3개 대대, 헤타이로이 대대를 이끌고 보급 마차와 전투기계들을 가지고 북쪽으로 가게 될 것이오. 황제의 길에 도착하면, 그곳에서 페르세폴리스를 향해 진군하는 것이오. 우리는 나머지 부대를 이끌고 산으로 올라갈 거요. 협로를 점령하고 그 지역에 남아 있는 페르시아 주둔군을 제거하게 될 것이오. 힘든 일이 될 겁니다. 산에는 벌써 눈이 내리기 시작했소. 그러니 그때까지 즐길 만큼 즐기도록 하시오. 하지만 힘을 단련시키는 것은 잊지 마시오. 힘이 없는 상태에서는 모험을 할 수 없으니까."

모두들 밖으로 나간 뒤 솔리스의 에우몰푸스가 들어왔다. 페리타스가 그를 보자 곧 으르렁댔다. 알렉산드로스가 페리타스를 붙잡았다.

에우몰푸스가 말했다.

"폐하, 저는 폐하께서 원하시는 대로 했습니다. 사람을 수사로 보냈습니다. 다리우스 황제의 보물이 공중으로 날아가지 않게 하기 위해서지요. 제가 아는 바에 의하면, 그곳에는 궁전을 장식한 귀금속들 외에도, 은화 3만 탈렌트와 주괴가 있다고 합니다. 제가 보낸 사람은 아리스토세노스라는 젊은이인데 자기가 맡은 일을 아주 잘해냅니다. 폐하께서 그자와 연락해야 할 경우, 제가 항상 사용하는 그 암호를 사용하게 될 겁니다."

"꼬챙이에 꿴 지빠귀."

알렉산드로스가 말하며 고개를 흔들었다.

"이보게, 내가 보기엔 암호를 바꿀 때가 된 것 같은데. 지금은 그렇게 바보 같은 암호를 사용해야 할 정도로 위험한 상황이 아니야."

"너무 늦었습니다, 폐하. 아리스토세노스가 며칠 전에 길을 떠났습니다. 아마 다음에는 바꿀 수 있을 겁니다."

알렉산드로스는 한숨을 쉬었다. 그리고 페리타스가 움직이지 못하게 다시 붙잡았다. 에우몰푸스는 고양이 걸음을 하며 복도로 사라졌다.

원정대가 출발하기 전, 에우메네스는 황실 금고에서 돈을 인출했다. 그는 마케도니아에서 온 조수들 중 하나인 하르팔로스에게 돈 관리를 맡겼다. 하르팔로스는 다리를 절기 때문에 전투를 할 수 없었다. 원정대 원들이 전투를 벌이는 동안 하르팔로스는 경제적인 문제들을 책임지면서 여러 사람들로부터 명성과 신망을 얻었다. 그가 어린 시절부터 펠라의 궁전에 자주 드나들었기 때문에 알렉산드로스도 그를 잘 알고 있었다. 하지만 다리의 장애 때문에 알렉산드로스와 함께 어울려 놀 기회가 없었다.

"하르팔로스가 일을 잘하겠지? 할 일은 알아서 하는 사람인 것 같더군."

왕이 말했다.

"나도 그렇게 생각하네. 훌륭한 청년이지."

에우메네스가 대답했다.

가을이 끝나갈 무렵, 원정대는 바빌로니아의 성문을 나섰다. 알렉산드로스의 뜻에 따라 마체오스가 총독 자리를 다시 맡았다. 마케도니아의 일부 부대가 주둔해 바빌로니아의 안전과 방어를 책임졌다. 원정대는 티그리스 강의 지류인 파스티그리스 강을 거슬러 올라갔다. 주변은 온통 초록빛으로 뒤덮여 있어 아름답고 풍요로워 보였다. 초원에서는 양들과 암소들과 말들이 떼를 이루어 풀을 뜯고 있었다. 온갖 종류의 과일나무도 자라고 있었다. 과일 중에서 특히 '페르시아' 과일이라는 것은 과육이 부드럽고 수분이 많기로 소문이 자자했다. 하지만 제 철이 아니라 원정대원들은 맛볼 수 없었다. 그 대신 무화과와 자두처럼 햇볕에 건조시킨 과일들을 마음껏 먹을 수 있었다.

엿새 동안 행군하고 나자 원정대는 드디어 수사가 보이는 지점에 이르렀다. 알렉산드로스는 아주 오래 전 펠라를 방문했던 페르시아 손님이 묘사한 수사를 아직도 기억하고 있었다. 도시는 평평한 지역에 있었다. 그 뒤로는 엘람의 산맥들이 병풍처럼 서 있었다. 산 정상은 눈으로 덮였지만 산등성이는 전나무와 시트론나무들로 여전히 초록빛을 띠고 있었다. 도시는 그 규모가 엄청났다. 그 거대한 도시를 성벽과 탑들이 에워싸고 있었다. 성벽과 탑들은 반짝이는 타일로 장식되어 있고 금과 은으로 도금한 청동의 양각 장식들이 흙벽에 붙어 있었다.

원정대가 다가가자 성문이 열렸다. 이어 눈부신 갑옷을 입은 기사들이 모습을 드러냈다. 그들은 부드러운 삼중관을 머리에 쓰고 허리에 아키나케스를 찬 어떤 사람을 호위하고 있었다.

"아불리테스가 분명하네."

에우메네스가 알렉산드로스에게 다가가 말했다.

"수사의 총독이지. 항복을 할 모양이야. 지난밤 에우몰푸스의 사람인 아리스토세노스가 내게 알려주었네. 게다가 보물도 아직 모두 제자리에 있다네."

총독이 다가와 말에서 내렸다. 그는 알렉산드로스 발 앞에 무릎을 꿇고 페르시아식의 전통적인 경의를 표했다.

"저희 도시, 수사는 평화롭게 폐하를 환영하고자 합니다. 아후라 마즈다께서 키루스 대왕의 후계자로 선택하신 분께 성문을 열어드립니다."

알렉산드로스는 정중하게 머리를 숙였다. 그는 총독이 말을 타고 자기 옆에서 행진하도록 했다.

레온나토스가 셀레우코스에게 말했다.

"난 이 야만인들이 마음에 들지 않아. 지금 하는 짓 봤지? 저자들은 싸워보지도 않고 항복해서 자신들의 국왕을 배신했어. 게다가 알렉산드로스는 저들이 차지했던 자리를 계속 유지시켜주었네. 저들은 패했어. 하지만 변한 게 뭐가 있지? 아무것도 없어. 우리는 엉덩이뼈가 부러질 정도로 밤낮 없이 행군하고 있는데 말이지. 대체 이 염병할 나라는 어디서 끝이 나는 거야?"

"알렉산드로스가 옳아."

셀레우코스가 대답했다.

"이전의 통치자들이 계속 자기 백성들을 다스리게 하는 건 이점이 있어. 백성들은 자신들이 외국인들에게 지배받고 있다는 생각을 하지 않게 되는 거지. 그렇지만 세금 징수원과 군대의 지휘관은 모두 마케도니아인들이라네. 이건 전혀 다른 문제지. 내 말을 믿으라고 그리고 이런 식으로 항복해오는 건 좋은 일이잖나? 도시는 스스로 문을 열어주었어. 우리는 해안을 떠난 뒤 공격기계를 다시 조립한 적이 없었지. 자네는 할리카르나소스나 티로스에서처럼 피를 뿌리고 싶은가?"

"그건 아니지만……."

"그러면 만족스럽게 생각하게."

"그래, 하지만…… 나는 이 야만인들이 알렉산드로스 가까이 있고 식사를 같이 하는 게 싫어. 마음에 들지 않는단 말야. 내가 말하려는 건 그거야."

"아무 일도 일어나지 않을 테니 침착하게. 알렉산드로스는 자신이 어떻게 처신해야 하는지 잘 알고 있어."

3천여 년의 역사를 가진 대도시 수사의 네 모퉁이에는 언덕이 하나씩 서 있었다. 왕궁은 그 중 한 언덕 위에 세워져 있었다. 알렉산드로스가 도시로 들어갈 무렵, 왕궁은 저녁 햇살을 가득 받고 있었다. 입구에는 거대한 돌기둥으로 된 넓은 프로나오스6)가 있었다. 날개 달린 황소 모양의 주두柱頭가 돌기둥 위에 얹혀져 거대한 돌 천장을 떠받쳤다. 프로나오스는 아트리움으로 이어졌다. 바닥은 다양한 색깔의 대리석이고 그 위에는 멋진 카펫이 덮여 있었다. 시트론나무로 만든 또 다른 기둥들이 천장을 떠받치고 있었다. 그 기둥에는 빨간색과 노란색으로 그림이 그려져 있었다. 알렉산드로스는 복도와 아트리움을 따라 걷다가 신하들의 알현 장소인 아파다나로 안내되었다. 알렉산드로스가 모습을 나타내자 페르시아 고관들과 시종들은 아파다나의 측면으로 물러나 머리가 땅에 닿을 정도로 허리를 숙였다.

대왕은 동료와 장군들을 이끌고 아케메네스의 황제들이 앉았던 왕좌 앞에 도착했다. 왕좌에 앉은 알렉산드로스가 갑자기 곤혹스런 표정을 지었다. 왕좌가 턱없이 높았던 탓에 그의 두 다리가 공중에서 흔들거리며 전혀 황제답지 않은 자세가 되고 말았다. 레온나토스가 그 모습을 발견하고 옆에 있던, 네 발이 달린 시트론나무 가구를 얼른 알렉산드로스의 다리 밑에다 넣어주었다. 알렉산드로스는 그 위에 다리를 올려놓았다. 그러고 나자 비로소 주위에 있는 사람들에게 말했다.

"친구들, 불과 조금 전까지만 해도 불가능해 보이던 일이 현실로 되었소. 전 세계에서 가장 큰 두 도시, 바빌로니아와 수사가 우리의 손에 들어왔소. 그리고 조금 있으면 곧 다른 도시들도 점령하게 될 것이오."

그때였다. 그다지 멀지 않은 곳에서 숨죽여 흐느끼는 소리가 들려왔나. 알렉산드로스는 하던 얘기를 멈추고 주위를 훑어보았다. 그 큰 방은 완전히 침묵에 잠겨들었고 울음소리는 훨씬 더 분명하게 들려왔다. 환관 한 사람이 벽 쪽으로 고개를 돌리고 숨죽여 울고 있었다. 주위에 늘어

---

6) 신전의 성소聖所 앞에 있는 문간방

섰던 사람들이 그 환관을 남겨놓은 채 한쪽으로 물러섰다. 그 불쌍한 남자는 대왕이 내려다보는 가운데 홀로 흐느끼고 있었다.

"왜 울고 있느냐?"

알렉산드로스가 그에게 물었다. 남자는 눈물을 훔치며 망설였다.

"거리낌없이 말해도 된다."

"거세된 남자들은 여자들처럼 아무것도 아닌 일에 훌쩍거리지. 하지만 침대에서는 여자들보다 더 훌륭하게 일을 치른다고들 하더군."

레온나토스가 셀레우코스의 귀에다 대고 속삭였다.

"환관에 따라 다르지. 저자는 그럴 것 같지 않아."

셀레우코스가 무덤덤하게 대답했다.

"자, 말해보라."

알렉산드로스가 환관에게 재촉했다. 환관이 앞으로 걸어나왔다. 그는 대왕의 발 밑에 놓인 받침대를 유심히 바라보며 말했다.

"저는 환관입니다. 저희 환관들은 주인에게 충성을 다해야 합니다. 그게 어느 분이든 말입니다. 저는 전 주인이셨던 다리우스 폐하께 충성을 다했고, 이제는 새 국왕이 되신 폐하께 충성을 다할 것입니다. 하지만 운명이 이렇게 빨리 뒤바뀔 수 있다는 생각이 들자 눈물을 참을 수 없었습니다."

알렉산드로스는 조금씩 그의 눈물을 이해하게 되었다. 하지만 환관의 얘기는 더 이어졌다.

"폐하께서 다리 받침대로 사용하시는 것은 다리우스 폐하의 식탁으로, 저희가 항상 신성시하던 물건이었습니다. 그런데 그 물건이 지금은 폐하의 발 밑에 있으니……"

알렉산드로스는 분노로 얼굴이 빨개졌다. 환관의 무례한 언사를 더 이상 듣고 있을 수 없다고 생각하고 자리에서 벌떡 일어나려 할 때였다. 옆에 있던 아리스탄드로스가 순간적으로 그를 제지했다.

"그 받침대에서 발을 떼지 마십시오. 겉으로 보면 우연한 것처럼 보이는 이 사건 속에 어떤 메시지가 담겨 있다고 생각되지 않습니까? 신들은 이 일이 일어나길 원하셨습니다. 신들이 폐하의 발 밑에 페르시아 제국의 힘을 갖다놓았다는 걸 모두에게 알리려고 한 것이지요."

예언자의 말에 따라 다리우스의 식탁은 결국 새 대왕의 다리 받침대가 되고 말았다. 알현이 끝나자 거대한 궁전을 구경하기 위해 모두들 여기저기로 뿔뿔이 흩어졌다. 환관 하나가 알렉산드로스를 황제의 하렘으로 데리고 들어갔다. 하렘에서는 눈부시게 아름다운 열 명의 처녀들이 자기 부족 고유의 의상을 입고 대기하고 있었다. 그녀들은 미소를 지으며 알렉산드로스를 맞았다. 피부색이 검은 여자들도 있었고 하얀 피부에 푸른 눈을 가진 여자들도 있었다. 그 중의 에티오피아 여자는 마치 리시포스의 청동 조각상 같았다.

"원하신다면 저들과 즐기십시오. 오늘밤 당장 폐하를 맞이한다 해도 저들은 몹시 기뻐할 것입니다."

환관이 말했다.

"고맙다는 인사를 전하라. 그리고 곧 다시 와서 즐거운 시간을 함께 보낼 것이라고 전하라."

하렘에서 나온 알렉산드로스는 다른 방으로 향했다. 그는 친구들이 어떤 기념물을 관찰하고 있는 것을 발견했다. 알렉산드로스는 걸음을 멈추고 그것을 바라보았다. 두 젊은이가 누군가를 치려고 주먹을 앞으로 내밀고 있는 청동 조각품이었다.

"하르모디오스와 아리스토키톤이네."

프톨레마이오스가 설명했다.

"보게. 히피아스의 동생이자 아테네의 독재자인 히파르코스를 암살한 두 젊은이야. 이건 그것을 기념하는 조각품이지. 히파르코스는 페르시아인들의 친구이자 동시에 그리스에서 보면 배신자였어. 크세르크세스 대왕이 아테네를 불태우면서 이것을 전리품으로 가져온 거야. 150년 전부터 여기 서서 그 당시의 치욕스러운 역사를 증명해주고 있는 거지.”

“난 이 두 젊은이가 히파르코스를 죽인 게 독재자로부터 도시를 해방시키기 위한 것이 아니라고 들었네. 그 당시 하르모디오스와 히파르코스는 동시에 한 젊은이를 사랑하고 있었지. 결국 질투심에 눈먼 하르모디오스가 아리스토키톤과 결탁해 히파르코스를 죽였다고 하더군.”

레온나토스가 말했다.

“그렇다고 해도 달라지는 것은 없습니다. 어쨌든 이 두 사람이 아테네에 민주주의를 가져다준 것만은 분명한 사실이니까요.”

칼리스테네스가 그 유명한 기념물을 감탄 어린 눈으로 바라보고 있다가 말했다.

주위에 모여 있는 사람들은 그 말을 듣고 당황했다. 그들은 아테네의 자유를 위해 ‘독재자’ 필리포스에게 대항해야 한다던 데모스테네스의 격렬한 연설을 떠올렸다. 그들은 알렉산드로스가 시간이 흐를수록 아리스토텔레스가 가르쳤던 민주주의를 잊어가고 있다고 생각했다. 가끔씩 아리스토텔레스는 당부의 글을 편지로 보내긴 했지만 알렉산드로스는 그다지 염두에 두는 것 같지 않았다. 사람들은 알렉산드로스의 생각이 점점 화려한 황제의 모습 쪽으로 기울고 있다는 느낌을 지울 수 없었다. 칼리스테네스의 말은 그런 알렉산드로스에게 뭔가를 상기시켜주려는 말처럼 들렸다.

“기념물을 즉시 아테네로 보내도록 하게. 내 개인 선물로 말일세.”

알렉산드로스가 무표정하게 말했다.

“아테네 연설가들이 수천 번의 연설로도 할 수 없던 일을 마케도니아인들의 칼이 단번에 이루어놓았네. 나는 이 점을 아테네인들이 알아줬으면 하네.”

말을 마치자마자 알렉산드로스는 그 자리를 떴다.

황태후인 시시감비스는 후궁과 그들의 자식들을 데리고 다시 옛 거처에 안주하게 되었다. 정들었던 물건들을 오랜만에 다시 보자 모두들 감격했다. 후궁들은 황제를 모시던 내실과 자식을 낳던 침대를 보고 눈물을 흘렸다. 내실은 신성시되어 아무나 접근할 수 없는 곳이었다. 하지만 그 어느 것도 이전 같지 않았다. 왕궁의 복도와 물건들은 그대로였지만 왕궁에서 들리는 말은 알아들을 수 없는 그리스어가 대부분이었다. 옛 집에 안주했음에도 그들의 미래는 어둡고 불안정해 보였다. 오직 황태후만이 신비한 평정 속에 잠겨 침착한 모습을 잃지 않았다. 그녀는 프라아테스의 외할아버지인 아르타바조스 총독에게 무슨 변고가 생기면 프라아테스를 자신이 교육시키고 싶다고 알렉산드로스에게 청했다.

알렉산드로스는 종종 황제의 하렘을 찾았다. 어떤 때는 혼자서, 어떤 때는 헤파이스티온과 함께 갈 때도 있었다. 하렘의 처녀들은 대왕과 그 친구 헤파이스티온을 동시에 대하는 데 익숙해졌다. 그녀들은 두 사람의 모든 욕구를 만족시켜주었다. 그들은 꽃향기 그윽한 여름밤 같은 침대에 누워 음악과 대도시에서 흘러나오는 소음을 들었다. 활기가 넘쳤던 도시는 불확실한 미래로 인해 이전보다 훨씬 위축된 분위기였다.

대왕은 도시에 머무는 동안 매일 통역관을 대동하고 황태후를 찾아갔다. 두 사람은 황태후의 방에서 오랫동안 이야기를 나누었다. 도시를 출발하기 전날, 알렉산드로스는 가우가멜라 전투가 벌어지기 전날처럼 황태후를 찾아갔다.

"어머니, 나는 내일 제국의 가장 먼 곳에 가 있는 당신의 아들을 좇기 위해 원정을 떠납니다. 나는 내 운명을 믿고 있어요. 나의 정복은 신들의 도움으로 이루어진 것입니다. 그래서 나는 그 일을 미완성인 채로 놓아둘 수 없습니다. 하지만 당신에게 약속하지요. 아드님이 내 손에 들어온다 해도 조금도 그를 다치게 하지는 않겠습니다. 그의 목숨을 구해주도록 애쓰겠습니다. 또 어머니께서 훌륭한 선생들로부터 그리스어를 배울 수 있도록 준비해두겠습니다. 어느 날 나는 당신의 입에서 나오는 그리스어를 듣고 싶습니다. 통역해주는 사람 없이 당신이 생각하는 바를 듣고 싶습니다.”

황태후는 뭐라고 조그맣게 중얼거리며 알렉산드로스의 눈을 올려다보았다. 그 말은 신비하고도 비밀스러운 언어였다. 신만이 이해할 수 있는 말이었기 때문에 통역관도 알 수 없었다.

9월 초 어느 날, 도시는 아직 어둠 속에 잠겨 있었다. 엘람 산 위로 이른 아침 햇살이 퍼질 무렵, 출발을 알리는 나팔소리가 울려퍼졌다. 원정대는 둘로 나뉘어졌다. 파르메니오는 주력부대와 함께 전투기계들을 실은 마차와 보급품 마차들을 이끌고 황제의 길을 따라 전진했다. 알렉산드로스는 돌격부대와 아그리아인들을 이끌고 엘람 산을 지나 페르세폴리스로 직통하는 오솔길로 향했다.

알렉산드로스는 수사의 안내인들을 앞세우고 강물의 흐름과 반대되는 방향으로 거슬러 올라갔다. 강물이 줄어드는 지점에 이르자 원정대는 다시 고원지대로 이어지는 협로로 올라섰다. 고원지대에는 욱시우스라는 사납고 야만적인 유목민이 살고 있었다. 그들은 명목상으로 페르시아 황제의 지배를 받고 있지만 사실은 독립적으로 살아가고 있는 부족이었다. 알렉산드로스가 통역관을 통해 자신들을 통과시켜달라는 요구를 전달했다. 하지만 욱시우스족은 단호하게 이를 거절했다.

"돈을 내면 지나갈 수 있다. 페르시아 황제도 수사에서 페르세폴리스로 가는 이 지름길을 이용할 때면 언제나 돈을 지불했다."

그 말을 들은 알렉산드로스는 단호하게 말했다.

"페르시아 황제는 이제 왕국을 다스리지 않는다. 황제가 너희에게 돈을 준 건 잘한 일 같지는 않구나. 나는 너희가 원하든 원치 않든 이곳으로 지나갈 것이다."

욱시우스족의 생김새는 끔찍했다. 거친 수염이 얼굴을 뒤덮고 있었다. 염소와 양가죽 옷을 입은 그들에게선 동물에게서 나는 악취가 풍겼다. 게다가 쉽게 놀라지 않고 전혀 겁이 없었다. 그들은 주변의 험한 절벽과 한 번에 몇 사람밖에 통과하지 못하는, 경사가 급한 협로를 내심 믿고 있었다. 하지만 그들의 생각은 오산이었다. 그들은 알렉산드로스 부대가 험한 지형일수록 더욱 민첩하게 움직인다는 사실을 알지 못했다. 게다가 훨씬 더 야만적이고 원시적인 본성을 지닌 사람들이 동참하고 있다는 사실도 몰랐다. 특히 아그리아인 병사들은 무분별하고, 잔인하고, 탐욕스럽고, 피를 좋아하기로 유명했다. 자신들을 부양해주는 사람에게는 맹목적으로 복종하는 사람들이었다.

알렉산드로스는 대장들과 수사 안내인들을 불러모았다. 대왕은 그들에게 욱시우스족의 고원으로 이어지는 두 개의 오솔길에 대해 설명했다. 크라테로스가 돌격대원들을 이끌고 페르시스 쪽으로 난 오솔길로 가고 알렉산드로스는 아그리아인들과 방패부대를 이끌고 고원 쪽으로 난 오솔길로 전진하기로 했다. 크라테로스가 가기로 한 오솔길은 가파르지 않은 길로, 협로와 이어져 있었다. 반면 알렉산드로스가 올라가는 오솔길은 좁은데다 경사도 급했다.

알렉산드로스가 욱시우스족의 주력부대를 한쪽 오솔길로 유인하자 크라테로스는 병사들을 이끌고 협로 쪽으로 이어지는 오솔길로 나아갔다.

알렉산드로스와 대치한 욱시우스족이 화살을 쏘고 돌을 던졌다. 그들이 내던진 바위가 경사면을 따라 굴러떨어졌다. 아그리아인 병사들은 민첩하게 피하며 위험지대에서 벗어났다. 마침내 욱시우스족과 첫 접전이 벌어졌다. 아그리아인들은 사나운 짐승처럼 적을 공격했다. 욱시우스족은 아그리아인들의 적수가 되지 못했다. 무수한 욱시우스족이 아그리아인 병사들의 칼에 목이 잘렸다. 칼에 찔려 밖으로 나온 내장을 움켜쥔 채 쓰러지는 사람들도 있었다. 아그리아인 병사들은 힘을 낭비하는 법이 없었다. 그들이 칼을 휘두를 때마다 적들은 목숨을 잃거나 불구가 될 만큼 끔찍한 상처를 입었다.

아그리아인들이 고원으로 올라가자 곧 방패부대가 뒤를 이었다. 그들은 전열을 가다듬고 마을을 향해 돌진했다. 마을의 집들은 굽지 않은 벽돌과 돌로 지어져 있고 그들 부족은 동물들과 함께 원시적인 공동체 생활을 하고 있었다. 알렉산드로스의 명령에 따라 무수한 불화살이 마을로 날아갔다. 짚과 건초로 엮어 만든 지붕들이 순식간에 불덩이로 변해버렸다. 그러자 공포에 질린 짐승들이 사방으로 뿔뿔이 흩어졌다.

무시무시한 공격에 놀란 욱시우스족이 협로 쪽으로 달아났다. 하지만 그들이 협로에 도착했을 때는 이미 크라테로스의 공격대가 그곳을 점령한 뒤였다. 도망자들을 맞아준 것은 화살과 투창이었다. 많은 욱시우스족 전사들이 화살과 투창을 맞고 쓰러졌다.

알렉산드로스 부대와 크라테로스 부대 사이에 포위된 욱시우스족은 결국 무릎을 꿇었다. 대왕은 그들에게 가혹한 형벌을 가했다. 알렉산드로스는 앞으로 욱시우스족이 수사와 페르시스 사이의 통행을 더 이상 방해하지 않도록 그들을 평야지역으로 내몰기로 했다.

욱시우스족은 통역관을 통해 자신들이 처해질 운명을 전해들었다. 그들은 대왕의 발 앞에 엎드려 선처를 호소했다. 심지어 어린아이와 여자들까지 가세해 절망적인 비명을 질러댔다. 하지만 알렉산드로스는 꼼짝도 하지 않았다. 전투가 벌어지기 전에 자기가 한 제안이 거절당한 대가

를 톡톡히 치르게 해주고 싶었다. 이 세상 그 어떤 힘도 자기 앞길을
가로막을 수 없다는 사실을 깨우쳐주고 싶었던 것이다.

수사 안내인들 중 하나가 욱시우스족에게 조언을 해주었다. 알렉산드
로스의 마음을 움직일 수 있는 사람은 황태후인 시시감비스밖에 없으니
그녀에게 중재를 청해보라는 것이었다. 욱시우스족은 마케도니아 병사
들의 눈을 피해 두 사람을 산밑으로 내려보냈다. 나흘 후, 점령된 오솔길
을 따라 마케도니아 기병대가 고원 위로 올라왔다. 그들과 함께 욱시우
스족 사람이 그리스어로 된 황태후의 편지를 가지고 돌아왔다.

시시감비스가 알렉산드로스에게

안녕하세요!

욱시우스족의 대표들이 내게 와서 당신과 자신들을 중재해달라고 청
했습니다. 나도 욱시우스족이 당신을 모욕하고 조롱했다는 것을 알고 있
습니다. 하지만 당신이 그들에게 가한 형벌은 죽음을 능가하는 것입니다.
그곳은 어린 시절부터 그들이 살던 땅입니다. 그곳에는 그들의 갈증을
풀어주던 샘과 먹을 것을 얻던 들판과 태양이 떠올랐다 지는 산이 있습니
다. 그것들을 다시는 보지 못하고 강제로 떠나야 하는 것은 얼마나 끔찍
한 형벌인지요.

당신은 나를 여러 번 어머니라고 불렀습니다. 그것은 너무나 다정한
이름입니다. 펠라의 궁전에서 당신을 낳은 올림피아스 황태후만이 들을
수 있었던 이름이지요. 지금 난 당신께, 당신이 영광스럽게 붙여준 어머
니의 이름으로 부탁합니다. 어머니의 이야기를 듣듯이 제 부탁을 들어주
세요. 이 부족에게 고향에서 쫓겨나는 아픔만은 주지 마세요. 두고 온
당신의 가족과 사람들을 생각해보세요! 이 불행한 사람들은 자기 땅과
자기 집을 방어한 일밖에 한 것이 없습니다.

부디 자비를 베푸세요!

알렉산드로스는 편지를 읽는 동안 내내 감동을 받았다. 분노도 차츰 가라앉았다. 대왕은 욱시우스족이 고원에서 살아도 좋다고 허락했다. 그 대신 매년 말 5백 마리와 짐을 나르는 짐승 2천 마리와 양, 돼지 등을 세금으로 바쳐야 한다고 말했다. 욱시우스족은 기꺼이 제안을 받아들였다. 그들은 다혈질의 청년과 야만적인 전사들이 다시 이곳으로 돌아와 염소와 소를 징발하지 않을 거라고 생각했다.

고원이 평온을 되찾자 알렉산드로스는 가장 높은 곳에 위치한 또 다른 협로를 향해 출발했다. 그 협로는 '페르시아의 문'이라고 불리는 길로, 길 자체가 난공불락이었다. 아리오바르자네스 총독이 가장 높은 길 위에 방어벽을 구축해놓고 있었다. 고원에는 살을 에는 듯한 바람이 몰아닥쳤다. 다음날 새벽, 원정대는 해가 뜨기 전에 행군을 시작했다. 잔뜩 구겨진 하늘에서는 눈이 내렸다.

'페르시아의 문'으로 이어지는 길은 점차 좁아지다가 절벽과 같은 바위 협곡으로 변했다. 병사들은 수북히 쌓인 눈과 얼음판 위로 조심스럽게 걸어갔다. 얼음판에서 미끄러져 다리가 부러지는 말과 노새가 속출했다. 전위부대가 경사가 급한 첫 번째 방어벽에 도착하는 데만 꼬박 하루가 걸렸다. 비탈길은 협로를 방어하는 성벽으로 이어져 있었다.

알렉산드로스는 트라케와 아그리아 대장들을 소집해 급경사면과 성벽을 오를 수 있는 방법을 모색했다. 그때 갑자기 주위에서 요란한 소리가 진동했다. 절벽 위에서 페르시아 병사들이 어마어마한 바윗덩어리들을 아래로 떨어뜨렸다. 마치 산사태가 나는 듯했다. 누군가가 고함을 질렀다.

"피하라! 피하라! 뒤로 물러서라!"

하지만 바윗덩어리들은 순식간에 병사들이 쉬고 있는 곳을 덮쳤다. 수많은 병사들이 바위에 깔려 목숨을 잃었다. 알렉산드로스 역시 떨어지는 돌멩이에 맞아 상처를 입었다. 그는 재빨리 몸을 만져보았으나 다행히 뼈가 부러진 곳은 없었다. 알렉산드로스는 즉시 후퇴 명령을 내렸다. 그 사이 적으로부터 쉴새없이 화살이 날아왔다. 거센 눈발 속에서도 적군은 목표물을 놓치지 않았다.

"방패를 들어라!"

돌격대원들을 지휘하던 리시마코스가 소리쳤다.

"방패를 들어 머리를 가려라!"

그러자 이번에는 페르시아인들이 대협곡의 가장자리를 타고 내려와 뒤쪽에서 공격해왔다. 무슨 일인지도 모른 채 수많은 병사들이 죽어갔다. 날이 어두워지자 마침내 그날의 대학살은 끝이 났다. 알렉산드로스는 가까스로 부대원들을 인솔해 넓은 곳으로 퇴각했다. 부대원들이 그곳에다 병영을 세웠다. 병사들은 절망감에 빠져 있었다. 전사한 동료들의 수가 엄청난데다 사지가 찢기고 뼈가 부러진 부상자들이 끔찍한 비명을 계속해서 질러댔다.

필리포스와 외과의사들은 초롱불 밑에서 수술을 하느라 여념이 없었다. 상처를 꿰매고 살에 박힌 화살과 투창을 빼냈다. 부러진 뼈를 맞추고 붕대와 부목으로 팔다리를 고정시켰다. 부목이 없을 때는 창이나 화살대를 사용했다.

대왕의 동료들이 회의를 하기 위해 대왕의 천막으로 모여들었다. 천막을 따뜻하게 해줄 불이나 화로도 없었다. 중앙 기둥에 걸린 램프만 천막 안에 희미한 빛을 퍼뜨리고 있었다. 그 램프가 유일한 온기였다. 불과 며칠 만에 당하게 된, 이 극적이고 믿을 수 없는 운명의 변화에 대해 이야기하는 사람은 아무도 없었다. 바빌로니아와 수사의 궁전에서 누렸던 호사스러움이 순식간에 춥고 힘겹고 절망적인 모험으로 변한 것이다.

"적군은 몇 명이나 될 것 같나?"

셀레우코스가 물었다.

"글쎄…… 최소한 몇천 명은 되겠지. 아리오바르자네스가 협로를 내주지 않기로 결정했다면 이렇게 무장도 하지 않은 소수의 병력을 가지고 저 길을 통과할 수는 없을 거야."

프톨레마이오스가 말했다.

그때 추위에 새파랗게 질린 에우메네스가 이를 덜덜 떨며 들어왔다. 어깨에는 파피루스 두루마리, 펜, 잉크가 든 자루를 메고 있었다. 그는 매일 밤 그것들을 가지고 자신의 '일지'를 썼다.

"사망자 수를 파악했나?"

알렉산드로스가 그에게 물었다.

"많네. 사망자는 최소 3백 명은 될 것 같고, 부상자는 1백여 명이네."

에우메네스가 급하게 작성한 종이를 훑어보며 대답했다.

"어떻게 하지?"

레온나토스가 물었다.

"전사자들을 늑대 밥이 되게 그냥 내버려둘 순 없어. 그들을 다시 데려와야 하네."

알렉산드로스가 대답했다.

"그러다가 훨씬 더 많은 병사를 잃을 수도 있네."

리시마코스가 반박했다.

"지금 전사자들을 데리러 갔다가는 우리 모두 저 어두운 바위계곡에서 목숨을 잃고 뼈도 못 추리게 될 거야. 내일 날이 밝은 다음 그곳에 간다 해도 녀석들은 저 염병할 협곡 위에서 돌을 굴려 우리를 산산조각낼 걸세."

"난 가겠네. 우리의 청년들을 묻지도 않고 저대로 내버려둘 수는 없어. 겁이 나면 따라오지 않아도 되네. 결정은 자네들 자유야."

대왕이 단호하게 말했다.

"난 같이 가겠네."

헤파이스티온이 당장 떠나기라도 할 것처럼 자리에서 벌떡 일어서며 말했다.

"이건 두려움의 문제가 아니야."

리시마코스가 당장 반박했다.

"오, 아니라고? 그러면 대체 뭐가 문젠가?"

헤파이스티온이 비웃듯 말했다.

"쓸데없이 말다툼하지 말게. 그런다고 해결되는 건 아무것도 없어. 좀더 생각해보도록 하세."

프톨레마이오스가 두 사람 사이에 끼어들며 말했다.

"내 생각에는…… 무슨 해결책이 있을 것 같은데."

에우메네스가 생각에 잠긴 표정으로 말했다. 모두들 에우메네스 쪽으로 몸을 돌렸다. 레온나토스는 고개를 절레절레 흔들었다. 한 주먹밖에 안 되는, 이 볼품없는 그리스인은 언제나 빈틈이 없었다.

"해결책? 그게 뭔가?"

알렉산드로스가 물었다.

"잠깐만 기다리게. 곧 돌아오겠네."

그렇게 말하고 그는 밖으로 나갔다. 잠시 후 에우메네스는 자신들을 이곳까지 데리고 온 원주민 안내인과 함께 천막 안으로 들어섰다.

"두려워하지 말고 말하라. 폐하와 그 동료 장군들께서 네 말을 들을 것이다."

에우메네스가 말했다. 안내인은 알렉산드로스와 동료들에게 고개를 숙여 인사하고 알아듣기 쉬운 그리스어로 말했다. 그의 말에는 키프로스의 억양이 그대로 묻어 있었다.

"어디 출신이냐?"

알렉산드로스가 물었다.

"저는 리키아인으로, 파타라 출신입니다. 저희 아버지가 아르사체스

라는 페르시아 주인에게 진 빚을 갚기 위해 어린 저를 아르사체스에게
노예로 팔았습니다. 아르사체스는 페르시아로 돌아올 때 저를 데리고
와서 이 지역에서 가축들을 돌보게 했습니다. 그 덕분에 저는 이 근방의
산들은 제 손바닥 들여다보듯이 훤합니다."

그 자리에 모여 있던 사람들은 이 가엾은 안내인의 손에 원정대의
운명이 달려 있다는 것을 알아차렸다. 모두 숨을 죽인 채 그의 말에 귀를
기울였다.

"만약 아까 그 협곡으로 되돌아갔다가는 성벽 아래에 도착하기도 전
에 전멸하고 말 것입니다. 우리는 소부대로 움직여야 합니다. 여기서 한
시간쯤 행군하면 오솔길이 하나 나옵니다. 그 길은 숲 한가운데로 나
있지요. 제가 그 길을 잘 알고 있습니다. 염소들이 다니는 오솔길인데,
한 번에 한 사람씩만 지나가야 합니다. 말들은 미끄러지지 않도록 발을
헝겊으로 감아주면 됩니다. 그 길을 이용한다면 네다섯 시간 후 협곡의
가장 높은 지점에 닿을 수 있고, 페르시아인들을 뒤에서 급습할 수 있습
니다."

"우리가 계속 전진할 계획이라면 선택의 여지가 없는 것 같군."
셀레우코스가 말했다.
"나도 그렇게 생각하네."
알렉산드로스가 시인했다.
"하지만 한 가지 문제가 있어. 만약 오솔길이 그렇게 좁다면 짧은 시
간 안에 협곡 정상에 도착한다 해도 우리 병사들의 수가 너무 적어. 만약
페르시아 군이 눈치채고 반격할 경우, 그 수로는 중과부적이지. 그러니
까 누군가 페르시아인들을 성벽 정면 쪽으로 유인해 전투를 벌여야 해.
그렇게 그들의 정신을 빼놓아야……."
"내가 가겠네."
대왕의 말이 채 끝나기도 전에 리시마코스가 나섰다.

"아니야. 자네는 나와 함께 오솔길로 가야 하네. 크라테로스가 아그리아인과 트라케인, 그리고 돌격부대를 이끌고 전투를 벌이게. 최대한 전사자를 줄여야 하네. 우리는 위쪽에서, 자네는 아래쪽에서 동시에 공격하는 거야."

"신호가 필요하겠군. 하지만 어떻게 신호를 보내지? 협곡이 너무 깊어서 빛으로 신호를 보내도 알아보지 못할 걸세. 거리가 멀어서 고함소리도 들리지 않을 텐데."

크라테로스가 말했다.

"방법이 있습니다."

목동이 말했다.

"요새 근처의 한 지점에서 나팔을 불면 메아리가 협곡의 절벽을 타고 수없이 울려퍼지게 됩니다. 그 나팔소리는 먼 거리에서도 또렷하게 들립니다. 그 자리에서 여러 번 실험해보았습니다. 양을 치는 동안 무료함을 달래자면 오락거리가 필요했거든요."

알렉산드로스가 그를 쳐다보았다.

"이름이 뭔가?"

"제 주인님은 저를 오쿠스라고 부릅니다. 페르시아어로 '후레자식'이라는 뜻입니다. 하지만 저의 진짜 이름은 레다스입니다."

"내 말을 잘 들어라, 레다스 네 말대로, 우리가 페르시아인들의 뒤쪽으로 갈 수만 있다면 금을 주겠다. 여생 동안 넉넉하게 먹고 쓸 수 있을 만큼 주겠다. 넌 고향으로 돌아가 멋진 집과 노예와 여자들과 가축들을 사거라. 네가 하고 싶은 일은 모두 다 할 수 있을 것이다."

레다스가 대왕을 보며 대답했다.

"아무것도 주시지 않아도 됩니다, 폐하. 페르시아아인들은 저를 노예로 부렸습니다. 이유 없이 때리고 벌을 주기도 했지요. 전 지금 당장이라도 폐하를 모시고 협곡으로 올라갈 준비가 되어 있습니다."

레온나토스가 천막 밖으로 고개를 내밀었다.

"눈이 그치고 있어."

"아주 잘됐군."

알렉산드로스가 말했다.

"자네들은 병사들에게 저녁식사를 배급해주게. 그리고 크라테로스와 같이 가야 할 병사들에게는 포도주를 주게. 자원자들에게는 상금을 주겠다고 약속하게. 페르시아인들은 우리가 미치지 않은 이상 이렇게 빨리 공격해오리라고 상상조차 못할 거야. 우리는 첫 번째 보초 교대를 하고 난 뒤 레다스를 따라갈 걸세."

대왕은 동료들과 함께 천막 안에서 식사했다. 병사들에게 배급되는 것과 똑같은 식사였다. 그런 다음 각자 한밤의 원정을 떠날 준비를 하러 갔다. 크라테로스가 병사들을 이끌고 먼저 길을 떠났다. 첫 번째 보초병이 근무 교대를 마치자 알렉산드로스는 부대를 이끌고 오솔길을 향해 떠나갔다.

레다스가 선두에 서서 그들을 안내했다. 그는 우거진 숲 한가운데를 지나 오솔길로 올라갔다. 길은 좁고 험했다. 오솔길은 깎아지른 산등성이 옆으로 간신히 나 있었다. 인간이 일부러 만든 것이라고는 생각되지 않았다. 페르시스로 가는 지름길을 찾으려고 수세기에 걸쳐 나그네들과 목동들이 지나다니다가 저절로 생겨난 길처럼 보였다. 길은 절벽 위로 구불구불 이어졌다. 말들이 미끄러지지 않도록 발에 헝겊을 묶었다. 산사태 때문에 길이 끊어진 곳도 있었다. 게다가 길 표면은 얼어 있었다. 병사들은 절벽 아래로 떨어지지 않으려고 서로의 손을 잡아주거나 밧줄로 몸을 동여맸다.

안내인은 어둠 속에서도 당당하게 걸어갔다. 그는 이 길을 눈을 감고도 갈 자신이 있었다. 하지만 세심한 주의에도 불구하고 몇 명의 전사가 절벽 아래로 떨어졌다. 그들을 구하려고 애쓸 틈도 없는 상황이었다. 알렉산드로스는 레다스의 뒤를 좇아갔다. 그는 가끔씩 걸음을 멈추고 뒤에서 오는 병사들이 안전한지 살펴보곤 했다.

새벽녘이 되자 기온은 더 떨어졌다. 병사들의 몸은 꽁꽁 얼어붙었다. 길고 긴 한밤의 행군으로 지친 병사들은 발걸음조차 떼어놓기 힘들어했다. 그들은 이를 악물고 한 걸음, 한 걸음 앞으로 나아갔다. 지평선 쪽의 휘장 같은 구름 사이로 엷은 아침 햇살이 비추자 어둡기만 하던 길도 제대로 보였다. 전사들은 다시 힘을 냈다. 주위에 난 풀이 점점 줄어드는 것으로 보아 정상이 멀지 않았음을 알 수 있었다.

마침내 정상에 도착하자 거센 바람이 불어왔다. 알렉산드로스는 먼저 도착한 병사들에게 나머지 병사들이 모두 도착할 때까지 꼼짝 말고 대기하라는 명령을 내렸다. 그런 다음 페르시아인들의 눈에 띄지 않게 조용히 안내자를 따라갔다.

레다스가 앞쪽의 돌출된 바위를 가리켰다. 협곡 아래쪽으로 곧장 뻗어 있는 절벽이었다. 레다스가 말했다.

"저기가 메아리가 울려퍼지는 지점입니다. 저 등성을 넘어 계속 가면 '페르시아의 문'의 출입을 통제하는 요새가 보일 겁니다."

프톨레마이오스가 알렉산드로스의 곁으로 다가오며 물었다.

"크라테로스가 전투 준비를 마쳤을까?"

"아무 일도 벌어지지 않았다면 물론 그렇겠지. 크라테로스가 실패했더라도 우린 달리 방법이 없어. 병사들을 정렬시키고 신호 나팔을 불도록 하게. 페르시아인들의 초소를 공격할 거야."

알렉산드로스가 말했다. 지시를 받은 프톨레마이오스는 아래로 내려가 병사들을 3열로 정렬시켰다. 첫 번째 열은 기병대, 그 다음은 경보병대와 돌격부대, 그리고 마지막으로 리시마코스가 지휘하는 방패부대가 정렬했다. 대왕이 나팔수에게 신호했다. 나팔수는 절벽의 꼭대기에 있는 바위 위로 올라갔다. 잠시 후 닭 울음 같은 나팔소리가 고요한 새벽 공기를 갈라놓았다. 곧 반대편 절벽에서 나팔의 메아리가 답했다. 메아리는 주위에 늘어선 바위에 부딪쳐 울려퍼지다가 하얀 눈이 뒤덮인 거대한 협곡 속으로 사라졌다.

정렬해 있는 병사들간에 납빛 하늘같이 무거운 침묵이 이어졌다. 모두들 건너편에서 응답이 오길 애타게 기다렸다. 바로 그때, 또 다른 나팔 소리와 돌격을 시작하는 전사들의 맹렬한 고함소리가 메아리로 울려퍼졌다.

알렉산드로스가 병사들을 향해 외쳤다.

"크라테로스가 아그리아인 병사들을 돌격시켰다! 진격하라, 제군들! 적들에게 우리가 추위에 얼어죽지 않았다는 것을 보여줘라!"

알렉산드로스가 말 위에 올라타고 기병대의 한가운데로 들어갔다. 기병대는 페르시아인들의 주둔지보다 높은 등성이를 향해 말을 타고 올라갔다. 보병대는 기병들과 간격이 생기지 않게 하려고 그 뒤를 힘껏 좇아갔다. 페르시아인들의 초소가 나타나자 대왕은 함성을 내지르며 공격을 지시했다.

나팔이 모두 한 음을 내며 울려퍼졌다. 보병들이 검을 쥔 채 앞으로 돌격했고, 기사들은 이미 두 개의 전선으로 갈라진 적과 싸우기 위해 말을 달렸다. 알렉산드로스의 기병대는 주둔군의 뒤쪽을 방어해주는 보루를 민첩하게 뛰어넘었다. 보병대가 치열하게 육박전을 벌이며 그 뒤를 따랐다.

사태를 파악한 페르시아인들이 사방에서 경보를 울렸다. 그들은 성벽 한 부분을 포기할 수밖에 없었다. 아그리아인들이 성벽 틈새를 붙잡고 기어올랐다. 성 위의 적들이 돌과 화살로 공격했다. 아그리아인들은 벽에 딱 달라붙어 몸을 보호했다가 공격이 잠시 뜸해지면 다시 기어올랐다. 먼저 성벽을 기어올라간 선발대가 마침내 정상에 도착했다. 일부 아그리아인 병사들이 적과 백병전을 벌이는 동안 나머지 병사들은 아래로 밧줄을 던져주었다. 페르시아 병사들은 대부분 잠을 자다가 일어나 무장도 제대로 갖추지 못한 채 뛰쳐나왔다. 덕분에 마케도니아 병사들은 수적 열세에도 불구하고 그들을 쉽게 무찌를 수 있었다.

아리오바르자네스는 잠결에 검을 쥐고 숙소 밖으로 나오다가 마케도니아 기병대에게 포위되고 말았다. 기병대원들은 창끝을 겨누고 그를 위협했다. 그는 어쩔 수 없이 병사들에게 항복할 것을 명령했다.

그는 협로를 통해 마케도니아의 원정대가 통과하는 것을 무기력하게 지켜보았다. 그 협로는 페르세폴리스를 지키는 유일한 길이었다. 따라서 페르세폴리스는 이제 알렉산드로스의 수중에 들어온 거나 다름없었다.

알렉산드로스는 나머지 부대가 모두 올라오기를 기다렸다. 그런 다음 페르시스의 고원을 향해 하산했다. 알렉산드로스는 행군을 시작하기 전, 협로를 함락시킬 수 있게 도와준 레다스를 불렀다.

대왕이 말했다.

"네 도움이 너무나 컸다. 너는 제국을 정복하려는 알렉산드로스를 도와주었다. 네 도움으로 예정되었던 사건의 흐름이 바뀌었을지 모르겠다. 지금 현재로서는 그 누구도 이게 잘된 것인지, 아니면 잘못된 것인지 말할 수 없을 것이다. 하지만 나는 네게 진심으로 감사해하지 않을 수 없구나."

알렉산드로스는 '네가 원하는 것을 말하라. 그러면 내가 모두 들어주겠다'라고 말하려다가 입을 다물었다. 먼 옛날, 지는 해를 받으며 알몸으로 누워 있던 디오게네스의 대답이 머리에 떠올랐기 때문이었다.

"고맙다, 친구."

대왕은 단지 그 말밖에 할 수 없었다.

레다스는 대왕이 말에 오르는 동안 감동 어린 눈으로 바라보았다. 그러다가 산에서 내려가려고 아래쪽으로 걸음을 옮겼다. 그때 등 뒤에서 대왕이 아닌 다른 사람의 목소리가 들려왔다. 목동은 깜짝 놀라 돌아보았다. 에우메네스였다.

"폐하께서 어제 약속하신 것을 자네에게 다시 한 번 상기시키라고 말씀하셨네."

레다스가 대답했다.

"제가 조금만 젊었다면 폐하를 따라가 이 원정을 지켜보았을 겁니다. 하지만 제 나이를 생각해야겠지요. 제 아버지의 땅과 바닷가에 있는 제 고향집을 다시 사고 싶습니다. 바다를 보지 못한 지 너무나 오래되어서요."

"바다를 다시 보게 될 걸세. 집과 밭도 갖게 될 걸세. 원한다면 가정을 이룰 수도 있지. 그리고 아들과 손자들이 생기면, 어느 날 밤 알렉산드로스 대왕을 운명적으로 만나 그분을 안내했다고 말해주게. 그리고 그들이 정 믿지 않으면 그때 이것을 보여주게."

에우메네스가 그의 손에 작은 목걸이를 쥐어주었다.

"이게 뭡니까?"

"아르가이 가문의 황금별일세. 폐하의 진정한 친구들만이 이것을 갖고 있지."

에우메네스는 들고 있던 가죽가방도 그에게 주었다.

"여기에는 리키아 총독에게 보내는 폐하의 편지가 들어 있네. 그에게, 자네가 원하는 것을 다 들어주라고 적어놓으셨어. 거액의 황금이나 은보다 더 가치가 있을 걸세. 잊어버리지 말게. 잘 가게. 그리고 행운을 비네."

다음날 저녁 무렵, 원정대는 산 아래에 도착했다. 페르시스의 드넓은 고원이 그들 앞에 펼쳐졌다. 강은 고원을 가로지르며 흐르고 포플러나무들이 강가에 줄지어 서 있었다. 굽지 않은 벽돌로 지은 집들이 여기저기 흩어져 있었다.

그들은 아라스 강변을 따라 황제의 길로 갔다. 알렉산드로스는 야영을 하며 파르메니오와 나머지 부대를 기다리기로 했다. 그가 막 식사를 하려 할 때였다. 호위대의 헤타이로이 병사가 들어와 알렸다.

"폐하, 한 사내가 뵙고 싶다고 청하고 있습니다. 배를 타고 강을 건너왔다고 합니다. 몹시 급한 일 같습니다."

"들여보내라."

병사는 페르시아 풍으로 옷을 입은 남자를 데리고 들어왔다. 남자는 발목 위로 바짓단을 묶고 머리를 리넨 천으로 감싸고 있었다.

"넌 누구냐?"

알렉산드로스가 물었다.

"저는 페르세폴리스 요새를 지휘하시는 아불리테스 총독님이 보내셔서 이곳에 왔습니다. 총독님은 도시를 폐하께 넘겨줄 준비를 하고 계십니다. 폐하께서 만약 페르시아 황제의 보물이 고스란히 남아 있길 바라신다면 빨리 길을 떠나시는 게 좋을 것 같습니다. 폐하께서 늦게 도착하실 경우, 최후까지 도시를 방어하자고 주장하는 사람들의 세력이 커질 수도 있습니다. 또 다리우스가 돌아오기를 바라면서 보물을 숨겨놓으려고 하는 사람들도 있습니다. 이제 저희 총독님께 뭐라고 전할까요?"

알렉산드로스는 잠시 생각에 잠겼다가 입을 열었다.

"이틀 후 해가 질 무렵, 기병대와 함께 페르세폴리스로 가겠다고 말하라."

남자가 다시 배를 타기 위해 밖으로 나갔다. 그 즉시 대왕은 기사장인 라리사의 디아데스를 불렀다.

"내일 밤 안으로 아라스 강을 건널 수 있게 다리를 만들어줘야겠네."

디아데스는 시간적으로 불가능한 일이라고 생각했지만 눈썹 하나 까

딱하지 않았다. 그는 알렉산드로스의 명령에 어느덧 익숙해져 있었다.

"넓이는 얼마나 돼야 합니까?"

"가능한 한 넓을수록 좋네. 짧은 시간 안에 전 기병대를 통과시켜야 하니까."

"5큐빗 정도면 됩니까?"

"10큐빗이면 좋겠네."

"10큐빗이요? 좋습니다."

"해낼 수 있을 것 같나?"

"전 실패한 적이 없습니다. 제가 실패한 적이 있던가요, 폐하?"

"없지."

"그 대신 당장 작업을 시작해야 합니다."

"좋을 대로 하게. 내 장군들이나 그 누구에게든 명령을 내리게."

디아데스는 밖으로 나왔다. 그리고 10개 소대를 소집해 근처 숲으로 보냈다. 소대원들은 말과 노새에다 도끼와 톱, 밧줄, 사다리를 싣고 숲으로 갔다. 나무를 베어 일부는 끝을 뾰족하게 다듬고 불로 지졌다. 나머지로는 나무판을 만들었다. 3백여 명이 밤새도록 작업했다. 새벽녘이 되자 다리를 만들 재료들이 강가로 옮겨졌다.

디아데스는 기계를 사용해 끝이 뾰족한 나무를 들어올린 다음 10큐빗 간격으로 강바닥에 박았다. 이어 그 말뚝에 못이 박힌 나무판들을 가로와 세로로 연결했다. 그렇게 해서 평평한 바닥이 만들어졌다. 다리는 한 칸, 한 칸 강물 안쪽으로 뻗어나갔다. 강물 한가운데에 이르자 커다란 기둥을 세우고 큰바위를 던져 움직이지 못하게 보강했다. 강물이 기둥에 부딪혀 하얀 물거품을 만들어냈다.

해가 질 무렵, 알렉산드로스는 전투 준비를 갖춘 기병대를 정렬시켰다. 그는 마지막 나무판이 말뚝에 장착되는 순간을 기다렸다. 마침내 작업이 끝나자 알렉산드로스는 동료 장군들과 함께 헤타이로이 4개 대대의 선두에 서서 다리를 건넜다. 그 뒤로 크라테로스가 지휘하는 보병대가 따랐다.

그들은 밤새도록 말을 달렸다. 야간 보초들이 세 번째 교대를 할 시각이 되자 행렬은 잠시 휴식을 취하기 위해 멈춰 섰다. 알렉산드로스는 최근 며칠 동안의 전투와 이날 밤의 힘겨운 행군으로 녹초가 되었다.

잠시 동안 그는 깊은 잠에 빠졌다. 고원의 공기는 감촉이 좋았다. 단풍나무 사이로 불어오는 바람이 평온한 느낌을 주었다. 말들은 버드나무와 층층이꽃 사이로 흐르는 맑은 시냇가에서 풀을 뜯었다. 부케팔로스가 초원 위로 껑충껑충 뛰어다녔다. 페리타스가 말의 커다란 뒷발굽을 겁도 없이 깨물었다. 앞으로의 일을 전혀 예측할 수 없었다.

정찰대가 황제의 길 동쪽을 살피러 원정대를 앞질러갔다. 그때였다. 정찰대원들의 눈에 아르가이 왕가의 별이 그려진 붉은 깃발이 보였다. 그 깃발 뒤로 긴 행렬이 보였다. 정찰대원들은 숨도 제대로 쉬지 못한 채 멍하니 서 있었다. 파르메니오 장군의 부대였다.

정찰대원들은 다가오는 행군 대열로 말을 달려갔다. 정찰대장이 행렬의 선두에 선 병사들에게 자신의 신분을 밝혔다.

"나는 헤타이로이 제3대대 제8중대장 에우티데모스요. 나를 파르메니오 장군께 데려다주시오."

행군을 지휘하는 장교가 앞으로 나서며 말했다.

"파르메니오 장군님은 후위부대에 계시오. 고원에서 메디아인 기병대가 방해작전을 펼쳤기 때문이요. 대신 클레이토스 장군님을 불러주겠소"

잠시 후 클레이토스 장군이 달려왔다. 그는 고원의 햇볕에 더 검게 그을려 에티오피아인처럼 보였다.

"무슨 일인가, 중대장? 지금 폐하께서는 어디에 계시나?"

장군이 물었다.

"여기서 20스타디온쯤 떨어진 곳에 계십니다. 저희는 페르시아 협로를 힘들게 지나왔습니다. 폐하와 병사들은 지금 휴식을 취하고 있습니다. 이틀 밤 동안 눈 한 번 붙여보지 못했으니까요. 하지만 해가 뜨면 곧 페르세폴리스로 출발하게 될 겁니다. 여러분은 여러분의 길을 가시면 됩니다. 누구든 가능한 한 빨리 전진해야 합니다. 때가 되면 폐하께서 그 이유를 설명해주실 겁니다.”

“알겠네. 폐하께 안부를 전해주고 심각한 어려움은 없었다고 전하게. 파르메니오 장군께는 내가 알리겠네. 장군의 아드님이신 필로타스 장군은 잘 있겠지?”

클레이토스 장군이 물었다.

“아주 잘 계십니다. 협로의 전투에 참가하셨는데, 전혀 부상을 입지 않았습니다.”

중대장은 부하들과 함께 말을 돌려 오던 길로 되돌아갔다. 알렉산드로스가 부케팔로스의 등 위에 몸을 실었다. 병사들도 그를 따르기 위해 만반의 준비를 갖추었다. 막 떠오르는 태양이 엘람 산 정상을 분홍빛으로 물들였다. 엘람 산은 산 아래쪽의 짙푸른 숲과 넓게 펼쳐진 경작지의 노란 그루터기 위로 우뚝 솟아 있었다.

길에는 짐을 실은 낙타들이 지나다녔다. 노새를 몰고 장보러 가는 농부들도 있었다. 노새가 끄는 수레에는 소박한 물건들이 가득 실려 있었다. 밝은 색의 옷을 입고 물을 길러 시냇가로 가는 여자들이 있는가 하면, 물이 담긴 항아리를 이고 집으로 돌아가는 여자들도 있었다. 그들에게는 다른 날과 변함없는 하루가 시작되고 있었다. 다만 다른 것이 있다면 전 세계에서 가장 크고 힘센 제국의 심장부가 지금 이방인들에게 공격당할 위기에 놓여 있다는 점이었다.

드디어 출발 나팔소리가 울려퍼졌다. 종종걸음으로 걷는 기병대 뒤로 두꺼운 커튼처럼 먼지가 피어올랐다. 행렬이 전진할수록 주위 풍경은 확연히 달라졌다. 나무가 자라는 정원과 밭이 많아지면서 점점 초록색

으로 변해갔다. 그러나 원정대가 변화를 감지한 것은 그런 경치 때문만
은 아니었다. 눈에 띄게 변한 것은 사람들의 태도였다. 말을 탄 부대가
지나가자 집집마다 대문을 잠갔다. 거리에 나다니던 사람들도 자취를
감추었다. 광장은 갑자기 황량해졌다. 사람들의 입에 전설처럼 떠돌던
무시무시한 야우나 정복자가 모습을 드러냈기 때문이었다.

한낮이 될 무렵, 이상한 광경이 펼쳐졌다. 대왕은 헤파이스티온과 프
톨레마이오스의 호위를 받으며 선두에서 말을 타고 가고 있었다. 길 저
편에서 사람들이 떼를 지어 그들 쪽으로 걸어왔다. 대부분 다리를 절고
넝마를 걸친 사람들이었다. 어떤 사람은 손을 흔들기도 했고 손이 없는
자들은 자신의 손이 잘려나간 것을 알리기라도 하듯 팔을 흔들었다.

"대체 저 사람들은 뭐지?"

대왕이 뒤따라오고 있는 에우메네스에게 물었다. 그는 대왕 옆으로
다가와 자세히 살펴보았다.

"나도 모르겠군. 하지만 곧 알게 될 거야."

에우메네스는 말에서 내려 그 사람들이 있는 곳으로 걸어갔다. 가까
이 다가가자 그 수가 처음 생각했던 것보다 훨씬 더 많았다. 알렉산드로
스도 말에서 내려 그들 쪽으로 걸어갔다. 하지만 앞으로 갈수록 이상하
게 마음이 흔들렸고, 참기 힘든 불안감이 엄습했다. 그들과 에우메네스
가 이야기를 나누고 있었다. 놀랍게도 그들은 그리스어로 대화하고 있
었다.

대왕은 그 사람들이 사지가 절단됐다는 것을 발견했다. 양손이 잘린
사람도 있고 다리 한쪽, 혹은 둘 다 잘린 사람도 있었다. 개중에는 절단
된 상처말고도 살갗이 쭈글쭈글할 정도로 화상을 입은 이도 있었다. 그
것은 뜨거운 액체를 뒤집어썼을 때나 생기는 화상이었다.

"기름 때문에 이렇게 되었습니다."

화상을 입은 사람들 중 하나가 설명했다. 알렉산드로스는 마치 자신

이 고문을 당해 화상을 입은 것처럼 전신이 오므라들었다.

"자네 이름이 뭔가?"

대왕이 물었다.

"저는 멘토네의 에라토스테네스입니다. 중갑보병대 제8대대 소속의 스파르타인입니다."

"스파르타인이라고? 그런데 자네는 도대체 몇 살인가?"

"쉰다섯 살입니다. 아게실라오스 폐하의 제2차 전투 때 페르시아인들의 포로가 되었습니다. 그때 제 나이는 스물일곱이었습니다. 페르시아인들이 제 다리 하나를 잘랐지요. 그들은 우리 스파르타 전사들이 포로가 되기보다는 차라리 자살을 택한다는 것을 알고 있었던 겁니다."

에우메네스가 고개를 저으며 말했다.

"이제 시대가 바뀌었네, 친구."

"저는 그래도 자살을 시도했습니다. 그러자 제 주인이 끓는 기름을 제 몸에 쏟아부었습니다. 그래서 저는 어쩔 수 없이 체념하고 괴로운 포로생활을 받아들였습니다. 하지만 지금 알렉산드로스 폐하가 이곳으로 오고 계신다는 이야기를 듣자 가만히 앉아 기다리고 있을 수 없었습니다……."

"저희끼리 알렉산드로스 폐하를 만나러 가자고 의견을 모았습니다."

다른 남자가 끼어들어 팔꿈치 밑으로 잘린 양손을 보여주며 말했다.

"어떻게 하나가 양손을 모두 잘렸나?"

대왕이 떨리는 목소리로 물었다. 그 목소리에는 분노와 여민이 뒤섞여 있었다.

"저는 총독들이 전쟁을 일으켰을 때 아테네 해군으로 복무했습니다. 노 젓는 병사로 최신예 3단 갤리선인 키리세아에 승선했습니다. 그런데 제가 탄 갤리선이 매복에 걸렸고 저는 포로가 되었습니다. 페르시아인들이 더 이상 아테네의 배에서 노를 젓지 못하게 하겠다며 이렇게 만들었습니다.”

알렉산드로스는 해골처럼 눈이 없는 사람을 보았다.

“누가 자네에게 이런 짓을 했나?”

“페르시아인들이 제 눈꺼풀을 자르고 눈에 꿀을 잔뜩 바른 뒤 개미집이 있는 곳에 저를 묶어놓았습니다. 저 역시 아테네 해군에서 복무했습니다. 그들은 나머지 아테네 함대가 어디에 숨어 있는지 말하라고 했고, 저는 끝내 대답하지 않았습니다. 그래서……”

또 다른 사람들이 앞으로 나왔다. 그들은 비참하게 잘려나간 팔다리를 보여주기도 하고 머리카락 하나 자라지 않는 민머리를 보여주기도 했다. 옴이 오른 손을 보여주는 사람도 있었다.

스파르타인이 다시 말했다.

“저희는 알렉산드로스 폐하께 경의를 표하고 저희를 해방시켜주신 데에 대한 감사의 인사를 드리고 싶습니다. 그분이 어디 계신지 말씀해주십시오. 저희는 과거 그리스인들이 야만인들과 벌였던 전투로 인해 어떤 대가를 치렀는지를 보여줄 산증인들입니다.”

“내가 바로 알렉산드로스네.”

분노로 새하얗게 질린 대왕이 대답했다.

“난 자네들의 원수를 갚아주기 위해 이곳에 왔네.”

대왕은 제자리로 돌아와 큰 소리로 동료들을 불렀다.

"프톨레마이오스! 헤파이스티온! 페르디카스!"

"명령하십시오, 폐하!"

"왕궁과 보물창고와 하렘을 포위하라. 그 누구도 그곳에 발을 들여놓지 못하게 하라."

"명령대로 하겠습니다."

동료들이 대답하고 자신의 부대로 달려갔다.

"레온나토스, 리시마코스, 필로티스, 셀레우코스!"

"명령하십시오, 폐하!"

알렉산드로스는 오만하게 서 있는 언덕 위의 도시를 가리켰다. 햇빛 아래 펼쳐진 도시는 황금과 청동과 에나멜 때문에 눈부시게 빛났다.

"군대를 이끌고 성안으로 들어가라. 페르세폴리스는 너희의 것이다. 원하는 대로 하라!"

대왕은 말 위에 꼼짝 않고 앉아 있는 헤타이로이들 쪽으로 몸을 돌렸다.

"내 말이 무슨 말인지 모르겠나? 페르세폴리스는 너희의 것이다! 뭘 망설이고 있나, 도시를 차지하라!"

큰 함성이 울려퍼졌다. 기병대들이 수도로 돌진했다. 도시는 성문을 열 준비를 하고 있었다. 기병대들은 아불리테스가 그들을 환영하기 위해 보낸 사절단을 단숨에 쓰러뜨렸다. 그리고 나서 전 세계에서 가장 크고 부유한 도시로 성난 들소떼처럼 돌진했다.

에우메네스는 놀란 눈으로 알렉산드로스를 쳐다보았다.

"이런 식으로 명령을 내려선 안 되네. 대체 왜 이러나? 이러면 안 되네. 병사들을 다시 부르게. 되돌릴 수 있을 때 명령을 취소하게."

칼리스테네스가 다가왔다.

"폐하께서 하실 수 있는 일인 것은 분명합니다. 불행하게도 방금 그렇게 해버리셨습니다."

대왕을 만나러 왔던 불쌍한 그리스인들이 당황해서 뒤로 물러섰다. 그들은 자신들의 말이 본의 아니게 엄청난 재앙을 불러일으켰다는 것을 그제야 깨달았다. 대왕은 그들의 당혹감을 알아차리고 에우메네스에게 말했다.

"저들에게 개인당 3천 드라크마7)를 주게. 그리고 고국으로 돌아가 가족들과 상봉하고 싶은 사람에게는 안전하게 돌아갈 수 있도록 통행권을 주겠다고 하게. 이곳에 남고자 하는 이들에게는 집과 하인들과 밭과 가축들을 받게 될 거라고 말해주세. 자네가 모두 알아서 해주게."

에우메네스가 그리스인들에게 그 사실을 알렸다. 성안에서는 벌써 약탈이 자행되었다. 하지만 에우메네스의 말은 사람들의 절망적인 비명소리와 요란한 말발굽소리 때문에 거의 들리지 않았다.

그 사이 뒤따라오던 보병대가 도착했다. 그들 역시 성문을 향해 돌진

---

7) 고대 그리스의 은화

했다. 그들은 꾸물거리다가 약탈할 기회를 놓칠까봐 최대한 빠르게 달려갔다. 그때 파르메니오 장군의 부대는 도시에서 몇 스타디온 떨어지지 않은 곳에 와 있었다. 대왕이 보낸 전령이 장군의 부대에 도착했다. 전령은 대왕이 도시를 병사들의 손에 맡겼다는 소식을 전해주었다. 일순간 규율이 사라져버렸다. 전 병사들이 열을 벗어나 떼지어 페르세폴리스로 달려들어갔다. 도시 여기저기에서 화염과 연기 기둥이 치솟았다.

파르메니오는 클레이토스와 네아르코스를 데리고 전속력으로 말을 달려 알렉산드로스가 있는 곳으로 갔다. 알렉산드로스는 부케팔로스를 타고 높은 언덕 위에 서 있었다. 그는 동상처럼 꼼짝하지 않고 살육의 현장을 바라보고 있었다.

노장군이 말에서 뛰어내려 고통스러운 표정으로 대왕에게 다가갔다.

"왜 이러시는 겁니까, 폐하? 이미 폐하의 손에 들어온 도시를 파괴하는 이유가 뭡니까?"

알렉산드로스는 파르메니오를 쳐다보지도 않았다. 하지만 파르메니오는 대왕의 왼쪽 눈에서 죽음과 파괴의 어두운 그림자가 짙게 깔려 있는 것을 보았다. 칼리스테네스가 장군을 보며 혼자 중얼거렸다. 물론 그 중얼거림은 장군에게 들리지 않았다.

"아무것도 묻지 마십시오, 장군. 지금 폐하의 어머니이신 올림피아스 황태후께서 어느 비밀스러운 장소에서 피의 의식을 거행하고 있을 겁니다. 틀림없습니다. 황태후께서 폐하의 정신을 완전히 사로잡은 것입니다. 오, 아리스토텔레스 삼촌이 이곳에 게셨더라면 폐하를 이 악몽에서 깨어나게 하셨을 텐데!"

파르메니오는 고개를 저었다. 잠시 절망적인 얼굴로 클레이토스와 네아르코스를 뚫어지게 쳐다보던 장군은 말을 타고 그 자리를 떴다.

대왕은 해가 질 무렵이 되어서야 움직였다. 그는 막 잠에서 깨어난 사람 같았다. 그는 부케팔로스를 타고 성문을 통과했다. 전 세계에서 가장 아름답고 사랑스럽던 도시였다. 아케메네스 왕조의 이념에 따라 보편적인 조화를 가장 뛰어나게 표현한 도시는 술 취한 병사들의 손에 완전히 넘어가 있었다. 아그리아인들은 소년과 소녀들을 부모의 품에서 떼어내 강간했다. 트라케인들은 온몸을 피로 물들인 채 포도주에 취해 이곳저곳을 들쑤시며 돌아다녔다. 그들은 저항하려던 페르시아 전사의 머리를 잘라 전리품처럼 들고 다녔다. 마케도니아 병사들, 테살리아 병사들, 그리고 그리스 지원부대 병사들의 행동도 그에 못지않았다. 그들은 귀금속으로 장식한 컵, 놀랄 만큼 아름다운 촛대, 세련된 옷감들, 금은 무기 같은 전리품을 잔뜩 지닌 채 미친 사람들처럼 거리를 내달렸다. 그러다가 아직 전리품을 손에 넣지 못한 동료를 만나기라도 하면 자기들끼리 전리품을 놓고 짐승처럼 피를 흘리며 싸웠다. 개중에는 아군의 목을 잘라버리는 병사도 있었다. 양보나 너그러움은 찾아보기 힘들었다. 그뿐 아니었다. 누군가 아름다운 여인을 차지하고 있으면 무기를 써서라도 그 여자를 뺏으려 했다. 그러다가 성공하면 피가 흥건히 고인 땅바닥에서 번갈아가며 강간을 자행했다.

대왕은 비명소리와 피비린내가 나는 끔찍한 광경 속으로 당당하게 걸어갔다. 얼굴에는 아무런 감정도 드러나지 않았다. 리시포스가 조각한, 차가운 대리석 얼굴 같았다. 그의 귀에는 부모의 품에서 떨어진 아기의 찢어질 듯한 울음소리도, 아들딸의 이름을 부르거나 남편의 시체에 엎드려 울고 있는 여인의 울음소리도 들리지 않는 것 같았다. 그의 귀에 들리는 소리라곤 돌로 포장된 길 위를 천천히 걷고 있는 부케팔로스의 말발굽소리뿐이었다.

그는 오로지 앞쪽에만 시선을 고정시켰다. 그는 지금 신성한 대왕궁, 아파다나를 바라보고 있었다. 왕궁은 경이로운 정원으로 둘러싸여 있었다. 정원에는 키 큰 사이프러스, 은색 포플러, 기울어가는 석양빛에 붉게 물든 플라타너스들이 자라고 있었다. 그의 눈앞으로 화려한 아트리움이

다가왔다. 날개 달린 황소들과 독수리 머리, 그리고 이 왕궁을 화려하게
장식했던 페르시아 대왕들의 모습이 아트리움의 거대한 기둥들에 새겨
져 있었다. 어린 야우나였던 그가, 농부와 목동들로 이루어진 작은 왕국
의 군주인 그가 마침내 거대한 제국의 심장을 찌른 것이다. 드디어 그
심장이 자신의 발 밑에서 죽어가게 만든 것이다.

그는 말을 타고 넓은 계단을 올라갔다. 계단의 양쪽 벽에는 페르시아
황제와 속국 가신들이 행렬하는 모습이 새겨져 있었다. 가신들은 새해
잔치 때 황제에게 선물을 가져와 하례를 하고 있었다. 하례를 하고 있는
가신들은 메디아인과 이오니아인, 인도인, 에티오피아인, 아시리아와 바
빌로니아인, 이집트인, 리비아인, 페니키아인, 박트리아나인, 게드로시
아인들이었다. 왕 중의 왕이자 아리아인들의 빛이며 동서남북의 대왕인
다리우스 황제는 황금 휘장이 달린 왕좌에 앉아 있었다. 그 왕좌를 향해
수십 개국의 신하들이 엄숙하고도 절도 있게 걸어나오는 장면이 새겨져
있었다.

알렉산드로스는 건물 안쪽에서 부조 속의 것과 똑같은 왕좌를 발견했
다. 왕좌는 향기 나는 시트론나무와 상아로 만들어졌고 귀금속으로 뒤
덮여 있었다. 루비 눈이 박힌 독수리 두 마리가 왕좌를 받쳐주고 있었다.
왕좌 뒤쪽 벽에는 다리우스 1세가 그려져 있었다. 거대한 체구의 다리우
스 1세는 눈부신 예복 차림이었다. 그는 악과 어둠의 수호신 아흐리만을
상징하는 날개 달린 괴물과 싸우고 있었다.

넓은 홀은 텅 비어 있었다. 바깥에서 들리던 고통의 파도가 이 천국의
방 안까지 밀려와 고요를 깨뜨렸다. 알렉산드로스의 용감하고 충성스러
운 병사들은 어느덧 야수가 되어 있었다. 그들은 더러운 입으로 야비하
고 외설적인 소리를 질러댔다. 정원과 저택들에 불을 지르고 페르세폴
리스의 신인 아후라 마즈다의 신전들을 파괴했다.

알렉산드로스는 말에서 내려 계단을 올라갔다. 그는 왕좌에 앉아 대

리석 팔걸이에 두 손을 올려놓았다. 길게 숨을 내쉬며 의자 등받이에 몸을 기댔다. 그때였다. 문틈으로 검은 그림자들이 보였다. 그리고 발을 질질 끄는 소리가 들려왔다.

"거기 누구냐?"

대왕은 몸을 움직이지 않은 채 물었다.

"저희들입니다, 폐하!"

어떤 사람의 목소리가 들려왔다. 대왕을 만나기 위해 길에 나와 있던 그리스 포로들 중 한 사람이었다.

"왜 그러느냐?"

남자는 대답을 하지 않고 한쪽으로 비켜섰다. 그러자 두 명의 그리스 인이 앞으로 걸어나왔다. 그들은 야윈 노인을 부축하고 있었다.

"이 노인의 이름은 레오카레스입니다."

한쪽으로 비켜 있던 남자가 말했다.

"크세노폰의 '1만 병사' 중 한 사람입니다. 아마도 이 노인은 1만 병사 중 마지막 생존자일 겁니다. 나이는 거의 아흔이 다 되었습니다. 포로와 노예로 72년을 보냈으니까요."

알렉산드로스는 감동을 억누르며 말했다.

"지금 내가 '1만 병사'의 일원이었던 노인에게 해줄 수 있는 일이 뭐가 있겠소?"

대왕의 물음에 노인이 뭐라고 중얼거렸으나 알아들을 수 없었다.

"아무것도 원하지 않는다고 합니다. 다른 '1만 병사'가 모두 죽어 이런 날이 온 것을 보지 못한 게 안타깝다고 말합니다. 이 세상의 가장 큰 기쁨, 그러니까 왕좌에 앉아 계시는 폐하의 모습을 볼 수 있는 기쁨을 누리지 못했으니 말입니다. 노인은 이제 죽어도 여한이 없답니다."

노인은 너무나 감격했기 때문에, 그리고 두 뺨을 흠뻑 적신 눈물 때문에 더 이상 말을 할 수 없었다. 하지만 그 표정이 수천 마디의 말보다 더 많은 것을 이야기해주었다.

알렉산드로스는 알았다는 듯이 머리를 끄덕였다. 노인은 도무지 믿어지지 않는다는 눈으로 두 동료의 부축을 받으며 문 밖으로 사라졌다. 대왕은 왕좌에서 내려와 아트리움에서 기다리고 있던 부케팔로스에게로 갔다. 대왕이 부케팔로스의 고삐를 잡으려는 순간, 그는 불사조 예복을 눈부시게 차려입은 페르시아 전사를 발견했다. 그 전사는 금빛 마구가 채워진 짙은 갈색 말을 타고 알렉산드로스를 뚫어지게 바라보고 있었다.

알렉산드로스는 재빨리 검의 손잡이를 잡았다. 순간 어두운 하늘에서 번개가 쳤다. 곧이어 천둥소리가 왕궁을 뒤흔들었다.

알렉산드로스는 그 불사조 대원이 누군지를 생각해냈다. 아주 오래 전 사자의 발톱 아래에 있던 알렉산드로스를 구해주었고, 이수스에서는 반대로 알렉산드로스가 목숨을 구해주었던 바로 그 전사였다.

불사조 대원은 몇 걸음 앞으로 말을 몰고 나오다가 대왕 앞에 침을 뱉었다. 그리고는 돌아서서 말에게 박차를 가했다. 불사조 대원은 넓은 왕궁 뜰을 바람처럼 달려갔다.

"페르세폴리스는 다리우스 1세가 페르시스의 심장부에 세운 도시야. 다리우스 황제는 고금을 통틀어 가장 빛나는 수도를 만들려고 했다네. 35개 국가에서 온 5만여 명의 사람들이 도시 건설에 참여했지. 천장과 문에 쓸 목재를 마련하기 위해 레바논 산의 나무를 모두 베었고 박트리아나 광산에서 값비싼 청금석을 채굴했지. 누비아와 인도에서는 금을, 파로파미수스와 게드로시아의 사막에서는 보석을, 스페인에서는 은을, 키프로스에서는 동을 실어 날랐어. 시리아, 그리스, 이집트에서 온 수많은 조각가들이 왕궁의 벽과 문에 조각을 했지. 세공사들이 금과 은, 단단한 돌 장식을 덧붙였어. 직공織工들은 지금 자네 앞에 있는 카펫과 커튼과 아라스 천들을 짰어. 페르시아와 인도의 화가들은 벽에다 프레스코 그림을 그렸네. 이 도시는 황제의 계획에 따라 광대한 제국의 모든 문화와 문명을 받아들이는 곳이 되었지."

칼리스테네스는 걸음을 멈추고 죽어가고 있는 장대한 수도를 바라보았다. 희귀한 식물들로 꾸며진 파이리다에자가 횃불처럼 불타고 있었다.

저택들과 주랑들, 아트리움도 화염에 휩싸였다. 거리에서는 술에 취한 병사들이 휘젓고 다니며 학살과 강간을 벌였다. 시체들로 가득한 분수에서는 죽어가는 사람들의 신음소리가 들려왔다. 분수에는 피 섞인 물이 흘러내렸다. 칼리스테네스는 깨진 석상들과 쓰러진 기둥들로 더럽혀진 신전을 바라보았다. 그가 에우메네스 쪽으로 몸을 돌렸다. 칼리스테네스는 에우메네스의 눈에도 자신과 똑같은 공포와 곤혹스러움이 담겨져 있는 것을 발견했다.

칼리스테네스가 감정을 드러내지 않는 목소리로 말했다.

"저 눈부신 왕궁은 페르시아 황제가 새해 첫날 신년 하례식을 받기 위해 머물던 곳으로, '새해의 왕궁'이라 불렀다네. 황제는 또 하짓날 아침에도 이곳에 머물렀지. 그날 동쪽에서 솟아오르는 태양의 첫 번째 빛을 이마에 받기 위해서였어. 햇살이 황제의 눈을 비추면 황제 자신이 새로 떠오르는 태양이 되는 거였지. 밤새도록, 그리고 다음날 아침까지 신관들이 쉬지 않고 기도를 드렸지. 그러면 그 소리가 별들을 향해 올라갔어. 신관들은 아후라 마즈다의 상징인 황제에게 빛을 내려달라고 기원했다네. 여기 있는 모든 것이 저마다 무엇인가를 상징하고 있지. 도시 전체가 그렇다네. 자네가 보았던 왕국의 그림들과 부조들이 모두 그렇다네."

"우리가 지금…… 그 상징물을 불태우고 있는 것인가?"

에우메네스가 띄엄띄엄 물었다.

"그렇지. 그 내면의 인을 하고 있는 것이지. 이 도시는 70년하고 여섯 달 전, 완전 일식이 일어난 다음날 설계되었네. 두말할 필요도 없이 이 민족의 신앙을 나타내는 기념비지. 이 세상이 그 어떤 어둠에 의해서도 지배되어서는 안 된다는 신앙 말일세. 자, 보게. 어디를 봐도 어둠을 물리치는 빛이 있지. 이 민족 최고의 신인 아후라 마즈다의 빛일세. 이들은 자기네 황제를 인간으로 현신한 아후라 마즈다라고 생각하는 거야. 수백 명의 사절단은 왕궁이 어둠에 감싸여 있을 때부터 빛이 들기를 기다린다네. 침묵을 유지한 채 성스런 빛이 금빛의 궁정으로, 왕궁의 넓은 뜰로 퍼져나가길 기다리는 거지. 그런 다음, 화려하게 성장한 행렬들이 행진을 시작하는 거야. 운 좋게 그 광경을 지켜보았던 크테시아스와 그리스 작가들이 그 광경을 설명해주고 있네. 계단과 그 난간을 장식한 부조들을 봐도 알 수 있지. 자, 보게나. 페르시아인들은 오늘 그들이 가장 잔인하고 지독하다고 생각하는 신성 모독을 목격한 것일세. 가장 신성한 것으로 생각하던 불이 그들의 수도를 태웠어. 그것도 영원한 불에 경의를 표하기 위해 건설되었던 수도를 말일세. 그들의 시체도 불에 타버린 것이지."

칼리스테네스가 침울한 어조로 말했다.

"하지만 그들도 한때 온갖 잔인한 짓을 다 저질렀지. 자네도 그 불쌍한 그리스인들을 보지 않았나. 그들이 당한 비인간적인 고문에 대해 듣지 않았나. 이처럼 경이로운 도시를 건설한 다리우스 황제와 크세르크세스는 무기와 불을 들고 우리 땅을 침략했던 사람들일세. 바로 그들이 테르모필라이에서 레오니다스 대왕의 목을 잘랐지. 그리고 고문당한 시체를 십자가에 못박고 우리 신전을 갖은 방법으로 모욕한 후 불태워버렸어……."

에우메네스가 말했다.

"맞네. 그런데 그 이유를 아나? 저길 보게."

칼리스테네스가 벽에 적혀 있는 글씨를 가리키며 말했다.

"저 글씨가 무슨 뜻인지 아나? 이렇게 적혀 있지. '나는 다이와 신전을 불태웠다.' 바로 악령의 신전을 불태웠단 말일세. 이게 바로 그들이 저지른 행동에 대한 설명이야. 그들이 보기에, 우리의 신들은 악령이었다네. 그들의 사악한 신 아흐리만이 우주를 재앙에 빠뜨리기 위해 보낸 악령 말일세. 그들은 악령들을 없애 이 세상에 자비를 베풀려 한 것이었지.

이 땅에 사는 민족들은 이방인들과 그 이방인들의 신 가운데서 악마를 본다네. 무섭지만 그런 시각을 바꾸어놓을 방법이 없었어. 그래서 그들은 가장 아름다운 우리 문화를 파괴했지. 그리고 이제 우리가 그들의 가장 아름다운 작품들을 파괴하고 있는 것이고……."

할말이 없었기 때문에 두 사람은 입을 다물었다. 죽어가는 도시의 울음과 통곡소리가 침묵의 자리를 대신했다.

황태후는 사흘 후에야 페르세폴리스의 약탈에 대해 알게 되었다. 황태후에게 그 소식을 전해준 사람은 불사조 근위대원이었다. 그는 사흘 동안 한시도 쉬지 않고 협로들을 넘어왔다. 무방비상태의 도시에서 벌어진 대학살, 경이롭고도 아름다움을 자랑하던 도시가 완전히 파괴되었다는 소식을 듣자 황태후는 비 오듯 눈물을 흘렸다. 전사 역시 황태후 앞에 엎드려 함께 흐느꼈다.

전사가 말했다.

"황태후 마마, 저는 죽어 마땅합니다. 저를 죽여주십시오. 저는 악령 같은 그 작은 야우나를 이미 오래 전부터 알고 있었습니다. 모든 게 제 잘못입니다. 아주 오래 전 마케도니아에서 사냥대회가 열렸을 때 그를 살려준 사람이 바로 접니다. 그리고 이수스 전투에서 그가 저를 살려주었고 자유를 주었습니다. 악령이 잔인한 본성을 숨기기 위해 그런 선행을 표시한다는 것을 저는 몰랐습니다. 그의 목에 단검을 꽂는 대신 그에게 감사를 표시했습니다. 지금 벌어진 일은 그 결과입니다. 저를 죽여주십시오, 황태후 마마. 어쩌면 저의 죽음으로 인해 신들의 분노가 가라앉고 우리편이 되기로 마음을 바꾸실지도 모릅니다. 우리에게서 굴욕과 패배의 어둠을 거둬가주실지도 모릅니다."

황태후는 두 뺨을 눈물로 적신 채 꼼짝도 않고 앉아 있었다. 그녀는 연민이 가득 담긴 눈으로 전사를 바라보며 말했다.

"일어나게나, 충성스런 나의 친구. 자네의 너그러운 마음과 용기를 자책하지 말게. 이런 일이 벌어진 것은 운명 때문이야. 키루스 대왕께서 사르디스를 점령하고 그 도시에 불을 질렀을 때, 불행을 당한 리디아인들이 무슨 생각을 했겠는가? 대왕께서 바빌로니아의 대왕을 쇠사슬로 묶고 그 수도를 차지했을 때 바빌로니아인들은 무슨 생각을 했겠는가? 우리 역시 불을 지르고 학살을 했네. 수많은 반란을 피로 진압했고 신전과 사당들을 불태웠네. 캄비세스 대왕은 성우聖牛인 아피스8)를 이집트인들 앞에서 살해하셨지. 이집트 민족은 아피스를 살해하는 것이 가장 잔인한 신성 모독이라고 생각하는데도 말이야. 크세르크세스 대왕은 아테네의 아크로폴리스에서 신전들을 모두 불태워버리셨네. 그 일로 시민들은 자신들이 살던 집을 버리고 작은 섬으로 피신해야 했네. 그 작은 섬에서 밤하늘을 타고 올라오는 도시의 불길을 봐야 했지. 모두 사관들에게서 들은 이야기네. 이제 우리가, 우리의 경이로운 도시가, 우리의 신전들이 똑같은 운명에 처할 차례가 된 거야. 알렉산드로스가 나빠서가 아니네. 난 그가 얼마나 다정한 사람인지 알고 있네. 내게 능력이 있었다면, 내가 그곳에 있었다면 사정은 달라졌을 거야. 나는 그에게 자비로운 마음을 불어넣도록 도와주었을 텐데. 아후라 마즈다의 빛이 그의 내부에 들어 있는 아흐리만의 어둠을 물리치게 도와줄 수 있었을 텐데. 자네는 알렉산드로스의 눈을 보았나?"

"예, 마마. 그 눈을 보자 너무나 두려웠습니다."

황태후는 소리 없이 다시 눈물을 흘렸다. 그러다가 고개를 들고 물었다.

"이제 어디로 갈 건가?"

"다리우스 폐하께서 계시는 북쪽으로 가려 합니다. 폐하를 위해 목숨을 바치려고 합니다. 황태후 마마, 제게 축복을 내려주십시오. 눈과 추위

---

8) 고대 이집트 신화에 나오는 성우聖牛

속에서 얼어죽지 않고 배고픔과 갈증과 고통을 견뎌낼 수 있도록 축복
해주십시오.”

그가 무릎을 꿇고 고개를 숙였다. 황태후는 떨리는 손을 들어 그의
머리 위에 올려놓았다.

“행운을 비네. 그리고 불행한 내 아들, 다리우스 황제에게 전하게. 황
제를 위해 기도하겠다고”

“그렇게 전하겠습니다.”

불사조 대원이 대답했다. 그리고 그 자리를 떴다.

알렉산드로스는 다음날 늦게 잠자리에서 일어났다. 그리고 놀란 얼굴로 주위를 둘러보았다. 마치 악몽에서 깨어난 기분이었다. 그의 동료들은 무장을 갖추고 왕좌 옆에 정렬해 있었다.

"파르메니오 장군은 어디 계시나?"

대왕이 물었다.

"도시 밖 병영에, 약탈에 참가하지 않은 병사들과 함께 계시네."

셀레우코스가 대답했다.

"그러면 클레이토스 장군은?"

"마찬가질세. 몸이 좋지 않다고 하네. 이곳에 오지 못한 것을 용서해 주게."

"나만 홀로 남겨두었군."

대왕이 무슨 생각이라도 하듯 중얼거렸다.

"대체 무슨 소린가, 알렉산드로스 우리가 함께 있지 않나!"

헤파이스티온이 소리쳤다.

“자네가 무슨 일을 하든, 무슨 일이 벌어지든 앞으로도 우리는 같이 있을 걸세. 그렇지 않나?”

헤파이스티온이 동료들을 돌아보며 물었다.

“그렇지.”

모두들 당연하다는 듯이 대답했다.

“이제 됐네.”

알렉산드로스가 말했다.

“돌격부대의 정찰대를 데리고 도시를 곳곳을 다니며 포고를 하게. 모든 병사들은, 그리스·마케도니아·테살리아·트라케·아그리아인들은 한 명도 빠짐없이 페르세폴리스를 떠나 성밖 야영지로 물러나라고 알리게. 이곳에는 정예부대와 내 호위부대만 남을 걸세.”

명령을 받은 동료들은 밖으로 나갔다.

알렉산드로스와 에우메네스, 그리고 칼리스테네스는 통역관 한 명과 아직도 공포에 질려 있는 환관들을 데리고 왕궁을 둘러보았다. 아파다나를 지나 진짜 왕좌가 있는 홀로 들어갔다. 넓이와 길이가 200피트쯤 되는 어마어마한 홀이었다. 시트론나무로 만들어진 1백 여개의 기둥들이 천장을 떠받치고 있고 벽에는 황금색과 진홍색 그림이 그려져 있었다. 천장과 기둥의 꼭대기에도 그림과 조각이 장식되어 있었다. 나무로 된 왕좌에는 상아로 무늬가 새겨져 있었다. 왕좌 뒤쪽 벽에는 우산과 타조 깃털로 만든 부채가 기대어져 있었다. 황제의 접견이 있는 날이면 예복을 갖춰 입은 시종들이 이것들을 이용했다.

일행은 그곳을 지나 곧장 보물을 보관해둔 방으로 갔다. 열쇠를 가진 네 명의 환관이 문을 열었다. 크고 묵직한 청동 문이 경첩 위로 서서히 굴러갔다. 넓은 방이 새 주인 앞에 모습을 드러냈다. 방에는 창문이 하나도 없었다. 빛은 방금 연 문을 통해 들어와 방의 일부분만 환하게 비추었다. 하지만 사람들은 방 안에 비친 그 일부만으로도 깜짝 놀라지 않을 수 없었다. 아케메네스 대왕의 인장이 찍혀 있거나 다리우스 1세의 초상이 찍힌 금은 주괴가 수천 개나 있었다. 화살을 쏘는 자세의 초상은 금화에도 찍혀 있었다. 바로 '다리크[9]'라고 불리는 금화였다. 금화는 수십 개의 양동이에 가득 담겨 있었다. 양동이는 바닥뿐 아니라 선반 위에도 수십 개가 나란히 놓여 있었다.

환관들이 등불을 마련해 어두운 방 안을 비추었다. 등불이 움직일 때마다 수천 개의 금화에서 반사된 빛이 방 안을 밝혀주었다.

대왕과 에우메네스와 칼리스테네스는 방 한가운데로 나 있는 통로로 들어갔다. 걸음을 옮길 때마다 그들의 놀라움은 점점 더 커졌다. 금화나 주괴만 있는 것이 아니었다. 근 2백 년간이나 드넓은 지역을 지배하면서 획득한 귀중품들이 한 구역을 가득 메우고 있었다. 바구니에는 형형색색의 보석들이 흘러넘쳤다. 청동 제품들과 목걸이, 촛대, 석상, 옛 신전에서 가져온 봉헌 그림들도 있었다. 열병용 혹은 전투용으로 사용되는 온갖 형태의 훌륭한 무기들도 있었다. 화려한 깃털로 장식된 투구와 갑옷. 일직선, 곡선, 뱀 형태의 단검들. 은박이나 금박을 한 청동 방패, 상아나 은으로 장식을 붙이고 그림을 그린 나무 방패들. 그 외에도 정강이받이, 가죽 허리띠, 청금석과 산호로 장식된 벨트 에나멜, 황금, 은을 입힌 타일들. 흑단과 상아 가면. 인도, 아시리아, 이집트인들이 사용하던 목걸이와 흉대. 이집트의 파라오들과 그리스 왕들, 스키타이 부족장과 인도 대왕들이 쓰던 왕관들. 흑단, 상아, 황금, 청동, 은과 호박으로 만들어진 홀[笏]과 지휘봉들도 즐비했다.

이집트산 리넨, 시리아산 아마, 이오니아산 모직, 페니키아산 자줏빛 천들도 있었다. 그 외에도 다양하고 진기한 색상의 직물들이 산적해 있었다. 그것들은 대륙 중앙의 사막과 파로파미수스 너머에서 온 것들이

---

9) 다리우스 금화

라고 환관이 말해주었다. 인도에서 생산된 또 다른 형태의 천들도 여러 필 눈에 띄었다. 그것은 리넨처럼 시원하고 염색하기도 쉬웠지만 리넨보다 훨씬 가벼웠다.

"이걸 입으면 아무것도 걸치지 않은 느낌이 듭니다."

환관이 말했다.

그들이 천천히 앞으로 걸어나가는 동안 환관이 단조로운 목소리로 물품 목록을 읽어갔다.

"다리우스 1세 폐하가 금으로 주조한 다리우스 탈렌트 열두 양동이. 크세르크세스 폐하의 인장이 찍힌 은 주괴가 20탈렌트. 인도 탁실라 국왕 소유였던 거북 갑옷. 스키타이 왕 쿠르반 2세의 소유였던 의장용 검……."

알렉산드로스는 이 놀라운 물건들에 대한 내용을 모두 다 들으려면 한 달은 걸릴 것이라고 생각했다. 하지만 눈부신 물건들, 각양각색의 놀라운 장식들에서 눈을 뗄 수 없었다.

"금화와 은화, 주괴를 합쳐서 모두 얼마나 되지?"

대왕이 에우메네스에게 물었다.

환관은 자신이 대답할 수 있게 해달라는 듯 간절한 눈빛을 띠었다. 알렉산드로스가 허락했다.

"모두 12만 탈렌트입니다."

환관이 말하자 에우메네스의 얼굴이 하얗게 질렸다.

"지금 12만…… 12만 탈렌드라고 했느냐?"

"분명한 액수를 말씀드린 겁니다."

환관이 태연하게 대답했다. 그들은 이 지구상의 귀중품들이 가장 많이 쌓여 있는 방에서 나왔다. 에우메네스가 계속 같은 말을 되풀이했다.

"믿을 수가 없군. 오, 세상에! 믿을 수가 없어. 말에게 먹일 건초와 병사들에게 먹일 밀도 부족했던 게 불과 3년 전인데……."

"병사 한 사람당 10미나씩 나눠주게."

"지금 병사 모두에게 10미나씩 나눠주라고 했나?"

"그래, 그 정도는 받을 만한 자격이 있네. 장교들에게는 1탈렌트를 주고 보병과 기병대대 지휘관들에게는 5탈렌트를 주게. 그리고 장군들에게는 10탈렌트를 나눠주게. 총액이 얼마나 되는지 내게 알려주게."

"지구상에서 제일 부유한 군대가 되겠군. 그런 돈을 받으면 어떤 병사라도 부대에 계속 남아 있으려 할 거야. 하지만 이렇게 하는 게 과연 잘하는 일일까?"

에우메네스가 투덜거렸다.

"물론이지. 게다가 그들은 그 돈을 다 쓸 시간이 없을 걸세."

"왜? 다시 출발할 건가?"

"가능한 한 빨리."

하지만 알렉산드로스의 말과 달리 그들은 그곳에서 몇 달 동안 더 머물렀다. 페르세폴리스에는 다리우스 황제의 문서보관국과 공문서국이 있었다. 에우메네스는 다시 진군하기 전에 꼭 해야 할 일이 있음을 알렉산드로스에게 인식시켰다. 무엇보다 지금까지 이뤄놓은 일들을 공고히 다지는 것이 절실했다. 보급품을 운송하고, 점령지의 총독과 통치자들에게 지침을 전달하며, 마케도니아의 섭정자인 안티파트로스와 연락을 취하려면 도로와 통신체계를 정비하는 게 급선무였다. 에우메네스는 또 필리포스 선왕의 암살사건에 페르시아 궁정이 연루되어 있다는 것을 증명해줄 만한 문서들을 찾아보았다. 최소한 원정대가 아나톨리아에 머물고 있을 때, 린케스티데스의 아민타스 왕자와 페르시아 왕궁이 접촉한 흔적을 찾아보려는 것이었다. 하지만 문서가 설형문자로 되어 있어 소수의 번역자가 번역을 하고 그것들을 완전히 분류하려면 몇 년이 걸릴 지경이었다.

한편 에우메네스가 예상했던 대로, 느슨한 생활과 엄청난 액수의 돈을 지급받은 병사들의 태도가 근본적으로 바뀌어갔다. 그것은 대왕의 동료들도 마찬가지였다. 대왕의 동료들은 새롭게 수리한 저택에서 대왕처럼 사는 데 익숙해져갔다.

알렉산드로스는 친구들을 초대해 말을 타고 산책을 나갔다. 그들의 신체를 단련시킨다는 명목 하에 종종 공차기 시합을 벌이기도 했다. 친구들은 마지못해, 단순히 대왕을 기쁘게 해주려고 초대에 응했다. 하지만 일단 놀이가 시작되면 그들은 어린 시절처럼 놀이의 즐거움에 흠뻑 빠지곤 했다.

그 옛날, 펠라 왕궁의 뜰에서처럼 왕궁의 주랑에서 고함과 웃음소리가 다시 울려퍼졌다.

"내게 공을 던져! 공을 패스하라고, 제기랄!"

알렉산드로스가 소리쳤다.

"아까도 너한테 던졌는데 놓쳤잖아!"

프톨레마이오스가 더 큰 소리로 대답했다.

"잡담하지 말고 던져. 대체 뭐 하는 거야? 잠자고 있는 거야?"

레온나토스가 고래고래 소리쳤다. 언제나 제일 먼저 휴식을 청하는 사람은 체력이 약한 에우메네스였다.

"이보게들, 그만하세. 심장이 튀어나오려고 해!"

"무슨 심장이 튀어나온다는 거야! 네 심장 자리엔 장부가 들어 있잖아!"

동작이 가장 민첩한 크라테로스가 빈정거렸다. 하지만 그들이 일상생활에서 이탈하는 시간은 점점 더 짧아졌다. 놀이가 끝나면 권력과 부의 그림자가 다시 그들의 머리 위로 내려앉았다.

어느 날, 에우메네스는 알렉산드로스의 처소로 향했다.

"하루하루 갈수록 사정이 나빠지고 있네."

에우메네스가 말을 꺼냈다.

"무슨 말인가?"

"이제 친구들의 예전 모습을 볼 수가 없어. 프톨레마이오스는 키프로스와 아라비아에서 여자들을 불러왔네. 레온나토스는 이집트에서 가져온 리비아의 부드러운 모래가 깔려 있지 않으면 격투 훈련을 하지도 않아. 리시마코스는 보석들로 장식된 거대한 황금 변기를 만들게 했네. 변기를 말일세. 무슨 말인지 이해하겠나? 셀레우코스에게는 샌들 끈을 묶어주는 노예, 머리를 빗겨주는 노예, 향수를 뿌려주는 노예가 있지. 그리고 또…… 페르디카스는…… 그만두지."

"페르디카스도?"

알렉산드로스가 믿을 수 없다는 듯이 되물었다.

"페르디카스도 마찬가지야. 그는 황제처럼 자줏빛 천으로 된 시트를 침대에 깔게 했다네. 그리고 필로타스도 그렇다네. 그는 언제나 약간 거만하고 으스대는 면이 있었는데, 지금은 더 나빠졌어. 그에 대한 소문이 돌고 있는데……."

대왕이 말을 잘랐다.

"됐네!"

그리고 소리쳤다.

"됐어! 전령을 부르게, 빨리!"

"어떻게 하려고?"

"내 말 못 들었나? 전령을 부르라고 했네!"

에우메네스는 밖으로 나갔다가 곧 전령을 데리고 돌아왔다.

"지금 즉시 프톨레마이오스, 페르디카스, 크라테로스, 레온나토스, 리시마코스, 헤파이스티온, 셀레우코스, 필로타스 장군의 집으로 가거라. 그리고 장군들에게 즉시 내게 오라고 전하라."

대왕이 전령에게 명령했다. 전령이 밖으로 달려나가 말 위로 뛰어올랐다. 전령은 대왕이 말한 사람들의 집으로 가서 명령을 전했다. 장군들이 집에 없으면 하인들에게 전했다. 전령들은 단지 명령뿐만 아니라 대왕의 기분까지 전해주었다. 때문에 하인들은 불안해하며 자신들의 주인을 찾아 사방으로 달려갔다.

"아마 공차기 시합을 하려는 걸 거야."

레온나토스는 왕궁의 계단을 올라가면서 페르디카스에게 말을 걸었다. 그는 알렉산드로스가 왜 자기들을 불렀는지 나름대로 추측했다.

"이상하군. 공차기 시합을 하려고 기병대의 전령을 보낸 적이 있었나?"

"내 생각으로는, 출정을 하려는 것 같은데……."

때마침 도착한 리시마코스가 끼어들었다.

"출정? 어디서 싸우려고?"

숨이 턱에 차서 도착한 셀레우코스가 물었다. 에우메네스가 현관 입구에서 스핑크스 같은 얼굴로 그들을 맞았다. 에우메네스는 그들에게 단 한마디밖에 하지 않았다.

"저 안에 있네."

"자네는 가지 않나?"

프톨레마이오스가 물었다.

"나? 난 관계없는 일이야."

에우메네스는 친구들을 안으로 들여보낸 다음 등 뒤로 문을 닫았다. 그는 안에서 무슨 이야기가 오가는지 들어보려고 귀를 기울였다. 알렉산드로스가 어찌나 크게 소리쳤던지 에우메네스는 문의 자물쇠 부분에 대고 있던 귀를 떼야 했다.

"자줏빛 시트라고?"

대왕이 고함쳤나.

"황금 변기라고? 격투를 하려고 이집트에서 모래를 실어와? 여기에는 모래가 없어서 말이지, 그렇지 않나? 아니면 너무나 부드러운 자네 엉덩이에는 이곳 모래가 너무 거친가?"

대왕이 레온나토스 옆으로 다가가며 빈정거렸다.

"무기력한 인간들! 이게 지금 자네들의 모습이야! 자네들이 이런 꼴로 변하는 걸 보려고 여기까지 데려왔다고 생각하나?"

프톨레마이오스가 대왕을 진정시키려 했다.

"알렉산드로스, 들어보게……."

"자네도 입 닥치게. 키프로스와 아라비아에서 창녀들을 데려왔다고? 나는 세상을 바꾸기 위해 자네들을 여기까지 데려왔네. 호사스러운 생활을 하며 유약한 인간이 되라고 데려온 게 아니란 말이야. 우리가 무찔렀던 사람들과 똑같은 방식으로 살기 위해 전투를 했던 건가? 우리가 행군하고 더위와 추위와 배고픔과 부상을 견뎌낸 게 바로 이런 생활을 위해서였나? 우리가 굴복시켰던 사람들처럼 되기 위해서였나? 페르시아인들이 우리에게 패한 게 바로 그 때문이라는 걸 몰랐단 말인가? 지금 자네들처럼 살았기 때문에 페르시아인들이 패한 걸 몰랐나?"

"그렇다면……."

페르디카스는 이렇게 말하고 싶었다.

'무엇 때문에 페르시아 통치자들을 내쫓지 않고 그대로 놓아두는 건가?'

하지만 대왕은 페르디카스에게 말할 기회를 주지 않았다.

"조용히 하게! 내일부터 모두 예전처럼 병영의 막사에서 생활하게. 모두 직접 자기 말을 빗겨주고 자기 갑옷을 닦게. 그리고 내일 모레 나와 함께 산으로 사자 사냥을 가세. 자네들 엉덩이가 무거워져 사자들에게 사지가 찢기는 한이 있어도 나는 손가락 하나 까닥하지 않을 거야. 내 말 알아들겠나?"

"잘 알겠습니다, 폐하!"

모두 함께 큰 소리로 외쳤다.

"그러면 이제 썩 꺼지게, 가버려!"

모두들 서둘러 문을 나서 계단 밑으로 사라졌다. 그때 전령이 돌아와 필로타스 장군을 찾지 못했으나 곧 연락이 올 거라고 알렸다. 에우메네스가 알았다고 고개를 끄덕이며 동료들을 뒤따라가려 할 때였다. 알렉산드로스가 부르는 소리가 들렸다.

"나 여기 있네."

에우메네스가 대답하며 다시 안으로 들어갔다.

"필로타스가 안 보이더군."

"찾지 못했다는군. 다시 찾아오도록 할까?"

"아닐세, 내버려두게. 내 잔소리가 모든 사람들의 귀에 들어갈 테니까. 그런데 자네는 그 많은 황금으로 뭘 하고 있나?"

"분수에 넘지 않게 잘 살고 있네. 나머지는 노후를 위해 저축을 해두었네."

"잘했군. 무슨 일이 일어날지 아무도 모르는 거야. 혹시 내일이라도 돈을 꿔야 하는 일이 생기면 누구에게 부탁해야 할지 알겠네."

알렉산드로스가 말했다.

"이제 가도 되겠나?"

"그럼, 물론이지."

에우메네스가 막 밖으로 나가려 할 때였다.

"잠깐만."

"무슨 일인가?"

"내 명령은, 당연히 자네에게도 효력이 있는 것일세."

"어떤 명령 말인가?"

"병영 막사에서 생활해야 한다는 것 말이야."

"당연하지."

에우메네스가 알렉산드로스를 흉내내듯 말했다.

며칠 뒤, 알렉산드로스가 에우메네스를 불렀다. 알렉산드로스는 군대가 북쪽으로 행군하면 페르세폴리스의 보물을 전부 엑바타나로 옮길 계획이었다. 에우메네스는 이런 결정에 적잖이 놀랐다. 그가 보기에 이 계획은 끔찍한 대가를 치르는 것말고는 무의미해 보였다. 그는 자신의 의견을 말하려다 그만두었다. 대왕의 결정이 번복되지 않으리라는 건 너무나 분명했다.

에우메네스는 두 달 이상이 걸릴 이 작업을 위해 노새 5천 쌍과 낙타 1만 마리를 준비했다. 메디아 산악지대의 오솔길로 마차가 지나간다는 것은 거의 불가능했기 때문이었다. 에우메네스는 이런 일을 감행하기로 한 알렉산드로스의 의중을 알 수 없었다. 알렉산드로스에게 물어보기도 했는데, 그때마다 막연하고 애매한 대답뿐이었다. 결국 그는 이 일에 대해 더 이상 질문하지 않았다. 하지만 에우메네스의 마음 깊은 곳에는 어떤 극적인 사건이 벌어질 것 같다는 불길한 예감이 지워지지 않았다.

대왕의 동료들은 알렉산드로스가 내린 명령을 얼마 동안은 잘 따랐다. 그러다가 헤파이스티온이 대왕 곁에서 지내고 싶으니 저택으로 돌아갈 수 있게 해달라고 부탁했다. 대왕은 그 요청을 거절할 수 없었다. 그후 다른 친구들도 이런저런 핑계를 대며 다시 도시로 돌아와 지내고 싶다고 요청했다. 그들은 검소하고 소박한 생활을 하겠다고 엄숙하게 약속했다. 알렉산드로스는 결국 허락하고 말았다.

그럭저럭 봄이 지나가고, 파괴되었던 도시는 서서히 깊은 상처에서 회복되었다. 하지만 예전의 화려했던 모습은 찾아볼 수 없었다. 그 사이 아직 정복하지 못한 제국의 북쪽 지방에서 새로운 소식이 도착했다. 다리우스가 다시 군대를 모아 카스피 해 근방의 카프카스 산맥에서 저항할 준비를 하고 있다는 것이었다. 알렉산드로스는 시간을 주지 않기 위해 다시 출정하기로 결정했다. 그는 페르세폴리스에서의 휴식기간을 의미 있게 마무리하기 위해 기억에 남을 잔치와 연회를 준비하게 했다.

넓은 왕궁의 방마다 수백 개의 등불이 밝혀졌다. 왕궁 식당의 요리사들은 진수성찬을 준비했다. 환관들은 아름답고 매력적인 처녀들을 골랐다. 그녀들은 그리스 풍습에 따라 반나체로 연회 시중을 들 예정이었다. 연회장에는 거대한 황금 항아리들이 놓여졌다. 페르시아 황제의 보물을 엑바타나로 옮길 때 빼놓은 것이었다. 그 항아리에는 포도주와 동양의 향기 좋은 음료수들이 담겨 있었다.

식탁 위에도 페르시아 황제가 쓰던 황금잔과 은잔들이 놓여졌다. 장미와 백합을 꽂아놓은 화병들도 여기저기 놓여졌다. 그 꽃들은 유일하게 불타지 않은 왕궁의 정원에서 꺾어온 것이었다.

해가 지자 곧 잔치가 시작되었다. 에우메네스는 헤파이스티온이 '연회의 주인'으로 지명되는 것을 지켜보았다. 헤파이스티온은 포도주에 물을 섞지 않고 손님들에게 드리라고 명령했다.

"자네는 연회를 즐기지 않을 텐가?"

갑자기 칼리스테네스가 에우메네스의 등 뒤에 나타나 물었다.

"난 별로 먹고 싶은 생각이 없네. 그리고 모든 게 잘 진행되고 있는지 살펴봐야 한다네."

에우메네스가 대답했다.

"오, 광경을 즐기기 위해 맑은 정신으로 있고 싶다는 건가?"

"어떤 광경?"

"글쎄, 나도 모르지. 하지만 분명 무슨 일인가 일어나려 하고 있어. 이 연회는 아무 의미가 없어. 기괴하지. 난 서쪽 문에서 왔네. 등불이 환히 밝혀진 왕궁은 폐허가 된 도시와 극적인 대조를 이루더군. 우리는 몇 달 전부터 도시에 머물렀는데 알렉산드로스는 지금까지 집을 한 채도 지어주지 않았어."

"집 짓는 것을 막지도 않았네."

"그렇지, 막지는 않았지. 하지만 귀족들과 재산을 지닌 사람들이 도시를 떠날 때까지 아무 조치도 취하지 않았지. 지금 도시에는 가난한 사람들밖에 남아 있지 않네. 이것은 이 도시가 사형 선고를 받았다는 것을 뜻하지. 그리고 그로 인해……."

에우메네스가 악몽 같은 환영을 쫓아내기라도 하듯 손을 내저었다.

"난 듣고 싶지 않네."

"파르메니오 장군은 어디 계시지?"

칼리스테네스가 돌연 화제를 바꾸며 물었다.

"여기 안 계셔."

"자넨 그 사실을 아무렇지도 않게 받아들이는 것 같군. 그럼 클레이토스 장군은?"

"못 봤네."

"그렇겠지. 장군이 초대자 명단에 있기나 한지 모르겠군. 지금 들어오고 있는 사람을 좀 보게."

에우메네스가 몸을 돌렸다. 눈부시게 아름다운 타이스가 걸어오고 있었다. 그녀는 맨발에다 지난번 대왕 앞에서 춤을 추었을 때처럼 아주 대담하게 옷을 입고 있었다.

"저애가 알렉산드로스와 잠을 잔 것 같더군. 좋은 일은 아닌 것 같아."

"내 생각도 그렇다네. 하지만 좋지 않은 일이 꼭 최악의 상태를 불러온다고 말할 수는 없어."

에우메네스의 대답에 칼리스테네스는 아무 대답도 하지 않았다. 칼리스테네스는 뒤쪽 주랑으로 나가 '크세르크세스의 문'이라고 불리는 곳으로 갔다. 그곳에서는 왕궁 뒤쪽으로 우뚝 솟은 산과 산기슭의 무덤들이 보였다. 무덤들은 바위를 파서 만든 것으로, 등불이 밝혀져 있었다. 그 무덤에는 아케메네스의 대왕들이 묻혀 있었다. 그 중에는 아직 완성되지 않은 다리우스 3세의 무덤도 있었다. 연회에 참석한 사람들이 떠드는 소리가 점점 더 어지럽게 들려왔다.

갑자기 음악소리가 들렸다. 그 소리는 지금까지 들려오던 소음을 압도했다. 격정적인 춤에 맞춰 연주되는 큰북과 팀파니 소리였다. 칼리스테네스는 눈을 들어 하늘을 바라보며 중얼거렸다.

"어디 계세요, 아리스토텔레스 삼촌?"

아파다나의 넓은 홀을 지켜보던 에우메네스는 연회가 너무 빨리 퇴폐적으로 변질되어가고 있음을 알아차렸다. 타이스는 팀파니 음에 맞춰 회오리바람처럼 돌며 춤을 추었다. 빙글빙글 돌 때마다 짧은 키톤이 올라가 조각 같은 그녀의 음부와 엉덩이가 드러났다. 그럴 때마다 그녀를 바라보던 사람들은 온갖 종류의 음란한 말들을 외쳐댔다.

타이스가 갑작스럽게 사람들 앞으로 휙 몸을 돌리더니 엄지발가락 끝으로 우뚝 멈춰 섰다. 그녀는 고양이 같은 선정적인 동작으로 천천히 바닥에 웅크리고 앉았다. 그동안에도 음악은 끊이질 않았다. 마치 그녀가 움직이는 대로 음악이 좇아다니는 것 같았다. 그녀는 다시 일어나 마이나스처럼 티르소스[10]를 움켜쥐었다. 포도넝쿨에 휘감긴 티르소스의 맨 위에는 솔방울이 달려 있었다. 타이스가 그것을 높이 쳐들며 뭔가에 홀린 듯이 큰 소리로 외쳤다.

"코모스!"

그녀는 숲 속 나무 사이를 돌아다니는 마이나스처럼 기둥들 사이로 이리저리 돌아다녔다. 그녀는 격정적인 춤으로 사람들을 유혹했다. 제일 먼저 응답한 사람은 알렉산드로스였다.

"코모스!"

그러자 모두들 대왕의 소리를 따라했다.

"코모스!"

타이스는 벽에 걸려 있는 횃불을 움켜쥐었다. 그리고 사람들이 모두

---

10) 디오니소스와 그의 시종 및 무녀들이 들고 다니는 지팡이

자리에서 일어나 자신처럼 격정적인 춤을 추도록 부추겼다. 타이스는 알현실과 복도, 왕궁의 내실들을 가로지르며 춤을 추었다. 억제할 수 없는 흥분으로 한껏 발기한 남자들과 반나체 혹은 나체가 된 여자들이 그 뒤를 따랐다. 여자들은 관능적인 몸짓으로 남자들의 욕망을 자극했다.

"디오니소스 신께서 우리 가운데 계십니다!"

타이스가 외쳤다. 손에 들고 있는 횃불이 눈에 반사되어 그녀의 눈이 이글거렸다. 모두들 한 목소리로 대답했다.

"에우오이11)!"

"디오니소스 신께서는 이 야만인들에게 복수하기를 바라십니다!"

"에우오이!"

포도주와 욕망에 정신을 빼앗긴 남자와 여자들이 함께 외쳤다.

"전투 중 사망한 우리 병사들, 파괴된 우리 신전, 불타버린 우리 도시의 원수를 갚아줍시다!"

타이스가 외쳤다. 그리고는 문 옆에 걸려 있는 두터운 자주색 커튼을 향해 횃불을 내던졌다.

"그렇다! 원수를 갚자!"

알렉산드로스가 정신이 나간 것처럼 그녀의 말을 따라했다. 그리고 커다란 시트론나무 가구를 향해 횃불을 집어던졌다. 벽에 붙어 그들을 뒤따르던 에우메네스는 그 어리석은 행동을 무기력하게 지켜보았다. 그리고 미친 짓을 멈춰줄 사람이 없는지 찾아보았다. 하지만 열에 들뜬 무리 속에서 이성의 눈빛을 가진 사람은 단 한 명도 찾을 수 없었다.

요란한 소리를 내며 불길이 치솟았다. 방 안은 불길에서 반사되는 주홍빛으로 인해 대낮처럼 환했다. 악령에 사로잡힌 듯 사람들은 고함을 지르며 거대한 홀로, 정원으로, 주랑으로 흩어지며 불을 질렀다.

---

11) 디오니소스 축제에서 디오니소스 신을 부르거나 디오니소스적 희열을 표현할 때 사용하는 감탄사

경이로운 왕궁은 삽시간에 회오리 같은 불길에 휩싸이고 말았다. 레바논의 시트론나무로 만든 수백 개의 기둥은 횃불처럼 불타올랐다. 불길은 천장을 핥으며 대들보와 격자천장으로 번져갔다. 사나운 불기둥 때문에 대들보는 쩍쩍 소리를 내고 갈라졌다.

참을 수 없을 정도의 열기가 사방으로 퍼졌다. 사람들은 넓은 뜰로 뛰쳐나와 춤과 노래와 섹스를 계속했다. 에우메네스는 어쩔 줄 몰라하다가 옆문을 통해 왕궁에서 빠져나왔다. 바깥 계단 쪽으로 나가던 그는 아트리움의 카펫 위에 누워 있는 알몸의 타이스를 보았다. 그녀는 무아의 상태에 빠져 신음소리를 내며 몸을 비틀었다. 그녀는 알렉산드로스와 헤파이스티온을 동시에 만족시키고 있었다.

페르세폴리스의 폐허더미 속에서 살고 있던 주민들이 자신들의 오두막에서 달려나왔다. 그들은 정신나간 사람들이 저지른 미친 짓의 결과를 똑똑히 지켜보았다. 세계 그 어느 궁전보다도 아름다웠던 왕궁이 불길에 잠겨 폭발하고 있었다. 왕궁이 지옥의 불길 같은 불꽃 속에서 무너지고 있었다. 회오리 같은 검은 연기가 무너지는 왕궁을 에워싸며 별과 달을 가렸다. 페르시아인들은 얼어붙은 듯 꼼짝하지 않고 서서 눈물을 흘리며 그 광경을 바라보았다.

다음날, 이 세상에서 가장 아름다웠으나 지금은 잿더미로 변한 왕궁이 모습을 드러냈다. 잿더미는 사방으로 두께가 4~5큐빗이나 되었다. 날개 달린 황소 모양의 주두와 돌기둥들만 잿더미 속에 불쑥 솟아 있었다. 왕궁의 문들, 기단들, 주춧돌, 그리고 새해의 대행렬과 황실 근위대를 새겨놓은 긴 계단은 검게 그을려 있었다. 그것들은 이 재앙을 수천 년 동안 말없이 증명하게 될 것이었다.

새벽녘이 되어서야 알렉산드로스는 병영에 있는 자신의 막사에 도착했다. 그는 침대 위에 몸을 던져 깊고 불안한 잠 속으로 떨어졌다. 새벽이 지나자 파르메니오 장군이 대왕의 천막에 나타났다. 페체타이로이 호위병들이 칼을 들이밀며 그를 제지해보려 했지만 소용없었다. 노장군은 사자처럼 으르렁거렸다.

"모두들 옆으로 비켜라! 난 폐하를 만나야 한다!"

렙티나가 두 손을 저으며 장군 쪽으로 걸어왔다. 그녀 역시 장군을 막아보려 애썼다. 하지만 노장군은 거친 몸짓으로 그녀를 밀친 다음 시끄럽게 짖어대는 페리타스를 사나운 눈으로 노려보았다.

"너도 비켜라!"

그때 알렉산드로스가 침대에서 뛰어내리며 소리쳤다.

"누가 감히……."

"나요!"

파르메니오가 대왕 못지않게 큰소리로 외쳤다.

알렉산드로스는 마치 선왕인 필리포스가 천막 안으로 들어오기라도 한 것처럼 순식간에 분노를 가라앉혔다. 그는 대야가 있는 곳으로 가서 찬물에 얼굴을 담갔다. 머리가 깨질 것처럼 아팠다. 그는 여전히 아무것도 걸치지 않은 몸으로 예기치 않는 손님 곁으로 갔다.

"무슨 일입니까, 장군?"

"대체 왜 그러셨습니까? 왜 그토록 아름다운 왕궁을 파괴하셨나요? 아리스토텔레스가 당신에게 가르친 게 겨우 이런 것입니까? 이게 중용입니까? 이것이 아름나움과 고결함에 대한 존경입니까? 당신은 전 세계가 보는 앞에서 당신이 인시지이고 야만적이라는 것을 보여주었소 신처럼 행동할 수 있다고 믿는, 거만함과 불손함을 전 세계에 보여주었다고요! 나는 당신의 가족을 위해 내 일생을 바쳤소 이 원정에서 나는 사랑하는 아들을 잃었소 전투가 있을 때마다 한 번도 빠짐없이 당신의 군대를 지휘했소 그러니 당신의 대답을 들을 권리가 있소이다!"

"만약 다른 누군가가 지금의 장군처럼 말하고 행동했다면 그는 이미 죽은목숨이었을 것이오. 하지만 장군이니까 대답해드리리다. 내가 왜 그런 짓을 했는지 말씀드리겠소. 나는 그리스인들에게 뭔가를 보여주고 싶었소. 페르시아에 복수할 수 있는 사람은 나뿐이라는 것을 알려주고 싶었소. 그래서 나는 병사들에게 페르세폴리스를 약탈해도 좋다고 허락한 겁니다. 그들의 복수를 인정할 수 있는 사람은 나 하나밖에 없습니다. 그리스와 페르시아간의 세기적인 대결을 끝맺음할 수 있는 사람도 나뿐이라는 것을 알게 하려고 말입니다. 그래서 나는 아테네 여자가 다리우스와 크세르크세스의 왕궁을 불태우기를 바랐습니다. 도시가 모두 파괴되었는데, 왕궁을 보존한다는 게 무슨 의미가 있겠습니까? 걱정하지 마십시오. 보물과 공문서국의 자료들은 엑바타나와 수사로 옮길 것입니다. 나는 그 작업에 필요한 시간을 충분히 확보해놓았습니다.”

“하지만……..”

“우리는 출발할 겁니다, 장군. 제국의 가장 먼 지방에 가 있는 다리우스를 추적할 겁니다. 이 왕궁이 보물과 함께 남아 있다면 그것은 누구에게나 강렬한 유혹이 될 것입니다. 마케도니아 통치자들에게도 예외는 아니지요. 이 왕궁에서 느낄 수 있는 분위기, 커다란 홀들, 아케메네스 왕조의 위대함을 상징하는 조각품들, 그리고 그 왕좌……. 모두가 공허한 것들입니다! 그리고 왕궁 안에 쌓여 있는 황금을 누군가가 소유한다면, 누가 되었든 그는 이 세상에서 가장 힘센 자가 되는 것이오. 귀족들이 모든 것을 감수하며 그것을 차지하려 할 테고 그 왕좌에 앉기 위해, 그 홀을 손에 쥐기 위해 피의 대가를 구하려 할 것입니다. 이 때문에 언제 끝날지도 모를 피비린내 나는 전쟁이 지겹게 벌어질 수도 있습니다. 그런 일이 벌어지게 내버려두어야 합니까? 전 다른 선택을 할 수 없었습니다, 장군. 그것을 이해하시겠습니까? 황새가 집으로 돌아오는 것이 싫으면 황새의 보금자리를 부수어야 합니다. 제가 경이로운 건물을 부순 건 사실입니다. 하지만 때가 되었을 때 더 크고 놀라운 건물을 다시 짓겠다고 하면 누가 나를 막겠습니까? 게다가 난 페르시아와 그 왕의 상징을 파괴했습니다. 그렇게 해서 나는 그리스인들과 이방인들에게 이 땅의 새로운 주인이 누군지 보여주었습니다. 과거는 죽었고 재가 되었으며 새로운 시대가 탄생했다는 걸 보여주었습니다. 왕궁은 아름다웠습니다, 장군. 너무나 아름다웠습니다. 그래서 왕궁을 그 자리에 그대로 놓아둔다는 게 너무나 위험했습니다.”

파르메니오는 고개를 숙였다. 방금 전 에우메네스와 칼리스테네스가 들려주었던 방탕한 연회, 디오니소스의 비명들, 지독한 흥분…… 이 모든 것이 결국은 알렉산드로스의 머릿속에서 미리 계획된 것이었다. 그러니까 지난밤 연회는 한낱 사실적인 연극 공연에 지나지 않았다. 알렉산드로스는 이런 일도 할 수 있었다. 그가 가장 좋아하는 배우 테살로스보다 더 뛰어나고 노련한 배우였다. 그의 행위에 대한 방어 논리들은 정치적·군사적·이념적 관점에서 이론의 여지가 없는 것이었다. 알렉산드로스는 이미 자신이 이 세계의 제왕이라고 생각하고 있으며 그렇게 움직이고 있었다.

대왕은 자신의 서가에서 두루마리를 꺼내와 장군에게 내밀었다.

“읽어보시지요. 지난밤에 도착한 것입니다. 안티파트로스 장군이 스파르타와의 전투에서 승리를 거두었다고 알려왔습니다. 아기스 대왕이 메갈로폴리스 전투에서 싸우다가 쓰러졌습니다. 그리스에서 내가 헬라스 동맹의 맹주가 되는 것을 반대할 사람은 이제 아무도 없습니다. 나는 내가 해야 될 일을 한 것입니다. 수세기에 걸친 그리스인들의 숙적을 쓰러뜨리겠다는 나와의 약속을 지켰습니다. 왕궁을 파괴한 것은 그런 의미이기도 합니다. 이제 난 내 운명을 따르겠다는 생각 외에 다른 생각은 하지 않습니다.”

파르메니오는 시력이 부쩍 나빠져 안티파트로스의 편지를 겨우 읽었다. 그리고 대왕이 무슨 말을 하고 싶어하는지를 알았다.

알렉산드로스가 노장군의 어깨 위에 한 손을 올려놓았다. 그리고 군인 특유의 무뚝뚝함과 엄격함이 담긴 눈길로 장군을 바라보았다. 하지만 그 눈길 속에는 숨길 수 없는 애정이 담겨 있었다.

알렉산드로스가 그에게 명령을 내렸다.

"준비하시죠, 장군. 군대를 소집하고 엄한 규율을 다시 적용시키십시오. 곧 출발할 겁니다."

봄이 막바지에 이르렀을 때 원정대는 움직이기 시작했다. 원정대는 북쪽으로 방향을 잡아 고원 한가운데로 올라갔다. 그들은 왼쪽으로 사막을, 오른쪽으로 눈 덮인 엘람 산맥을 두고 행군했다. 야영을 네 번씩 하며 총 20파라상을 지나왔다. 저녁이 될 무렵, 원정대는 아케메네스 왕조를 세운 키루스 대왕의 고향, 파사르가다에에 도착했다. 파사르가다에는 작은 도시로, 특히 목동들과 농민들이 많이 살고 있었다. 도시 중앙에는 최초의 파이리다에자가 고스란히 보존되어 있었다. 그와 같은 방식의 정원은 지금까지 딘 힌 번도 만들어진 적이 없었다. 그 정원은 기루스의 옛 왕궁을 에워싸고 있었다. 정원을 만든 사람들은 복합적인 관개체계를 이용해 수원지로부터 언덕 밑까지 물을 끌어왔다. 정원에는 풀밭과 장미덤불과 측백나무와 관상용 관목들이 가득했다. 향기로운 금작아, 주목朱木과 노간주나무들이 싱싱한 초록빛으로 자라고 있었다. 정원 옆에는 키루스 대왕의 장엄한 무덤이 서쪽을 바라보며 고적하게 서 있었다.

무덤은 사각형 가죽천막으로 만들어져 있었다. 장식이 전혀 없는 천막은 중앙에서 양쪽으로 경사져 있었다. 그것은 4세기 전 페르시아인들의 시조였던 스텝의 유목민들이 사용하던 것이었다. 그들은 메디아인의 왕인 아스티아게스의 신하로 있다가 나중에 이 거대한 땅의 정복자가 되었다. 단순한 구조의 천막 무덤은 일곱 개의 커다란 계단으로 된 큰 주춧돌 위에 놓여져 있었다. 그 모양은 메소포타미아의 탑과 흡사했다. 주랑이 무덤을 에워싸고 있었으며 그 주랑 안쪽으로 주목이 자라는 정원이 있었다. 주목은 모두 가지치기와 손질이 잘되어 있었다.

아직도 마기 몇 사람과 신관 한 사람이 무덤을 지키고 있었다. 신관은 매일 자신들의 대왕을 기리는 제사를 지냈다. 그들은 알렉산드로스가 다가오는 것을 보고 깜짝 놀랐다. 알렉산드로스가 페르세폴리스에서 어떤 일을 했는지 들었기 때문이었다.

대왕이 그들을 진정시키며 말했다.

"이미 지난 일이오. 그리고 그런 일은 다시 일어나지 않을 거요. 나를 이 무덤으로 안내하시오, 부탁이오. 난 그저 키루스 대왕의 기념물에 경의를 표하고 싶을 뿐이오."

신관은 작은 사당의 문을 열어 대왕을 들어가게 해주었다. 대왕은 아무 말 없이 주변을 돌아보았다. 문에서 들어오는 햇빛이 보잘것없는 석관을 환히 비춰주었다. 석관 위에는 다음과 같은 글이 적혀 있었다.

나는 페르시아의 대왕 키루스다.
내 무덤에 손을 대지 말라.

석관 뒤쪽으로 위대한 정복자의 갑옷이 걸려 있었다. 얇은 철 갑옷과 원추형 투구, 둥근 방패와 칼도 함께 걸려 있었다. 전승 기념물들 중 값나가는 장식이라곤 상아로 된 검 손잡이밖에 없었다.

고원은 깊은 침묵에 잠겨 있었다. 고적하고 장엄한 무덤에는 가벼운 바람소리만 들릴 뿐이었다. 그 순간 알렉산드로스는 운명의 무상함을 느꼈다. 사건들은 빠르게 반복되고 있었다. 제국들은 번성했다가 멸망해 다른 제국들에게 자리를 내주었다. 자리를 이어받은 제국 역시 크고 강력한 국가가 되었다가 그후에는 완전히 잊혀진다. 불멸이라는 것은 꿈에 불과한 것일까? 그때 알렉산드로스는 어머니의 존재를 감지했다. 사당의 어두운 벽 쪽으로 손을 뻗으면 금방이라도 어머니를 만질 수 있을 것 같은 강렬한 느낌이었다. 어머니는 이렇게 말하는 것 같았다.

'넌 죽지 않을 것이다, 알렉산드로스……'

그는 밖으로 나가 계단 끝으로 갔다. 그곳에서 그는 건조하고도 향긋한 대고원의 공기를 들이마셨다. 계단을 내려가기 위해 아래쪽으로 눈을 돌린 알렉산드로스는 아리스탄드로스를 발견했다. 아리스탄드로스는 그가 나오기를 기다리고 있었다.

"여기는 웬일인가, 점술가 양반?"

"목소리를 들었습니다."

"나도 어머니의 목소리를 들었네."

"조심하십시오, 알렉산드로스 폐하. 아킬레우스의 경우를 기억하십시오."

아리스탄드로스가 알렉산드로스의 주의를 일깨웠다. 그는 말을 마친 뒤 총총히 사라져갔다. 바람에 그의 망토가 깃발처럼 펄럭였다.

다음날 원정대는 페르시아 황제에게 예속된 영토를 통과했다. 알렉산드로스는 그 지역을 자신의 영토로 선언했다. 그곳에서 원정대는 메디아의 고원을 향해 점차 높은 곳으로 전진했다. 그때 솔리스의 에우몰푸스가 밀서를 보내왔다.

다리우스 황제는 엑바타나에 있습니다. 그곳에서 대왕궁의 보물을 이용해 스키타이와 카두시인들을 모아 군대를 정비하고 있습니다. '카스피 관문'을 통해 하렘의 여자들을 동쪽으로 보냈습니다. 긴급한 상황입니다. 가능한 한 빨리 폐하께서 도시로 들어오셔야 합니다. 그렇지 않으면 몹시 힘겨운 전투를 치르게 될 것이고, 그 결과도 확실히 알 수 없습니다. 스키타이인들과 카두시인들은 지칠 줄 모르는, 아주 무서운 병사들입니다. 그들은 전면전을 벌이지 않습니다. 급습을 하거나 예상치 못한 선제 공격을 해서 적을 교란시킵니다. 그리고 끊임없는 공격과 후퇴로 적을 지치게 만듭니다. 키루스 대왕도 스키타이인들에게 패한 적이 있다는 사실을 명심하십시오.

편지를 읽은 뒤 알렉산드로스는 즉시 기병대와 보병대를 출발시키기로 했다. 보급 마차 행렬과 보물들은 파르메니오에게 맡겼다. 파르메니오는 페체타이로이 3개 대대와 트라케와 트리발리인 경보병대 1개 대대만 보유했다. 이제 정복해야 할 수도는 남아 있지 않았다. 이번이 마지막이었다.

병사들은 강행군을 했다. 원정대는 산을 기어올라갔다. 때로는 강을 따라 계곡을 오르기도 했다. 주변의 경치는 갈수록 놀라웠다. 현무암처럼 검고 울퉁불퉁한 돌들과 눈 덮인 산 정상이 강렬한 색의 대비를 만들어냈다. 산밑으로는 황갈색을 띤 사막이 넓게 펼쳐져 있었다. 그 사막 가운데 농부와 목동들의 집이 초록의 섬처럼 드문드문 눈에 띄었다. 마을은 물이 흐르는 샘이나 시냇물 근방에 있었다. 군대가 마을을 지나갈 때면 사람들이 바지도 입지 않은 채 오두막 밖으로 뛰어나왔다. 그들은 챙이 넓은 머리덮개를 쓰고 말을 타고 가는 이방인들을 신기한 듯 바라보았다.

가끔 한적한 구릉 위에 있는 돌탑들이 보였다. 죽은 자들이 땅과 불을 오염시키지 않고 자연 속으로 흩어질 수 있도록 시체를 올려놓는 탑이었다. 알렉산드로스는 가우가멜라 사막의 초라한 무덤 위에 바르시네를 올려놓았던 때를 생각했다. 그리고 그 가족의 유일한 생존자로, 할아버지와 함께 팜필리아로 돌아간 프라아테스를 생각했다. 지금 그 아이의 머리에는 어떤 생각이 들어 있을까? 복수에 대한 갈망으로 가득 차 있을까? 아니면 고아 소년이 가질 수 있는 평범한 우울함이 깃들어 있을까?

계속 좁아져만 가는 계곡을 따라 열흘 동안 행군하고 나자 드디어 엑바타나의 눈부신 광경이 눈앞에 나타났다. 계곡이 왕관처럼 엑바타나 주변을 에워쌌다. 성벽의 윗부분과 총안銃眼의 가장자리는 하늘색 벽돌과 황금 박편薄片으로 장식되어 있었다. 그것들은 마치 왕비의 목에 걸린 목걸이처럼 빛났다. 순금으로 뒤덮인 왕궁과 신전의 첨탑이 찬란하게 빛을 발했다. 펠라 왕궁에서 페르시아 손님을 만나 엑바타나에 대한 이야기를 듣던 게 바로 어제 일 같았다. 어린아이였던 알렉산드로스에게는 동화 같은 이야기였다. 이야기를 들려주던 손님까지도 동화 왕국에서 온 사신 같아 보였다. 그런데 지금 그 전설 속의 도시가 눈앞에 있었다.

바빌로니아 총독 마체오스의 아들인 옥사트레스가 알렉산드로스 곁에 있었다. 그는 다리우스 황제와 이종사촌간이었다. 야심에 불타는 그 젊은이가 대왕의 눈에 띄었다. 옥사트레스는 말을 달려 성벽에 있는 보초들과 재빠르게 몇 마디를 주고받았다. 그가 곧 되돌아와 알렉산드로스에게 서툰 그리스어로 보고했다.

"다리우스 황제는 떠났답니다. 그는 전투를 하지 않고 보물과 군대를 이끌고 도망쳤습니다."

"어느 쪽인가?"

"저쪽입니다."

젊은이가 북쪽을 가리키며 대답했다.

"총독은 항복했습니다."

알렉산드로스는 알았다는 시늉을 했다. 그리고 원정대에게 성문 쪽으로 자기를 따라오라는 신호를 보냈다. 성문이 열리고 있었다. 엄격한 규율로 재무장된 병사들은 질서정연하게 움직였다. 사소한 규율 위반도 채찍으로 다스려지거나 그보다 더 가혹한 벌을 받았다.

이틀 뒤 저녁 무렵, 파르메니오가 자신의 부대와 카라반을 이끌고 도시에 도착했다. 2만 마리의 짐승들이 12만 탈렌트의 왕실 보물들을 운반했다. 한 마리당 평균 6탈렌트를 운반하는 꼴이었다. 육중한 무게를 견디느라 짐승들은 느리게 행군했다. 2만 마리의 짐승들에게 짐을 싣고 부리는 일을 하는 데 꼬박 닷새가 걸렸다.

작업이 모두 끝나고 군대가 도시 밖 병영에 여장을 풀었다. 알렉산드로스는 노장군을 저녁식사에 초대했다. 지나치게 소박한 식사였다. 식탁 위에는 포도주도 없이 물만 놓여 있었다.

'페르세폴리스에서의 지나친 사치를 반성하고 싶은 거겠지.'

파르메니오 장군은 페르시아식으로 재 속에서 구운 빵을 먹으며 생각했다.

"내 사촌 아민타스 왕자는 어떤가요? 그를 믿어도 좋을지, 아니면 계속 감시해야 할지 고민하고 있습니다."

알렉산드로스가 말했다.

"페르시아 황실 문서에서 아무런 실마리도 나오지 않았습니까?"

"황실 문서들을 살펴보려면 몇 달, 아니 몇 년이 걸립니다. 지금까지 내가 아는 바로는, 아버지의 암살과 관련해 아민타스가 다리우스와 결탁한 증거는 하나도 찾지 못했습니다. 어쨌든 조심스럽게 계속 감시하는 게 좋을 것 같습니다."

알렉산드로스는 물을 한 모금 마시고 난 다음 화제를 바꾸었다.

"장군과 저 사이에 가끔 의견 대립이 있는데, 저로서는 다소 유감입니다……."

"저는 예전에 폐하의 부왕께 했던 것처럼 거리낌없이 제 생각을 말씀드리는 게 습관이 되어버렸습니다."

"알고 있습니다. 하지만 지금은 내 이야기를 좀 들어주세요."

그때 요리사가 신맛이 나는 응고된 우유, 콩과 야채를 가져왔다.

"나는 다리우스와 최후의 결전을 벌일 때까지, 그리고 이 제국이 완전히 우리 것이 될 때까지 그의 뒤를 좇을 겁니다. 그러려면 엑바타나에서 내 뒤를 보호해줄 사람이 필요합니다. 그는 마케도니아와 연락을 취하고 보급품과 지원군을 보내주는 역할을 하게 될 겁니다. 또한 왕실의 보물을 지키게 될 것입니다. 장군, 당신이 바로 그 사람입니다. 당신은 제가 믿을 수 있는 유일한 분이십니다. 행정에 관한 임무는 하르팔로스에게 맡길 겁니다. 에우메네스도 그를 높이 평가하고 있지요. 그러면 이제 대답을 들려주세요."

"알겠습니다. 저는 너무 늙었습니다. 그래서 폐하는 더 이상 전쟁터에서 제가 필요치 않으신 겁니다. 저를 쉬게 하려고……."

"당신이 늙은 것은 분명한 사실이지요, 장군."

알렉산드로스가 미소를 지으며 말했다. 그런 다음 큰 목소리로 말했다.

"오늘이 일흔 번째 생신이 맞습니까?"

그때였다. 말이 떨어지기가 무섭게 커튼 뒤에서 남자들의 합창소리가 터져나왔다.

늙은 군인이 전쟁터에 나갔다가
땅에 넘어졌대요, 땅에 넘어졌대요!

커튼 뒤에 숨어 있던 알렉산드로스의 동료들이 모두 앞으로 걸어나왔다. 필로타스와 에우메네스, 그리고 그의 조수 하르팔로스도 끼어 있었다. 구운 송아지 고기, 커다란 포도주 병, 꿩과 자고새를 꿴 꼬챙이 요리와 닭과 거위 고기, 그 외 온갖 종류의 요리들을 들고 있었다. 파르메니오의 둘째아들인 니카노레스도 와 있었다.

레온나토스가 콩과 응고 우유를 땅바닥에 내던지며 소리쳤다.

"이 꼴도 보기 싫은 것들은 없어져도 될 것 같아!"

파르메니오는 풍성한 생일잔치를 준비해준 이들을 보자 감격하고 말았다. 그는 돌아서서 눈시울을 훔쳤다. 알렉산드로스가 자신의 서명이 든 두루마리를 들고 다가왔다.

"이건 제가 드리는 생일선물입니다, 장군."

그는 미소를 지으며 그것을 장군에게 건네주었다.

파르메니오는 두루마리를 펼쳤다. 일부러 큰 글씨로 써놓아 장군은 별 어려움 없이 두루마리를 읽을 수 있었다. 대왕은 그에게 수사와 바빌로니아, 그리고 이곳 엑바타나에 있는 저택을 한 채씩 선물로 주었다. 그리고 마케도니아, 린케스티데스와 헤로데아의 넓은 농지와 종신연금으로 150탈렌트를 하사했다. 두루마리의 두 번째 페이지에는 그의 아들 필로타스를 전全 기병대 사령관으로 임명한다는 내용이 적혀 있었다. 대왕의 서명과 함께 서기장인 에우메네스의 서명도 있었다.

"폐하, 저는……."

파르메니오가 떨리는 목소리로 말했다. 하지만 대왕이 말을 가로막았다.

"더 이상 아무 말씀도 하지 마세요. 장군의 공로에 비하면, 이것은 아무것도 아닙니다. 우리는 모두 장군이 오랫동안 장수하기를 기원하고 있어요. 장군이 맡으신 임무는 우리의 동쪽 영토에서 가장 중요한 임무입니다. 제가 완벽하게 신임하고 있는 사람은 장군밖에 없습니다."

파르메니오는 기병대 사령관 임명장을 아들 필로타스에게 건네주며 말했다.

"보았느냐, 애야. 보았느냐? 자, 네 동생에게도 보여주렴."

대왕은 장군을 껴안았자 동료들이 박수를 쳤다. 잔치는 밤늦게까지 이어졌다. 보초가 두 번째 교대를 돌 때쯤 그들은 자신의 거처로 돌아갔다. 파르메니오를 비롯해 그곳에 있던 사람들은 모두 술에 취해 있었다.

27

알렉산드로스는 최대한 짧게 엑바타나에 머문 다음 다리우스를 다시 추격할 예정이었다. 하지만 그동안 급히 처리해야 할 일이 한두 가지가 아니었다. 때문에 출발은 차일피일 미뤄졌다. 가장 먼저 할 일은 편지를 보내는 것이었다. 안티파트로스의 처사를 불평하는 어머니에게, 스파르타와의 전쟁을 승리로 이끌었지만 올림피아스에 대해 여전히 비판적인 안티파트로스에게, 그리고 각 지역의 총독과 통치자들에게 편지를 써야 했다.

"황태후 마마와 안티파트로스 장군 사이의 문제를 어떻게 해결할 생각인가? 계속 모르는 척하고 있을 수는 없네."

에우메네스가 편지를 봉하며 물었다.

"그럴 수 없지. 하지만 안티파트로스 장군은, 장군이 보낸 수천 통의 편지보다 어머니의 눈물이 내게 더 와닿는 걸 알아야 하네."

그러자 에우메네스가 즉각 반박했다.

"그건 타당하지 않은 일이군. 안티파트로스 장군은 막중한 임무를 맡

242

고 계시네. 분쟁에 시달리지 않고 평온하게 지낼 권리가 있다고.”

“장군은 모든 권력을 갖고 있어. 그리고 우리 어머니로 말하자면 마케도니아의 황태후가 아니신가. 어머니의 입장도 이해해드릴 필요가 있어.”

에우메네스는 자기가 할 일이 아무것도 없다는 걸 깨닫고 고개를 흔들었다. 대왕은 4년여 동안 어머니를 만나지 못했다. 어머니의 좋은 모습만 기억하려는 그의 심정을 충분히 이해할 것 같았다. 또 알렉산드로스는 동생 클레오파트라를 몹시 그리워했다. 바쁜 와중에도 그는 그녀에게 다정다감한 편지를 계속 보내고 있었다.

편지들을 서둘러 처리한 뒤 알렉산드로스가 말했다.

“그리스 연합군을 제대시키기로 결정했네.”

“왜?”

“헬라스 동맹은 다시 확고하게 우리 손에 들어왔네. 필요한 군대를 모집할 돈도 충분히 마련돼 있어. 그리고 다른 이유도 있네. 만약 그리스인들이 집으로 돌아가면 그들이 모험한 것과 눈으로 본 것들에 대해 이것저것 이야기를 늘어놓을 것이야. 그 이야기는 사람들에게 엄청난 영향을 미칠 걸세. 칼리스테네스가 지금 쓰고 있는 글보다 더 심대한 영향을 끼칠 거야.”

“하지만 그들은 무적의 전사들이고, 또⋯⋯.”

“그들은 지쳐 있네, 에우메네스 그리고 아직도 기나긴 행군이 우리를 기다리고 있네. 언센가 그들이 집에서 너무 멀리 와 있다는 것을 느낄 때가 올 거야. 그때가 되면 좋지 않은 결정을 내릴 수도 있네. 난 이 모든 것을 막고 싶어. 내일 새벽 그리스 연합군을 병영 밖에 소집시켜놓게.”

그리스인들은 여러 가지 정황들을 통해 뭔가 중요한 일이 자신들을 기다리고 있다는 걸 눈치챘다. 날이 밝기도 전에, 짐과 운송 마차들을 준비하고 갑옷을 윤이 나게 닦으라는 명령이 내려졌기 때문이다.

완전무장을 한 알렉산드로스가 부케팔로스를 타고 호위대의 호위를
받으며 나타났다. 그는 아침 햇살이 중장보병들의 무기를 환히 비춰줄
때를 기다렸다가 말을 시작했다.

"그리스 연합군 여러분! 결정적인 순간에 여러분이 승리에 기여한 바
는 말할 수 없이 크고 중요합니다. 가우가멜라 전투가 벌어졌던 날, 우측
날개에서 베수스와 그가 이끄는 메디아 기사들의 집요한 공격을 막아낸
게 그리스 보병들이었다는 사실을 저는 잊지 않고 있습니다. 여러분은
씩씩하고 용감하며 헬라스 동맹과 그 지휘관들을 위해 복무하겠다는 선
서에 충실했습니다. 여러분은 트로이 전쟁에 참가했던 그리스인들조차
해낼 수 없었던 일을 이루어냈습니다. 바로 바빌로니아와 페르세폴리스
와 엑바타나를 정복한 것입니다. 이제 여러분의 성실했던 복무 결과를
즐길 때가 되었습니다. 나는 여러분을 선서에서 자유롭게 해주고자 여
러분을 제대시키기로 결정했습니다. 여러분 중 장교는 1탈렌트를 받게
될 것이고, 병사들은 은 30미나를 받게 될 것입니다. 물론 그 돈은 그리
스까지의 여행 경비를 제한 것입니다. 여러분은 이제 가족들 품으로, 여
러분의 고향으로 돌아가십시오!"

알렉산드로스는 기쁨의 환호성이 터져나오길 기대했다. 하지만 기대
했던 것과 달리 여기저기서 수군거리는 소리밖에 들리지 않았다. 그러
다가 수군거림이 활기찬 토론으로 바뀌었다.

"무슨 일이오, 여러분? 돈이 충분하지 않은가? 돌아가고 싶지 않나?"

알렉산드로스가 당황한 표정으로 군사들에게 외쳤다. 그러자 사십대
쯤 되어 보이는 에기온 출신의 헬리도로스라는 장교가 앞으로 나왔다.

"폐하, 저희는 폐하께서 베풀어주신 모든 것에 대해 감사하고 있습니
다. 또한 폐하께 값진 도움을 드릴 수 있었던 것을 기쁘게 생각합니다.
하지만 저희는 폐하를 떠나고 싶지 않습니다."

알렉산드로스는 믿을 수 없다는 듯 그를 바라보았다.

"저희는 폐하 곁에서 싸우면서 그 누구에게도 배울 수 없는 것들을 배웠습니다. 그리고 그 어떤 군인도 감히 꿈꿀 수 없는 일들을 완수했습니다. 우리 중 대다수는 폐하께서 앞으로 어떤 일을 하실지, 어느 땅을 정복하실지, 얼마나 먼 고장 사람들이 폐하의 깃발 아래 복종하게 될지 서로 물어보곤 했습니다. 물론 병사들 중에는 폐하의 권유대로 기쁨과 슬픔을 안은 채 귀향할 병사도 있습니다. 그리스를 떠나온 뒤로 우리는 지금까지 폐하에게 감탄하고 폐하를 사랑하는 법을 배웠기 때문입니다. 하지만 가족이 없는 병사들도 있습니다. 혹은 가족이 있더라도, 폐하가 이끄는 곳으로 가서 목숨을 걸고 싸우는 것을 더 중요하게 생각하는 병사들이 있습니다. 폐하께서 허락하신다면, 그런 병사들은 이곳에 남고 싶어할 것입니다."

말을 마치자 장교는 대열의 동료들 곁으로 돌아갔다. 알렉산드로스는 감격했다.

"여러분 같은 병사들은 결코 없을 것이오. 나는 누구든 남겠다고 하면 영광으로 받아들이겠소. 하지만 여기 남는 병사는 동맹군이 아니라 직업군인으로 남게 되는 거요. 나는 그들에게 은화 6백 드라크마를 계약금으로 줄 것이오. 그리고 전사할 경우에도 똑같은 액수를 가족에게 전할 것이오. 남고 싶은 사람은 열 밖으로 세 걸음 나오시오. 그 외에 다른 사람들은 언제든 떠나도 좋소. 떠나는 병사들에게 은총이 있기를 바라며 나의 우정과 애정을 보내는 바요."

병사들은 내왕의 이름을 부르짖 부르며 오래동안 창으로 방패를 두들겼다. 남고 싶은 병사들이 첫 번째 열 밖으로 세 걸음 걸어나왔다. 알렉산드로스는 그리스 연합군의 절반에 이르는 병사들이 대열 밖으로 나오는 것을 지켜보았다.

집으로 돌아가기로 결정한 그리스인들은 양쪽으로 늘어선 보병대와 기병대 사이로 행진을 했다. 그동안 고별의 나팔소리가 울렸다.

파르메니오가 소리 높여 구령을 내렸다.

"받들어 창!"

온갖 위험과 극한 상황을 이겨낸 병사들의 눈에 눈물이 고였다.

귀향 행렬은 길모퉁이를 돌아 시야에서 사라졌다. 그들에게 박자를 맞춰주던 큰북 소리도 잦아들었다. 알렉산드로스는 진군 나팔을 불게 했다. 전 부대는 방향을 바꾸어 페르시아 대왕을 향해 행군했다. 지름길을 잘 알고 있는 옥사트레스는 자신의 스키타이 용병 둘과 함께 앞장서겠다고 자청했다. 그리고는 쏜살같이 말을 달려 앞으로 나갔다.

군대는 드넓은 고원 위로 전진했다. 고원 여기저기서 어린 양과 염소들이 보였다. 밤이 되자 가끔씩 사자 울음소리가 들려왔다. 행군은 대단히 빠른 속도로 계속되었다. 사력을 다한 행군이라 많은 보병들이 중도에서 낙오했다. 짐을 실은 짐승들은 무게를 견디지 못해 나자빠졌다. 하지만 알렉산드로스는 더 빨리 행군하라고 명령했다. 밤에는 천막도 치지 않고 잠깐씩 눈을 붙였다. 다리우스에게 숨돌릴 틈을 주지 않기 위해서였다.

알렉산드로스는 예전에 이스트로스 강에서 테베 강까지 행군할 때 불과 14일밖에 걸리지 않았다는 점을 장군들에게 상기시켰다. 밤이 되면 대왕도 군용망토만으로 몸을 감싼 채 땅바닥에서 병사들과 함께 잠을 잤다. 가끔씩 카라반들이 묵는 여관에서 하룻밤을 보내는 경우도 있었다. 하지만 여관이라고 해봤자 병자들이나 탈진한 사람들을 묵게 하는 데도 턱없이 비좁았다.

공기는 점점 더 차고 매서워졌다. 밤이 되면 특히 더 추웠다. 에우메네스는 다시 바지를 입었다. 산 정상에는 흰 눈이 덮여 있었다. 그들은 지금까지 한 번도 본 적이 없는 거대한 산맥을 따라 엿새 동안 동쪽으로 강행군했다.

행렬은 '카스피 관문'이라 불리는 협로의 입구에 가까스로 도착했다. '카스피 관문'은 아래쪽으로 격류가 흐르는 협곡이었다. 절벽들이 깎아 지른 듯이 계곡 양쪽으로 솟아 있었다. 아그리아인들도 겨우 기어오를 만큼 험한 절벽이었다.

"만약 페르시아 군이 이곳에서 잠복하고 있다면 우리를 전멸시킬 수 도 있겠군요."

네아르코스가 말했다.

분명 다리우스는 이런 이점을 놓치지 않을 것이다. 알렉산드로스는 눈을 들어 험한 절벽과 그 위에서 천천히 원을 그리며 날고 있는 독수리 를 보았다.

"저 위에 누군가가 있을 거라고 생각하지 않으십니까?"

네아르코스가 절벽 위로 눈을 돌리며 물었다.

"알 방법이 없지."

"아그리아인들이 있지 않습니까."

"즉시 그들을 보내 정찰하도록 하겠네."

잠시 뒤, 협곡 아래쪽에 서 있던 병사들은 절벽을 기어오르는 아그리 아인 돌격부대의 곡예를 구경했다. 아그리아인들은 가장자리를 지나가 기 위해 가끔씩 곡괭이로 좁은 길을 만들었다. 그런 다음 지칠 줄 모르는 활력으로 다시 기어올랐다. 그들 중 한 사람이 절벽에서 튀어나온 돌을 잡으려다 발을 잘못 디뎌 추락했다. 그 병사는 바위 위에서 산산조각이 나고 말았다. 나머지 동료들은 이 사고에 개의치 않고 계속 절벽을 올라 갔다. 계곡 밑에 있던 병사들이 바위 위로 올라가 산산조각이 난 시체를 수습해 계곡 밑으로 끌고 왔다. 병사들은 들것에다 시체를 눕히고 망토 로 덮은 다음 행군이 시작되기를 기다렸다.

그 사이 20여 명에 이르는 아그리아인들이 정상에 도착했다. 주위를 살펴본 그들은 뿔나팔로 전진해도 된다는 신호를 보냈다. 군대는 페르시아 대왕의 병사들이 절대 기습하지 못하도록 경계를 철저히 하며 앞으로 나아갔다.

첫 번째 휴식시간 때 아그리아인들은 동료의 장례식을 거행했다. 소나무 장작더미 위에 시체를 올려놓은 뒤 불을 붙이고 구슬픈 장송곡을 합창했다. 그런 다음 시체의 재와 무기, 망토의 버클을 항아리에 담았다. 그날 밤 내내 그들은 술에 취해 울었다.

네 번째 보초의 근무가 끝나기 직전이었다. 얕은 잠을 자고 있던 알렉산드로스는 페리타스가 짖는 소리를 들었다.

"무슨 일이야? 무슨 소리를 들은 거야? 착하지, 착해……. 아마 늑대나 살쾽이일 거야."

알렉산드로스가 개를 쓰다듬으며 하늘을 향해 눈을 들었다. 아그리아인들이 협로의 양 측면에 밝혀놓은 횃불들이 보였다. 그때 말발굽소리와 쑥덕거리는 소리가 들렸다.

"무슨 일이냐?"

알렉산드로스가 큰 소리로 물었다. 그러자 헤파이스티온이 모습을 드러내며 말했다.

"옥사트레스가 스키타이 병사들과 함께 돌아왔네. 자네와 면담하고 싶어하네."

"옥사트레스? 통과시키게."

협곡 끝에서 무장한 세 명의 기사가 먼지를 뒤집어쓴 채 다가오고 있었다. 말에서 내린 옥사트레스가 비틀거리며 다가왔다. 온힘을 쏟아 말을 달린 탓인지 기력이 하나도 없어 보였다.

옥사트레스가 숨을 헐떡이며 말했다.

"박트리아나 총독인 베수스가 반역을 일으켜 다리우스 황제를 마차에 가두었습니다."

"가우가멜라에서 우리 우측을 공격했던 그 개자식이군."

레온나토스가 말했다. 옥사트레스는 자기 말이 제대로 전달될 수 있도록 통역을 요청했다.

"황제는 6천 명의 기사와 2만 명의 보병대, 그리고 황실 보물 7천 탈렌트를 가지고 엑바타나를 떠났습니다. 자기가 지나간 땅을 모두 불태우고 '카스피 관문'에서 알렉산드로스 폐하를 기다릴 생각이었지요. 하지만 그의 병사들은 계속 도망치는 황제를 보고서 사기가 크게 저하되었습니다. 이미 스키타이인들도, 카두시인들도 황제에게 더 이상의 원군이 없다는 것을 알게 되었기 때문입니다. 많은 병사들이 탈영했습니다. 저희도 탈영한 병사 몇 명을 만났습니다. 사실 이 소식도 그들에게서 들은 것입니다. 그들은 한밤중에 병영에서 달아나 산이나 사막으로 흩어졌습니다. 병사들이 자꾸만 달아나고 있는 상황에서 페르시아 전령들이 폐하의 전위부대가 가까이 다가오고 있다고 다리우스에게 보고했던 겁니다. 그때 베수스가 사티바르자네스, 바르사엔테스와 나바르자네스 같은 총독들의 지지를 받아 황제를 쇠사슬로 묶어 마차에 가두었습니다. 지금 그들은 황제를 사로잡은 채 극동 지방으로 신속하게 움직이고 있습니다."

"지금 그들은 어디쯤 있나?"

알렉산드로스가 물었다. 그 사이 동료들은 옷을 갈아입고 무장을 갖추었다. 모두들 금방이라도 작전에 들어갈 태세였다.

"이곳과 헤카톰필로스 사이에는 메디아인들의 수도인 엑바타나가 있습니다. 하지만 협곡은 비어 있습니다. 그러니까 기병대를 이끌고 가신다면 충분히 그들을 뒤좇아갈 수 있습니다. 저는 이 야심에 찬 배신자가 배신의 결실을 즐길까봐 두렵습니다. 폐하께서 만약 그자의 뒤를 좇으실 생각이라면 저는 폐하를 따라가겠습니다. 폐하의 길을 안내하겠습니다.”

“지금 자네는 말을 탈 수 없을 것 같은데……. 자넨 너무 지쳤어.”

알렉산드로스가 말했다.

“뭘 좀 먹을 시간을 주시고 조금만 쉬게 해주십시오.”

그때 렙티나가 ‘네스토르의 잔’을 가지고 들어왔다. 알렉산드로스는 그것을 옥사트레스에게 주었다.

“이걸 먹어보게. 죽은 사람도 살려낸다네.”

알렉산드로스가 말했다. 그런 다음 동료들 쪽으로 돌아섰다.

“전 기병대가 즉시 움직일 수 있게 준비하게.”

동료들은 더 이상 다른 말을 기다리지 않았다. 잠시 후 소집 나팔소리가 울렸다. 알렉산드로스는 안내를 맡은 옥사트레스와 함께 협곡을 따라 말을 달렸다. 헤파이스티온과 프톨레마이오스, 페르디카스, 크라테로스, 그리고 다른 동료들이 그 뒤를 따랐다. 헤타이로이 부대는 준비를 갖추고 서서히 줄을 지어 행진했다. 협곡 아래쪽이 서서히 비어갔다.

기병대는 말들을 쉬게 할 때를 빼고는 단 한순간도 멈추지 않았다. 도시로 이어지는 계곡 쪽에 이르자 협로가 조금씩 넓어졌다. 눈 덮인 히르카니아 산 정상에서 해가 얼굴을 내밀었다. 갑자기 옥사트레스가 외쳤다.

“멈추십시오!”

그러면서 그는 말고삐를 세게 잡아당겼다. 땀에 젖어 번득이던 말이 숨을 몰아쉬며 멈추었다. 알렉산드로스와 그의 동료들도 넓은 원을 그리며 멈춰 섰다. 대왕은 검을 빼들었고 레온나토스는 등자에서 손망치

를 꺼냈다. 옥사트레스는 2스타디온쯤 떨어진 곳에 있는 물체를 가리
켰다.

"황제의 마차입니다. 빨리 도주하려고 마차를 버린 것 같습니다."

옥사트레스가 말했다.

"앞으로 가보세. 조심하게."

알렉산드로스가 말했다.

"함정일 수도 있어. 마차의 오른쪽은 헤파이스티온, 왼쪽은 프톨레마
이오스가 맡게. 자네, 페르디카스는 길모퉁이 뒤쪽에 뭐가 있는지 살펴
보게. 조심하게."

옥사트레스는 바닥에 내려 말을 끌고 마차 쪽으로 다가갔다. 알렉산
드로스는 레온나토스, 크라테로스와 함께 그 뒤를 따랐다.

황제의 마차는 길 한가운데에 있었다. 겉으로 보기에 멀쩡했고 문은
닫혀 있었다.

"기다리게. 내가 먼저 가서 보고 오겠네."

레온나토스가 도끼를 들고 말에서 내리며 말했다. 그는 마차 문을 열
고 안으로 몸을 들이밀었다. 그러더니 혼자 중얼거렸다.

"오, 세상에……."

알렉산드로스도 직접 마차 근처로 갔다. 전투복을 입은 다리우스 황
제가 마차 바닥에 누워 있었다. 당당한 외모와 긴 머리카락, 검고 숱이
많은 콧수염, 구불구불한 턱수염으로 보아 다리우스 황제가 틀림없었다.
그의 얼굴은 납빛으로 변해 있었다. 가슴에는 핏자국이 넓게 퍼져 있고
허리 밑까지 피가 흥건했다. 모욕을 주기 위해서였는지, 두 손은 황금
사슬에 묶여 있었다.

"비겁한 놈들!"

알렉산드로스가 분노의 저주를 퍼부었다.

"빨리, 밖으로 끌어내라!"

프톨레마이오스가 소리쳤다.

"어쩌면 아직 살아 있을지도 몰라. 필리포스를 불러라, 빨리!"

두 병사가 조심스레 다리우스 황제를 들어 땅바닥에 깔아놓은 담요 위에 내려놓았다. 필리포스가 달려와 다리우스 옆에 무릎을 꿇고 앉아 가슴에 귀를 갖다댔다.

"죽었나?"

레온나토스가 물었다. 필리포스가 손으로 조용히 하라는 신호를 보냈다. 그리고 계속 몸 속에서 나오는 소리에 귀를 기울였다.

"믿을 수가 없습니다. 아직 숨을 쉬고 있습니다."

필리포스가 말했다. 모두들 서로의 얼굴을 돌아보았다. 알렉산드로스가 필리포스 옆에 무릎을 꿇고 앉았다.

"다리우스를 위해 자네가 해줄 수 있는 게 있겠나?"

의사는 고개를 가로저었다. 그런 다음 왕의 손목에 묶여 있는 금 사슬을 풀었다.

"이것밖에 해줄 일이 없습니다. 자유의 몸으로 숨을 거두게 해주는 겁니다. 얼마 남지 않았습니다."

"보게나! 입술을 움직였어!"

크라테로스가 소리쳤다. 옥사트레스가 무릎을 꿇고 앉아 다리우스 황제의 입에 귀를 갖다댔다. 잠시 후 그는 눈물이 가득한 눈으로 일어섰다.

"돌아가셨습니다. 다리우스 3세 폐하께서 돌아가셨습니다."

옥사트레스의 목소리는 흥분으로 떨리고 있었다. 알렉산드로스가 옥사트레스 쪽으로 다가갔다.

"뭐라고 하던가?"

대왕이 물었다.

"복수······ 라고 했습니다."

옥사트레스가 대답했다.

알렉산드로스는 방금 숨을 거둔 다리우스 황제를 보았다. 언젠가 이수스 격전장에서 그와 마주친 때를 떠올렸다. 그때 그는 절망에 가득 찬 시선으로 알렉산드로스를 뚫어지게 바라보았었다. 불과 몇 달 전까지만 해도 그는 이 지구상에서 가장 높은 왕좌에 앉아 수많은 신하들의 추앙을 받았다. 하지만 그는 지금 자신의 신하들에게 배신을 당하고 살해되어 먼지투성이의 길바닥에 내버려져 있었다. 알렉산드로스는 그의 시신을 내려다보며 깊은 동정심을 느꼈다. 알렉산드로스는 '일리아스의 몰락'의 한 구절을 머릿속에 떠올렸다. 그 시는 네오프톨레모스에게 살해된 프리아모스의 무기력한 시신을 묘사한 것이었다.

아시아의 왕, 군대의 가장 강력한 주인이었던 그가
번개에 맞아 쓰러진 나무처럼 쓰러져 있네,
쓰러진 나무 몸통, 이름 없는 몸.

"내가 복수를 해드리리다. 맹세하오"
알렉산드로스는 눈을 감으며 중얼거렸다.

알렉산드로스가 황태후 마마께

그간 안녕하셨습니까!

마마의 아드님이신 다리우스 황제가 세상을 떠났습니다. 황제를 죽인 것은 저나 제 동료가 아니었습니다. 바로 다리우스 황제의 친구들이었습니다. 그들은 다리우스 황제를 죽인 뒤 헥카톰필로스로 가는 길에 시체를 버렸습니다.

우리가 발견했을 때 아드님은 겨우 숨을 쉬고 있었습니다. 하지만 우리는 진혀 손을 쓸 수 없었습니다. 복수를 해주겠다는 맹세밖에 해줄 수 없었습니다. 아드님은 아마 최후의 순간에 어머님을 생각했을 겁니다. 지금 저처럼 말입니다. 이 사건은 죽은 아드님에게 치욕스러울 뿐만 아니라 제게도 치욕스러운 일입니다. 우리 두 사람이 합법적으로 결투할 수 있는 기회를 빼앗겼기 때문입니다. 승자와 패자를 가리고, 승자는 패자의 용기에 존경을 표할 기회가 사라져버린 것입니다.

아드님의 시신을 보내드리려고 합니다. 영원한 안식처로 가는 동안 어머니께서 동행하시며 눈물을 흘리실 수 있도록 말입니다. 그의 시신은 긴 여행을 할 준비를 마쳤습니다. 페르세폴리스에 있는 그의 무덤까지 시신은 아무런 손상 없이 가게 될 것입니다.

마마께서 가장 엄숙한 장례식을 준비해주십시오. 저는 살인자들을 찾아내어 아드님의 복수를 하기 전에는 걸음을 멈출 수가 없습니다. 어머니로서 아들을 잃는 것보다 더 큰 고통은 없을 겁니다. 제발 저를 증오하지는 말아주십시오. 어쨌든 마마께는 조상의 관습에 따라 아드님을 묻을 수 있도록 신들께서 관용을 베풀어주셨으니까요. 제 어머니에게는 어쩌면 그런 관용마저 허락되지 않을까 두렵습니다.

시시감비스는 편지를 접고 자기 방에서 오랫동안 흐느꼈다. 그녀는 환관들을 불러 가마와 말, 상복과 장례물품을 준비하라고 일렀다. 다음 날 황태후는 길을 떠나 욱시우스족의 땅을 가로질러가게 되었다. 욱시우스족은 알렉산드로스가 고향 땅에서 자신들을 내쫓으려 했을 때 황태후가 중재해주었던 것을 잊지 않고 있었다.

황태후가 아들을 묻기 위해 페르세폴리스로 향한다는 소문이 퍼지자 온 주민들이 길가에 모여들었다. 남녀노소를 막론하고 모든 이들이 지쳐 있는 황태후를 조용히 맞이했다. 그리고 그들의 땅이 끝나는 고원까지 그녀를 호위해주었다.

고원에 자리잡은 페르세폴리스에는 그때까지 불에 탄 잔해들이 어지럽게 널려 있었다. 황태후는 파괴된 성문 앞에 머물렀다. 그곳에 천막을 치게 하고 네 마리의 검은 말이 끄는 마차가 아들의 시신을 운구해올 때까지 입에 음식을 대지 않았다.

알렉산드로스는 베수스와 그 공범자들을 추격했고, 다음날 헥카톰필로스에 도착했다. 그 지방의 페르시아 사령관은 순순히 항복했다. 원정대는 그곳을 지나 다시 자드라카르타라는 이란 지방에 도착했다.

그들 앞에는 광대한 카스피 해가 펼쳐져 있었다. 대왕은 말에서 내려 맨발로 바닷가 조약돌을 밟으며 걸어갔다. 파도가 밀려와 조용히 그의 발을 적셔주었다. 동료들도 대왕을 따라 맨발로 해변을 걸었다. 그들은 그 맑은 경계선 앞에서 당황한 심정을 감추지 못했다. 더 이상 앞으로 나아갈 수 없다는 것을 알려주는 마지막 지점이었다.

"자네 생각엔 대체 우리가 세상의 어느 쪽에 와 있는 것 같나?"

레온나토스가 바다를 바라보며 칼리스테네스에게 물었다.

"자네 창을 줘보게."

레온나토스는 어리둥절해하며 창을 건네주었다. 칼리스테네스는 창을 땅에 똑바로 꽂았다. 그러고 나서 조심스레 그림자를 측정했다.

"높이는 티로스와 비슷하지만 넓이가 얼마나 되는지는 말해줄 수 없군."

"그런데 이 바다는 어디서 끝나는 거야?"

레온나토스가 묻자 칼리스테네스는 지는 해를 받아 붉게 물든 바다로 눈을 돌렸다. 그러다가 그들 쪽으로 다가오고 있는 네아르코스를 발견했다. 레온나토스가 그에게 똑같은 질문을 했다. 제독이 돌을 하나 주워 바다로 힘껏 집어던졌다. 돌은 바다에 떨어지며 원들을 만들어냈다. 그 원들은 모래로 밀려와 힘없이 사라졌다.

그가 대답했다.

"그저 아무도 모른다오. 하지만 내가 함대를 만들 수 있다면 우리 시야를 가로막는 저 수평선 너머로, 더 북쪽으로 가보고 싶소. 이곳이 북대양의 만인지, 아니면 호수인지 알아내고 싶소."

그들이 이야기를 나누고 있는 동안 마케도니아 병영에서 요란한 소리가 들려왔다. 그 소리는 점점 커졌고, 잠시 후 기쁨의 함성으로, 즐거운 노래로 변했다. 알렉산드로스가 뒤를 돌아보았다.

“병영에서 무슨 일이 벌어진 거지?”

“나도 몰라.”

레온나토스가 자기 창을 땅에서 뽑아들며 대답했다.

“자네가 가보게.”

레온나토스가 말을 타고 마케도니아 병영 쪽으로 달려갔다. 병영으로 다가갈수록 함성과 노랫소리는 점점 더 커졌다. 잠시 후 그 이유를 알아냈다. 다리우스의 죽었다는 것을 알게 된 병사들은 전쟁이 끝나 드디어 집으로 돌아갈 수 있게 되었다며 좋아했다. 병사들은 기쁨에 겨워 술을 마시고 미친 듯이 춤을 추었다. 그리고 그동안 잊고 있었던 마케도니아의 옛 노래를 부르며 귀향길에 대비해 짐을 꾸렸다.

레온나토스가 땅으로 뛰어내려 지나가는 병사 한 사람을 불러세웠다. 그는 페체타이로이 보병대의 팔랑크스 부대원이었다.

“대체 여기서 무슨 일이 벌어지고 있는 거냐?”

“집으로 돌아가는 겁니다. 모르셨어요? 전쟁이 끝났대요!”

“전쟁이 끝나? 누가 전쟁이 끝났다고 하더냐?”

“모두들 그랬어요. 다리우스가 죽고 전쟁이 끝났다고요. 우리가 드디어 집으로 돌아간답니다! 집으로 돌아간대요!”

“멍텅구리들 같으니!”

레온나토스가 소리쳤다.

“어서 가서 멍텅구리들에게 이 소동을 멈추라고 전해라. 전쟁이 끝났다면 그 사실을 말해줄 수 있는 사람은 알렉산드로스 폐하, 단 한 사람뿐이다! 알겠나? 알렉산드로스 폐하뿐이다! 그런데 폐하는 아무 말씀도 하지 않았다.”

병사는 요란한 병영 한가운데에 멍하니 서 있다가 동료들 곁으로 갔다. 레온나토스는 서둘러 대왕에게 돌아왔다.

“무슨 일인가?”

대왕이 물었다. 레온나토스가 땅에 뛰어내려 방금 전 자신이 본 광경을 설명해보려 애썼다.

"그러니까, 어떻게 이야기해야 할지……."

"빨리 말해! 병영에서 대체 무슨 일이 일어나고 있는 건가?"

"어찌된 영문인지 모르겠어. 전쟁이 끝나서 집으로 돌아간다는 소문이 퍼졌네……. 자네가 그리스인들을 제대시킨 뒤부터, 병사들은 다리우스가 죽었으니 이제 자기들도 제대할 차례가 되었다고 생각한 거야. 병사들은 지금 잔치를 벌이고 있네."

알렉산드로스는 말에 올라타고 병영으로 향했다. 그는 병영으로 들어서자마자 나팔수에게 즉시 소집 나팔을 불게 했다. 시끌벅적하던 소리가 수군거림으로 변했다. 병사들이 점호대 주위로 모여들었다. 알렉산드로스는 병사들에 둘러싸인 채 점호대 중앙에 똑바로 섰다. 그의 얼굴은 어두웠다. 그가 조용히 하라는 신호로 손을 들었다.

"제군들! 지금 뭘 하고 있는 것인가? 자, 대답하라. 여러분의 대표를 앞으로 내보내 지금 여러분이 뭘 하고 있었는지 내게 말하라!"

수군거리는 소리가 다시 커졌다. 그리고 모두들 대왕의 냉랭한 목소리에 실망스런 표정을 지었다. 여러 부대의 지휘관들이 연단 앞으로 나와 잠시 동안 자기들끼리 상의했다. 그런 다음 전 부대원을 대표해 한 사람이 말했다.

"폐하, 그리스인들을 제대시키신 이후 테살리아인들도 제대시킬 것이라는 소문이 퍼졌습니다. 테살리아인들은 이미 짐을 꾸렸습니다. 그때 다리우스가 죽은 것을 알게 되었고, 저희는 전쟁이 끝났으니 폐하께서 저희도 집으로 보내주실 거라고 생각했습니다. 병사들은 잔치를 벌였습니다. 그들은 헤어진 지 4년이나 되는 아내와 자식들에게 돌아가고 싶어 합니다."

"맞다."

알렉산드로스가 대답했다.

"나는 그리스인들을 제대시켰듯이 테살리아인들도 제대시킬 계획이었다. 그들은 헬라스 동맹군이다. 그들의 임무는 끝났다. 우리는 아시아의 그리스 도시들을 해방시키고 그리스인들의 숙적을 쓰러뜨리겠다고 맹세했다. 그리고 우리는 그 맹세를 지켰다. 우리는 네 개의 수도를 정복했고, 페르시아 황제는 죽었다. 하지만 우리의 임무가 완전히 끝난 것은 아니다."

알렉산드로스의 말을 듣자 병사들의 수군거림은 더욱 커졌다.

"아직 끝나지 않았다, 제군들! 모든 전투를 함께 한 전우들이여, 내 친구들이여. 잘 들어라! 동쪽에는 우리에게 대항하는 총독들이 있다. 그들은 다시 군대를 소집해 우리를 공격하려 하고 있다. 그들은 우리가 등을 보일 때만을 기다리고 있다. 그들의 날쌘 말들이 사방에서 우글거리고 있으며 우리가 돌아가는 즉시 밤낮으로 공격해올 것이다. 그들은 우리에게 쉴 틈을 주지 않을 것이며 우리가 가는 길의 우물에 독을 풀어놓을 것이다. 그들은 수확물들을 불태울 것이다. 또한 우리가 겨울의 혹한을 피할 만한 마을은 모두 불태워버릴 것이다. 우리가 지금까지 영광스러운 모험을 하긴 했지만, 여기서 돌아서면 우리의 귀향은 금세 파국으로 변할 것이다. 여러분이 원하는 게 이건가?"

실의와 절망에 가득 찬 침묵이 이어졌다. 대왕에게 매혹되어, 항상 용감하게 싸웠고 목숨을 돌보지 않았던 병사들이 지금 대왕을 의심하고 있었다. 그들은 낯선 땅과 바다를 보았다. 심지어 뒤바뀐 하늘의 별자리도 보았다. 병사들은 자신들이 대체 어느 곳에 와 있는지조차 알 수 없었다. 하지만 병사들은 자신들이 집에서 너무 멀리 떨어져 있다는 사실만은 분명히 알고 있었다. 대왕은 돌아갈 생각이 없고 오로지 전진만 생각하고 있었다. 그들은 다시는 고향으로 돌아갈 수 없을까봐 두려웠다.

대왕이 다시 입을 열었다.

"우리는 전진해야 한다! 페르시아인들을 몰아내고 그들의 땅이었던 전 제국에 우리의 권위를 확고히 해야 한다. 그렇지 않으면 지금까지 기울여온 우리의 온갖 노력은 허사가 될 것이며, 건설해놓은 것들은 순식간에 붕괴될 것이다. 아무도 안전하게 고국으로 돌아갈 수 없게 된다. 제군들! 내가 여러분의 신뢰를 배신한 적이 있었나? 내가 여러분을 속인 적이 있었던가? 내가 여러분의 노고에 맞지 않는 보상을 했던가? 이 원정이 끝났을 때 내가 더 많은 보상을 주리라는 것을 믿지 못하나? 여러분이 지쳤다는 것을 나도 안다. 하지만 또 여러분이 이 세상에서 가장 뛰어난 군인이며 그 누구도 여러분의 대담함과 용기에 맞설 수 없다는 것도 잘 알고 있다. 난 여러분에게 강요하고 싶지 않다. 휴식과 보상이 필요하다는 것을 나보다 더 잘 아는 사람은 없다. 그래서 난 여러분을 붙잡지 않겠다. 떠나고 싶은 사람은 가도 좋다. 명예롭게 떠날 수 있으며, 난 그들에게 감사의 마음을 표할 것이다. 하지만 여러분이 알아둬야 할 것은, 여러분이 모두 나를 버리고 마케도니아로 떠난다 해도 나는 동료들과 함께 모험을 완수하는 날까지 전진할 것이다. 필요하다면…… 혼자서라도 말이다!"

알렉산드로스의 뒤에 서 있던 동료들, 언젠가 일리리아의 눈 덮인 산속에서 유형생활을 했을 때 그를 찾아왔던 동료들이 한 걸음씩 걸어나왔다. 그들은 다같이 검을 들고 대왕 옆에 정렬했다. 필로타스와 깜둥이 클레이토스 장군도 앞으로 나왔다.

그 생김을 지켜보던 정예부대 병사 한 사람이 어깨에 메고 있던 짐을 땅에 내려놓았다. 그는 검을 꺼내 방패를 두들겼다. 그 소리는 고요한 침묵 속에서 천둥처럼 울려퍼졌다. 모두들 그 병사를 돌아보았다. 그러자 이번에는 또 다른 병사 하나가 방패를 두들겼다. 이어 세 번째, 네 번째 병사가 그 뒤를 잇더니 다른 병사들도 합류했다. 짐을 싸느라 정신 없던 부대원들도 방패를 두들기며 천천히 연단 근처로 모여들었다. 청동과 철이 부딪히는 소리가 귀청을 찢어놓을 듯이 울려퍼졌다. 그 뒤로 기병대, 보병대, 팔랑크스 부대, 돌격부대, 공격부대, 아그리아인들, 테살리아인들도 그 대열에 합류했다. 그때 제1대대의 기수가 아르가이 가문의 별이 새겨진 붉은 깃발을 하늘 높이 들어올렸다. 병사들이 그 자리에서 전투대형을 갖추기 시작했다. 기수가 한 걸음 앞으로 나와 깃발을 앞으로 기울이며 외쳤다.

"명령하십시오, 폐하!"

알렉산드로스가 병사들을 향해 두 팔을 펼쳤다. 대왕과 가장 가까운 곳에 있던 프톨레마이오스는 대왕의 눈에 눈물이 가득 고인 것을 보았다. 대왕은 오랫동안 그대로 서 있었다. 전 부대가 천둥같이 큰 소리로 그의 이름을 외쳤다.

알렉산드로스! 알렉산드로스! 알렉산드로스!

잠시 후 대왕은 동료들과 나란히 연단에서 내려왔다. 그들은 높이 솟은 창들의 숲을 지나 대왕을 기다리고 있는 부케팔로스 쪽으로 걸어갔다.

30

원정대는 히르카니아 지방의 수도인 자드라카르타까지 전진했다. 그곳에서 알렉산드로스는 다리우스 3세의 궁정 사람들을 만났다. 베수스가 제국의 극동 지방으로 퇴각하면서 짐이 되는 사람들을 남겨둔 것이었다. 그 무렵, 대왕은 테살리아 기병대의 병사들을 제대시켰다. 그러나 그들 중 남고 싶은 사람은 용병으로 계속 근무토록 했다. 대왕은 원정대에게 동쪽으로의 행군을 준비하라고 명령했다. 마케도니아에서 지원군 분견대가 도착하면 즉시 출발할 예정이었다. 지원군은 먼저 파르메니오 장군이 있는 엑바타나로 갔다가 장군의 명령에 따라 가능한 한 빨리 대왕의 원정대와 합류할 계획이었다.

궁정 사람들은 환관들의 감시 아래 한 구역에 머무르고 있었다. 알렉산드로스는 그들을 잘 보호해주라는 명령을 내렸다. 그는 그곳에 머물고 있는 황족들의 신상에 대해 알고 싶어했다. 궁정의 의전관인 프라타페스네스가 대왕에게 보고를 하러 왔다. 예순 살쯤 된 그는 대머리에다 수염이 하나도 없었다.

"후궁들과 그 자식들, 그리고 황녀인 스타테이라 공주가 있습니다."

"스타테이라?"

"예, 그렇습니다."

알렉산드로스는 예전에 다리우스가 보낸 편지에서 유프라테스 강 서쪽의 아시아 지방과 딸을 주겠다고 했던 기억을 떠올렸다. 하지만 그때는 그 제안을 단호히 거절했다.

"가능한 한 빨리 공주와 만날 수 있게 약속을 정하도록 하라."

대왕이 말했다. 환관은 점심때가 지난 뒤, 사령을 시켜 알렉산드로스에게 소식을 전해왔다. 해가 지고 난 뒤 파르티아 총독 소유였던 왕궁의 자기 처소에서 대왕을 기다린다는 내용이었다.

알렉산드로스는 발까지 닿는 그리스식 흰색 키톤에 푸른 망토를 걸치고 공주를 만나러 갔다. 환관이 문 앞에서 대왕을 기다리고 있었다.

"공주님은 상중이십니다, 폐하. 예의를 갖춰 치장하지 못한 것을 사과드린다고 하셨습니다."

"공주는 그리스어를 할 줄 아는가?"

대왕의 물음에 환관이 고개를 끄덕였다.

"다리우스 황제께서 폐하와 결혼시키실 생각을 했을 때 공주님에게 그리스어를 배우게 하셨습니다. 하지만 그러다가……."

"내가 방문한 것을 알려야 하지 않느냐?"

"들어가셔도 됩니다. 공주님께서는 폐하를 기다리고 계십니다."

환관이 대답했다.

알렉산드로스는 꽃과 과일이 만발한 작은 뜰로 들어갔다. 그러자 문이 하나 나타났다. 문틀은 독수리 두 마리가 떠받치고 있었다. 문이 열리더니 시녀가 나왔다. 시녀는 대왕을 안으로 들어가게 하고 조용히 문을 닫았다.

스타테이라 공주는 작은 탁자 옆에 서 있었다. 탁자에는 두루마리 편지들과 기사의 모습을 한 청동상이 놓여 있었다. 그녀는 투박한 양모 천으로 만든 상아색 튜닉에 파란 양모 실로 수놓은 가죽 슬리퍼를 신고 있었다. 아후라 마즈다의 모습을 새긴 은목걸이 외에는 아무런 보석도 눈에 띄지 않았다. 화장을 하지 않았지만 뚜렷하면서도 우아한 윤곽으로 인해 그녀의 얼굴은 근엄하면서도 부드러워 보였다. 검고 깊은 눈, 뚜렷한 윗눈썹은 아버지를 쏙 빼닮았다. 부드럽고 촉촉한 입술, 가느다란 목, 단단한 가슴과 길고 날씬한 다리는 어머니에게서 물려받은 것 같았다.

알렉산드로스는 그녀의 얼굴을 정면으로 볼 수 있는 곳까지 걸어갔다. 두 사람의 거리는 라벤더 향을 맡을 수 있을 만큼 가까워졌다. 알렉산드로스는 단숨에 그녀의 매력에 휘감겼다. 이미 그는 동양 여인들의 감춰진 매력을 발견하는 데 퍽 익숙해져 있었다.

알렉산드로스가 고개를 숙여 인사했다.

"스타테이라, 부친의 죽음으로 난 정말 고통스러웠다오. 그래서 당신에게 그것을 알려주러 온 것이오……."

처녀가 슬픈 미소로 답례하며 그에게 한 손을 내밀었다. 알렉산드로스는 잠깐 동안 두 손으로 그녀의 손을 꼭 쥐었다.

"폐하, 앉지 않으시겠어요?"

처녀가 물었다. 음악적인 악센트를 띠고 울려나오는 그리스어는 바르시네와 놀릴 정도로 비슷했다. 알렉산드로스는 점점 심장 박동이 빨라지는 걸 느꼈다. 그는 그녀의 앞에 앉아 다시 말했다.

"나는 고인이 되신 다리우스 황제에게 최고의 예의를 갖추어 페르세폴리스의 무덤에 묻힐 수 있게 준비해두었소."

"고맙습니다."

처녀가 대답했다.

"그리고 나는 부친을 살해하고 박트리아나 쪽으로 달아난 베수스 총독을 붙잡아, 페르시아 법률 중 가장 엄한 형벌을 내리겠다고 부친의 시신 앞에서 맹세했소.”

스타테이라는 가볍고도 우아하게 고개를 숙였다. 하지만 아무 말도 하지 않았다. 그 사이 시녀가 컵 두 개를 쟁반에 받쳐들고 다가왔다. 컵에는 석류 즙에 눈을 섞어 만든, 빨간색 주스가 담겨 있었다. 하지만 스타테이라는 상중에 지켜야 할 엄격한 규율 때문에 그것을 마시지는 않았다. 그녀는 말없이 알렉산드로스를 지켜보았다. 그녀는 눈앞의 청년이 가장 강력한 페르시아 군대를 쓰러뜨린 무적의 정복자라는 사실이 도무지 믿어지지 않았다. 그가 페르세폴리스 왕궁을 불태우고 도시를 약탈하게 한 파괴자라는 사실은 더더욱 믿을 수 없었다. 스타테이라의 눈에는 포로가 된 페르시아의 여자를 조심스럽게 다룰 줄 아는 예의 바른 남자로만 비춰졌다.

“할머니는 어떠신가요?”

그녀가 천진스런 표정으로 물었다. 그러더니 곧 말을 바꾸었다.

“황태후 마마 말씀입니다.”

“아주 잘 계십니다. 불행한 운명을 잘 견뎌내실 줄 아는 분이십니다. 그런데 공주, 당신은 어떤가요?”

“상황이 이렇긴 하지만 저는 아주 좋습니다, 폐하.”

알렉산드로스는 다시 부드럽게 그녀의 손을 쓰다듬었다.

“스타테이라, 당신은 아름답고 사랑스럽소. 당신 아버지는 틀림없이 당신을 자랑스럽게 생각하셨을 거요.”

스타테이라의 눈이 촉촉이 젖어들었다.

“그러셨어요. 불쌍한 우리 아버지. 오늘이 쉰 번째 생신이랍니다. 하지만 폐하의 친절하신 말씀에 감사드려요.”

“내가 한 말은 모두 진심에서 나온 말이오.”

알렉산드로스가 말하자 스타테이라가 고개를 숙였다.

“저와의 결혼을 거절하신 분께 그런 말씀을 들으니 이상하네요.”

“그때 난 당신을 몰랐소.”

“지금은 뭐가 바뀌셨나요?”

“여자의 시선 하나가 남자의 운명을 바꿔놓을 수도 있다오.”

그녀가 눈물이 고인 눈으로 강렬하게 그를 쳐다보며 말했다.

“당신은 왜 이곳에 오셨나요? 왜 고향을 떠나셨어요? 당신의 나라는 아름답지 않나요?”

“그렇소, 무척이나 아름답소. 눈에 덮인 산들은 해질녘이면 붉게 빛나고 한밤중이면 달빛을 받아 은색으로 빛나지요. 어린 소녀의 눈처럼 맑고 투명한 호수들도 있어요. 꽃이 만발한 들판과 푸른 전나무들이 자라는 숲도 있소.”

“혹시 어머니나 여동생은 없나요? 그분들 생각은 나지 않으세요?”

“매일 밤 생각하오. 바람이 서쪽으로 불 때마다 내 마음에서 우러나오는 말들을 전하오. 그 말들은 바람에 실려 내가 태어난 펠라의 왕궁에, 내 동생이 살고 있는 부트로토스에 전해진다오.”

“그럼 왜 떠나오셨나요?”

알렉산드로스는 낯선 처녀 앞에서 자신의 영혼이 발가벗겨지는 느낌을 받았다. 그는 성벽 너머 초록의 숲과 목초지로 둘러싸인 산 쪽으로 시선을 돌렸다.

“당신에게 대답하기가 곤란하구려.”

알렉산드로스가 다시 제정신이 든 듯 말했다.

“난 항상 지평선 너머에 가고 싶었고 이 세상의 끝까지, 대양 끝까지 가보길 꿈꿔왔소…….”

“그런 다음에는요? 전 세계를 정복한 뒤에는 무슨 일을 하실 건가요? 그때는 행복해지실 것 같으세요? 정말 원하는 것을 얻으실 것 같으세요? 오히려 더 깊고 더 강한 불안에 사로잡히는 것은 아닐까요? 결국 당신은 그것을 극복할 수 없을 거예요.”

“아마 그럴지도 모르오. 하지만 난 신들이 인간에게 허락해준 그 한계에 도달해보고 싶소. 그러고 나면 그곳에서 무엇이 나를 기다리고 있는지 알 수 있을 것 같소.”

스타테이라가 그의 눈을 뚫어지게 쳐다보았다. 그녀는 지금 신비하고 알 수 없는 세계와 유령들이 살고 있는 사막과 얼굴을 마주하고 있는 것 같았다. 현기증이 날 것 같았지만 뿌리칠 수 없는 매력도 동시에 느꼈다. 그녀는 본능적으로 눈을 감았다. 알렉산드로스가 그녀에게 입을 맞추었다. 그녀는 그의 머리카락이 자신의 얼굴과 가슴을 스치는 것을 느꼈다. 그녀가 다시 눈을 떴을 때 그는 그곳에 없었다.

다음날 에우메네스가 그녀의 처소로 와서 대왕을 대신해 청혼했다.

결혼식은 마케도니아식으로 치러졌다. 신랑이 검으로 빵을 잘라 신부에게 주었다. 신부는 그 빵을 신랑과 나누어 먹었다. 간소하고 상징적인 결혼식이었다. 스타테이라는 결혼식이 퍽 마음에 들었다. 피로연도 마케도니아식으로 치러졌다. 축하주가 풍성하게 넘치는 가운데 연회가 끝도 없이 계속되었다. 노래와 공연과 춤이 이어졌다. 스타테이라는 아버지 상중이었기 때문에 연회에 참석하지 않고 신방에서 신랑을 기다렸다. 신방은 왕궁의 제일 높은 곳에 마련되었다. 시트론나무로 만든 대형 침대에 이집트산 아마로 만들어진 휘장이 쳐졌다. 방 안에는 등불이 환히 밝혀져 있었다.

알렉산드로스가 신방으로 들어오자 잠시 병사들의 음란한 노랫소리가 뜰에서 들려왔다. 하지만 곧 잠잠해지더니 어디선가 엄숙한 노랫소리가 울려퍼졌다. 꽃이 핀 나뭇가지에서 나이팅게일이 우는 것처럼 부드러운 비가悲歌였다.

"무슨 노래요?"

대왕이 물었다. 속이 훤히 비치는 인도식 옷을 입은 스타테이라가 그의 곁으로 다가와 어깨에 머리를 기댔다.

"우리 고장에서 부르는 사랑의 노래랍니다. 혹시 아브라코메스와 안지아의 이야기를 아시나요?"

알렉산드로스가 그녀의 허리를 감싸안았다.

"물론 알고 있소. 그리스 작가가 『키루스의 교육론』이라는 작품에서 그 이야기를 묘사했소. 그런데 그 이야기를 페르시아어로 들으니 정말 아름답구려. 내가 아직 페르시아어를 못 알아듣기는 하지만 말이오. 아주 아름다운 이야기였다오."

"죽음을 뛰어넘는 사랑의 이야기랍니다."

스타테이라가 떨리는 목소리로 말했다.

알렉산드로스는 그녀의 옷을 차례로 벗겼다. 그리고는 자기 앞에 서 있는 알몸의 그녀를 말없이 바라보았다. 그는 그녀를 두 팔로 안아 침대에 눕혔다.

알렉산드로스는 다정하면서도 뜨겁게 그녀를 사랑했다. 마치 자신이 그녀에게서 빼앗은 모든 것, 이를테면 조국, 아버지, 즐겁게 보낼 수 있었던 젊은 시절을 일거에 보상해주려는 것 같았다. 그녀 역시 왕궁의 귀부인들이 전수해주었던 수천 년 된, 지혜로운 경험담을 바탕으로 열정적이고 뜨겁게 알렉산드로스의 노력에 보답했다.

알렉산드로스는 그녀의 가슴과 부드러운 배와 소년처럼 길고 미끈한 허벅지를 부드럽게 애무했다. 그러면서 점점 더 높아지는 신부의 신음소리를 들었다. 사랑을 하다 죽은 아브라코메스와 안지아의 노래가 향긋한 대기 중에 계속 울려퍼졌다.

그는 여러 번 그녀를 안았다. 매번 완벽하고도 힘있는 생명력을 그녀에게 쏟아내고 나서야 그는 그녀 옆에 누웠다. 그녀는 그가 잠들 때까지 가슴과 팔을 쓰다듬었다. 한밤중에 들려오던 노래도 점점 사라지고 있었다. 은은하고 조화로운 악기소리도 잠시 후에는 잠잠해졌다.

　막 비춰오기 시작한 햇빛이 알렉산드로스를 깨웠다. 대왕은 자리에서 일어나 보통 때처럼 렙티나를 부르려 했다. 그러다가 자기 앞에 시종과 시녀들이 질서정연하게 늘어서 있는 것을 발견했다. 오래 전부터 그곳에서 알렉산드로스가 일어나기를 참을성 있게 기다리고 있었던 것이 분명했다. 아직 잠이 덜 깬 알렉산드로스는 검을 쥐려다가 침대 머리판에 등을 기대고 앉았다.
　알렉산드로스가 물었다.
　"너희는 누구냐?"
　"저희는 폐하의 개인 시종들입니다. 그리고 저는 아침의 의식을 담당하는 책임자입니다."
　환관이 말했다. 알렉산드로스가 잠자고 있는 스타테이라를 흔들어 깨웠다. 그녀는 잠옷으로 몸을 가리며 일어났다.
　"내가 어떻게 해야 하는 거요?"
　알렉산드로스가 그녀에게 속삭였다.
　"아무것도 하실 필요 없습니다, 폐하. 저들이 다 알아서 할 겁니다."
　환관이 자기를 따라 욕실로 오라는 몸짓을 했다. 알렉산드로스가 욕실로 들어서자 시녀 두 사람과 반나체의 젊은 환관이 전신을 씻기고 향수를 뿌려주었다. 그가 욕조 밖으로 나오자 잘생긴 젊은 환관이 다가와 세심하고 능숙하게 물기를 닦아주었다. 신체 중 가장 민감한 부분을 닦을 때는 더욱 세심하게 닦아냈다.
　곧이어 옷 입을 시간이 되었다. 환관의 신호에 따라 시녀들이 차례차례 나타나 노련하고도 조심스럽게 옷을 입혀주었다. 알렉산드로스는 지금까지 한 번도 입어본 적이 없는 하얀 속옷을 입었다. 수놓은 아마 바지를 입히려 할 때는 몸짓으로 그것을 거부했다. 환관은 의관 담당자와 난처한 시선을 주고받았다.

"난 바지를 입지 않는다. 내 키톤을 가져와라."

대왕이 명령했다.

"하지만 폐하……."

의관 담당자가 대담하게 이의를 제기했다.

"난 바지를 입지 않는다."

알렉산드로스가 다시 한 번 단호하게 말했다. 의관 책임자는 그리스어를 몰랐지만 그 억양과 몸짓으로 대왕의 뜻을 이해했다. 시녀들은 속옷만 입고 있는 대왕을 보고 웃음이 나오려는 것을 억지로 참고 있었다. 환관과 황제의 의관 담당자는 눈으로 의견을 주고받았다. 그런 다음 시종을 보내 대왕의 그리스식 키톤을 가져오게 했다. 하지만 그들은 준비해놓은 나머지 옷들을 어떻게 해야 할지 알 수가 없었다. 젊은 환관이 새로운 생각을 해냈다. 그는 시녀에게서 넓은 소매가 있는 황제의 겉옷, 칸디스를 넘겨받아 대왕에게 내밀었다. 대왕은 의관 책임자를 한 번 쳐다보고는 머뭇거리며 옷을 입었다. 그러자 시종들이 머리에 쓰는 베일을 가져왔다. 시종들은 이마와 목에 우아한 방식으로 주름을 잡아 베일을 씌워주었다. 베일이 곡선을 그리며 어깨로 흘러내렸다.

다른 시종들이 그에게 향수를 뿌렸다. 젊은 환관이 거울을 가져다주었다.

"놀랄 만큼 아름다우십니다, 폐하."

알렉산드로스는 그 젊은이가 그리스어를 완벽하게 하는 것을 알고는 깜짝 놀랐다.

"네 이름은 무엇이냐?"

"제 이름은 바고아스입니다. 다리우스 폐하의 개인 시종이었고, 그의 총애를 받았습니다. 저만큼 다리우스 폐하에게 쾌락을 드린 사람은 아무도 없었습니다. 이제 저는 폐하가 원하신다면 폐하의 것입니다."

알렉산드로스는 관능적으로 말하는 그에게서 깊은 인상을 받았다. 하지만 대답은 하지 않았다. 알렉산드로스는 얇은 은거울에 비친 자신을 보았다. 옷은 생각보다 잘 어울렸다. 그가 스타테이라에게 자신의 멋진 모습을 보여주러 갈 때 못을 박은 마케도니아 신발소리가 복도에서 들려왔다. 잠시 후 완전무장을 한 클레이토스 장군이 나타났다.

"폐하, 중요한 전갈이 왔습니다……."

대왕을 보자마자 클레이토스 장군은 갑자기 말을 멈추었다. 잠시 후 그의 얼굴 표정이 바뀌더니 웃음을 터뜨렸다.

"그런데 대체 이 사람들은 누굽니까? 이 여자들, 이 내시들은 다 뭡니까? 그리고…… 대체 폐하 꼴은 그게 뭡니까?"

그러자 알렉산드로스는 노한 목소리로 소리쳤다.

"그만하게! 내가 대왕이라는 것을 잊었나."

"대왕이라고요? 어떤 대왕 말씀이십니까? 저는 생각이 잘 안 나는데요……. 대왕이 아니라 제가 보기에는……."

"한마디만 더 하면 무장 해제해 구속시켜버릴 테다. 그때도 웃을지 어디 두고보자."

클레이토스가 순식간에 표정을 바꾸며 고개를 숙였다.

"할말이 뭔가?"

"베수스가 박트리아나에서 아르타크세르크세스 4세라는 이름으로 황제가 되었음을 선포했다고 합니다."

"다른 소식은 없나?"

"약 7천 명의 마케도니아 지원군 부대가 견습기사들과 함께 엑바타나에 모습을 나타냈다고 합니다. 오늘 해가 지기 전에 이곳에 도착할 겁니다."

"알았다, 오늘 해질녘에 내가 직접 그들을 만나겠다. 군대를 정렬시키도록!"

클레이토스 장군은 다른 말이 튀어나오지 못하도록 자기 입술을 깨물며 밖으로 나왔다. 잠시 후 전 병영에 알렉산드로스가 페르시아 사람처럼 옷을 입고 여자들과 환관들에게 둘러싸여 있다는 소문이 퍼졌다.

"진담은 아니겠지!"

필로타스가 소리쳤다.

"우리 아버님께서 그런 수치스러운 광경을 보셨다면 스스로 눈을 가리셨을 거야."

"나도 그렇게 생각하네."

크라테로스가 대답했다.

"우리가 페르세폴리스에 있을 때였어. 그곳까지 원정을 온 것은 적들과 똑같이 행동하는 꼴을 보기 위해서가 아니라고 야단치던 사람이 누구였더라? 바로 알렉산드로스 아니었나?"

"이상할 것 하나도 없는데, 뭘 그러나?"

헤파이스티온이 끼어들었다.

"자네들, 이집트에서 알렉산드로스가 파라오처럼 차려입은 모습을 보지 못했나? 페르시아에서는 왜 페르시아 황제처럼 옷을 입으면 안 된다는 건가? 알렉산드로스는 황제의 딸과 결혼했고, 그의 제국을 이어받았어."

"알렉산드로스가 무슨 짓을 하든, 무슨 말을 하든 자네는 항상 그의 편을 드는군. 그래도 필리포스 선왕께서 그런 꼴을 보셨으면 끔찍해하셨을걸."

필로타스가 역정을 내듯 말했다.

"그만둬!"

헤파이스티온이 소리쳤다.

"알렉산드로스는 대왕이야. 자기가 하고 싶은 일을 할 권리가 있다고. 오히려 자네들이 부끄러운 줄 알아야 해. 그렇게 끔찍스러워하고 있는 클레이토스 장군도 마찬가지입니다. 만약 알렉산드로스가 여러분 천막을 페르시아 황금으로 꽉 채워준다면 이렇게 화를 내겠습니까, 안 그런가요? 필로타스, 대왕이 자네를 기병대의 최고 사령관으로 임명했을 때 기뻤지, 사실이지? 그런데 지금은 별것도 아닌 일을 가지고 분개하고 있군 그래. 아주 웃기는 일이군!"

"지금 내가 자네를 웃겼단 말인가? 자네 말을 듣고 있자니 내가 웃고 싶은걸!"

기분이 몹시 안 좋은 상태였던 클레이토스가 소리쳤다. 그는 위협적으로 주먹을 불끈 쳐들었다. 프톨레마이오스가 즉시 끼어들어 두 사람을 떼어놓았다. 셀레우코스도 합세해 그들을 말렸다.

"멈춰! 미쳤어? 됐어! 그만두라고, 염병할! 그만둬!"

헤파이스티온과 클레이토스는 서로를 노려보았다.

셀레우코스가 말했다.

"들어봐. 이런 쓸데없는 일 때문에 주먹질을 한다는 건 바보 같은 일이야. 알렉산드로스는 스타테이라를 기쁘게 하기 위해서, 아니면 호기심 때문에 페르시아 옷을 입었을 수도 있어. 우리는 언제나 의견일치를 보았고 앞으로도 계속 의견이 일치되어야 하네. 우리는 지금 주민들 중 대부분이 우리에게 적대감을 품고 있는 지역의 심장부에 와 있어. 우리끼리 싸우면 우리는 패배하고 말아, 알아듣겠나?"

"그건 쓸데없는 일이 아닐세."

등 뒤에서 또 다른 목소리가 들려왔다. 셀레우코스가 몸을 돌렸다.

"칼리스테네스……."

"다시 말하지, 그건 결코 쓸데없는 일이 아닐세. 알렉산드로스는 헬라스 동맹의 총사령관으로 그리스에서 출발했네. 그리스인들의 숙적을 물리칠 임무를 띠고 말일세. 이것이 바로 진정하고도 유일한 그의 임무지. 코린트에서 엄숙하게 맹세한 임무 말이야."

"알렉산드로스는 페르세폴리스를 불태웠네. 그것으로 충분하지 않나? 그는 헬라스라는 이상의 제단 위에 이 세상에서 가장 아름다운 왕궁을 제물로 바쳤네."

그때까지 침묵을 지키고 있던 에우메네스가 말했다.

"자네 생각이 틀렸네."

칼리스테네스가 반박했다.

"그는 선택의 여지가 없었기 때문에 그렇게 했네. 확실한 근거를 가지고 이런 말을 하는 것이네. 지금 이 시점에서 그에게는 그리스와 그리스인들은 별로 중요한 존재가 아니야. 지금 그에게 중요한 건 아무것도 없네. 난 그게 두려워."

그때 날카로운 나팔소리가 들렸다. 헤타이로이 부대가 병영의 서쪽 문에서 달려나와 입구 쪽 길가에 두 줄로 늘어섰다.

"지원부대가 도착했다!"

프톨레마이오스가 외쳤다.

"알렉산드로스가 곧 올 거야. 여기서 말다툼이나 하지 말고 빨리 준비하세."

칼리스테네스는 측은하다는 표정으로 고개를 저으며 그 자리를 떴다. 다른 사람들도 누가 먼저라고 할 것도 없이 갑옷을 입으러 각자의 막사로 갔다.

나팔소리가 울려퍼졌다. 헤타이로이 부대가 창을 높이 들어 경례를 했다. 새로 도착한 신병들은 질서정연하게 병영을 가로질러 행진했다. 그들은 높이 서 있는 연단 앞으로 가서 행진을 멈추고 정렬했다. 견습기사들은 하얀 망토와 붉은색 키톤 때문에 다른 병사들과 선명하게 구분되었다. 그들은 알렉산드로스의 동료들처럼, 대왕에게 충성을 다하려는 마케도니아 최고 귀족 가문 출신의 청년들이었다.

곧이어 대왕의 도착을 알리는 나팔소리가 울려퍼졌다. 전 병사가 동쪽 문을 향해 돌아섰다.

"오, 신들이시여! 아직도 페르시아 옷을 입고 있다니……."

프톨레마이오스가 손으로 이마를 짚으며 중얼거렸다.

알렉산드로스는 부케팔로스를 타고 앞으로 나아왔다. 고급스러운 아마 천으로 만든 페르시아 겉옷이 바람에 너울처럼 펄럭거렸다. 그의 모습은 얼굴을 감싸고 있는 스카프 때문에 아주 이상하게 보였다. 하지만 사람들의 눈에는 이상하리만큼 매력적으로 보이기도 했다.

연단 앞으로 뛰어내린 대왕이 천천히 연단으로 이어지는 계단을 올라갔다. 그런 다음 몸을 돌려 노병들과 신병들이 함께 모인 마케도니아 군대를 당당하게 바라보았다. 동료들을 비롯해 병사들이 놀란 눈으로 그를 올려다보았다. 연단 밑에 정렬해 있던 견습기사들도 자신들의 눈을 믿을 수 없다는 듯이 대왕을 쳐다보았다.

"나는 안티파트로스 장군이 파견한 우리의 동료를 환영하기 위해, 그리고 용감하고 의리 있는 전사가 되고자 파견된 마케도니아 귀족 가문의 자제들을 환영하기 위해 이곳에 왔습니다. 나는 여러분이 지금 나를 마치 유령처럼 바라보고 있다는 것을 잘 압니다. 내가 입고 있는 옷, 칸디스와 내가 머리에 두르고 있는 이 헝겊 때문일 겁니다. 지금 내가 그리스 전사들의 키톤 위에 걸친 옷은 페르시아 의상입니다. 난 여러분이, 내가 의도적으로 이렇게 옷을 입었다는 것을 알아주었으면 좋겠습니다. 난 이제 더 이상 마케도니아만의 대왕이 아니기 때문입니다. 나는 이집트의 파라오이며, 바빌로니아인들의 대왕이며, 페르시아인들의 대왕입니다. 다리우스는 죽었습니다. 그리고 나는 공주인 스타테이라와 결혼했습니다. 그러므로 난 그의 왕위를 계승한 것입니다. 그렇기 때문에 나는 다리우스의 것이었던 전 제국에 대한 권리를 되찾을 것입니다. 권력을 찬탈한 베수스가 어디에 숨어 있든 그를 추격해 대왕으로서의 권위를 공고히 할 계획입니다. 베수스를 잡아 그에 합당한 벌을 내릴 겁니다.

지금 나는 새로 도착한 병사들에게 선물을 주려고 합니다. 오늘 저녁, 모든 병사들에게 특별식과 포도주를 나누어줄 것입니다. 나는 여러분이 즐거운 시간을 보내고 계속 건강하길 바랍니다. 곧 우리의 목표를 달성할 때까지 쉬지 않고 행군할 것이기 때문입니다!"

박수가 쏟아졌다. 그러나 왠지 힘이 없는 소리였다. 알렉산드로스는 처음부터 병사들이 뜨겁게 환영의 박수를 치리라고 예상하진 않았다. 그는 병사들과 동료들이 느끼고 있는 감정을 너무도 잘 알고 있었다. 그리고 마케도니아에서 견습기사로 온 소년들이 얼마나 당황하고 있을지도 알고 있었다. 그 소년들에게 알렉산드로스는 살아 있는 전설이었다. 그런데 소년들은 살아 있는 전설 대신 야만인들의 옷을 입은 대왕과 마주하고 있었다. 그들이 보기에 여자들의 옷차림과 다를 바 없었다.

대왕은 박수소리가 가라앉기를 기다렸다가 다시 말했다.

"우리가 준비하고 있는 모험은 지금까지 맞섰던 전투들 못지않게 어려울 것입니다. 그리고 그 모험은 마케도니아에서 온 부대들로도 충분치 않습니다. 우리는 지금까지 한 번도 싸워본 적이 없는 적들과 맞붙어야 합니다. 우리는 10여 개의 도시와 요새에 주둔군을 남겨둬야 하고, 우리가 이수스와 가우가멜라에서 물리쳤던 것보다 훨씬 더 많은 수의 군대와 충돌해야 합니다……."

병영에는 무거운 침묵이 내려앉았다. 모든 전사들의 시선이 알렉산드로스의 얼굴에 고정되었다. 단 한마디도 놓치지 않으려고 열심히 귀를 기울였다.

"그 때문에 나는, 여러분이 좋아하지 않겠지만 꼭 필요한 결단을 내렸습니다. 우리는 계속적인 징병으로 고국을 고갈시킬 수 없습니다. 그렇다고 고국을 방어할 군대를 빼내올 수도 없습니다. 그래서 한 가지 방법을 생각해냈습니다. 나는 페르시아인 3만 명을 모아 마케도니아 군사기술에 따라 훈련시키기로 결정했습니다. 훈련은 즉시 시작될 겁니다. 내일 안으로 지방 총독 관할구역의 부대장들은 정확한 지침을 받게 될 것입니다.”

박수를 치는 사람이 한 명도 없고, 아무도 입을 열지 않았다. 돌같이 단단한 침묵 속에서 대왕은 혼자였다. 지금까지 대왕이 그렇게 혼자인 적은 단 한 번도 없었다. 헤파이스티온만이 그의 곁으로 다가와 부케팔로스의 고삐를 잡아주었다. 알렉산드로스는 말 위로 뛰어올라 자리를 떴다.

에우메네스는 읽고 난 두루마리를 다시 말았다. 그리고 칼리스테네스의 얼굴을 보았다.

"그러니까 자네가 보기에는 알렉산드로스가 이렇다는 건가?"

에우메네스가 물었다.

"자네는 '알렉산드로스가 왜 이렇게 묘사되어야 하는가'라고 묻는 것 같군."

칼리스테네스가 말했다.

"역사가의 임무는 직접 사건을 목격하거나, 아니면 믿을 만한 목격자의 이야기를 들은 후에 서술하는 것이 아닌가."

에우메네스가 문구를 암송하듯 말했다.

"내가 역사가의 임무조차 모른다고 생각하는 건가? 나는 알렉산드로스의 영혼과 생각들을 해석해 내 작품을 읽는 독자들이 잘 이해하도록 도움을 주려는 거야. 나는 자네의 도움이 필요하네. 자네가 매일 원정대의 일과를 기록하기 때문에 나는 지금까지 내가 쓴 것을 보여주겠다고 약속했네. 그리고 무엇보다도 자네에게 보여주려고 한 이유는……."

"알렉산드로스가 지금 자네가 쓴 글의 테두리를, 자네의 작품이 그려 놓은 경계선을 벗어나고 있기 때문이 아닌가?"

"아마도 그럴 걸세."

"단념하는 게 좋을 거야. 알렉산드로스는 이제 우리가 알고 있던 사람이 아니야. 어쩌면 우린 지금까지 한 번도 그를 제대로 알지 못했는지도 몰라."

"그는 전 그리스인들 앞에서 페르시아와 싸울 헬라스 동맹의 원정대를 지휘하겠다고 맹세했어."

"그랬지. 그리고 승리했네. 그리스인으로서는 최초이고 그뿐이야."

칼리스테네스는 참을 수 없다는 듯 벌떡 일어섰다.

"그래, 하지만 지금 그는 우리의 숙적인 페르시아 사람이 되어가고 있어. 그들처럼 옷을 입고 환관들과 후궁들에게 둘러싸여 있네. 그들에게 우리의 전투기술을 가르쳐주고 있어. 어떤 사람은 알렉산드로스가 페르시아어를 배운다고 하고, 또 어떤 사람은……. 어제, 그 야만인들과 벌인 연회에서, 사람들이 다 보는 곳에서 그…… 그……. 바고아스란 놈과 입을 맞추었다고 하더군."

"알렉산드로스는 자네처럼 생각하는 모든 사람들에게 충격을 주기로 결정했네. 이게 사실의 전부야. 그는 우리가 되돌아갈 수 없는 지점에 와 있다는 것을 사람들에게 이해시키고 싶어하네. 내가 보기에는 마케노니아인들의 연회가 더 야만스러운 것 같더군. 항상 그랬듯이 우리는 지금 상황을 그대로 받아들여야 해. 나를 믿게. 그리고 우리가 스스로를 안심시키기 위해 만들어놓은 알렉산드로스의 모습을 빨리 잊어버리게."

에우메네스가 말했다.

"안심?"

칼리스테네스가 비웃음을 띠며 물었다.

“그래. 자네의 ‘역사’에서 자네가 만들어냈던 알렉산드로스의 모습은 확신에 차 있고, 쉽게 이해할 수 있고, 교양 있고, 아주 중용적인 정치사상을 가진 사람이었어. 그것이야말로 그리스인이 사랑할 만한 모습이지. 하지만 알렉산드로스는 그와 전혀 다른 사람이야.”

“오, 그 점에 대해서는 의심의 여지가 없네. 매일 그 사실을 우리에게 상기시켜주는 일들이 벌어지니까. 병사들은 혼란에 빠졌고 마케도니아에서 온 신병들과 견습기사들은 분개하고 있네. 그들은 영웅을, 정복자를, 아킬레우스와 헤라클레스의 후계자를 만나리라 기대하고 있었지. 그런데 그들은 매일 야만인들의 옷과 수치스러운 풍습을 소개하는 남자를 눈앞에서 보게 된 거지.”

“우리에게 익숙한 풍습과 다를 뿐이네. 알렉산드로스는 사막과 고원을 지나 어떤 그리스인도 밟아보지 못한 땅으로 우리를 데려왔네. 나일 강, 티그리스 강, 유프라테스 강 너머까지 우리를 데리고 왔어. 그리고 지금은 인도까지 꿈꾸게 되었네. 그 어떤 것도 예전과 같을 수는 없어. 그것을 이해하지 못하겠나?”

에우메네스가 안타까운 표정으로 물었다.

“이해하네. 하지만 결코 받아들일 수는 없어.”

“알렉산드로스에게 그런 말을 했나?”

“물론.”

“알렉산드로스가 뭐라고 하던가?”

“이렇게 대답하더군. ‘쓰고 싶은 대로 쓰게, 칼리스테네스’ 그런 말을 하는 걸 보면 이제 그에게 중요한 건 아무것도 없어. 아무것도 중요하지 않다고.”

에우메네스는 더 이상 다른 말을 덧붙이지 않았다. 그는 칼리스테네스가 몹시 씁쓸해한다는 것을 알고 있었다. 그의 확신과 그의 머릿속에서 형태를 취해가는 생각들을 떨쳐버리게 할 만한 것이 에우메네스에겐 없었다. 시간이 너무 늦었기 때문에 에우메네스는 자기 거처로 가기 위해 자리에서 일어섰다.

에우메네스는 문턱을 넘기 전에 잠시 칼리스테네스 쪽으로 몸을 돌렸다. 칼리스테네스에게 해줄 말이 생각났던 것이다.

"알렉산드로스는 계속 변할 걸세. 그의 호기심은 끝이 없기 때문이고 지칠 줄 모르는 생명력을 가졌기 때문이야. 평생 단 한 번도 육지에 내려앉지 않고, 날아가면서 잠을 잔다는 물총새 같지. 만약 그의 뒤를 따라가고 싶지 않다면 떠나게, 칼리스테네스. 아직 시간이 있을 때 돌아가도록 해."

에우메네스는 칼리스테네스를 혼자 남겨두고 나갔다. 혼자 남은 칼리스테네스는 에우메네스의 말을 곰곰이 생각해보았다. 그는 등불 밑에서 『알렉산드로스 원정사』의 몇 줄을 눈으로 훑어보았다. 잠시 후 하인의 목소리에 그는 다시 정신을 차렸다.

"나리, 지원부대와 함께 온 남자가 있습니다. 얼마 전부터 나리를 찾고 있습니다. 나리께 말씀드릴 게 있답니다."

남자가 안으로 들어와 자신을 소개했다. 그의 이름은 에보니모스로, 비잔틴 태생이었지만 트라케의 네아폴리스 근처에 산다고 했다. 스타기로스의 위대한 학자 아리스토텔레스가 편지를 맡겼던 것이다.

"내가 칼리스테네스요. 여기 스타테르 금화 두 냥이 있소. 당신의 친절에 대한 대가요. 이제 편지를 가져도 되겠소?"

남자는 편지를 넘겨주었다. 그는 돈을 주머니에 넣고 포도주를 한 잔 마신 다음 밖으로 나갔다.

아리스토텔레스가 조카 칼리스테네스에게

잘 있었느냐!

몸 건강히 지내고 있기를 바란다. 나는 불행하게도 심한 어깨 통증에 시달리고 있다. 밤에도 통증이 사라지질 않는구나. 내 편지가 어디쯤에서 네 손에 들어갈지, 네가 최상의 정신상태를 누리고 있는지 자문해본단다. 알렉산드로스가 나의 수집활동을 도와주기 위해 보낸 수많은 동물과 식물들이 속속 도착하고 있단다. 그것들을 통해 나는 네가 속한 원정대가 지금 멀고 먼 낯선 고장을 향해 가고 있다는 것을 알게 되었다.

나는 조사를 계속하기 위해 아카데미의 일이 한가한 틈을 타 마케도니아와 트라케에 다녀왔다. 파우사니아스와 필리포스 선대왕의 암살을 계획했던 니칸드로스의 본명은 에우피토스였다. 그리고 지난번 편지에서 말했듯이, 그에게는 딸이 하나 있는데 그 딸은 트라케의 아르테미스 신전에 숨어 지내고 있다. 나는 안티파트로스라는 장교의 도움으로 딸을 찾아냈단다. 그리고 안전한 곳에서 딸을 보호하고 있다. 자기 딸이 어디에가 있는지 알게 되면 그자는 진실을 말할 수밖에 없을 거다. 그래야만 딸을 다시 찾을 수 있을 테니까.

난 그자가 자신이 알고 있는 사실을 이야기하리라고 믿고 있다. 하지만 그전에 이미 몇 가지 사실을 알게 되었다. 이피로스의 호위대원 한 사람이 왕의 암살범들과 내통해 파우사니아스를 살해했더구나. 에우피토스가 그 호위대원을 은신시키는 임무를 맡았지. 이런 상황 증거들로 볼 때 황태후에게 다시 의심이 간다. 하지만 모든 것이 분명해질 때까지는 선입견을 없애는 것이 좋을 것 같구나.

에우피토스라는 남자는 아직 살아 있고 할리아르토스에서 멀지 않는 포키스의 산간마을에 숨어 있다. 날씨가 조금만 좋아지면, 그리고 어깨 통증이 가라앉으면 그 마을에 한 번 가볼 생각이란다. 지금은 날씨가 너무 좋지 않구나.

몸조심하거라.

칼리스테네스는 편지를 다시 말았다. 그리고 자리에 누워 잠을 청하기 위해, 이런저런 일들을 생각해보려 애썼다.

　며칠 뒤, 다시 행군이 시작되었다. 출발하기 전날 밤 알렉산드로스는 동료들과 부대의 사령관들에게 페르시아식으로 만든 은 마구와 자줏빛 망토를 선물했다. 그것을 거절하는 사람은 없었다. 깜둥이 클레이토스 장군까지도 마찬가지였다. 하지만 클레이토스나 필로타스는 그것을 사용하지 않았다. 스타테이라는 궁정의 귀부인들과 함께 엑바타나로 떠날 예정이었다. 그곳에서 아버지의 무덤을 찾아보러 페르세폴리스로 떠날 계획이었다. 알렉산드로스는 그녀를 떠나보내려니 마음이 편치 않았다.
　"제 생각 하실 거죠?"
　시녀들이 출발 준비를 하는 동안 스타테이라가 물었다.
　"언제나, 전쟁터 한가운데에서도 당신을 생각할 거요. 당신도 나를 생각해주겠지? 내 사랑스러운 신부."
　"바고아스도 데려가실 건가요?"
　스타테이라가 질투심을 숨기며 물었다.
　"그렇소."
　알렉산드로스가 대답했다.
　"바고아스는 나를 즐겁게 해주고, 여러 가지 걱정으로 골머리를 앓을 때 나를 진정시켜준다오. 그는 매혹적으로 춤을 추고 노래도 할 줄 알아요."
　"그리고 또 이수 잘생겼지요. 아름다운 아가씨도 질투할 만큼 완벽한 엉덩이도 가졌어요. 그리고 피부는 장미 이파리처럼 부드럽고 매끄럽지요. 제가 아버님께 바고아스를 선물했으니까, 결국 제가 그를 폐하께 선물했다고 생각하셔도 될 거예요."
　스타테이라가 말했다.
　알렉산드로스는 오랫동안 그녀를 끌어안았다. 그리고 그녀가 마차 위로 오르는 것을 도와주었다.

"임신한 것을 알게 되면, 내가 어디에 있든 제일 발빠른 전령을 보내 알려줘요. 내 보물 관리인에게 당신이 원하는 것이라면 무엇이든 쓸 수 있게 하라고 편지를 썼소."

"제게 필요한 건 당신이에요. 하지만 모든 것을 다 가질 수는 없지요. 몸조심하세요. 그리고 제일 선두에 서지 마세요. 전 당신의 죽음을 받아들일 수 없을 거예요."

그렇게 말하고 스타테이라는 다시 그에게 입을 맞추었다.

해가 히르카니아의 높은 산 뒤에서 얼굴을 내밀고 있었다. 수천 마리의 말발굽소리, 노새몰이꾼들의 고함소리가 등 뒤에서 들려왔다. 알렉산드로스는 몸을 돌렸다. 기다란 마차 행렬이 무장한 페르시아 기사들의 호위를 받으며 군 행렬을 따라가고 있었다.

"저 마차에 탄 사람들은 누구냐?"

놀란 대왕이 행렬을 지휘하는 장교에게 물었다.

"후궁들입니다, 폐하. 1년 365일과 똑같은 숫자인 365명입니다. 물론 그들에게는 수행원들이 각각 딸려 있습니다."

스타테이라가 장교 대신 대답했다.

"내 후궁들이라고요? 하지만 난 전쟁을 하러 가는 것이오……."

"저 후궁들을 떼어놓으시면 안 됩니다. 모두 우리 동맹국의 공주들이거나 대초원에 사는 힘있는 부족장의 딸들입니다. 그들이 베수스와 동맹을 맺기를 바라시는 것은 아니겠지요?"

"물론 아니오."

원정대는 무성한 초목들이 물결치는 고원의 동쪽으로 행군했다. 스타테이라 공주를 제외한 페르시아 궁정 사람들이 원정대를 따라간다는 소식은 곧 부대 전체로 퍼졌다. 동요와 빈정거림, 혹은 비웃음이 사방에서 터져나왔다. 헤파이스티온은 대왕의 명예를 지켜주기 위해 수도 없이 칼을 빼들었다. 하지만 프톨레마이오스와 셀레우코스는 옆에 서 있다가 심각한 폭동으로 번질 수도 있는 말다툼과 결투를 무마시키곤 했다.

행군을 시작한 지 20여 일이 지났다. 길 안내원들이 베수스가 피신해 있는 박트리아나 쪽으로 가기 위해 북쪽으로 방향을 잡았다. 그때 아리아와 이라코시아 지방의 총독인 사티바르자네스와 바르사엔테스가 반란을 일으켰다는 소식이 날아들었다. 그들의 반란으로 마케도니아 군대의 배후에는 심각한 위험이 도사렸다.

알렉산드로스는 즉시 그리스 갑옷으로 갈아입고 작전회의를 소집했다. 회의에 참석한 사람들은 알렉산드로스가 아르가이 별이 새겨진 반지 외에도 페르시아 황제의 인장이 새겨진 반지를 끼고 있는 것을 발견했다.

알렉산드로스가 말했다.

"친구들. 행군의 진로를 변경해야 한다는 것을 여러분도 알고 있을 것이오. 우리는 사티바르자네스와 바르사엔테스의 반란을 진압하기 위해 부득이 남쪽으로 가야 합니다. 내가 전 기병대를 이끌고 떠날 테니 크라테로스 장군이 보병대와 함께 뒤따라오시오. 필로타스와 프톨레마이오스, 리시마코스와 레온나토스 장군이 나와 함께 갈 것이오. 페르디카스와 셀레우코스 장군은 크라테로스 장군과 함께 행동하시오. 우리는 반란군이 이 사실을 알기 전에 먼저 그들을 습격해 전멸시킬 겁니다. 크라테로스 장군은 도착하는 대로 우리를 도와줘야 합니다. 더 좋은 의견이 있는 분은 자유롭게 말씀하시오."

비단 의견만이 아니라 보통 때처럼 웃거나 농담을 하거나 호언장담을 하는 사람은 아무도 없었다. 불만과 당혹스러움이 담긴 무거운 분위기였다. 깜둥이 클레이토스가 대왕의 페르시아 복장에 대해 비난했을 때, 대왕이 클레이토스에게 어떻게 말했는지 그들은 잘 알고 있었다. 그들은 쓸데없이 행군 속도를 늦추게 만드는, 어마어마한 수의 후궁들과 하인들, 환관들에 대해서도 불만이었다. 그들을 호위하는 게 얼마나 부담스러운지, 얼마나 많은 노력이 필요한지를 알면서도 그들은 굳게 입을 다물었다. 마케도니아 군대와 페르시아 군대 사이에 마찰이 일어나고 있는 것을 알면서도 함부로 말하지 못했다.

알렉산드로스는 동료들에게서 우정이나 이해의 표정을 찾아보려고 주위를 살폈다. 하지만 동료들은 지금껏 알렉산드로스에게 애정을 보였다는 것이 수치스럽다는 듯 하나같이 시선을 떨구었다.

"별로 유쾌하지 않은 것 같군. 혹시 내가 여러분에게 잘못한 게 있나? 내가 자네들을 실망시키는 행동을 했던가? 자, 말해보게!"

대왕이 조심스럽게 말했다. 그러자 헤파이스티온이 나서서 말했다.

"저들은 말할 용기가 없네. 그리고 두려워하고 있어. 저들을 보게! 부자가 되어 삶을 즐기고 싶은 지금, 그들은 겁을 내고 있어. 자네가 너무 화려하게 옷을 입는다고, 페르시아 군인들과 저 많은 여자들을 데리고 행군한다고 자네를 비난하고 있네. 하지만 그들 자신도 그렇게 하고 싶을 거야. 멋진 저택에서 안락한 생활을 하고 싶을 거라고. 저들은 자네가 어디로 가든, 세상 끝까지 따라가겠다는 약속을 이제 다 잊어버린 거야. 그렇지 않은가, 자네들? 자, 말해보라고. 혹시 혀를 삼켜버린 건 아니겠지?"

"그만두게, 헤파이스티온."

크라테로스가 잘라 말했다.

"나는 지금 이 순간 폐하를 위해 목숨을 바칠 준비가 되어 있네. 다른 동료들도 그럴 준비가 되어 있다고 믿네. 이것은 옷이나 후궁들 문제가 아니야. 병사들은 이 전쟁이 언제 끝날지 알아야 할 필요가 있어. 목표 지점이 어디인지, 그곳까지 가려면 얼마나 걸리는지 알아야 할 필요가 있다고. 하루하루 보내다가 마지막 순간에 가서야 아직도 여정이 더 남아 있다는 것을 알게 되면 안 돼. 북쪽으로 가는 게 아니라 남쪽으로, 아니 어쩌면 서쪽으로 가게 될지도 모르는 일이잖나? 그들은 모두 알렉산드로스를 자신들의 대왕으로 믿고 있어. 하지만 알렉산드로스, 자네 또한 항상 그들의 대왕이라는 것을 유념해야 하네. 그들은 자네를 따를 준비가 되어 있지만 이렇게 불분명한 상황이 지속된다는 건 곤란해. 하루하루 희망도 없이, 그 무엇에 대한 확신도 없이 살아갈 수는 없네."

알렉산드로스는 아무 말 없이 고개를 끄덕였다. 불과 한 달 전까지만 해도 행군을 되돌린다는 것은 상상조차 할 수 없었다. 하지만 상황이 변했고 알렉산드로스는 그들을 납득시킬 책임이 있었다.

다시 헤파이스티온이 말했다.

"자네들은 병사들에게 뭐라고 했나? 지금 기병대의 총사령관인 필로타스, 자네는 자네 휘하의 헤타이로이들에게 뭐라고 했나? 자네와 자네

아버지의 공헌이 없었다면 알렉산드로스가 아무것도 이루지 못했을 것이라고 계속 말하고 있지 않나? 알렉산드로스가 무기력한 인간이 되었다고 말하지 않았나? 매일 밤 알렉산드로스가 하는 일이라곤 알몸의 후궁들을 구경하며 자기 성기를 보살펴줄 여자를 고르는 것밖에 없다고 하지 않았나? 공부도 하지 않고, 병사들의 운명 따위에는 신경조차 쓰지 않는다고 말하지 않았느냐고?"

"거짓말이야! 난 그런 말을 한 적이 없어, 절대로."

필로타스가 미친 듯이 소리쳤다. 그래도 헤파이스티온은 말을 멈추지 않았다.

"물론 그런 말을 하진 않았겠지. 내가 한 말은 병영에 떠돌고 있는 소문이 그렇다는 거야. 우리가 이수스 전투를 마친 뒤 킬리키아에 있을 때, 그리고 아몬의 오아시스에서 돌아오고 난 뒤 이집트에 있을 때도 한결같이 떠돌던 소문이지."

"중상모략이야! 거짓말이야! 그런 말을 한 자를 내게 데려와보게. 솔직하게 그런 말을 할 수 있는 자를 한 명만이라도 찾아와보게. 어제 내 동생 니카노레스가 자드라카르타에서 부상을 입었다는 소식이 왔네. 히르카니아 산에서 정찰을 돌다가 화살을 맞았어. 온갖 치료를 다 했지만 아무 소용이 없네. 누구 한 사람 내 동생을 걱정해주었나? 또다시 아들을 잃게 된 우리 아버님을 위해 누구 한 사람 생각해준 적이 있나? 그렇다고 내가 임무를 소홀히 한 채 동생을 간호하겠다고 청하기라도 했던가?"

"자네는 기병대의 총사령관이야. 자네의 지위 때문에라도 불쌍한 니카노레스는 잊었어야 했어."

헤파이스티온이 반박했다. 그러자 필로타스가 자리에서 벌떡 일어나 헤파이스티온에게 달려들려고 했다. 하지만 프톨레마이오스가 필로타스를 막았다.

"그만둬!"

프톨레마이오스가 헤파이스티온에게 외쳤다.

"필로타스에게 그런 식으로 말하는 건 옳지 않아. 니카노레스는 죽어가고 있어. 방금 전, 이 회의가 시작되기 전에 나도 전령에게서 소식을 들었어. 어쩌면 벌써……."

회의가 열린 천막 안에 무덤 같은 침묵이 내려앉았다. 그 침묵을 뚫고 고원의 스산한 바람소리와 깃발 펄럭이는 소리가 들려왔다. 필로타스는 두 손으로 얼굴을 가렸고 헤파이스티온은 시선을 떨구었다. 두 사람은 무슨 말을 해야 할지 모르는 것 같았다. 셀레우코스와 프톨레마이오스는 눈길을 주고받으며 이 참을 수 없는 긴장을 풀어줄 묘안을 찾아보았지만 헛일이었다. 알렉산드로스의 발 밑에 웅크리고 있던 페리타스는 불안한지 낑낑거리며 주둥이를 쳐들었다. 녀석은 주인의 머리를 무겁게 하는 문제를 감지하고 있는 것 같았다.

알렉산드로스가 페리타스를 쓰다듬었다. 그런 다음 자리에서 일어서며 말했다.

"니카노레스의 일은 정말 안됐네. 하지만 난 먼저 자네들을 믿어도 되는 건지 아닌지를 알아야겠어."

크라테로스가 동료들을 쳐다보았다. 그러다가 자리에서 일어나 대왕에게로 갔다.

"어떻게 그것을 의심할 수 있나? 우리는 항상 자네와 함께 있지 않았나. 그리고 우리는 전부에서 온갖 종류의 부상을 입었어. 우리는 단지 자네가 우리에게 뭘 원하는지 알고 싶을 뿐이야. 자네를 좇아 여기까지 온 병사들도 자네가 뭘 원하는지 알고 싶어하네."

"그게 뭔지 여러분은 이미 알고 있으리라고 생각하네. 나 자신은 하나도 변하지 않았어. 난 그동안 해야 할 일을 한 것뿐이야."

알렉산드로스가 대답했다.

"내가 말해도 되겠나?"

레온나토스가 대왕에게 물었다.

"물론이지."

"병사들은 자네가 페르시아 황제처럼 될까봐 두려워하고 있네. 자네는 병사들에게 페르시아인들처럼 행동하도록 강요했어. 게다가 지금은 페르시아인들로 하여금 그리스인들처럼 행동하라고 강요할까봐 두려워하네."

"내가 페르시아 황제처럼 되고 싶었다면 페르세폴리스의 왕궁을 불태웠겠는가? 내일 우리는 다시 행군할 걸세. 내 정보원이 사티바르자네스가 아르타코아타에 있다고 알려주었네. 새벽에 떠날 걸세. 자네들 중에 그럴 필요가 없다고 생각하는 사람은 자기 부대원을 이끌고 되돌아가네."

"알렉산드로스, 하지만 우리는……."

레온나토스가 뭔가를 말하려던 참이었다. 하지만 대왕은 이미 그곳을 떠난 뒤였다. 필로타스가 고개를 들었다. 그리고 주위의 얼굴들을 쳐다보며 말했다.

"알렉산드로스는 우리를 이런 식으로 대할 권리가 없네."

알렉산드로스는 자기 천막에 도착했다. 안에서 솔리스의 에우몰푸스가 알렉산드로스를 기다리고 있었다.

"사티바르자네스에 대한 다른 소식이 있나?"

알렉산드로스가 의자에 털썩 주저앉으며 물었다.

"그는 지금 한바탕 격전을 준비하고 있습니다. 하지만 그의 부대는 사기가 몹시 저하되어 있습니다. 용맹스럽게 저항해올 것 같지는 않습니다. 회의는 어떻게 되었습니까?"

알렉산드로스가 어깨를 으쓱했다. 그러자 다시 정보원이 말했다.

"신경쓰지 마십시오 그들에게 필요한 것은 새로운 것에 익숙해지는 것뿐입니다. 자신의 전통에 너무 집착하는 사람들이지요. 제가 보기에 지금 그들은 질투를 하고 있어요. 그들은 폐하가 자신들에게서 멀어질까 두려워하고 있으며 지금처럼 친밀하게 폐하를 대할 수 없을까봐 겁을 내는 겁니다."

"자네는 그들을 너무나 잘 알고 있는 것 같군."

"충분히 알고 있지요."

"자네가 하고 싶은 말은 뭔가?"

"이수스의 전투 후 저는 폐하의 친구분들에게도 신경을 좀 썼습니다. 그들의 침대로 처녀들을 들여보낸 게 누군 것 같습니까?"

"자네가?"

"오, 둔하시기는! 잘하든 못하든 그게 제 일이랍니다. 그리고 잠자리 이야기가 제 전문 분야입니다. 남자들은 여자와 잠자리를 하고 난 후 아무것도 꺼리지 않고 이야기하는 경향이 있다는 것을 아십니까? 흥미롭지 않습니까?"

"그만두게."

"그때 폐하 친구분들의 잠자리에 들어갔던 여자들이 제게 여러 가지 보고를 해왔습니다."

"내 친구들은 절대 날 배신하지 않을 걸세."

"아마 그럴 겁니다. 하지만 유혹의 상황이 닥쳤을 때 개중에는 위험한 사람이 있을 수 있습니다. 예를 들면 기병대 총사령관인 필로타스 장군 같은 사람이지요. 그는 미묘한 책임을 맡은 사람입니다."

알렉산드로스가 갑자기 그의 말에 주의를 기울였다.

"필로타스에 대해 뭔가 알고 있는 게 있나?"

"그리 많지는 않습니다. 하지만 요즈음 그는 폐하가 오만한 젊은이에 불과하다고 말하곤 했습니다. 자신과 자기 부친이 없었다면 폐하는 그라니코스에서도, 이수스에서도 절대 승리할 수 없었을 것이라고 말입니다. 그런데도 자신들을 부당하게 대우한다는 말까지 했습니다.”

“왜 그런 말을 내게 전하지 않았는가?”

“폐하께 그런 말씀을 드리고 싶지 않아서입니다.”

“그런데 지금은 무엇 때문에 이야기를 하는 건가?”

“지금은 상황이 위태롭기 때문입니다. 폐하는 전혀 낯선 곳을 통과하면서 야만족들과 맞서고 계십니다. 폐하께서는 누구를 믿고 누구를 믿지 말아야 하는지를 아셔야만 합니다. 사촌인 아민타스 왕자도 조심하십시오.”

“아나톨리아에서 아민타스를 풀어준 뒤, 그를 주의 깊게 감시하라고 일러놓았네. 그는 항상 용감하게 행동하고 나에 대한 의리를 지키고 있네.”

“바로 그것입니다. 아민타스는 의리 있고 용감한 왕자입니다. 만약 폐하께서 병사들의 지지를 잃게 될 경우, 병사들은 누구에게 시선을 돌리겠습니까?”

알렉산드로스는 말없이 그를 바라보았다. 알렉산드로스의 눈에 담긴 대답을 에우몰푸스가 말했다.

“아민타스는 아르가이 왕가의 유일한 생존자입니다. 이건 누구도 부정할 수 없는 사실이지요. 부디 신들의 가호로 편안하게 주무시길 바랍니다.”

그가 일어서서 가볍게 목례를 했다. 페리타스가 자신을 좇아오지 않는다는 것을 확인한 그는 천천히 자신의 숙소로 향했다.

아시아의 내륙이 알렉산드로스의 원정대 앞에 펼쳐졌다. 주변 경관은 점점 황량하고 거칠어졌다. 수직으로 내리쬐는 햇빛에 바위들은 벌겋게 달아올라 있었다. 사방은 전갈과 뱀들 천지였다. 드문드문 자라고 있는 가시 돋친 관목들이 바짝 마른 샘 바닥에 여기저기 흩어져 있었다. 남아 있는 강물은 짠물이 고인 늪으로 흘러들어 죽어갔다. 늪의 물이 짠 이유는 그 주위에 넓게 퍼져 있는 소금기 때문이었다. 병사들은 더위를 식혀줄 그늘 하나 없고 바람 한 점 불지 않는 땅을 아무 말 없이 행군했다.

새 한 마리 날지 않는 하늘은 청동 방패처럼 뜨거운 빛을 땅으로 반사해냈다. 기끔씩 느리게 닐아가는 세들이 보일 때도 있었다. 그것은 십중팔구 독수리들이었다. 독수리들은 기운을 잃고 쓰러졌거나 황량한 바위 틈에서 죽어간 하역 짐승들을 호시탐탐 노렸다.

아몬에서의 여행도 이렇게 고통스럽지는 않았다. 그 모래 사막의 언덕들은 단순한 형태 속에서나마 장엄한 아름다움을 간직하고 있었다. 하지만 모두의 머릿속에는 죽음밖에 떠오르지 않았다. 허무와 고독과 고통스러운 불안감 외에는 아무것도 느낄 수가 없었다. 깊은 향수와 고향으로 돌아가고 싶은 바람이 점점 더 커졌다. 기운을 잃은 그들에게는 그 어떤 목표도, 그 어떤 의미도 중요하지 않았다. 끝도 없고 기준점도 없는 메마른 땅 위에서 고통에 사로잡힌 채 마지못해 발걸음을 옮겼다. 그나마 지평선 너머에 목적지가 있으리라는 희망을 갖게 된 것은 원주민 안내원들의 이해할 수 없는 자신감 때문이었다.

영광스러웠던 모험의 나날들은 이미 오래 전의 추억이 되고 말았다. 병사들은 대왕의 호소에 충동적으로 대답한 것을 후회하고 있었다. 이렇게 황폐한 고장에서 대왕이 뭘 찾는지 이해한 병사는 아무도 없었다. 그들은 낙타와 양들의 배설물로 뒤덮인 황량한 땅, 마을이라고 해봐야 고작 집 몇 채가 전부인 지역을 고생스럽게 행군하고 있을 뿐이었다.

그들이 그렇게 고통과 실의에 빠져 있을 무렵, 점차 주변 풍경이 바뀌었다. 공기가 차츰 시원해지면서 평지에 조금씩 구릉들이 나타났다. 가끔씩 내리는 비 덕택에 구릉 위에는 엷은 초록색 베일이 드리워져 있었다. 나무도 띄엄띄엄 자라고 있었다. 몸집이 작고 털이 거친 말떼와 털이 뻣뻣한 낙타들이 풀을 뜯는 광경도 보였다. 조금 더 전진하자 강을 사이에 둔 계곡이 나타났다. 마침내 사티바르자네스의 요새인 아르타코아타의 탑들과 성벽이 강물에 어른거리며 그 모습을 드러냈다.

그때였다. 갑자기 요새의 문이 열리더니 함성과 함께 기병대가 붉은 먼지구름을 일으키며 돌격해왔다. 알렉산드로스의 군대는 제대로 전투대형을 갖출 시간도 없었다. 적 기병대가 일으킨 먼지구름은 폭풍우를 몰고 오는 먹구름처럼 평야에 넓게 퍼져갔다. 필로타스와 크라테로스가 즉각 경보 나팔을 불게 했다. 헤타이로이들이 목이 말라 지쳐 있는 말에 박차를 가했다. 첫 전투의 상황은 좋지 못했다. 불시에 공격을 받은 병사들은 후퇴하면서도 용감하게 싸웠다. 쉬지 않고 불어대는 나팔소리에 후위부대들이 앞으로 몰려나갔다.

알렉산드로스는 후미에서 궁정 행렬을 수비하던 페르시아 병사들을 공격 일선으로 내보냈다. 그들이 탄 말은 더위와 피로에 강한 파르티아 말들이었다. 페르시아 병사들은 명령을 받자마자 맹렬하게 앞으로 질주했다. 메디아인과 히르카니아인 전사들과 일부 불사조 근위대들은 새 황제의 눈에 띄기 위해 적진 사이로 과감히 파고들어 길을 열어놓았다. 적진에 혼란이 벌어졌다. 적과 아군을 구별할 수 없는 그들의 복장 때문이었다. 페르시아 병사들을 전투에 투입시킨 것은 대성공이었다.

첫 충돌의 충격이 줄어들자 이번에는 여기저기서 흩어진 병사들간에 격렬한 싸움이 벌어졌다. 그때까지 미처 대열을 정비하지 못한 정예부대 기사들이 휴식을 취한 말 위에 올라탔다. 대왕은 그들의 선두에서 적의 측면으로 돌진했다. 사납게 돌진하다가 잠시 주춤거렸던 사티바르자네스의 병사들은 갑자기 나타난 정예부대를 보자 이내 절망감에 사로잡혔다. 그때 페르디카스가 칼과 긴 낫으로 무장한 아그리아인들을 또다시 돌진시켰다. 그들은 말을 타지 않고 걸어다니며 적들을 무참하게 도륙했다. 앞을 분간할 수 없는 먼지에 몸을 숨긴 아그리아인들은 유령처럼 움직이며 희생자를 골라 정확하게 일격을 가했다. 실패란 없었다.

사티바르자네스는 자신의 기습작전이 실패로 끝난 것을 보자 나팔을 불어 퇴각을 명령했다. 적은 재빠르게 도시의 성벽 안으로 달아났다. 잠시 후 싸움터에 바람이 불면서 흙먼지가 흩날렸다. 수백 명의 전사자들과 구조를 청하며 울부짖는 수많은 부상병들이 흙먼지에 뒤덮였다.

아그리아인들은 이곳저곳을 옮겨다니며 적의 목을 잘랐다. 그리고는 그들의 무기와 장신구들을 약탈했다. 성벽 위에서는 여인들이 그 광경을 지켜보며 머리를 쥐어뜯고 비명을 질렀다.

그동안 에우메네스는 성 외곽에 병영을 세우고 방어용 참호와 둑을 쌓으라고 명령했다. 그때 페르시아인들을 출격시킨 대왕의 결정에 불만을 품은 병사들의 목소리가 터져나왔다.

"그 야만인들을 개입시킬 필요가 있었나?"

"우리 힘만으로도 충분히 잘해낼 수 있었어. 우리 보병들은 싸움터에 들어가보지도 못했다고."

"그래, 맞아."

누군가 동의했다.

"폐하는 우리에게 굴욕감을 느끼게 했어. 이건 부당한 일이야. 우리가 지금까지 온갖 희생을 다했는데 말이야."

"할말이 없어."

"이제 폐하는 페르시아인이 된 거야. 페르시아 친위대에 둘러싸여 있고, 마사지를 해주는 그 내시와 함께 목욕을 하잖아. 난 다른 건 몰라……. 그렇지만 저 많은 후궁들을 끌고 다니는 건 도저히 못 참겠어. 그들의 보초를 서느라고 죽을 고생을 하는 사람은 우리란 말야……."

에우메네스는 그들의 말에 몹시 기분이 상했지만 조용히 듣고 있었다. 그들이 주고받는 말을 들은 사람은 또 있었다. 솔리스의 에무몰푸스였다. 에우몰푸스는 병사들과 떨어져 천막 안에서 대부분의 시간을 보냈지만 많은 정보통을 가지고 있었다. 그가 모르는 것은 거의 없었다.

어느새 병영이 세워졌고, 병사들은 쉴 준비를 했다. 해가 황토색의 아르타코아타 성벽 뒤로 기울어졌다. 그러자 비통한 나팔소리가 울려퍼졌다. 엑바타나와 자드라카르타에서 대왕의 안내원 노릇을 했던 옥사트레스가 대왕에게 다가왔다.

"이건 우리를 부르는 신호입니다."

옥사트레스가 그리스어로 말했다. 그의 그리스어는 나날이 좋아지고 있었다.

"자네가 가게, 옥사트레스 어쩌면 담판을 짓고 싶은지도 몰라……. 항복할지도 모르고……."

옥사트레스가 말에 올라타고 도시의 성벽으로 다가갔다. 그와 동시에 기사 한 사람이 성밖으로 나와 옥사트레스에게로 다가왔다. 두 사람은 잠시 얘기를 나눈 뒤 각자 왔던 곳으로 되돌아갔다.

그 사이 대왕의 동료들은 각 부대의 전사자 수를 보고하고 내일 할 일을 상의하려고 알렉산드로스의 주변에 모여 있었다. 옥사트레스가 보고를 하기 위해 나타났다.

"사티바르자네스는 여러분 중에서 가장 힘센 분과 단둘이서 결투하기를 원합니다. 그가 이기면 여러분은 물러가는 겁니다. 그가 지면 여러분이 도시를 차지하는 겁니다."

그 말을 듣자 알렉산드로스는 얼굴이 시뻘개졌다. 어린 시절부터 그의 상상 속에 모여 살던 호메로스 영웅들의 결투 장면이 갑자기 머릿속에 떠올랐기 때문이었다.

"내가 가겠네."

알렉산드로스가 주저없이 말했다.

"안 되네. 마케도니아의 대왕이 일개 총독과 결투할 수는 없어. 자네가 대표를 뽑게."

프톨레마이오스가 그 자리에서 반대하자 옥사트레스가 끼어들었다.

"사티바르자네스는 키가 크고 힘이 셉니다."

그는 어마어마한 크기를 나타내려는 듯 머리 위로 손을 들어 키를 표시했다.

"내가 가겠네. 나도 키가 크고 힘도 꽤 세니까."

레온나토스가 자원했다. 알렉산드로스가 레온나토스를 머리부터 발끝까지 훑어보았다. 그러면서 자기 자신과 동료들을 안심시키려는 듯 고개를 끄덕였다. 그가 레온나토스의 어깨를 쳤다.

"나도 동의하네. 가서 그자를 박살내버리게, 레온나토스"

다음날 새벽녘, 두 결투자는 마주 보고 섰다. 양쪽 군대의 병사들이 결투를 구경하기 위해 반원을 그리며 모여들었다. 결투를 벌인다는 소문이 바람처럼 마케도니아 병사들 사이에 퍼졌다. 소문과 함께 이상한 흥분이 병사들을 사로잡았다. 모두들 레온나토스가 얼마나 힘이 센지, 그 몸집이 얼마나 거대한지 잘 알고 있었다. 그들은 수많은 전투에서 레온나토스가 펼친 활약상에 감탄을 하곤 했다. 레온나토스는 주홍색 깃털이 꽂힌 투구를 쓰고 나타났다. 왼손에는 은색 별이 새겨진 큰 방패를, 오른손에는 번쩍이는 칼을 들고 있었다. 그가 모습을 보이자 병사들은 일제히 함성을 내질렀다.

하지만 페르시아의 전열이 열리고 적장이 나타나자 원정대의 병사들은 벌린 입을 다물지 못했다. 사티바르자네스는 거인이었다. 그는 느리고도 무거운 걸음걸이로 당당하게 걸어나왔다. 오른손에는 활처럼 휜, 길고 예리한 검을 쥐었고 철 조각들로 덮인 나무 방패를 가슴에 안고 있었다. 방패의 철 조각들은 거울처럼 빛났다. 그는 아시리아식 원추형 투구를 쓰고 있었다. 못이 박힌 가죽 목가리개가 투구에서 어깨까지 닿았다. 길고 숱이 많은 콧수염에, 검고 숱이 많은 눈썹, 커다란 매부리코를 가진 남자였다. 그의 얼굴은 무뚝뚝하고 잔인해 보였다.

두 결투자는 잠깐 동안 상대방을 쳐다보았다. 두 사람은 한마디도 나누지 않고 마케도니아와 페르시아 전령의 신호를 기다리며 서로의 눈을 노려보았다.

통역관이 통역을 했다.

"총독이신 사티바르자네스께서, 힘과 용기만이 승리할 수 있도록 그 어떤 형태의 규율도 정하지 않고, 목숨을 건 결투를 신청하셨습니다."

"나도 좋다고 전하라."

레온나토스가 검을 움켜쥐고 대답했다. 그는 첫 공격을 가할 자세로 대기하고 있었다. 전령들이 결투의 시작을 알리는 신호를 보냈다. 두 전사 중 한 명이 죽어야 끝나는 결투였다.

레온나토스가 적에게 다가갔다. 그는 큰 방패로 온몸을 가리고 있는 적의 방어벽을 뚫어보려고 애썼다. 적은 어떤 식의 공격도 두렵지 않다는 듯 검을 낮게 잡고 있었다. 레온나토스가 정면 공격을 했을 때 사티바르자네스가 피하며 번개처럼 일격을 가했다. 그의 칼이 레온나토스의 투구 한가운데를 정확하게 내리쳤다. 레온나토스는 충격을 입고 비틀거렸다.

"뒤로 물러나!"

알렉산드로스가 소리쳤다.

"레온나토스, 뒤로 물러나! 방어를 해, 방어를 하라고!"

알렉산드로스는 달려나가 친구를 방어해주고 싶은 마음이 간절했다. 하지만 결투에 끼어들지 않는 것이 대왕으로서의 도리였다.

사티바르자네스가 또다시 공격을 가했다. 레온나토스는 불안정한 걸음으로 물러서며 방패를 내밀었다. 병사들이 숨을 죽이고 그 광경을 지켜보았다. 마케도니아 병사들은 비 오듯 퍼붓는 무시무시한 사티바르자네스의 공격을 무기력하게 지켜볼 수밖에 없었다. 다른 편에 있던 페르시아인들은 최후의 일격을 가하려는 총독에게 격려의 함성을 질러댔다. 한 번도 제대로 된 반격을 펼치지 못한 레온나토스가 드디어 땅에 무릎을 꿇었다. 그러자 적의 검이 또다시 방패의 은색 별에 상처를 냈다. 그것을 마케도니아 병사들은 매우 불길한 예고로 받아들였다. 적은 다시 레온나토스의 어깨를 내리쳤다. 살이 찢어지고 피가 솟구쳤다.

헤타이로이들이 비명소리를 질렀다. 많은 병사들이 눈물을 흘렸다. 모두들 이제 적이 가해올 최후의 일격만 기다리고 있었다. 하지만 격심한 통증이 레온나토스의 투지를 일깨웠다. 그는 갑자기 힘차게 벌떡 일어났다. 그리고는 그의 머리를 누르고 있던 부서진 투구의 끈을 단숨에 뜯어내더니 투구를 벗어 멀리 집어던졌다. 이어 야수 같은 고함을 지르며 달려나가 적의 방패와 정면으로 충돌했다.

갑작스런 공격과 고함소리에 놀란 사티바르자네스가 잠시 균형을 잃었다. 레온나토스는 잠시 찾아온 절호의 기회를 놓치지 않았다. 무시무시할 정도로 난폭하게 세 번 연달아 검을 휘둘렀다. 페르시아 전사는 검으로 방어하다 균형을 잃고 뒤로 넘어졌다. 레온나토스는 더욱 격렬하게 공격을 가했다. 하지만 그의 검은 총독의 예리한 검과 부딪히면서 부러져버리고 말았다.

사티바르자네스는 즉각 균형을 되찾았다. 그리고 무기가 없는 레온나토스를 향해 한 발짝씩 앞으로 나아갔다. 해가 막 고개를 내밀기 시작할 때였다. 거인이 검을 높이 쳐들었다. 햇빛을 받은 적의 검이 번득였다. 사티바르자네스가 마지막 일격을 가하려고 할 때 리시마코스가 외쳤다.

"받아, 레온나토스!"

레온나토스는 리시마코스가 던져준 양날 도끼를 황급히 받아들었다. 그리고 사티바르자네스가 검을 내리치기 직전, 눈 깜짝할 사이에 도끼를 휘둘러 그의 오른팔을 잘라버렸다. 적은 고통 때문에 돌처럼 굳어져 그 자리에 멈춰 섰다. 그러자 레온나토스의 도끼가 다시 허공을 가르며 그의 목을 잘라버렸다. 잘린 머리가 땅바닥으로 굴렀다. 적의 눈이 충격을 받아 딱 벌어져 있었다.

마케도니아 진영에서 함성이 터져나왔다. 그의 부관들이 영웅을 구하러 달려나갔다. 레온나토스는 피를 너무 많이 흘려 얼굴이 백지장 같았다. 병사들은 재빨리 레온나토스를 필리포스의 천막으로 옮겼다.

페르시아인들은 사지가 절단된 자신들의 지휘관 주위로 몰려들었다. 그리고 그 끔찍한 주검을 적들이 보지 못하도록 주위를 에워쌌다. 사티바르자네스의 시신은 병사들에 의해 들것에 실렸다. 병사들은 그들의 총독을 데리고 침울하고도 느린 걸음으로 도시를 향해 멀어졌다. 긴 핏자국이 그들이 지나간 자리에 남았다.

해가 지기 전, 아르타코아타는 항복을 했다.

세계의 끝을 향한 행군

35

알렉산드로스는 자신이 세운 최초의 알렉산드리아에 대한 소식을 전해들었다. 건축가 디노크라테스가 건축한 바닷가의 도시는 상업이 번창하고 있었다. 게다가 각지에서 새로운 주민들이 몰려든다는 소식이었다. 그 소식을 접하자 알렉산드로스는 아르타코아타 시의 이름을 알렉산드리아 아리아로 바꾸도록 했다.

그는 알렉산드리아 아리아에 마케도니아 통치자와 소수의 용병들로 구성된 주둔군을 남겨두었다. 용병들에게는 급여 대신 땅과 노예들과 여자들을 할당해주었다. 될 수 있는 대로 자신의 고향을 잊어버리고 그곳에서 가정을 꾸미며 살아가도록 하기 위해서였다.

알렉산드로스는 사티바르자네스와의 결투에서 부상을 입은 레온나토스가 회복되기를 기다렸다가 다시 북쪽으로 행군했다. 원정대는 강을 끼고 있는 초록의 계곡을 따라 나아갔다. 계곡 옆으로 흐르는 강은 수많은 지류들로 뒤얽혀 있고 은색의 물결 한가운데에는 에메랄드처럼 초록빛 섬들이 떠 있었다.

　원정대는 다시 고원의 산악지대 쪽으로 방향을 잡았다. 알렉산드로스가 들은 바에 의하면, 이 세상에서 높이를 자랑하는 많은 산봉우리들도 지금 원정대가 오르려는 산들에 비하면 야트막한 언덕에 불과하다고 했다. 그 장벽의 이름은 파로파미수스로, 광대한 스키타이 평야와 박트리아나를 갈라놓고 있었다.

　레온나토스는 왼쪽 어깨를 붕대로 묶은 채 하인들에게 자신의 짐을 꾸리게 했다. 요즘 들어 점점 더 울적해 보이는 칼리스테네스가 그 모습을 지켜보고 있었다. 레온나토스가 칼리스테네스에게 물었다.

　"대체 그 산들이 어떻게 올림포스 산보다 높지?"

　"우리는 지금 우리들 중 그 누구도 가본 적이 없는 곳으로, 우리들 중 그 누구도 알지 못하는 사람들에게로 다가가고 있네. 그 산들이 이 세상의 경계선일 수도 있어. 그래서 그 어떤 산보다 높은 것일 테지. 이제 모든 일이 가능하고, 그와 동시에 모든 게 어리석을 수도 있어."

　"그게 도대체 무슨 말인가?"

　칼리스테네스는 고개를 숙이고 아무 말도 하지 않았다. 레온나토스도 더 이상 묻지 않았다. 승리의 기쁨은 그리 오래가지 못했다. 원정대 내부로 조용히 퍼져가고 있는 불만과, 이따금 지휘관들 사이에서 감지되는 회의감은 승리의 기쁨을 금세 희석시켜버렸다. 이 모험에 열광하는 사람들은 견습기사로 온 마케도니아의 젊은이들뿐이었다. 그들은 놀란 눈으로 주위 경치를 살폈다. 해질녘이면 붉은색으로 물드는 풍경과 순백의 눈이 쌓인 산 정상, 밤이면 수많은 별들이 빛나는 밤하늘이 그들에게는 경이로움의 대상이었다.

　끊임없이 바뀌는 자연은 그들에게 늘 놀라움의 대상이었다. 그들은 한 번도 본 적이 없는 식물들, 말로만 듣던 동물들을 보며 감탄했다. 강 아래쪽에서 줄무늬 가죽의 호랑이를 본 사람도 있었다. 호랑이는 새벽에 강을 건너와 사슴이나 가젤 영양, 혹은 강가에서 풀을 뜯고 있는 물소들을 공격했다.

견습기사들은 알렉산드로스나 그의 동료들 숙소에서 근무했다. 그 중에 키벨리노스라는 견습기사가 있었다. 그는 금발 머리를 한, 연약해 보이는 열다섯 살짜리 소년이었다. 어느 날 그는 대왕을 암살하려는 음모에 대해 알게 되었다.

키벨리노스는 옆에서 잠을 자는 아기리오스라는 친구에게 이 비밀을 털어놓았다. 아기리오스는 종종 난폭한 동료들로부터 키벨리노스를 보호해주는 친구였다. 다른 친구들이 모두 잠들었을 때 그는 아기리오스를 깨웠다. 아기리오스는 눈을 비비며 일어나 침대 가장자리에 앉았다. 그리고 믿기 어려운 친구의 이야기를 걱정스러움과 놀라움이 뒤섞인 마음으로 들었다.

"네가 지금 말한 게 확실하지 않으면 절대 말하지 마. 네 목숨이 위태로워질 거야."

아리기오스가 친구에게 충고해주었다.

"물론 확실해."

키벨리노스가 발끈해서 말했다.

"팔랑크스 부대의 고위 장교 두 사람이 날짜와 시간, 그리고 방법을 의논하는 것을 들었어."

친구의 말에 아기리오스가 믿을 수 없다는 듯 고개를 흔들었다.

"우리는 불과 며칠 전에 이곳에 왔어. 그런데 오자마자 이런 사건에 휘말려들게 되다니…… 끔씩한 일이야."

"네 생각엔 내가 어떻게 해야 할 것 같아? 폐하께 알려야 하니?"

"안 돼, 너 미쳤니? 폐하께 말씀드리면 안 돼. 우리 같은 견습기사가 폐하께 직접 말할 기회를 갖기란 어려울 거야. 특히 지금처럼 알현 의식이 복잡하게 되어 있을 때는 더욱 그렇지. 폐하의 동료들 중 한 분께 말하는 게 좋을 것 같아. 가령 헤타이로이 기병대의 총사령관이신 필로타스 장군이라든지 말이야. 내일 우리가 장군의 당번병이잖아. 폐하에게 알리는 건 장군이 알아서 할 거야.”

“그것 참 좋은 생각인 것 같다.”

키벨리노스가 대답했다.

“그럼 이제 그만 자자. 내일 기마 훈련 때문에 소대장이 새벽에 깨우러 올 거야.”

아리기오스가 말했다.

키벨리노스는 잠을 청해보려 했지만 너무나 엄청난 비밀 때문에 잠을 이룰 수 없었다. 그는 대왕 살해라는 피비린내 나는 악몽을 생각하며 오랫동안 괴로움 속에 누워 있었다. 한편으로 소년은 암살 음모를 밝힘으로써 자신이 받게 될 상에 대해서도 생각해보았다. 소년은 세계를 정복한 대왕이, 동료들로부터 장난과 조롱의 표적이 된 자신에게 생명의 빚을 지게 된다는 생각을 하자 몹시 흥분되었다.

다음날 키벨리노스는 기상 나팔소리가 들려오기도 전에 옷을 입었다. 식사시간이 되자 키벨리노스는 아기리오스의 옆에 앉아 다른 견습기사들과 함께 말없이 식사했다.

“이봐! 키벨리노스, 너 혀를 삼켜버렸냐!”

한 친구가 말했다.

“가만 놔둬!”

아기리오스는 인상을 쓰며 말했다.

“누구든 자기보다 작은 사람을 놀릴 수 있어.”

그 친구가 말했다.

“뭐라고? 혹시 내가 널 놀려주지 않아서 서운해진 건 아니겠지?”

아기리오스는 그렇게 으름장을 놓으며 식사를 마쳤다. 식사를 마친 견습기사들이 소대장을 따라 방목장으로 갔다. 그곳에서 평상시와 다름없는 훈련이 시작되었다.

키벨리노스는 딴 생각을 하는 바람에 수없이 말에서 떨어져 온몸에 멍이 들었다. 하지만 다른 사람들은 그가 언제나처럼 능력이 모자라기 때문이라고 생각하면서 관심조차 두지 않았다.

저녁식사 전에 아기리오스와 키벨리노스는 장군의 갑옷을 벗기고 무기들을 정비하기 위해 필로타스 장군의 관저로 갔다. 두 소년은 갑옷과 각반을 닦고 검과 창을 날카롭게 갈았다. 그러면서 키벨리노스는 적당한 기회를 찾고 있었다. 하지만 용기가 나지 않았다. 그날도, 그 다음날도 아무 말을 못하자 아기리오스는 용기를 내라며 격려해주었다.

"장군은 널 칭찬해줄 거야. 두려워할 필요 없어. 시간이 흐르고 있어. 게다가 네가 말을 못하고 시간을 보내는 동안 음모를 꾸민 자들이 폐하를 암살해버릴 수도 있어. 대체 뭘 기다리는 거야?"

다음날 저녁 필로타스가 밖으로 나가려고 할 때 키벨리노스는 용기를 내어 마침내 입을 열었다.

"장군님……."

필로타스가 몸을 돌렸다.

"무슨 일인가, 제군?"

"말씀드릴 게 있습니다, 장군님."

"지금은 시간이 없다. 무슨 일이냐?"

"아주 중요한 일입니다. 폐하의 생명과 관계된 일입니다."

그 말에 필로타스가 입구에서 걸음을 멈추었다. 그는 마치 번개에 맞은 듯 꼼짝도 하지 않은 채 움직이지 않았다.

"방금 뭐라고 했나?"

"아주 위험한 상황입니다. 누군가 폐하를 암살하려 합니다. 그래서……."

필로타스는 문을 닫고 제자리로 돌아왔다.

"저런 변변치 못한, 정신나간 놈들! 내 말을 들으려고 하지 않더니……."

그가 입 속으로 중얼거렸다. 그 말을 듣자 소년은 겁에 질려 뒤로 물러났다. 하지만 필로타스가 용기를 북돋워주는 듯한 표정으로 소년을 지긋이 바라보았다.

"이름이 뭔가, 제군?"

"키벨리노스입니다."

"좋다, 자리에 앉아 네가 알고 있는 것을 이야기해보아라. 모든 게 다 잘될 것이다."

출발 날짜가 다가오고 있었다. 알렉산드로스는 자드라카르타에 있던 스타테이라 공주를 불렀다. 긴 이별을 하기 전에 그녀와 얼마 동안이라도 함께 있기 위해서였다. 알렉산드로스는 스타테이라를 마중 나갔다. 그녀는 멀리서 남편의 모습을 발견하자마자 마차에서 내려 달려왔다. 알렉산드로스 역시 말에서 내려 달려오는 공주를 뜨겁게 포옹했다.

두 사람은 오랜만에 만난 친구처럼 다정하게 손을 맞잡고 걸어갔다. 그들은 알렉산드리아 아리아에서 대왕이 머물고 있는 저택으로 향했다. 스타테이라는 새로운 건물을 짓기 위해 도처에 세워지고 있는 건축자재 창고들을 눈여겨보았다. 그 자재들은 아르타코아타를 그리스식의 새 도시로 변화시키는 데 사용되고 있었다. 제일 높은 곳에는 신전들이, 광장의 한쪽에는 젊은 전사들이 훈련할 수 있는 체조장이 건립되었다. 또 다른 한쪽에서는 무대 공연을 할 수 있는 극장이 세워지고 있었다.

"얼마 후 이곳에서 에우리피데스와 소포클레스의 시가 울려퍼질 것을 생각하면 가슴이 뭉클해진다오. 그리스 비극을 관람한 적이 있소?"

대왕이 물었다.

"없습니다. 하지만 이야기는 들었어요. 시를 읊는 배우들과 춤을 추고 노래하는 합창단이 등장해서 어떤 사건을 공연하는 것이지요. 제 가정 교사가 해안에 있는 야우나의 도시에서 비극을 봤다고 말해주었어요."

스타테이라가 대답했다.

"그렇소. 하지만 직접 관람석에 앉아 있으면 전혀 다른 느낌을 받을 거요. 고대 영웅들과 여인들이 실제로 살아 있는 것처럼 감동과 열정을 느끼게 될 것이오."

알렉산드로스가 말했다. 스타테이라가 알렉산드로스를 한 팔로 감 쌌다. 알렉산드로스의 말에 얼마나 감동이 되었는지를 전해주기 위해서였다.

"극장의 완성을 보고 싶소. 하지만 시간이 없구려. 왕위 찬탈자인 베수스가 대평원의 스키타이 부족과 합류하기 위해 파로파미수스를 횡단할 준비를 하고 있소. 나는 그를 잡아서 처형해야 하오. 그래서 공연을 내일로 앞당겼소. 나무 무대와 나무 계단에서 공연을 할 것이오. 나는 그 다음날 떠날 거요."

"오늘밤 당신과 같이 잘 수 있나요? 전 당신과 하룻밤을 보내려고 마차를 타고 70파라상을 지나왔어요. 어떻게 생각하세요?"

스타테이라가 물었다. 알렉산드로스가 빙긋이 미소지었다.

"그렇게 큰 희생에 보답할 수 있으면 좋겠구려."

그러는 사이 두 사람은 총독 사티바르자네스의 소유였던 저택에 도착했다. 여자들이 공주를 방으로 안내하고 시중을 들었다.

대왕은 출발 준비를 감독하기 위해 오후 내내 병영에 머물다가 저녁 무렵이 되자 스타테이라를 만나러 저택으로 향했다. 해는 서쪽 지평선 밑으로 사라지고 있었다. 하늘 위로 드문드문 떠가는 구름들이 저녁 햇살을 받아 금빛으로 물들었다. 그때였다. 어두워진 동쪽 부근에서 불빛

하나가 깜빡이는 게 알렉산드로스의 눈에 띄었다.

"저 아래 누가 있는 거지?"

알렉산드로스가 호위병에게 물었다.

"아마 잠자리에 들기 전에 먹을 것을 준비하러 나온 목동일 겁니다."

호위병이 대답했다. 그들이 말을 타고 그곳으로 다가가자 바람에 펄럭이는 하얀 망토가 보였다.

"아리스탄드로스로군."

대왕이 중얼거렸다. 그는 예언자가 있는 야영지 쪽으로 말을 몰아갔다. 호위병들이 뒤를 따르려 했지만 대왕이 그 자리에 있으라는 신호를 보냈다.

예언자는 불길이 타오르고 있는 돌무더기 앞에 서 있었다. 그는 불꽃에서 눈을 떼지 않았다. 마른 아카시아나무 잔가지들이 타닥타닥 소리를 내며 타고 있었다. 아리스탄드로스는 다가오는 말발굽소리조차 듣지 못한 것 같았다. 알렉산드로스가 이름을 부르자 비로소 그는 정신을 되찾았다.

"제가 부르는 소리를 들으셨나요?"

아리스탄드로스가 물었다. 그의 목소리는 이상하게 변해 있었다.

"자네의 불을 보았네."

"폐하는 지금 위태로우십니다."

"난 예전부터 늘 위태로웠어. 온몸이 상처투성이야."

순간 예언사는 알렉산드로스의 눈을 뚫어지게 바라보며 중얼거렸다.

"이상한 일입니다. 얼굴만은 무사하니 말입니다. 폐하의 부왕께서는 끔찍한 모습으로 돌아가셨다고 하더군요."

"아마 자네가 내게서 죽음의 전조를 발견한 것 같군, 아리스탄드로스 난 죽기 전에 내 꿈을 실현시키고 싶네. 그리고…… 죽기 전에…… 아들을 갖고 싶네."

예언자가 그의 말을 가로막았다.

"폐하께서는 목숨을 구하실 겁니다. 그러려면 소년의 목소리에 귀를 기울이셔야 합니다. 소년의 목소리에 말입니다."

예언자가 반복해서 말했다.

"저는 다른 말씀을 드릴 수가 없습니다……."

그의 눈이 축축이 젖었다.

"자네가 그 악몽을 다시 꾼 것인가? 장작더미 위에서 산 채로 불태워지고 있는 그 남자를 다시 본 것인가?"

"언제나 그를 보고 있습니다."

그러면서 그는 자기 앞쪽에 타고 있는 불을 가리켰다.

"그런데 그의 침묵이 나를 휘감았습니다. 그가 침묵했습니다. 이해하시겠습니까?"

알렉산드로스는 말고삐를 잡고 걸었다. 그는 호위병들이 기다리고 있는 오솔길로 되돌아왔다. 호위병의 칼에 찔려 쓰러지는 아버지의 모습이 눈앞에 보이는 듯했다. 그는 손짓으로 호위병들을 물리쳤다.

"가거라, 호위는 필요없다. 내 병사들은 나를 사랑한다. 내 동료들도 마찬가지다. 가거라."

한밤중에 필로타스는 자신의 숙소에서 나왔다. 그는 서둘러 도시의 고지대 쪽으로 걸음을 옮겼다. 헤타이로이 기병대대의 사령본부는 벽돌로 지은 거대한 건물이었다. 달도 뜨지 않은 밤이었다. 하늘에는 크고 눈부신 별들이 수없이 반짝이고 있었다. 맑고 투명한 은하수는 빛의 긴 숨결처럼 둥근 하늘에 넓게 퍼져 있었다. 필로타스는 검은 망토를 입고 아무도 그를 알아보지 못하도록 두건으로 머리와 얼굴을 가렸다. 입구를 지키고 있는 위병 앞에 이르자 그는 두건을 올려 자기 모습을 보였다. 위병은 인사의 표시로 창을 내리며 그 자리에 꼿꼿이 서 있었다. 안으로 들어가자 필로타스는 대대 지휘관인 심미아스 앞에서 걸음을 멈추었다.

"다른 사람들은 어디 있나?"

필로타스가 물었다.

"저는 모릅니다."

장교가 대답했다.

"내가 알고 있는 것을 자네가 모를 리 없다. 대왕에게 알리는 한이 있더라도 여기서 그들의 얼굴을 다 보기 전에는 꼼짝도 하지 않겠다."

필로타스의 말에 심미아스의 얼굴이 창백해졌다.

"제가 알기로는, 몇 사람은 동쪽 요새의 탑에 있고 다른 사람들은 중앙 뜰의 위병소에 있는 것으로 알고 있습니다."

그러더니 그는 쪽문을 통해 황급히 사라졌다. 필로타스는 화가 나서 어쩔 줄 몰라하며 방 안을 왔다갔다했다. 장교들이 속속 도착했다. 필로타스는 부대를 사열할 때처럼 그들을 똑바로 쳐다보았다. 그들의 얼굴에는 불쾌감이 가득했다. 그들은 페체타이로이 제3대대의 지휘관 심미아스, 헤타이로이 제5기병대의 부사령관 아게산드로스, 정예부대 제1중대 지휘관 헥토르, 돌격부대 지휘관 크레실라스, 그리스 용병대의 부사령관 메네크라테스, 방패부대의 부사령관 아리스타르코스 등이었다.

필로타스는 그들이 입을 열 틈도 주지 않고 쏘아붙였다.

"사네들 미쳤나? 대왕을 안살하려 한다는 이야기가 대체 무슨 말이야?"

"장군님께서 뭘 오해하신 것 같습니다……"

심미아스가 대답을 해보려고 애를 썼다.

"닥쳐!"

필로타스가 그의 말을 가로막았다.

"내가 누구에게 그런 이야기를 들었을 것 같나? 누가 이런 결정을 했고, 언제 행동할 계획이고, 그 이유가 뭔지 내게 말하라."

“이유는 장군님도 알고 계십니다.”

크레실라스가 대답했다.

“알렉산드로스는 이제 저희의 대왕이 아닙니다. 그는 야만인들의 대왕입니다. 야만인들처럼 옷을 입고 그들에게 둘러싸여 있습니다. 저희는 대체 뭡니까? 그가 제국을 정복할 수 있게 해준 저희는 뭐냐고요? 우리는 그를 만날 때마다 굴욕스러운 야만인들의 대기실에서 기다려야 합니다.”

“그것만이 아닙니다.”

심미아스가 끼어들었다.

“그는 세계를 정복한다는 어리석은 계획을 세워놓고 있습니다. 아시겠습니까? 세계 정복입니다. 하지만 어떤 세계를 정복하겠다는 말입니까? 우리 중에 이 세상의 끝이 어딘지 아는 사람이 있습니까? 그리고 대체 세상의 끝이 있기라도 한 겁니까? 겨우 이 아르타코아타같이 보잘것없는 마을 하나를 정복하기 위해, 사막과 산과 황량한 초원으로 끊임없이 끌려다녀야 합니까?”

“그뿐만이 아닙니다.”

테르마이의 헥토르가 말했다.

“지금 알렉산드로스는 식민지를 건설하고 있습니다. 하지만 그 장소가 어떻습니까? 첫 식민지였던 알렉산드리아처럼 입지 조건이 좋고 쾌적한 바닷가 같은 곳이 아닙니다. 그는 이런 황량한 곳에, 야만인들 속에, 바다에서 엄청나게 멀리 떨어진 곳에 도시를 세우고 있습니다. 수천 명의 병사들에게 이 증오의 땅에 뿌리를 내리도록 하고 있습니다. 야만인 여자들과 결혼해서 불행한 사생아들을 만들어내도록 강요하고 있습니다.”

“식민지의 그리스인들은 모두 야만인 여자들과 결혼한다. 그건 대왕을 죽일 이유가 되지 못한다.”

필로타스가 말했다.

"위선적인 행동은 하지 마십시오."

심미아스가 잘라 말했다.

"장군님은 대왕의 동료분들 중에서 유일하게, 이런 식의 원정을 계속할 수 없다는 사실에 대해 저희와 의견을 같이하셨습니다. 장군님은 병사들의 고통, 두려움, 집으로 돌아가고 싶어하는 간절한 바람을 이해하는 유일한 분입니다. 그런데 지금, 장군님은 이미 알고 계셨던 바를 확인한 것을 두고 공연히 놀라는 척하시는 겁니다."

"그렇지 않다!"

필로타스가 반박했다.

"우리가 의견일치를 본 것은 전혀 다른 것이다. 때가 되었을 때 우리 부대의 의견을 대왕께 밝히기로 결정한 것뿐이다. 대왕의 계획을 단념시키기 위해서 말이다."

"필요하다면 무력도 사용하기로 했습니다."

아리스타르코스가 대화의 결론을 내렸다.

"하지만 피를 흘려선 안 된다."

필로타스가 더욱 단호하게 말했다.

"만약 정말로 너희가 그 일을 실행한다면 우리 군대는 지도자 없이 낯선 땅의 심장부에 남게 된다."

"그렇지 않습니다. 우리에게는 새로운 지도자가 있습니다."

아게산드로스가 씨익 웃었다.

"아민타스 3세의 적자이신 아민타스 4세입니다."

심미아스가 말했다.

그러자 필로타스가 고개를 저었다.

"불가능하다. 아민타스 왕자는 알렉산드로스에게 충성을 바치고 있다."

"그것은 장군님 생각이지요. 아민타스 왕자는 마케도니아 왕관을 쓸

날을 기다리고 있습니다.”

심미아스가 반박했다. 필로타스가 긴 걸상에 가서 털썩 주저앉더니 한동안 말이 없었다. 심미아스가 추궁하듯 다시 말했다.

“장군님은 헤타이로이 대대의 최고 사령관이십니다. 그리고 새 대왕은 장군님을 의지하셔야 할 것입니다. 우리는 장군님이 그에 대해 어떻게 생각하시는지 알아야 합니다.”

필로타스가 한숨을 쉬었다.

“잘 들어라. 나는 알렉산드로스의 피로 손을 더럽힐 필요가 없다고 생각한다. 아니, 그렇게 믿고 있다. 우리 모두가 그 일에 매달릴 가치가 없다.”

“그럴 만한 가치가 있습니다.”

아리스타르코스가 필로타스의 말을 가로막았다.

“그가 죽고 나면 우리는 그에게 경의를 표할 것입니다. 동상이나 기념비를 세우고, 비문을 새겨 그를 찬양하는 일은 말리지 않을 것입니다. 하지만 아민타스 왕자로 말하자면, 그분은 마땅히 왕위를 돌려받아야 할 분입니다. 우리의 말을 들어주실 겁니다.”

필로타스는 아리스타르코스의 말을 못 들은 것처럼 계속 말했다.

“난 알렉산드로스를 죽이고 싶지 않다. 너희가 그를 죽이는 것도 원치 않는다. 어떻게, 언제 행동해야 할지는 나중에 말해주겠다.”

필로타스가 어찌나 단호하게 말했던지 반박하는 사람은 아무도 없었다. 필로타스는 말을 마친 뒤 다시 두건을 쓰고 거리로 나갔다. 심미아스는 필로타스의 발소리가 사라지기를 기다렸다가 동료들에게로 돌아섰다.

“누가 말했지?”

모두를 고개를 저었다.

“필로타스 장군이 우리의 결정에 대해 알고 있다. 그러니까 누군가 그에게 알렸다는 이야기가 돼.”

“난 말하지 않았네, 맹세해.”

크레실라스가 분명하게 말했다.

“우리도 마찬가지야.”

다른 사람들도 똑같이 말했다.

“서로 변명이나 하고 있을 때가 아닐세.”

심미아스가 사태의 심각성을 말했다.

“모두들 잘 기억해두게. 애인이나 친구나 형제에게라도 이 일에 관해 선 단 한마디도 흘려서는 안 되네. 어쨌든 지금 필로타스 장군이 이 일을 알게 됐어. 장군이 안 것처럼 또 다른 누군가가 알고 있을 수도 있네.”

“맞아.”

아리스타르코스가 맞장구쳤다.

“어떻게 할 생각인가?”

“즉시 행동을 개시해야 해.”

“지금 대왕을 암살하자는 말인가?”

“가능한 한 빨리. 필로타스 장군이 알고 있는 사실이 대왕의 귀에 들어가는 날이면 우리는 모두 처형될 거야. 대역죄를 재판하는 마케도니아의 재판을 본 적이 없지? 나는 보았네. 형을 집행하는 것도 보았지. 죄인은 군대에 의해 처형을 당하지. 서서히.”

“인제 행동에 들어갈 건가?”

헥토르가 물었다

“내일.”

심미아스가 자신의 계획을 애기했다.

“필로타스 장군이 양심의 가책을 느끼기 전에 빨리 우리의 계획을 실행해야 돼. 알렉산드로스가 죽고 나면 장군도 뒤로 물러설 수 없을 거야. 자기 책임을 다하게 되겠지. 페르디카스, 프톨레마이오스, 셀레우코스 장군과 다른 장군들은 상황에 맞는 행동을 하게 될 거야. 모두들 이성적인 사람들이니까. 이제 내 이야기를 주의 깊게 잘 들어야 하네. 아주 작은 실수라도 끔찍한 결말을 가져올 수 있으니까 말이야.”

심미아스가 검을 빼어 잘 다져진 땅바닥에 표시를 하기 시작했다.

“내일 대왕은 새 극장의 개관식을 거행할 것이네. 스타테이라에게 테살로스의 「도움을 청하는 여인들」이란 공연을 보여주고 싶어하니까. 대왕은 사티바르자네스 궁전을 떠나 약재상 구역 옆으로 난 이 길을 지날 걸세. 이 지점에 이르러 극장으로 이어지는 길로 들어설 거야. 아마도 페체타이로이가 두 줄로 늘어서 사람들이 대왕에게 접근하지 못하게 할 테지. 바로 이때 우리는 행동을 개시해야 해.”

심미아스가 땅에 검을 꽂고 공모자들의 눈을 하나하나 똑바로 쳐다보았다.

키벨리노스는 친구인 아기리오스와 함께 사람들 틈을 비집고 들어가 맨 앞줄에 서는 데 성공했다. 두 견습기사는 대왕이 동료 장군들에게 에워싸여 앞으로 걸어나오는 것을 불안하게 바라보았다. 각 전투부대의 지휘관들과 아민타스 왕자의 모습도 보였다.

"필로타스 장군이 안 보여."

카벨리오스가 알렉산드로스를 수행하는 사람들 틈에서 필로타스를 눈으로 찾으며 말했다.

"폐하께 보고했을 것 같니?"

아기미오스가 키벨리노스에게 물었다.

"분명 그랬을 거야."

키벨리노스가 대답했다.

"내 이야기를 아주 주의 깊게 들어주셨거든. 그리고 모든 게 다 잘될 테니 안심하라고 했어."

"네 생각엔 언제 일을 벌일 것 같니?"

“나도 몰라. 내가 그 이야기를 들었을 때 길가에서 요란한 소리가 들려와서 제대로 듣지 못했어. 하지만 원정대가 박트리아나로 행군하기 전에 행동에 나설 것 같았어.”

“저길 좀 봐.”

아기리오스가 앞으로 걸어나오고 있는 행렬의 선두를 가리키며 말했다.

“폐하와 스타테이라 공주님이야. 그리고 폐하의 동료 장군들이야. 필로타스 장군은 보이지 않는데.”

“필로타스 장군은 오늘 바쁘실 거야. 바르사엔테스라는 총독이 샤카족과 게드로시아족 무장부대를 이끌고 산 아래쪽에 나타났다고 들었거든. 아마 필로타스 장군에게 그들을 격퇴하라는 명령이 내려진 것 같아.”

“그럴지도 모르지…….”

그때 대왕이 다가오고 있었다. 키벨리노스는 갑자기 광기에 사로잡힌 듯 온몸이 이유 없이 떨렸다.

“너, 왜 그래?”

아기리오스가 물었다.

바로 그 순간 키벨리노스는 말 한마디를 떠올렸다. 음모를 꾸미던 한 장교의 말이었다. 그 말을 들었을 때는 별 뜻이 없었는데, 지금 갑자기 무시무시한 의미를 지니고 갑자기 머릿속에 떠올랐다. 그 말은 바로 ‘크세르크세스의 문’이었다. ‘크세르크세스의 문’은 키벨리노스의 등 뒤에 있었다. 그는 얼른 문 쪽으로 돌아섰다. 문 위에 솟아 있는 작은 탑에 세 명의 사수가 올라가 표적을 겨누고 있는 모습이 눈에 들어왔다. 키벨리오스는 장벽처럼 늘어선 페체타이로이를 밀치며 알렉산드로스 쪽으로 돌진했다.

“폐하를 암살하려 한다! 폐하를 암살하려 한다! 폐하를 보호해야 해!”

바로 그 순간 화살이 날아왔다. 하지만 이미 프톨레마이오스와 레온나토스의 방패가 대왕의 가슴을 철벽처럼 가로막고 있었다. 페르디카스가 목이 터져라 힘껏 소리쳤다.

"저자들을 잡아라!"

그는 '크세르크세스의 문' 쪽으로 정찰대를 급파했다.

사방에서 터져나오는 외침들이 알렉산드로스의 머릿속에 점점 더 크게 울리면서 잠자고 있던 악몽을 되살려냈다. 켈트 단검에 옆구리를 찔려 폭포처럼 피를 쏟으며 쓰러지던 아버지의 모습이었다. 그는 옆에서는 스타테이라가 알아들을 수 없는 말을 하고 있었다. 비명소리, 날카로운 명령소리, 무기들이 부딪히는 소리, 돌진하는 말발굽소리가 소용돌이치듯 뒤섞여 들려왔다. 하지만 그의 눈에는 흥건한 피와 죽어가는 아버지의 창백한 얼굴밖에 보이지 않았다.

프톨레마이오스의 목소리에 알렉산드로스는 다시 정신을 차렸다.

"이 소년이 자네의 목숨을 구했네. 용기 있고 충성스러운 견습기사야. 이름은 키벨리노스라고 하네."

알렉산드로스는 소년을 보았다. 가냘픈 윤곽에 연약해 보이는 체구, 크고 맑은 눈을 가진 소년이었다. 소년은 아직도 떨고 있었고 감격스러움을 나타내지 않으려고 땅을 바라보고 있었다. 대왕이 물었다.

"고향이 어딘가, 젊은이?"

"저는 린케스티데스의 한 마을인 에우노스토스 출신입니다, 폐하."

소년은 더듬거리며 겨우 대답했다.

"네가 내 목숨을 구했나. 고맙다. 명령을 내려 네 충성심에 보답하겠다. 그런데 대체 나를 암살하려 한다는 것을 어떻게 알게 되었지? 이야기를 해보려무나."

"폐하, 저는 그 사실을 필로타스 장군님께 말씀드렸습니다. 장군님께서 그 사실을 분명 폐하께 알렸으리라 생각하고……."

소년이 말을 하다가 멈칫했다. 그는 대왕과 그 동료들의 표정이 무섭게 뒤틀리는 것을 보자 무척 당황해했다. 그곳에는 서기장인 에우메네스도 있었다. 에우메네스가 그에게 다가와 어깨에 한 손을 얹었다.

"이리 오게, 젊은이. 이쪽으로 가세. 우리에게 상황을 처음부터 끝까지 자세히 설명해주게나."

키벨리노스는 대왕의 목숨을 구했다는 사실에 감격한 나머지 흥분상태에 빠져 있었다. 그는 음모를 알게 된 경위와 필로타스에게 그 사실을 보고한 것, 그리고 필로타스가 즉시 대왕에게 보고하겠다고 약속했다는 말까지 아주 상세하게 이야기했다. 이야기가 끝나자 에우메네스가 그의 어깨를 다독이며 말했다.

"훌륭하네, 젊은이. 자네는 우리 모두에게 아주 큰일을 해주었네. 알렉산드로스 폐하께서 자네를 견습기사의 대장으로 진급시켜주셨네. 자네에게 걸맞은 봉급과 계급장을 수여하겠네. 또 폐하께서는 상금으로 은화 1탈렌트를 자네에게 주실 걸세. 자네가 가지고 있어도 되고, 가족에게 보내도 되네. 이제 가보게. 가서 쉬게나. 오늘은 우리 모두에게 너무나 힘겨운 하루였어."

소년은 흥분이 가라앉지 않은 채로 그 자리에서 물러나 아기리오스에게로 달려갔다. 도중에 그는 지금까지 자신을 비웃고 구박하던 동료들에게 어떻게 명령하고 벌을 줄 것인지를 생각했다. 그러자 저절로 기쁨이 솟구쳤다.

알렉산드로스는 심미아스, 헥토르, 크레실라스, 메네크라테스, 아리스타르코스, 아게산드로스, 그리고 헤타이로이의 총사령관 필로타스와 아민타스 왕자를 긴급 체포하라는 명령서에 서명했다. 그후 그는 저택에 틀어박혀 누구와도 만나지 않았다.

셀레우코스와 프톨레마이오스, 에우메네스는 헤파이스티온에게 부탁을 하기로 했다. 대왕이 이렇게 극적인 순간에 만나줄 수 있는 사람은 헤파이스티온뿐이라고 생각한 그들은 저녁 무렵 헤파이스티온이 묵고 있는 저택으로 갔다.

"어떻게 할 생각인지 알아봐주게."

에우메네스가 말했다.

"무엇보다 필로타스 문제 말일세."

셀레우코스가 덧붙였다.

"내가 알렉산드로스에게 말을 걸 수 있을지는 두고봐야지. 굶어죽거나 얼어죽을 위험에 처해 있던 유형생활 중에도 저런 모습은 단 한 번도 못 봤어."

헤파이스티온이 말하고 있을 때 전령이 문을 두드렸다. 즉각 집합하라는 알렉산드로스의 명령이었다.

"아무 말 하지 말게. 알렉산드로스는 벌써 우리 생각을 앞지르고 있어."

에우메네스가 말했다. 네 사람은 함께 밖으로 나갔다.

"우리에게 뭘 물어볼 것 같나?"

헤파이스티온이 물었다.

"분명 음모에 대해 어떻게 생각하는지 물어볼 걸세. 특히 필로타스를 어떻게 처리해야 할지……."

에우메네스가 대답했다.

"그러면 우리는 뭐라고 대답해야 하나?"

셀레우코스가 대왕에게 직접 질문을 받기라도 한 듯, 어두운 얼굴로 물었다. 그때 말을 탄 페르디카스가 도착했다. 그는 말에서 내려 친구들과 나란히 걸었다.

"이 사건에 대한 의견을 말하는 것보다는 차라리 맨손으로 사자와 싸우는 게 더 나을 것 같아. 자네들 생각은 어떤가?"

친구들이 페르디카스를 쳐다보았다. 페르디카스는 친구들의 눈에서 절망감과 고뇌를 읽었다. 그것은 바로 페르디카스 자신의 것이기도 했다.

페르디카스가 고개를 저었다.

"자네들도 나처럼 뭐라고 대답해야 할지 모르고 있군. 그렇지 않나?"

그들은 이미 총독의 저택에 가까이 와 있었다. 페체타이로이 소대와 황실 근위대인 불사조 대원 네 명이 저택을 삼엄하게 지키고 있었다. 길 반대편에서 어깨에 붕대를 두른 레온나토스와 깜둥이 클레이토스 장군, 그리고 리시마코스가 걸어오고 있었다.

"크라테로스만 빠졌군."

프톨레마이오스가 말했다.

"필로타스하고."

에우메네스가 눈을 내리깔며 덧붙였다.

"그렇지."

프톨레마이오스가 대답했다. 그들은 모두 아무 말 없이 서로의 얼굴만 쳐다보았다. 잠시 후 그들은 한 사람을 살려야 할지, 죽여야 할지에 대해 자신의 의견을 대왕에게 말해야 했다. 그 대상은 기쁨과 위험, 희망과 절망을 함께 나누었던 절친한 동료였다.

레온나토스가 침묵을 깨뜨렸다.

"난 필로타스가 한 번도 마음에 든 적이 없었어. 그는 거만하고 자만심에 가득 차 있었지. 그렇지만 군사 재판을 통해 필로타스를 처형해야 한다는 생각을 하면 머리가 아파오네. 이제 가세나. 더 이상 이런 상태를 견딜 수가 없어."

그들은 저택 안의 회의실로 들어갔다. 알렉산드로스는 왕좌에 앉아 그들을 기다리고 있었다. 창백한 그의 얼굴에는 잠을 자지 못한 흔적이 역력했다. 페리타스가 그의 발 앞에 웅크리고 앉아 있었다. 개는 주인이 자신을 쓰다듬어줄지도 모른다는 헛된 기대감에 가끔씩 주둥이를 위로 쳐들었다.

알렉산드로스는 동료들이 모두 자리에 앉기도 전에 말을 꺼냈다.

"자네들은 모두 내 부친이 암살되던 현장에 있었지."

"그렇네."

그때 그 사건을 깊은 상처로 간직하고 있는 에우메네스가 대답했다.

"그렇지만 그때의 사건과 비교해서 판단을 내린다면 큰 실수를 할 수도 있어. 똑같은 일이 아니야. 똑같은 상황도 아니고……."

"아니라고?"

알렉산드로스가 갑자기 소리쳤다.

"아버지의 옆구리에서 검을 빼낸 사람은 바로 나였어. 내 옷은 아버지의 피로 뒤범벅되었지. 마지막 숨을 거두는 것을 지켜본 사람은 바로 나야. 나라고 알겠나? 나였다고!"

에우메네스는 더 이상 할말이 없었다. 알렉산드로스는 국왕 암살에 대한 강박관념에 사로잡혀 있었다. 그는 밤새 암살된 아버지의 일로 악몽에 시달린 게 분명했다. 그때 크라테로스가 들어왔다. 그 역시 몹시 어두운 얼굴이었다.

프톨레마이오스가 말했다.

"자네가 이미 결정을 내렸다면 무엇 때문에 우리를 소집했나?"

그 말을 듣자 알렉산드로스는 다소나마 평정을 되찾았다.

"나는 아무 결정도 하지 않았고 결정할 생각도 없네. 우리의 관행대로 군대를 소집하고 회의를 통해 판결을 내릴 걸세."

"그렇다면 우리가 자네에게 크게 도움을 줄 수 없을 것 같은데……."

셀레우코스가 말했다.

"가고 싶으면 가도 좋아. 자네들을 억지로 여기 붙잡아두지는 않겠네. 나는 자네들로부터 충고를 듣고 위안을 받고 싶어서 부른 거야. 우리 장교들 중 가장 용맹한 장교 여섯 명이, 그리고 우리와 형제처럼 절친했던 한 친구가 가세해서 나를 죽일 음모를 꾸몄네. 자네들도 현장에 있었지. 그 광경을 직접 눈으로 보고 견습기사의 증언을 귀로 들었네."

알렉산드로스의 말에 그때까지 침묵을 지키던 클레이토스가 말했다.

"조심하셔야 합니다. 필로타스에 대한 증거는 소년의 증언 외에 아무 것도 없습니다."

"그 소년이 내 목숨을 구했고, 게다가 진실을 말했소. 나를 죽이려던 사수들이 고문을 못 이겨 사실을 자백했소. 키벨리노스의 이야기와 완전히 일치한 자백이었소. 심문은 한 명씩 따로 했지만 결과는 똑같았소."

"필로타스와 관련된 증거가 나타났습니까?"

다시 클레이토스가 물었다.

"두말할 필요도 없이 필로타스는 사실을 알고 있었소. 그런데 말을 하지 않았던 거요. 알겠소, 클레이토스 장군? 그의 뜻대로 되었다면 난 이미 죽었을 거요. 화살이 온통 내 몸을 관통했을 거요. 내 몸은 그곳, 피바다 속에서 비참하게 쓰러졌을 거란 말이오."

말을 하는 동안 알렉산드로스의 눈에는 눈물이 맺혔다. 모두들 대왕이 자신의 죽음을 상상하며 눈물을 흘리는 게 아니라는 것을 잘 알고 있었다. 그는 가장 믿었던 친구, 막중한 임무를 맡고 대왕인 자신을 누구보다 먼저 보호해주리라 믿었던 한 친구의 배신 때문에 고통의 눈물을 흘리는 것이었다. 그 순간 고통에 가득 찬 그의 시선, 떨리는 그의 목소리, 긴 의자의 팔걸이를 고통스럽게 움켜쥐는 그의 손에서 사람들은 눈을 돌릴 수 없었다.

"내가 자네들에게 뭘 잘못했나?"

알렉산드로스가 울먹이며 물었다.

"알렉산드로스, 우리는 그게 아니라……."

프톨레마이오스가 대답해보려고 애를 썼다.

"자네들은 지금 필로타스를 두둔하고 있어!"

알렉산드로스가 소리쳤다.

"아니야!"

셀레우코스가 반박했다.

"모든 상황이 필로타스에게 불리하긴 하지만, 우린 그 사실을 믿을 수 없었을 뿐이야."

침묵이 방 안에 내려앉았다. 아무도 먼저 나서서 그 침묵을 깰 수 없었다. 페리타스마저 꼼짝하지 않고 물기 많은 큰 눈으로 주인을 바라보고 있었다. 그들은 모두 자신들이 너무나 외롭다는 생각을 했다. 우정으로 행복했던 어린 시절로부터 그들은 너무나 멀리 와버렸다는 것을 뼈저리게 느꼈다. 그 어린 시절은 꿈 같은 나날이었다. 전쟁터에서 목숨을 내걸고 용감하게 싸웠던 시절도 마찬가지였다. 이제 그들은 고뇌와 의혹과 맞서야 했고, 속임수와 거짓과 의심의 미궁에서 출구를 찾으려고 애써야 했다.

"아민타스 왕자님은 어떻게 연루된 것인지 밝혀졌습니까?"

다시 클레이토스가 물었다.

"내가 죽고 나면 그를 왕으로 추대할 생각이었소. 그대들 생각에는 내가 어떻게 해야 할 것 같나?"

알렉산드로스가 음울하게 반문했다. 모두를 대표해 클레이토스가 대답했다.

"선택의 여지가 없습니다. 국왕이 지휘하는 군대 장교들의 문제입니다. 국왕의 군대가 그들에게 판결을 내려야 합니다."

더 이상 할말이 없었다. 망령에 시달리는 알렉산드로스만 남겨둔 채 모두들 밖으로 나왔다. 헤파이스티온마저 그 자리에 남아 있을 용기가 나지 않았다.

에우메네스와 칼리스테네스가 동이 트기 전에 알렉산드로스를 찾아
왔다. 알렉산드로스는 마케도니아식의 거친 클라미스만 걸친 채 접는
의자에 앉아 있었다. 그는 밤새 뜬눈으로 지새운 것 같았다.

"반역 행위를 시인했나?"

알렉산드로스가 고개도 들지 않은 채 물었다.

"믿기 어려울 정도의 용기로 고문을 견디고 있네. 대단한 군인이야."

에우메네스가 대답했다.

"대단한 군인이라는 건 나도 알아."

알렉산드로스가 우울하게 대답했다.

"그가 무슨 말을 했는지 듣고 싶지 않습니까?"

칼리스테네스가 물었다. 대왕은 천천히 여러 번 고개를 끄덕였다.

"고통이 극에 달하자 이렇게 소리쳤습니다. '내가 어떻게 말을 하면
좋을지 알렉산드로스에게 물어보아라. 그리고 끝장을 내자!'라고요"

"거만하군."

알렉산드로스가 말했다.

"진짜 마케도니아 귀족답게 거만해. 항상 거만했지."

"그런데 필로타스 장군이 이 모의에 가담하지 않았을 수도 있다는 것에 대해, 한 번이라도 생각해본 적 있나요?"

칼리스테네스가 물었다.

"의심의 여지가 없어. 암살범들이 확인해준 분명한 증거가 있네."

알렉산드로스가 대답했다.

"그러면 아민타스 왕자님은요?"

"왕자님만이라도 용서해주게. 왕자님은 죄가 없어."

에우메네스가 걱정스럽게 왕을 보며 말했다.

"이미 전례가 있었네. 그는 내가 암살된 뒤, 틀림없이 왕이 되었을 거야. 이것만으로 충분하지 않나?"

"아닙니다!"

칼리스테네스가 한 번도 보인 적이 없는 용기를 내어 소리쳤다.

"아닙니다, 그것만으로는 충분하지 않습니다! 그 이유를 알고 싶으십니까? 2천 탈렌트를 아민타스 왕자님에게 주겠다던 다리우스의 편지를 기억하십니까? 가짜 편지였습니다! 모든 게 가짜였습니다. 편지, 전령, 음모…… 아니, 정확히 말하자면 음모가 있긴 있었지요. 하지만 그 음모는 폐하의 어머니이신 황태후께서 아민타스 왕자님을 없애기 위해 이집 트인 시시네스와 공모한 것이었습니다."

"거짓말! 시시네스는 다리우스의 첩자였고, 그래서 이수스에서 처형 되었다."

알렉산드로스가 외쳤다.

"그렇습니다. 하지만 그자와 마지막으로 이야기를 나눈 사람은 바로 접니다. 그는 저를 매수하려 했고 프톨레마이오스 장군을 매수하려 했습니다. 그래서 저는 그 제안을 수락하는 척했습니다. 입을 다물고 그의 결백을 확인해주는 대가로 저는 15탈렌트를, 프톨레마이오스 장군은 20탈렌트를 받기로 했습니다. 저는 폐하께 아무 말씀도 드리지 않았고 폐하를 괴롭히지 않기 위해, 어머니와 충돌하시지 않게 하기 위해 그 중대한 비밀을 여태 간직하고 있었습니다. 올림피아스 황태후 마마는 왕위 계승 문제에 관한 한 항상 강박관념에 시달리셨습니다. 요람에 있는 에우리디케의 어린 아기를 목 조르게 한 분도 바로 황태후 마마이십니다. 벌써 잊어버리셨습니까?"

알렉산드로스는 몸을 떨었다. 손톱으로 할퀸 얼굴, 더러운 머리, 피멍 투성이의 에우리디케가 아들의 시체를 껴안고 있는 모습이 바로 어제 일처럼 눈앞에 선했다.

"폐하와 같은 피를 받은 아기였습니다. 혹시 폐하가 정말 신의 아들이라고 생각하는 건 아니시겠죠?"

칼리스테네스가 집요하게 말했다. 알렉산드로스는 채찍에 맞기라도 한 것처럼 벌떡 의자에서 일어섰다. 그는 검을 빼들고 칼리스테네스가 있는 곳으로 달려가며 소리쳤다.

"네가 감히 그따위 말을 하다니!"

칼리스테네스는 얼굴이 하얗게 질렸다. 순간 그는 대왕의 분노를 감당할 수 없다는 데에 생각이 미쳤다. 칼리스테네스가 눈을 질끈 감자 다음 순간 에우메네스가 그 앞을 가로막았다. 대왕은 가까스로 행동을 멈추었다.

"칼리스테네스는 자기가 생각하고 있던 걸 이야기했을 뿐이네. 그렇다고 죽일 생각인가? 만약 자네가 아첨꾼을 원한다면 우리는 더 이상 이곳에 있을 필요가 없을 걸세."

에우메네스는 시체처럼 창백한 얼굴로 부들부들 떨고 있는 칼리스테네스 쪽으로 돌아섰다.

"가세, 칼리스테네스 가자고. 폐하께서 오늘은 기분이 좋지 않으셔."

그들은 함께 밖으로 나갔다. 알렉산드로스는 의자에 털썩 주저앉아 욱신거리는 두통을 가라앉혀보려고 두 손으로 관자놀이를 눌렀다.

"좋지 않은 일입니다."

그의 등 뒤에서 사람의 말소리가 들렸다.

"그리고 불행하게도 탈출구가 없습니다. 폐하께서는 주저없이 행동하셔야 합니다. 다소 의구심이 생기더라도 말입니다. 필로타스 장군은 폐하를 살해하려고 하지 않았을 수도 있습니다. 폐하를 보호하려 했을 수도 있고, 자신과 부친의 위치를 믿고 자기 방식대로 행동하기를 폐하께 강요했을 수도 있습니다. 하지만 음모에 가담했던 것은 분명하고 그것만으로 충분합니다."

솔리스의 에우몰푸스가 아직 어둠이 가시지 않은 방에서 나와 알렉산드로스 앞에 놓인 의자에 앉았다.

"칼리스테네스가 한 다른 이야기들도 들었나?"

"아민타스 왕자님 이야기 말입니까? 예, 하지만 폐하께서는 폐하 자신을 믿으실 수 있습니까? 시시네스를 처형하기 전 그를 심문할 때 그곳에 있던 사람이 누굽니까? 제가 보기에는 칼리스테네스를 제외하고는 아무도 없었습니다. 그러니까 그의 말이 진실인지는 확인할 수가 없는 겁니다. 아민타스 왕자님은 객관적으로 볼 때 위험한 인물입니다. 페르시아 궁정에서라면 즉시 제거되었을 겁니다. 그리고 폐하는…… 잘 기억해두십시오, 지금 페르시아의 황제이기도 하십니다. 폐하는 왕 중의 왕이십니다. 그렇긴 해도 그를 재판할 때 폐하가 나서지는 마십시오. 분명 군사재판에서 처형 판결을 내릴 겁니다. 폐하가 하실 일은 누군가 자비를 청하더라도 그것을 거절하는 일입니다."

부관이 대왕의 무기를 담당하는 견습기사 두 사람을 데리고 안으로 들어왔다.

부관이 말했다.

"폐하, 시간이 되었습니다."

마케도니아 군대의 군사 재판은 반역자들에게 최대한의 고통과 수치심을 주기 위해 조상들이 고안해낸 것으로, 유서가 깊은 재판이었다. 이 재판은 국왕이 직접 주재하고 마케도니아의 모든 병사들이 참석하게 되어 있었다. 열 명으로 이루어진 재판관들은 고위급 장교들과 나이 많은 병사들 중에서 제비뽑기로 선출되었다.

날카로운 나팔소리가 동이 트기 전의 텅 빈 평야에 울려퍼졌다. 사방에서 병사들이 운집했다. 완전무장을 하고 장창을 움켜쥔 페체타이로이들은 일곱 줄로 정렬했다. 그 앞에는 헤타이로이 기병대가 정렬했다. 맨 끝으로는 경보병대원, 돌격부대원들, 정찰대원들과 방패부대원들이 앞의 두 부대를 감싸안듯 장방형으로 길게 늘어섰다. 그들은 대왕과 재판관들, 그리고 죄수들이 입장할 수 있도록 동쪽으로 좁은 통로를 남겨두었다. 보병대의 그리스인들, 트라케인들, 아그리아인들은 용병인 탓에 재판에 참석할 수 없었다. 재판은 마케도니아인들만 마케도니아인을 판결할 수 있도록 되어 있었다.

헤타이로이 대열의 중앙에는 평지보다 약간 높은 단이 있었다. 그 위에 대왕과 재판관들의 의자가 놓여졌다. 해가 동쪽 산에서 얼굴을 내밀었다. 아침 햇살을 받은 장창의 날이 번득였다. 햇살이 더 아래쪽으로 퍼지며 부동자세로 서 있는 병사들을 비추었다. 햇빛과 바람과 추위에 단련된 병사들의 얼굴에 그림자가 드리워졌다.

세 번의 나팔소리가 대왕의 도착을 알렸다. 잠시 후 재판관들이 도착했고, 그 뒤를 따라 쇠사슬에 묶인 죄수들이 걸어나왔다. 그들 중 특히 고문의 흔적이 역력한 필로타스와 겉으로 보기에는 태연한 표정의 아민타스가 사람들의 눈길을 사로잡았다.

대왕과 재판관들이 단 위에 올라서자 가장 나이 많은 재판관이 고소

장을 읽었다. 증인들이 줄을 지어 안으로 들어왔다. 전령이 증인들의 증
언서를 전 부대원들이 들을 수 있도록 큰 소리로 낭독했다. 마침내 재판
관들이 투표를 실시했다. 피고인들 모두에게 만장일치로 유죄 판결이
내려졌다.

"이제 소집된 전 병사들이 투표할 차례요. 피고인들 각각에게 투표
를 하게 될 것이오. 이 유죄 판결에 반대하는 사람은 자신의 검을 땅바
닥에 내려놓으시오. 그리고 검의 숫자를 셀 수 있도록 열 걸음 뒤로
물러서시오."

전령이 늙은 재판관의 말을 반복해 외쳤다.

가장 나이 많은 재판관이 피고인들의 이름을 한 사람씩 차례로 불렀
다. 그리고 이름을 부를 때마다 전사들은 검을 땅에 놓으며 뒤로 물러섰
다. 유죄를 선고받은 사람들은 전우들이 자신의 목숨을 구해줄 것이라
는 한 가닥 희망을 품고 병사들 쪽으로 눈길을 돌렸다. 처음에는 보병대
대열로, 다음에는 기병대 대열로 시선을 돌렸다. 하지만 이름을 부를
때마다 땅바닥에서 놓여지는 검의 숫자가 너무 적었다. 필로타스의 차
례가 되었을 때 검의 숫자는 상당히 많아졌다. 특히 헤타이로이 부대
쪽에서 눈에 띄게 그 수가 많았다. 하지만 목숨을 구할 수 있을 정도는
아니었다. 그의 거만함과 대하기 힘든 성격 때문에 보병대의 병사들이
그동안 거부감을 느끼고 있었기 때문이었다. 그리고 무엇보다도 조금
전 낭독되었던 견습기사 키벨리노스의 증언이 그의 죄에 무게를 더해주
었다.

필로타스는 다른 사람들처럼 땅을 내려다보지 않았다. 그는 신음소리
를 내지 않으려고 이를 악문 채 계속해서 알렉산드로스를 노려보았다.
형을 집행하기 위해 그를 말뚝 앞에 세웠을 때도 전혀 자세를 흐트러뜨
리지 않았다. 그는 팔목과 손목을 묶으려는 사형 집행인들을 물리쳤다.
그리고 가슴을 펴고 당당한 자세로 판결을 행하는 사수들과 마주했다.

궁사들을 지휘하는 장교가 혹시 마지막 순간에 자비를 베풀 마음이 있는 것은 아닌지, 대왕의 말을 들어보기 위해 연단으로 다가갔다.

알렉산드로스가 그에게 명령했다.

"단 한 번에, 가슴에 명중시켜라. 고통이 오래 지속되지 않게 하라."

장교가 고개를 끄덕이고 자기 소대로 돌아갔다. 장교는 병사들과 간단하게 몇 마디를 나누었다. 그런 다음 큰 소리로 명령을 내렸다. 사수들이 표적을 향해 시위를 겨냥했다. 전사들이 가득 들어찬 병영에는 납덩이 같은 침묵이 내려앉았다. 기병대 병사들은 필로타스의 몸에서 눈을 떼지 않았다. 헤타이로이 사령관으로서 필로타스가 어떻게 죽음을 맞이하는지 보기 위해서였다.

장교가 마침내 발사 명령을 내렸다. 필로타스는 화살이 심장에 박히기 직전에 울분과도 같은 함성을 내질렀다.

와아아아!

필로타스는 곧 흙먼지 속에 쓰러졌다.

아민타스 왕자의 형은 맨 마지막에 집행되었다. 아민타스는 병사들에게 기품 있고 용감한 젊은이로 알려져 있었다. 운명에 의해 왕좌를 빼앗기고 한창 나이에 삶을 잃게 된 데 대해 사람들은 눈물을 참지 못했다.

알렉산드로스는 음울한 절망감에 빠져 저택으로 돌아왔다. 그의 눈앞에 펼쳐졌던 끔찍한 광경 때문만은 아니었다. 어린 시절과 청년 시절을 함께 보낸 친구가 전쟁터가 아닌 사형대에서 목숨을 잃은 것에 대한 고통이 더 컸다. 갖은 모험을 함께 했고, 깊이 신뢰했던 친구였다. 가장 중요한 임무를 맡겼던 친구가 결정적 순간에 등을 돌리고 음모를 꾸몄다는 생각에 그는 괴로웠다. 하지만 속임수와 피의 시간은 그것으로 끝난 것이 아니었다. 이제 그는 가장 끔찍한 결정을 내릴 순간에 와 있었다.

해가 진 뒤, 그는 들판에 외따로 서 있는 천막에서 회의를 소집했다. 에우메네스는 참석했지만 깜둥이 장군 클레이토스는 처형된 이들의 장례식을 거행할 임무를 맡아 그 자리에 참석하지 못했다. 입구에는 호위병도 없었다. 천막 안은 의자나 탁자, 양탄자 하나 없는 맨 땅이었다. 알렉산드로스와 그 동료들은 램프만 덩그러니 켜진 천막 안에 서서 회의를 했다. 저녁식사를 한 사람은 아무도 없었다. 모두의 얼굴에서 괴로움과 절망감이 여실히 묻어났다.

"이번에는 자네들답지 않게 행동했어. 필로타스를 죽음에서 구해내기 위해 뛰어든 사람이 아무도 없었어."

알렉산드로스가 말했다.

"난 그리스인이네. 난 자격이 없어."

에우메네스가 즉각 반박했다.

"알아. 그렇지 않았다면 자네는 필로타스를 위해 무슨 말로든 변호했을 거야. 하지만 이미 재판관들이 판결을 내렸고, 군사회의의 동의를 얻어 집행되었네. 이미 지나간 일이야."

"그런데 왜 우리를 소집했나?"

레온나토스가 떨리는 목소리로 물었다. 거인처럼 우람한 체격의 레온나토스가 감정에 북받쳐 눈물을 흘리는 모습은 매우 인상적이었다.

"아직도 끝나지 않았기 때문이야. 내 말이 맞지 않나? 일을 시작했으면 끝을 낼 필요가 있으니까."

에우메네스가 대신 대답했다.

"다른 공모자들을 찾아냈나?"

프톨레마이오스가 불안스럽게 물었다. 대왕은 잠깐 동안 당황한 표정으로 프톨레마이오스를 보았다. 마치 너무나 힘든 일, 너무나 하기 싫은 임무를 해야 한다는 표정이었다. 잠시 후 그가 낮은 목소리로 말했다.

"오늘 형을 집행한 뒤 내 거처로 돌아와 파르메니오 장군에게 편지를 썼네……."

알렉산드로스가 입 밖에 낸 이름 하나가 엄숙한 공간 속으로 거대한 비극을 불러들였다. 모두들 그들이 내려야 하는 결정이 어떤 것인지 분명하게 알게 되었다.

"……나는 장군의 아들 필로타스가 처형되었다는 것과 처형은 군사 회의의 의사에 따라 집행되었다는 것을 알리고 싶었네. 대왕으로서 그 판결을 받아들이긴 했지만, 그렇게 잔인한 고통을 그에게 주느니 차라리 나도 죽고 싶었다고 장군에게 말하고 싶었어."

에우메네스가 알렉산드로스를 쳐다보았다. 그리고 알렉산드로스가 줄곧 눈물을 흘리고 있는 것을 발견했다. 그의 모습은 노장군이 겪을 고통을 똑같이 겪고 있는 모습이었다.

"하지만 난 곧 편지를 쓰던 손을 멈추었네. 불안한 생각 하나가 글을 쓰는 것을 가로막더군. 바로 그 생각 때문에 자네들을 불렀네. 결정을 내리기 전에는 우리들 중 그 누구도 밖으로 나갈 수 없네."

"파르메니오 장군이 어떤 반응을 보일까? 자네의 생각을 방해한 것이 바로 이것이지, 그렇지 않나?"

다시 한 번 에우메네스가 알렉산드로스의 말을 앞질렀다.

"그렇다네."

알렉산드로스가 시인했다.

"장군은 이미 자네에게 두 아들을 바쳤네. 나일 강에 빠져죽은 헥토르와 치명상을 입고 요절한 니카노레스지. 그런데 지금 자네는 하나 남은 아들, 장군이 누구보다도 자랑스러워하는 장남을 고문하고 처형했네."

"내가 아니야!"

알렉산드로스가 외쳤다.

"나는 그를 대왕 다음으로 높은 자리에 앉혔네. 그는 자신이 저지른 행동 때문에 그런 판결을 받은 거야."

그는 오랫동안 고개를 숙이고 있다가 다시 말했다.

"우리는 낯설고 광대한 지역 한가운데에 고립되어 있네. 우리는 우리가 완수하겠다고 맹세한 과업을 목전에 두고 있어. 단 하나의 실수라도 모든 것을 허사로 만들어버릴 수 있는 순간이지. 아직 정복되지 않은 적들에게 힘을 줄 수 있고, 원정 전체를 파멸로 몰고 갈 수도 있네. 자네들은 우리 동료들이 뿔뿔이 흩어지고 포로 신세가 되어 고문을 받거나 노예로 팔려가는 광경을 보고 싶나? 고국이 침략을 받아 혼란에 휩싸이고 자네의 가족과 집이 적의 손에 넘겨지기를 바라나? 만약 알렉산드로스가 쓰러진다면 전 세계는 걷잡을 수 없는 혼란에 휩싸일 거야. 자네들이 그것을 모른단 말인가? 에우메네스, 자네가 원하는 게 그런 세상인가? 자네들 모두가 원하는 게 그런 세상인가? 난 모든 망설임, 모든 애정, 모든 동정심을 짓밟아버리고 주저없이 공격해야 했네."

그의 눈은 눈물로 젖었고 목소리가 갈라졌다. 그의 영혼은 찢어질 듯 격정에 휩싸여 있었다. 동료들은 그의 말 속에서, 그들이 거의 잊고 있던 저항할 수 없는 힘을 느꼈다. 알렉산드로스의 숨결이 그들의 심장으로 파고드는 것 같았다. 그의 눈물이 그들의 뺨에도 떨어지고 그의 망설임과 고뇌가 그들의 마음을 하나로 움직이는 것 같았다.

대왕은 그들의 눈을 하나하나 똑바로 쳐다보았다.

"가장 끔찍한 일이 다시 한 번 더 벌어져야 하네."

"파르메니오 장군을 처형해야 한단 말인가?"

에우메네스가 떨리는 목소리로 물었다. 알렉산드로스가 고개를 끄덕였다.

"장군이 필로타스가 죽었다는 것을 알았을 때 어떤 행동을 취할지 우리는 예측할 수 없네. 만약 장군이 복수하기로 결정한다면 우리 모두는 끝장이야. 장군은 우리의 보급품을 살 돈을 가지고 있어. 모든 길을 통제하고 있으며 우리에게 필요한 지원군 파병과 마케도니아와의 연락도 장군이 도맡고 있어. 그는 우리 등 뒤에서 문을 닫아버리고 우리를 운명에 내맡겨버릴 수도 있네. 아니면 베수스와 연합하거나 다른 누구와 연합해 우리를 파멸시켜버릴 수도 있어. 우리가 이런 위험을 감수해야 하나?"

"한마디만 하겠네."

크라테로스가 말했다.

"자네는 파르메니오 장군이 암살 음모를 알고 있거나 관련이 있다고 생각하나? 필로타스는 장군의 아들이야. 적어도 아버지에게 알렸다고 생각하는 게 타당할 것 같은데."

"난 그렇게 생각하지 않아. 하지만 그렇게 생각해야 하네. 나는 대왕이야. 그 무엇도, 그 누구도 나를 도울 수 없네. 그런 무서운 결정을 해야 할 순간에 나는 혼자야. 고통 속에서 찾을 수 있는 유일한 위안은 우정이지. 자네들이 없었다면 나의 힘과 의지와 이 모든 목표를 찾을 수 있었을지 의문이야. 이제 내 이야기를 들어보게. 난 나 혼자 짊어지고 가야 할 자책감을 자네들에게 얹어주고 싶은 생각은 없네. 하지만 자네들이 이 모든 일이 어리석다고 생각한다면, 내가 인간에게 허락된 한계 이상의 결정을 한다고 생각한다면, 지금 내가 하는 행동이 증오할 만한 독재자의 행동이라고 생각한다면 나를 죽이게. 지금 당장 말일세. 자네들의 손에 죽는다면 죽음도 끔찍하지 않을 것 같네. 그런 다음 내게 아들이 없으니 자네들 가운데 가장 뛰어난 사람을 대왕으로 뽑게. 파르메니오 장군과 협의해 고국으로 돌아가게."

알렉산드로스가 갑옷을 벗어 가슴을 드러냈다.

"나는 세상 끝까지 자네를 따르기로 맹세했네. 그것은 선과 악을 갈라놓는 경계 너머까지 따라갈 것을 맹세한 거야."

헤파이스티온이 말했다. 그런 다음 동료들 쪽으로 몸을 돌렸다.

"알렉산드로스를 죽이고 싶은 사람이 있으면 나도 죽이게."

그 역시 갑옷을 벗어던지고 대왕 옆에 섰다.

모두들 눈물을 흘리거나 두 손으로 얼굴을 가리고 울었다. 그 순간 크라테로스는 유형생활을 하던 왕자를 찾아갔던 때를 떠올렸다. 이 세상의 그 어떤 이유로도 왕자를 버리지 않을 것임을 알리기 위해 일리리아의 눈보라 속을 헤치며 왕자를 찾아갔다. 크라테로스가 쉰 목소리로 외쳤다.

"알렉산드로스 친위대!"

그러자 모두가 한 목소리로 대답했다.

"여기 있습니다."

솔리스의 에우몰푸스는 총독 저택의 오래된 무기 창고로 들어갔다. 한 남자가 그의 발소리를 듣고 갑자기 몸을 돌렸다.

"이름이 뭔가? 어느 부대 소속인가?"

에우몰푸스가 물었다.

"제 이름은 데메트리오스입니다. 제3정찰대대 제5부대 소속입니다."

남자가 대답했다.

"폐하의 명령에 따라 자네에게 임무를 맡기겠네."

에우몰푸스는 그에게 아르가이 별이 새겨진 작은 판을 보여주었다.

"이게 뭔지 아나?"

"폐하의 인장입니다."

"맞네. 그러니까 지금 자네가 받는 명령은 알렉산드로스 폐하가 직접 내리는 것이나 마찬가질세. 지금 자네에게 아주 중대한 임무를 맡기려 하네. 하지만 우리는 자네가 이번 일이 처음은 아니며 항상 민첩하고 신중하게 일을 처리해왔다는 것을 알고 있네."

"누굴 죽여야 합니까?"

데메트리오스가 물었다. 에우몰푸스가 그의 눈을 똑바로 쳐다보았다.

"파르메니오 장군이네."

그 말을 듣고 남자는 놀란 듯 속눈썹을 깜빡였지만 거의 감지할 수 없을 정도였다. 에우몰푸스는 그의 눈을 쳐다보며 계속 말했다.

"명령은 말로 내리겠네. 자네만 알고 있어야 하네. 게다가 폐하조차 이 명령이 자네에게 맡겨졌다는 사실을 모르고 계시네. 마음놓고 믿어도 될 원주민 두 명을 데리고 가게. 사티바르자네스 마구간의 낙타를 이용해도 되네. 낙타는 이 지역에서 가장 빠르고 지구력이 뛰어난 동물이지. 자네들은 필로타스 장군이 죽었다는 소문이 엑바타나에 퍼지기 전에 그곳에 도착해야 하네."

에우몰푸스가 그에게 두루마리를 내밀었다.

"이것은 자네를 왕실의 전령으로 임명하는 문서야. 하지만 장군에게까지 가려면 폐하와 파르메니오 장군만이 통하는 암호를 알고 있어야 해."

"암호가 뭡니까?"

"어린아이들이 부르는 마케도니아의 옛 동요네. 아마 자네도 알 걸세. 이런 거라네. 늙은 군인이 전쟁터에 나갔다가……."

자객의 눈에 일순간 가소롭다는 빛이 스쳤다. 그가 고개를 끄덕이며 다음 구절을 이었다.

"……땅에 넘어졌대요!"

"바로 그것일세."

에우몰푸스가 감탄을 표하며 암호를 확인해주었다.

"이 임무에 대한 포상은 없네. 하지만 내가 직접 자네에게 은화 1탈렌트를 줄 걸세."

"필요없습니다."

남자가 대답했다.

"단검을 사용해 그의 가슴을 찌르게. 마케도니아에서 가장 위대한 군인이 등에 칼을 맞고 숨져서는 안 되네."

에우몰푸스의 당부에 데메트리오스가 고개를 끄덕였다.

"다른 말씀은?"

"그를 급습해야 해. 장군이 자네의 움직임을 눈치채는 날이면 자네는 끝장이야. 장군이 일흔 살이라는 사실을 너무 믿지 말게. 사자는 언제까지나 사자니까."

"조심하겠습니다."

"그러면 이제 떠나게. 단 한순간도 지체해서는 안 되네. 자네를 안내할 사람들이 이 밑의 마구간에서 낙타와 함께 기다리고 있네. 엑바타나에 가면 남쪽 문 밖, 에쉬문 신전에서 돈을 받을 수 있을 거야. 일을 마치면 엑바타나를 떠나 절대 다시 돌아오지 말게."

남자는 에우몰푸스가 가리키는 작은 문으로 나갔다. 계단을 내려가 마구간으로 간 뒤 해가 지는 방향으로 일행과 함께 길을 떠났다. 알렉산드로스는 높은 탑에서 꼼짝하지 않고 자객 일행을 지켜보았다. 넘실거리는 사막의 구릉 너머로 그들이 사라질 때까지 그는 힘없이 그 자리에 서 있었다.

데메트리오스가 자드라카르타에 도착하는 데는 6일 낮, 5일 밤이 걸렸다. 그는 매일 밤마다 몇 시간씩만 잠을 잤다. 낙타 등에 탄 채 먹고 마시며 강행군했다. 매일 그와 안내원들은 빠른 속도를 유지할 수 있도록 낙타를 바꿔 탔다. 그렇게 먼 거리를 그렇게 빨리 지날 수 있었다는 것이 그들로서도 믿어지지 않는 일이었다. 13일째 되는 날 해질녘, 그들은 엑바타나에 도착했다. 데메트리오스는 곧 총독의 저택으로 갔다.

"누구냐? 무슨 일이냐?"

보초가 물었다. 데메트리오스는 대왕의 인장이 찍힌 통행증을 보여주었다.

"긴급 임무를 수행하는 폐하의 전령이다. 파르메니오 장군께 전할 구두 메시지가 있다."

"암호를 알고 있소?"

"물론이다."

"기다리시오."

보초는 호위대로 들어가 자신의 상관에게 보고했다. 상관이 곧 밖으로 나와 데메트리오스에게 말했다.

"나를 따라오시오."

두 사람은 기둥이 늘어선 넓은 뜰 안으로 들어갔다. 뜰의 한가운데에는 우물이 하나 있었다. 하인들이 그 우물에서 손님과 동물들에게 줄 물을 퍼올리고 있었다. 두 사람은 함께 뜰을 가로질러갔다. 어두워지기 시작한 주랑의 서쪽 끝에 위층으로 향하는 계단이 있었다. 두 사람은 두 명의 페체타이로이가 감시하고 있는 복도에서 방향을 바꿔 맨 끝까지 갔다. 문 앞을 지키는 호위병은 찾아볼 수 없었다. 장교가 문을 두드렸다. 잠시 후 발걸음소리가 나며 안에서 목소리가 들려왔다.

"누구요?"

"호위병입니다."

장교가 대답했다.

"폐하께서 보낸 전령이 왔습니다. 긴급히 전해드릴 구두 메시지가 있다고 합니다."

문이 열리고, 머리가 거의 다 벗겨진 50대 가량의 남자가 나타났다. 왼쪽 겨드랑이에는 서판을, 오른손에는 펜을 들고 있었다.

"나는 우편 업무를 처리하는 비서요."

남자가 자신을 소개했다.

"따라오시오. 곧 장군님을 뵙게 될 것이오. 방금 서신에 답장을 끝내시고 막 목욕을 하실 참이었소. 당신이 좋은 소식을 가져왔으면 좋겠군요. 장군님은 아직도 아드님인 니카노레스의 죽음으로 상심하고 계십니다. 폐하와 하나 남은 아드님 걱정이 끊일 날이 없어요, 불쌍한 양반.”

비서는 장군에게 전하게 될 소식을 짐작하려는 듯 돌 같은 자객의 얼굴을 주의 깊게 살펴보았다. 비서는 전령의 표정을 보면서 불길한 예감을 느꼈다. 그들은 방 안에 있는 또 하나의 문 앞에 멈춰 섰다. 비서가 말했다.

“여기서 기다리시오. 장군님의 허락이 내려지기 전에 갖춰야 할 격식이 있소.”

데메트리오스는 몸수색이 있을까봐 약간 겁을 먹었다. 그는 망토 밑의 단검을 움켜쥐었다. 잠시 시간이 흘렀다. 그동안 아무런 소리도 들리지 않았다. 마침내 비서가 빵 한 조각과 소금 그릇과 포도주 한 잔을 담은 큰 쟁반을 들고 나타났다.

“파르메니오 장군님께서는 집에 온 사람 모두가 후하게 대접받기를 원하시오.”

비서가 미소를 머금으며 덧붙였다.

“자, 드시지요.”

자객은 손에 움켜쥐고 있던 단검을 놓았다. 그는 쟁반 쪽으로 손을 뻗어 빵을 집어들고 소금으로 간을 맞춘 다음 빵을 먹었다. 그런 다음 포도주를 한 모금 삼켰다.

“장군님께 감사하다는 제 인사를 전해주십시오.”

자객이 손등으로 입을 닦으며 말했다. 비서가 고개를 끄덕이고 나서 쟁반을 탁자 위에 올려놓았다. 그리고 파르메니오의 서재로 통하는 문 앞까지 안내해주었다. 그런 다음 잠깐 동안 자객을 밖에서 기다리게 한 후 안으로 들어갔다. 반쯤 열린 문틈으로 두 남자의 목소리가 흘러나왔다. 마침내 비서가 나오더니 그에게 신호를 보냈다. 데메트리오스는 안으로 들어가 문을 닫았다.

파르메니오는 업무를 보는 탁자에 앉아 있었다. 그의 등 뒤로는 두루마리가 가득 들어찬 책장이 하나 있었는데, 두루마리마다 작은 꼬리표가 붙어 있었다. 장군의 옆으로는 할리스 동쪽, 페르시아 제국의 지방이 그려진 지도가 가대에 올려져 있었다. 전령이 방 안으로 들어서는 것을 보자 장군은 자리에서 일어나 걸어왔다. 장군은 무릎까지 닿는 군인용 키톤만 입고 있었다. 마케도니아식 가죽장화를 신은 탓에 그의 복사뼈가 드러났다. 장군은 놀라울 정도로 건강한 체질이었다. 왼쪽 벽의 옷걸이에는 철과 가죽으로 된 갑옷과 방패가 걸려 있었다. 그 무게가 1탈렌트는 나갈 것 같았다. 장군은 무기를 갖고 있지 않았다. 오래 전에 만들어진 그의 칼은 갑옷이 걸린 옷걸이에 그대로 걸려 있었다.

장군이 친절하게 의자를 가리켰다.

"앉게나, 제군."

"피곤하지 않습니다."

자객이 대답했다.

"하지만 자네의 표정이 꼭 지옥을 건너온 것 같군. 아주 무서운 얼굴이야. 자, 앉게나."

파르메니오가 자객의 얼굴을 살피며 말했다. 데메트리오스는 가슴이 철렁했으나 의심을 사지 않기 위해 명령에 따랐다. 그가 자리에 앉았을 때였다. 망토 속에 숨기고 있던 단검의 손잡이가 망토 밖으로 툭 불거졌다. 순긴 파르메니오가 자기 칼이 걸려 있는 쪽으로 몇 걸음 물러났다.

"너는 누구냐?"

장군이 황급히 물으며 칼 손잡이 쪽으로 손을 뻗었다.

"암호를 알고 있다고 했지?"

파르메니오가 묻자 자객이 자리에서 일어섰다.

"늙은 군인이 전쟁터에 나갔다가……"

자객이 단검을 빼들었다. 순간 파르메니오는 손에 쥐었던 검을 아래로 떨어뜨리고 말았다. 그는 놀라움과 고통스러움이 뒤섞인 얼굴로 자객 쪽으로 다가갔다.

"폐하께서……."

파르메니오가 믿을 수 없다는 듯 중얼거렸다.

"어떻게 이럴 수 있단 말인가?"

순간 자객은 장군의 가슴 깊숙이 단검을 찔러넣었다. 그리고 신음소리 하나 내지 않고 쓰러지는 장군을 보았다. 바닥에 피가 넓게 퍼져나갔다. 자객은 죽어가는 장군을 내려다보았다. 힘을 잃어가는 그의 눈에서 증오심이나 반항심은 찾아볼 수 없었다. 눈물만 고여 있을 뿐이었다. 자객은 마지막 숨을 거두는 가운데 장군의 입술이 달싹거리는 것을 보았다. 자객은 장군의 입술 모양을 따라했다.

"……땅에 넘어졌대요."

자객은 방의 왼쪽에 나 있는 다른 문을 통해 밖으로 나갔다. 그는 큰 저택의 미로 사이로 순식간에 모습을 감추었다. 잠시 후 긴 공포의 비명이 석양녘의 평화를 산산조각 내며 울려퍼졌다.

13일 후, 알렉산드로스는 파르메니오가 암살당했다는 소식을 전해 들었다. 비록 자신이 명령했지만 그 소식은 잔혹한 상처를 안겨주었다. 마치 신이 파르메니오의 운명을 다른 방향으로 이끌어주기를 바라기라도 한 것 같았다. 며칠 동안 그는 실의에 빠진 채 천막에서 나오지 않았다. 아무도 만나지 않고 음식도, 물도 마시지 않았다. 렙티나가 그를 보살피기 위해 가까이 갔지만 매번 거절당했다. 그녀는 해가 뜨나 비가 오나 천막 밖의 땅에 웅크리고 앉아 울면서 대왕의 허락이 떨어지기를 기다렸다. 혹시 대왕에게 무슨 일이라도 생겼나 싶어 천막으로 다가간 친구들은 목쉰 소리로 단조롭게, 끊임없이 불러대는 대왕의 노랫소리를 들었다. 그것은 그들이 어릴 적부터 자주 부르던 마케도니아

의 옛날 동요였다. 그들은 할 수 없이 고개를 저으며 천막에서 멀어져
야 했다.

에우메네스는 이런 글로 네 번째 일지를 끝맺었다.

그 달의 일곱 번째 날, 파르메니오 장군이 대왕의 명령에 따라 아무
죄도 없이 살해되셨다. 장군은 노년의 나이에도 불구하고 젊은이들처럼
언제나 명예롭게 싸운 용감한 남자였다. 장군에 대한 기억을 더럽히는
오점은 단 하나도 없다. 장군은 영원히 우리 기억 속에 살아남으리라.

40

그러던 어느 날, 알렉산드로스는 천막에서 걸어나와 총독의 저택으로 돌아왔다. 수염은 제멋대로 자라 있고 머리는 감지 않아 초췌한 모습이었다. 눈빛은 불안정하고 초점이 없었다. 스타테이라는 그를 품속 깊이 끌어안았다. 그녀는 밤새 그의 발치에 앉아 노래를 불러주었다. 반대로 그가 노래를 부를 때도 있었다. 그럴 때면 바빌로니아의 하프로 반주해주며 그의 고통을 달래주려 했다.

벌써 여름은 끝을 향해 달려가고 있었다. 기력을 회복한 대왕은 군대를 소집하고 출발 날짜를 정했다. 행군 장교들은 안내원들과 의논했다. 보급 마차의 감독들은 마차와 하역 짐승들을 점검하고 행군 연습을 시켰다. 파로파미수스에서의 길고 힘겨운 여정에 익숙해지기 위해서였다. 다시 행군이 시작된다는 소식에 전 병영이 흥분에 휩싸였다. 병사들은 비극적인 사건을 지켜봐야 했던 저주의 장소에서 하루라도 빨리 벗어나고 싶어했다. 지금은 알렉산드리아 아리아라고 부르는 아르타코아타의 갈라진 성벽 밑에서 병사들이 할 수 있었던 것은 피로 물든 날들과 권태를 잊으려는 노력이 전부였다.

스타테이라 공주는 자신의 몸에 변화가 있음을 알게 되었다. 임신을 한 것이었다. 그 소식은 대왕에게 유일한 위안을 안겨주었다. 친구들도 머지않아 태어날 아기 알렉산드로스의 모습을 상상하며 즐거워했다. 임신한 여자를 데리고 북쪽으로 행군한다는 것은 너무나 힘이 들 게 뻔했다. 알렉산드로스는 스타테이라에게 왕궁으로 돌아가라고 했다. 그의 말에 따라 스타테이라는 자드라카르타로 떠났다. 엑바타나나 수사에서 그의 어머니와 합류할 생각이었다.

9월 초의 맑은 어느 날 아침, 출발을 알리는 나팔소리가 울려퍼졌다. 눈부신 갑옷을 입은 대왕이 부케팔로스를 타고 선두에 섰다. 동방 원정이 정점에 달해 있을 때와 같은 모습이었다. 철 갑옷을 입은 헤파이스티온, 페르디카스, 프톨레마이오스, 셀레우코스, 레온나토스, 리시마코스, 그리고 크라테로스가 그의 옆에서 말을 타고 달렸다. 그들의 투구를 장식한 긴 깃털이 태양 아래서 물결쳤다. 원정대는 여러 날 동안 작은 시냇물이 흐르는 계곡을 따라 올라갔다. 여러 마을을 지나는 동안 아무 일도 일어나지 않았다. 사병들을 이끌고 자발적으로 원정대를 따라오는 페르시아 귀족들도 있었다. 그들은 마을사람들에게 검은색의 거대한 말을 탄 젊은이가 새로운 황제라고 설명해주었다. 사람들은 버드나무 가지를 흔들며 대왕을 열렬히 환영했다. 밤하늘은 점점 더 맑아졌고 별들의 숫자도 많아졌다. 마치 들판에 흐드러지게 핀 봄꽃처럼 수천 개의 별이 밤하늘을 장식했다. 칼리스테네스는 갑자기 하늘에 별이 많아진 이유를 병사들에게 설명해주었다. 그의 설명에 따르면, 고도가 높을수록 공기를 탁하게 만드는 연기와 수증기의 밀도가 낮아져 평소에 볼 수 없던 별까지 잘 볼 수 있게 된다는 것이었다. 하지만 대다수의 병사들은 땅의 변화에 따라 하늘이 움직이고 있다고 믿었다. 때문에 이렇게 먼 고장에서는 그 어떤 현상이 나타나더라도 놀랄 게 없다고 생각했다.

매일 저녁, 해가 질 무렵이면 강가에 병영이 세워졌다. 야영지에 불이 피워지면 원정대와 함께 이동하는 여자들, 상인들, 하인들, 짐꾼들, 목동들로 인해 병영은 순식간에 저잣거리로 변했다.

어느 날, 수많은 시냇물이 합류하는 강 유역에 드넓은 평야가 나타났다. 눈 덮인 고산들이 평야를 에워싸고 있었다. 산들은 햇살을 받아 눈부시게 빛났고 그 자태가 파란 하늘을 배경으로 우뚝 솟아 있었다.

"파로파미수스다!"

에우메네스가 그 장관에 넋을 잃고 감탄사를 터뜨렸다. 하지만 칼리스테네스가 이의를 제기했다.

"내가 최근에 아리스토텔레스 삼촌과 서신을 교환했네. 삼촌의 의견에 따르면, 우리가 이 지역에서 보게 될 산들은 이 세상에서 제일 높은 카프카스 산맥의 분맥일 거라고 하시더군."

"그러면 우린 저 꼭대기까지 올라가야 하는 건가?"

레온나토스가 하늘과 땅 사이에 걸려 있는 오솔길을 가리키며 물었다.

"그렇다네. 지금 베수스가 박트리아나, 소그디아나, 그리고 스키타이 병사들을 이끌고 저 너머에 있는 게 분명해. 알렉산드로스는 어떤 대가를 치르더라도 그를 잡으려고 한다네."

프톨레마이오스가 대답했다. 레온나토스가 손으로 햇빛을 가렸다. 그리고 얼음과 눈에 덮인 산맥을 눈부신 듯이 바라보았다. 잠시 후 그는 고개를 절레절레 저으며 그 자리를 떠났다.

대왕도 지리에 대한 칼리스테네스의 가정을 받아들였다. 그 다음날, 대왕은 강 유역의 비옥하고 넓은 땅이 새로운 도시를 세우기에 이상적인 곳이라고 생각했다. 그는 그곳에 도시를 세우기로 결심하고 이름을 알렉산드로스 카우카소라고 부르기로 했다. 산악지대를 횡단하는 것을 포기하고 그 도시에 정착하기로 자원한 사람은 용병 2백여 명을 비롯해 1천여 명이나 되었다.

투명한 공기와 눈부신 하늘, 은색 리본 같은 강과 에메랄드 같은 초록빛 들판을 바라보고 있노라면 잠시나마 아르타코아타의 환영들이 사라져간 느낌이었다. 하지만 피로 물든 파르메니오의 그림자가 밤마다 알렉산드로스를 괴롭혔다. 어느 날 해가 질 무렵, 어둠의 공포에 짓눌려 있던 알렉산드로스가 아리스탄드로스의 천막을 방문했다.

왕이 명령했다.

"말을 타고 나를 따르게."

잠시 후 두 사람은 위병의 감시를 피해 어둠 속으로 사라졌다. 어둠은 이미 산밑까지 내려와 있었다. 두 사람은 거대한 산등성이를 말을 타고 오르기 시작했다.

"무엇을 하려고 그러십니까?"

예언자가 물었다.

"파르메니오의 혼을 부르고 싶네. 나를 위해 그렇게 해줄 수 있나, 아리스탄드로스?"

대왕이 열에 들뜬 눈으로 예언자를 보며 말했다. 예언자가 고개를 끄덕였다.

"파르메니오 장군의 혼이 아직도 이 땅에 맴돌고 있다면 그를 폐하에게 불러오겠습니다. 하지만 이미 하데스의 집에 내려가 있다면 살아 있는 제가 그에게 갈 수 있을지 모르겠습니다."

"지난밤 나는 장군이 걸어서 저 오솔길로 올라가는 것을 보았네. 무거운 짐을 진 것처럼 등을 구부리고 앞으로 걸어가고 있었어. 그의 하얀 머리가 순백의 눈과 뒤섞여 보였다네. 가끔씩 손짓으로 자기를 따라오라고 신호를 보냈어…… 평생을 전쟁터에서 보내느라 거칠어진 그 큰 손으로 말일세. 갑자기 장군이 내 쪽으로 몸을 돌렸을 때 그의 가슴에 난 상처가 보였네. 하지만 그의 눈에는 증오도, 원한도 담겨 있지 않았어. 오로지 끝없는 비애만 담겨 있었지. 그를 불러주게, 아리스탄드로스 제발 부탁이네!"

"산의 어느 지점에서 장군을 보셨는지 기억하십니까?"

"저 위일세."

대왕이 눈과 뒤섞여 있는 돌투성이의 오솔길을 가리켰다.

"그러면 저를 저 위로 데려다주십시오. 서두르셔야 합니다. 밤이 깊어지면 길이 안 보여서 힘이 들 겁니다."

오솔길이 좁고 경사가 점점 더 심해지자 그들은 말을 끌고 걸어서 오르기 시작했다. 자정이 되기 전에 눈이 쌓인 산 위에 도착했다. 두 사람은 높은 산봉우리들이 계속 이어지는 어느 한 지점에서 걸음을 멈추었다.

"준비가 되셨습니까?"

아리스탄드로스가 물었다.

"나는 준비되었네."

대왕이 대답했다.

"무엇이 준비되었단 말씀이십니까?"

"모든 게."

"죽음까지도 말입니까?'

"그렇네."

"그러면 옷을 벗으십시오"

알렉산드로스가 그의 요구에 따랐다.

"눈 위에 누우십시오"

알렉산드로스는 설원에 등을 대고 똑바로 누웠다. 그는 얼음같이 차가운 눈에 살이 닿자 몸을 부르르 떨었다. 그러자 아리스탄드로스가 옆에 무릎을 꿇고 앉아 발뒤꿈치를 앞뒤로 움직이며 이해할 수 없는 언어로 만가輓歌를 불렀다. 가끔 노래 대신 짧게 비명을 지르기도 했다. 노랫소리가 얼어붙은 하늘로 올라가면 갈수록 알렉산드로스의 몸은 눈 속에 잠겨들어 파묻힐 지경이 되었다.

알렉산드로스는 수천 개의 얼음 바늘이 자신의 몸을 찌르고 있는 것 같았다. 바늘 끝은 그의 심장까지, 뇌까지 침투해오는 것 같았다. 순간마다 찾아드는 고통이 참을 수 없을 정도로 커져갔다. 그는 갑자기 자신의 가슴에서 알지 못하는 언어로 비명소리가 터져나오는 것을 깨달았다. 그는 자기 앞에 무릎을 꿇고 앉은 예언자의 눈에 흰자위만 남아 있는 것을 보았다. 그의 얼굴은 빗물에 색이 바랜 대리석상의 얼굴처럼 표정이 없었다.

알렉산드로스는 말을 해보려 애썼지만 도저히 할 수 없었다. 기운을 차려보려 했지만 힘이 없었다. 그의 몸은 차가운 눈 속으로 점점 더 빠져들고 있었다. 어쩌면 얼음같이 차고 투명한 공기 속에서 몸이 흔들리고 있는 것인지도 몰랐다. 그때 그는 다시 어린아이가 되어 왕궁의 이 방, 저 방으로 뛰어다니는 자신의 모습을 보았다. 가쁜 숨을 몰아쉬며 자기 뒤를 좇으려 애쓰는 늙은 아르테미시아도 보였다. 어느 순간 그는 커다란 회의실 안에 들어와 있었다. 그 방 안에는 왕국의 장군들과 부왕인 아버지가 앉아 있었다. 그는 깜짝 놀라며 번쩍이는 갑옷을 입은 전사들 앞에 멈춰 섰다. 바로 그때 복도에서 하얀 머리카락을 늘어뜨린 채 위풍당당하게 걸어오는 남자가 보였다. 왕국 최고의 군인, 파르메니오 장군이었다.

장군은 미소를 지으며 그를 바라보았다. 그리고 말했다.

"꼬마 왕자님, 그 동요를 어떻게 부르는 거지요? 전쟁터에 나가는 늙은 군인에게 그 노래를 다시 한 번 불러주시겠어요?"

알렉산드로스는 파르메니오가 말한 그 노래를 불러 사람들을 웃겨보려 했다. 하지만 노래를 부를 수 없었다. 갑자기 목이 막혔다. 그는 자기 방으로 돌아가려고 돌아섰다. 순간 왕궁은 사라져버렸고, 그 대신 눈으로 뒤덮인 풍경만 그의 눈앞에 펼쳐져 있었다. 그는 시체처럼 뻣뻣하게 굳어 있는 아리스탄드로스를 보았다. 아리스탄드로스는 여전히 흰자위만 드러낸 채 무릎을 꿇고 앉아 있었다. 알렉산드로스는 절망적으로, 마지막 힘을 모아 눈 위에 벗어놓은 자신의 망토를 잡아보려 했다. 그 순간 알렉산드로스는 너무나 놀라 온몸이 굳어버렸다. 갑옷을 입은 파르메니오 장군이 장대한 검을 옆구리에 차고 달처럼 창백한 얼굴로 앞에 서 있었다.

알렉산드로스의 눈에 눈물이 가득 고였다.

"노…… 전사님……. 장군님…… 나를 용서해주십시오."

파르메니오 장군이 슬픈 미소를 떠올리며 말했다.

"지금 저는 제 자식들과 함께 있습니다. 우리는 모두 잘 있습니다. 안녕히 계십시오, 알렉산드로스 우리가 다시 만났을 때 용서를 받으실 수 있을 겁니다. 그날이 멀지 않았습니다."

하얀 눈 위로 천천히 걸어가던 장군은 어둠 속으로 사라졌다. 그 순간 알렉산드로스는 의식이 돌아오는 것을 느꼈다. 그는 망토를 들고 서 있는 아리스탄드로스를 발견했다. 아리스탄드로스가 소리쳤다.

"덮으세요, 빨리. 덮으세요! 돌아가실 뻔했습니다."

알렉산드로스는 겨우 힘을 내어 망토를 몸에 둘렀다. 양모의 온기 덕택에 그는 서서히 정신을 차렸다.

"무슨 일이 일어났습니까? 저는 제 정신력을 모두 사용했습니다. 하지만 아무것도 기억나지 않습니다."

아리스탄드로스가 물었다.

"파르메니오 장군을 만났네. 갑옷을 입고 있었는데, 상처는 전혀 없었어. 그는 나를 보며 미소를 지었네."

알렉산드로스는 절망적인 심정으로 고개를 떨구었다.

"아마 헛것을 봤을 거야."

"헛것이라고요? 아마 아닐 겁니다. 보세요."

예언자가 손가락으로 뭔가를 가리키며 말했다.

알렉산드로스가 몸을 돌리자 눈 위에 사람 발자국이 뚜렷이 찍혀 있는 것이 보였다. 발자국은 저만치 이어지다가 갑자기 공중으로 사라져버린 듯 중간에서 끊겨 있었다. 알렉산드로스는 무릎을 꿇고 손끝으로 그 발자국을 만져보았다. 그런 다음 아리스탄드로스에게로 몸을 돌리며 말했다.

"못을 박은…… 마케도니아의 장화야……. 오, 제우스시여. 대체 어떻게 이런 일이 일어날 수 있지?"

예언자가 지평선을 응시하며 말했다.

"돌아가시지요. 너무 늦었습니다. 지금까지 우리를 지켜준 별빛이 사라지려 하고 있습니다."

알렉산드로스는 신을 달래는 엄숙한 제물 봉헌 의식으로 새 도시의 탄생을 축하했다. 그러고 나서 체조 경기와 연극 공연과 시 경연대회를 열었다. 여러 배우들이 이제는 전설이 되다시피 한 테살로스와 함께 최고 배우 자리를 놓고 실력을 겨뤘다. 고원의 공기 덕택에 테살로스의 목소리는 이전보다 더 뛰어난 음색과 풍부한 성량을 선보였다.

비극 공연의 절정은 「테베를 공격하는 7장군」[12]이라는 작품이었다. 이 고장 출신의 젊은 배우가 멜라니포스의 머리를 깨무는 티데우스 역을 맡았다. 그는 이 공연에서 사실적인 연기를 펼쳐 사람들에게 깊은 인상을 남겼다. 그의 이름은 밀라사라였다. 하지만 최고 연기상은 다시 한 번 테살로스에게 돌아갔다. 그는 「아가멤논」에서 주인공을 맡아 이름에 걸맞은 훌륭한 연기를 했다.

축하 공연은 7일 동안 계속되었다. 8일째 되는 날, 원정대는 안내를

---

12) 아이스킬로스의 비극

맡은 원주민 소대의 뒤를 따라 협로 쪽으로 행군했다. 겨우 두 번의 휴식을 취한 원정대는 눈이 쌓인 텅 빈 산간지역으로 전진했다. 오솔길은 통과하기가 몹시 힘들어 하역마들은 평소 운반하던 짐의 절반 정도만 싣고 움직였다. 덕분에 오솔길을 통과한 원정대는 추가로 필요한 물품들을 자급자족해야 했다.

안내원들은 어딘가에 마을이 있고 비축해놓은 식량도 있을 것이라고 말했다. 하지만 설원에서는 아무리 둘러보아도 마을을 찾아낼 수 없었다. 원정대는 저녁이 되기를 기다렸다. 아니나 다를까, 초저녁 해 어스름을 뚫고 어디선가 연기가 피어올랐다. 원정대는 눈밭을 헤치고 재빠르게 그쪽으로 다가갔다. 눈 속에 들어앉은 마을에서는 저녁을 짓느라 여기저기서 불을 피우고 있었다. 원정대는 마을로 들이닥쳐 필요한 양식을 빼앗고 주민들을 내쫓았다. 살던 집을 버리고 저지대로 쫓겨난 주민들은 다른 마을로 들어가 식량을 놓고 또 한 번 싸움을 벌여야 했다.

행군은 몹시 힘겹게 진행되었다. 눈 때문에 햇빛이 반사되어 눈을 제대로 뜰 수도 없었다. 그 때문에 많은 병사들이 심한 통증을 느꼈다.

해가 진 뒤, 알렉산드로스는 의사인 필리포스를 불렀다. 그리고 그에게 『1만 병사의 퇴각』에 나온 한 부분을 보여주었다.

"크세노폰의 기록에 따르면, 그들도 아르메니아의 눈 속에서 우리와 똑같은 문제에 직면했네. 적지 않은 병사들이 시력을 잃었더군."

"눈에 띠를 감아 최소한의 시야만 확보하라고 병사들에게 일러두었습니다."

필리포스가 대답했다.

"그렇게 하면 시력을 보호할 수 있을 겁니다. 저도 더 이상 어떻게 할 수가 없습니다. 저희에겐 이렇게 많은 사람들을 치료할 약이 없습니다. 그런데 제 스승님이시고, 폐하를 이 세상에 탄생시킨 니코마코스께서는 예전에 눈을 출혈을 늦추고 과민한 조직들을 진정시키는 데에 사용하셨지요. 최근에야 그 생각이 났습니다. 제가 병사들을 대상으로 실험해보았는데 고무적인 결과를 얻었습니다. 이런 경우를 보고 병 주고 약 준다고 하는 모양입니다. 그런데 폐하는 요즘 어떠십니까?”

필리포스가 알렉산드로스를 찬찬히 살펴본 다음 물었다.

“내 아픔은 자네가 치료해줄 수 있는 게 아니라네, 필리포스. 포도주만이 가끔씩 그 고통을 달래줄 수 있을까…… 선대왕께서 대왕은 외롭다라고 하신 말씀이 지금처럼 가슴에 와닿은 적이 없다네.”

“잠은 주무십니까?”

“응, 가끔씩.”

“그럼 이제 쉬십시오. 신들의 가호로 평온한 밤을 보내시길.”

“자네도, 의사 선생.”

필리포스가 미소를 지었다. 대왕은 그의 능력을 높이 평가할 때마다 특별히 ‘의사’라는 칭호를 사용했다. 필리포스는 가볍게 목례를 하고 별이 총총히 떠 있는 바깥으로 나왔다.

다음날 원정대는 험악하게 깎아지른 바위 앞에 도착했다. 칼리스테네스가 그 바위를 자세히 살펴보았다. 그는 아그리아인의 안내를 받아 그 밑까지 가보았다. 바위는 한쪽에서 보면 거대한 둥지처럼 반원형으로 튀어나와 있었다. 다른 쪽은 마치 바위가 녹슨 것처럼 반지 형태의 얼룩이 져 있었다. 바위 가운데 움푹 파인 부분은 마치 거대한 인간의 형상이었다. 그는 즉시 알렉산드로스를 불러오게 했다.

칼리스테네스가 알렉산드로스에게 말했다.

“보십시오, 놀라운 일입니다. 우리가 마침내 프로메테우스가 사슬에 묶여 있던 바위를 찾아냈습니다. 저것입니다.”

그가 불쑥 튀어나온 바위를 가리키며 덧붙였다.

“저것은 프로메테우스의 간을 쪼아먹던 독수리의 둥지였을 겁니다.”

그는 계속해서 암벽 위의 얼룩을 가리키며 말했다.

"저것은 거인을 묶었던 쇠사슬 고리의 흔적입니다. 그리고 바위 가운데는 프로메테우스 육체의 흔적이 남아 있습니다……. 제 생각으로는, 만약 아리스토텔레스 삼촌의 말이 맞다면, 그리고 이곳이 카프카스라면 이 바위는 진짜 프로메테우스의 바위입니다."

이 얘기는 곧 병사들 사이로 퍼져나갔다. 적지 않은 병사들이 바위를 보려고 대열에서 이탈했다. 바위를 보면 볼수록 칼리스테네스의 말이 맞는 것 같았다. 테살로스도 바위를 보러 와 감동한 나머지 아이스킬로스의 『묶인 프로메테우스』에 나오는 한 구절을 낭송했다. 그 구절은 스키타이 바위에 쇠사슬로 묶인 거인의 비애가 담겨 있었다. 테살로스의 우렁찬 목소리가 깎아지른 바위들에 부딪쳤다. 위대한 시인의 시가 얼음 속에 갇혀 있는 이방의 땅 속으로 울려퍼졌다.

오, 눈부신 하늘이여. 날개 달린 바람이여. 힘차게 흐르는 강물이여. 그리고 당신, 바다여. 미소짓는 끝없는 파도들이여. 만물의 어머니이신 대지여. 오, 태양이시여. 모든 것을 다 알고 계시는 눈이시여. 간절히 부탁드리옵니다. 제가 얼마나 무시무시한 고통을 겪고 있는지 보아주십시오.

대왕도 걸음을 멈추고 이 탁월한 시구에 귀를 기울였다. 그때 칼리스테네스가 답시를 읊었다. 헤파이스토스가 프로메테우스를 쇠사슬로 묶으며 읊었다는 유명한 시구였다.

이 바위 위에 똑바로 서서 잠을 이루지도, 팔다리를 구부리지도 못하고 고통을 견뎌내야 하리라, 제우스가 동정의 마음을 모르기 때문이니. 그가 누구든, 방금 전까지 권력을 맛보던 사람에게 이런 형벌은 너무나 가혹하리.

이 시는 알렉산드로스의 마음을 아프게 했다. 그는 칼리스테네스가 자신을 빗대어 노래하는 것이라고 생각했다.

바로 그때 가장 높은 산봉우리에서 독수리 한 마리가 날아왔다. 목이 쉰 듯 내지르는 독수리의 울음소리가 광대한 공간에 울려퍼졌다. 잠시 후 독수리는 얼음으로 뒤덮인 산을 향해 장중한 몸짓으로 날아갔다. 독수리의 갑작스런 출현은 무례한 인간들의 말에 기분이 상한 제우스가 경고의 메시지를 전하려는 것처럼 보였다.

칼리스테네스가 몸을 돌리다가 생각에 잠긴 대왕과 마주쳤다.

"훌륭한 시 아닙니까?"

"그렇군."

알렉산드로스가 대답했다. 그리고 다시 행군을 명령했다.

행군을 시작한 지 엿새 뒤, 군대는 극도의 배고픔과 추위를 견디며 산맥 등정에 나섰다. 간신히 산맥을 넘은 원정대는 비로소 스키타이 평원으로 내려섰다. 산맥을 넘기 위해 원정대는 하역마들 중 일부를 죽여야 했다.

알렉산드로스는 그의 지배권 안에 들어온 새로운 지역을 말없이 바라보았다. 평원으로 내려가는 오솔길에 서서 그는 끝없이 펼쳐지는 대초원을 바라보았다. 병사들은 끝없고 단조로운 평원을 보자 다시 절망감에 사로잡혔다. 만년설과 얼음에 뒤덮였던 땅은 점점 작렬하는 태양에 불탄 불모의 땅으로 변모해 있었다.

그러나 병사들은 지금 알렉산드로스를 따라 원정에 나섰다는 사실을 다시 한 번 상기했다. 그들은 격류에 빨려드는 것처럼 저항할 수 없는 강력한 힘에 끌려드는 느낌을 받았다. 이제 그 무엇과도 비교할 수 없는, 이 세상 그 누구도 경험할 수 없는 새로운 모험이 시작되려 하고 있었다. 누구나 알렉산드로스와 함께 이런 모험을 할 수 있는 것은 아니었다.

운명을 타고난 사람만이 이 위대한 모험에 동참할 수 있는 거라고 병사들은 자위했다. 은색 갑옷을 입은 대왕은 황금별이 새겨진 붉은 깃발 옆에 서 있었다. 그런 대왕을 볼 때면 병사들은 가끔씩 그가 인간이 아닐지도 모른다는 생각을 하곤 했다.

평야에 도착하자 그들은 곧장 그 지역의 수도인 박트라[13]로 향했다. 도시는 숲이 무성한 오아시스 한가운데에 있었다. 그곳에 주둔하면서 원정대는 어느 정도 원기를 회복할 수 있었다. 도시는 싸움 한 번 하지 않고 항복해왔다. 알렉산드로스는 나이 든 총독 아르타오조스의 지위를 확고히 해주었다. 총독은 알렉산드로스를 자신의 저택에서 맞았다. 그는 베수스가 이곳저곳에 불을 지르며 퇴각하고 있다고 보고했다.

"베수스는 폐하께서 이렇게 빨리 산을 넘으실 줄 예상치 못했습니다. 그는 전투에서 폐하와 대적할 만큼 충분히 병사들을 모을 수 없었습니다. 그 때문에 옥수스 강을 건너간 것입니다. 옥수스 강은 저 산에서 흘러내려오는 가장 큰 강입니다. 베수스는 강 건너편의 동맹 도시로 갔습니다. 물론 그들이 건너간 다리는 모두 부서졌습니다."

대왕은 베수스의 소식을 전해듣고 다시 행군했다. 원정대가 옥수스 강가에 도착했을 때 대왕은 기사장인 디아데스를 불렀다.

"다리를 세우는 데 얼마나 걸리겠는가?"

대왕이 물었다. 디아데스는 호위병 한 사람이 들고 있던 창을 잡았다. 그리고 창을 강바닥에 꽂아보았다. 하지만 창은 흐르는 강물에 쓰러져 곧 수면 위로 떠올랐다

"모래군요. 모래뿐입니다!"

디아데스가 소리쳤다.

"그게 무슨 문제가 되나?"

---

13) 아프가니스탄의 북쪽에 있는 마을인 '발흐'로 추정된다.

대왕이 물었다.

"저 창처럼 다리 기둥들은 물살을 버텨내지 못할 겁니다."

디아데스가 주위를 돌아보며 말했다.

"게다가 주위에는 나무도 많지 않습니다."

"병사들을 산으로 보내 나무를 베어오도록 하겠네."

디아데스가 고개를 저었다.

"폐하, 폐하께서도 아실 겁니다. 저는 어떤 일도 마다하지 않았으며, 어떤 일을 맡기셔도 불가능하다고 여긴 적이 한 번도 없었습니다. 하지만 이 강은 폭이 5스타디온이나 됩니다. 물살이 아주 세고 바닥은 모래뿐입니다. 나무 기둥들이 물 속에서 버텨낼 수 없습니다. 나무 기둥을 박을 수 없다면 다리를 세울 수 없습니다. 제 생각으로는, 다른 도하 지점을 찾아보는 게 더 나을 것 같습니다."

이때 잠자코 옆에서 듣고 있던 옥사트레스가 앞으로 걸어나왔다. 그가 서툰 그리스어로 말했다.

"이곳말고는 도하 지점이 없습니다."

알렉산드로스는 말없이 강가를 이리저리 둘러보았다. 당황한 그의 동료들뿐만 아니라 원정대원 모두 대왕의 모습을 지켜보았다. 잠시 후 대왕은 강 옆의 밭에서 몇몇 농부들이 일하고 있는 모습을 유심히 살폈다. 그들은 콩깍지를 가려내고 있었다. 농부들은 삽과 갈퀴를 이용해 짚을 공중으로 던져 올렸다. 잠시 후 짚은 땅에 떨어졌고 짚보다 훨씬 가벼운 콩 껍질은 바람에 실려 탈곡장 가장자리까지 파동을 치며 날아갔다.

알렉산드로스가 다가가자 농부들은 하던 일을 멈추었다. 알렉산드로스가 허리를 구부려 콩깍지를 한 움큼 쥐자 농부들은 놀란 눈으로 그를 쳐다보았다.

알렉산드로스는 디아데스가 있는 곳으로 돌아왔다. 디아데스는 계곡 쪽 강바닥에 다시 기둥을 꽂아보고 있었다. 그는 강물에 쓸려 넘어지는 기둥을 절망적으로 바라보았다.

"방법을 찾았네."

알렉산드로스가 말했다.

"강을 건너는 방법 말씀입니까? 어떻게 말입니까?"

디아데스가 놀란 눈으로 물었다.

대왕이 손에 쥐고 있던 콩깍지를 떨어뜨렸다.

"이걸 이용하세."

"이 콩깍지를요?"

"그렇다네. 예전에 나는 이스트로스 강의 게티족을 만난 적이 있네. 그들은 소가죽부대에 콩깍지를 잔뜩 넣어 꿰맨 다음 물에 띄웠네. 콩깍지와 지푸라기 사이에 갇혀 있는 공기 때문에 부대가 물에 뜨는 거지. 강을 건널 수 있을 정도로 충분히 물에 떠 있을 거야."

"그렇지만 저희에겐 그럴 만한 가죽이 없습니다."

"아니야, 우리에겐 다리를 만들고도 남을 만한 가죽이 있네. 천막을 이용하는 거야. 어떤가?"

디아데스가 믿어지지 않는다는 듯 고개를 끄덕였다.

"놀라운 생각입니다. 동물성 기름을 발라 방수성을 더 뛰어나게 만들 수도 있습니다."

대왕은 회의를 소집해 동료들에게 각자의 임무를 부여했다. 헤파이스티온에겐 콩깍지를 모아오는 임무를, 레온나토스에겐 부대 내의 가죽천막뿐만 아니라 지역 주민들의 가죽까지 징발해오는 임무를 맡겼다. 전투기계의 밑판을 이용해 나루를 만들고, 돌을 밧줄에 묶어 가죽부대를 고정할 계획이었다.

저녁이 될 무렵, 모든 것이 준비되었다. 알렉산드로스는 부대를 사열했다. 노병들 앞에 섰을 때 알렉산드로스는 왠지 그들이 낯설었다. 모두 처음 보는 것 같았고 연민이 느껴졌다. 그들 중에는 예순에 가까운 사람들도 있었고, 혹은 그보다 더 나이 들어 보이는 이들도 있었다. 갖은 전투의 피로와 부상의 흔적들이 노병들의 얼굴에 역력했다. 알렉산드로스는 그들이 포기하지 않고 끝까지 자신을 따라올 것이라는 점에 대해 전혀 의심하지 않았다. 하지만 짚 부대로 거대한 강물을 건너야 하는 노장들의 얼굴에는 떨칠 수 없는 절망감이 묻어 있었다.

알렉산드로스는 크라테로스를 불러 해가 진 뒤 노병들을 모두 자신의 막사 앞에 소집시키라고 명령했다. 그들을 제대시키기로 결정한 것이다. 해가 저물어 노전사들이 병영의 한가운데로 모이자 알렉산드로스가 연단으로 올라갔다.

"여러분! 여러분은 온갖 고난과 역경 속에서도 자신을 돌보지 않고 여러분의 대왕과 군대에 충성을 다했습니다. 여러분은 지금까지 단 한 번도 존재한 적이 없는 대제국을 건설했습니다. 이제 여러분은 그동안 얻은 자신의 명예를 즐기며 휴식을 취할 때가 되었습니다. 나는 여러분이 한 서약으로부터 여러분을 자유롭게 해주고 여러분을 집으로 보내주려고 합니다. 저 대신 고국에 인사를 전해주고 살아 있는 날까지 행복하게 사십시오. 여러분은 그럴 자격이 충분합니다."

알렉산드로스는 말을 마치며 열렬한 환영의 박수를 기다렸다. 그러나 들려오는 것은 수군거림뿐이었다. 잠시 후 나이 든 중대장이 앞으로 나와 물었다.

"무엇 때문에 저희를 제대시키려는 겁니까, 폐하?"

"자네 이름이 뭔가, 중대장."

알렉산드로스가 물었다.

"안테노레스입니다."

"자네는 가족을 만나고 싶지 않나?"

"물론 만나고 싶습니다."

"자네 집으로 돌아가 평온하게 먹고 마시고 싶지 않은가?"

"물론 그렇게 하고 싶습니다."

"그러면 기쁜 마음으로 떠나게. 곧 도착할 젊은 병사들과 교대하도록 하게. 자네들은 자네들의 역할을 다했네."

중대장은 꼼짝도 하지 않았다.

"할말이 또 있는가, 중대장?"

"물론 제가 집으로 돌아간 첫날은 몹시 기쁠 것입니다. 아내와 자식들과 친구들을 만나고 고향집을 다시 볼 수 있을 테니까요. 새 옷을 사고 맛있는 음식을 실컷 먹을 겁니다. 하지만 저는 그 다음날이 두렵습니다, 폐하. 제 말씀을 이해하시겠습니까?"

"이해하네, 중대장. 모두들 그 다음날이 겁날 거야. 나도 마찬가지네. 하지만 그렇다고 멈출 수는 없어…… 절대. 난 목표를 향해 계속 달려가야 하네."

노장은 왕의 말을 제대로 이해할 수 없었지만 일단 고개를 끄덕였다.

"폐하의 말씀이 옳습니다. 폐하는 젊으시고 저희는 늙었습니다. 이제 저희는 집으로 돌아갈 때가 되었습니다. 하지만 어쨌든……."

"뭔가?"

"모든 전우들을 대표해 폐하와 포옹을 해봐도 되겠습니까?"

알렉산드로스는 연단에서 내려와 늙은 전우를 끌어안았다. 우레와 같은 환호성이 터져나왔다. 도열해 있던 노병들은 마치 대왕이 자신을 끌어안는 것 같은 감동에 휩싸였다. 그들의 눈에 눈물이 고였다.

그날 밤, 칼리스테네스는 삼촌 아리스토텔레스에게 긴 편지를 쓴 다음 고국으로 출발할 노병에게 맡겼다. 스타기로스 부근에 사는 노병이었다. 칼리스테네스는 편지를 전하는 대가로 노병에게 1스타테르를 주었다. 필리포스 선왕이 알렉산드로스의 모습을 새겨 주조한 최초의 금화였다. 노병들은 새벽에 병영을 떠났다. 남은 병사들은 노병들에게 경의를 표하기 위해 요란하게 방패를 두들겼다. 나팔소리가 길게 병영에 울려퍼졌다. 노병들은 자드라카르타 산줄기를 따라 서쪽으로 멀어졌다.

행군의 북소리가 채 사라지기도 전에 디아데스는 다시 가죽부대를 만들었다. 얼마 후 병사들은 완성된 다리를 타고 강을 건넜다. 말을 끌고 헤타이로이들이 앞장서고, 보병들이 그 뒤를 이었다.

오후가 되기 전에 원정대원 전원이 반대편 강가에 도착했다. 병사들은 이제 가죽부대를 강에서 끄집어낸 뒤 다시 원상 복구하는 데 매달렸다. 병사들이 천막 칠 준비를 하는 동안, 옥사트레스와 그의 기사들이 주변을 정찰하러 나갔다. 그들은 돌아오자마자 알렉산드로스에게 베수스 부대의 말 발자국을 발견했다고 보고했다.

대왕은 동료들과 깜둥이 클레이토스, 대대 사령관들을 소집했다. 옥사트레스와 페르시아 기병대 장교들에게도 회의 참석이 허락되었다. 페르시아 장교들에 대해 클레이토스와 그의 부대 사령관들은 다른 사람들보다 더 냉담한 반응을 보였다.

"우리 페르시아 친구들이 적의 흔적을 찾아냈소."

대왕이 말했다.

"이제 우리는 베수스가 어느 쪽으로 가고 있는지 알아냈고, 어떻게 행동해야 하는지도 알고 있소. 우리는 당장 베수스를 붙들어야 하오. 그렇지 않으면 영영 잡지 못할 것이오. 프톨레마이오스 장군이 정예부대, 헤타이로이 1개 대대, 경정찰대 2개 대대를 인솔하고 가능한 한 빨리 베수스를 추격하시오. 옥사트레스가 프톨레마이오스 장군을 도와줄 것이오."

프톨레마이오스가 불만스런 표정을 지었다. 알렉산드로스가 그의 표정을 놓치지 않았다.

"무슨 불만 있소, 프톨레마이오스 장군?"

"없습니다."

프톨레마이오스는 얼른 표정을 고치며 대답했다.

"그러면 결정된 거요. 즉시 떠나시오. 어둠 속에서도 민첩하게 움직일 수 있는 사람들이 여러분을 안내할 것이오."

프톨레마이오스가 투구를 쓰고 밖으로 나갔다. 회의에 참석했던 사람들이 하나둘 자리에서 일어나고 클레이토스 장군만 그 자리에 남았다.

"프톨레마이오스 장군과 이방인들을 함께 보내실 필요가 있습니까? 혹시 우리 힘만으로 부족하다고 생각하시기 때문입니까?"

클레이토스 장군이 물었다. 알렉산드로스가 그를 뚫어지게 쳐다보았다.

"그렇소. 그것말고도 두 가지 이유가 있소. 첫 번째 이유는 어느 누구도 이곳 지형을 그들만큼 잘 알지 못한다는 것이오. 두 번째는 곧 그들을 우리 부대와 똑같은 수준의 정규부대로 만들어 원정대에 참가시킬 계획이오."

클레이토스 장군은 쓴 약을 억지로 삼킨 것처럼 얼굴을 찌푸렸다.

"지금 큰 잘못을 저지르고 계십니다, 폐하."

"왜 그렇게 생각하시오?"

"조만간 폐하께서는 선택을 하셔야 합니다, 우리들인지 아니면 페르시아인들인지……."

그렇게 말하고 클레이토스 장군은 인사도 없이 밖으로 나갔다. 잠시 후 프톨레마이오스 부대의 소집 나팔소리가 병영에 울려퍼졌다.

42

옥사트레스는 꼭 필요한 인물이었다는 것이 나중에야 판명되었다. 그는 무두질한 가죽으로 만든 스키타이식 바지와 철판으로 보강한 가죽 코르셋을 입고 활과 긴 히르카니아 검을 찬 모습으로 나타났다. 그는 체구가 작고 털이 거친 말을 타고 있었다. 하지만 그 말은 어떤 말보다 지구력이 뛰어난 초원의 말이었다.

옥사트레스는 모두에게 횃불을 들게 했다. 그는 자신의 횃불에 불을 붙이고 프톨레마이오스의 얼굴을 마주 보았다. '당신이 얼마나 강한지 두고봅시다' 하는 듯한 표정이었다.

그가 횃불을 높이 쳐들고 앞장서자 부대원들은 그 횃불을 좇아 앞으로 나아갔다. 전진할수록 적의 발자국은 더욱 선명했다.

아시아의 기사들은 좀체 말을 멈추지 않았다. 그들은 소변도 말을 탄 채로 해결했다. 프톨레마이오스가 병사들에게 눈을 붙이도록 휴식 명령을 내리자 옥사트레스는 마음에 안 든다는 듯 고개를 절레절레 흔들었다. 그는 히르카니아와 박트리아나 기사들처럼 말의 목에 몸을 기댄 채 선잠을 잤다.

다른 병사들이 망토를 깔고 겨우 눈을 붙이려 하자 옥사트레스는 어느새 잠에서 깨어나 다시 말고삐를 움켜잡았다. 그는 잠시도 쉴 틈을 주지 않았다.

"늦었소. 베수스는 우리를 기다려주지 않소."

두 번째 횃불에 불을 붙인 그는 동료들을 이끌고 말을 달려 앞장섰다. 해가 뜨기 직전, 옥사트레스가 달리던 말을 멈췄다. 그는 말에서 내려 길가에 떨어진 말똥을 집어들었다. 그리고 그것을 프톨레마이오스에게 보여주며 말했다.

"아직 굳지 않았습니다. 내일이면 베수스를 잡을 수 있을 겁니다."

"그전에 우리가 죽지 않는다면 말이지요."

정예부대의 장교 하나가 대답했다. 프톨레마이오스는 옥사트레스에게 결코 뒤지고 싶지 않았다. 그는 병사들을 향해 소리쳤다.

"병사들, 말을 타라! 그대들이 어떤 병사들인지 저들에게 보여줘라!"

자존심은 지친 기사들의 몸에 힘을 불어넣었다. 프톨레마이오스는 부하 기사들의 허벅지에 찰과상이 생겨 피가 맺혀 있는 것을 보았다. 쉬지 않고 말을 탔기 때문이었다.

"페르시아 병사들이 왜 바지를 입는지 알겠나? 이제 가라, 움직여라!"

프톨레마이오스는 지친 병사들을 독려해 앞으로 내몰았다.

잠시 후 해가 떴다. 투명한 햇빛이 병사들의 그림자를 대초원에 길게 드리웠다. 햇살이 비추자 황량하기 그지없던 평야의 땅이 점차 살아났다. 노란색의 작은 야생 마거리트 꽃과 자줏빛 엉겅퀴 꽃도 자태를 드러냈다. 키 작은 은색 나무들이 황토색 땅 위에서 보석처럼 빛났다.

앞으로 질주하던 부대는 카라반 행렬과 마주쳤다. 상인들은 몸집이 크고 털이 많으며 혹이 둘 달린 박트리아나의 낙타를 타고 있었다. 낙타들이 구슬픈 울음소리를 냈다.

"저 카라반 행렬은 스미르나로 가는 길입니다. 여러분도 그쪽으로 가고 싶지요?"

옥사트레스가 웃으면서 물었다. 프톨레마이오스가 고개를 저었다. 그는 곧장 전진하라는 신호를 보냈다. 프톨레마이오스의 눈은 피로로 충혈되어 있었다. 허벅지 안쪽에도 여기저기 물집이 잡혀 있었다. 그는 쉬고 싶은 마음이 굴뚝같았지만 그느니 차라리 자살을 해버리는 편이 나을 것 같다고 생각했다. 행렬 가운데는 피로를 이기지 못해 땅으로 나가떨어진 병사들도 있었다. 프톨레마이오스는 돌아올 때 데려갈 생각으로 그들을 두고 다시 앞으로 나아갔다.

그 사이 해는 중천에 솟아올랐다. 태양의 열기는 점점 참을 수 없을 지경으로 변했다. 어디선가 구름 같은 모기떼가 나타나 탐욕스럽게 피를 빨아댔다. 어디선가 빈대들이 나타나 말들을 괴롭혔다. 말들은 헛발질을 해대고 고통을 참지 못해 크게 울어댔다. 페르시아의 말들은 가죽이 두껍고 털이 많은데다 꼬리가 땅에 닿을 정도로 길었다. 그 말들은 벌레들이 몸 어디에 달라붙어도 꼬리를 흔들어 물리칠 수 있었다. 프톨레마이오스는 옥사트레스의 능력을 믿은 알렉산드로스의 판단이 어느 정도는 옳다고 생각했다.

그런 생각에 잠겨 있던 프톨레마이오스는 옥사트레스의 목소리를 듣고서야 제정신으로 돌아왔다.

"저기 도시가 나타났습니다."

옥사트레스는 벽돌로 쌓은 성벽을 가리켰다. 성벽은 낮은 집들로 이루어진 회색 주거지를 에워싸고 있었다. 그 나지막한 집들 가운데 아주 높고 위풍당당한 건물이 보였다. 그 지방 수령의 저택 같았다. 프톨레마이오스가 신호를 보냈다. 기병대가 대열을 넓히며 도시를 포위했다.

옥사트레스가 먼저 지방 수령과 담판을 벌인 후 프톨레마이오스에게 돌아와 보고했다.

"저들은 우리를 보고 몹시 놀란 모양입니다. 아마도 용기를 잃은 것 같습니다. 두 명의 총독은 자신들을 해치지 않는다면 베수스를 넘겨주겠다고 했습니다."

"총독은 누군가?"

"스피타메네스와 티사페르네스입니다."

"그들은 지금 어디에 있나?"

"도시 안에 있습니다. 베수스도 그들과 함께 있습니다."

프톨레마이오스는 잠깐 동안 생각에 잠겼다. 그때 목초지에서 돌아온 가축들이 성을 포위하고 있는 기병대의 바깥쪽에 모여 구슬프게 울어댔다. 프톨레마이오스가 결단을 내렸다.

"받아들이기로 하세. 어디서 인도할지 알아두게. 도시 사람들이 놀라지 않도록 병사들은 이곳에 두고 우리만 약속 장소로 나가세."

옥사트레스가 도시로 돌아가 다시 협상자와 이야기를 나누었다. 그는 잠시 후 협상이 끝났다는 신호를 프톨레마이오스에게 보내왔다. 프톨레마이오스는 가축들을 성안으로 들여보내게 했다. 목동들은 가축들과 함께 성문 안으로 달려들어갔다. 잠시 후 성벽 위에는 소문으로만 듣던 새로운 황제를 보기 위해 사람들이 몰려들었다. 그들은 기사들을 바라보다가 멀리 석양빛으로 물들어가는 산맥을 손가락으로 가리켰다. 기사들이 독수리들처럼 그 산에서 내려왔다고 말하는 것 같았다.

옥사트레스가 협약사항을 보고했다. 해가 질 무렵, 부대가 있는 곳에서 3스타디온 떨어진 곳에서 베수스를 넘겨받기로 했다. 그 사이 스피타메네스와 티사페르네스는 동쪽 문으로 빠져나갈 예정이었다.

"조건을 받아들인다고 전하라."

프톨레마이오스는 베수스를 잡아오라는 명령만 받았다는 것을 상기했다. 두 명의 총독은 어떻게 되어도 상관없었다. 그는 병사들에게 땅에 앉아 먹고 마셔도 된다고 허락했다. 저녁이 다가오자 프톨레마이오스는 동쪽 문을 지키던 병사들에게 철수 명령을 내렸다.

"가만, 그들이 이 약속을 지킬 거라고 누가 장담하지?"

몇 명의 부하들만 데리고 약속 장소로 향하던 프톨레마이오스가 걱정스런 표정으로 물었다.

"제가 베수스의 얼굴을 아는 부하들을 동쪽 문에 배치시켰습니다. 베수스가 그곳으로 지나가면 제 부하들이 틀림없이 알아차릴 겁니다."

옥사트레스는 늙고 마른 아카시아나무가 있는 길에 이르자 걸음을 멈추었다.

"그들이 이곳으로 올 겁니다. 우리는 기다리기만 하면 됩니다."

어둠이 내려앉은 거대한 평원은 침묵 속으로 빠져들었다. 시간이 흐를수록 귀뚜라미 소리가 점점 크게 들려왔다. 길고 긴 승냥이의 울음소리가 그 소리에 보태졌다. 한 시간쯤 흐른 뒤였다. 처음에는 개 짖는 소리가 들리더니 잠시 후 말발굽소리가 들려왔다. 옥사트레스가 흠칫하며 말했다.

"오고 있습니다."

그는 함정에 빠진 약탈자처럼 몸이 뻣뻣이 굳어 있었다. 한 그룹의 그림자가 초원에 모습을 드러냈다. 페르시아 장교가 이끄는 10여 명의 소그디아나 기사들이 쇠사슬에 묶인 포로를 데리고 나타난 것이었다. 옥사트레스가 입으로 훅 불자 손에 들고 있던 횃불이 되살아났다. 그는 사슬에 묶인 포로의 얼굴에다 횃불을 갖다댔다. 포로의 얼굴을 알아본 그의 얼굴에 늑대처럼 음침한 웃음이 번졌다. 베수스를 넘겨준 기사들은 곧바로 그 자리를 떠나 시야에서 사라졌다.

부하에게 횃불을 넘겨준 옥사트레스는 다른 두 명의 부하에게 포로를 꼼짝 못하도록 붙잡게 했다.

"무슨 짓을 하려는 건가? 베수스는 알렉산드로스 폐하의 포로야!"

프톨레마이오스가 소리쳤다.

"먼저 제 포로입니다."

옥사트레스는 잔혹함이 번득이는 눈으로 프톨레마이오스를 쏘아보았다. 그 눈빛이 어찌나 강렬하던지 프톨레마이오스는 감히 제지할 용기가 나지 않았다. 옥사트레스가 허리에서 예리한 단검을 꺼냈다. 그는 이를 악물고 있는 포로 쪽으로 다가갔다.

옥사트레스는 옷을 모두 잘라내어 포로를 알몸으로 만들었다. 알몸이 된다는 것은 페르시아인들에게 최대의 굴욕이었다. 그런 다음 그는 단검으로 베수스의 코와 귀를 잘라냈다. 베수스는 시종 담담하게 이 잔인한 형벌을 받아들였다. 눈물을 흘리지도, 비명을 지르지도 않았다. 피가 넘쳐흐르는 얼굴에는 극적이면서도 놀라운 위엄이 담겨 있었다.

"이제 그만하라!"

프톨레마이오스가 소름이 끼친 듯 소리쳤다.

"그만하라고 했다!"

프톨레마이오스는 말에서 뛰어내려 옥사트레스를 밀어냈다. 그리고 병사들을 시켜 피가 멎도록 응급처치를 했다. 포로의 얼굴은 온통 붕대로 감겨졌다. 포로는 알몸인 채로 날카로운 돌이 깔려 있는 오솔길을 걸어가야 했다. 병사들은 포로의 목에 끈을 묶어 끌었다. 그 광경을 보자 프톨레마이오스는 어릴 적 순회극장에서 보았던 「오이디푸스 대왕」의 한 장면이 머릿속에 떠올랐다. 핀으로 자신의 두 눈을 찌른 뒤 피로 물든 붕대를 얼굴에 감은 오이디푸스 대왕의 모습이었다.

행군이 시작된 지 사흘째 되던 날, 프톨레마이오스의 부대는 알렉산드로스와 합류했다. 대왕은 동료들과 한 떼의 페르시아 장교들에게 둘러싸여 앞으로 걸어나왔다. 알렉산드로스는 황제를 자칭했던 아르타크세르크세스 4세를 노려보았다. 다리우스 황제에게 충성했던 페르시아인들이 그에게 침을 뱉고 발길질과 주먹질을 퍼부었다. 아직 아물지 않은 상처에서 피가 솟구쳤다. 그의 얼굴은 피범벅이 되어 마치 악마의 가면처럼 변해버렸다.

알렉산드로스는 아무 말도 하지 않았다. 순간 그는 다리우스의 복수가 끝났으며 이제 진정한 그의 후계자가 되었다고 생각했다. 그는 사람들의 분노가 잦아들기를 기다렸다가 옥사트레스를 불렀다.

"이제 됐다. 저자를 박트리아나로 데려가라. 내가 그곳으로 돌아갔을 때 재판을 할 것이라고 말하라. 그때까지 저자에게 더 이상 해를 입혀서는 안 된다."

그런 다음 프톨레마이오스를 돌아보았다.

"자네가 놀라운 임무를 완수했군. 열흘 걸릴 거리를 단 사흘 만에 주파했다고 알고 있네. 오늘 저녁에 식사하러 오겠나?"

"가겠네."

프톨레마이오스가 말했다.

밤이 되었다. 알렉산드로스는 렙티나가 목욕물을 준비해둔 막사로 돌아왔다. 그가 욕조에 들어가려는 순간 의사 필리포스가 알현을 청해왔다.

"들어오게. 난 지금 목욕을 하려던 참이었네. 혹시 누가 건강이 좋지 않은가?"

"아닙니다, 폐하. 모두 다 좋습니다. 그런데 폐하께 좋지 않은 소식을 전해드리러 왔습니다. 스타테이라 공주께서 유산을 하셨습니다."

알렉산드로스가 고개를 떨구었다.

"아들…… 이었나?"

침울한 목소리로 대왕이 물었다.

"제가 보고받은 바로는 그렇습니다."

대왕이 더 이상 입을 열지 않자 필리포스는 목이 멨다.

"안됐습니다…… 정말 안됐습니다."

간신히 그 말만 남기고 그는 밖으로 나갔다.

43

원정대를 따라 움직이는 민간인 행렬은 며칠씩 뒤처질 때가 많았다. 시간이 지나면서 그 행렬의 수는 점점 많아져 마침내 하나의 도시를 형성할 정도였다. 이 자율적인 도시는 재판소뿐 아니라 그리스의 희·비극을 공연하는 유랑극단, 온갖 종류의 물건들을 사고 팔 수 있는 시장도 생기게 되었다.

마케도니아 병사들과 원주민 처녀들의 결혼도 많아져 혼혈아가 속속 태어났다. 그 즈음, 젊은 대왕은 이 도시 사람들의 사랑을 한몸에 받는 신과 같은 존재였다. 어떠한 자연적 장애물도 뛰어넘는 불굴의 의지와 수려한 외모가 사람들에게 깊은 인상을 심어주었다.

하지만 알렉산드로스는 그 일행이 원정대의 기동력을 떨어뜨린다는 것을 알고 있었다. 공격에 민첩하게 대응할 수 있는 능력도 제한되었다. 장차 군대가 마비될 수도 있다는 걱정이 들었다. 그래서 대왕은 그들 중 일부를 크라테로스와 함께 옥수스 강변으로 보내 새로운 알렉산드리아를 건설하게 했다.

그는 그곳에 수백 명의 민간인들과 4백50여 명에 이르는 군인들을 정착시켰다. 그 군인들은 이미 원주민 여인들과 가정을 꾸린 이들이었다. 그리고 이 공동체에 민회와 사법관을 갖춘 그리스 제도를 도입하도록 했다.

대왕은 북쪽으로 행군해 옥수스 강의 지류에 도착했다. 원주민들은 그 강을 '매우 장중한 강'이라고 불렀다. 강변에 자리잡은 아름다운 도시 마라칸다[14]가 얼굴을 내밀었다. 소그디아나인들이나 아시아의 스키타이인들이 자주 출입하는 도시였다. 스키타이인들은 강 너머 광대한 지역에서 그들의 특산물들, 즉 가축과 가죽, 보석, 사금砂金 등을 가져오거나 먼 고장에서 유괴해온 노예들을 데리고 왔다. 인도에서 오는 카라반들도 산악지대의 오솔길을 넘어 이 도시로 찾아들었다.

그곳에서 알렉산드로스는 훨씬 더 먼 곳으로 가기 위해 동쪽으로 움직였다. 페르시아인들조차 가본 적이 없는 지역이었다. 그들이 가고자 하는 곳은 키로폴리스라는 도시로, 키루스 대왕이 작사르테스 강가에 직접 건설한 도시였다.

그 무렵, 그곳은 베수스를 배신했던 스피타메네스와 티사페르네스의 본거지였다. 베소스를 넘긴 후 두 총독은 새로운 대왕을 받아들이지 않으려는 사람들을 규합해 그들의 지도자가 되려는 야심에 차 있었다.

비바람에 금이 가고 구멍 뚫린 낡은 성채가 도시를 방어했다. 성채에는 나무로 만든 몇 개의 초소용 탑이 높이 솟아 있었다. 일곱 개의 작은 마을이 그 도시를 에워쌌다. 한 달도 안 되어 마을은 원정대에게 하나하나 함락되었고 어쩔 수 없이 두 총독도 마케도니아 군의 주둔을 받아들여야 했다.

알렉산드로스는 연회를 열어 승리를 축하하고 싶었다. 그는 모든 동

---

14) 오늘날의 사마르칸트

료들과 장교들 개개인에게 초대장을 보냈다.

대왕은 입구에서 손님들을 맞았다. 한 사람, 한 사람의 뺨에 일일이 입을 맞춘 뒤 그들을 안쪽으로 안내했다. 이미 안에는 술병과 연회용 식기들이 준비되어 있었다. 모두들 자리에 앉았을 때 또 다른 손님들이 도착했다. 자리에 앉아 있던 사람들이 그 손님들을 보기 위해 몸을 돌렸다. 화려한 고유 의상을 차려입은 옥사트레스와 페르시아 귀족들이었다. 그들은 사람들 사이를 지나 지정된 좌석에 가서 앉았다. 그들은 이 도시를 공격할 때도 두드러진 활약을 보였고, 대왕은 그들을 식사에 초대해 치하해주고 싶었다. 연회 참석자들은 놀란 얼굴로 그들을 쳐다보았다. 그리고 할말을 잊은 채 서로의 얼굴을 바라보았다. 당혹스러운 침묵이 흐르는 가운데 알렉산드로스가 말했다.

"친구들, 우리는 베수스를 잡았습니다. 프톨레마이오스 장군의 신속한 추격 덕택에, 그리고 우리 페르시아 친구들 덕택에 반역 도시들마저 점령했습니다. 이제 나는 여러분에게 중대한 사실 하나를 알리려고 합니다. 나는 내일 테살리아 노장들을 제대시키려고 합니다. 물론 지원부대로 도착한 젊은 테살리아 병사들은 제외하고 말입니다."

"테살리아인들을 제대시키신다고요?"

깜둥이 장군이 놀라서 물었다.

"우리가 가우가멜라 전투에서 밀리고 있을 때 우리를 구해준 건 바로 테살리아 병사들입니다. 그것을 잊으셨습니까?"

테살리아 장교들은 입을 열지 않았다. 이미 대왕으로부터 통보받은 게 분명했다.

"나 역시 그들을 보내고 싶지 않소. 하지만 그들은 너무 지쳤소. 그렇지 않은 사람들도 몇 년씩 전투를 치렀으니 이제 가족에게 돌아가길 바라고 있소. 여러분은 우리 원정대가 스키타이인들과 싸우게 될 때 얼마나 위험한지를 생각지 못하고 있소……"

“스키타이인들이라뇨?”

크라테로스가 물었다.

“스키타이인들과 싸울 겁니까? 하지만…… 그들과 싸워 이긴 사람은 아무도 없습니다. 키루스 대왕도 그들과 싸우다가 전사했고 다리우스 군대도 전멸되었습니다. 대체 그들의 수가 얼마인지, 어디 있는지조차 아무도 모릅니다. 그리고 그들의 땅이 어디서 시작해 어디서 끝나는지도 알 수 없습니다. 그것은 마치 아무것도 없는 허공 속으로 빠져드는 거나 마찬가지입니다.”

“그럴 수도 있소.”

알렉산드로스가 침착하게 크라테로스의 말을 받았다.

“어쨌든 내 의도는 그들의 정체를 알아내는 것이오.”

“저는 폐하와 함께 가겠습니다.”

헤파이스티온이 말했다. 크라테로스는 더 이상 다른 말을 하지 않았다. 대신 식탁 위의 양고기 구이를 내키지 않는 듯 먹기 시작했다.

잠시 동안 침묵이 흘렀다. 자기들끼리 작은 소리로 떠드는 페르시아인들의 목소리가 그 침묵을 깨뜨렸다.

그때 클레이토스가 말했다.

“그러면 훌륭한 테살리아 기병대의 역할은 누가 대체할 겁니까?”

“마케도니아식으로 훈련받은 페르시아 기사 2천 명이 도착할 것이오.”

대왕이 클레이토스의 눈을 똑바로 쳐다보며 흔들림 없이 대답했다.

“나는 그 부대를 ‘후계자’란 이름으로 부르기로 했소.”

클레이토스는 그 말에 온몸이 굳어버렸다. 그의 눈은 분노로 가득 찼다. 그가 벌떡 일어서서 말했다.

“그러면 이제 폐하에게는 우리가 필요없으신 것 같군요.”

그러더니 그는 망토를 두르고 밖으로 나가버렸다.

“거기 서게, 클레이토스! 멈춰! 내게 도전하지 말게, 클레이토스!”

대왕이 소리쳤다.

하지만 클레이토스는 뒤돌아보지도 않고 나갔다. 다른 사람들도 일어나 연회장을 떠나기 시작했다. 테살리아의 사령관 멜레아그로스와 폴리스페르콘 대대의 장교들을 비롯해 헤타이로이 기병대의 거의 모든 장교들이 하나둘씩 자리를 떴다.

"자네들도 가고 싶은가?"

알렉산드로스가 친구들 쪽으로 돌아서며 물었다. 언제나 냉담하고 침착하며, 겉으로 보기에 제일 냉소적인 듯한 셀레우코스가 말했다.

"신경쓰지 말게. 아무것도 걱정할 필요 없어. 자네와 함께 세상 끝까지 가겠다고 맹세한 우리가 여기 있지 않나. 다른 사람들은 자기가 원하는 대로 할 수 있는 거야. 우리에겐 그들의 도움이 필요없어."

"맞아!"

조금 전까지만 해도 확신이 없어 보이던 레온나토스가 동의했다.

"그리고 그 스키타이 놈들도 어차피 인간일 것 아니야……. 난 그들을 본 적이 있어, 알아? 아테네에서 치안 유지를 위해 잠시 그들을 고용했지. 그자들은 나무 곤봉을 들고 어깨에 활을 메고 돌아다녔어. 내가 보기에 특별한 건 전혀 없더군."

프톨레마이오스가 그의 머리카락을 움켜쥐며 말했다.

"훌륭해, 레온나토스. 자네 말이 맞아. 하지만 이곳에 있는 스키타이인들은 그들과 다른 족속이리는 걸 염두에 두게. 크라테로스가 한 말은 틀림없는 사실이야. 그들은 키루스 대왕을 쓰러뜨렸고, 다리우스 1세를 무릎꿇게 했어. 다리우스의 전 군대가 그들의 광대한 땅으로 들어갔는데, 그후 그들 군대는 흔적조차 남아 있지 않았어."

테살리아인들은 선물에 뒤덮여 제대했다. 먼저 제대한 노장들과 마찬가지로 그들에게는 고국으로 돌아가는 여행 경비와 함께 넉넉한 봉급이 주어졌다. 덕분에 테살리아인들의 유감은 적지 않게 누그러졌다. 테살리아인 노장들이 대왕에게 작별인사를 했다. 그 가운데 그라니코스에서 아르타코아타에 이르는 모든 전투에 참가했던 한 노장이 솔직하게 대왕에게 말했다.

"저는 폐하께서 야만인들을 원정대에 받아들이시고 그들의 지휘관을 최고 사령부의 요직에 배치하려 한다는 것을 잘 알고 있습니다. 물론 저는 그 선택이 옳다고 생각하진 않습니다. 그렇지만 지금까지 폐하께서 내린 결정이 대부분 옳았다는 점 또한 인정하지 않을 수 없습니다. 저희가 보기에는 미친 것 같고 어리석어 보이는 결정까지도 말입니다. 저희는 가족들을 다시 만나고 고향 마을을 다시 보고 싶은 마음이 간절합니다. 그렇기 때문에 저희는 스키타이인들을 찾아나설 것이라는 폐하의 계획이 솔직히 마음에 들지 않습니다. 그곳이 올리브나무가 제대로 자라는 땅인지, 포도나무가 제대로 자랄 수 있는 땅인지조차 모르기 때문입니다. 하지만 저는 제 동료들의 이름을 걸고 말씀드릴 수 있습니다. 저희는 폐하 곁을 떠나는 게 서운합니다, 폐하. 저희는 그 황량한 벌판에서 폐하께서 야만인들과 싸우고 계실 것을 생각하면 밤에도 잠을 이룰 수 없을 겁니다. 폐하 곁에서 전투를 하는 것은 정말 멋있었습니다. 몸조심하십시오, 알렉산드로스 안녕히 계십시오.”

알렉산드로스는 부케팔로스를 타고 그들을 사열했다. 그는 말 위에서 모든 병사들에게 미소를 보내며 작별인사를 했다. 얼굴을 기억하고 있던 병사나 용감하게 싸우는 모습을 보았던 병사들과 일일이 악수를 나누기도 했다. 서쪽 지평선으로 붉게 타오르던 해가 기울기 시작했다. 여덟 줄로 행군하는 그들의 모습이 도시와 점점 멀어졌다. 알렉산드로스의 눈에 자신도 모르게 눈물이 솟구쳤다.

다음날 후방에서 마케도니아식으로 훈련받았던 페르시아 전초부대가 마케도니아 무기로 무장한 채 모습을 드러냈다. 그들의 외관, 이를테면 짙은 콧수염과 정성껏 다듬은 머리 외에 바지를 입는다는 점이 그리스인들과 확연히 구별되었다. 그들은 다리우스에게 했던 것과 똑같은 의식을 행하며 대왕 쪽으로 다가갔다. 그 광경은 모든 그리스 병사들에게 충격을 주었다. 그들은 허리를 구부려 땅에 이마를 대고 인사했다. 그리고 멀리 있는 대왕에게 손으로 입맞춤을 보냈다. 마케도니아인들과 그리스인들은 그런 동작을 프로스키네시스라 불렀다. ‘고개 숙여 엎드리기’라는 이 동작은 노예들에게나 어울리는 야만적인 관습이었다. 하지만 알렉산드로스는 태연하게 받아들였다. 그는 이 의식을 행함으로써 자신이 모든 면에서 아케메네스 황제의 합법적인 계승자가 된 것을 만천하에 알리고 싶었다.

키로폴리스 너머로는 작사르테스 강이 흐르고 있었다. 그 강은 페르시아인들이 갈 수 있는 마지막 북쪽 지점이었다. 알렉산드로스는 하루를 꼬박 행군해 강가에 도착했다. 그리고 그곳에 병영을 세웠다. 반대편 강가에서 곧 스키타이 기사들이 모습을 나타냈다. 화려한 색의 복장과 무장을 갖춘 그들은 고래고래 소리를 지르며 마케도니아 진영을 향해 화살을 날렸다.

그들 중 대장인 듯한 자가 특히 눈에 띄었다. 덥수룩한 검은 수염에다 긴 머리카락을 붉은 끈으로 묶은 위풍당당한 사내였다. 소매가 넓은 튜닉에 같은 천으로 만든 바지를 입고, 허리에는 황금으로 무늬를 넣은 띠를 두르고 있었다. 얇은 금속 조각으로 만든 갑옷이 가슴을 가리고, 다리 아래에는 그리스식 금속 정강이받이를 대고 있었다. 허리에는 검을 매달고 어깨에 활을 메고 있었으며 마구에는 화살통이 묶여 있었다. 모든 말들이 돋을새김을 한 금속 이마 장식을 하고 있었다. 금박의 눈부신 장식들이 말의 목 아래쪽을 보호해주었다.

"뭐라고 소리지르는 거냐?"

알렉산드로스가 통역관에게 물었다.

"저들은……."

스키타이인들의 말을 알고 있던 옥사트레스가 대답했다.

"폐하께서 겁쟁이고 비겁한 인간이라고 말하고 있습니다. 그들에게 바칠 공물을 남겨놓고 썩 꺼지라고 합니다. 은화 1백 탈렌트를 내놓으랍니다."

화가 치민 알렉산드로스는 부케팔로스를 강가까지 몰고 나갔다. 그를 향해 빗발처럼 화살이 날아왔지만 그는 안중에도 없었다. 레온나토스와 프톨레마이오스가 달려나가 방패로 알렉산드로스를 감쌌다.

알렉산드로스가 소리쳤다.

"난 너희 따윈 조금도 겁나지 않는다! 난 강을 건너 너희가 어디로 가든 좇아갈 것이다. 북대양의 바닷가까지라도 따라갈 테다!"

"저들이 자네 말을 알아들을 거라 생각하나?"

셀레우코스가 평상시와 같이 냉소적인 어조로 물었다.

"아마 못 알아듣겠지."

알렉산드로스가 대답했다.

"하지만 곧 알게 될 거야. 리시마코스에게 노포를 모두 강가로 옮겨서 계속 쏘라고 하게. 내일 우린 저 건너편에 가 있을 거야. 그리고 그곳에 도시를 세울 걸세. '가장 먼 알렉산드리아'가 되겠지."

리시마코스는 노포 20대를 강물 옆에 두 줄로 세우고 발사했다. 한 줄의 노포가 일제히 작살을 쏘아대는 동안 다른 줄의 노포는 다시 작살을 장전했다. 작살은 쉴새없이 건너편으로 날아갔다. 10여 명의 스키타이 기사들이 가슴 한복판에 작살을 맞고 쓰러졌다. 그러자 다른 기사들이 생전 처음 보는 이 기계의 위력에 놀라 강가에서 달아나버렸다. 알렉산드로스는 선두에 아그리아인들, 그 후위에는 돌격대원들이 강을 헤엄쳐 건너게 해 건너편에 교두보를 마련했다. 디아테스가 옥수스 강에서처럼 짚과 콩깍지를 넣은 가죽자루를 강 위로 띄웠다.

해질녘 이미 정예부대는 강 건너편에 가 있었다. 아리스탄드로스는 신들에게 제물을 올리다가 불길한 전조를 느꼈다. 그럼에도 불구하고 알렉산드로스는 굳이 북쪽 강가에 천막을 세우고 싶어했다.

예언자는 깊은 밤에 아주 울적한 기분이 되어 나타났다. 그는 대왕의 막사에서 함께 하는 식사에도 참석하지 않았다. 그 사이에도 횃불을 는 나머지 부대가 속속 강을 건너오고 있었다. 지금은 메디아인, 히르카니아인, 박트리아나인으로 구성된 페르시아 기병대대와 헤타이로이 기병대가 강을 건너는 중이었다. 강가에 있던 몇 안 되는 원주민들이 그 놀라운 광경을 지켜보고 있었다. 끝도 없이 늘어선 기사들과 말의 행렬이 밀밭과 기장밭으로, 반짝이는 강물 위로 구불구불 움직였다.

다음날 건축기사들은 '가장 먼 알렉산드리아'가 들어설 자리에 경계선을 그었다. 그때 지평선 쪽에서 수천 명의 기사들이 말을 타고 나타났다.

"스키타이인들이다!"

레온나토스가 소리쳤다.

"비상! 비상!"

나팔이 울렸다. 중장보병대가 새로운 도시의 외곽선에 사각형으로 진을 치는 동안 기병대가 전방에 모였다.

"어떻게 해야 합니까?"

크라테로스가 물었다. 그러자 트라케 대장이 앞으로 나서며 말했다.

"말씀을 드려도 되겠습니까?"

"물론이오"

시시각각 다가오고 있는 적들로부터 단 한순간도 눈을 떼지 않으며 트라케 대장이 말했다.

"저는 폐하의 부왕이신 필리포스 폐하와 함께 이스트로스 강가에서 싸운 적이 있습니다. 저는 아직도 그때를 기억합니다. 만약 우리 부대가 이곳 진지를 떠나 스키타이인들의 구역으로 들어가면 큰 낭패를 볼 것입니다. 저 초원을 보십시오. 이스트로스 강까지 이어지는 저 큰 강물말고는 온통 대초원이 펼쳐져 있습니다. 그리고 저들은……."

그가 금속 갑옷을 입은 적들을 가리키며 계속 말했다.

"저들은 이 드넓은 평야에서 바다 속의 물고기들처럼 움직입니다. 저들은 수천 스타디온을 가야 겨우 오두막 한 채를 볼 수 있는 황량한 벌판에서, 아무것도 보지 않고 방향을 잡을 수 있습니다. 정면으로 다가오는 저자들을 보십시오"

그가 계속 말했다.

"공격대형처럼 보이지만 지금과 같은 대형으로 공격해오진 않을 겁니다. 저들은 우리가 움직이기를 기다렸다가 급작스럽게 달려나와 우리 주위에 원을 그리며 포위할 것입니다. 하지만 절대 화살의 사정거리 안으로는 다가오진 않습니다. 때가 되면 그들은 적당한 거리까지 다가와 우리에게 구름처럼 창을 던지고 달아납니다. 우리 쪽에서는 수백 명의 부상자가 발생하겠지요. 물론 목숨까지 잃을 정도는 아니겠지만 불구로 만들어 전투대형에서 이탈시키려는 게 저들의 생각입니다.

저들의 공격은 우리의 반응을 유발하기 위한 겁니다. 저들은 절대 정면 충돌을 하지 않습니다. 달아나는 척하며 폐하를 점점 더 먼 곳으로 유인하는 겁니다. 그러다가 어느 때가 되면 갑자기 유령처럼 나타나 구름같이 창을 던져댈 것입니다. 폐하가 한계상황에 도달할 때까지 폐하 주위를 뛰어다니면서 말이지요. 만약 폐하가 한계상황에 이르렀다고 생각되면 비로소 저들은 정면 공격을 감행합니다. 우리가 뭔가 잘못됐다는 것을 깨달았을 때는 이미 평원 한가운데로 끌려나온 다음이지요. 그곳에는 우리를 도와줄 수 있는 것이 아무것도 없습니다. 오직 평원밖에는……. 저들은 죽은 자를 약탈하고 전리품으로 우리 머리를 잘라가거나 가죽을 벗길 것입니다. 저들은 그 가죽으로 자신들의 창이나 도끼 손잡이를 장식하겠지요."

"흥미로운 관습이군."

셀레우코스가 머리를 쓰다듬으며 말했다.

알렉산드로스는 주위를 살펴보았다. 얼마 떨어지지 않은 곳에 깜둥이 장군이 서 있었다. 키로폴리스에서 식탁을 박차고 나간 뒤, 그는 대왕과 거리를 두고 있었다. 그는 가능한 한 대왕에게 말을 하지 않으려고 했다. 하지만 대왕이 손짓하자 그는 도저히 뿌리칠 수 없었다.

"명령하십시오, 폐하!"

대왕 옆으로 다가선 필로타스가 군대의 격식을 갖춰 대답했다.

"자네에게 명령하려는 게 아니네."

알렉산드로스가 말했다.

“그저 이 친구의 말을 자네가 들어주었으면 좋겠군. 이 친구는 이스트로 강에서 스키타이인들과 싸운 적이 있다는군.”

“저도 그곳에서 싸웠습니다.”

클레이토스가 말했다.

“그렇다면 뭔가 제안할 게 있지 않은가?”

“돌아가자는 겁니다.”

알렉산드로스는 대초원의 한가운데서 꼼짝하지 않고 있는 적 기병대를 바라보았다.

“자네에게는 그렇게 할 자유가 있네. 물론 자네의 경험과 용기가 그 어느 때보다 필요할 때이지만 말이야. 하지만 난 정렬해 있는 적 앞에서 후퇴하진 않네.”

“제가 조언을 해드릴 게 있습니다.”

트라케 대장이 다시 말했다.

“어떤 것인가?”

클레이토스가 물었다. 그는 자신의 뜻과 반대로 논의의 핵심에 다가서고 있었다.

“아주 강력한 약 1천여 명의 병사를 앞으로 내보내는 겁니다. 그 병사들을 스키타이인의 오른쪽으로 전진하게 하십시오. 마치 우리 부대가 스키타이인들의 후방을 표적으로 삼는 것처럼 말입니다. 그들은 우리 군대를 따라 평원 내부로 들어갈 것입니다. 우리는 전령을 내보내 스키타이인들의 움직임을 주시하도록 합니다. 5스타디온마다 말을 탄 전령을 한 사람씩 세워야 합니다. 만약 그때까지도 저들이 공격하지 않는다면 다시 두 번째 전령과 함께 두 번째 부대를 보내는 겁니다……”

“알겠네.”

알렉산드로스가 말했다.

“그들이 공격하기로 결정하면 곧 전령들이 우리에게 그 사실을 알려주는 거야. 그러면 우리는 남아 있는 전 부대를 이끌고 그들을 급습하는 거지.”

“가능한 한 전속력으로 말입니다.”

트라케 대장이 덧붙였다.

“이런 전투에는 저들이 아주 요긴할 겁니다.”

트라케 대장이 페르시아 분견대의 기사들을 가리키며 말했다. 클레이토스가 입을 일그러뜨렸다. 하지만 말은 하지 않았다.

“그런데 깜둥이 장군, 당신은 우리편인가요?”

페르디카스가 물었다.

“그럼 내가 어디로 가길 바라는 건가?”

클레이토스가 발끈 화를 내며 대답했다.

“그런데 누가 선발대로 떠날 건가?”

알렉산드로스가 두 사람의 언쟁을 막고자 물었다.

“미끼 노릇을 하러 말입니까? 내가 제일 단단하니 저들이 씹기가 어려울 겁니다.”

깜둥이 클레이토스가 대답했다.

그는 자기 대대의 소집 나팔을 불었다. 잠시 후 클레이토스의 부대가 줄을 맞춰 행군했다. 네 줄로 정렬한 헤타이로이들이 초록의 평야 한가운데서 번쩍번쩍 빛나는 갈색 덩어리를 형성했다, 그들은 박자를 맞춘 북소리에 따라 밀집대형으로 전진했다. 시간이 흐를수록 그들의 모습이 지평선 쪽으로 점점 멀어졌다. 하지만 중간 지점에 위치한 전령 한 사람은 계속 시야에 남아 있었다.

원정대의 행군을 멀리서 지켜보던 스키타이인들은 전혀 대응하지 않았다.

“움직이지 않는군. 미끼에 걸려들지 않아.”

프톨레마이오스가 고개를 저으며 말했다.

“그러면 두 번째 기병대대를 내보내게.”

알렉산드로스가 명령했다.

“자네가 가게, 페르디카스 빨리 가게. 먼저 깜둥이 장군에게 가게. 그리고 저들도 자네 부대에 합류시키게.”

알렉산드로스가 병영 가장자리에 대기하고 있는 페르시아 분견대를 가리켰다. 옥사트레스는 왕이 자신을 가리키자 알아들었다는 시늉을 했다. 나팔이 울리자 페르디카스의 부대가 앞으로 돌진했다. 페르시아 기사들도 기다렸다는 듯이 그들과 함께 달려나갔다.

스키타이인들은 이번에도 반응을 보이지 않았다. 뿐만 아니라 어떤 신호가 떨어지자 그들은 삽시간에 낮은 구릉 뒤로 사라져버렸다.

알렉산드로스는 남아 있는 전 부대원들을 정렬토록 했다. 그리고 전령의 신호를 기다렸다. 그 사이 하늘에는 안개 같은 것이 드리워졌다. 햇살이 투명한 우윳빛을 내며 희미하게 퍼져나갔다. 거리와 공간의 깊이는 점점 더 알 수 없게 되었다.

“저길 봐!”

갑자기 레온나토스가 소리쳤다.

“전령이다! 그들이 공격한다.”

알렉산드로스는 남아 있는 기사들을 모두 소집했다. 프톨레마이오스와 다른 동료들에게 기병대대와 지원군 부대를 맡겼다. 그리고 자신은 오래 전부터 페르시아 황제의 군대에서 용병으로 복무했던 1백여 명의 스키타이인들을 이끌고 말을 달려갔다.

그는 적들에게 다가가는 동안 계속 전령들과 접촉했다. 적이 페르디카스와 클레이토스의 기병대대와 접전을 벌이기 전까지는 모습을 숨길 필요가 있었다.

"그들의 전투대형은 어떻더냐?"

대왕이 물었다.

"진짜 전투대형은 아닙니다. 그들은 우리 부대 수위를 뛰어다니며 화살을 비 오듯 쏘아대고 있습니다. 지금까지는 우리 병사들이 방패로 막아냈지만 이런 식으로 계속 지탱할지는 미지숩니다."

"이제 끝낼 시간이 되었다."

이어 알렉산드로스가 말을 세우고 동료들을 불러모았다.

"적들과 접촉할 때까지는 적당한 속도로 전진하세. 적들이 시야에 들어오면 나팔이 길게 신호를 보낼 걸세. 그러면 클레이토스와 페르디카스가 반대쪽 포위망을 부수고 나가 다시 우리 쪽으로 방향을 되돌려올 걸세. 그때 우리는 스키타이인들을 뒤에서 급습해야 하네. 저들이 달아날 수 있는 통로는 전혀 없을 걸세. 항복하지 않는 자는 그 누구도 포로로 삼지 않을 것이네. 자, 이제 말을 달리게!"

알렉산드로스는 말을 마치자마자 사르마티아산 밤색 말을 타고 달려 나갔다. 붉은 깃발을 든 기수가 그 옆에서 함께 달렸다. 기병대는 네 줄로 전열을 형성한 채 아무런 장애물도 없는 평원을 향해 말을 달렸다.

금속 조각으로 만든 스키타이인들의 갑옷이 보이자 대왕은 나팔수들에게 약속된 신호음을 불도록 명령했다. 그 즉시 클레이토스와 페르디카스 기병대는 쐐기형으로 대열을 펼치며 적의 포위망을 향해 돌진했다. 원을 그린 적 포위망을 단숨에 뚫고 나온 기병대는 곧 둘로 갈라져 넓은 부채꼴로 방향전환을 시도했다. 뒤돌아선 기병대는 적을 향해 긴 일자형으로 다시 합쳐졌다.

바로 그 순간 정반대쪽에서 알렉산드로스가 기병대대를 이끌고 나타났다. 기병대대는 이미 스키타이인들을 포위하며 전속력으로 돌진해오고 있는 중이었다. 동시에 클레이토스와 페르디카스의 기병대도 함성을 지르며 반대편에서 돌진해왔다. 갑자기 포위된 스키타이인들은 달려오는 알렉산드로스의 기병대대와 정면 충돌했다. 대양같이 넓은 평야에서 덫에 걸려든 그들은 미친 듯이 날뛰며 저항했다. 하지만 그들은 그물에 걸린 물고기 신세였다.

스키타이인들은 수많은 전사자를 내면서도 끈질기게 싸웠다. 오후가 되어갈 무렵, 그들은 대학살을 피할 수 없다는 것을 여실히 깨달았다. 그때였다. 포위망에 약간의 틈이 생겼다. 스키타이인들은 기회를 놓치지 않으려는 듯 틈이 벌어진 포위망 쪽으로 집중적인 공격을 가했다.

마침내 포위망이 열리자 대장을 위시해 스키타이인들이 그곳을 통해 달아났다.

마케도니아의 병사들은 창을 하늘로 들어올리며 기쁨의 함성을 질렀다. 하지만 대왕이 그들을 제지했다.

"아직 끝나지 않았다."

그가 말했다.

"이제 우리는 저들의 마을까지 추격해 알렉산드로스와 그의 헤타이로이들을 영원히 기억하게 만들 것이다."

그가 막 출발 명령을 내리려 할 때였다. 전령 한 사람이 그곳에 도착해, 뒤에 남겨진 보병대 사령관들의 전달사항을 전했다.

"폐하, 스피타메네스 총독이 박트리아나인들과 소그디아나인들을 선동해 마라칸다를 공격하고 있습니다. 사령관들은 어떻게 해야 할지 알고 싶어하십니다."

"새 도시 예정지에 주둔군을 남겨둔 뒤 마라칸다로 가라. 내가 이 공격을 마무리지은 다음 곧 그리로 가겠다."

전령이 떠났다. 알렉산드로스는 옥사트레스의 인도를 받아 평원으로 행군을 계속했다. 그들은 포위망을 뚫고 달아난 스키타이 기사들의 흔적을 좇으며 말을 몰았다. 하지만 끝없이 펼쳐진 평원이 그들을 당혹스럽게 만들었다. 그들 앞에는 나무 한 그루, 바위나 돌 한 조각조차 보이지 않았다. 그들의 뒤쪽으로는 파로파미수스의 눈 쌓인 봉우리들이 지는 해의 햇살을 받아 붉게 타오르고 있었다.

프톨레마이오스가 혼잣말을 하듯 말했다.

"에보이아 섬에서 칼키스 시와 에레트리아 시는 35스타디온밖에 안 되는 평야를 차지하려고 50년 동안이나 서로 잔인하게 싸웠지."

"맞아."

페르디카스가 동의했다.

“그런데 이곳은 어디를 둘러봐도 평원뿐이로군.”

“스키타이인들이 허공 속으로 사라져버린 건 아닐 거야. 유령은 아닐 테니까.”

헤파이스티온이 말했다.

“그들은 유목민들입니다.”

뒤에서 말을 타고 따라오던 옥사트레스가 말했다.

“그들은 황소가 끄는 마차에서 삽니다. 그들의 아내와 노부모, 자식들은 모두 마차 안에 있습니다. 그들은 우유와 고기를 먹습니다. 그리고 며칠 동안 잠시도 쉬지 않고 말을 달릴 수 있습니다. 그들의 말은 아주 강합니다.”

“그들의 땅은 어디까진가?”

알렉산드로스가 조용히 물었다.

“아무도 모릅니다.”

옥사트레스가 대답했다.

“길을 잃는 건 아닐까?”

레온나토스가 평평한 대초원을 걱정스럽게 바라보며 물었다.

“그럴 리가 없어. 우리 등 뒤로는 산들이 있고, 왼쪽으로는 작사르테스가 있어.”

셀레우코스가 그를 안심시켰다.

“어쨌든 마라칸다에서 일이 벌어지고 있으니까 그만 돌아가야 하지 않나?”

헤파이스티온의 물음에도 알렉산드로스는 아무 말이 없었다. 마치 말들이 하늘로 날아가기라도 한 것처럼 스키타이인들의 흔적이 완전히 사라져버린 것이다.

“젠장!”

페르디카스가 소리쳤다. 옥사트레스가 말에서 내려 땅을 살펴보았다.

"그들이 말발굽을 천으로 묶은 것 같습니다. 마른 풀 위에서조차 흔적이 잘 보이지 않습니다. 하지만 제 스키타이 병사들은 곧 흔적을 찾아낼 수 있을 겁니다."

"그러면 앞으로 가보자."

대왕이 명령했다.

행군은 어두워질 때까지 계속되었다. 스키타이 정찰대조차 더 이상 그들의 흔적을 찾을 수 없었다. 알렉산드로스는 할 수 없이 휴식 나팔을 불게 했다. 병사들이 땅바닥에 망토를 깔고 앉아 배낭에서 빵과 마른 고기, 물병을 꺼냈다. 아시아 원정을 떠난 뒤로 오랜만에 해보는 간단한 식사였다.

주위는 너무나 평화로웠다. 만월에 가까운 달이 산 뒤에서 떠올라 넓은 평야를 훤히 밝혀주었다. 구름 한 점 없는 맑은 밤하늘에 눈부신 별들이 차례차례 나타났다. 세상은 밤의 정적 속에 잠겨 있었다. 한쪽에서는 아시아의 전사들이 둥글게 모여 앉았다. 누군가가 그 가운데 불을 피웠다.

"어떻게 불을 피운 거지?"

극심한 추위를 느끼고 있던 헤파이스티온이 물었다.

"1백여 스타디온을 지나오는 동안 나무 한 그루 못 봤는데 말이야."

"동물의 배설물입니다."

옥사트레스가 서툰 그리스어로 대답했다. 그의 표정에는 깊은 경멸감이 배어 있었다.

"배설물이라니?"

셀레우코스가 눈썹을 찌푸리며 물었다.

"양의 똥, 말똥, 염소 똥들이지요. 저들은 배설물들을 자루에 모읍니다. 그리고는 배설물을 햇볕에 말린 뒤 불을 피우는 거지요."

"아!"

"우리가 보기에는 매우 불경한 행동이지요. 불에 대한 신성 모독입니다. 페르시아에서는 사형으로 다스려지는 죄입니다. 저들은……."

옥사트레스는 그들을 야만인이라고 말하려다 그만두었다. 서로가 서로를 야만인이라 부르는 이곳에서는 그 누구도 야만인의 범주에서 벗어날 수 없었다.

"모두들 맛있게 저녁식사를 하는 것 같지 않나?"

알렉산드로스가 화제를 바꾸며 물었다.

"배가 고프니까……."

헤파이스티온이 고개를 끄덕이며 말했다.

"그리고 이곳…… 난 이런 곳을 처음 보네. 어디를 둘러봐도 집 한 채 보이지 않는군."

대왕이 옥사트레스에게 말을 걸었다.

"자네 생각은 어떤가? '가장 먼 알렉산드리아'가 살아남을 수 있을 것 같나?"

"그럴 수 있을 겁니다."

페르시아 전사가 대답했다.

"군인들이 떠나고 나면 상인들이 올 것이고, 도시는 사람들과 가축들로 붐벼 생기를 띨 것입니다. 살아남을 수 있을 겁니다."

그들은 말을 탄 보초들이 두 줄로 에워싼 가운데 잠이 들었다. 평야가 달빛에 훤히 드러나 있어 보초들이 경계를 서기에는 그다지 어려움이 없었다. 새벽녘 잠에서 깨어난 대왕은 다시 추적을 명령했다. 사흘 뒤 정찰대는 마차 바퀴자국을 찾아냈다. 얼마 후 그들은 싸움터에서 달아났던 스키타이 왕의 이동마을을 발견할 수 있었다. 무두질한 가죽으로 뒤덮인 수레들이 삼중의 원을 그린 형태로 평원 한가운데 놓여 있었다.

옥사트레스가 마차에 꽂힌 깃발로 스키타이 왕의 거처를 알아냈다. 나무 깃대는 서로 싸울 듯이 마주 보고 있는 두 마리의 청동 염소 위에 꽂혀 있었다.

"저곳이 그들의 왕이 사는 곳입니다."

옥사트레스가 말했다.

"머리에 붉은 띠를 두르고 있을 겁니다……. 그리고 이렇게 추격을 당한 마당에 그로서도 어찌할 방법이 없을 겁니다. 아마 그는 이렇게 생각하겠지요. '대체 어떻게 내 평원의 심장부까지 추격해온 거지? 대체 이 평원에서 어떻게 길을 찾아낸 것일까?'라고 말입니다."

알렉산드로스는 동료들에게 신호를 보냈다. 그러자 동료들은 각자 자기 부대를 이끌고 원으로 된 이동마을을 완전히 포위했다. 기병대는 긴 창을 움켜쥐고 말 위에 꼿꼿이 앉아 있었다. 이런 고적한 땅에서는 기사들이 도무지 인간 같아 보이지 않았다. 단단한 근육에 윤기가 도는 말, 예리한 창, 빛나는 갑옷과 투구, 미풍에 흔들리는 투구 끝의 깃털 등은 청동 조각상을 평원에 옮겨놓은 듯 위압적이었다.

아침 나절의 비현실적인 침묵 속에 갑자기 뿔나팔소리가 울려퍼졌다. 나팔소리는 눈 깜짝할 사이에 거대한 평원을 가로질러 지평선 쪽으로 사라졌다. 잠시 후 스키타이 왕이 나타났다. 그는 자신의 병사들이 탄, 털이 많고 몸집이 작은 말들과 달리 위풍당당한 얼룩무늬의 종마를 타고 있었다. 스키타이 왕은 여전히 전투복 차림이었다. 진홍색 왕관을 쓰고 금속 조각으로 만든 몸통 갑옷으로 가슴을 가리고 있었다. 그의 부인인 듯한 여자가 그를 뒤따라 걸어왔다. 부인은 황금 박편으로 만든 아주 높은 모자를 뽐내듯 쓰고 있었다. 모자는 균형을 이룬 리본으로 장식되어 있고 붉은색의 긴 베일이 달려 있었다. 그녀는 가장자리에 얇은 황금 조각을 장식한 주홍색 튜닉에다 신발을 덮을 정도로 긴 치마를 입고 있었다. 그녀는 열두 살쯤 되어 보이는 여자아이의 손을 잡고 있었다. 생김새로 보아 그녀의 딸이 분명했다.

스키타이 왕은 주위를 둘러보았다. 마치 허공에서 나타난 듯 갑옷 입은 전사들이 장대한 대열을 이루고 있었다. 그는 그 전사들을 사열하듯 분명한 걸음걸이로 알렉산드로스 쪽으로 다가갔다. 옥사트레스가 자기 부대에 있는 스키타이 용병 한 사람을 불러오게 했다. 용병이 통역하면 그 말을 듣고 옥사트레스가 다시 알렉산드로스에게 통역해주었다.

"지금까지 내 기억으로는, 스키타이 영내로 이렇게 진격해올 수 있었던 사람은 단 한 사람도 없었소. 우리 스키타이인들을 쓰러뜨리고 우리 영토의 심장부에서 우리를 급습한 사람은 당신뿐이오. 나는 당신이 페르시아 대왕을 무찌르고 그의 왕국을 빼앗았다는 이야기도 들었소. 그러니까 당신은 신이거나 신이 당신 편인 게 분명하오. 당신과 싸우느라 나의 훌륭한 전사들을 잃었고, 난 겨우 목숨을 구했소. 난 당신에게 평화를 청하러 왔소. 그리고 이 평화조약의 증거로 내 딸을 당신에게 주겠소."

그 말이 끝나자 어머니가 소녀를 앞으로 떠다밀었다. 알렉산드로스는 소녀의 길고 검은 속눈썹 밑에서 눈물이 반짝이는 걸 보았다. 알렉산드로스는 가슴이 뭉클해졌다. 소녀는 알렉산드로스가 아리스토텔레스의 가르침을 받고자 미에자로 떠날 때 보았던 클레오파트라의 모습과 흡사했다. 그게 얼마 전이었는지는 정확하게 기억나지 않았다.

"당신 딸에겐 아직 어머니의 사랑과 보살핌이 필요하오. 그래서 난 당신 딸을 데려가지 않을 것이오."

알렉산드로스가 분명한 어조로 말했다.

"모든 인간들의 머리 위에 떠 있는 저 하늘과 언젠가 돌아갈 이 땅에 대한 맹세가 우리 두 사람간의 평화조약을 충분히 증명해줄 것이오. 더 이상은 필요치 않소. 나와 당신 사이의 악수면 족하오."

알렉산드로스는 통역이 끝나기를 기다렸다가 스키타이 왕에게 손을 내밀었다. 알렉산드로스의 손을 잡고 난 다음 그는 다른 한 손을 하늘로 들었다가 땅을 향해 손바닥을 펼쳤다. 맹세를 의미하는 동작이었다.

“내 이름은 드라바스요. 당신 이름은?”

스키타이 왕이 젊은이의 눈을 똑바로 쳐다보며 물었다.

“알렉산드로스요.”

대왕이 대답했다.

“난 언제든 어느 곳으로든 다시 이곳에 돌아올 수 있소.”

알렉산드로스는 스키타이 왕이 그 말의 진실성을 조금도 의심하지 않는다는 것을 알았다.

다음날 아침, 그들은 작사르테스 강으로 가기 위해 서쪽으로 행군했다. 그들은 곧 태양 아래서 황량하게 불타오르는 지역에 이르렀다. 얼마 지나지 않아 병사들이 비축해두었던 물은 바닥을 드러냈다. 장거리 순찰과 보초를 서야 하는 경기병대 병사들에게는 당장 갈증을 풀어줄 물도 없었다. 알렉산드로스는 자기 몫으로 비축해두었던 물을 그들에게 주었다. 대왕은 부근의 웅덩이에서 밑바닥에 고여 있는 더러운 물을 퍼서 마셨다. 그들은 그렇게 다시 하루를 더 전진했다. 갈증은 점점 더 병사들을 괴롭혔다. 밤이 되자 알렉산드로스는 끔찍한 복통에 시달렸다. 곧 고열이 나고 극심한 이질이 시작되었다.

헤파이스티온은 들것을 만들게 했다. 혼수상태에 빠진 대왕을 들것에 싣고 그들은 이틀 동안 더 행진했다. 대왕은 계속 탈수 증세에 시달렸다. 물이 없어 몸을 씻기지도 못했다. 몸에서 나오는 배설물 때문에 구름처럼 파리들이 몰려들었다.

"물을 찾지 못하면 폐하는 돌아가실 겁니다."

옥사트레스가 말했다.

"제가 먼저 앞으로 나가 물이 있는 곳을 찾아보도록 하겠습니다. 여러분은 제가 남긴 흔적을 좇아오십시오. 야생동물을 붙잡으면 날고기를 드셔도 됩니다. 하지만 스키타이 용병들이 마시지 않는 물은 절대 마시지 마십시오. 그들은 어떤 물을 마셔야 하는지 잘 알고 있습니다."

그는 더위와 갈증을 가장 잘 견뎌내는 소그디아나인 1개 소대를 이끌고 서쪽으로 사라졌다. 한편 행군 대열은 견디기 힘든 뜨거운 햇볕 아래로 계속 걸어나갔다. 옥사트레스는 밤이 깊어서야 되돌아왔다.

"폐하는 어떠십니까?"

헤파이스티온이 아무 대답도 하지 않고 고개만 저었다. 알렉산드로스는 악취가 나는 배설물에 뒤범벅된 채 땅에 누워 있었다. 입술은 타서 갈라졌고, 가쁜 숨만 몰아쉬고 있었다.

"도하 지점을 찾았습니다."

옥사트레스가 말했다.

"그리고 마실 물도 가지고 왔습니다. 하지만 몸을 씻을 정도는 안 됩니다."

알렉산드로스는 물을 마셨다. 옥사트레스가 가지고 온 물은 탈수 증세로 목숨이 경각에 달린 사람들에게도 조금씩 지급되었다. 그런 다음 다시 한밤중에 행군은 계속되었다. 새벽녘, 희미한 햇살이 비치기 시작할 때 그들은 마침내 작사르테스 강에 도착했다. 그들은 대왕을 찬 강물 속에 담그고 체온이 떨어질 때까지 놓아두었다. 그제야 대왕은 서서히 의식을 되찾았다.

대왕이 물었다.

"내가 지금 어디에 있느냐?"

"도하 지점에 계십니다."

옥사트레스가 대답했다.

"이곳에는 싱싱한 물고기와 음식을 익힐 만한 장작도 있습니다."

"너의 그리스어 실력이 많이 늘었구나."

알렉산드로스가 기운을 내어 말했다.

그들은 마라칸다 근교에 있던 나머지 부대와 합류했다. 하지만 그곳에서는 반갑지 않은 소식이 기다리고 있었다. 페체타이로이 사령관들이 경솔하게 스피타메네스 부대를 공격했다가 폴리티메토스 강가에서 대패를 당했다는 것이었다. 1천여 명에 이르는 병사들이 죽었고 수백여 명이 부상을 입었다. 시체를 태우는 장작불이 며칠 동안 음울하게 타올랐다.

렙티나는 대왕의 비참한 모습을 목격하고 절망의 눈물을 흘렸다. 그녀는 대왕을 씻기고 깨끗한 옷으로 갈아입힌 다음 병사들에게 밤낮으로 깃털로 만든 부채를 부치게 했다. 필리포스는 소식을 듣자마자 대왕의 머리맡으로 달려왔다. 하지만 고열은 쉽사리 떨어지지 않았다. 대왕은 매일 저녁 해질 무렵이면 혼수상태에 빠졌다. 그는 스승이었던 니코마코스의 가르침을 떠올리고 히르카니아 기사들을 산으로 보내 눈을 가져오게 했다. 그는 열이 오르기 시작할 때마다 그 눈을 알렉산드로스의 온몸에 덮었다. 렙티나는 밤새도록 찬 수건으로 이마를 적셔주었다. 그녀는 대왕의 설사가 멈추도록 마른 빵과 덜 익은 사과를 먹였다.

"이번에도 잘 넘기신 것 같습니다."

열이 내리고 대왕의 얼굴에서 화색이 돌자 필리포스가 말했다.

"하지만 계속 이렇게 생각 없이 행동하시면 아스클레피오스[15]가 와도 폐하를 살려낼 수 없습니다."

"내 생각엔 자네가 아스클레피오스보다 더 훌륭한 것 같은데……."

---

15) 그리스·로마 신화에 나오는 의술의 신

대왕은 안간힘을 다해 말한 뒤 다시 곯아떨어졌다.

알렉산드로스는 곧 명령을 내릴 수 있을 정도로 회복되었다. 그는 병사들 사이에서 폴리티메토스 전투에 대한 이야기를 절대 못하도록 했다. 병사들에게 절망감을 심어주지 않게 하기 위해서였다. 그런 다음 페르디카스와 크라테로스, 헤파이스티온을 보내 스피타메네스 부대에 반격을 가했다. 반역자들은 공격을 받고 산 쪽으로 쫓겨갔다. 하지만 이미 가을이 성큼 다가와 있었기 때문에 더 이상의 추격은 포기하고 말았다. 대왕은 베수스가 구금되어 있는 박트리아나로 돌아가기로 결정했다. 대신 원정대는 제국의 북쪽 국경선을 따라 서쪽으로 행군하기로 했다. 그 지역에서 자신의 권위를 확실히 다져놓기 위해서였다. 또한 그는 행군을 하면서 스키타이의 영토가 어느 정도까지 넓게 펼쳐져 있는지도 확인해보고 싶었다.

그는 부대자루를 이어 만든 다리를 이용해 다시 옥수스 강을 건넜다. 얼마 후 그들은 사막이 대부분인 광활한 평지로 들어섰다. 안개가 자욱한 지평선을 향해 드넓은 대지가 까마득하게 북쪽으로 펼쳐져 있었다. 가끔씩 박트리아나의 긴 카라반 행렬과 마주쳤고, 또 꽤 많은 수의 스키타이 기사들이 추격해오는 것을 목격하기도 했다. 선명한 색깔의 상의와 장식을 한 바지, 그리고 독특한 금속 조각 갑옷 때문에 그들의 모습은 금방 눈에 띄었다. 어느 날 해질 무렵, 원정대가 천막 칠 준비를 하고 있을 때였다. 전위부대원 하나가 놀라운 소식을 갖고 놀아왔다.

"여전사들입니다!"

그러자 셀레우코스가 비웃음을 터뜨렸다.

"물이 부족하니 병사들에게 독한 포도주가 도움이 되었군."

"전 취한 게 아닙니다, 사령관님. 저희들 앞쪽 구릉지에 지금 여전사들이 정렬해 있습니다."

병사가 진지하게 말했다.

“난 여자들과 싸우지 않아. 특별한 경우를 제외하고는…….”

레온나토스가 진지하게 말했다.

“그런데 그 여전사들은 싸울 의사가 전혀 없는 것 같습니다. 저희를 보고 웃었습니다. 그리고 그 중 우두머리인 듯한 여자는 매우 아름다웠습니다.”

병사는 그녀를 만난 지점을 대왕에게 알려주기 위해 몸을 돌렸다. 그러다가 그녀가 여전사 넷의 호위를 받으며 채 1스타디온도 안 되는 거리까지 와 있는 것을 발견했다.

“저들이 오게 내버려두어라.”

알렉산드로스가 명령했다. 그리고는 본능적으로 머리를 매만졌다.

“정말 우리가 아마존의 땅에 와 있는 것인지도 모르지.”

그 사이 아름다운 여전사가 가까이 다가오더니 말에서 내렸다. 함께 온 여자들도 그녀를 따라 말에서 내렸다. 얼마 떨어진 곳에서 또 다른 여자들이 천막을 세우고 있는 게 보였다. 거대한 평원에 혼자 서 있는 천막은 아주 인상적이었다.

대왕이 헤파이스티온과 크라테로스를 거느리고 그녀를 만나러 갔다. 그들의 등 뒤에서 놀라움의 환호성이 터져나왔다. 환호성은 뒤따라오던 병사들 사이로 급속하게 퍼졌다. 소식을 전해들은 칼리스테네스는 사람들에게 떠밀리듯 앞으로 나왔다. 렙티나 역시 호기심을 느끼며 맨 앞으로 다가갔다.

여전사의 왕이 알렉산드로스 앞에 섰다. 그녀가 뺨 가리개가 달린 원추형의 가죽투구를 벗었다. 그러자 허리에 닿을 듯 길게 땋은 머리가 흘러내렸다.

여왕은 스무 살쯤 되어 보였다. 하지만 모두들 머릿속에서 상상하던 여전사의 모습은 아니었다. 할리카르나소스의 마우솔레움에 있던 부조 장식, 아테네의 주랑에 제욱시스와 파라시오스가 그려놓은 그림처럼 거

의 알몸을 드러낸 여전사는 아니었다. 아름다운 올리브색 얼굴 외에는
그녀의 몸 어느 부분도 밖으로 드러나 있지 않았다. 그녀는 빨간색 수를
놓은 남색 양모 바지를 입고 있었다. 위에는 허리 부분이 꼭 끼고 무릎
위에서 넓게 퍼지는 튜닉을 입고 있었다. 검과 물병을 허리띠에 차고
있었으며, 여전사들이 전통적으로 사용하는 활과 화살을 어깨에 메고
있었다. 하지만 반달 모양의 방패는 들고 있지 않았다.

그녀는 검고 큰 눈으로 알렉산드로스를 뚫어지게 바라보았다. 그러다
가 뭐라고 말했는데, 알렉산드로스는 한마디도 알아들을 수 없었다.

알렉산드로스가 옥사트레스 쪽으로 돌아섰다.

"자네는 무슨 말인지 알아듣겠나?"

옥사트레스가 고개를 저었다.

"그러면 자네의 스키타이 병사들은?"

그러자 옥사트레스가 스키타이 병사들과 몇 마디를 나누었지만 그들
역시 알아들을 수 없다는 시늉을 했다.

"난 당신 말을 알아들을 수가 없소"

알렉산드로스가 미소를 지으며 말했다. 그는 어린 시절부터 꿈꿔오던
신화적인 여전사를 만났지만, 그녀와 한마디도 이야기를 나눌 수 없다
는 것이 무척 애석했다.

여전사는 몸짓을 섞어가며 자기 말을 이해시켜보려 했지만 아무 소용
이 없었다.

"제가 알아들을 수 있어요"

갑자기 알렉산드로스의 등 뒤에서 목소리가 늘러왔다. 내왕은 세뻴티
몸을 돌렸다.

"렙티나!"

렙티나가 앞으로 걸어나왔다. 그녀는 모두가 놀라워하는 가운데 여전
사와 이야기를 나누었다.

"대체 어떻게 이럴 수가 있지?"

칼리스테네스가 기적과도 같은 일에 벌린 입을 다물지 못하며 물었다. 하지만 알렉산드로스는 옛 궁전이 있는 아이가이에서 그녀와 함께 보냈던 겨울밤을 생생하게 떠올렸다. 그녀는 그때 꿈을 꾸면서 이해할 수 없는 말을 늘어놓았다. 불현듯 그는 렙티나의 어깨에 있는 문신을 떠올렸다. 그것은 지금 여전사의 목에 걸린 황금 조각의 문양과 똑같았다. 사방으로 뿔이 뻗은 사슴이 웅크리고 앉아 있는 모습이었다.

"가끔 이런 일이 일어나지요."

의사 필리포스가 끼어들었다.

"크세노폰이 이와 비슷한 이야기를 들려주었지요. 그가 아르메니아에서 겪은 일인데, 노예 한 사람이 갑자기 그 말을 알아들은 겁니다. 그 노예는 전혀 알지도 못하는 민족이었는데 말입니다."

그 사이 렙티나는 계속 이야기를 나누고 있었다. 처음에는 다소 주저하는 것 같았지만 곧 분명하게 말했다. 마치 잊혀진 기억의 심연 속에서 말이 하나하나 솟아나는 것 같았다. 그때 알렉산드로스가 렙티나에게 다가가 윗옷을 헤치고 어깨의 문신을 여전사에게 보여주었다.

"이 문신을 아시오?"

여전사가 놀란 표정을 지었다. 그것만으로도 그녀가 이 문신을 잘 알고 있으며, 문신이 그녀에게 특별한 가치를 지니고 있다는 것을 알게 되었다.

두 여자는 다시 알아들을 수 없는 말로 이야기를 나누었다. 그러더니 여전사가 렙티나의 손을 잡았다. 이어 젊은 대왕의 눈을 똑바로 쳐다보았다. 잠시 후 그녀가 천막 쪽으로 돌아갔다.

"네게 뭐라고 했느냐?"

여전사가 사라지자 알렉산드로스가 물었다.

"너도 저 여자들과 같은 종족이지, 그렇지 않느냐?"

"맞습니다."

렙티나가 대답했다.

"저도 저들의 일원입니다. 저는 아홉 살 되던 해에 킴메리오스 전사 일당에게 납치되었고, 그들이 폰투스 시장의 노예상인에게 저를 판 것 같습니다. 제 어머니는 이 여전사 부족의 여왕이었고, 아버지는 타나스 강변에 살던 스키타이 귀족이었답니다."

"공주."

알렉산드로스가 렙티나의 손을 잡으며 속삭였다.

"이게 바로 네 신분이다."

"제 신분이었지요. 하지만 이미 그 시절은 영원히 지나가버렸습니다."

렙티나가 조용히 말했다.

"그렇지 않다. 이제 넌 네 부족에게로 돌아가 네게 맞는 지위를 되찾도록 해라. 넌 자유다. 난 너에게 많은 재산을 줄 것이다. 금과 가축과 말들을 말이다."

"제게 맞는 자리는 폐하 곁입니다. 저는 이 세상에 일가친척이 없습니다. 저 여자들도 제게는 이방인일 뿐입니다. 폐하께서 저를 억지로 떠나게 하시면 저들과 함께 가겠습니다."

"난 네가 원하지 않는 일은 그 어떤 것도 강요하지 않는다. 네가 원한다면 내가 죽는 날까지 곁에 데리고 있을 거야. 그런데 궁금한 것이 있다. 저 여자는 왜 여기까지 온 것이지? 왜 저 아래에 천막을 세운 것이냐?"

렙티나는 그 질문에 대답하기가 부끄럽고 수치스러운 듯 시선을 떨구었다. 그러다가 마침내 대답했다.

"저 여자는 옥수스 강과 카스피 해 연안 사이에 사는 모든 여전사들의 왕이라고 말했습니다. 폐하께서 이 세상에서 가장 힘이 세다는 이야기를 들었고, 그래서 폐하만이 자신과 어울릴 사람이라고 생각했답니다. 저 천막에서 폐하를 기다릴 거랍니다. 그리고 자신과 함께 밤을 보내길 원한다고 했습니다. 그녀는…… 폐하의 아들이나 딸을 갖게 해주길 바라고 있습니다. 미래의 어느 날, 그녀의 왕위를 물려받을 자손을 말입니다.”

렙티나가 두 손으로 얼굴을 가린 채 눈물을 흘리며 뛰어갔다.

47

알렉산드로스는 초원 한가운데에 홀로 서 있는, 어둠에 잠겨 겨우 보일락말락한 천막을 바라보았다. 그때 렙티나가 숨죽여 우는 소리가 들려왔다. 그는 이 신비한 땅이 준비해놓은 기적 같은 두 가지 일을 생각하고는 깊은 감동에 사로잡혔다. 하나의 기적은 조국에서 이렇게 멀리 떨어진 곳에서 여전사들을 만난 것이었다. 또 하나는 렙티나의 기억 속에 갑자기 모국어가 떠올라 그녀의 신분을 확인하게 된 것이었다. 그는 어둠 가운데 서서 자신이 앞으로 발견할 것이 얼마나 많은지, 밝혀내야 할 신비한 일들이 얼마나 많은지, 그리고 인간의 인생이 얼마나 짧은지를 생각했다.

그는 갑자기 맞닥뜨리게 된, 전혀 상반된 삶으로 인해 동요하고 있는 렙티나를 생각했다. 그녀는 지금 여러 감정과 싸우고 있는 것이 분명했다. 알렉산드로스는 그녀를 도와주고 싶었다. 하지만 어둠의 저편에 있는 미지의 여인에 대한 호기심도 누를 수 없었다. 그는 말에 올라타고 한적한 곳에 서 있는 천막으로 향했다. 몸에 지닌 무기라곤 작은 칼 하나

밖에 없었다. 헤파이스티온이 대왕을 보았다. 그는 정예부대 병사 몇몇에게 가까이 다가오라는 신호를 보냈다.

"눈에 띄지 않게 천막 주위를 포위하라."

헤파이스티온이 명령했다.

"그리고 조금이라도 이상한 낌새가 보이면 즉시 달려가 폐하를 구하라. 페리타스도 데리고 가라. 위험한 상황이 벌어질 경우 페리타스가 그 누구보다도 빨리 달릴 것이다."

병사들은 명령에 따랐다. 그들은 즉시 어둠 속으로 사라져 천막 주변에 부채꼴 모양으로 대열을 펼쳤다. 그들 중 한 사람이 페리타스의 목줄을 잡고 천막 가까이 다가가 천막 옆의 풀 속에 함께 웅크리고 앉았다. 밤은 고요히 흘러갔다. 페리타스는 온밤 내내 꾸벅꾸벅 졸았다. 가끔씩 야생동물 냄새를 맡고는 주둥이를 쳐들고 귀를 쫑긋 세웠다.

그날 밤, 무슨 일이 벌어졌는지는 아무도 알 수 없었다. 앞으로 한없이 쓸쓸하게 살아갈 여왕의 뱃속에 정말로 알렉산드로스의 씨가 뿌려졌는지, 그리고 거기서 태어난 아기가 야생마처럼 성장해 끝도 없는 대지를 누비게 될지는 그 누구도 알 수 없었다. 대왕은 올림포스 산에서 내려온 것처럼 강렬하고 뜨거운 눈빛이 되어 새벽이 되기 전 자기 막사로 돌아왔다.

그들은 다시 강이 나타날 때까지 계속 행군했다. 알렉산드로스는 그 강을 따라 어디까지 전진할 수 있는지, 그리고 북대양을 향해 갈 수 있는지 알아보고 싶어했다. 하지만 행군 사흘 뒤, 초원은 사막으로 변했고 강은 뜨거운 모래 속에서 흔적도 없이 말라버렸다. 할 수 없이 그들은 다시 서쪽으로 전진했다. 그들은 네 번의 야영을 하며 5파라상을 진군했다. 사라진 강이 다시 모습을 나타냈다. 그들은 강을 건넜다. 하지만 그 강 역시 얼마 후에는 메말라 갈라진 땅에 흡수되고 말았다.

프톨레마이오스가 대왕에게 다가갔다. 대왕은 뜨거운 기운이 반사되어 흐릿하게 보이는 지평선을 불안하게 살펴보고 있었다. 프톨레마이오스가 알렉산드로스의 어깨에 손을 얹었다.

"돌아가세, 알렉산드로스 저곳에는 한낮의 악몽말고는 아무것도 없어. 만약 강물이 바다에 도달하기도 전에 대지가 그 물을 빨아들이는 것이라면 분명 우리가 포착하지 못한 무시무시한 이유가 있을 것이네. 자식을 낳아놓고 그 자식을 집어삼키는 어머니를 본 적이 있나?"

칼리스테네스도 강이 사라지는 이 당혹스런 현상을 직접 목격했다. 그는 이 현상에 대해 물리학과 철학적 답변을 제시하려 했지만 곧 그의 정신 깊은 곳에서 올라오는 두려움에 의해 지워지고 말았다.

"나는 바로 그런 의문의 답을 찾고 싶었다네, 프톨레마이오스"

대왕이 몸을 돌리지 않은 채 대답했다.

"우리의 힘이 충분하다면 난 한낮의 악몽이라는 이 믿을 수 없는 현상과 지평선에 살고 있는 유령들을 추적해보고 싶네. 자기 배의 돛대에 묶인 채 세이렌의 노래를 들을 수 있었던 오디세우스의 운명은 위대했네. 하지만 그는 그 노래가 무엇을 말하는지 아무에게도 밝힐 수 없었어. 비밀은 그와 함께 아주 멀고 은밀한 장소에서 사라져버렸다네. 티레시아스[16]의 예언처럼 떠밀려간 그곳에서, 오랫동안 찾아 헤맸던 그 목적지에서 말일세……."

그들은 다시 남쪽으로 이어지는 길로 접어들었다. 며칠 후, 마르기아나 고원으로 다가가면서 점차 물과 초목과 동물들을 만나게 되었다. 대왕은 강가에 또 다른 도시를 세우고 그 도시 이름을 알렉산드리아 마르기아나라고 불렀다. 그는 주변에 사는 반半 유목민들과 군대를 뒤따르는 일행 중의 일부를 그곳에 정착시켰다. 또한 마케도니아인, 그리스인, 테

---

16) 그리스 신화에 나오는 테베의 장님 예언자

살리아인들을 포함해 5백여 명의 주둔군을 남겨두었다. 그들은 원정대의 행적을 따라 이동하는 아시아 여인들과 가정을 꾸린 병사들이었다. 그 여자들은 믿을 수 없는 인내심과 끈기를 발휘하며 원정대를 좇아왔다. 그리고 아주 오래 전에 고국을 떠나와 이제는 거의 가족을 잊어버린 병사들도 그 도시에 남겨두었다.

가을이 끝나갈 무렵, 원정대는 박트리아나에 도착했다. 그곳에서 겨울을 보내기 위해서였다. 대왕은 페르시아 의식에 따라 왕위 찬탈자 베수스의 재판을 거행했다. 옥사트레스가 원로 판사 회의를 소집했다. 그들 앞으로 죄인이 끌려나왔다. 옥사트레스에게 잘린 코와 귀의 상처는 거의 아문 상태였다. 하지만 그 상처로 인해 야윈 얼굴이 더욱 불안해 보였다. 마치 살아 있는 해골 같았다.

재판은 짧게 진행되었다. 베수스에게 자기 변호의 기회를 주었지만 베수스는 한마디도 하지 않았다. 베수스는 오히려 자신의 적들 앞에 당당하게 서 있었다. 그는 전쟁터에서 두 번이나 달아난 다리우스가 자신의 조국 페르시아의 명예에 먹칠을 했다고 여기는 것 같았다. 어쩌면 그는 잃어버린 제국의 명예를 자기 손으로 되찾고 싶었는지도 모른다. 그는 침입자에 대해 끝까지 대항한 자로서의 위엄을 당당하게 보여주었다.

가장 무서운 형벌에 처하라는 판결이 내려졌다. 황제를 살해한 자에게, 아케메네스 대왕위를 찬탈한 자에게 내려진 형벌은 사지를 찢어 죽이는 벌이었다.

베수스는 알몸으로 야외 형장으로 인도되었다. 그곳에는 키가 크고 가는 버드나무 두 그루가 있었다. 나무 사이는 아주 가까웠는데, 땅에 닿을 정도로 휘어져 서로 교차되어 있었다. 휘어진 나무의 꼭대기는 땅에 박아놓은 말뚝에 밧줄로 단단히 묶여져 있었다. 그런 식으로 휘어진 두 개의 나무 몸통은 공중에서 아치를 만들어냈다. 그 아치에 죄인의 사지가 묶여졌다. 베수스는 땅으로부터 5큐빗 정도 들어올려졌다. 페르시아인들과 그 지역의 주민들, 마케도니아인들과 그리스인들이 이 야만적인 의식을 지켜보았다. 자드라카르타에서 스타테이라 공주가 일부러 이 처형식을 보러 왔다. 그녀는 초조한 마음으로 집행 과정을 지켜보았다. 페르세폴리스의 황실 묘지에 묻힌 아버지를 생각하며 그녀는 조용히 눈물을 흘렸다. 그녀의 곁에는 굳은 표정으로 알렉산드로스가 앉아 있었다.

사형 집행인들이 도끼를 들고 버드나무 근처로 다가왔다. 최고 재판관의 신호가 떨어지자 사형 집행인들은 나무를 묶은 밧줄을 가차없이 잘랐다. 휘어져 있던 두 나무의 줄기가 제자리를 찾아 똑바로 일어섰다. 잠시 동안 베수스의 힘센 근육들이 그 힘에 반항하고자 쓸모 없는 노력을 기울였다. 곧 그의 몸은 갈기갈기 찢겨나갔다. 어깨에서 가랑이 사이로 갈라진 왼쪽 부분은 한쪽 나무의 줄기에 붙어 있었다. 다른 쪽 나무에는 머리와 내장들, 오른쪽 몸통이 매달려 있었다. 사형장에 대기하고 있던 맹금류들이 갈가리 찢긴 살덩이로 내려앉아 연회를 벌였다. 하지만 베수스의 눈에는 그때까지도 삶의 그림자가 남아 있었다.

알렉산드로스는 스타테이라와 함께 겨우내 박트리아나에 머물렀다. 그는 많은 시간을 에우메네스와 함께 보냈다. 그는 아나톨리아를 다스리는 애꾸눈 안티고노스와 바빌로니아의 마체오스, 그리고 팜필리아의 아르타바조스 같은 지방 총독들에게 편지를 썼다. 특히 아르타바조스에게는 프라아테스가 가족을 잃은 슬픔을 잊어가고 있는지, 바닷가의 궁전에서 평온한 생활을 하고 있는지 등을 물었다. 알렉산드로스는 자신의 대장장이들에게 작은 이륜마차를 만들라고 명령했다. 두 마리의 스키타이 망아지와 함께 이륜마차를 프라아테스에게 선물로 보낼 생각이었다.

또 그는 어머니인 올림피아스와 클레오파트라의 편지를 받았다. 클레

오파트라는 부트로토스 궁전에서의 생활과 오빠에 대한 그리움을 편지
에 담아왔다.

　오빠가 세운 무훈에 대한 소식들이 제게 속속 도착하고 있답니다. 먼
거리를 지나오다 보니 다르게 변형되기도 하고 생생함이 감소되기도 한
답니다. 동생인 나는 오빠를 다시 만날 수 없을 것 같아요. 오빠가 언제
돌아올지, 이 끝없는 원정이 언제 끝날지 알 수 없으니 말이에요.
　오빠가 너무나 멀리 있어 마음이 아프고 제 고독한 상황 때문에 고통
스럽습니다. 제발 부탁이에요, 제가 오빠에게 갈 수 있게 해주세요. 오빠
가 이룬 놀라운 일들과 오빠가 정복한 눈부신 도시들을 직접 볼 수 있게
해주세요.
　선물을 계속 보내주셔서 고마워요. 그리고 그 선물을 자랑스럽게 생각
하고 있답니다. 하지만 제일 큰 선물은 오빠와 다시 포용하는 것이에요.
얼어붙은 스키타이의 대평원이든 리비아의 사막이든, 장소는 중요하지
않답니다. 제발 부탁이에요. 저를 불러주세요, 알렉산드로스. 폭풍우가 몰
아치는 바다와 거센 바람에 맞서 주저없이 오빠에게 달려가고 싶어요.
몸조심하세요.

알렉산드로스는 에우메네스에게 답장을 받아쓰게 했다. 애정이 가득
담겨 있지만 확고한 내용을 담은 편지였다. 그리고 이런 말로 편지를
끝맺었다.

　내가 세운 제국은 아직 완전한 평화를 찾은 상태가 아니란다. 너무나
사랑하는 내 여동생아. 그래서 조금만 더 참으라고 부탁해야겠구나. 모든
게 완수되었을 때 널 부르마. 모든 이들의 기쁨을 네가 함께 할 수 있도록
말이다. 그리고 새 세계의 탄생을 함께 지켜볼 수 있도록 말이다.

그러고 나서 에우메네스에게 말했다.

"클레오파트라의 문장이 날로 좋아지는군. 분명 수사학 선생에게 값비싼 수업을 받고 있는 게 분명해."

"맞아."

에우메네스가 시인했다.

"하지만 이런 수사학적인 문장 뒤에도 진정한 애정이 담겨 있다네. 클레오파트라는 자네를 항상 사랑했어. 늘 방패가 되어 자네 부친의 분노를 막아냈지. 그녀가 그리운가?"

"말할 수 없이…… 그리고 그때가 그리워. 하지만 추억에 나를 맡길 수는 없어. 내게 주어진 임무가 명령처럼 나를 다그친다네. 난 그 임무를 위해 모든 걸 희생해야 하고, 절대 그 임무에서 도망칠 수 없지."

알렉산드로스가 대답했다.

"도망치고 싶지 않은 임무겠지."

에우메네스가 대답했다.

"내가 그렇게 보이던가, 그런 임무를 내가 원한다고? 신들은 인간의 마음속에 꿈과 바람을 심어놓지. 하지만 신들은 종종 인간들이 이룰 수 있는 것보다 훨씬 더 큰 열망을 심어놓기도 한다네. 인간이 정한 목표와, 신이 그에게 허락해준 능력 사이에는 분명 고통스런 불균형이 존재하지. 하지만 그 불균형을 극복해나가는 데 인간의 위대함이 있어."

"베수스처럼 말이지."

"그리고 우리 아버님 필리포스처럼."

에우메네스가 시선을 떨구며 고개를 끄덕였다.

한동안 두 사람은 아무 말이 없었다. 마치 암살된 위대한 대왕의 그림자가 갑자기 침묵과 망각 속에서 살아나 떠다니는 것 같았다.

알렉산드로스는 제국의 아주 먼 지방에 있는, 그의 이름을 붙여 세운 도시들과 연락을 취했다. 그는 이름도 잘 알 수 없는 외진 곳에서 야영하는 군대의 지휘관들, 작은 공동체의 행정관들에게도 직접 편지를 보냈다. 그리고 아리스토텔레스에게도 편지를 보내 스승의 수집물을 풍부하게 해줄 물품들이 어떻게 마련되었는지에 대해 설명했다.

가끔 멀리 떨어진 전초부대로부터 그리스어나 마케도니아의 방언으로 쓰여진 편지를 받기도 했다. 그 편지들은 언제나 도움을 청하는 것들이었다.

스피타메네스가 주도하는 반항의 불길은 도처에서 타올랐다. 그가 베수스를 넘겨준 것은 파로파미수스의 눈 덮인 산등성이에서 방어태세를 갖추고 자신이 새로운 대왕이 되려는 계획이었음이 여실히 드러났다.

알렉산드로스는 모든 편지에 이렇게 답장했다.

잘 버텨내시오. 우리는 새 부대를 소집하고 있소. 여러분을 돕고 여러분의 자식들이 자랄 땅을 평화롭게 만들기 위해 새로운 지원군들을 기다리고 있소.

봄이 되자 마케도니아와 아나톨리아에서 새로운 병사들이 도착했다. 원정대는 다시 행군했다. 박트라에 도착했을 때 알렉산드로스는 반역자들이 수많은 요새와 성에 흩어져 있음을 알게 되었다. 그는 저항 세력의 거점을 공격하기 위해 원정대를 둘로 나누기로 했다. 하지만 그의 장군들과 동료들은 대부분 반대했다.

"원정대를 나누어선 절대 안 됩니다!"

클레이토스가 소리쳤다.

"알려진 바에 따르면, 이피로스의 알렉산드로스 폐하가 야만인들에게 패배를 당한 것도 군대를 나누었기 때문이라고 합니다. 그렇게 한다는 것은…… 제가 보기에는 미친 짓 같습니다."

"제 생각도, 함께 행동하는 게 좋을 것 같습니다."

페르디카스가 강하게 말했다.

"반역자들을 하나하나 공격해서 벌레처럼 밟아버려야 합니다."

레온나토스가 그 말에 동의한다는 뜻으로 고개를 끄덕였다. 그는 토의해볼 생각조차 없었다.

"내 생각을 말해야 한다면……."

에우메네스가 말했다. 하지만 알렉산드로스가 그 말을 잘라버렸다.

"여러분의 뜻이 무엇인지 잘 알겠소 크라테로스 장군은 박트라 지역의 남쪽에 남게 될 것이오 우리는 산 위에 있는 반역자들을 내몰기 위해 소그디아나의 북쪽과 동쪽으로 갈 것이오. 그러다가 어느 순간이 되면 다섯 분견대로 나뉘어 뿔뿔이 갈라지게 될 겁니다. 여러분은 각자 분견대 하나씩을 맡아 서로 다른 요새를 공략하게 될 거요……. 디아데스가 사정거리가 긴 새로운 노포를 설계했소. 예전 것보다 작지만 같은 작살을 쓰게 될 것이오."

연신 고개를 끄덕이던 레온나토스는 상황이 전혀 반대로 흘러가는 것을 알아채고 즉시 하던 행동을 멈추었다. 레온나토스를 쳐다보고 있던 알렉산드로스가 그에게 물었다.

"그런데 장군은 동의하지 않는 거요?"

"저는…… 사실은 동의합니다만……."

레온나토스가 뭔가 적당한 대답을 찾는 동안 회의에 참석했던 사람들은 모두 자리에서 일어서고 있었다. 대왕의 결론에 더 이상 반론을 제기할 수 없었기 때문이었다. 알렉산드로스는 그들을 출입문까지 배웅했다.

며칠 뒤, 대왕과 동료들은 원정대의 절반이 넘는 병사들을 이끌고 반역자들이 기다리고 있는 계곡 입구로 향했다. 그들은 여름 내내 전투를 해서 몇몇 요새를 함락시켰다. 하지만 험한 지형, 급습과 후퇴를 반복하는 적들의 분명치 않은 작전 때문에 전과는 제자리걸음을 했다. 날씨가 점점 나빠지고 식량도 바닥났다. 할 수 없이 알렉산드로스는 부대를 이끌고 다시 마라칸다로 향했다.

하지만 크라테로스의 경우는 달랐다. 뒤에 처져 있던 그는 박트라에 당도하기도 전에 주둔군 사령관이 보낸 전령과 만났다.

"스피타메네스가 박트라 주변을 공격해 들녘과 마을을 약탈했습니다. 우리 주둔 부대는 첫 출격에서 패했습니다. 그러다가 최근에 스피타메네스를 추격하기 위해 두 번째 출격을 했지만 지금 급박하게 원군을 필요로 하고 있습니다."

크라테로스는 예감이 좋지 않았다. 그는 스피타메네스의 교활함을 잘 알고 있었다. 그가 박트라 근교를 급습한 것은 수도의 수비대를 야전으로 유인해 전멸시키기 위한 미끼였다. 크라테로스는 자신의 예감을 거의 확신하고 있었다.

"주둔 부대가 어느 쪽으로 갔느냐?"

크라테로스가 전령에게 물었다.

"저쪽으로 갔습니다."

전령이 사막으로 이어지는 길을 가리켰다.

"잠시 휴식을 취한 다음 우리도 저쪽으로 갈 것이다."

크라테로스가 결정했다.

"우리가 지금 수도로 들어가는 것은 쓸모 없는 일이다."

새벽이 되기 전, 그들은 다시 행군했다. 급류의 도하 지점을 건너 아카시아나무와 키 작은 관목들이 늘어서 있는 좁은 가로수 길로 접근했다. 그 길은 잠복하기에 이상적인 곳이었다.

헤타이로이 제2기병대 지휘관인 코이노스가 크라테로스에게 급박하게 소리쳤다.

"저쪽을 보십시오!"

그가 손가락으로 하늘을 가리켰다.

"뭘 말인가?"

크라테로스가 한 손을 이마에 대며 물었다.

"독수리떼입니다."

장교가 우울하게 대답했다.

등골이 오싹한 광경이 그들의 눈앞에 나타났다. 목이 잘리거나 가죽이 벗겨진 마케도니아 병사들의 시체가 여기저기에 나뒹굴고 있었다. 뾰족한 나무에 찔려 죽은 병사도 있고 고문을 당한 흔적이 역력한 채 나무에 묶여 있는 병사도 있었다. 옛 호위대 장교이자 깜둥이 장군의 친구인 두 지휘관은 십자가에 못이 박혀 있었다.

"어떻게 해야 합니까?"

코이노스가 침울하게 물었다.

"전 기병대를 소집하라. 지금 공격한다. 보병대는 강행군으로 기병대를 뒤따르도록 하라."

코이노스는 소집 나팔을 불게 했다. 기병대는 참극이 벌어진 들판을 유령처럼 지나쳤다. 크라테로스는 적들이 아군에게 어떤 짓을 자행했는지 병사들이 두 눈으로 똑똑히 보길 바랐다. 적들을 추격하러 돌진하기 전에 그들의 마음속에 끝없는 분노와 복수의 갈증이 타오르게 하고 싶었다.

좁은 가로수 길은 대초원으로 이어져 있었다. 길이 넓어지자 크라테로스는 6백 명의 병사들을 다섯 줄로 정렬시켰다.

"난 적들을 잡아 사지를 갈기갈기 찢어 죽이기 전에는 멈추지 않을 것이다. 내 뒤를 따르라, 병사들이여. 저들이 여러분의 전우들에게 한 짓을 기억하라!"

적들이 지나간 흔적은 뚜렷이 남아 있었다. 기병대는 열을 흐트러뜨리지 않고 그 흔적을 따라갔다. 그들이 말을 달려가자 먼지구름이 일었다. 그들이 대초원의 낮은 지역을 지나 긴 구릉 위로 올라가자 산허리가 낮은 초원을 가로막고 있었다.

코이노스는 크라테로스와 함께 선두부대의 선봉에 서 있었다. 그는 3스타디온도 채 떨어지지 않은 곳에서 무심코 말을 타고 걸어나오는 적 기병대를 발견했다.

"적이다!"

크라테로스가 외쳤다.

"나팔을 불라, 돌격이다! 멈추지 마라, 병사들! 적들을 전멸시켜라. 한 놈도 남기지 말고 다 죽여라!"

공격을 알리는 나팔소리가 여러 번 울려퍼졌다. 그러자 산사태가 일어난 것처럼 기병대가 아래쪽으로 달려갔다. 땅이 흔들리고 나팔소리와 맹렬한 공격의 함성이 공기를 갈라놓았다. 갑작스런 공격을 당한 스피타메네스는 박트리아나인들과 스키타이 마사게타이인들로 구성된 부대를 이끌고 정면으로 대응해왔다.

마케도니아 기병대는 일제히 창을 겨누고 그들을 향해 달려들었다. 첫 번째 충돌에서 1백여 명의 스피타메네스의 병사들이 창에 찔려 말발굽 아래 쓰러졌다. 전투의 중심 부분이 혼란에 휩싸이자 스피타메네스의 병사들은 이리저리 흩어졌다. 그들은 양 날개 쪽에서 교란작전을 펴며 마지막 저항을 시도했다. 하지만 크라테로스는 다시 병사들을 소집해 밀집대형을 만들고 최후의 공격을 가했다. 한 시간도 채 안 되어 남아 있던 스피타메네스의 부대는 전멸하고 말았다. 총독은 불과 몇백 명의 스키타이 마사게타이 병사들과 함께 사막으로 달아났다.

크라테로스는 더 이상 뒤좇지 않고 전사한 병사들의 장례식을 거행해 주기 위해 되돌아왔다. 그는 먼저 코이노스를 불렀다.

"우리가 누구와 싸웠는지 아나?"

"스키타이인들입니다."

"그 중에서도 마사게타이인들이지. 3백여 년 전 키루스 대왕을 무찌른 부족이라네. 그들에게 공포를 심어줘 다시는 공격하지 못하도록 만들어야 해…… 절대. 내 말 알아듣겠나?"

"알겠습니다. 제게 장군님께서 가지고 계신 노포와 아그리아인 1개 부대를 주십시오."

코이노스가 말했다. 크라테로스는 승낙했다. 그는 헤타이로이 병사들을 이끌고 주둔군이 학살당했던 곳으로 향했다. 병사들은 무기를 내려 놓고 시체들을 수습했다. 사지가 잘리고 조각난 시체들은 다시 원래대로 맞추었다. 병사들은 눈물을 흘리며 시체들을 전쟁터 가장자리로 옮겼다. 다른 병사들은 나무를 잘라 장례용 장작을 쌓았다.

코이노스는 노포가 도착하기를 기다렸다. 그리고 아그리아인들에게 죽은 스키타이 마사게타이 병사들의 목을 자르게 했다. 그런 다음 아르타코에네스와 경계를 이룬 스키타이인들의 땅으로 이동했다. 강 건너편에는 적 기병대가 적당한 거리를 유지한 채 삼엄한 경계를 펼치고 있었다. 코이노스는 노포를 무장시킨 다음 잘라온 머리를 강 건너편으로 떼지어 쏘게 했다. 잘린 머리가 건너편으로 날아가 그들의 말발굽 아래에 떨어졌다.

그제야 코이노스는 행군 진로를 바꿔 본 부대가 있는 곳으로 돌아왔다. 그들은 박트라 쪽으로 행군했다. 그리고 스피타메네스에게 동조했던 마을을 하나둘 굴복시켰다.

　한편 알렉산드로스와 함께 전투를 했던 원정대는 얼마 전부터 마라칸다에서 숙영하고 있었다. 페르시아 장교들은 그곳에서 박트리아나와 소그디아나로부터 가능한 한 젊은 병사들을 모집했다. 모집된 병사들은 곧 알렉산드로스 부대 소속이 되었다. 이제 알렉산드로스의 부대는 7년 전 펠라를 떠날 때와 전혀 딴판이었다. 원주민들을 원정대에 가담시킨 탓에 알렉산드로스의 적들은 병사들을 모으기가 점점 힘들어졌다. 그런 면에서 원정대는 소정의 성과를 거두고 있었지만 왕의 동료들은 대부분 그와 같은 작전은 단념하라고 말렸다. 동료들의 압박은 왕의 명성에 적지 않은 흠집을 내기도 했다.

　이런 상황을 무마시키려고 알렉산드로스는 연회를 벌였다. 그런데 페르시아 장교들도 연회에 참석하자 다시 마케도니아인들은 긴장했다. 사람들은 왕 못지않게 페르시아의 풍습을 존중하고 동양식으로 옷을 입고 다니는 헤파이스티온에게도 반감을 품었다.

　그 즈음, 협상을 하기 위해 많은 사절단이 마라칸다에 도착했다. 그들 중에는 옥수스 강 저편에 사는 스키타이 부족장도 있었다. 왕은 '엎드려 절하기'인 페르시아식 인사를 받으며 모든 이들을 맞았다. 그리고 종종 칸디스를 입고 삼중관을 쓴 채 손님을 맞이하기도 했다. 결국 이러한 행위들이 점점 더 불화를 심화시켰다.

　게다가 그리스와 아나톨리아에서 철학자, 예언자, 웅변가, 시인과 배우들이 원정대를 찾아왔다. 왕의 명성에 매혹되었을 뿐 아니라 원정대가 어마어마한 부를 소유하고 있다는 소문을 들은 그들은 막대한 재산 중 일부라도 손에 넣어보려는 속셈으로 몰려든 사람들이었다. 알렉산드로스는 그들에게도 연회를 베풀어주었다. 그들로 인해 그리스의 한 부분이 이 멀고 먼 곳까지 옮겨온 것 같았다. 철학적인 대화나 웅변가의

논쟁에 귀기울이기를 좋아하는 그의 천성도 이 북적거림에 한몫 거들었
다. 하지만 이곳에 몰려든 사람들은 대부분 왕에게 호감을 사려는 생각
밖에 없었다. 그들은 온갖 방법을 동원해 왕의 비위를 맞추기에 급급했
다. 종종 현학적인 기교를 사용해 상황을 뻔뻔스러울 정도로 애매모호
하게 만드는 사람도 있었다. 이것 역시 왕의 친구들과 마케도니아인들
을 화나게 만들었다. 그에 비하면 왕의 친구들은 알렉산드로스와 무덤
덤한 친구관계를 유지하고 있었다. 고작 친숙한 표현이라고 해봐야 뺨
에 입을 맞추는 정도였다.

어느 날 한 남자가 그리스로부터 왕에게 바칠 무화과, 아몬드, 호두
등을 가지고 왔다. 왕은 일일이 그 열매들을 맛보았다. 그 맛이 너무 좋
아 왕은 깜둥이 클레이토스에게 그 중 일부를 보내야겠다고 생각했다.
페르시아식 의전 문제로 깜둥이 장군과 수없이 티격태격하고 난 뒤였다.
그뿐 아니라 궁정과 군대에 페르시아인들과 아시아인들을 받아들이려
는 알렉산드로스의 의지가 클레이토스의 반감을 사고 있었다. 이에 대
왕은 자신의 변함없는 애정을 그에게 표시하고 싶었다.

클레이토스는 화를 잘 내고 오만한 성격을 지니긴 했지만 신앙심이
깊은 사람이었다. 왕의 부름을 알리러 전령이 도착했을 때 그는 양 몇
마리를 신에게 제물로 바치고 있었다. 왕이 부른다는 소식을 전해들은
클레이토스는 준비한 양의 반만 제물로 바친 상태였다. 때문에 그는 남
은 양 두 마리가 자기 뒤를 따라오고 있다는 사실조차 알아차리지 못한
채 부랴부랴 궁전으로 향했다.

뒤따르는 양과 함께 그가 궁전 뜰로 들어서자 알렉산드로스가 웃음을
터뜨렸다.

"깜둥이 장군! 어쩌다 목동이 되었나요?"

하지만 그 양들이 이미 신에게 제물로 바쳐진 짐승이라는 것을 알았
을 때 알렉산드로스는 당황했다. 왕은 클레이토스에게 말린 과일 선물

을 준 뒤 그가 떠나자마자 아리스탄드로스를 불렀다. 상황을 전해들은 점술가의 표정이 어두워졌다.

"좋지 않은 징조입니다."

점술가가 대답했다.

바로 그날 밤, 점술가에게 들은 말 때문인지 알렉산드로스는 꿈속에서 클레이토스를 보았다. 머리부터 발끝까지 검은색 옷을 입은 그가 죽은 파르메니오의 세 아들 곁에 앉아 있었다. 알렉산드로스는 고통 속에서 잠이 깼다. 그는 자신을 사로잡는 무거운 고통을 쫓아버리기 위해 그날 밤 연회를 열었다. 자주 대립하긴 했지만 알렉산드로스는 클레이토스에게 깊은 애정을 느끼고 있었다. 어릴 적 알렉산드로스에게 젖을 먹인 사람은 클레이토스의 여동생이었다. 이것은 마케도니아의 전통으로 볼 때 혈연관계라고 할 만큼 친밀한 관계였다.

그날 밤, 페르디카스가 연회의 주관자로 지명되었다. 그는 항아리 두 개를 준비했다. 하나는 마케도니아인들을 위한 것으로, 전혀 물을 섞지 않은 포도주를 담았고 다른 하나는 그리스인들을 위한 것으로, 물과 포도주를 1대 1로 섞은 것이었다. 왕은 페르디카스가 페르시아인들을 전혀 고려하지 않았다는 점에서 기분이 언짢았다.

그리스인들 중에는 칼리스테네스 외에 아낙사르코스라는 소피스트가 있었다. 얼마 전 그리스에서 도착했는데, 오만하고 건방지긴 했지만 아주 유능한 사람이었다. 그는 두 명의 시인을 거느리고 왔다. 그들은 자리에 앉자마자 곧 술을 마시고 음식을 게걸스럽게 먹어댔다. 연회가 진행되면서 사람들은 저속한 이야기들을 나누었고 몇몇 '짝'들이 나서서 대담하게 연회의 분위기를 이끌었다. 모두들 지나칠 정도로 술을 마셔댔다. 특히 왕을 비롯해 마케도니아인들은 연회가 중반쯤에 이르자 이미 만취상태가 되었다.

그때 아낙사르코스를 따라온 두 명의 시인 가운데 프라니코스라는 사람이 외쳤다.

"제가 짧은 서사시를 한 편 지었는데, 들어보시겠습니까?"

알렉산드로스가 낄낄거렸다.

"좋지!"

왕의 동의에 용기를 얻은 시인이 자작시를 낭독했다. 그가 낭독하는 시를 듣자 시인의 친구들은 웃음을 터뜨렸다. 하지만 마케도니아인들은 곧 그 시가 무엇을 말하는지 알아차렸다. 그들은 비록 술에 취하긴 했지만 너무나 놀라 입을 다물고 말았다. 그들은 자신들의 귀를 믿을 수 없었다. 그 시는 지난 봄 스피타메네스의 매복에 걸려 전사한 박트라 주둔군의 사령관들을 풍자하는 것이었다. 시인은 특히 그 사령관들의 나이가 많았다는 점을 비웃었다.

창을 들어올릴 힘도 없는
두 노인이 군가를 웅얼거리네,
머리가 다 벗겨져서는
전쟁을 준비하고 공격을 하라고 명령한다네.

클레이토스가 자리에서 벌떡 일어났다. 그리고 자신의 포도주 잔을 시인에게 던지며 소리쳤다.

"닥쳐라, 이 구역질나는 그리스 놈아!"

술에 만취해 있는데다 두 명의 '짝'들 속에서 알몸이 되다시피 있던 알렉산드로스는 상황을 제대로 파악하지 못했다. 하지만 클레이토스가 자신의 그리스인 손님에게 무례하게 대하는 것을 보자 그냥 지나칠 수 없었다. 알렉산드로스가 클레이토스를 향해 소리쳤다.

"어떻게 그런 짓을 할 수 있지! 사과하고 시를 계속 읊게 하라! 난 그 시가 마음에 든다."

이미 포도주에 취한 클레이토스는 그 말을 듣자 완전히 정신이 나가고 말았다.

"이 꼬마녀석아, 거만하고 뻐기길 좋아하는 어린애야! 어떻게 이런 똥 같은 그리스인이 용감하게 죽어간 두 장교를 모욕하도록 내버려두는 것이냐!"

"지금 뭐라고 했나?"

알렉산드로스는 자신이 치명적인 모욕을 당했다는 걸 비로소 알아차렸다.

"난 내가 할말을 했다! 그런데 넌 대체 네가 누구라고 생각하는 거지? 정말 제우스 아몬의 자식이라고 믿고 있나? 광신자인 네 어머니가 신의 아들이라고 꾸며낸 이야기를 믿고 있는 건가? 어리석은 네 어머니의 행동들을 믿고 있는 거냔 말이다. 한번 네 자신을 봐라! 수를 놓고 레이스까지 달린 여자 옷을 입고 있는 네 꼴이 대체 어떤지 한번 보란 말이다!"

그러면서 클레이토스는 조금 전 처녀들이 벗겨놓은 왕의 옷을 가리켰다. 알렉산드로스의 얼굴이 새하얗게 질렸다. 그는 부관에게 미친 듯이 명령했다.

"나팔을 불어 방패부대원들을 소집하라! 나팔을 불라, 명령이다!"

방패부대원을 부른다는 것은 극단적인 경우에만 있는 일이었다. 마케도니아 왕들은 자기 몸에 직접적인 위협이 가해질 때 방패부대원에게 도움을 청했다. 방패부대원이 달려온다는 것은 죄인을 그 자리에서 처형한다는 의미였다.

부관은 아연해져 어쩔 줄 몰라했다. 알렉산드로스는 그런 부관의 얼굴을 주먹으로 후려쳤다. 단 한 방에 부관은 바닥에 나뒹굴었다.

"방패부대원들! 이리 들어오라!"

왕이 계속 소리를 질러댔다. 그러자 클레이토스가 미친 듯이 외쳤다.

"방패부대원들을 실컷 불러보시지! 부르라고, 자! 진실을 알고 있나? 넌 우리가 없으면 아무것도 아니야! 승리를 가져다준 것은 바로 우리야. 전투를 하고 정복을 한 것은 바로 우리라고. 넌 네 아버지의 필리포스 폐하의 발끝도 못 따라간다!"

싸움이 이상한 방향으로 흘러가고 있었다. 놀란 프톨레마이오스가 뒤에서 클레이토스의 어깨를 잡았다. 그리고 밖으로 끌어내려고 애썼다.

"깜둥이 장군님, 그만두세요. 취했어요. 제발 폐하를 모욕하지 말아요! 나갑시다. 자, 나가자고요!"

페르디카스도 힘을 보탰다. 두 사람에 의해 클레이토스가 밖으로 끌어내지는 순간이었다. 클레이토스가 한 손을 빼내 허공에서 휘두르며 외쳤다.

"이봐, 제우스 아들! 이 손 보이나? 보여? 이 손이 바로 그라니코스 강에서 네 목숨을 구했던 손이다. 벌써 잊어버렸나?"

그는 더욱 힘껏 몸부림쳐 프톨레마이오스와 페르디카스의 손에서 벗어났다. 그리고는 다시 제자리로 돌아와 왕에게 고함치며 욕을 해댔다.

알렉산드로스는 식탁에서 사과 하나를 집어들어 그의 얼굴을 향해 던졌다. 하지만 클레이토스는 사과를 피했고 계속해서 왕을 놀리며 앞으로 걸어나왔다. 왕은 자기 뒤에 있던 페체타이로이의 장창 하나를 움켜쥐더니 클레이토스 쪽으로 힘껏 던졌다. 하지만 클레이토스를 맞히려고 한 것은 아니었다. 왕은 창을 던지는 순간에도 클레이토스가 창을 피할 것이고 그 위기를 모면할 것이라고 믿었다. 그저 위협을 가해 물러나게 하려 했을 뿐이었다…… 창을 던지는 그 순간은 마치 인생처럼 길게만 느껴졌다. 창을 던졌던 그 손은 아직도 앞으로 뻗은 상태였다. 그는 창이 목표물에 도착하지 않도록 다시 창을 붙잡고 싶었다. 하지만 알렉산드로스의 바람대로 되진 않았다. 클레이토스는 그를 끌어내려고 애쓰는 프톨레마이오스에게 붙들려 있었다. 왕의 손에서 떠난 창은 클레이토스의 가슴 한복판에 꽂혀 관통해버렸다.

알렉산드로스가 비명을 질렀다.

"안 돼! 깜둥이 장군, 안 돼! 안 돼!"

그는 바닥에 피를 토하는 클레이토스에게로 달려갔다. 하지만 그는 이미 절명한 상태였다. 왕은 클레이토스의 몸에서 창을 빼냈다. 창을 거꾸로 든 그는 클레이토스와 똑같은 고통을 당하기 위해 창날을 향해 몸을 던졌다. 하지만 창에 몸이 닿기 전, 셀레우코스와 프톨레마이오스가 그를 붙잡았다.

왕은 미친 사람처럼 울부짖었다.

"날 놓아줘! 날 놓아줘! 난 살 가치가 없어!"

레온나토스가 달려와 다른 친구들을 도와주었다. 하지만 한 손을 빼낸 알렉산드로스가 검을 움켜쥐고 또다시 자살을 감행하려 했다. 친구들은 그에게서 무기를 모두 빼앗고 다함께 힘을 합쳐 그를 숙소로 옮겼다.

에우메네스는 칼리스테네스와 함께 연회장의 다른 쪽에 멀찌감치 떨어져 있었다. 그는 아무런 행동도 취할 수 없었다. 단지 그는 돌처럼 몸이 굳어져 방금 벌어진 광경을 뚫어지게 바라볼 뿐이었다. 조금 전까지만 해도 피비린내가 진동하던 방 안에는 비현실적인 침묵만 내려앉았다. 연회복을 입고 벽에 꼿꼿이 서 있던 견습기사들은 새파랗게 질린 표정으로 서로의 얼굴을 쳐다보았다. 칼리스테네스가 그들 쪽으로 돌아서서 아리스토텔레스의 말을 인용했다.

"술이 취해 죄를 저지르는 사람은 두 번의 처벌을 받아야 한다. 술에 취했기 때문에, 그리고 범죄를 저질렀기 때문이다."

에우메네스는 자기 귀를 믿을 수 없다는 듯 그를 뚫어지게 올려다보며 물었다.

"대체 자네는 어떤 사람인가?"

그때 견습기사들 중에서 헤르모라오스라는 소년은 감탄이 가득 담긴 눈으로 칼리스테네스를 바라보고 있었다.

사흘 낮과 나흘 밤 동안 알렉산드로스는 죽은 클레이토스의 이름을 부르며 절망적으로 울었다. 그는 음식과 물을 입에 대지 않아 유령처럼 변해갔다. 대왕이 목숨마저 잃을까 노심초사하던 동료들은 아리스탄드로스를 찾아가 도움을 청했다.

점술가는 알렉산드로스의 숙소로 들어가 대왕이 꾸었던 꿈과 제단을 떠난 양들을 상기시키며 오랫동안 대화를 나누었다. 두 사람은 이번 사건이 운명처럼 이미 정해져 있었다는 결론에 도달했다.

아리스탄드로스의 애기는 왕이 일상의 삶으로 돌아올 수 있는 데 많은 도움을 주었다. 하지만 깜둥이 클레이토스의 망령은 밤낮으로 알렉산드로스를 비참하게 만들었다. 시간이 흘렀지만 그는 고통과 자책에서 쉽사리 빠져나오지 못했다. 알렉산드로스는 점점 더 무절제하게 술을 마셨다. 거의 매일 술에 취해 처소로 돌아왔다. 왕의 시중을 드는 견습기사들은 몸도 가누지 못하는 왕을 침대에 눕혔다. 왕은 깊은 잠에 빠져 짐승처럼 코를 골고 트림을 해댔다. 그런 왕의 모습을 수없이 보면서 견습기사들은 조금씩 왕에 대한 경멸감을 품기 시작했다. 언제나 그랬듯이 렙티나만은 아무것도 묻지 않고 다정하게 시중을 들었다. 그녀는 왕이 평정을 되찾게 해달라고 신들에게 소리 없이 빌었다.

초가을, 크라테로스의 부대가 마라칸다로 돌아왔다. 놀라운 사건을 전해들은 크라테로스는 크게 동요했다. 그는 왕과의 불편한 만남을 피하려고 사막 쪽으로 다시 원정을 나섰다. 스피타메네스의 반란에 동조하는 마사게타이 부족들에게 마지막으로 쓰디쓴 교훈을 준다는 핑계였다. 하지만 그는 스피타메네스 총독이 반란을 일으킬 가능성이 전혀 없다는 것을 잘 알고 있었다. 그리고 아르타코에네스 강에서 마사게타이인들의 목을 잘라 노포로 쏘아보낸 일로 인해 공포에 질려 있던 근방의 부족들은 감히 반란을 꾀할 엄두조차 내지 못했다. 이 일로 그 지역에서는 이상한 소문이 나돌았다. 알렉산드로스가 동에 번쩍, 서에 번쩍할 수 있으며 파괴적이고 사나운 힘으로 공격을 가하는 반신반인이라는 얘기였다. 그들은 수령 회의를 소집했다. 그리고 회의를 통해 새로운 정복자와 원만한 관계를 유지해야 하며 그의 분노를 폭발시키면 안 된다는 데 합의했다. 그들은 한밤중에 곤히 잠들어 있는 스피타메네스의 목을 잘랐다. 그리고 그의 머리를 크라테로스에게 보내 자신들의 복종 의사를 분명히 보여주었다.

첫 추위가 찾아들었을 때 마케도니아 원정대의 두 부대는 다시 마라칸다에서 합류해 나우타카로 행군했다. 그곳에서 겨울을 보내기 위해서였다.

49

　다음해 봄, 알렉산드로스는 계속 저항하고 있는 마지막 고립지역들, 특히 소그디아나 요새라 불리는 산 위의 요새를 정복하기 위해 그곳으로 향했다. 그 요새는 접근이 거의 불가능한 독수리 요새로, 용감하면서도 완고한 옥시아르테스라는 총독이 지배하고 있었다. 요새에 접근하려면 지나가기가 거의 불가능한, 좁고 가파른 오솔길을 지나야 했다. 그 오솔길은 천연의 바위 위에 난 길로, 옆으로는 어마어마하게 높고 깎아지른 듯한 낭떠러지가 자리하고 있었다. 그 낭떠러지 위에 성벽이 있고 오솔길은 그 성벽에 달린 단 하나의 문으로 이어졌다. 성벽은 1년 내내 얼음으로 덮여 있는 절벽에 기대어 있었다. 요새 위로 우뚝 솟아 있는 절벽의 높이는 1천 피트는 됨직했다.

　알렉산드로스는 옥시아르테스의 항복을 받아내기 위해 전령과 통역관을 오솔길로 올려보냈다. 하지만 옥시아르테스는 높은 성벽 난간 위에서 소리쳤다.

　"우린 절대 항복하지 않을 것이다! 우리에겐 충분한 식량이 있다. 몇 년 동안이라도 저항할 수 있다. 그동안 너희는 추위와 기아로 얼어죽을 것이다. 너희 왕에게 전하라. 날개 달린 병사들이 있다면 내 요새를 정복할 수 있다고.”

“날개 달린 병사들이라고?”

전령이 옥시아르테스의 대답을 전하자 알렉산드로스가 그 말을 따라했다. 디아데스가 눈에서 반사되는 빛 때문에 손으로 차양을 만들며 하늘을 올려다보았다.

“폐하께서 혹시 다이달로스와 이카로스[17]를 생각하셨다면, 불행하게도 그것은 전설에 불과하다는 것을 상기시켜드립니다. 누군가에게 날개를 만들어준다 해도 인간은 결코 날 수 없습니다. 제 말을 믿으십시오. 이것은 불가능한 모험입니다.”

“난 불가능이란 말을 모른다. 한때는 자네도 그 말을 몰랐네, 친구. 자네가 늙어가고 있는 것 같아 두렵군.”

왕이 대답했다.

디아데스는 어찌할 바 몰라하며 자리를 떴다. 그는 많은 궁리를 했지만 이런 곳에서 공격할 수 있는 묘안이란 있을 수 없다고 결론지었다.

잠시 후 알렉산드로스는 전령을 불러 자신의 명령을 전하라고 했다. 전령은 한밤중에 전 병영을 돌아다니며 왕의 명령을 전했다. 거의 2천 피트의 높이에 이르는 절벽에 오를 병사에게는 그 누구를 가리지 않고 20탈렌트를 주겠다는 것이었다.

“20탈렌트라니? 너무 많은 액수 아닌가?”

에우메네스가 물었다.

“불가능한 모험에는 적당한 액수지.”

알렉산드로스가 미소를 지으며 말했다.

---

17) 그리스 신화에 나오는 발명가 다이달로스의 아들. 아버지가 밀랍으로 만든 날개를 달고 태양에 너무 가까이까지 날아갔기 때문에 날개가 녹아 떨어져 죽었다고 한다.

“5대가 먹고살고도 남는 액수야. 난 돈이라면 틀림없이 인간에게 날개를 달아줄 거라고 믿네.”

한 시간도 채 안 되어 3백여 명의 자원자가 나왔다. 그 중 절반 이상이 아그리아인들이었고 나머지는 마케도니아인들이었다. 그들은 모두 험한 산악지대 출신이었다.

“좋은 생각이 떠올랐습니다.”

그들 중 가장 상급자인 듯한 남자가 말했다.

“아그리아인의 칼은 여기서 도움이 되지 않습니다. 저희는 철로 만든 예리한 천막 말뚝을 사용할 겁니다. 망치로 얼음에 말뚝을 박아놓고 밧줄을 연결해 한 번에 한 명씩 올라갈 겁니다. 저희는 해낼 수 있습니다.”

“나도 그렇게 믿는다. 에우메네스 서기장이 여러분에게 깃발을 줄 것이다. 정상에 도착하자마자 깃발을 흔들라. 그러면 이쪽에서 나팔을 불 것이다. 여러분은 그때 요새에서 볼 수 있게 몸을 내밀기만 하면 된다.”

어둠이 내리자 믿을 수 없는 모험이 시작되었다. 병사들은 어깨에 밧줄과 말뚝을 짊어지고 낭떠러지로 다가갔다. 그들은 곧 얼음에 말뚝을 박으면서 한 사람씩 기어올랐다.

왕을 비롯한 동료들도 그날 밤 자리에 눕지 않았다. 그들은 산 위쪽으로 고개를 향한 채 밤을 새웠다. 병사들은 엄청난 노력을 기울이며 얼음벽을 서서히 기어올랐다. 자정 무렵에는 바람까지 불어왔다. 뼛속까지 파고드는 차가운 바람이었다. 하지만 전사들은 등반을 멈추지 않았다. 새하얀 빙벽을 오르는 검은 점들이 보일락말락했다.

절벽을 오르던 병사들 중 30여 명은 허공으로 떨어져 바위 위에서 산산조각이 나고 말았다. 하지만 2백70여 명의 병사들은 새벽 햇살이 비추기 시작할 무렵, 절벽 위에 도착해 있었다.

“깃발이다!”

페르디카스가 산 위에서 휘날리는 빨간 점을 가리키며 외쳤다.

"그들이 해냈어!"

"오, 신들이시여!"

에우메네스가 감격해 소리쳤다.

"다른 사람들은 이런 일이 벌어졌다는 이야기를 들어도 절대 믿지 못할 거야. 빨리 나팔을 불게."

에우메네스의 지시를 받은 나팔수가 나팔을 불었다. 날카로운 나팔소리가 계곡의 고요를 여지없이 깨뜨려놓았다. 나팔소리는 절벽에 부딪치며 수많은 메아리를 만들어냈다. 전사들은 절벽 위에서 몸을 앞으로 내밀고 요새의 병사들이 들을 수 있도록 고함을 질러댔다. 성벽 위의 보초들은 처음에 그 소리가 어디서 들려오는지 알 수 없었다. 그러다가 눈을 들었고 절벽 위에 있는 알렉산드로스의 병사들을 발견했다. 그들은 총독을 깨우러 달려갔다. 옥시아르테스는 병사들의 말을 믿지 못한 채 복도로 달려나왔다. 잠시 후 알렉산드로스의 전령이 요새로 올라와 소리쳤다.

"당신이 보았듯이, 우리 병사들에겐 날개가 달려 있소. 우리에겐 이런 병사들이 아주 많소. 어떻게 하겠소?"

옥시아르테스는 다시 위쪽을 쳐다보았다. 그리고 아래쪽도 내려다보았다.

"항복하겠소. 가서 왕을 맞을 준비가 되어 있다고 전하시오."

그가 대답했다.

알렉산드로스는 동료들과 정예부대의 헤타이로이들을 이끌고 다음 날 저녁 무렵 요새로 올라갔다. 옥시아르테스가 문 앞에 나와 그들을 맞았다. 두 사람은 서로 예의를 갖춰 인사말을 주고받았다. 그런 다음 왕은 동료들과 함께 소그디아나식으로 준비해놓은 연회장으로 안내되었다. 식탁을 가운데 두고 부드러운 방석이 두 줄로 놓여 있었다. 왕은 옥시아르테스 앞에 앉았다. 하지만 곧 그의 시선은 집주인의 오른쪽에 앉아 있는 사람에게로 끌렸다. 옥시아르테스의 딸인 록사네였다.

아름다운 얼굴에 여신 같은 몸매를 지닌 처녀였다. 그곳 주민들이 '작은 별'이라고 부를 만큼 신화적인 존재였다. 그녀는 알렉산드로스를 향해 진주 같은 이를 드러내며 미소를 보냈다. 그녀의 얼굴은 가냘파 보였지만 아주 완벽했으며 속눈썹은 길고 윤이 났다. 대리석처럼 매끄러운 피부는 엷은 호박색을 띠었다. 푸른빛이 도는 까만 머리카락 사이로 청순해 보이는 이마가 드러났다. 그녀가 머리를 움직일 때면 강렬하면서도 부드러운 보라색 눈이 머리카락에 가려졌다.

두 사람의 눈길이 마주쳤다. 회오리 같은 격정이 그들을 휘감았다. 그들에게는 더 이상 아무것도 존재하지 않았다. 동료들의 목소리가 멀리 사라졌고 연회장이 텅 빈 것 같았다. 인도 하프의 멜로디만 팽팽한 공기 속을 떠돌다가 그들의 영혼과 육체 속으로 파고들었다. 심지어 그들의 목소리까지 하프의 멜로디가 묻어났다. 서로 다른 언어를 사용하긴 했지만 그들의 목소리에는 말로 표현할 수 없는 격정과 감미로운 감정이 담겨 있었다.

순간 알렉산드로스는 진정한 사랑이 무엇인지를 깨달았다. 뜨거운 욕정, 애정, 감탄 등을 경험했지만 사랑을 해본 적은 단 한 번도 없었던 것 같았다. 그는 바로 이 순간 느끼는 이 감정, 이것이 바로 사랑이라고 생각했다. 가슴 떨리는 갈망, 그녀에 대한 끊임없는 갈증, 깊은 평화와 함께 느껴지는 통제할 수 없는 불안감. 바로 이 행복감과 두려움이 사랑이 아닐까 하고 그는 생각했다. 시인들이 '가혹한 신'이라고 말해왔던 바로 그 사랑이었다. 피할 수도, 이길 수도 없는 힘이었다. 정신과 감각이 온통 혼란 속으로 빠져들면서도 벅차게 느껴지는 이 행복감이야말로 사랑이었다. 그 순간 그는 과거의 피비린내 나는 망령들과 고뇌와 공포를 잊었다. 끝이 없을 것 같던 그의 불안감은 그녀의 보라색 눈 속에서, 여신 같은 미소 속에서 순식간에 사라져버렸다.

다시 정신을 차렸을 때 알렉산드로스는 사람들이 모두 두 사람을 쳐다보고 있음을 알아차렸다. 알렉산드로스는 자리에서 일어나 옥시아르테스 앞에 섰다. 그리고 감동으로 빛나는 눈빛에, 단호한 목소리로 말했다.

"불과 몇 시간 전까지 우리는 적이었습니다. 하지만 지금 나는 영원히 변치 않을 우정을 맺자고 제의하고 싶소. 이 우정과 지금 이 순간 내가 느끼는 깊고 진지한 사랑을 분명히 하기 위해 당신의 딸을 내 아내로 맞아들이고 싶소."

통역관이 통역을 끝내자 그가 록사네 쪽으로 돌아서서 말했다.

"따님이 원한다면 말입니다."

록사네가 자리에서 일어섰다. 그리고 낭랑한 목소리로 대답했다. 알렉산드로스의 이름만은 정확히 발음해 마치 그의 친구들이 이름을 부르는 것 같았다.

"당신을 영원히 사랑할 거예요, 알렉산드로스."

사흘 후, 결혼식은 성대하게 치러졌다. 알렉산드로스는 페르시아식대로 빵을 사용했으나 마케도니아식대로 그 빵을 검으로 잘랐다. 신랑과 신부는 서로의 눈을 바라보며 빵을 먹었다. 그들은 생명이 다하는 날까지 서로 사랑할 것을 다짐했다. 록사네는 페르시아 예복을 입고 있었다. 빨간색 튜닉 위에 파란색 겉옷을 입고 황금 벨트로 허리를 묶었다. 머리에는 청금석이 달린 순금 왕관을 썼고 얼굴 위에는 베일이 드리워졌다.

예식 후 베풀어진 연회에서 왕은 거의 술을 입에 대지 않았다. 그는 신부의 손을 잡고 그녀의 귀에다 나지막하게 속삭였다. 위대한 시인들의 시, 꿈들, 언약의 말들, 사랑의 밀어들이었다. 고뇌에 빠져 있던 알렉산드로스의 영혼은 신부의 눈 속에서, 그리고 그가 쓰다듬고 있는 손에서 안식처를 찾았다. 그녀의 눈에서는 꾸밈이 없는, 대담하고도 뜨거운 사랑의 감정이 발산되었다. 그녀가 숨을 쉴 때마다 아름다운 가슴이 들썩거렸고 빰은 발그레하게 물들었다. 왕은 갑작스럽게 찾아온 이 낯선 감정의 의미를 찾아보려고 애썼다. 또한 그는 이 감정이 변함없이 뜨겁게 오래도록 지속되기를 바랐다.

마침내 두 사람만 남자 록사네는 눈을 내리깔고 옷을 벗었다. 서서히 여신 같은 몸매가 드러났다. 그녀에게서 풍기는 향기가 신방을 가득 메웠다. 알렉산드로스는 강렬하고도 깊은 감동에 사로잡혔다. 눈보라가 몰아치는 빙판 위를 행군하다가 따뜻한 목욕물 속에 들어온 기분이었다. 오랫동안 사막을 헤매다가 맑은 샘물을 마신 기분이었다. 악행과 잔인함과 야수성을 경험한 후 다시금 새로운 남자로 태어나는 기분이었다.

그녀를 안았을 때, 그녀의 알몸이 피부에 닿았을 때, 경험이 없는 그녀의 입술을 찾았을 때, 그리고 그녀의 가슴과 배와 음부를 애무했을 때 그의 눈은 감동으로 빛났다. 그는 지금까지 단 한 번도 시도해보지 않은 대담함과 강렬함으로 그녀를 사랑했다. 그들의 몸이 오르가슴에 도달했을 때 그는 그녀의 자궁 속으로 자신의 인생 모두를 쏟아부었다. 모든 도시를 압도했던 야성적인 힘, 동정심이나 연민을 포기하며 신성한 감정들을 짓밟게 만들었던 그 야성적인 힘의 비밀을 그녀의 자궁 속에 모두 쏟아부었다.

그는 힘을 잃고 그녀 옆에 누워 잠이 들었다. 그리고 강철판처럼 검고 평평한 하늘 밑으로, 아무도 가본 적이 없는 멀고 먼 길을 가고 있는 자신을 꿈에서 보았다. 하지만 그는 조금도 두렵지 않았다. 록사네의 체온이 부드러운 옷처럼 그를 휘감았고, 어린 시절을 연상시킬 만큼 나른한 행복감에 빠져들게 했기 때문이었다.

알렉산드로스는 잠에서 깨어나 곁에 누워 있는 록사네를 보았다. 그녀는 더욱 아름다운 모습으로 그에게 머리를 기대왔다. 그는 부드럽게 그녀를 쓰다듬으며 말했다.

"이제 나는 떠나야 하오, 내 사랑. 이 세상의 끝, 갠지스 강의 도시들, 황금빛 호수의 청로떼, 파탈리푸트라의 무지갯빛 공작을 보기 전에는 결코 행군을 멈추지 않을 것이오"

알렉산드로스는 또다시 원정 준비를 시작했다. 그는 박트리아나와 소그디아나에서 아시아 병사들을 징발해 군대를 재정비했다. 알렉산드로스에 대한 아시아인들의 신뢰감은 록사네 공주와의 결혼으로 더욱 견고해졌다. 게다가 마케도니아식으로 훈련받은 페르시아 병사 2천여 명이 새로이 도착했다. 그들은 제국의 중앙을 통치하는 총독들이 징발한 병사들이었다. 알렉산드로스는 그의 신하들이 똑같은 대우를 받아야 하는 것처럼, 페르시아 의식과 '엎드려 절하기' 관습을 그리스인들과 마케도니아인들도 받아들여야 한다고 생각했다. 하지만 마케도니아인들의 항의는 거셌다. 그 중에서도 칼리스테네스는 왕의 요구가 부당하다며 정면으로 맞섰다.

칼리스테네스가 왕에게 물었다.

"대체 고국으로 돌아갔을 때 어떻게 하실 생각입니까? 가장 자유로운 그리스인들에게도 이런 방식을 요구하실 건가요? 신에게 경배할 때만 사용하는 의식을 폐하를 향해서도 사용하라고 하실 건가요? 그리스인들은 아시아 사람들과 다릅니다. 그리스인들은 헤라클레스가 살아 있을 때도, 그가 죽어 델포이의 신탁이 요구했을 때도 신들에게 바치는 것처럼 경배를 하진 않았습니다. 폐하는 이 이방인들의 왕과 자신을 동일시하고 싶으신 것입니까? 하지만 그들이 어떻게 되었는지 잘 생각해보십시오. 캄비세스는 에티오피아인들에게 살해되었고, 다리우스는 스키타이인들에게, 크세르크세스는 그리스인들에게 패했습니다. 그리고 아르타크세르크세스도 크세노폰의 '1만 병사'에게 패했습니다. 모두들 우리 같은 자유인에게 패했습니다. 우리가 이방인들의 땅에 와 있는 이상 어떤 때는 이방인들과 같은 방식으로 생각해야 할 경우도 있습니다. 하지만 제발 부탁드립니다, 그리스를 생각하십시오! 스승님의 가르침을 잊지 마십시오. 마케도니아인들이 대체 어떻게 자신들의 왕을 신으로 받아들일 수 있겠습니까? 그리스인들이 한낱 동맹의 맹주를 어떻게 신으로 받아들일 수 있겠습니까? 인간은 인간과 악수를 하고 입을 맞출 수 있습니다. 신들을 위해서는 신전을 세우고 제물을 바치며 찬가를 부릅니다. 인간을 존경하는 것과 신을 숭배하는 것은 다릅니다. 폐하는 인간들 중 가장 용감하시고 위대하십니다. 따라서 인간이 받을 수 있는 최고의 존경을 받으실 수 있습니다. 그러니 제발 이것으로 만족하십시오. 자유인들이 폐하께 경의를 표하는 것으로 만족하십시오. 그들이 노예처럼 폐하 앞에 엎드리기를 원치 마십시오!”

칼리스테네스의 말을 듣고 있던 알렉산드로스가 맥없이 고개를 숙였다. 왕의 곁에 있던 사람들은 모두 그가 중얼거리는 소리를 들었다.

“자네들은 나를 이해하지 못해……. 이해하지 못하네…….”

견습기사들의 대장으로서 왕 근처에 서 있던 헤르모라오스도 그 말을 들었다. 예전에 알렉산드로스의 목숨을 구해주었던 견습기사 키벨리노스는 스키타이인들과의 전투가 벌어졌던 기간 동안 고열에 시달리다가 사망했다. 키벨리노스의 뒤를 이어 견습기사의 새로운 대장이 된 소년이 바로 헤르모라오스였다. 그는 칼리스테네스를 존경하고 알렉산드로스를 경멸하는 소년이었다. 그는 거의 모든 시간을 칼리스테네스의 충고와 가르침을 듣는 데 바쳤다. 그래서 간혹 근무를 소홀히 하기도 했다.

왕은 ‘엎드려 절하기’를 하고 싶지 않은 사람에게는 강요하지 않겠다고 말했다. 그렇다고 마케도니아인들의 불만을 완전히 잠재운 것은 아니었다. 불만자들 중에는 알렉산드로스를 막대한 부와 권력에 눈이 어두운 독재자로 낙인찍는 경우가 많았다.

불행하게도 불만은 불평과 험담만으로 그치지 않았다. 다시 한 번 음모가 꾸며졌다. 왕을 살해하기 위한 음모였다. 이번 음모는 왕과 가장 가까이 근무하는 사람들, 바로 왕의 취침시간 때 왕을 지키는 임무를 지닌 견습기사들 사이에서 싹이 텄다.

이 끔찍하고 고통스러운 드라마는 원정대가 박트리아나로 돌아온 후에 벌어졌다. 알렉산드로스는 멧돼지 사냥대회를 열어 동료들에게 오락거리를 제공했다. 페리타스와 여러 마리의 개들이 멧돼지를 추격했다. 그러던 중 갑자기 멧돼지 한 마리가 관목덤불에서 뛰쳐나와 왕을 공격했다. 바로 그때 헤르모라오스는 견습기사의 대장이라는 직위 때문에 왕과 아주 가까운 곳에서 말을 타고 있었다. 알렉산드로스는 급히 옆으로 피하며 투창을 움켜쥐었다. 하지만 승리를 쟁취하고 싶은 욕심에 차 있던 헤르모라오스가 맨 먼저 멧돼지를 공격했다. 그리고 왕 앞에서 멧돼지를 잡아 쓰러뜨렸다.

그것은 너무나 큰 실수였다. 그 행동은 자신의 오만함을 드러낸 것이었으며 궁정의 전통과 의례를 무시한다는 표시였다. 이런 경우에는 왕만이 직접 견습기사에게 형벌을 내릴 수 있었다. 알렉산드로스는 청년을 묶고 채찍질을 하게 했다.

나이 어린 소년에게는 가혹한 형벌이었다. 하지만 마케도니아 궁정의 관습으로 보면 규정에 어긋나는 건 아니었다. 마케도니아에서는 어릴 때부터 모두 그와 같은 식으로 벌을 받았다. 레온나토스의 등에는 아직도 그때 맞은 매의 흔적들이 남아 있었다. 뿐만 아니라 헤파이스티온과 리시마코스 역시 규율에 어긋나는 행동을 해 레오니다스 선생이나 다른 군사 교관들에 의해 여러 번 체벌을 받았다. 마케도니아인들은 벌 역시 고통을 인내하는 훈련의 일종으로 여겼다. 복종을 몸에 익히고 육체와 정신을 단련시키기 위한 하나의 방법이라고 생각했던 것이다.

그러나 헤르모라오스는 참을 수 없는 굴욕이며 부당한 처벌이라고 생각했다. 그날부터 그는 왕에 대한 깊은 원한을 품게 되었다. 그 원한은 점점 커져 급기야 왕을 암살하려는 계획을 세우기에 이르렀다. 잠들어 있는 왕을 죽이는 일쯤은 너무나 쉬운 일로 여겨졌다. 하지만 모든 일을 혼자 해결할 수 없었다. 그가 도망갈 수 있도록 길을 열어줄 사람이 필요했다. 칼리스테네스의 자유사상에 도취되어 있던 그는, 자신이 독재자에 대항해 싸우는 아테네 시민이라고 착각했다. 뿐만 아니라 그는 왕에게 봉사하는 임무를 맡은 견습기사라는 사실을 깨닫지 못했다. 그리고 자신이 존경해 마지않는 칼리스테네스마저 의식주를 알렉산드로스에게 전적으로 의지하고 있다는 사실을 미처 생각하지 못했다.

어린 청년들이 그렇듯, 헤르모라오스는 분별 없이 에피메네스라는 친구에게 속마음을 털어놓았다. 그러자 에피메네스는 자신이 맹목적으로 신뢰하고 있는 칼리클레스에게 이야기했고, 칼리클레스는 에피메네스의 형인 에우리로코스에게 이 사실을 전했다. 에우리로코스는 펄쩍 뛰며 그들을 말렸다.

"미쳤니? 너희는 그런 일을 할 수 없어."

어느 날 한 막사에 모였을 때 에우리로코스가 말했다.

"우리는 할 수 있어. 그리고 우리는 온 세상을 야수로부터, 가증스러운 독재자로부터 구해내는 거야."

헤르모라오스가 대답했다. 하지만 에우리로코스가 고개를 가로저었다.

"그때 일은 네가 잘못했던 거야. 폐하가 제일 먼저 창을 던져야 한다는 건 너도 잘 알잖아."

"왕은 쓰러져 있었어. 그런데 어떻게 창을 던질 수 있다는 거지?"

"바보 같은 소리 하지 마. 알렉산드로스 폐하는 절대로 쓰러지지 않았어. 하여튼 너희가 어떻게 왕을 암살할 생각을 할 수 있지?"

"물론 생각할 수 있어. 알렉산드로스보다 훨씬 뛰어난 필리포스 왕이 어떻게 죽었는지 생각해보라고. 그리고 암살범은 아직도 밝혀지지 않았어.”

“하지만 이곳에는 우리뿐이야. 우리는 야만인들과 사막에 둘러싸여 있어. 설사 성공한다 하더라도 그들은 곧 우리를 찾아낼 거야. 그리고 벌써 너와 칼리스테네스에 대한 소문이 돌고 있어. 너희를 의심하고 있다고. 네가 칼리스테네스에게 세상에서 가장 유명한 사람이 되려면 어떻게 해야 하는지 물어보았고, 칼리스테네스가 네게 ‘세상에서 가장 힘 있는 사람을 죽이면 된다’고 대답한 걸 누군가가 옆에서 들은 거야. 이 말이 아직 폐하의 귀에 들어가지 않은 것을 다행이라고 생각해야 해. 너무 오랫동안 아무 탈 없이 운명에 도전할 수 있다고는 생각하지 마.”

에우리로코스는 동생 에피메네스에게도 말했다.

“너도 이제 됐어. 난 네 형이야. 그래서 명령하는 거야. 이런 나쁜 일들은 잊어버려. 그리고 너희도 내가 하는 말이 무슨 뜻인지 알아들었다면 모든 것을 포기해. 존경받을 만한 행동을 하라고. 그러면 지금 떠도는 위험한 소문 따위는 점차 사라질 거야.”

헤르모라오스가 어깨를 으쓱했다.

“난 내가 원하는 대로 할 거야. 그리고 네가 우리를 도울 의사가 없다면 가만히 있어도 돼. 내겐 다른 친구들이 있으니까. 이 일은 땅에 침을 뱉는 것보다 더 쉬운 일이야.”

그가 땅에 침을 뱉었다. 그리고는 등을 돌려 그 자리를 떴다.

음모를 꾸민 젊은이들은 알렉산드로스와 그의 동료들이 전투를 하러 떠나가길 기다렸다. 왕의 죽음이 내부 소행이 아닌, 병영에 잠입한 적의 소행으로 보이게 하기 위해서였다. 그들은 밤낮으로 의논했다.

왕이 박트라 궁전으로 떠나려고 할 때 록사네는 그를 꼭 껴안았다.

“가지 마세요!”

“당신, 그리스어가 많이 늘었구려. 그리스어를 다 배우고 나면 마케도니아 방언도 가르쳐주겠소”

알렉산드로스가 말했다.

"가지 마세요!"

록사네가 걱정스러운 표정으로 다시 말했다. 알렉산드로스가 그녀의 뺨에 입을 맞추었다.

"그런데 왜 가서는 안 된다는 거요?"

록사네는 눈물 젖은 눈으로 말했다.

"이틀, 어둠이…… 보여요."

왕은 성가신 생각을 떨쳐버리려는 듯 고개를 저었다. 당번병들이 갑옷을 입혔다. 왕은 출발 준비를 마친 전사들을 인솔해 출정했다.

이틀이 지났다. 일종의 예언 같은 록사네의 말이 마음에 걸려 왕은 아리스탄드로스에게 그 이야기를 했다.

"그게 무슨 의미라고 생각하나?"

"이 지역의 여인들은 점을 치고 마술을 할 줄 압니다. 그들은 공기를 통해 위험을 감지할 수 있지요. 게다가 록사네 공주님은 폐하를 사랑합니다."

"내가 어떻게 해야 하겠나?"

"오늘밤은 주무시지 마십시오. 책을 읽으시고 술을 드십시오. 하지만 정신을 잃을 정도로 드시면 안 됩니다. 폐하는 깨어 있으셔야 합니다."

"자네 말대로 하겠네."

알렉산드로스가 대답했다. 그리고 병영에 어둠이 내리길 기다렸다.

프톨레마이오스는 알렉산드로스의 천막에 불이 켜져 있는 것을 보았다. 그는 그날 밤 당번인 두 견습기사의 인사를 받으며 안으로 들어갔다.

"웬일로 이런 시각에 잠을 자지 않고 있는 건가? 벌써 두 번째 보초 교대 시간일세."

프톨레아이오스가 물었다.

"잠이 오지 않아서 뭘 좀 읽고 있었네."

프톨레마이오스는 알렉산드로스가 읽고 있는 두루마리를 힐끗 보았다.

"크테시아스의 『인도』군. 자네를 애타게 기다리고 있는 곳이지. 그렇지 않나?"

"그렇다네. 우리가 인도를 정복하게 되면 전 아시아가 우리 손에 있다고 말할 수 있지. 그러면 고국으로 돌아가 세상을 바꾸는 일을 시작할 수 있을 거야."

"자네는 정말 이 세상이 바뀔 수 있다고 생각하나? 그런 계획이 정말 실현될 수 있을 거라고 생각하나?"

알렉산드로스가 자기 앞에 펼쳐져 있던 두루마리에서 눈을 들었다.

"그럼. 난 믿고 있네. 미에자의 디오니소스 신전에서 우리가 모였던 그날 밤이 생각나지 않나?"

"생각나네. 우리는 열정과 희망에 가득 찬 청년들이었지……."

"그 청년들이 세상의 3분의 2를 정복하고 가장 큰 제국을 건설했네. 아시아의 심장부에 그리스 체제와 문화를 갖춘 10여 개의 도시를 세웠어. 이런 일이 우연히 일어났다고 생각되나? 이런 일이 아무런 의미도, 목적도 없다고 생각되나?"

"난 믿고 싶네. 어떤 상황이 닥치더라도 내 우정과 충성심은 믿어도 될 거야. 난 절대 자네를 떠나지 않을 걸세. 이 점은 믿어도 돼. 그런데 어떤 때는 나 자신도 갈피를 잡지 못할 때가 있어서……."

그때 헤르모라오스가 들어왔다. 곁에 있던 페리타스가 으르렁거리자 프톨레마이오스가 그쪽으로 몸을 돌렸다.

"오늘밤 당번이 너냐?"

"그렇습니다."

청년이 대답했다.

"그런데 왜 밖에 있었던 거지?"

"폐하께서 아직 깨어 있으셔서 방해하고 싶지 않았습니다."

"날 방해하고 싶지 않았다고? 네가 원한다면 안에 있어도 된다."

알렉산드로스가 말했다. 청년은 천막 모퉁이에 앉았다. 프톨레마이오스는 그를 한 번 본 다음 알렉산드로스 쪽으로 고개를 돌렸다. 그는 공기 중에 억눌려 있는 심상치 않은 분위기와 긴장감을 느꼈다.

"사냥을 하던 날 자네가 벌주었던 청년일세…… 기분이 나빴었나?"

프톨레마이오스가 어두운 얼굴로 견습기사를 보며 물었다. 청년은 아무 대답이 없었다.

"오, 그러면 안 된다. 네 나이 때 나도 벌을 받으면 몹시 기분 나빴다.

지금도 나는 그때 일을 기억하고 있다. 필리포스 폐하께서 내 엉덩이를 직접 발로 차셨지. 내가 폐하의 말을 절름발이로 만들어놓았을 때는 채찍을 맞기도 했어. 하지만 난 폐하를 원망하지 않았다. 그분은 위대한 분이셨고, 또 그분은 내가 잘되라고 그렇게 하셨기 때문이지.”

“시대가 바뀌었어.”

알렉산드로스가 자기 생각을 말했다.

“이 젊은이들은 우리 같지 않아. 그들은…… 다르지. 아니, 어쩌면 우리가 늙어가고 있는 건지도 몰라. 내 나이가 벌써 서른일세. 알고 있나?”

“난 이미 오래 전에 그 나이를 지났네. 자, 이제 난 감독 순찰이나 돌아야겠어. 개를 데려가도 될까? 길동무나 하게 말이야.”

페리타스가 꼬리를 흔들었다.

“데려가게, 운동도 될 테니까. 요즘은 살이 쪄서 말이야.”

“그럼 가겠네. 내가 필요하면 언제든 부르게.”

알렉산드로스가 고개를 끄덕였다. 그리고 다시 독서에 몰두했다. 가끔씩 탁자 위에 놓인 포도주를 한 모금씩 마시기도 했다.

헤르모라오스는 턱을 긴장시킨 채 눈을 내리깔고 왕 앞에 앉아 있었다. 왕은 읽고 있던 두루마리에서 눈을 들어 헤르모라오스를 바라보다가 물었다.

“나를 증오하고 있지, 그렇지 않나? 네게 채찍질을 했기 때문에 나를 증오하는구나.”

“그렇지 않습니다, 폐하. 저는……”

하지만 그가 거짓말을 하고 있다는 게 저절로 느껴졌다. 왕은 헤르모라오스가 성질이 좋지 않은 청년이라는 확신을 얻었다. 청년은 자신의 증오심을 표현할 용기나 그 증오심을 버릴 용기조차 없는 듯했다.

“됐다, 별것 아니다.”

알렉산드로스는 다시 두루마리로 눈을 돌렸다. 그렇게 그날 밤이 지나가고 있었다. 춥고 공허하고 무의미한 밤이었다. 어느덧 마지막 보초가 근무를 끝마칠 시간이었다. 동쪽 하늘이 조금씩 밝아왔다. 헤르모라오스는 절호의 기회를 기다리느라 몹시 힘들었다. 그는 계속 왕에게서 눈을 떼지 않았다. 왕은 가끔씩 깊은 잠에 빠진 것처럼 고개를 숙였다.

에우리로코스는 밤새 잠을 이루지 못했다. 그는 공모자인 세 명의 견습기사가 오늘밤 모두 당번이라는 사실을 알고 있었다. 그는 그들이 오늘밤 행동을 벌일 것이라고 확신했다. 프톨레마이오스 사령관은 페리타스를 데리고 보통 때처럼 초소들을 순찰하며 지나갔다. 그후에도 왕의 막사에는 계속 불이 켜져 있었다. 적의 공격으로 인해 급박한 상황이 아닌데도 왕은 잠자리에 들지 않고 있었다. 에우리로코스는 뭔가 끔찍한 일이 벌어지고 있는 게 틀림없다고 생각했다. 어쩌면 알렉산드로스가 이미 알고 있을지도 모른다는 생각이 들었다. 어쨌든 헤르모라오스와 견습기사들은 날이 밝기 전에 왕을 살해하려 할 것이 분명했다. 그는 빨리 이 사실을 밝혀야 불쌍한 동료들을 구할 수 있을 것 같았다. 마침 프톨레마이오스가 순찰을 마치고 돌아오는 것을 보자 그는 용기를 내어 장군에게로 다가갔다.

"무슨 일인가?"

"저…… 드릴 말씀이 있습니다."

"해보아라."

"여기서는 안 됩니다."

"그러면 내 천막으로 가자."

프톨레마이오스는 그를 데리고 천막 안으로 들어갔다.

"자, 이렇게 비밀스럽게 해야 할 이야기가 무엇이냐?"

"제 말을 들어주십시오."

에우리로코스가 말을 꺼냈다.

"제 동생 에피메네스와 헤르모라오스와 다른 청년들이…… 어떻게 말씀을 드려야 할지…… 이상한 생각들을 가지고 있습니다……. 장군님도 아시다시피 헤르모라오스와 제 동생과 다른 동료들은 칼리스테네스를 자주 만났습니다. 칼리스테네스는 그들의 머리에 민주주의와 독재정치에 관한 어리석은 생각들을 가득 집어넣었습니다. 그래서……."

"그래서?"

프톨레마이오스가 눈썹을 치켜뜨며 물었다.

"그들은 아직 소년들입니다."

에우리로코스가 눈물을 참지 못하고 계속 말했다.

"어쩌면 계획을 포기했을지도 모릅니다. 폐하께서 뭔가 눈치를 채시고…… 저도 모릅니다. 저는 장군님께 말씀을 드리기로 결정했습니다. 그렇게 하면 장군님이 그들에게 겁을 주어 다시는 그런 생각을 하지 못하게 하실 테니까요. 칼리스테네스의 책임입니다. 아시겠습니까? 청년들만으로는 감히 그런 생각을 하지도 못했을 겁니다. 폐하께서 멧돼지 때문에 헤르모라오스에게 채찍질을 하셨지만 그것 때문은 아닙니다. 저는 대체 일이 어떻게 이렇게 되었는지 모르겠습니다……. 하지만 아무도 이 사실을 모릅니다……."

"오, 맙소사!"

프톨레마이오스가 경악을 터뜨렸다. 그리고 곧 소리쳤다.

"페리타스, 달려가라. 알렉산드로스에게 달려가!"

개는 곧장 왕의 천막으로 달려갔다. 바로 그때 왕은 책상에 앉아 깜빡 잠들어 있었다. 마침 헤르모라오스는 튜닉 밑으로 손을 넣어 천천히 어리띠 쪽으로 옮기고 있는 중이었다. 페리타스가 몸을 던져 단검을 쥔 청년의 손을 물었다.

곧 프톨레마이오스가 천막 안으로 뛰어 들어왔다. 그는 간신히 청년의 손에서 개를 떼어냈다. 깜빡 졸고 있던 알렉산드로스가 시끄러운 소리에 잠에서 퍼뜩 깨어나 검을 빼들었다.

"저들이 자네를 죽이려고 했네."

헤르모라오스를 무장 해제시키며 프톨레마이오스가 숨을 헐떡거렸다. 청년이 몸부림치며 외쳤다.

"가증스러운 인간! 독재자! 흡혈귀! 네 손은 피로 더럽혀져 있어! 넌 파르메니오와 필로타스 장군을 죽였다! 넌 살인자야!"

밖에서 보초를 서던 견습기사 두 명이 이 소리를 듣고 달아났다. 프톨레마이오스는 큰 소리로 나팔수를 불렀다. 나팔수는 방패부대원들에게 폭동을 알리는 나팔을 불었다. 도망치던 견습기사들은 얼마 못 가 붙잡히고 말았다.

에우리로코스가 울면서 애원했다.

"저들에게 벌을 주지 마십시오! 벌을 주지 마십시오. 다시는 이런 짓을 안 할 겁니다. 제가 맹세합니다. 제게 넘겨주세요. 제가 혼내주겠습니다. 제발 벌을 주지 마세요, 이렇게 간청합니다!"

알렉산드로스는 분노로 새파랗게 질려 밖으로 걸어나갔다. 헤르모라오스는 사방에서 달려온 병사들 한가운데서 끊임없이 욕설과 모욕적인 말을 퍼붓고 있었다.

"저들을 어떻게 하는 게 좋겠습니까, 폐하?"

프톨레마이오스가 격식을 갖춘 자세로 물었다.

"군사 재판에 회부하라."

알렉산드로스는 명령을 한 다음 천막 안으로 들어가버렸다.

군사 재판관들이 모였다. 견습기사들은 하루종일 재판을 받았다. 증언이 어긋나 대질 심문을 했고 자백할 때까지 채찍질을 가했다. 하지만 그들 중 누구도 칼리스테네스의 이름을 말하진 않았다.

하지만 에우리로코스는 달랐다. 칼리스테네스가 아니었더라면 자기 친구들이 꿈도 꾸지 못할 계획이라며 모든 책임을 칼리스테네스에게로 돌렸다. 그는 마지막 순간까지 친구들을 살려달라고 애원했다. 하지만 아무 소용이 없었다.

다음날 새벽, 비가 부슬부슬 내리는 가운데 그들은 돌에 맞아 죽었다. 재판 과정과 처형 과정을 모두 지켜본 에우메네스는 칼리스테네스의 천막으로 갔다. 칼리스테네스는 시체처럼 창백한 얼굴로 불안하게 손을 비틀고 있었다.

"누군가 자네 이름을 말했네."

에우메네스가 말했다. 칼리스테네스는 가쁜 숨을 몰아쉬며 의자에 털썩 주저앉았다.

"자네의 망령이 형체를 지니게 됐어. 칼리스테네스, 지금 돌무더기 밑에 누워 있는 저 소년들의 몸이 그것을 증명하지. 자네는…… 말이 검보다 더 많은 사람을 죽일 수 있다는 걸 몰랐나?"

"날 고문하겠지? 난 견뎌낼 수 없어, 견뎌낼 수가 없네. 고문을 당한다면 난 내 입으로 그들이 하려던 말을 하게 될 거야!"

칼리스테네스가 오열을 터뜨렸다. 에우메네스는 어찌할 바를 몰라 고개를 숙였다.

"안됐네. 잠시 후에 그들이 올 거라는 이야기를 해주고 싶었네. 시간이 별로 없어."

칼리스테네스는 절망적으로 주위를 돌아보며 무기를 찾았다. 하지만 주위에는 '알렉산드로스 원정사'를 기록한 두루마리뿐이었다. 그러다가 그는 갑자기 오래 전부터 없애야겠다고 마음먹었던 물건을 떠올렸다. 왜 그것을 가지고 있었는지 자신도 그 이유를 알 수 없었다. 그는 큰 상자가 있는 쪽으로 걸어갔다. 두려움으로 숨을 몰아쉬며 그는 상자를 뒤졌다. 마침내 조그만 철 상자가 손에 쥐어졌다. 그 안에는 두루마리가 있었고 하얀 가루가 가득 담긴 작은 유리병이 천에 싸여 있었다. 종이에는 이렇게 적혀 있었다.

아무도 병이 퍼지는 것을 막을 수 없다. 이 약은 똑같은 증상을 보인다. 렙톤 10분의 1을 복용하면 2~3일 동안 고열과 구토와 설사에 시달린다. 그러다가 호전되어 병자는 치료가 된 듯이 보인다. 나흘째 되는 날 다시 열이 높아져 곧 죽음에 이른다.

칼리스테네스는 종이를 태웠다. 그는 작은 병의 내용물을 모두 삼켜 버렸다. 호위병들이 도착했을 때 칼리스테네스는 공포에 질린 눈을 부릅뜬 채 자신이 쓴 『알렉산드로스 원정사』 두루마리들 사이에 반듯이 누워 있었다.

영원한 영웅

51

포키스 해안이 저녁 노을에서 벗어나 선명한 윤곽을 드러냈다. 하늘의 구름과 바다의 파도가 석양빛에 붉게 물들었다. 배가 바람에 실려 약간 비스듬하게 아이기나 만을 항해하고 있었다. 아리스토텔레스는 배가 정박하는 모습을 보기 위해 뱃머리로 다가갔다. 잠시 후 그는 이테아의 항구에 내렸다. 항구는 배를 정박시키는 사람들과 짐을 내리는 사람들, 온갖 성물을 파는 사람들로 분주했다.

"신께 바칠 양이 필요하지 않으십니까?"

한 남자가 아리스토텔레스에게 물었다.

"여기는 델포이의 반값입니다. 이 새끼 양을 한번 보세요. 오볼로스 은화 네 냥밖에 하지 않습니다. 비둘기 한 쌍은 어떻습니까?"

"내겐 나귀가 필요하오."

아리스토텔레스가 대답했다.

"나귀요?"

남자가 놀라서 되물었다.

"농담하시는 거겠지요. 나귀를 신전에 바치는 사람은 없습니다."

"신전에 바치려는 게 아니오. 내가 탈 생각이오."

"아, 제가 잘 말씀드렸군요. 그렇다면 이쪽으로 오십시오. 여기 내 친구가 나귀장수입니다. 순하고 얌전한 녀석들을 팔고 있습지요."

상인은 자기 앞에 서 있는 학자 같은 남자가 말을 잘 탈 것 같지 않았다. 아리스토텔레스는 사흘 동안 나귀를 빌리는 대가로 선금을 지불하고 나머지는 나귀를 돌려주는 날 주기로 했다.

아리스토텔레스는 나귀를 타고 아폴론 신전으로 떠났다. 이미 늦은 시간이라 사람들은 신전에 오르는 것을 포기하고 다음날 아침을 기다렸다. 따라서 신전으로 향하는 길은 더없이 한적했다. 덕분에 아리스토텔레스는 조용히 걸어가는 나귀 위에서 사색할 수 있는 시간을 가질 수 있었다. 키테로네스 산 위의 첫눈을 쓸고 내려온 바람이 그의 몸을 으스스하게 만들었다. 다행히 바다를 비추는 태양의 마지막 온기가 그의 몸을 따뜻하게 녹여주었다.

그는 분명하지 않고 믿을 수 없는 진실을 찾아 돌아다닌 지난 시간을 되짚어보았다. 얼마 전부터는 아시아에서 소식이 와도 전혀 기쁘지 않았다. 알렉산드로스는 정치와 관련해서는 자신의 가르침을 모두 잊어버린 것 같았다. 그는 그리스인들을 야만인들과 똑같은 수준에 놓았다. 페르시아 군주처럼 옷을 입었고 '엎드려 절하기'를 요구했으며 그의 어머니 올림피아스가 퍼뜨린, 신의 자식이라는 이야기를 믿고 있다는 소문이 돌았다.

불쌍한 필리포스! 하지만 위대한 인물들은 언제나 자신이 신의 사생아라고 주장해왔다. 헤라클레스, 카스토르, 폴리데우케스, 아킬레우스, 그리고 테세우스……. 수많은 사람들이 그랬다. 알렉산드로스 역시 예외가 아니었다. 충분히 이해할 수 있는 일이었다. 사실 그것은 예견된 일이기도 했다. 그는 알렉산드로스를 다시 만나 이야기할 수 있다면 무엇이라도 다 줄 수 있을 것 같았다. 아리스토텔레스는 그가 그리웠다. 무슨 이야기를 들을 때나 말을 할 때, 고개를 오른쪽으로 약간 기울이는 습관은 아직 바뀌지 않았는지 궁금하기도 했다.

그는 칼리스테네스의 생활도 궁금했다. 다소 비판적이지만 그는 틀림없이 훌륭한 글을 쓸 것 같았다. 하지만 아리스토텔레스의 마음속에는 그가 사려 깊지 못하다는 점이 늘 마음에 걸렸다. 그런 극단적인 상황에서, 아무도 가보지 않은 먼 이역에서, 그 거친 사람들 틈에서, 위험한 궁정의 음모 속에서 어떻게 처신하며 살아가고 있는지 알 수 없었다. 칼리스테네스로부터는 몇 달 전부터 연락이 없었다. 하지만 우편물이 사막, 고원, 회오리치는 강물, 산맥을 넘어 제때에 전해지기는 어려운 일이었다.

아리스토텔레스는 발꿈치로 나귀를 재촉했다. 어두워지기 전에 산 정상에 도착하고 싶었다. 그는 다시 필리포스의 암살사건에 대해 생각했다. 어떤 사악한 인간이 지금 이 순간에도 그와 다른 사람들을 조롱하고 있는지도 모른다. 최초의 흔적은 올림피아스 왕비에게서 나타났었다. 하지만 그녀가 살인을 가능케 했다고는 생각되지 않았다. 그것은 불가능한 일이었다. 암살자의 시체에 화관을 걸어주는 그녀의 천박한 행동이 그것을 증명해주었다. 그녀의 행동에 대해 비싼 대가를 치르게 할 수 있는 선왕의 친구들은 아직도 많이 남아 있었다. 게다가 그녀는 외국인이었고 이중으로 위험에 노출될 수 있었다. 그 모든 위험을 무릅쓰고 삼행했다는 짓을 믿기 어려웠다.

아리스토텔레스는 애정으로 인한 범죄 가능성에 대해서도 생각해보았다. 암살자인 파우사니아스가 아탈로스에게 당한 능욕 때문에 필리포스에게 복수했다는 이야기였다. 하지만 아탈로스는 이미 죽었고 죽은 자는 말이 없었다.

자갈 위를 걸어가는 나귀의 규칙적인 발걸음소리가 깊은 생각에 잠겨 있는 철학자에게는 친구가 되어주었다. 그 발걸음소리는 마치 그의 생각에 조용히 박자를 맞춰주는 것 같았다.

추운 겨울 밤, 파우사니아스의 무덤가에서 그의 약혼녀와 나누었던 이야기가 생각났다. 세 번째는 필리포스의 젊은 왕비였던 에우리디케가 사내아이를 낳자 에우리디케의 아버지이며 아이의 할아버지인 아탈로스가 필리포스를 살해한다는 시나리오였다. 그는 손자가 성인이 될 때까지 섭정자가 되겠다고 계획을 품었던 것이다. 이 계획은 성공할 가능성이 높았다. 에우리키케는 이방인인 올림피아스와 달리 순수 마케도니아 혈통이었기 때문이다. 그 일은 음모의 유일한 증인인 파우사니아스를 죽임으로써 완벽하게 마무리할 수 있었다. 하지만 아탈로스는 필리포스가 죽고 난 뒤 권력을 손에 넣으려는 행동을 전혀 하지 않았다. 아시아에 주둔하던 그의 부대를 펠라로 진군시키지도 않았다. 따라서 이것역시 하나의 가정에 불과했다. 혹시 파르메니오가 두려워서였을까? 아니면 알렉산드로스가 두려웠기 때문이었을까?

그렇다면 파우사니아스의 약혼녀가 했던 말은 어떻게 이해해야 할까? 분명 많은 정보를 알고 있던 그녀는 자신의 약혼자가 아탈로스의 사냥터 감시인들의 연회에서 강간을 당했다고 믿고 있었다. 만약 파우사니아스가 아탈로스의 자객이었다면 그런 강간은 전혀 의미 없다. 아리스토텔레스는 그후 다시 처녀를 찾아갔다. 하지만 그녀가 오래 전에 사라져 아무 소식도 없다는 말밖에 들을 수 없었다.

델포이 신전으로 가는 것은 그 때문이었다. 분명치는 않지만 결과적으로 신전은 필리포스의 죽음을 예언했다. 파우사니아스를 죽였던 사내, 진범을 밝혀낼 수 있는 유일한 증인은 이 신전에서 얼마 떨어지지 않은 곳에 가명을 쓰며 살고 있었다.

아리스토텔레스는 뒤를 돌아보았다. 마지막 석양빛이 잔잔한 아이기나 만을 보라색으로 물들이고 있었다. 그는 계속해서 노새를 몰아갔다.

그의 왼쪽으로 도리아식의 웅대한 아폴론 신전이 등불로 환하게 밝혀져 있었다. 때마침 투명하고도 고요한 저녁 공기 속으로 부드러운 노랫소리가 흘러나왔다.

> 엘리시온[18]의 땅에
> 지복의 섬에 빛을 가져다주시는
> 은빛 활을 든 눈부신 포이보스[19]께서
> 소용돌이치는 대양 속으로 사라지셨어요.
> 돌아오세요, 돌아오세요, 신이시여!
> 어두운 밤이 지나면,
> 카오스의 딸인 악몽이 지나가고 나면
> 눈부신 당신의 미소를 다시 보여주세요.

아리스토텔레스는 마침내 신전에 도착했다. 그는 샘물 옆에 있는 고리에 나귀를 묶었다. 그리고는 성로聖路를 따라 아테네인들과 시프노스인들, 테베인들과 스파르타인들이 봉헌한 작은 신전들 사이로 지나갔다. 작은 신전은 그리스인이 그리스인을 죽인 싸움의 전리품으로 꽉 차 있었다.

때마침 신전지기가 텅 빈 신전의 문을 닫고 있었다. 아리스토텔레스가 황급히 다가가며 말했다.

"나는 아주 멀리서 이곳까지 왔소. 내일 새벽녘에 나는 다시 떠나야 하오. 제발 부탁이오. 잠깐만 들어가 신께 기도를 올리게 해주시오. 절박한 바람을 신께 알리게 해주시오. 지금 나는 무시무시한 계략과 저주에 희생되어 계속 고통을 받고 있소."

---

18) 그리스의 고대 신앙에 등장하는 낙원
19) 아폴론의 다른 이름. '밝다', '순수하다'는 뜻

그는 신전지기에게 동전을 쥐어주었다. 신전지기는 동전을 가방에 넣으며 말했다.

"좋소, 그렇지만 서두르시오."

신전지기는 문을 열어둔 채 빗자루로 계단을 쓸었다. 아리스토텔레스는 안으로 들어가 어슴푸레한 왼쪽 복도로 걸어갔다. 그곳을 지나가며 그는 벽에 걸린 수천 개의 봉헌물을 살펴보았다. 아주 오래 전, 아버지인 니코마코스의 손을 잡고 신전을 방문했을 때의 기억과 마음속에 일고 있는 의혹이 그의 발걸음을 이끌었다. 어렸을 때 본 봉헌물들을 떠올리며 그는 성스러운 벽 사이로 계속 걸어갔다.

왼쪽 복도의 막다른 곳에 이른 아리스토텔레스는 아폴론 신이 옥좌에 앉아 지켜보는 가운데 다른 편 복도로 옮겨갔다. 그는 다시 주의 깊게 벽을 살피며 검사를 계속해갔다. 하지만 먼 옛날의 기억을 확인해줄 만한 색 바랜 모습은 찾아볼 수 없었다. 신전 안은 너무 어두웠다. 아리스토텔레스는 기둥에 걸린 등불을 들어 벽 가까이 갖다댔다. 그리고 몇 걸음 더 나아갔을 때였다. 그는 갑자기 걸음을 멈추고 벽을 뚫어지게 쳐다보았다. 갑자기 그의 얼굴에 승리의 미소가 번졌다. 그가 잘못 기억한 것이 아니었다. 그는 자기 앞에서 오랜 세월 동안 색이 변해버린, 어떤 물건의 흔적을 찾아냈다. 그 흔적은 몇 년 전까지 그곳에 걸려 있던 물건이 남긴 먼지 자국이었다.

그는 보는 사람이 없는지 주위를 살폈다. 그리고 한 손으로 등불을 들고, 다른 손으로는 짐 꾸러미에서 켈트 검을 꺼냈다. 아이가이에서 필리포스를 살해한 단검이었다. 그는 두려운 듯, 천천히 단검을 벽에 난 자국 쪽으로 가져갔다. 단검은 그곳에 나 있던 자국과 일치했다!

구부러진 단검의 손잡이 지점에는 아직도 두 개의 못이 그대로 박혀 있었다. 아리스토텔레스는 조심스레 단검을 원래의 자리에다 걸어놓았다.

"이제 기도는 끝나셨소? 문을 닫아야 하오"

밖에서 신전지기의 목소리가 들려왔다.

"알겠소"

철학자는 고맙다는 인사를 하고 서둘러 밖으로 나왔다. 그날 밤, 그는 다른 순례자들처럼 망토를 뒤집어쓰고 회랑 밑에서 밤을 보냈다. 하지만 잠은 거의 자지 않았다.

놀랍게도 암살의 배후는 신성동맹이었다! 대체 어떻게 이런 일이……. 그리스 세계에서 가장 숭배를 받는 신전이 어째서 필리포스의 죽음을 은밀히 유발한 곳이 된 것일까? 벽 위의 흔적과 칼의 일치는 이제 한 가지 가정만 남겨두고 있었다. 왕을 살해한 단검이 신전에서 나온 것으로 보아 이제 암살의 배후는 신성동맹에 모아질 수밖에 없었다. 사실 이 가정은 그럴듯했다. 전 세계에서 가장 숭고한 그리스 문화가 단 한 사람만의 의지에 영원히 복종할 수는 없었다. 거의 모든 사람들이 왕을 암살하려는 뜻을 품는 순간 신의 지혜로운 의지가 누군가에게 발현된 것은 아니었을까?

어떤 식의 범죄든 동기는 그것을 변명하려는 자들의 것이다. 필리포스라는 압제자에게서 자신들의 최고 위치가 찬탈될까 두려웠던 아테네인들, 카이로네아의 대학살에서 살아남은 테베인들, 필리포스가 아시아를 침략할까봐 두려워했던 페르시아인들, 왕이 젊은 에우리디케를 더 좋아하고 자신에게 끊임없이 굴욕감을 주었다고 믿는 올림피아스 왕비, 합법적인 승계자의 자리를 빼앗긴 아민타스 왕자, 이 모두가 의심의 대상이었다. 심지어 알렉산드로스도 예외는 아니었다. 그들은 모두 탁월한 가정이었다.

하지만 아직 마지막 만남이 남아 있었다. 파우사니아스를 살해했던 남자, 신전 소유의 농지에서 일하고 있는 남자를 만나는 일이었다.

주위가 아직 새벽의 어둠에 잠겨 있을 때 그는 자리에서 일어났다.

그리고 나귀의 안장에 올라타고 다시 길을 나섰다. 그는 바다로 이어지는 길을 따라 10여 스타디온쯤 내려갔다. 그런 다음 오른쪽으로 난 오솔길로 접어들었다. 그 길은 계단식으로 개량한 포도밭을 지나 평지로 이어졌다.

드디어 그는 목적지에 닿았다. 포도밭 너머로 기와 지붕을 얹은 나지막한 오두막이 보였다. 집 앞에는 올리브나무 기둥으로 만든 작은 회랑이 딸려 있었다. 집 옆에는 수백 년 된 듯한 떡갈나무 한 그루가 서 있었다.

아리스토텔레스는 마당으로 들어섰다. 마당에서는 돼지들이 코로 땅을 파헤치며 도토리를 주워먹고 있었다.

"아무도 없소? 이보시오, 아무도 없소?"

안에서는 대답이 없었다. 그는 나귀에서 내려 문을 두드렸다. 그러자 문이 저절로 열리며 막 떠오른 햇빛이 집 안으로 쏟아져 들어갔다. 남자의 모습이 보였다. 하지만 그는 천장의 대들보에 목이 매달려 있었다.

아리스토텔레스는 기겁하며 뒤로 물러섰다. 집 밖을 나오자마자 그는 나귀를 타고 황급히 그 자리를 떴다.

아리스토텔레스는 한시도 지체하지 않고 아테네로 돌아왔다. 그리고 며칠 동안 아무도 만나지 않았다. 그는 자신의 메모들과, 암살과 관련해 조카에게 보냈던 편지를 모두 불태웠다. 조사에 관련된 서류들 중에서는 애매하고 막연한 메모들만 남겨놓았다. 그리고 결론을 썼다.

범죄의 동기는 남색男色이라는 추한 이야기에서 찾을 수 있을 것 같다…….

그달 말 즈음 전령이 아리스토텔레스의 집 문을 두드렸다. 그리고 부피가 큰 꾸러미를 그에게 전해주었다. 꾸러미를 풀자 칼리스테네스의 개인 물품 몇 가지와 그가 조카에게 보냈던 편지들이 들어 있었다. 그 외에 왕의 친위대원이자 마케도니아군 사령관인 프톨레마이오스가 보낸 두루마리가 들어 있었다. 아리스토텔레스는 떨리는 손으로 두루마리를 펼쳤다.

프톨레마이오스가 아리스토텔레스 선생님께

그간 안녕하셨습니까!

선생님의 조카이자 알렉산드로스 원정대의 기록을 담당한 역사학자 칼리스테네스가 자신의 천막 안에서 시체로 발견되었습니다. 국왕의 주치의인 필리포스는 그의 사망 원인이 강력한 독약의 복용에 따른 것임을 확인했습니다. 젊은 견습기사 일당이 왕을 살해하려는 음모를 꾸몄습니다. 그 죄인들 중 그 누구도 칼리스테네스의 이름을 입에 올리지 않았지만 이 음모에 대한 도덕적 책임이 그에게 돌아갔습니다. 사실 그렇게 어린 청년들이 왕을 살해하려는 음모를 꾀할 지경에 이르렀다는 게 너무나 이상한 일 같았습니다. 누군가 그들에게 영향을 주지 않았다면 말입니다. 선생님의 조카는 고통스러울 형벌을 피하기 위해 자살을 택한 것 같습니다.

폐하는 선생님께 편지를 쓰고 싶어하지 않습니다. 너무나 복잡한 감정에 시달리고 있기 때문입니다. 그래서 제가 폐하 대신 편지를 쓰기로 마음먹있습니다.

이 소식은 아주 늦게 도착하리라 생각됩니다 제가 편지를 쓰기 시작했을 때 원정대는 이미 인도를 공격하기 위해 연락이 힘든 지역을 지나고 있기 때문입니다. 칼리스테네스가 선생님께서 읽을 수 있도록 필사자에게 부탁했던 『알렉산드로스 원정사』의 필사본을 선생님께 보내드리겠습니다. 불행하게도 칼리스테네스를 죽음으로 이끈, 이 비난받아 마땅한 사건 때문에 작품이 미완성으로 끝나고 말았습니다.

어쨌든 저는 지금까지 일어난 일을 선생님께 전해드려야겠다고 생각했습니다. 그리고 인도 원정기간에 벌어진 중요한 사건들을 전해드려야겠다고 생각했습니다. 선생님께서 가장 적당하다고 생각되는 방식으로 조카의 작품을 완성하실 생각이 있으실 것 같아서입니다.

또 저는 선생님이 흥미 있어 하실 이야기 한 가지를 들려드리고 싶습니다. 오래 전부터 병영에 피로네스라는 헬리데인이 살고 있습니다. 그는 가난하고 이름 없는 화가로, 약간의 돈이라도 만져보려는 희망으로 원정대의 뒤를 따라다녔습니다. 그는 최근 몇 년 동안 페르시아의 마기들을 만나고 그뒤에는 인도의 현인들을 만났습니다. 공교롭게도 이런 일들은 오랫동안 칼리스테네스와 교제하고 난 뒤에 일어났습니다. 그는 최근 자신의 경험들로부터 새로운 사상을 완성시켰는데, 제가 알기로는 적지 않은 명성을 누릴 것 같습니다.

제 편지를 받아보시는 선생님께서 건강하시기를 기원합니다. 몸조심하십시오.

첫 추위가 시작된 그달 말에 가서야 아리스토텔레스는 프톨레마이오스의 보고서를 읽었다. 보고서는 간결했지만 칼리스테네스의 작품을 계속해나가기에는 충분한 토대가 되어주었다.

원정대는 큰 희생을 치르면서 파로파미수스, 혹은 인도의 카우카소라고도 부르는 산맥을 넘기 위해 움직였습니다. 그곳의 추위는 너무나 혹독했습니다. 밤에 보초를 서던 병사들이 수염에 얼음이 잔뜩 매달린 모습으로 눈을 뜬 채 일어죽었습니다. 그때 알렉산드로스는 다시 한 번 깊은 인간애를 보여주었습니다. 그는 추위에 떨고 있는 한 노병을 보자 나무로 만든 왕좌를 가져오게 한 다음 그것을 불살랐습니다. 노병의 몸을 따뜻하게 해주기 위해서였습니다.

행군 아흐레째 되는 날, 원정대는 니사 시에 도착했습니다. 그곳 주민들은 인도로 여행을 했던 디오니소스 신이 자기들의 도시까지 왔다고 주장했습니다. 그들은 메로스 산을 그 증거로 제시했습니다. 메로스는 아시

다시피 그리스어로 '허벅지'를 뜻하는 말입니다. 디오니소스가 아버지의 허벅지에서 나왔으므로 디오니소스와 메로스는 떼래야 뗄 수 없는 관계가 있다는 것이지요. 게다가 이곳은 인도에서 유일하게 디오니소스의 성목聖木인 담쟁이덩굴이 자라는 곳이라고 합니다. 병사들이 모두 담쟁이덩굴을 몸에 두르고 큰 잔치를 벌였습니다. 술을 마시고 코모스 춤을 추고 '에우오이'를 외쳤습니다.

그곳에서 원정대는 둘로 나뉘었습니다. 헤파이스티온과 페르디카스에게 맡겨진 부대는 고원의 강물을 따라 내려가 인더스 강과 합류하는 지점에 도착했습니다. 그 지점에 다리를 세우기 위해서였지요. 제가 속한 나머지 부대는 폐하와 다른 동료들과 함께 인더스 강 상류를 향해 행군했습니다. 이 계곡들에 위치한 마사가, 바지라와 오라 같은 도시들을 함락시키기 위해서였습니다. 여러 번의 공격을 되풀이 한 뒤 그 도시들을 함락시킬 수 있었습니다. 그 도시들 중 가장 큰 도시는 아오르노스인데, 도시 둘레가 20마일이 넘었으며 8천 피트에 이르는 협곡이 도시를 완전히 방어해주었습니다.

폐하는 보루를 세우고 계단을 만들게 했습니다. 저는 한밤중에, 도시를 공격하기 적당한 지점에 자리를 잡았습니다. 인도인들은 아주 용감하게 방어했지만 결국 파성추가 돌파구를 여는 데 성공했습니다. 우리 부대는 안으로 돌진했고 마침내 도시를 점령했습니다. 알렉산드로스는 인도인들에게 자신의 부대에 용병으로 자원할 기회를 주었지만 그들은 용병이 되어 동족들을 향해 싸우는 것보다 도망가는 길을 택했습니다.

우리는 그 도시에서 수많은 코끼리들을 잡았습니다. 알렉산드로스는 그 코끼리들을 정말 좋아했습니다. 코끼리는 집채만한 몸에 송곳니가 튀어나온, 정말 특이한 동물이었습니다. 등 위의 전투탑에는 무장한 전사들이 타고 있었고, 인간들이 그들의 목에 앉아 발꿈치로 박차를 가하면 원하는 곳으로 갈 수 있었습니다. 목 위에 앉은 조종사가 전사하면 코끼리는 갈 곳을 몰라 우왕좌왕하며 전투지에서 벗어났습니다.

인도인들은 키가 컸고 에티오피아인들 다음으로 피부가 검었습니다. 그리고 싸울 때는 정말 용감했습니다. 아오르노스를 정복한 뒤 폐하는 그곳에 주둔군을 남겨두었고, 인도 군주를 통치자로 지명했습니다. 그의 이름은 인도어로 사샤굽타였으나 그리스인들은 그를 시시코토스라고 불렀습니다. 아오르노스에서 우리는 황소 25만 마리를 전리품으로 획득해 그 중 가장 힘세고 잘생긴 놈들을 골라 마케도니아로 보내기로 했습니다. 밭을 갈 때 이용하고 품종을 개량하기 위해서지요. 알렉산드로스는 수십 척의 작은 배들과 25개의 노가 달린 큰 배 두 척을 만들게 했습니다. 우리는 그 배를 타고 인더스 강을 따라 내려갔습니다. 인더스 강은 어마어마하게 넓은 강으로, 배를 타야 건너갈 수 있었습니다.

우리는 탁실라라고 부르는 도시 근교에 도착했습니다. 페르디카스와 헤파이스티온은 그 지점에 다리를 세워놓고 우리를 기다리고 있었습니다. 탁실라 시는 우리를 호의적으로 맞아주었습니다. 그 도시의 왕 탁실레스는 알렉산드로스에게 25마리의 코끼리와 은화 3백 탈렌트를 바쳤습니다. 금은 거의 보지 못했습니다. 전설에 따르면, 이 지역에는 산에서 금을 파내는 엄청나게 큰 개미들이 있었다고 합니다. 이 개미들이 파낸 금은 날개 달린 그리핀[20]이 보호했다고 합니다. 하지만 그 전설을 믿을 만한 증거는 전혀 발견하지 못했습니다.

그곳에서 우리는 인더스 강의 첫 번째 지류인 히다스페스 강까지 전진했습니다. 그 강은 폭우로 강폭이 넓어져 있었고 물살도 거셌습니다. 강 건너편에는 포로스라는 이름의 인도 왕이 3천 명의 보병, 4천 명의 기사, 3백 대의 전차, 2백 마리의 코끼리 부대를 거느리고 우리에게 대항해왔습니다. 포로스의 부대는 우리가 강을 건너지 못하도록 여러 곳의 도하 지

---

20) 독수리 머리와 날개를 가지고 있고, 뒷다리와 몸은 사자인 상상의 동물

점에 진을 치고 있었기 때문에 강을 건너기란 거의 불가능했습니다. 그러자 알렉산드로스가 부대에 명령을 내렸습니다. 적들이 전혀 알아듣지 못하는 말로 쉬지 않고 계속 고함을 지르라고 했습니다. 우리는 한밤중에도 쉬지 않고 떠들며 움직였습니다. 포로스는 우리가 떠드는 곳마다 진지를 세우고 그곳에서 우리를 기다렸습니다.

우리는 크라테로스와 1백여 명의 병사를 포로스가 볼 수 있는 곳에 배치시켰습니다. 그런 다음 헤타이로이 기병대, 아그리아인들, 중장보병대는 몰래 강을 거슬러 올라갔습니다. 그때 천둥과 번개를 동반한 폭풍우가 몰아쳤습니다. 그 때문에 인도인들은 히다스페스 강가를 지키던 일을 잠시 멈춰야 했습니다. 강 상류의 도하 지점은 아주 험했습니다. 다행히 강 한가운데에 작은 섬이 하나 떠 있어 겨우 강을 건널 수 있었습니다. 병사들은 겨드랑이까지 닿는 강물을 헤치며 강을 건넜습니다. 말들은 어깻죽지까지 물에 잠겼습니다. 알렉산드로스는 가우가멜라 전투 이후 다시는 부케팔로스를 타고 전투에 임하지 않겠다고 약속했지만 어쩔 수 없이 이번에는 부케팔로스를 타기로 했습니다. 부케팔로스처럼 힘세고 큰 말이라야 적의 기사들을 압도할 수 있었기 때문입니다.

새벽이 되자 포로스는 마케도니아 부대가 강을 건넜다는 사실을 알게 되었습니다. 그의 아들과 1천여 명의 기사들이 뒤늦게 우리를 공격해왔습니다. 우리는 첫 번째 공격에서 그들을 대파했습니다. 인도 왕자도 그 전투에서 목숨을 잃었습니다. 그제야 포로스는 폭풍우가 몰아치는 한밤에 강을 건넌 알렉산드로스가 어떤 존재인지 알게 되었습니다. 그는 전 부대를 이끌고 알렉산드로스를 공격했습니다. 그는 앞쪽에 전차부대를 내세우고 뒤로는 코끼리들과 보병들을, 측면에는 기병대를 정렬시켰습니다. 거인 같은 몸집의 포로스는 엄청나게 큰 코끼리 위에 올라탔습니다. 포로스는 자신이 탄 동물을 격려하며 큰 함성과 함께 공격을 지휘했습니다.

처음에 그들은 전차로 공격해왔습니다. 하지만 밤새 내린 비로 땅이 진창이 되자 전차는 제 속도를 내지 못했고 말을 탄 우리 사수들이 달려가 전차병들을 죽일 수 있었습니다.

전차 대열을 넘어서자 알렉산드로스는 양 날개의 기사들을 공격했습니다. 용감하게 달려드는 인도 기병대를 상대로 격렬한 몸싸움이 벌어졌습니다. 그 사이 포로스는 우리의 중앙 대열로 코끼리들을 내보냈습니다. 그 거대한 동물은 팔랑크스 밀집대형을 통과하며 많은 병사들을 죽였습니다. 페르디카스와 헤파이스티온은 대열을 풀어 코끼리들이 그냥 지나가게 하라고 명령했습니다. 리시마코스는 마침 강을 건너온 노포들로 코끼리들을 쏘게 했습니다. 그와 동시에 병사들을 내보내 화살과 창으로 그 괴물들을 공격했습니다. 코끼리들은 온몸에 상처를 입었고 위력이 급격히 줄어들었습니다. 그때 말을 타지 않은 우리 사수들이 코끼리를 탄 적병들을 겨누어 하나하나 쓰러뜨렸습니다. 아픔과 두려움에 제정신을 잃은 코끼리들이 싸움터에서 벗어나 사방으로 내달렸습니다. 어떤 코끼리들은 적군과 아군을 구별하지 못해 자기 편 병사들에게 달려들기도 했습니다.

코끼리들을 싸움터에서 몰아낸 페르디카스는 팔랑크스 대형을 정비해 다시 앞으로 내보냈습니다. 그는 병사들을 격려하기 위해 크게 함성을 지르며 맨 앞줄에 서서 싸웠습니다. 포로스는 무시무시한 힘으로 아군을 밀어붙이며 계속 전진해왔습니다. 그의 코끼리는 미친 듯이, 병사들을 발로 밟으며 앞으로 나왔습니다. 코끼리의 네 다리는 피로 물들었고 그 무릎에는 죽은 병사들의 내장이 잔뜩 매달려 있었습니다. 철통 같은 갑옷으로 무장한 포로스는 쉴새없이 우리를 향해 창을 던졌습니다. 그 힘이 어찌나 세던지 마치 노포에서 투창을 쏘는 것 같았습니다.

그뒤로도 전투는 여덟 시간 동안이나 쉬지 않고 격렬하게 진행되었습니다. 오른쪽 날개에서 정예부대를 지휘하던 알렉산드로스와 왼쪽 날개에서 지휘하던 코이노스가 마침내 적 기병대를 물리치고 중앙에 모였습니다. 완전 포위를 당한 인도인들은 그제야 항복해왔습니다. 포로스는 오른쪽 어깨에 창을 맞았습니다. 창을 던져야 하는 그의 오른쪽 어깨는 유일하게 갑옷의 보호를 받지 못하는 부분이었습니다.

자기 주인이 곤경에 처한 것을 알아차린 코끼리의 행동은 정말 감동적이었습니다. 달리던 코끼리는 갑자기 멈춰 서서 포로스가 천천히 땅으로 미끄러져 내려올 수 있게 무릎을 꿇었습니다. 그런 다음 주인의 어깨에 꽂힌 창을 뽑아내려고 애썼습니다. 우리는 코끼리를 부릴 줄 아는 사람들을 시켜 그 코끼리를 다른 곳으로 데려가게 했습니다. 그리고 인도 왕은 우리의 의사에게 넘겨 치료를 받게 했습니다.

알렉산드로스는 포로스가 일어설 수 있게 되었다는 소식을 전해듣자 곧 그를 만나러 갔습니다. 처음에는 그의 동맹자였던 탁실레스를 통역자로 데리고 갔으나 탁실레스의 배신을 그냥 두고볼 수 없었던 포로스가 그를 죽이려고 했습니다. 그래서 알렉산드로스가 다른 통역관을 데리고 다시 그를 만나러 갔습니다. 알렉산드로스는 포로스의 거대한 몸집에 강한 인상을 받았습니다. 포로스의 키는 7피트도 더 되었고 빛나는 갑옷은 살갗처럼 몸에 착 달라붙어 있었습니다. 알렉산드로스는 예의를 갖춰 포로스에게 인사하고 그의 용맹을 칭찬했습니다. 또한 전투에서 두 아들을 모두 잃은 것에 대해서도 애도의 뜻을 표했습니다. 그러면서 알렉산드로스는 그에게 질문을 했습니다.

"어떻게 대접해줬으면 좋겠소?"

그러자 포로스가 대답했습니다.

"왕으로 대우해주시오."

그래서 그는 왕으로 대우받게 되었습니다. 알렉산드로스는 자신이 정복한 그 지역의 모든 땅을 그가 통치하게 했습니다. 또한 그를 다시 궁전에서 살게 했습니다.

하지만 그렇게 힘들고 고통스럽게 얻은 승리의 기쁨도 곧이어 벌어진 슬픈 사건에 의해 지워졌습니다. 전투 중 코끼리와 부딪혀 다리를 절게 된 폐하의 애마 부케팔로스가 나흘 동안 사경을 헤매다가 죽은 것입니다.

폐하는 마치 친한 친구가 죽었을 때처럼 깊은 슬픔에 잠겼습니다. 그리고 부케팔로스가 마지막 숨을 거둘 때까지 곁에 있었습니다. 저도 그 자리에 있었는데, 저는 왕이 부케팔로스를 쓰다듬으며 둘이 함께 했던 모험들을 상기시켜주는 것을 보았습니다. 부케팔로스는 주인의 말에 대답하는 것처럼 힘없이 울었습니다. 전 폐하의 얼굴에서 흐르는 눈물을 보았습니다. 그리고 말이 숨을 거두었을 때 그의 어깨가 흐느낌으로 들썩였습니다.

폐하는 돌무덤을 쌓게 했습니다. 그리고 부케팔로스를 기리는 도시를 하나 세웠고, 그 도시를 알렉산드리아 부케팔라라고 이름 붙였습니다. 그 어떤 말도, 올림피아 경기에서 승리한 말도 누려보지 못한 영광이었습니다. 하지만 알렉산드로스는 이 무덤에 자신의 마음 일부분과 지나가버린 젊은 시절의 행복을 함께 묻었습니다.

왕은 승리를 기념하기 위해 포로스를 물리친 전투지 근처에 알렉산드리아 니케아라는 이름의 도시를 세웠습니다. 우리는 그곳에서 경기를 열고 신들에게 제물을 바쳤습니다. 우리는 포로스의 지원을 받아 다시 전진했습니다. 포로스는 자신의 병사 5천 명을 우리에게 주었습니다. 우리는 인더스 강의 두 번째 지류인 아케시네스 강에 도착했습니다. 그 강은 물살이 빠르고 거셌습니다. 강바닥은 돌로 가득 차 있었고, 우리는 그 위로 흐르는 물들이 하얀 거품을 일으키는 것을 보았습니다. 많은 배들이 강바닥의 바위에 부딪혀 부서졌고 그 배에 탄 병사들이 강에 빠졌습니다. 하지만 우리는 그곳을 지나 강 하류로 내려가 드디어 강을 건넜습니다. 우리는 70여 개의 도시를 함락시켰습니다. 주민이 5천 명이 넘는 도시가 그 중에서 반 이상이나 되었습니다. 우리는 히드라오테스 강가의 상갈라

성벽 밑에 머물게 되었습니다.

　이제 이 도시를 함락시키고 강을 건너면 무슨 일이 벌어질지 저도 알 수 없습니다. 강을 건너고 나면 사막이 나올 것이고, 아무도 지날 수 없는 숲이 나올 것이며, 또다시 수만 명의 전사들이 있는 강력한 왕국들이 나올 겁니다. 하루하루 우리는 우리 의지로 지탱할 수 없는 힘든 일을 해나가고 있습니다. 숲에는 어마어마하게 큰 뱀들이 기어다니고 있습니다. 정말 괴물이 따로 없습니다. 레온나토스가 도끼를 내리쳐 죽인 뱀은 16큐빗이었습니다.

아리스토텔레스는 한숨을 쉬었다. 16큐빗! 그는 발걸음으로 그 길이를 재보기 위해 자리에서 일어났다. 방의 길이만으로는 그 길이를 잴 수 없어 그는 밖으로 나가야 했다. 잠시 후 그는 다시 자리로 돌아와 글을 읽었다.

　경작지는 아주 비옥합니다. 하지만 사방이 숲으로 에워싸여 있습니다. 어떻게 보면 숲에 포위된 것 같기도 합니다. 사방에 다양한 크기의 원숭이들이 득실댑니다. 그 동물들은 자신들이 본 것을 그대로 흉내내는 신기한 버릇이 있답니다. 그들 중 어떤 놈은, 선생님이 이 그림에서 보실 수 있듯이, 그 눈의 표정이 거의 인간과 같아 너무나 인상적이었습니다.

프톨레마이오스는 글 옆에 석탄으로 원숭이를 그려넣었다. 아마도 화가에게 부탁한 것 같았다. 그림에 그려진 원숭이의 시선은 아리스토텔레스를 놀라게 했다.

　인도인들이 보리수라고 부르는, 믿을 수 없을 정도로 큰 나무들도 있습니다. 높이는 70큐빗에 이릅니다. 어찌나 크던지 5백여 명의 병사들이 그 거대한 나무의 그늘 밑에서 햇볕을 피할 수 있었답니다.

온갖 종류의 뱀들도 있습니다. 어떤 놈들은 청동 막대기 같은 모습이고 어떤 것은 검은색입니다. 일종의 볏처럼 목이 퍼지는 놈도 있는데, 그 볏에는 둥근 무늬가 있었습니다. 그놈에게 물리기라도 하면 식은땀을 비 오듯 흘리다가 고통스러워하며 죽게 됩니다. 우리는 뱀에게 물릴까봐 밤을 꼬박 새운 적도 있었습니다. 하지만 병영 주위에 불을 피워놓으면 뱀을 물리친다는 걸 알게 되었고, 원주민들로부터 해독제로 사용할 수 있는 약초들도 알게 되었습니다.

뱀들은 호랑이보다 더 무서운 놈들입니다. 호랑이는 검이나 투창으로 막아낼 수 있기 때문이지요. 호랑이는 사자보다 더 큰 동물입니다. 황갈색과 검은색 줄이 그려진 화려한 가죽은 정말 멋지답니다. 그 울음소리는 멀리 떨어진 곳에서도 한밤중의 공기를 울려놓습니다. 저는 아직 한 마리도 본 적이 없습니다. 하지만 그 가죽을 보았기 때문에 선생님께 설명드릴 수 있습니다.

이제 펜을 놓아야겠습니다. 비가 거세게 퍼부어 더 이상 글을 쓸 수 없습니다. 습기 때문에 모든 게 썩고 병사들은 병들었습니다. 또 강이 범람하고 그 물이 수천 스타디온이나 떨어진 들판까지 밀려드는 바람에 악어 밥이 된 병사들도 있습니다. 언제쯤 짐승이 아닌 인간답게 살아가게 될지 저도 그 시기를 알 수 없습니다.

지칠 줄 모르고, 그 어떤 종류의 두려움도 모르는 사람은 알렉산드로스뿐입니다. 그는 여전히 병사들의 선두에 서서 행군을 가로막는 장애물들을 제거해 길을 열어줍니다. 쓰러진 사람을 구하러 달려가고 지친 이에게 용기를 줍니다. 그의 눈에는 아주 오래 전 리비아 사막의 아몬 신전에서 나왔을 때처럼 뜨거운 빛이 담겨 있습니다.

프톨레마이오스의 이야기는 그것으로 끝이 났다. 아리스토텔레스는 두루마리를 다시 말아 선반 위에 올려놓았다.

칼리스테네스를 생각하자 눈이 젖어왔다. 칼리스테네스의 모험은 세상의 경계와 맞닿아 있는 지방에서 비참하게 끝이 났다. 어쩌면 독약보다 두려움이 먼저 그를 죽였을지도 모른다. 아리스토텔레스는 조카의 생각들이 항상 그의 정신이나 용기보다 더 강했다는 것을 알고 있었다. 그는 마지막 순간에 조카를 옆에서 지켜주며 소크라테스의 마지막 말을 들려주었더라면 하고 아쉬워했다.

자, 이제 갈 시간이 되었네. 난 죽음으로, 자네들은 삶으로…….

하지만 칼리스테네스는 공포에 짓눌려 그 말조차 들을 수 없었을 것이다.

아리스토텔레스는 등불을 껐다. 그리고 한숨을 쉬며 누웠다. 늦가을의 맑은 달빛 아래 혼자 누워 있는 그는 알렉산드로스가 과연 조카를 불쌍하게 생각했을까 하는 의문이 들었다.

헤파이스티온은 거세게 쏟아지는 빗속에서 사방으로 진흙을 튀기며 왕의 천막으로 달려갔다. 호위병들이 그를 들여보냈고 그는 온기보다 연기가 더 많이 나는 화롯불 옆으로 다가갔다. 렙티나가 마른 망토를 그에게 내밀었다. 알렉산드로스가 다가왔다.

"상갈라가 항복했네. 에우메네스가 사망자와 부상자들의 수를 파악하고 있네."

헤파이스티온이 말했다.

"사상자가 많은가?"

"불행하게도 1천 명이 넘는다네……. 1천 명에서 1천5백 명 사이야. 장교들도 많이 포함되어 있네. 리시마코스도 부상을 입었는데, 심각한 것 같진 않아."

"적들은?"

"사망자가 1만7천 명이네."

"대살육이 벌어졌군. 그들은 용감하게 저항했어."

"포로가 어마어마하다네. 게다가 전차 3백 대와 코끼리 70마리도 손에 넣었네."

때마침 에우메네스가 들어왔다. 그 역시 비에 흠뻑 젖어 있었다.

"정확하게 숫자를 파악했네. 우리는 전사자가 5백 명인데, 그 중 마케도니아인과 그리스인이 1백50명이네. 그리고 부상자는 1천2백 명이야. 리시마코스도 어깨 부상을 입었는데, 지금으로선 심하지 않아. 내게 뭐 다른 명령을 내릴 게 있나?"

"그래."

알렉산드로스가 대답했다.

"내일 이곳과 히파시스 사이에 있는 두 개의 도시로 떠나게. 자네가 포로 몇 명을 데리고 가 상갈라에서 무슨 일이 벌어졌는지를 그 도시 주민들에게 알리게. 만약 그들이 내 권위를 인정하면 죽음이나 대학살을 피할 수 있을 거야. 그 사이 우리는 나머지 부대를 이끌고 자네 뒤를 따르겠네."

에우메네스는 고개를 끄덕이며 어깨를 망토로 감싸고 밖으로 나갔다. 그때 번개가 번쩍이며 전 병영이 푸른빛으로 빛났다. 그 빛으로 인해 오히려 앞이 잘 보이지 않았다. 곧이어 왕의 천막 바로 위쪽에서 천둥소리가 울려퍼졌다.

"나도 가서 포로들을 이송하는 일을 감독해야겠네. 가능하면 밤이 되기 전까지 보고하겠네."

말을 마친 헤파이스티온은 방패로 머리를 가리고 병영을 에워싼 울타리 쪽으로 뛰어갔다. 마침 두 줄로 서 있는 페체타이로이 병사들 사이로 포로들이 억수같이 쏟아지는 비를 맞으며 지나갔다. 포로들은 말을 탄 두 명의 장교를 따라가고 있었다. 장교들은 그들을 서쪽 문 근처의 울타리 안으로 데리고 갔다. 그곳에는 포로들 중 절반 정도가 들어갈 천막들이 준비되어 있었다. 여자와 아이들이 자리를 잡자 곧이어 진흙탕 속에서 몸을 맞대고 있던 남자들이 천막 안으로 몸을 피했다.

헤파이스티온은 먹구름이 뒤덮인 하늘을 올려다보았다. 멀리 지평선 쪽에서는 천둥과 번개가 연이어 내리치고 있었다. 마치 괴물 같은 하늘이었다. 비는 그칠 줄 모르고 퍼부었다. 헤파이스티온은 진저리를 치며 생각했다.

'대체 여기는 어떤 곳인가? 알렉산드로스가 가고 싶어하는 강 너머에는 대체 무엇이 있단 말인가?'

그때 다시 먹구름 사이로 번개가 쳤다. 온 지역과 도시가 푸른빛 속에서 모습을 드러냈다. 순간 그 빛 속에 유령 같은 모습 하나가 나타났다. 뼈만 앙상한 남자가 반 정도 가린 옷을 입고 저절로 열린 병영의 문을 지나 앞으로 걸어오고 있었다. 헤파이스티온은 깜짝 놀라 그 남자 쪽으로 다가갔다. 그리고 천둥소리에도 들릴 만큼 힘껏 소리쳤다.

"너는 누구냐? 무엇을 원하느냐?"

남자가 뭔가 이해할 수 없는 말로 대답했다. 그는 계속 천막 사이로 걸어가 거대한 보리수나무 밑에 앉았다. 그곳에서 그는 다리를 꼬고 앉아 두 팔을 배 부분에서 교차시킨 뒤 손바닥을 하늘로 향했다. 오른손 엄지와 검지를 맞대고 억수같이 퍼붓는 빗속에서 석상처럼 꼿꼿이 앉아 있었다.

그곳에서 얼마 떨어지지 않은 작은 신전에서는 아리스탄드로스가 신들에게 비를 그치게 해달라고 양 한 마리를 제물로 올리고 있었다. 나무로 만들어진 신전은 병영의 안전을 기원하기 위해 그가 직접 만든 것이었다. 그때였다. 갑자기 뭔가가 목을 찌르는 것처럼 참을 수 없는 통증이 느껴졌다. 곧이어 그를 부르는 또렷한 목소리가 들렸다.

그가 몸을 돌리자 병영을 가로질러오는 한 남자가 보였다. 자신을 부를 사람은 그 남자밖에 없었으므로 아리스탄드로스는 몹시 놀랐다. 아리스탄드로스가 밖으로 얼굴을 내밀었다. 그는 망토를 머리에 쓰고 신전에서 나와 보리수나무 밑으로 갔다.

헤파이스티온은 아리스탄드로스가 반나체의 인도인과 이야기를 나누려고 애쓰는 모습을 보았다. 인도인은 나무가 움푹 파진 부분에 들어가 앉아 있었다. 아리스탄드로스도 땅바닥에 앉았다. 헤파이스티온은 방패로 머리를 가린 채 자기 천막으로 갔다. 그는 서둘러 몸을 말리고 마른 옷으로 갈아입었다.

그날 밤 내내 천둥번개를 동반한 비가 퍼부었다. 번개는 병영 근처에 떨어져 나무와 오두막을 불태웠다. 다음날 아침에는 해가 떴다. 왕이 천막에서 나갔을 때 아리스탄드로스가 그의 앞에 와 있었다.

"무슨 일인가, 아리스탄드로스?"

"보십시오, 그입니다."

보리수나무 밑에 앉아 있는, 뼈만 앙상한 남자를 가리키며 아리스탄드로스가 말했다.

"그라니, 누구 말인가?"

"그 사람, 제 악몽 속에 등장하던 알몸의 남자입니다."

"분명한가?"

"저는 곧 알아보았습니다. 저 사람은 어제 저녁부터 저 자세로 꼼짝 않고 앉아 있습니다. 사나운 폭풍우가 몰아치는데도 떨지 않고, 눈썹 하나 깜빡거리지 않았습니다."

"저 사람은 누군가?"

"다른 인도인들에게 물어보았습니다만, 아는 사람이 없었습니다."

"이름은 있을 것 아닌가?"

"저도 모릅니다. 인도의 철학자이며 승려인 사마나[21]가 아닐까 생각하고 있습니다."

---

21) 출가하여 수행하는 사람

“그가 있는 곳으로 나를 안내하라.”

그들은 발이 푹푹 빠지는 진흙탕 위를 걸어 이상한 방문자가 있는 곳으로 갔다. 알렉산드로스는 어느 가을날 오후, 항아리 앞에 누워 있던 알몸의 철학자 디오게네스를 떠올렸다. 그러자 감동으로 목이 멨다.

“자네는 누군가?”

그에게 물었다.

남자가 눈을 떴다. 그리고 빛을 발산하는 강렬한 눈으로 알렉산드로스를 뚫어지게 바라보았다. 하지만 입을 열지는 않았다. 알렉산드로스가 아리스탄드로스 쪽으로 몸을 돌렸다.

“빨리 가서 통역관을 오게 하라.”

곧 통역관이 당도하자 알렉산드로스가 다시 물었다.

“배고프지 않나? 내 천막으로 들어가지 않겠나?”

남자는 자기 앞에 놓인 작은 사발을 가리켰다. 통역관은 이런 승려들, 영원한 평정상태를 찾아 고행하는 사람들은 탁발로 살며 밀가루 죽 한 그릇이면 충분하다고 설명했다.

“그래도 내 천막으로 들어가면 비를 피하고 배부르게 먹을 수도 있지 않나?”

“있을 수 없는 일입니다.”

통역관이 말했다.

“저 사람은 완전을 향한 자신의 여정을 멈추지 않을 것입니다. 그것이 그가 얻을 수 있는 유일한 평화의 상태이며 고뇌로부터 자유로워질 수 있는 유일한 길이기 때문입니다.”

‘판타 레이[22]를 말하는 거군.’

알렉산드로스가 생각했다.

---

22) 만물은 유전한다.

‘데모크리토스의 생각들이지⋯⋯. 모든 게 소멸했다가 다른 형태로 생성된다. 정신 역시 마찬가지라 했던가⋯⋯. 희망과도 같은 죽음이라⋯⋯.’

생각 끝에 왕이 명령했다.

“그에게 먹을 것을 줘라. 그리고 언제든지 그가 원할 때 이야기를 나누고 싶다고 전하라.”

그러자 통역관이 대답했다.

“그리스어를 배우면 곧 폐하와 이야기를 나누게 될 거라고 말했습니다.”

알렉산드로스는 목례를 하고 자신의 천막으로 돌아왔다.

각 부대에 소집 나팔이 울려퍼졌다. 원정대는 인더스 강의 마지막 지류인 파탈리푸트라와 대양의 해안으로 가기 위해 히파시스 쪽으로 출발했다.

원정대는 나무들이 듬성듬성 있는 숲으로 진군했다. 숲은 강과 가까워질수록 울창해졌다. 그런데 둘째 날부터 장대비가 퍼부었다. 비는 번개와 천둥을 동반하고 넷째 날까지 계속 내렸다. 인도인 안내자들은 우기가 70일 정도 지속된다고 했다. 그들이 흙탕물로 크게 불어난 히파시스 강에 도착했을 때 왕은 자신의 막사에서 참모회의를 소집했다. 해군 제독인 네아르코스와 최근의 도하작전에서 큰 활약을 보인 해군 중장 오네시크리토스와 왕의 동료들인 페르디카스, 크라테로스, 레온나토스, 셀레오코스, 프톨레마이오스와 리시마코스가 참석했다. 필리포스의 옛 친위대 장군들이 모두 사라진 뒤, 이제 미에자의 소년들이 원정대의 최고 사령관직을 맡고 있었다. 알렉산드로스와 동맹을 맺은 프하가이아스라는 인도 왕도 참석했다. 그는 히파시스 강 너머 지역을 잘 알고 있었다.

알렉산드로스가 회의를 시작했다.

“친구들, 우리는 지금까지 어떤 그리스인도 와본 적이 없는 곳에 도착했소. 모든 것이 다 여러분의 용맹과 영웅적인 행동 덕택이었소. 이제 우리가 완수해야 할 마지막 행보가 남아 있소. 인더스 강의 마지막 지류를 건너 갠지스 강까지, 대양의 해안까지 진군하는 것이오. 하지만 우리 앞에 더 이상의 장애물은 없을 것이오. 이 마지막 행보가 성공한다면, 그때 우리는 인간과 신의 역사에서 한 번도 실현된 적이 없는 위대한 원정을 끝마치게 될 것이오. 우리는 상상도 할 수 없었던 위대한 꿈을 현실로 이루어놓을 것이오. 이제 우리의 해군 제독인 네아르코스 장군이 도하 계획을 여러분에게 설명해줄 것이오. 그런 다음 각 전투부대의 사령관들이 각자의 관점에서, 어떤 식으로 행군할 것인지 방안을 제시하도록 하시오."

그 순간 천막 위에서 천둥이 쳤다. 탁자 위에 올려진 물건들이 일제히 흔들거렸다. 그러고 나자 잠시 침묵의 순간이 찾아왔다. 빗소리가 비현실적일 정도로 크게 들렸다. 프톨레마이오스가 셀레우코스와 재빨리 눈길을 주고받고는 맨 처음 입을 열었다.

"알렉산드로스, 내 말을 들어주게. 우리는 자네를 따라 이곳까지 왔네. 그리고 우리는 다시 자네를 따라 진흙탕과 늪 속으로, 뱀과 악어들 사이로 행군할 준비가 되어 있어. 우리는 다시 사막을 넘고 산을 넘을 태세가 되어 있지만 병사들은 아니라네."

알렉산드로스가 깜짝 놀란 눈으로, 마치 자기 귀를 믿을 수 없다는 듯 그를 쳐다보았다.

"병사들은 힘이 빠져나가버렸어. 더 이상 행군할 수 없어."

"그렇지 않아!"

알렉산드로스가 외쳤다.

"병사들은 포로스를 물리쳤고 10여 개의 도시를 정복했어."

"바로 그 때문에 그들은 지치고 쇠약해졌네. 자네 눈에는 병사들이 보이지 않나? 병사들을 한번 보게, 알렉산드로스 걸음을 멈추고 그들을 한번 봐. 병사들은 쉴새없이 내리는 비를 맞으며 잠도 제대로 자지 못했어. 벌겋게 충혈된 눈으로 무릎까지 닿는 진흙탕 속을 행군하고 있네. 자네의 꿈을 실현시키기 위해 얼마나 많은 병사들이 죽었는지 계산해보았나? 많은 병사들이 부상을 입어, 아물지 않는 상처 때문에, 몸이 썩어, 뱀의 독 때문에, 악어에게 물려, 페스트 열에 시달리거나 이질에 걸려 죽었네. 야위고 쇠약해진 병사들은 지친 몸을 이끌고 세상의 끝인 이곳까지 왔네. 하지만 그들은 두려워하고 있어. 적이나 전차, 그들의 코끼리를 두려워하는 게 아닐세! 그들은 이 끔찍하고 적대적인 자연, 끊임없이 천둥에 흔들리고 번개에 찢기는 이 하늘, 숲과 늪지에 우글거리는 흉측한 짐승들을 두려워하고 있네. 심지어 별이 뜬 밤하늘조차 두려워해. 어린 시절부터 수없이 보아온 그 하늘과 별들마저도 말이야. 병사들을 보게, 알렉산드로스 그들은 더 이상 예전의 그들이 아니야. 옷은 다 찢어져 넝마 조각이나 야만인들의 옷으로 겨우 몸을 가리고 있네. 그들이 탄 말들은 쉬지 않고 행군하는 바람에 발굽이 다 닳아버렸어. 그 때문에 말들이 지나가는 자리에는 핏자국이 남는다네.”

“나 역시 그들과 똑같이 힘든 것을 참고 있네. 나도 그들과 똑같이 추위와 배고픔과 갈증과 비와 상처로 고통스러워하고 있어!”

왕이 소리치며 옷을 풀어헤치고 가슴의 상처를 보여주었다.

“알아. 하지만 병사들은 자네가 아닐세. 자네 같은 에너지와 생명력을 지니고 있지 않아. 그들은 평범한 인간들일 뿐이야. 그들은 지치고 쇠약해져 있어. 오랫동안 가족들의 소식을 듣지도 못했다네. 그들은 오래 전 떠나온 아내와 자식들을 그리워하며 향수에 젖어 있어. 가끔, 원하지도 않은 탈영을 했다는 이유로 자네가 억지로 주둔지에 남겨두었던 병사들을 생각해보게. 병사들은 이 먼 이역 땅에서 주둔 부대로 남게 될까봐 두려워하고 있네. 전령이 와서 고향의 가족들과 고국을 잊어버리고 살라는 명령을 전할까봐 떨고 있네. 그들을 집으로 데려다주게, 알렉산드로스, 제발 부탁하네. 그들을 집으로 보내주게."

프톨레마이오스는 입을 다물고 고개를 떨구었다. 다른 동료들도 아무 말이 없었다. 번개가 다시 머리 위에서 번쩍거렸다. 곧이어 천둥소리가 요란한 북소리처럼 오랫동안 울려퍼졌다. 알렉산드로스는 그 소리가 사라지기를 기다렸다.

"분명히 말하게, 프톨레마이오스! 명령에 불복하겠다는 건가? 내 원정 대가 내게 반항하는 건가? 내 장교들이, 나와 가장 친한 동료들이 그들과 공범자인가?"

"어떻게 그렇게 말할 수 있나? 우리와 자네 병사들을 어떻게 그런 죄 명으로 비난할 수 있나?"

헤파이스티온이 분통이 터진다는 듯 말했다. 알렉산드로스가 가장 친한 친구의 말에 몸을 흠칫거렸다.

"자네의 명령을 거역하고 싶어하는 사람은 아무도 없네. 그리고 그 누구도 자네에게 자네의 의지와 반대되는 일을 하라고 강요하지 않아. 프톨레마이오스 말이 맞네. 자네가 계속 전진한다면 가도록 하세. 우리 는 자네를 따르겠네. 어떤 이유에서든 떠나지 않겠다고 맹세한 우리 친 구들은 자네를 따르겠네. 하지만 자네 병사들은 그들의 생활로 돌아갈 권리가 있네. 그들은 이미 충분한 대가를 치렀어. 그들이 할 수 있는 일 은 모두 했네. 그들은 힘이 빠졌고 지쳐 있어. 병사들이 우리에게 제발 자네를 설득시켜달라고 간청했고, 그래서 우리가 지금 이런 말을 하는 걸세. 다른 이유는 없네. 이 문제에 대해 다시 한 번 생각해주게. 그래서 우리가 어떻게 하는 게 좋을지 정해지면 전령을 보내 알려주게. 우리는 자네가 원하는 대로 하겠네."

친구들이 성난 폭풍우 속으로 하나둘 빠져나갔다.

이틀 동안 왕은 식음을 전폐한 채 천막 속에 틀어박혀 있었다. 그는 한 손만 뻗으면 목적지에 이를 수 있는 순간에 그것을 가로막는 운명을 저주했다. 언제나 생사고락을 함께 나누고 싶어하는, 사랑스러운 신부 록사네조차 그를 위로할 수 없었다.

"당신 친구들 이야기를 듣는 게 어때요?"

그녀가 서툰 그리스어로 말했다.

"왜 당신을 사랑하고 그렇게 오랜 세월 동안 당신 곁을 떠나지 않은 사람들의 말을 듣지 않는 거죠? 왜 당신 병사들을 가엾게 생각하지 않는 건가요?"

알렉산드로스는 대답하지 않았다. 절망이 가득 담긴 눈으로 그녀를 뚫어지게 바라볼 뿐이었다.

"당신에게는 이미 손에 넣은 것 외에 다른 땅들을 정복하는 게 그렇게 중요한가요? 혹시 다른 지방, 다른 도시, 다른 재산을 소유하면 행복을 찾을 수 있다고 생각하는 건가요? 오, 알렉산드로스 저 강 너머에서 당신이 원하는 게 뭔지 내게 말해주세요. 당신을 사랑하는 이 록사네에게 말해주세요."

왕은 길게 한숨을 쉬었다.

"다섯 살이 되었을 때 난 생전 처음으로 왕궁에서 도망쳤소. 난 신들의 산에 가보고 싶었소. 그때부터 나는 항상 새벽 시간 그 너머에, 석양 너머에, 산들과 평야 너머에, 빛과 어둠 너머에, 선과 악 너머에, 이 모든 것 너머에 무엇이 있는지 알고 싶었소."

록사네가 고개를 저었다. 무슨 말인지 알아들을 수 없었다. 그런 말들이 그녀에게는 너무 어려웠다. 하지만 그의 눈을 보면 이해했고 그의 고뇌를 짐작할 수 있었다.

그녀가 말했다.

"그러면 가세요. 나하고 당신만 가요. 저 강 너머에 어떤 세상이 있는지 보러 가요."

"아니오."

알렉산드로스가 대답했다.

"내 운명은 그게 아니오. 그렇게 하라고 신탁이 내려진 것이 아니오. 난 내 부대와 떨어질 수 없소. 영광을 포기할 수 없소⋯⋯. 록사네, 난 가능하면 신들에게 가까이 가고 싶소. 시간의 한계 너머로 가보고 싶소. 내 앞에 살았던 사람들을 모두 초월하고 싶소. 내가 하데스에 내려갔을 때 내 이름이 망각 속에 묻히는 것을 원치 않소."

록사네는 당황한 눈빛으로 그를 바라보았다. 그녀가 이해하기에 너무나 어려운 이야기였다. 하지만 그의 내부에 그 어떤 것으로도 이겨낼 수 없는 힘, 그 무엇으로도 만족되지 않는 욕구가 들어 있음을 느꼈다. 그는 무지개를 좇는 어린아이 같았고, 태양을 향해 나는 독수리 같았다. 록사네는 알렉산드로스를 쓰다듬었다. 그리고 그의 이마와 입에 입맞춤을 했다. 그녀가 페르시아어로 말했다.

"나와 함께 있어줘요, 알렉산드로스. 날 떠나지 말아요. 난 당신 없이는 살 수 없어요."

그녀는 단 한순간도 그의 곁을 떠나지 않았다. 한쪽에 비켜서서 그가 눈길을 주거나 말을 걸기만 조용히 기다렸다. 그녀는 그가 눈썹을 깜빡일 때마다, 그의 입에서 한숨이 새어나올 때마다 몰래 그를 바라볼 뿐이었다. 왕은 아무도 들어갈 수 없는 자기만의 세계에 갇혀 있었다. 그는 자신의 꿈과 악몽의 포로가 되어 돌처럼 굳어버린 것 같았다.

식음을 전폐한 지 사흘째 되는 날 저녁이었다. 그가 어두운 천막 안에 앉아 있을 때 갑자기 누군가가 들어오는 게 느껴졌다. 그가 눈을 들자 앞에는 인도 승려가 서 있었다. 승려는 깊고 검은 눈으로 알렉산드로스를 물끄러미 쳐다보았다. 알렉산드로스는 아무도 그가 천막 안으로 들어오는 것을 보지 못했음을 깨달았다. 보초들이 그를 제지하지도 않았고, 페리타스조차 그의 존재를 알아차리지 못했다. 페리타스는 구석에 웅크리고 앉아 꾸벅꾸벅 졸고 있었다.

인도 남자는 아무 말이 없었다. 그저 손가락을 들어 병영을 가리킬 뿐이었다. 그의 몸짓에서는 저항할 수 없는 어떤 힘이 발산되고 있었다. 왕은 그 힘에 이끌리듯 밖으로 나갔다. 그리고 깜짝 놀라 그 자리에 섰다. 수천 명의 병사들이 천막 주위를 에워싸고 있었다. 벌겋게 충혈된 눈, 헝클어진 채 어깨까지 내려온 머리카락, 다 찢어진 옷을 입은 병사들이 그를 바라보며 대답을 기다리고 있었다. 그들의 눈에는 슬픔과 고통이 가득 담겨 있었지만 흔들림은 없었다. 알렉산드로스는 그들을 바라보자 비로소 병사들의 고통을 이해할 수 있었다.

알렉산드로스가 큰 소리로 외쳤다.

"더 이상 전진하고 싶어하지 않는다고 들었다. 사실인가?"

아무도 대답하지 않았다. 웅성거리는 불평소리만 대열 사이를 훑고 지나갔다.

"난 사실이 아니라고 알고 있다. 나는 여러분이 이 세상에서 가장 훌륭한 군인들이며, 결코 여러분의 왕에게 등을 돌릴 사람들이 아니라는 것을 잘 알고 있다! 나는 계속 전진해 여러분을 저 강 너머로 인도하기로 결정했다. 하지만 먼저 신의 의지를 알고 싶었다. 신의 의지에 도전할 수 있는 자는 아무도 없다. 그러니까 준비하라, 용사들이여! 준비하라. 이제 여러분이 당연히 받아야 할 것, 그리고 여러분이 그동안 정복한 것을 즐길 시간이 되었다. 돌아가도록 하자. 집으로 돌아간다!"

열렬한 환영의 함성도, 박수갈채도 들리지 않았다. 다만 깊고 강렬한 감동만 퍼져나갔다. 많은 병사들이 소리 없이 눈물을 흘렸다. 눈물이 거친 수염 위로, 8년 동안의 고행이 새겨진 주름살 위로 천천히 흘러내렸다. 그들은 왕이 화를 내지 않은 것에 더 감격했다. 왕은 아직도 그들을 자식처럼 사랑하고 있으며 이제 집으로 보내주려고 한다. 노장 한 사람이 대열에서 벗어나 알렉산드로스의 앞까지 걸어나왔다. 그리고 왕에게 말했다.

"고맙습니다, 저희같이 미천한 병사들의 뜻을 받아주셔서 정말 감사합니다……. 저희에게 어떤 일이 벌어지든 저희 앞에 어떤 운명이 준비되어 있든, 저희는 결코 폐하를 잊지 않겠습니다."

알렉산드로스가 노장을 껴안았다. 그는 모든 병사들에게 막사로 돌아가 출발 준비를 하라고 명령했다. 병사들이 모두 자리를 떠났을 때 왕은 혼자 히파시스 강가로 갔다. 구름이 흩어지고 석양녘의 햇볕이 넓은 강에 퍼져 있었다.

석양은 멀리 윤곽만 보이는 파로파미수스 산맥을 붉게 물들였다. 이제 알렉산드로스는 거대한 갠지스 강을 볼 수 없었다. 무지갯빛이 나는 파탈리푸트라의 공작을 보며 금빛 강둑을 걸을 수도 없었다. 그러자 알렉산드로스의 하늘 같은 남빛 눈에서 눈물이 흘러나왔다. 한밤처럼 검은 한쪽 눈에서 눈물이 흘러내렸다.

54

하늘이 알렉산드로스의 결정을 찬성하기라도 하듯, 며칠 동안 비가 그쳤다. 왕은 원정대를 열두 그룹으로 나누었다. 그리고 각각의 그룹에게 히파시스 강가에 거대한 돌 제단을 쌓게 했다. 올림포스의 12신들에게 경의를 표하기 위해서였다. 왕은 전 부대가 정렬한 가운데 제물을 올렸다. 그는 신들에게, 어떤 인간도 이 제단 너머로 가는 것을 막아달라고 기도했다. 다음날 원정대는 인더스 강 쪽으로 길을 떠났다. 원정대는 상갈라와 최근에 세워진 알렉산드리아 부케팔라와 알렉산드리아 니케아 같은 도시들을 두루 들렀다.

그 와중에 코이노스가 병에 걸려 숨졌다. 그는 가우가멜라 전투에서 영웅적으로 싸웠고, 또 박트라에서는 크라테로스를 도와 스피타메네스와 전투를 했던 전사였다. 알렉산드로스는 그를 위해 성대한 장례식을 치러주었다. 그리고 그의 영웅적인 행동과 용기를 기념할 만한 거대한 무덤을 세웠다.

알렉산드로스는 포로스에게 그가 정복한 인도, 즉 일곱 개의 나라와

2천여 도시의 통치를 맡겼다. 알렉산드리아 니케아에 주둔한 마케도니아 총독에게는 공물과 병사들을 징발해 바치도록 했다.

원정대는 그곳에서 히다스페스 강까지 나아가 다시 그 강을 따라 아케시네스 강과 합류하는 지점까지 내려갔다. 인도의 왕들은 자발적으로 찾아와 알렉산드로스 황제에게 경의를 표했고 복종할 자세를 취했다. 하지만 인더스 강의 남쪽에는 여전히 사납고 독자적으로 생활하는 부족들이 많았다.

그 즈음, 그리스와 마케도니아에서 징병한 병사 2만 명이 도착했다. 그들은 새 갑옷과 그리스 풍의 새 옷들을 가지고 왔다. 또한 붕대와 외과용 기계, 부러진 팔다리를 고정시킬 부목들과 80탈렌트어치의 약도 가지고 왔다.

알렉산드로스는 스타테이라의 편지를 받았다. 그 순간 그녀에게 신경 쓰지 못한 것, 아니 거의 잊다시피 지냈던 것이 후회스러웠다.

스타테이라가 너무나 사랑하는 남편 알렉산드로스에게

그동안 안녕하셨어요!

저는 우리의 아기를 유산한 뒤 슬픔 속에서 하루하루를 보냈답니다. 그런데 얼마 지나지 않아 당신이 새로운 사랑, 소그디아나 부족장의 딸을 만났다는 소식을 들었습니다. 사람들의 이야기로는, 그녀가 매우 아름다우며 당신이 그녀를 왕비로, 미래의 당신 아들의 어머니로 선포했다는 것도 알게 되었어요. 제가 조금도 기분이 나쁘지 않았고 낙담도 하지 않았으며, 질투에 시달리지도 않았다고 당신께 말한다면 아마 거짓말일 거예요. 제가 그녀를 부러워하는 것은 권력이나 명예를 누려서가 아니라 다만 당신의 사랑을 받고, 밤이면 당신 곁에서 잠을 자고, 당신의 숨소리를 듣고, 살내음을 맡을 수 있기 때문이랍니다. 오, 제가 당신의 아기를 낳기만 했다면! 아기를 품에 안고 아기의 얼굴에서 당신의 모습을 발견할

수 있었을 텐데……. 하지만 모든 인간에게는 태어나는 순간 정해진 운명
이 있답니다. 신들은 제게 아버지와 아기, 그리고 남편의 사랑을 잃어버
리도록 운명을 정해놓으셨어요. 저의 우울한 기분으로 당신을 슬프게 해
드리고 싶지는 않아요. 다만 당신이 행복하시기만을 바랍니다. 그리고 당
신이 이곳으로 돌아오시면 저와 잠깐이라도 함께 지내주시길 바랍니다.
단 하루, 단 하룻밤도 상관없습니다. 당신을 알고 난 뒤부터 저는 한순간
을 전 인생과 맞바꿀 수도 있다는 걸 알게 되었어요.

부탁이에요, 위험한 일에 앞장서지 마세요. 몸조심하세요.

알렉산드로스는 그날 당장 답장을 썼다. 그리스어 쓰는 법을 배우고
있는 록사네가 호기심 어린 눈으로 그 모습을 지켜보았다.

록사네가 그에게 물었다.

"누구에게 쓰는 거예요?"

"당신을 만나기 전에 왕비였던 스타테이라 공주에게 쓰는 거요."

록사네의 얼굴이 어두워졌다. 그러더니 알렉산드로스가 한 번도 들어
본 적이 없는 어조로 말했다.

"난 당신이 뭐라고 썼는지 알고 싶지 않아요. 하지만 제가 살아 있길
바란다면 그 편지를 멀찌감치 치워버리세요."

어느덧 늦가을로 접어들면서 비는 그쳤다. 왕은 인더스 강이 어디서
끝나는지 알아보기 위해 강을 따라 내려갈 계획을 세웠다. 사실 그의
지리학자들 중에는 인더스 강이 나일 강의 상류일 것이라고 생각하는
사람도 있었다. 인더스 강 유역에는 나일 강처럼 악어떼가 살고 에티오
피아인들처럼 피부가 검은 사람들이 살고 있었기 때문이다. 만약 그것
이 사실이라면 함대가 이집트의 알렉산드리아까지 승리를 자랑하며 내
려갈 수 있었다.

이런 생각에 매혹된 알렉산드로스는 네아르코스를 강가로 불렀다. 알렉산드로스는 강가에서 가장 높은 곳에 서서 열을 지어 행진하는 원정대를 바라보았다. 마케도니아에서 출발할 때보다 네 배나 커진 원정대는 출발할 때처럼 눈부시게 빛났다.

왕이 말했다.

"병사들 대부분이 1만 스타디온을 걸어왔네. 이제 그들이 편안하게 여행하도록 해주고 싶네. 난 자네가 병사들과 말들을 수송할 배를 만들었으면 하네. 인더스 강까지, 그리고 그 너머까지 강을 따라 내려가다가 도시가 보이면 어디든 멈추는 걸세. 예전에는 다리우스가 다스렸지만 지금은 우리가 다스리는 도시의 통치권을 확실히 하기 위해서 말일세."

"그런 다음 어떻게 하실 겁니까?"

네아르코스가 물었다.

"크라테로스와 원정대의 반은 아라코시아와 카르마니아를 횡단하게 할 생각이네. 나와 나머지 원정대는 강을 따라 자네와 함께 항해를 계속할 걸세. 이 강이 나일 강의 상류라면 알렉산드리아까지, 대양까지 갈 수 있겠지."

"전 병사를 수송하려면 얼마나 많은 배가 필요한지 계산해보셨습니까?"

알렉산드로스가 고개를 저었다.

"1천여 척 이상은 되어야 합니다."

"1천 척?"

"대충 그 정도입니다."

"그러면 작업을 시작하세. 가능한 한 빨리!"

알렉산드로스가 그를 격려하며 말했다.

"드디어! 제가 전 세계에서 제일 큰 함대의 제독이 되는군요."

네아르코스가 기쁨으로 외쳤다.

그들이 이야기를 나누는 동안, 머리를 풀어헤친 록사네가 백마를 타고 강 옆의 초원 위를 달리고 있었다.

"아름답지 않은가?"

그녀를 보며 알렉산드로스가 물었다.

"그렇습니다. 인간이 상상할 수 있는 가장 아름다운 모습입니다. 정말 폐하와 잘 어울리는 분입니다."

제독이 대답했다. 록사네가 언덕 위에 서 있는 알렉산드로스를 발견했다. 그녀는 말고삐를 잡아당겨 곧장 그의 앞으로 달려왔다. 그녀는 말이 걸음을 멈추자 그가 있는 쪽으로 몸을 내밀고 냉큼 입을 맞추었다. 행군을 하며 그 장면을 목격한 병사들이 '와아아아!' 하고 함성을 내질렀다.

왕은 신부의 입술에서 입을 떼지 않고 병사들을 향해 손을 흔들었다.

네아르코스는 각 부대로 전령을 보내 해안지역 출신의 병사들을 소집했다. 해안과 섬 지역 출신인 그리스인들, 페니키아인들, 키프로스인들, 폰투스인들이 함께 모여 수송선을 제작했다. 수백 그루의 나무가 베어져 길쭉한 목판으로 변했다. 목수들은 오목판을 만들어 선체를 조립했다.

네아르코스의 계산은 착오가 없었다. 마침내 히다스페스 강에 1천여 척의 작은 배들과 30명이 노를 젓는 큰 배 80척이 진수할 준비를 마쳤다. 함대는 박수갈채와 환호성 속에 강으로 나갔다.

해가 뜬 맑은 날이었다. 많은 원주민들이 장관을 구경하려고 강가로 몰려들었다. 병사들도 인생의 가장 힘들고 극적이었던 시기를 뒤로 하고 떠난다는 사실 때문에 제정신이 아니었다. 그들의 앞에 어떤 일이 기다리고 있는지 아는 사람은 거의 없었다. 안내인들조차 사나흘 이상 항해하면 어떤 곳에 도착할지 몰랐다. 그럼에도 병사들은 들뜬 기분으로 배에 올랐다.

네아르코스는 가장 큰 배에서 지휘했다. 그 배에는 왕과 왕비가 타고 있었다. 네아르코스가 출발 신호를 내렸다. 마침내 배들이 하나둘씩 강으로 내려섰다. 강물은 뱃머리와 노에 부딪히며 하얀 거품과 물보라를 만들어냈다. 1천여 척의 배와 바람에 흔들리는 깃발들, 햇빛에 반짝이는 방패와 갑옷이 어우러지며 강 인근은 장관을 이루었다.

왕이 탄 배에는 여러 철학자들도 함께 승선했다. 그 중에는 많은 이들의 존경을 받고 있는 헬리데의 피로네스가 있었다. 또 아리스탄드로스와 상갈라의 병영에 신비하게 모습을 드러낸 인도 승려도 있었다. 인도 승려는 두 다리를 꼬고 뱃머리에 앉아 있었다. 그는 두 팔을 무릎 위에 올려놓은 채 뱃머리의 조각상처럼 미동도 하지 않았다. 그는 줄곧 앞쪽만 바라보았다.

"저 사람에 대해 뭐 좀 알아낸 게 있나?"

왕이 아리스탄드로스에게 물었다.

"그의 이름은 칼란입니다. 그리스어로는 칼라노스로 발음합니다. 그는 자신의 부족에서 존경을 받던 승려로, 오랜 수행생활을 통해 특별한 능력을 부여받았습니다."

그러자 이번에는 피로네스가 끼어들었다.

"인도인들의 말에 따르면, 정당하게 행동하지 않은 자들의 영혼은 죽은 후 용광로 속의 쇠처럼 녹아 영혼이 완전히 정화될 때까지 수없이 윤회를 한다고 합니다. 그리고 고통과 괴로움이 완전히 사라졌을 때 비로소 그들이 '니르바나'라고 부르는 영원한 평화상태로 분해될 수 있다고 합니다."

"피타고라스의 사상과 핀다로스의 시가 생각나는군."

"그렇습니다. 아마 이 사상들은 인도로부터 피타고라스에게 전해진 것 같습니다."

"자네는 그런 걸 어떻게 알아냈나?"

“그에게 들었습니다. 그는 겨우 한 달도 안 되어 그리스어를 배웠습니다.”

“한 달도 안 되어? 어떻게 그런 일이 있을 수 있나?”

“있을 수 있습니다. 그리고 실제로 일어난 일입니다. 하지만 저도 어떻게 그것을 설명해야 할지 모르겠습니다.”

아리스탄드로스가 계속 말했다.

“하지만 그는 그리스어를 말하기 전에도 저와 의사소통을 할 수 있었습니다. 저는 그의 생각들이 제 머릿속에 울리는 것을 느꼈습니다.”

알렉산드로스는 배 옆을 스치는 강물을 뚫어지게 바라보았다. 그러다가 눈을 들어 넓은 강 위에 빼곡이 늘어서 있는 선단을 하염없이 바라보았다. 피로네스가 자리를 떴다. 그는 뱃머리에 놓아둔 밧줄 뭉치에 가서 앉았다. 그러더니 작은 서판을 무릎 위에 올려놓고 뭔가를 적었다. 왕이 점술가에게 다가가 물었다.

“그에게 자네 악몽에 대해 말했나?”

“하지 않았습니다.”

“지금도 그런 꿈을 꾸나?”

“그가 병영으로 들어오고 난 후부터는 꿈을 꾸지 않습니다.”

“그가 온 이유가 뭔지 아나?”

“폐하를 도와주러 왔습니다. 서쪽에서 위대한 인물이 도착하리라는 것을 알고 난 뒤부터 그는 폐하를 만나고 싶어했습니다.”

알렉산드로스가 고개를 끄덕였다. 그런 다음 난간에 몸을 의지해 칼라노스 쪽으로 다가갔다.

“뭘 보고 있소, 칼란?”

그러자 승려는 청동 악기에서 울려나오는 듯한 목소리로 대답했다.

“당신의 눈은 당신의 영혼을 가로지르는 어두운 선을 나타내고 있습니다. 그 선은 영혼 속의 빛과 어둠의 경계를 나타냅니다. 당신은 면도날

같은 그 경계선 위에서 달리고 있습니다. 그것은 너무나 힘들고 고통스러운 일입니다……."

왕이 놀라 말했다.

"자네는 계속 자네 앞의 파도를 보고 있는데, 어떻게 내 눈을 볼 수 있다는 건가? 그리고 아무도 자네에게 그리스어를 가르쳐주지 않았는데, 어떻게 그리스어를 유창하게 할 수 있는 건가?"

"저는 폐하를 만나기 전에 이미 폐하의 눈을 보고 있었습니다. 또한 혀는 단 하나뿐입니다, 폐하. 만 가지 말도 이 혀로 다 말할 수 있지요. 만약 어떤 남자가 자기 영혼의 근원과 본성을 찾아 그곳으로 돌아갈 수 있다면 그는 전 인류를 이해할 수 있을 것이고, 전 인류에게 이해를 받을 것입니다."

"자네는 무엇 때문에 내게 왔나?"

"저의 탐구를 계속하기 위해서입니다."

"자네의 탐구는 어디로 이어지는가?"

"평화입니다."

"하지만 난 전쟁을 치르고 있네. 난 어릴 때부터 이 전쟁을 준비해 왔어……."

"폐하께서는 지혜를 얻을 준비도 하셨습니다. 저는 폐하의 눈 속에서 고귀한 지혜의 그림자를 보고 있습니다. 최고의 선은 세계에 평화가 찾아오는 것입니다. 하지만 그 어떤 지고의 선도 불과 검을 통과하지 않고는 획득될 수 없습니다. 그런네 이미 그 일은 일어났습니다. 저는 어느 날인가 전 민족의 아버지가 될 대왕의 지혜가 폐하의 내부에서 자라나게 해드리고 싶습니다. 그것이 제가 폐하께 온 이유입니다."

"아주 잘 왔네, 칼란. 하지만 나의 길은 맨 처음 바다를 건널 때 정해졌어. 자네가 그 여정을 바꿀 수 있을지 모르겠군."

"잠시 후면 이 강은 위대한 아버지이신 인더스 강으로 흘러들게 됩니다.”

칼라노스가 빠른 물살 쪽으로 눈길을 돌리며 대답했다.

“폐하께서 만약 인더스 강이 시작되는 곳까지 거슬러 올라가신다면, 폐하께서는 맑은 물이 흐르는 작은 시내를 발견하게 되실 겁니다. 그러나 곧 계곡을 따라 내려오시면 수많은 시냇물들이 서로 뒤섞이고, 색이 변하며, 흐르는 방향이 바뀌는 것을 보시게 될 겁니다. 물 위에 스칠 만큼 휘어진 나뭇가지들도, 갑자기 온갖 종류의 물고기들과 뱀들과 악어들이 나타나 헤엄치는 광경도 보실 수 있을 겁니다. 강가에 둥지를 트는 새들도 보실 겁니다. 지금 폐하께서 보시는 강은 바로 그런 강입니다. 대양으로 흘러가면서 차츰 다른 강이 되는 것입니다. 강은 대양으로 들어가는 순간 영원의 물 속으로, 온 대지를 감싸고 있는 우주의 자궁 속으로 사라집니다. 그렇게 되면 더 이상 위대한 인더스는 존재하지 않게 되는 겁니다. 하지만 강은 영원히 사라지는 것이 아닙니다. 유일한 생명인 물의 일부분이 되어 구름과 새로, 강과 호수로, 나무와 꽃으로 다시 태어나는 거지요…….”

칼라노스는 더 이상 말하지 않았다. 그리고 다시 그 불가사의한 침묵 속으로 빠져들었다.

그때 네아르코스가 걱정스런 눈빛으로 왕에게 다가왔다.

“무슨 일인가?”

알렉산드로스가 물었다.

“물살이 빨라지고 있습니다.”

네아르코스가 대답했다.

55

네아르코스가 10여 스타티온쯤 떨어진 곳에서 뱃머리를 향해 달려오는 위협적인 물살을 가리켰다.

"즉시 강가로 가야 합니다. 강 주변을 정찰한 다음 함대를 이끌고 그곳에 상륙해야 합니다."

네아르코스가 말했다. 그는 곧 경보 깃발을 꽂게 했다. 키잡이들이 강가 쪽으로 방향을 잡았다.

"우현으로, 바깥쪽으로 노를 저어라!"

그러자 오른편의 노잡이들이 일제히 물 속에서 노를 들어올렸다. 그 사이 왼편의 노잡이들은 계속 노를 저어 배가 오른쪽 강가로 향하도록 만들었다. 신호 깃발과 기함의 움직임을 관찰한 다른 배들도 모두 똑같은 방식으로 방향을 전환하고 닻을 던졌다.

선원들이 배를 정박시키느라 여념이 없을 때였다. 갑자기 언덕 위에서 고함소리가 들려왔다. 강의 동쪽 언덕에서 수천 명쯤 되는 전사들이 모습을 나타냈다. 그들은 전속력으로 공격해오고 있었다.

알렉산드로스가 나팔을 불게 했다. 방패부대와 돌격부대의 전사들이 즉시 강물로 뛰어내렸다. 그들은 어느새 근접해온 적들과 싸우기 위해 앞으로 나아갔다.

"저자들은 누군가?"

왕이 물었다.

"마우리족입니다. 인더스 강과 합류하는 지역에 사는 부족입니다. 저들은 사납고 완강한 전사들입니다."

네아르코스가 대답했다.

"내 무기를 가져오라!"

알렉산드로스가 명령했다. 당번병들이 갑옷과 정강이받이와 깃털이 꽂힌 투구를 가지고 달려왔다.

"가시면 안 돼요, 알렉산드로스"

록사네가 그의 목에 매달리며 애원했다.

"난 왕이오. 제일 먼저 나가 싸워야 하오."

그는 서둘러 록사네에게 입을 맞춘 뒤 병사들에게 외쳤다.

"나를 따르라!"

알렉산드로스는 방패를 들고 곧장 강물로 뛰어내렸다. 그는 물살을 헤치고 강둑으로 나아갔다. 그 사이 다른 배에서도 수천 명의 전사들이 강물로 뛰어내렸다. 요란한 나팔소리와 온갖 언어로 외치는 명령소리가 강가에 울려퍼졌다.

알렉산드로스 곁으로 중장보병들이 달려왔다. 말들이 내려지자 첫 번째 기병대대가 정렬했다. 첫 번째 충돌에서 기세를 올렸던 적들은 전력을 보강한 마케도니아 부대에 점차 밀리기 시작했다. 마우리족은 계속 공격을 가하는 한편 질서정연하게 후퇴했다. 그들은 일단 언덕 위로 퇴각하자 유리한 위치를 이용해 다시 반격해왔다. 전선의 우세는 물결치듯 마우리족과 마케도니아 부대 사이를 오갔다. 늦은 오전 무렵이 되자 두 번째 기병대대가 전열을 갖추고 적의 측면을 공격했다. 그러자 앞쪽 언덕에 새로운 기사들이 길게 열을 지어 나타났다. 그들은 알렉산드로스가 이끄는 기병대대를 향해 돌진해 내려왔다.

격렬한 전투는 정오까지 이어졌다. 마케도니아 군은 점점 우위를 점하며 마우리족을 언덕 너머로 밀어붙였다. 언덕 위에 오르자 다섯 도시가 내려다보였다. 알렉산드로스는 그 도시들 중 특히 한 도시에 주목했다. 벽돌로 쌓은 요새 때문이었다.

알렉산드로스는 부대를 다섯으로 나눈 다음 각 도시로 내려보냈다. 왕은 가장 병사가 많은 다섯 번째 부대를 직접 지휘했다. 왕은 수도를 공략하기 위해 페르디카스와 프톨레마이오스와 레온나토스를 옆으로 불렀다. 그가 막 공격 명령을 내리려 할 때였다. 레온나토스가 왕에게 소리쳤다.

"알렉산드로스, 저길 좀 봐! 페리타스가 배에서 내렸네."

페리타스가 온힘을 다해 헤엄쳐 언덕으로 달려오고 있었다.

"맙소사!"

왕이 투덜거렸다.

"페리타스에게 무슨 일이 생기면 하인 놈을 벌줄 테다. 페리타스, 저리 가! 록사네에게 돌아가, 어서!"

개는 잠시 동안 주인의 말을 듣는 것 같았다. 하지만 알렉산드로스가 말을 달려 병사들이 있는 쪽으로 사라지자 다시 주인 뒤를 따랐다.

오후가 한창일 즈음, 왕이 지휘하는 부대가 성벽 근처에 도착했다. 추격을 당한 마우리족은 성안으로 몸을 피하려고 문 앞에서 아우성쳤다. 그들이 들어갈 수 있도록 세 개의 성문이 열려 있었다.

맹렬히 추격하던 알렉산드로스는 성벽의 한 부분이 움푹 꺼진 것을 발견하고는 땅으로 뛰어내렸다. 그는 제일 먼저 도시를 공격하기 위해 산비탈처럼 무너진 성벽을 향해 달려갔다. 그는 주위에 아군이 한 명도 없다는 것도 잊은 채 비탈진 성벽 꼭대기에 올라섰다. 레온나토스가 왕이 혼자 성벽 위로 올라간 것을 보고 소리를 지르며 쫓아왔다.

"알렉산드로스, 안 돼! 멈춰 서! 기다려!"

하지만 왕은 시끄러운 소음과 함성 때문에 레온나토스의 말을 듣지 못했다. 그는 계속해서 성안으로 달려갔다. 레온나토스가 병사들을 이끌고 무너진 성벽 위로 달려왔지만 성안에서는 이미 적들이 알렉산드로스를 겹겹이 에워싸고 있었다. 알렉산드로스는 뒷걸음질을 치며 우람한 무화과나무에 등을 기댔다. 레온나토스는 도끼를 휘둘러 적들을 비탈진 성벽 밑으로 떨어뜨리며 길을 열었다.

"알렉산드로스, 조금만 버텨! 버텨내라고, 우리가 곧 갈 거야!"

하지만 금방이라도 알렉산드로스가 적의 공격을 받아 쓰러질 수 있다고 생각하자 심장이 찢어지는 것 같았다. 바로 그 순간 레온나토스는 등 뒤에서 개 짖는 소리를 들었다. 그는 정신이 번쩍 들면서 목이 터져라 외쳤다.

"페리타스! 달려가라, 페리타스! 빨리! 알렉산드로스에게 달려가!"

개는 미친 듯이 달려와 경사면 꼭대기에 올라섰다. 그때 알렉산드로스는 방패를 들고 비 오듯 날아오는 투창 공격을 간신히 막아내고 있었다. 그 중 창 하나가 알렉산드로스의 가슴을 꿰뚫었다.

페리타스가 성벽 위에서 번개처럼 뛰어내리며 적들 사이로 달려갔다. 눈 깜짝할 사이에 벌어진 일이었다. 개가 지나가는 길 위로 적들이 벌러덩 넘어졌다. 페리타스는 주인 근처에 있는 적들에게 달려들어 첫 번째 병사의 손을 물어뜯었다. '우두둑' 뼈 부러지는 소리가 나면서 적의 손이 순식간에 잘려나갔다. 이어 개는 다른 적병에게 달려들어 식도를 물어뜯었다. 세 번째 병사는 개에게 배를 물어뜯겼다. 병사의 내장이 밖으로 튀어나와 너덜거렸다. 페리타스는 사자처럼 이빨을 드러낸 채 적을 향해 으르렁댔다. 개의 두 눈은 맹수처럼 붉은 핏발이 서 있었다.

그 기회를 이용해 알렉산드로스는 부상당한 몸을 끌고 좀더 뒤로 물러설 수 있었다. 그 사이 레온나토스는 병사들을 이끌고 성벽 아래로 내려왔다. 도끼를 휘두르며 왕이 있는 곳까지 길을 열었다. 그는 왕을 포위하고 있는 적들과 마주섰다. 앞으로 달려나오는 첫 번째 병사의 몸 한가운데를 도끼로 내리쳐 두 동강을 내버렸다. 그 무시무시한 힘에 놀란 적병들이 옆으로 달아났다. 잠시 후 수백 명의 돌격부대원과 방패부대원이 성안으로 들어와 도시를 공격했다. 절망적인 울부짖음과 사나운 비명소리, 무기 부딪히는 소리가 도시를 가득 메웠다.

레온나토스가 왕 옆에 무릎을 꿇고 창이 박힌 왕의 갑옷을 끌렀다. 알렉산드로스가 옆으로 눈을 돌렸다. 왕의 눈에 눈물이 가득 고여들었다. 그 눈에는 절망의 빛이 가득했다.

"페리타스, 안 돼! 대체 네게 무슨 짓을 한 거냐, 페리타스!"

피와 땀으로 뒤범벅된 개가 옆구리에 창이 박힌 채 왕이 있는 쪽으로 비틀거리며 걸어왔다.

"필리포스를 불러오라. 폐하께서 부상을 입으셨다. 폐하께서 부상을 입으셨다!"

레온나토스가 소리쳤다.

페리타스는 주인이 있는 곳까지 겨우 오더니 주인의 손을 핥았다. 그리고는 기운을 잃고 그 자리에 쓰러졌다.

"페리타스, 안 돼!"

알렉산드로스가 흐느끼면서 땅바닥에 쓰러진 개를 부둥켜안았다. 페르디카스가 도착했다. 그의 갑옷에는 온통 피가 묻어 있고 몹시 지쳐 있었다.

"필리포스가 없네. 공격 중이라 아무도 필리포스에게 말을 줄 생각을 못한 거지."

"그럼 어떡하지?"

레온나토스가 갈라지는 목소리로 말했다.

"이런 상태로 알렉산드로스를 옮길 수는 없네. 창을 빼내야 해. 알렉산드로스를 붙잡게. 무시무시한 통증이 올 거야."

레온나토스가 알렉산드로스의 두 팔을 등 뒤에서 잡았다. 페르디카스는 알렉산드로스의 키톤을 잡아뜯어 상처를 드러내놓았다. 그런 다음 한 손을 왕의 가슴에 올려놓고 온힘을 다해 창을 잡아당겼다. 하지만 쇄골과 어깨뼈 사이에 박혀 있는 투창은 조금도 움직이지 않았다.

"칼로 뽑아내야겠어."

페르디카스가 말했다.

"소리를 지르게, 알렉산드로스 자네가 지를 수 있는 대로 크게 비명을 지르게. 난 자네의 고통을 덜어주기 위해 달리 해줄 게 없네!"

페르디카스가 칼을 뽑아 상처를 찔렀다. 알렉산드로스는 통증을 이기지 못하고 비명을 질러댔다. 페르디카스는 칼끝을 어깨뼈에 갖다댔다. 그리고는 칼을 투창과 뼈 사이로 힘껏 밀어넣었다. 그는 투창을 붙잡고 다시 한 번 힘을 썼다. 마침내 투창이 뽑혀지고 뒤따라 피가 콸콸 쏟아졌다. 왕은 마지막 비명과 함께 정신을 잃고 쓰러졌다.

"레온나토스, 불이 붙은 나무를 구해오게. 빨리! 상처 부위를 불로 태워야 하네. 안 그러면 피를 너무 흘려 죽을 걸세."

레온나토스가 나무를 구하러 달려갔다. 잠시 후 그는 불타 쓰러진 어느 집의 대들보 토막을 들고 돌아왔다. 살 타는 냄새가 진동했지만 피는 멎지 않았다. 그 사이 페르디카스의 병사들이 들것을 만들어 왔다. 병사들은 왕을 그 위에 눕힌 뒤 재빨리 성밖으로 나갔다.

"페리타스도 집으로 데려가라. 페리타스가 이번 전투의 영웅이다."

레온나토스가 말했다. 그는 눈물과 피로로 붉게 충혈된 눈으로 힘없이 쓰러져 있는 개를 가리켰다.

56

알렉산드로스는 강가에 세워진 병영 침대에 눕혀졌다. 그는 의식이 없었고 몸이 불덩어리 같았다. 록사네가 울부짖으며 달려왔다. 그녀는 알렉산드로스 옆에 무릎을 꿇고 앉아 계속해서 그의 손에 입을 맞추었다. 새하얗게 질린 렙티나는 필리포스를 기다리는 동안 깨끗한 붕대를 준비하고 물을 끓이면서 록사네를 지켜보았다.

곧 필리포스가 도착해 왕을 살폈다. 그는 페르디카스와 레온나토스가 임시로 묶어놓은 헝겊을 잘라낸 다음 렙티나가 대야에 담아온 물로 상처 부위를 깨끗이 닦아냈다. 의사는 알렉산드로스의 가슴에 오랫동안 귀를 갖다댔다. 동료들이 말없이 천막 안으로 들어와 초조히게 진찰 결과를 기다렸다.

"불행하게도 이번 상처는 예선 것들과 다릅니다."

필리포스가 일어서면서 침울하게 말했다.

"창끝이 폐에 손상을 가져왔습니다. 폐하께서 숨을 쉬실 때마다 피가 꾸르륵거리는 소리가 들립니다."

"그게 무슨 말인가?"

헤파이스티온이 물었다. 필리포스는 더 이상 말을 할 수 없어 고개를 저었다.

"그게 무슨 소리냐고?"

헤파이스티온이 소리쳤다. 그때 알렉산드로스가 숨을 헐떡였다. 그의 입에서 침과 뒤섞인 피가 흘러나와 베개를 적셨다. 프톨레마이오스가 헤파이스티온에게 다가가 한 손을 어깨에 얹었다.

"알렉산드로스가 죽을 수도 있다는 말이야, 헤파이스티온."

그가 목이 메인 목소리로 말했다.

"자, 이리 오게. 이제 알렉산드로스를 쉬게 해주세나."

다른 도시를 공격하고 돌아온 셀레우코스, 크라테로스, 리시마코스가 들어왔다. 그들은 곧 무슨 일이 벌어지고 있는지를 눈치챘다. 그는 필리포스에게 다가가 나지막하게 물었다.

"희망이 있나?"

필리포스가 눈을 들었다. 셀레우코스는 그의 눈 속에서 절망적인 무력감을 읽었다. 그는 더 이상 묻지 않고 밖으로 나갔다. 천막 안은 텅 비었고 조용했다. 절망적인 록사네의 울음소리밖에 들리지 않았다. 그녀는 남편의 힘없는 손을 눈물로 적시며 입맞춤을 계속했다. 알렉산드로스의 여자들을 항상 싫어했던 렙티나는 천천히 록사네에게 다가가 그녀의 어깨에 한 손을 올려놓으며 말했다.

"울지 마세요, 왕비 마마. 제발 부탁드립니다, 울지 마세요 폐하께서 듣고 계세요, 아시겠어요? 힘을 내셔야 합니다. 생각을 하셔야 해요……. 모두들 폐하를 사랑하고 있다는 걸 생각하셔야 합니다……. 사랑은 죽음보다 강하답니다."

필리포스는 피로 얼룩진 앞치마를 벗었다. 그는 그곳을 나서며 렙티나에게 당부의 말을 잊지 않았다.

"한시도 폐하에게서 눈을 떼면 안 되네. 난 가서 상처 소독에 필요한 것들을 챙겨오겠네. 무슨 일이 있으면 즉시 날 불러야 해."

렙티나가 고개를 끄덕였다. 의사는 램프를 들고 밖으로 나갔다. 필리포스는 병영을 가로질러가다가 프톨레마이오스와 레온나토스가 장작더미 위에 페리타스를 올려놓고 있는 것을 보았다. 불 옆에는 은못으로 장식된 페리타스의 목걸이가 놓여 있었다. 필리포스가 그곳으로 다가갔다.

"정말 끔찍한 하루군."

프톨레마이오스가 중얼거렸다.

"고통과 위험이 우리 등 뒤로 모두 사라진 줄 알았는데……."

그는 붉은 양모 천 위에 누워 있는 개를 쓰다듬었다.

"내가 순찰을 돌 때 항상 나를 따라다녔지."

그가 눈물을 글썽이며 말했다.

"네가 그리울 거야."

그때 크라테로스가 페체타이로이 소대를 이끌고 화장용 장작더미 옆에 두 줄로 정렬했다.

"우리는 페리타스가 이런 대접을 받을 만하다고 생각하네. 그는 최고의 국왕 호위병이었어."

레온나토스가 말했다.

그런 다음 그는 횃불을 집어들고 장작에 불을 붙였다. 불길이 어둠 속에서 탁탁 소리를 내며 타올랐다. 그가 외쳤다.

"페체타이로이, 받들어 창!"

보병들이 일제히 장창을 쳐들었다. 페리타스의 영혼은 바람 속으로 흩어져 생전 처음 주인과 이별을 고했다.

필리포스는 록사네, 렙티나와 함께 밤을 꼬박 새웠다. 새벽녘이 되자 왕비는 꾸벅꾸벅 졸면서도 고통스러운 생각에 시달리는 듯, 계속 신음소리를 냈다.

날이 밝을 무렵, 헤파이스티온과 프톨레마이오스가 천막 안으로 들어왔다. 두 사람 모두 눈 한 번 붙이지 못한 것 같았다.

"어떤가?"

그들이 물었다.

"밤을 무사히 넘기셨습니다. 다른 말씀은 드릴 수가 없습니다."

필리포스가 대답했다.

"만약 알렉산드로스가 깨어나지 못한다면 이 도시 주민들을 모두 불태워 죽일 거야. 그의 장례식을 위한 제물로 바쳐버릴 거야."

헤파이스티온이 격앙된 목소리로 말했다. 그러자 의사는 피곤한 목소리로 그들을 제지했다.

"기다리세요. 폐하는 아직 살아 계십니다."

다시 이틀이 지났다. 하지만 왕의 상태는 나아지기는커녕 급격히 나빠졌다. 필리포스가 정성껏 소독했지만 그의 가슴은 자꾸만 부었고 열도 계속 높아갔다. 왕은 간헐적으로 헐떡거리며 숨을 쉬었다. 얼굴빛은 창백했으며 눈은 시커멓게 푹 들어가 있었다.

동료들은 그의 임종을 방해하지 않기 위해 천막 밖에 있었다. 기운을 잃은 그들은 교대로 조금씩 잠을 자며 밤을 새웠다. 시끄러운 소리가 끊이지 않던 병영에는 마치 시간이 정지해버린 듯, 비현실적인 침묵이 흘렀다.

어느 날 밤, 왕은 열이 계속 오르고 호흡이 더 가빠졌다. 필리포스가 갑자기 자리에서 일어나더니 밖으로 나갔다.

"필리포스가 지금 어디로 가는 건가?"

레온나토스가 헤파이스티온에게 물었다.

"나도 모르네. 난 아무것도 몰라. 이젠 아무것도 모르겠어."

헤파이스티온이 필리포스의 뒷모습을 보며 힘없이 대답했다.

필리포스는 병영을 가로질러가며 제단 위에 제물을 올리고 있는 아리스탄드로스를 보았다. 필리포스는 그를 지나쳐 거대한 보리수나무가 있는 곳에 이르렀다. 그는 뼈가 앙상하게 드러난 모습으로 명상에 잠겨 있는 칼라노스 앞에서 걸음을 멈추었다.

"눈을 떠보시오."

필리포스의 말에 칼라노스가 눈을 떴다.

"우리의 신과 우리의 의학으로는 더 이상 어떻게 손을 써볼 수 없소. 당신에게 능력이 있다면 알렉산드로스 폐하를 살려주시오. 그렇지 않으면 여기서 썩 꺼지시오."

칼라노스가 몸이 없는 사람처럼 가볍게 자리에서 일어났다.

"어디 있소?"

그가 물었다.

"그의 천막에 있소. 이리 오시오."

이어 필리포스는 그와 함께 불을 환히 밝혀놓은 왕의 막사로 들어갔다.

"불을 모두 끄시오."

칼라노스가 말했다.

"그리고 우리 두 사람만 있게 해주시오."

주위에 있던 사람들은 불을 끈 뒤 그의 말에 따라 모두 밖으로 나갔다. 칼라노스는 알렉산드로스의 침대 뒤에 가부좌를 틀고 앉았다. 알렉산드로스는 그때까지도 돌덩이처럼 굳은 채 꼼짝 않고 누워 있었다. 칼라노스는 알렉산드로스의 머리 위에 있는 어둠을 응시했다

다음날도, 그 다음날도, 또 그 다음날까지도 그는 같은 자세로 앉아 있었다. 나흘째 되는 날 새벽, 필리포스는 소독을 다시 하기 위해 천막 안으로 들어갔다. 커튼을 조금 열자 천막 안으로 빛이 쏟아져 들어왔다. 필리포스는 붕대를 갈아주기 위해 대야의 물에 손을 씻었다. 그때 힘없

는 소리가 그를 불렀다.

"필리포스······."

필로포스가 놀라며 뒤로 돌아섰다.

"폐하!"

열이 내렸고 호흡도 규칙적이었다. 심장 박동은 약했지만 계속되고 있었다. 가슴에 귀를 대보자 더 이상 꾸르륵거리는 소리가 들리지 않았다. 필리포스는 황급히 렙티나를 불렀다.

"왕비 마마께 알리게. 폐하께서 깨어나셨다고 말하게. 곧 죽을 준비하도록 해. 폐하는 지금 한계점에 도달해 계셔."

렙티나가 황급히 그 자리를 뜨자 필리포스가 천막 밖으로 얼굴을 내밀었다. 리시마코스와 헤파이스티온이 대기하고 있었다.

"다른 분들께 알리십시오. 폐하께서 깨어나셨습니다."

"상태는 어떠신가?"

헤파이스티온이 초조하게 물었다.

"어떠시길 원하십니까? 어깨에 한 뼘짜리 창이 박혔던 사람의 상태가 지금 어떻겠습니까?"

필리포스는 퉁명스럽게 대답하고 다시 천막 안으로 들어왔다. 그리고 그제야 칼라노스를 발견했다. 그는 시체처럼 축 늘어져 차가운 바닥에 누워 있었다.

"오, 이런!"

필리포스가 너무 놀라 소리쳤다. 그는 조수들을 시켜 칼라노스를 자신의 천막으로 옮기게 했다. 그리고 몸을 따뜻하게 해주고 억지로라도 무엇이든 먹여보라고 일렀다. 그는 다시 알렉산드로스가 있는 곳으로 되돌아왔다. 록사네가 침대 곁에 앉아 믿을 수 없다는 표정으로 남편을 내려다보고 있었다. 곧이어 렙티나가 죽을 가지고 돌아와 천에 죽을 적신 다음 조금씩 환자의 입 안으로 흘려넣었다.

"무슨 일이 있었나?"

알렉산드로스가 필리포스를 보자 기운 없는 목소리로 물었다.

"온갖 일이 다 벌어졌지요, 폐하. 하지만 폐하께서는 아직 살아 계십니다. 저는 이렇게 되기를 간절히 바랐습니다. 제가 얼마나 기쁜지 폐하께서는 상상하실 수도 없을 겁니다."

필리포스가 떨리는 목소리로 덧붙였다.

"폐하께서는 상상하시지 못할 겁니다…… 폐하, 더 이상 아무 말씀도 하시지 마십시오. 힘을 자꾸 쓰시면 안 됩니다. 폐하는 몹시 쇠약해진 상태입니다. 폐하께서는 기적적으로 살아나셨습니다. 이 모든 게 칼라노스 덕택입니다."

"페리타스……."

알렉산드로스가 중얼거렸다.

"페리타스는 이제 이곳에 없습니다, 폐하. 레온나토스 장군의 말씀에 따르면, 폐하의 생명을 구하고 죽었다고 합니다. 이제 페리타스의 희생을 헛되게 하시면 안 됩니다. 죽을 드시려고 노력해보십시오. 그리고 쉬셔야 합니다. 제발 부탁드립니다. 쉬십시오."

알렉산드로스는 렙티나가 짜주는 죽을 조금 더 받아 마셨다. 그런 다음 힘없이 눈을 감았다. 감긴 눈 사이로 눈물이 흘러나와 베개를 적셨다.

왕은 오랫동안 침대에 누워 삶과 죽음 사이를 오갔다. 어떤 때는 그를 소생시키려는 모든 노력들이 헛되 보이기도 했다. 고비의 순간을 넘기긴 했지만 그의 상태는 여전히 위태로웠고 회복되는 기미도 보이지 않았다. 필리포스는 여러 가지로 혼란스러웠다. 왕이 진짜 살아 있다고 생각해야 하는 건지, 아니면 칼라노스의 행동에 죽음의 신이 잠깐 동안 달아난 것인지 알 수가 없었다. 하지만 인도 승려만은 확신에 찬 목소리로 말했다.

"나는 계약을 했소. 일어나실 겁니다."

누구와 어떤 계약을 했느냐고 물으면 그는 아무 대답도 하지 않았다.

알렉산드로스가 침대맡에 등을 기대고 앉을 수 있기까지 꼬박 한 달이 걸렸다. 그리고 렙티나의 도움을 받아 죽을 먹을 수 있게 되기까지는 20여 일이 더 필요했다. 그는 겨우 몇 마디밖에 하지 못했다. 가끔 에우메네스에게 호메로스의 시를 읽어달라고 말했다. 에우메네스는 동료들의 승낙을 얻어 왕의 정치적 임무를 대신했다. 록사네는 줄곧 침대 곁에 머물면서 가끔씩 나지막한 목소리로 자신의 고향에서 전해오는 민요를 불러주곤 했다.

두 달 뒤, 필리포스는 왕에게 침대에서 일어나 천막 안을 조금 걸어다녀도 괜찮다고 말했다. 크라테로스와 레온나토스가 왕을 부축했다. 하지만 간단한 동작도 엄청난 피로를 몰고 와 금세 땀에 흠뻑 젖은 채 깊은 잠에 빠졌다.

어떨 때는 레온나토스, 크라테로스, 헤파이스티온이 함께 천막 안으로 들어간 적이 있었다. 렙티나가 아주 힘들게 그에게 약을 먹이고 있었다. 레온나토스는 여전히 헝클어져 있는 자신의 머리를 긁으며 한 가지 제안을 했다.

"알렉산드로스가 즐겨 먹던 '네스토르의 잔'을 주면 안 되겠나?"

필리포스가 딱하다는 듯이 그를 처다보았다.

"지금 대체 무슨 말을 하는 겁니까? 꿀, 밀가루, 포도주, 치즈를 말입니까? 혹시 폐하를 돌아가시게 하고자 작정한 것 아닙니까?"

"자네 말이 맞네. 하지만 저 밖에 있는 사람들이 뭐라고 하는지 아나? 폐하는 돌아가셨고 병사들이 혼란에 빠지지 않게 하려고 그 사실을 숨기고 있다고들 말하네."

"어떻게 그런 바보 같은 소리를 할 수 있지요? 폐하께서 살아 계시다는 것은 모두 다 알고 있는 사실이오."

필리포스가 외쳤다.

"그렇지가 않다네."

헤파이스티온이 끼어들었다.

"우리 외에는 아무도 정확한 사실을 모르네. 내가 명령을 내려 폐하께서 이런 상태에 있는 걸 보초병들도 볼 수 없게 했네. 지금 병사들의 사기는 왕이 실제로 죽은 것처럼 몹시 저하되어 있네."

"맞아."

에우메네스가 동의했다.

"사실 병사들은 몇 달 전부터 왕을 보지 못했어. 왕의 천막을 들락거리고 함께 모여 회의하는 우리 모습밖에 보지 못한 거지. 그리고 누군가 총독들에게 보내는 서류에 내가 왕의 인장을 찍는 걸 봤을지도 몰라."

"나도 똑같은 일을 겪었네."

크라테로스가 말했다.

"어떤 부대에서는 마케도니아 부대의 총회를 열어야겠다고 의논하고 있네. 이게 무슨 뜻인지 아나?"

에우메네스가 고개를 끄덕였다.

"그들이 왕의 막사로 사절단을 보내겠다는 거야. 그러면 이런 상태에 있는 알렉산드로스의 모습을 어쩔 수 없이 보여야 한다는 거지."

필리포스가 몸을 돌리며 말했다.

"내가 있는 한 누구도 내 허락 없이 이 안에 한 발짝도 들이밀 수 없습니다. 나는 시의이고 책임이 있습니다……."

크라테로스가 필리포스의 어깨에 한 손을 올려놓았다.

"왕의 부재 시 병사들이 모두 모이는 총회는 최고의 권력을 갖네. 그들은 그렇게 할 수 있어. 그리고 그렇게 할 게 분명해."

토론이 한창일 때 셀레우코스가 알렉산드로스의 건강상태를 알아보기 위해 천막 안으로 들어왔다.

"무슨 일이 있나?"

셀레우코스가 물었다.

"사실은…… 내 말 좀 들어보게."

크라테로스가 이야기를 시작했다.

알렉산드로스는 깊이 잠들어 있는 것 같았기 때문에 아무도 그에게 신경쓰지 않았다. 그런데 갑자기 알렉산드로스의 목소리가 들렸다. 동료들은 모두 소스라치게 놀라며 왕이 있는 쪽으로 돌아섰다. 왕이 자신들이 한 이야기를 모두 들었다는 것을 알게 된 에우메네스가 입을 열었다.

"알렉산드로스, 문제가 하나 있는데 우리가 잘 해결할 수 있네……."

왕이 고개를 들었다. 그리고 오른손을 단호하게 저었다. 그러자 모두들 입을 다물었다.

"셀레우코스……."

"명령하십시오, 폐하."

오랜만에 알렉산드로스의 명령을 받자 셀레우코스는 감동이 우러난 표정으로 즉시 대답했다.

"전 부대를 소집하게, 해가 진 후에."

"그렇게 하겠습니다."

"레온나토스……."

"명령하십시오, 폐하."

더욱 놀란 레온나토스가 대답했다.

"내 말을 준비하게. 밤색……."

"사르마티아산 밤색 말 말씀이지요? 알겠습니다, 그렇게 하겠습니다."

"절대 아무 짓도 하면 안 되오!"

필리포스가 분통을 터뜨렸다.

"대체 이 안에서 무슨 일이 일어나고 있는 겁니까, 당신들 모두 제정신입니까? 폐하는 아직 그렇게 하실 수 없습니다."

알렉산드로스가 다시 손을 들었다. 필리포스는 더 이상 다른 말을 할 수 없었다. 그는 한쪽 구석으로 가서 조그맣게 계속 투덜거렸다.

"헤파이스티온……."

"듣고 있습니다, 알렉산드로스 폐하."

"내 갑옷을 준비해주게. 윤이 나게 닦아놓아야 하네."

"그렇게 하겠습니다, 알렉산드로스 폐하. 아르가이 별처럼 빛나게 하겠습니다."

헤파이스티온이 울컥 치미는 감격을 억누르며 대답했다.

모두들 왕이 침대에 누워 있기보다 차라리 말 위에 앉아 죽는 길을 택했을 거라고 생각했다. 필리포스조차 그렇게 믿었다. 필리포스는 여전히 투덜거리며 천막 모퉁이에 앉았다.

"당신들이 원하는 대로 하시오. 폐하를 죽이고 싶으면 그렇게 하시오. 난 모르겠소, 난……."

그는 감정이 북받쳐 다른 말을 할 수 없었다.

"레온나토스."

왕이 다시 말했다.

"여기 이 천막 안으로 말을 데려왔으면 좋겠는데……."

"이곳으로 데려오겠습니다."

레온나토스는 왕이 부축을 받고 말에 오르는 모습을 병사들에게 보이고 싶지 않았을 거라고 생각했다.

"그러면 이제 가보게."

동료들이 우르르 천막 밖으로 몰려나갔다. 알렉산드로스는 그들이 밖으로 나가자마자 그대로 쓰러져 잠들었다. 헤파이스티온과 레온나토스의 목소리가 그를 깨웠다. 알렉산드로스는 눈을 뜨며 천막 안이 석양빛에 잠겨 있는 것을 보았다.

"준비가 다 되었습니다."

헤파이스티온이 알렸다.

알렉산드로스는 고개를 끄덕이며 겨우 침대에서 일어나 앉았다. 그는 친구들에게 욕조가 있는 곳으로 데려가달라고 부탁했다. 렙티나가 그의 몸을 씻기고 향수를 뿌린 뒤 옷을 입혔다.

"뺨에 화장을 조금만 해다오."

왕이 렙티나에게 청했다. 그녀는 왕이 시키는 대로 따랐다. 혈색이 돌도록 뺨에 화장품을 칠하고 눈 밑을 밝게 하는 동안 왕이 그녀의 얼굴을 쓰다듬으며 말했다.

"내 제국에서 가장 훌륭한 신랑감에게 널 시집보내마. 왕비 못지않은 지참금을 줄 테다."

렙티나가 얼굴을 붉혔다. 화장이 끝나자 왕이 친구들에게 물었다.

"어떤가?"

"나쁘지 않군. 배우 같네 그려."

레온나토스가 미소를 머금고 대답했다.

"이제 갑옷을 입어야지."

헤파이스티온이 가슴받이와 정강이받이의 끈을 묶었다. 허리에 검을 채워주고 머리에 왕관을 씌웠다.

"말을 데려오게. 병사들은 다 정렬해 있나?"

"정렬해 있습니다."

헤파이스티온이 큰 소리로 대답했다.

레온나토스가 밖으로 나가 사르마티아산 밤색 말을 천막 뒤쪽 문으로 데리고 들어왔다. 헤파이스티온이 말 옆으로 가서 무릎을 꿇고 앉았다. 그는 알렉산드로스가 발판 대신 자신을 밟고 올라갈 수 있도록 손을 꼬아 자신의 무릎 위에 올려놓았다. 왕이 다가가 그 손에 한 발을 올려놓자 동료들이 부축해 말안장에 앉혔다.

레온나토스가 가죽끈을 가지고 다가왔다.

"이 끈으로 자네를 마구에 묶어놓기로 했네. 절대 보이지 않을 거야. 자네는 망토를 입고 있을 테니까."

알렉산드로스는 대답하지 않았다. 그 침묵은 동의한다는 표시였니. 레온나토스는 네 개의 긴 벨트로 왕의 허리를 묶고 그 끈을 밤색 말의 마구에 단단히 묶었다. 그런 다음 그 위에 진홍빛 망토를 입혔다.

"이제 가지."

왕이 명령했다.

헤파이스티온이 천막 밖으로 얼굴을 내밀었다. 병사들이 정렬한 채 초조하게 천막을 바라보고 있었다. 그는 '지금이다'라는 수신호를 뒤에 있는 동료들에게 보냈다. 그러자 말을 탄 알렉산드로스가 드디어 천막 밖으로 모습을 드러냈다.

해질녘의 납덩이 같던 침묵은 갑자기 터져나온 굉음으로 삽시간에 흩어졌다. 카이로네아의 북소리였다. 알렉산드로스는 믿을 수 없다는 표정으로 그 소리에 귀를 기울였다. 그는 본능적으로 등을 꼿꼿이 편 채 발꿈치로 말의 배를 치자 말이 천막 주변을 돌았다. 그러다가 길게 정렬해 있는 원정대를 향해 고분고분 앞으로 나아갔다.

느리고도 엄숙한 북소리는 한 걸음, 한 걸음 행진하는 준마의 발걸음에 박자를 맞춰주었다. 알렉산드로스는 공기를 뒤흔드는 카이로네아의 큰북 소리를 듣고 간신히 눈물을 참았다. 장창 손잡이를 움켜쥐고 있는 병사들은 위엄 있는 자세로 지나가는 왕을 놀란 눈으로 바라보았다. 왕이 지나가면 지휘 장교가 한 걸음 앞으로 걸어나와 검을 치켜올리며 소리쳤다.

"안녕하십니까, 폐하!"

알렉산드로스는 가볍게 고개를 끄덕여 응답했다.

마지막 부대에 이르렀을 때 카이로네아의 큰북 소리가 뚝 멈추었다. 헤타이로이의 제1열에 서 있던 나이 든 장교가 나와 외쳤다.

"명령하십시오, 폐하!"

"해산하라."

알렉산드로스가 말했다. 나팔소리가 명령을 알리는 동안 그는 말고삐를 잡아당겨 반바퀴를 돌며 천막이 있는 곳으로 갔다.

"제정신이 아니야."

멀리서 왕을 지켜보던 필리포스가 중얼거렸다.

"저런 움직임 하나하나가 폐하를 쓰러뜨릴 수 있는데……."

"쓰러지지 않네."

셀레우코스가 필리포스의 어깨를 두드리며 말했다. 프톨레마이오스
는 왕에게서 눈을 떼지 않으며 말했다.

"알렉산드로스가 원한 게 바로 이것이야. 이제 병사들이 모두 왕을
봤어. 이제 그들은 왕이 살아 있고, 다시 말을 탈 수 있다는 걸 알게
되었어."

알렉산드로스가 말을 타고 천막 안으로 들어왔다. 동료들이 얼른 고
정 끈을 풀고 말에서 내려올 수 있게 도와주었다. 왕이 바닥으로 내려서
자 망토와 가슴받이와 정강이받이와 칼이 순식간에 벗겨졌다.

"빨리 침대에 눕히십시오."

필리포스가 다급히 소리쳤다.

하지만 알렉산드로스가 거절하는 손짓을 보였다. 그는 불안한 걸음으
로 병영에서 쓰는 자기 의자에 가 앉았다. 그리고 두 손으로 식탁을 짚으
며 말했다.

"배가 고프군. 누가 나와 함께 식사하겠나?"

모두들 놀란 눈으로 서로의 얼굴만 쳐다보았다. 레온나토스도 말고삐
를 잡은 채 입구에서 멍하니 서 있었다.

"렙티나!"

왕이 렙티나를 불렀다.

"얼굴의 이 화장 좀 지우고 '네스토르의 잔'을 갖다줘!"

"'네스토르의 잔'이라고 하셨습니까?"

필리포스가 물었다.

"돌아가시고 싶으십니까? 그 음식은 소화가 되지 않고 폐하의 위에
남아 결국 구토를 일으키게 됩니다. 그러면 상처가 재발해……."

"'네스토르의 잔'을 줘."

알렉산드로스가 다시 말했다. 모두들 입을 벌린 채 그를 쳐다보았다.

그는 다시 태어난 것 같았고 딴사람이 된 것 같았다.

"북소리를 듣고 병사들의 사열을 받아 그런 것 같네. 원하는 대로 해 주게. 아무 일도 일어나지 않을 걸세. 두고봐."

크라테로스가 필리포스의 귀에다 대고 속삭였다.

렙티나가 왕에게 '네스토르의 잔'을 갖다주었다. 알렉산드로스는 그 것을 천천히 먹기 시작했다. 이마에 송골송골 맺힌 땀말고는 힘들어하는 기색이 전혀 보이지 않았다. 필리포스는 놀란 표정으로 그를 바라보았다. 그는 왕이 음식을 씹을 때마다 도와주려는 듯 본능적으로 턱이 따라 움직였다. 다른 친구들 역시 식탁 주위에 모여 그 광경을 지켜보았다.

마침내 알렉산드로스가 입을 닦고, 어리둥절한 표정으로 지켜보고 있는 친구들 쪽으로 눈을 돌렸다.

"무슨 일인가?"

왕이 물었다.

"내가 식사하는 걸 처음 보나?"

58

다시 한 달이 지나자 왕은 완전히 건강을 되찾았다. 말을 타거나 직접 달리기도 하고, 레온나토스와 격투 연습을 벌이기도 했다. 여름이 끝나 갈 무렵, 왕은 천막을 걷고 승선하라는 명령을 내렸다.

이틀 동안 강을 따라 내려간 원정대는 신드라고 부르는 지역에 다다 랐다. 왕은 네아로코스에게 그곳에 정박해달라고 요청했다. 안내자들은 그 지점에서 시작되는 길이 산의 협로로 이어진다고 말했다. 그 협로를 지나면 알렉산드리아 아라코시아에 도착할 수 있었다.

왕은 동료들을 저녁식사에 초대했다. 그 자리에서 알렉산드로스는 행 군 장교들이 페르시아와 인도 원주민들의 도움을 받아 만든 시노를 보 여주었다. 왕이 크라테로스에게 말했다.

"내일 아침, 원정대의 반을 이끌고 출발하게. 아라코시아 지방과 드랑 기아나 지방을 통과하면서 반항을 하는 지역마다 질서를 바로잡게. 인 도 선원들의 말을 들어보니 인더스 강은 파탈라에서 대양으로 흘러드는 특이한 강이라더군. 그래서 나는 이런 계획을 세웠네. 파탈라에서부터 네아르코스 제독과 오네시크리토스 중장이 함대를 이끌고 우리 제국의 남쪽 해안을 항해하는 걸세. 그리고 나는 나머지 원정대를 이끌고 육로로 행군하면서 함대가 정박하는 곳마다 배에 보급품을 지급하겠네. 우리는 대양과 페르시아 만 사이의 해협을 지배하는 하르모지아 시의 평야에서 합류하는 걸세.”

“왜 게드로시아를 지나가려고 하는가? 그 지역은 무시무시한 곳이라던데. 사계절 내내 뜨거운 태양이 이글거리고 풀 한 포기, 나무 한 그루 자라지 않는다더군.”

크라테로스가 의아한 표정으로 물었다.

“우리가 아직 유일하게 가보지 못한 지역은 제국의 남쪽 경계선이네. 우리는 그 지역으로 지나가야 하네.”

그들은 식사를 하고 술을 약간 마셨다. 왕은 부상 후유증 탓인지 가끔씩 인상을 찌푸렸다. 그들은 일찌감치 잠자리에 들었다. 다음날 아침, 전 원정대가 대열을 정비해 떠나가는 크라테로스 분견대를 배웅했다. 알렉산드로스는 친구를 꽉 껴안았다.

“자네는 내가 가장 사랑하는 친구일세. 자네가 그리울 거야.”

왕이 크라테로스에게 말했다.

“나도 그렇다네, 알렉산드로스 몸조심하게, 부탁이네. 자네는 지금까지 지나치게 운명에 도전해왔어. 신들의 가호가 있기를 비네.”

“자네도 신들이 보살펴주실 걸세, 친구.”

크라테로스는 말에 올라타고 한 손을 들어 출발 신호를 보냈다. 분견대의 긴 행렬은 알렉산드로스와 남아 있는 동료들의 인사를 받으며 움직였다. 후위부대가 사막과 경계를 이룬 넓은 초원지역으로 사라지자 알렉산드로스는 병사들을 승선시키고 다시 길을 나섰다. 그들은 남쪽으로 항해하면서 배가 정박할 때마다 그 지방을 자신들의 휘하에 넣었다. 지방 수령들은 알렉산드로스에게 신하로서의 예를 갖추었다. 항해는 인더스 강의 마지막 부분에 위치한 대도시 파탈라에 이를 때까지 계속되었다. 파탈라는 풍요로운 도시로, 각지에서 오는 배들로 교통이 복잡했다. 파탈라로 오는 배들 중 대부분은 타프로바네라고 부르는 거대한 섬에서 왔다. 사람들은 그 섬의 크기가 전 인도와 비슷하다고 말했다.

그곳에서 함대는 강 하구에 이르는 마지막 지역을 향해 움직였다. 강은 어마어마하게 넓어져 이쪽 강변에서 건너편 강변이 보이지 않을 정도였다. 재빨리 계산을 마친 오네시크리토스는 그 거리가 50스타디온쯤 될 것이라고 말했다.

밤이 되자 네아르코스는 유속이 거의 없는 강의 한 지점에다 배를 정박시켰다. 그는 폭풍우가 몰아치는 바다보다 그곳이 함대가 머무르기에 훨씬 더 안전하다고 생각했다. 하지만 곧이어 바다에서 폭풍우를 만난 것 못지않은 일이 벌어졌다. 밤새 강물의 수위가 낮아지면서 배들이 강바닥에 좌초해버린 것이다. 개중에는 완전히 전복된 배들도 있었다. 네아르코스는 강물이 불어날 때까지 각자의 위치에서 꼼짝하지 말고 기다리라는 명령을 내렸다. 그는 몹시 당황한 얼굴로 알렉산드로스를 찾아갔다.

"예상치 못했던 일이 벌어졌습니다. 마르세이유의 선원 피테아스라는 사람이 쓴 글에 대해 들은 적이 있습니다. 그에 따르면, 북대양의 어떤 곳에 깊은 틈이 있어 여섯 시간마다 바닷물을 모두 빨아들였다가 토해낸다고 합니다. 광대한 해안을 뒤덮었던 바닷물이 깊은 틈으로 빨려들면 바다가 텅 비곤 한답니다. 하지만 피테아스의 말을 믿는 사람은 얼마 되지 않았습니다. 게다가 이곳은 북대양이 아니잖습니까. 어떻게 이런 일이 벌어지리라고 상상이나 했겠습니까? 무서운 일입니다……. 정말 끔찍한 일이 벌어졌습니다!"

그러자 알렉산드로스가 말했다.

"제독은 놀라운 일들을 해냈소. 자책하지 마시오 지금 벌이고 있는 강물과 바다와의 전투에서도 우리는 승리할 것임을 난 알고 있소 내 조상인 아킬레우스도 스카만드로스[23]와 싸워 이겼소 나도 승리할 것이오 아침이 되길 기다립시다. 날이 밝아오면 많은 것들이 변할 것이오.”

그날 밤은 칠흑같이 어두웠다. 어둠은 혼란과 공포를 가중시켰다. 네아르코스는 경보 나팔을 불게 했다. 그리고 각 배로 전령들을 보내 절대 움직이지 말라는 명령을 전달했다. 하지만 피테아스의 얘기는 병사들 사이에서 급속도로 퍼졌다. 병사들은 점차 공포에 휩싸였고 강둑으로 피신하려고 어둠을 이용해 배에서 탈출하려는 무리가 속출했다. 하지만 그들은 몇 걸음 가지 못하고 모두 진흙과 움직이는 모래에 처박혀 죽음을 맞고 말았다. 그들을 구하려 했던 병사들도 함께 목숨을 잃었다. 죽어가는 이들의 비명소리와 살려달라고 애원하는 소리가 밤새도록 강변에 울려퍼졌다. 강둑에 서 있었지만 아무런 도움도 줄 수 없는 동료들 또한 불안과 공포에 시달렸다. 시간이 가면서 비명소리가 하나둘씩 사라졌다. 그리고는 시끄럽게 울어대는 새와 먹이를 찾아 숲 속을 떠도는 호랑이 울음소리만 멀리서 들려왔다.

기함에서 록사네는 공포에 떨며 알렉산드로스 곁에 앉아 꼼짝도 하지 않았다. 그녀는 고향인 산악지역과 너무나 다른, 이 적대적이고 무자비한 자연으로 인해 전율했다. 네아르코스와 함대의 선원들 역시 꼼짝하지 않았다.

해가 막 뜨려는 찰나에 멀리서 요란한 소리가 들렸다. 왕은 그 소리에 귀를 기울였다.

“들었나?”

왕이 물었다.

네아르코스는 이미 뱃머리로 달려가고 있었다. 그는 점점 크게 들려

오는 그 소리가 어디서 나는지 살펴보려고 배 밖으로 몸을 내밀었다. 하얀 띠를 이룬 강물이 희미한 새벽빛 속에서 재빠르게 밀려왔다. 어마어마하게 끓어오르는 물거품과 집채만한 파도가 진흙탕 속에 무기력하게 서 있는 함대를 향해 달려오고 있었다.

"나팔을 불라!"

제독이 외쳤다.

"경보 나팔을 불라! 파도가 역류하고 있다! 노잡이들! 노를 저어라, 빨리! 키잡이들, 키를 잡아라!"

나팔소리가 새벽녘의 회색 하늘에 날카롭게 울려퍼졌다. 제독은 왕과 록사네가 돛대에 몸을 묶을 수 있도록 밧줄을 집어던졌다. 그리고 재빨리 키를 잡고 파도와의 충돌에 대비했다. 기함의 나팔소리를 듣자 다른 배들도 일제히 경보 나팔을 불었다. 광대한 진흙 개펄이 갑작스런 고함소리와 흥분한 집합 신호소리로 가득 찼다.

역류하는 파도와의 충돌은 무시무시했다. 배들은 작은 나무토막처럼 높이 들어올려졌다가 한순간에 곤두박질쳤다. 진흙에 단단하게 박혀 있던 배들은 파도와 부딪혀 그 자리에서 산산조각이 났다. 옆으로 서 있던 배들은 파도를 만나자 단번에 전복되고 말았다.

왕이 탄 5단 갤리선의 항해사인 오네시크리소트스는 병사들에게 온 힘을 다해 노를 저어 배의 균형을 유지하라고 소리쳤다. 함장 네아르코스는 역류하는 파도로 인해 생긴 거센 소용돌이를 막아내려고 안간힘을 다해 키를 지키고 있었다.

마침내 대양의 파도가 잠잠해졌다. 바다에서 밀려온 파도의 힘과 인더스 강의 힘이 서서히 균형을 맞춘 것이다. 네아르코스는 주위를 돌아보며 피해 규모를 가늠해보았다. 수백 척의 배가 파괴되거나 전복되었다. 부서진 배의 잔해가 물 위에 잔뜩 떠다니고 있었다. 돛대나 나무판을 잡고 구조를 요청하는 사람들이 강둑까지 퍼져 있었다.

난파자들을 구출하는 데 하루종일이 걸렸다. 알렉산드로스는 병사들을 구하기 위해 모든 방법을 동원했다. 왕은 힘을 잃고 점점 물 속으로 잠기는 병사들을 보자 직접 뛰어들기도 했다.

다시 밤이 되었다. 남아 있는 배들은 강어귀에서 벗어나 대양의 모래밭에 상륙했다. 각 부대의 지휘관들이 남아 있는 사람을 확인하기 위해 점호를 했다. 그 결과 1천5백 명이 넘는 병사들이 물에 빠져죽고 말았다. 물에서 건져낸 시체들은 장작더미 위에 놓여졌다. 그 앞에 도열한 병사들은 죽은 동료들에 대한 기억이 사라지지 않도록 바람과 파도를 향해 이름을 외쳐댔다.

시체를 찾지 못한 병사들을 위해 왕은 성대한 장례식을 거행해주었다. 그리고 기념비를 세워 죽은 자들의 영혼이 하데스에서 평화를 찾을 수 있도록 기원했다. 그 와중에도 왕의 친구들은 모두 무사히 돌아왔다. 왕은 마음속으로 이들이 살아 돌아올 수 있게 해준 신들에게 감사의 기도를 드렸다. 왕은 재난이 파국으로 향하는 것을 막아준 공로로 네아르코스와 오네시크리토스를 표창했다.

원정대는 20여 일 동안 해변에 머물렀다. 물에 떠밀려간 병사들이 부대에 합류할지도 모른다는 기대 때문이었다. 그동안 병사들은 부서진 배들을 수리하고 각 배마다 새로 보급품을 선적했다.

왕은 동료들을 데리고 해안을 둘러보았다. 그리 멀지 않은 곳에 비옥한 들판이 있었다. 또한 그 가운데는 성을 쌓을 수 있는 곳도 있었다. 그곳은 사막과 경계를 이루는 지역으로, 주변에는 오리티라는 야만족이 살고 있었다. 알렉산드로스는 그곳에 도시를 세웠다. 그리고 급격히 건강이 나빠진 병사들과 게드로시아 사막으로의 긴 행군을 할 수 없는 사람들을 정착시켰다. 원정대는 그곳에 튼튼한 방파제와 항구를 만들고 신전을 세울 구역을 정했다. 이 일을 모두 마친 뒤, 알렉산드로스는 다시 함대와 원정대의 출발 날짜를 정했다.

네아르코스가 이제 막 완성된 방파제에서 알렉산드로스를 기다리고 있었다. 알렉산드로스는 제독과 뜨거운 포옹을 나누었다. 크라테로스와 헤어질 때처럼.

"사람들이 주장하듯이, 이 강이 나일 강의 상류였으면 좋겠군. 그러면 함대와 우리가 이집트까지 함께 여행할 수 있을 텐데 말이야."

"안타깝지만 그런 것 같지는 않습니다. 피부가 검은 사람들과 악어들이 사는 것만으로 나일 강 상류라고 말하기는 힘들지요."

네아르코스가 대답했다.

"그럴 걸세. 그래도 자네는 계속 해안을 따라 항해하게. 그러다가 우리의 불빛이 보이면 상륙하게. 상황이 허락한다면 말일세. 그러면 우리가 자네에게 음식과 물을 공급해주겠네."

"가능하면 그렇게 하겠습니다, 알렉산드로스. 하지만 해병들의 힘을 아끼려면 지금 서쪽으로 불고 있는 바람을 이용해야 합니다. 그렇게 되면 폐하께서 저희 함대를 뒤따라오실 수 있을지 모르겠습니다. 어쨌든 폐하와 저는 하르모지아에서 만나게 될 겁니다. 부제독인 오네시크리토스가 폐하께 작별인사를 드리는 영광을 누리고 싶어합니다."

오네시크리토스가 앞으로 나왔다. 왕이 그의 손을 잡았다.

"신들께서 자네들과 함께 하실 거네. 포세이돈께서 자네들을 보살펴주실 거야. 오늘 아침 내가 아리스탄드로스와 함께 대양에 제물을 올렸다네. 바다의 자비와 바람의 도움을 기원했네. 우린 지금까지 너무 가혹한 희생을 치렀네."

네아르코스와 오네시크리토스가 자기들의 배로 돌아갔다. 그리고 곧 출항 명령이 떨어졌다. 배들이 노를 저어 방파제에서 벗어나자 돛을 올렸다. 강풍으로 인해 순식간에 돛이 부풀어올랐다. 잠시 후 배들은 어린 아이들의 장난감 배처럼 작아졌다. 그러자 알렉산드로스는 대양의 물 속으로 들어가 바닥에 창을 꽂았다. 이곳이 자신의 소유가 되었음을 알리기 위해서였다.

그가 동료들을 돌아보며 외쳤다.

"이제 우리도 떠날 시간이네. 신호를 보내게!"

헤파이스티온, 레온나토스, 프톨레마이오스, 셀레우코스, 리시마코스, 페르디카스가 모두 말에 올라탔다. 그들은 각자 자기 부대로 돌아가 선두에 섰다. 왕도 말에 몸을 실었다. 깃발을 든 병사들이 그 뒤를 따랐다. 날카로운 나팔소리와 큰북 소리가 울리고 깃발들이 펄럭이는 가운데 긴 행렬이 움직이기 시작했다.

59

인더스 강을 따라 늘어선 숲이 차츰차츰 초원지대로 변해갔다. 초원지대라고는 하지만 갈수록 늪지에 가까웠다. 습지가 많은 초원에서는 뿔이 여러 번 휜, 덩치 큰 물소들과 영양들이 풀을 뜯고 있었다. 사자들이 멀리 몇 마리씩 떼지어 다니는 모습도 보였다. 그것은 마케도니아에서 사냥할 때 보았던 사자들과 비슷했다. 나무들은 모두 키가 컸고 온갖 종류의 새들이 나무에 앉아 있었다. 그 중에서도 선명한 색깔을 띤 앵무새가 특히 많았다. 조금 더 나아가자 습지는 관목들이 드문드문 서 있는 스텝지역으로 바뀌었다. 소떼와 양떼에게 풀을 먹이는 야만적인 외모의 목동들이 눈에 띄었다. 그러자 인도인 안내자가 말했다.

"오리티입니다. 저들은 해안에 사는 부족입니다. 조금 더 앞으로 나아가면 스텝과 사막에서 사는, 사납고 야만적인 부족들을 만나게 될 겁니다. 그들은 전갈처럼 모래 속에 숨어 있다가 갑자기 튀어나와 공격합니다."

"여러 사람들에게 그 사실을 알리도록 하라."

알렉산드로스가 명령했다. 그리고 남쪽을 응시하며 계속 앞으로 나아갔다. 통행이 가능한 길을 따라가다 보니 원정대는 차츰 해안에서 멀어졌다.

행군한 지 나흘째 되는 날, 부대는 사막과 경계를 이룬 지점에 도착했다. 병사들은 앞에 펼쳐진, 작렬하는 태양 아래의 모래 사막을 절망적으로 바라보았다. 그곳은 풀도 자라지 않고 사계절 내내 햇빛이 뜨겁게 내리쬐는 지옥과 같은 곳이었다.

인도인들은 더 이상의 길 안내를 포기하고 자기네 고향으로 돌아갔다. 알렉산드로스는 다리우스 황제 시절 드랑기아나와 아라코시아 원정에 참가했던 몇몇 페르시아 장교들의 경험에 기댈 수밖에 없었다.

장교들은 부대가 지닌 모든 물을 한곳으로 모아들였다. 그리고 물의 소비를 통제하기 위해 병사들을 시켜 잠시도 한눈을 팔지 않고 감시하게 했다. 하지만 물은 금방 바닥나고 말았다. 반면 식량은 부족하지 않았다. 네아르코스의 함대에 전달할 보급품이 그대로 남았기 때문이었다. 이제 배들은 전혀 보이지 않았다. 동쪽에서 부는 강풍으로 배가 바다 한가운데로 떠밀려간 것 같았다.

스키타이 안내인들이 길 근처에서 어떤 흔적을 발견하고 왕에게 보고했다. 누군가가 기습 공격을 할지도 모른다는 보고였다. 사실 보급물자와 하역 짐승들은 주변 부족들이 군침을 삼킬 만한 것들이었다.

"수비를 두 배로 강화하라. 주위에 불을 피우도록 하라."

알렉산드로스가 명령했다. 하지만 그곳에서 장작을 찾기란 쉽지 않았다. 병사들은 해안으로 밀려온 보잘것없는 나무토막 몇 개밖에 찾아낼 수 없었다.

우려한 대로 달도 없는 깜깜한 밤중에 적이 급습해왔다. 적은 본대와 몇 스타디온 떨어져 후위를 수비하던 레온나토스의 분견대를 공격했다. 적은 어둠 속에서 갑자기, 무시무시할 정도로 정확하게 공격을 가해왔다. 유령처럼 바위 동굴에서 나와, 갈증과 행군으로 지친 전사들에게 지옥의

사자들처럼 달려들었다. 레온나토스는 용감하게 싸웠다. 부대의 나팔수
가 갑자기 모래 속에서 튀어나온 적에게 목이 잘리자 레온나토스는 직접
나팔을 집어들고 알렉산드로스에게 도움을 청하는 긴급 신호를 불었다.

나팔소리를 들은 왕은 기병대대를 이끌고 달려왔다. 왕은 적의 포위
망을 단숨에 뚫고 기진맥진해 있는 친구를 구해냈다. 해가 뜨자 목숨을
잃고 땅바닥에 누워 있는 병사들의 수가 5백 명이 넘었다. 개중에는 죽
어가는 순간까지 공격자를 붙잡고 있는 병사도 있었다.

화장할 장작을 구할 수 없자 병사들은 전사자들을 무기와 함께 모래
속에 묻어주었다. 그들은 슬픔을 가슴 가득 안은 채 그 자리를 떠났다.
그들은 서둘러 만든 모래무덤들이 곧 배고픈 들짐승들에게 능욕을 당하
리라는 걸 너무나 잘 알고 있었다.

다시 행군이 시작된 어느 날이었다. 정찰소대가 돌아와 해안 근처의
작은 하천 부근에 원주민 마을이 있다고 보고해왔다. 원정대는 곧 공격
을 준비했다. 그날 밤, 보름달이 높이 떠올라 사막을 희뿌옇게 밝혀주었
다. 레온나토스는 등자에 도끼를 집어넣었다. 그리고 16미나나 되는 청
동 방패를 들고 말 위로 뛰어올랐다. 하지만 알렉산드로스가 말렸다.

"자네는 부상을 입었어. 그냥 남아 있게. 우리가 가겠네."

"자네들이 나를 묶어놓아도 난 내 병사들의 원수를 갚을 것이네. 병사
들은 어둠 속에서 급습을 당해 방어조차 못해보고 학살되었네."

레온나토스가 이를 악물며 말했다.

왕은 더 이상 그를 만류하지 않았다. 왕과 2백여 명의 병사들은 적의
눈에 띄지 않기 위해 검은 말을 타고 검은 망토를 입었다. 알렉산드로스
가 신호를 보냈다. 그러자 검은 준마들이 어깨와 어깨를 맞대고 전속력
으로 넓은 사막을 향해 달려나갔다. 그들의 모습은 하데스에서 온 지옥
의 사자들 같았다.

오리티족이 그들을 발견했을 때는 이미 모든 게 너무 늦었다. 하지만

그들은 마을과 자식과 아내들을 지키기 위해 사력을 다해 대항했다. 첫
번째 충돌에서 그들은 괴멸되다시피 했다. 다른 전사들이 마을로 달려
드는 동안 레온나토스는 손도끼를 미친 듯이 휘두르며 달아나는 적을
보리 베듯 베어버렸다.

"이젠 됐어, 레온나토스!"

알렉산드로스의 고함이 들리기 전, 그는 심장이 터질 듯한 흥분으로
열 명의 적을 단숨에 넘어뜨렸다. 레온나토스가 땀과 피에 뒤범벅되어
도끼질을 멈추었다.

잠시 후 두 번째 경기병대가 하역 짐승들과 마차들을 이끌고 마을에
도착했다. 하지만 마을에는 돌담 안에 갇혀 있는 양과 염소떼 외에는 싣
고 갈 물건이 없었다. 돌담 안에는 짐승의 분비물이 두껍게 쌓여 있었다.
그것으로 보아 이들은 짐승에게 풀을 뜯기는 일조차 하지 않는 것 같았다.

"저 짐승들을 뭘 먹여 키웠는지 궁금한데?"

물품을 수송해가기 위해 온 에우메네스가 말했다.

"이걸로 키운다고 하더군."

셀레우코스가 해초를 말려 만든 자루를 가리키며 말했다. 그 안에는
하얀 가루 같은 것이 가득 들어 있었다.

"생선 썩는 냄새군."

리시마코스가 얼굴을 찌푸리며 말했다. 에우메네스가 가루를 한 줌
쥐어 코에 갖다댔다.

"생선을 말려 가루로 만든 거야."

그들은 마을에서 구한 물과 짐승들을 데리고 병영으로 돌아왔다. 하
지만 요리를 하려고 짐승들을 잡고 보니 구역질이 날 정도로 썩은 생선
맛이 났다. 하지만 선택의 여지가 없었다. 그들은 생선 맛이 나는 고기로
배를 채웠다.

원정대는 찌는 듯한 햇볕 아래서 더위와 갈증을 참아가며 며칠을 더

행군했다. 가끔 사막의 색깔이 갑자기 눈부신 흰색으로 변하기도 했다. 석호潟湖가 말라붙어 소금만 남은 것이었다. 어쩔 수 없이 원정대는 그 소금을 밟고 지나야 했다. 그러자 말발굽과 보병들의 신발이 갈라졌다. 곧이어 참기 힘든 고통이 찾아왔다. 많은 하역 짐승들과 말들이 갈증과 배고픔 때문에 죽어가고, 사망하는 병사들도 차츰 늘어났다.

죽은 병사들을 묻어주고 조의를 표할 힘도 없었다. 병사들은 동료가 기운을 잃고 쓰러지는 것조차 알지 못했다. 설사 알았더라도 그들에겐 동료를 도와줄 여력이 없었다. 죽은 자의 시체는 땅에 버려져, 행군 대열 주위를 맴도는 이리와 맹금류의 밥이 되었다. 왕은 그런 처참한 광경 때문에 괴로웠을 뿐 아니라 수많은 고통과 불편을 견디고 있는 아내 때문에 더욱 고통스러웠다. 또한 파탈라를 떠난 뒤로는 함대가 어떤 상황에 처했는지도 알 수 없었다. 때문에 그의 불안감은 가중되었다.

말로 표현할 수 없는 역경 속에서도 칼라노스만은 고통도, 괴로움도 느끼지 않는 것 같았다. 그는 천 한 조각으로 어깨를 가린 채 뜨거운 사막 위를 맨발로 걸었다. 그리고 저녁이 되어 더위가 조금 식으면 왕 옆에 앉아 자신의 철학, 신체의 요구를 조절하는 기술들을 가르쳐주었다. 아직은 어린 나이인 록사네 역시 강한 정신력으로 위엄 있는 행동을 잃지 않았다. 소그디아나 기사의 외투를 입고 남편 곁에서 말을 타는 그녀의 모습이 병사들의 눈에 종종 띄었다. 그녀는 가끔 화살을 쏘아 지나가는 새를 잡기도 했다.

어느 날, 사람들이 지칠 대로 지쳐 있을 때 황실 호위대의 병사 하나가 땅이 움푹 들어간 곳에서 약간의 물기가 있는 구멍을 찾아냈다. 병사는 곧 칼끝으로 그곳을 파기 시작했다. 그러자 물이 방울방울 솟았다. 잠시 후 그는 투구 가득 물을 받아 자신의 입술을 적신 뒤 곧바로 알렉산드로스 에게로 가져갔다. 왕 역시 부상 후유증으로 몹시 힘들어하고 있을 때였다.

왕은 고맙다는 말을 하고 투구를 들어 입으로 가져가려 했다. 그 순간,

왕은 부하들이 모두 자신을 바라보고 있는 것을 발견했다. 그들의 눈은 소금기로 붉게 충혈되었고 피부는 메말랐으며 입술은 갈라진 상태였다. 왕은 도저히 물을 마실 수 없었다. 결국 왕은 투구에 든 물을 땅에 쏟으며 말했다.

"나는 혼자 물을 마시지 않는다."

입을 다시던 병사들이 하나둘 그 자리를 뜨자 왕이 소리쳤다.

"제군들, 용기를 내라! 우리에게 위대한 모험을 하게 해주신 신들께서 우리가 이대로 죽도록 내버려두실 거라고 생각하는가? 절대 그럴 리 없다. 여러분, 나를 믿어라! 내가 분명히 말하지만, 내일 밤이면 이 화덕에서 벗어나 음식과 물을 배불리 먹을 수 있을 것이다! 그것을 목전에 두고 포기하고 싶은가? 살길을 눈앞에 두고 죽음에 몸을 맡길 것인가?"

그 말을 들은 병사들은 다시 용기를 냈다. 그리고 어두워질 때까지 행군을 계속했다. 두 갈래 길이 그들 앞에 나타났다. 그들은 바다와 인접한 평지 쪽으로 포기하고 돌 언덕 쪽으로 방향을 잡았다. 밤이 되자 언덕의 열기가 조금 식었다. 다음날 해가 질 무렵, 원정대는 오솔길에 도착했다. 멀리 성벽으로 둘러싸인 도시가 보였다.

"푸라입니다. 이제 저희는 살았습니다."

페르시아 장교가 말하자 알렉산드로스가 외쳤다.

"들었나, 제군들? 들었는가? 우리는 살았다! 보았나? 제군들의 왕은 언제나 약속을 지킨다!"

산 위로 올라가 도시를 발견한 병사들은 환호성을 지르며 무기를 공중으로 내던졌다. 서로 부둥켜안고 눈물을 흘리는 병사들도 있었다.

프톨레마이오스가 어안이 벙벙한 표정으로 다가왔다.

"대체 어떻게 알았나?"

프톨레마이오스는 믿을 수 없다는 듯이 물었다. 그러자 알렉산드로스가 빙긋이 미소지으며 말했다.

"어제 저녁 우리 앞에 두 갈래 길이 나타났던 걸 기억하나? 한쪽 길은 바다로 가는 길이고, 다른 쪽은 언덕으로 올라가는 길이었지?"

"그럼, 생각나지."

"칼라노스가 내게 말하더군. '가기 어려운 길을 택하는 것이 좋습니다'라고."

"그게 전부인가?"

"그게 전부야."

"자네는 모험을 한 거야."

"이번이 처음은 아닐세."

"하긴 그래, 이번이 처음은 아니지."

해질녘 그들은 지친 몸에서 마지막 힘을 짜내어 도시에 도착했다. 요새의 사령관이 의심스러운 얼굴로 나와 그들을 맞았다.

"당신들은 누구시오?"

사령관이 물었다. 알렉산드로스가 프톨레마이오스에게로 돌아섰다.

"옥사트레스는 아직 살아 있나?"

"그런 것 같은데……. 이틀 전에 본 것 같아."

프톨레마이오스가 대답했다.

"그를 찾아오게."

옥사트레스를 찾아나선 프톨레마이오스는 잠시 후 다시 돌아왔다. 옥사트레스는 페르시아 사령관에게 지금 막 도착한 손님들에 대해 알아야 할 것들을 모두 알려주었다.

"알렉산드로스 황제라뇨? 그는 죽지 않았나요?"

페르시아 총독이 놀라서 물었다.

"보시다시피 건강하게 살아 있소 제발 부탁이오 우리를 들여보내주시오 우리는 너무 지쳐 있소"

사령관은 즉시 병사들에게 명령을 내렸다. 그러자 푸라의 문이 활짝 열렸다. 모두들 전멸했다고 생각했던 원정대와 모두들 죽었다고 믿고 있던 왕이 그 문을 통과했다.

원정대는 나흘 동안 푸라에 머물며 지친 몸을 추슬렀다. 알렉산드로스는 하르모지아에서 합류하기로 한 함대에 대한 소식을 아는지 사령관에게 물어보았다. 페르시아인은 그에 대해 아무것도 아는 바가 없다고 대답했다. 하지만 알아보고 곧 알려주겠다고 약속했다.

"난 그다지 좋은 환상을 갖고 있지 않네. 그 항로에는 곳곳에 암초들이 많아 아주 위험하네. 그리고 난파선을 공격하는 해적들이 우글거리지. 네아르코스가 목적지에 도착했다면 벌써 소식을 들었을 거야."

셀레우코스가 말했다.

"자네 말이 맞을지도 모르네. 하지만 모두들 죽었다고 생각했던 우리도 여기 이렇게 서 있지 않은가. 그러니 절망할 필요는 없네."

알렉산드로스가 대답했다.

원정대는 페르시스 쪽으로 향하는 길로 접어들어 다시 불모지로 행군했다. 다행히 푸라 주둔군 사령관이 노련한 안내인들을 붙여주었다. 안내인들은 샘물이 있는 곳과 우유, 고기, 항아리에 보관해둔 콩을 얻을 수 있는 마을로 그들을 안내했다.

원정대가 페르시스와 인접한 살모우스 근처에 도착했을 때는 이미 한겨울이었다. 알렉산드로스는 정찰대를 남쪽으로 보내 함대가 어떻게 되었는지 알아오게 했다. 두 명의 마케도니아 장교와 페르시아인 안내자가 포함된 열두 명의 병사가 여섯 마리의 낙타를 끌고 길을 떠났다.

그들은 사막지대에서 두 차례 쉬며 5파라상을 지나갔다. 태양이 가장 뜨겁게 달아오르는 정오 무렵, 멀리서 뭔가가 보이는 듯했다.

"뭔지 알아보겠나?"

아조토스라는 팔레스티나 용병이 물었다.

“사람들 같은데……..”

동료가 대답했다.

“사람들이라니?”

장교 한 사람이 물었다.

“어느 쪽인가?”

“저 아래네.”

다른 장교 한 사람이 선명하게 보이는 곳을 가리키며 말했다.

“저길 좀 봐, 신호를 보내고 있어. 소리를 치고 있네. 우리를 본 것 같군. 빨리 저쪽으로 가지!”

정찰대원들은 급히 말을 달렸다. 그리고 잠시 후 인간의 모습이라고 할 수 없을 정도로 끔찍한 몰골의 두 남자와 마주했다. 입고 있는 옷은 다 찢어졌고 눈은 움푹 들어갔으며 피부는 뜨거운 햇빛에 데어 짓무른 상태였다. 입술은 갈증으로 갈라져 있었다.

“당신들은 누구요?”

두 사람이 그리스어로 물어왔다.

“그러는 당신들은 대체 누구요? 여기서 뭘 하는 거요?”

장교가 되물었다.

“우리는 알렉산드로스 함대의 해병들이오.”

“당신 말은 그럼, 지금 네아르코스 제독의 함대가……..”

장교는 말을 다 끝마칠 수 없었다. 두 사람은 누가 봐도 영락없는 난파자의 모습이었다.

“그들은 무사하오.”

남자가 마지막 숨을 토해내며 말했다.

“그리고, 제발…… 이야기를 더 듣고 싶으면 물 한 모금만 주시오.”

"말을 타라!"

왕은 방금 들은 소식 때문에 흥분해서 정신이 나간 사람처럼 외쳤다.

"네아르코스 제독이 해안에 있다. 배도 모두 무사하다. 한 척도 잃지 않았다! 에우메네스, 마차를 준비하게. 물과 고기와 과자와 꿀과 과일과 포도주를 준비해주게. 자네가 구할 수 있는 포도주를 모두 가져오게. 그리고 자네도 나를 따라오게."

"하지만 시간이 필요하네."

에우메네스는 왕에게 이해를 구했다.

"저녁이 되기 전에는 모두 준비되겠지? 난 해병들을 기쁘게 해주고 싶네, 젠장! 해안에서 성대한 잔치를 벌일 거야! 잔치를 벌여야 해, 잔치를 벌여야 하고 말고!"

왕의 눈은 감동과 초조함으로 빛났다. 꼭 어린아이 같았다.

"저 두 해병을 잘 보살펴주게. 두 사람을 왕처럼, 아주 귀한 손님처럼 대접해주라고. 그리고 왕비도, 왕비도 나와 함께 갔으면 좋겠군."

왕은 동료들을 모두 이끌고, 헤타이로이 기병대대와 함께 말을 달렸다. 사흘째 되는 날 해질녘, 그들은 네아르코스의 해군 병영이 보이는 곳에 도착했다. 알렉산드로스는 온몸이 먼지와 땀으로 뒤덮였지만 눈빛만은 생기가 돌았다. 바닷물은 지는 햇빛을 받아 황금빛으로 빛났다. 거울처럼 빛나는 대양 위에서 네아르코스의 검은 배들이 군기軍旗를 나부끼며 선명한 윤곽을 드러냈다.

네아르코스가 병영 입구로 나왔다. 알렉산드로스는 멀리서 그를 보자 말에서 뛰어내렸다. 두 사람은 양쪽으로 늘어서서 미친 듯이 열광하는 해병과 기병 사이로 거리를 좁혀갔다. 그러다가 더 이상 감정을 누를 수 없자 서로를 향해 달려갔다. 그들의 포옹은 한가운데서 뜨겁게 이루어졌다. 포옹이라기보다는 거의 충돌에 가까웠다. 그런 다음 서로 떨어져서 믿을 수 없다는 듯 상대방의 얼굴을 바라보았다. 감동이 그들을 압도해 한마디도 할 수 없었다. 마침내 알렉산드로스가 호탕하게 웃었다. 그리고 소리쳤다.

"썩은 생선 냄새가 나는군, 네아르코스!"

"폐하에게선 말 냄새와 땀 냄새가 납니다, 알렉산드로스!"

"자네들이 모두 살아 있다니…… 아직도 믿을 수가 없군."

왕은 제독의 수척해진 얼굴을 바라보며 말했다.

"쉽지는 않았습니다. 어떤 때는 임무를 완수할 수 없겠다고 생각했습니다. 저희는 폭풍우를 두 번 만났습니다. 하지만 무엇보다도 갈증과 배고픔을 참을 수 없었습니다."

네아르코스가 감동이 풀리지 않는 목소리로 말했다. 두 사람은 병영을 향해 걸었다. 두 사람은 얘기에 정신이 팔려 프톨레마이오스가 그들 곁에 기병대를 정렬시킨 것도 알아차리지 못했다. 힘찬 구령소리가 들리자 두 사람은 깜짝 놀라며 고개를 돌렸다.

"알렉산드로스 폐하와 네아르코스 제독께 경례!"

"와아아아!"

기사들이 창을 높이 들어올리며 끝없이 구령을 외쳤다. 그와 동시에 마지막 햇빛이 대양의 뜨거운 파도 속으로 사라졌다.

"오네시크리토스도 기억해주십시오."

제독이 자신의 부하에게 가까이 다가오라는 신호를 보냈다.

"그는 용감한 해병답게 행동했습니다."

"잘 있었나, 오네시크리토스. 자네를 다시 만나게 되어 정말 반갑군."

"안녕하셨습니까, 폐하. 저 역시 폐하를 다시 뵙게 되어 기쁩니다."

항해사가 대답했다. 네아르코스가 다시 말을 받았다.

"죄송합니다. 폐하께 드릴 게 별로 없습니다. 하루종일 고기를 잡았지만 어획량은 보잘것없었습니다. 하지만 큰 다랑어 두 마리를 잡아 지금 굽고 있는 중입니다."

"그건 걱정할 것 없네. 내가 자네들을 놀라게 해줄 일을 하나 준비했네. 하지만 내일이나 돼야 보여줄 수 있을 것 같아 유감이군."

왕이 말했다.

"그 일이 제가 생각한 것과 맞는다면 전 정말 빨리 내일이 되었으면 합니다."

네아르코스가 말했다.

"들어보시겠습니까. 한번은 음식이 부족해 절망하고 있던 저희가 해안 부락 몇 개를 공격했습니다. 그런데 전리품이 뭐였는지 아십니까?"

"모르겠군. 하지만 알아맞힐 수 있을 것 같은데……."

"생선 가루였습니다. 자루마다 생선 가루뿐이었습니다. 그 염병할 것 외에 다른 건 아무것도 없었습니다."

"그거라면 우리도 조금 알지."

둘은 네아르코스의 막사 안으로 들어갔다. 잠시 후 프톨레마이오스와 헤파이스티온, 셀레우코스와 다른 동료들도 막사 안으로 들어왔다.

“보십시오.”

네아르코스가 탁자 위에 펼쳐놓은 파피루스 두루마리를 보여주며 말했다.

“이것은 오네시크리토스가 파탈라에서 이곳까지 지나온 길을 나타낸 지도입니다.”

“놀랍군.”

알렉산드로스가 손가락으로 부제독이 ‘생선을 먹는 사람들’이라고 표시한, 끝없이 길고 황량한 해안을 훑으며 고개를 끄덕였다.

“생선을 먹는 사람들.”

헤파이스티온이 글자를 따라 읽었다.

“그렇게 불러도 될 거야. 그 지역에서는 염소에게서도 생선 냄새가 났으니까. 다시 생각하기만 해도 구역질이 나는군.”

“자네들과 연락이 끊긴 뒤로 얼마나 걱정했는지 자네는 상상도 못할 걸세.”

알렉산드로스가 말했다.

“저희도 마찬가지였습니다.”

네아르코스가 대답했다.

“사실 폐하와 원정대를 기다리기 위해 배의 속도를 늦추는 일이 쉽지 않았습니다. 저희가 겨우 속력을 늦추고 보니 이미 원정대는 보이지 않았습니다. 아마 원정대가 먼저 갔거나 저희보다 뒤처져 있었을 겁니다. 그것을 대체 누가 이야기해주겠습니까?”

“생선이 준비되었습니다.”

해병 하나가 알려왔다.

“냄새가 나쁘지 않군.”

셀레우코스가 평했다.

“해변에 앉아야 할 것 같습니다. 제 배에는 연회용 침대와 식탁들이 부족하답니다.”

제독이 계면쩍어하며 말했다.

“적응할 수 있을 거요, 배가 너무 고프니까요.”

페르디카스가 유쾌하게 말했다.

모두들 웃고 농담하며 해변에 앉아 식사를 할 때였다. 갑자기 경보 나팔소리가 울려퍼졌다.

“젠장할!”

알렉산드로스가 소리쳤다.

“대체 누가 감히 우리를 공격할 수 있다는 거지?”

그가 검을 빼내며 외쳤다.

“헤타이로이, 나를 따르라! 말을 타라!”

순식간에 병영 여기저기서 말 울음소리가 들렸다. 말뚝 울타리의 문이 열렸고, 기병대대가 적의 급습을 막아내기 위해 울타리 밖으로 달려 나갈 준비를 마쳤다. 폭풍우를 몰고 오는 비구름처럼 위협적인 먼지구름이 그들에게로 다가오고 있었다. 무기와 금속 방패들도 선명하게 보였다.

“마케도니아인들입니다!”

보초가 외쳤다.

“마케도니아인들이라니?”

알렉산드로스가 돌격하려는 기사들을 급히 가로막았다. 질주해오는 말발굽소리가 점점 가까이 들렸다. 긴장이 담긴 침묵이 흐르는 가운데 모두들 어둠 저편을 응시했다. 그때 다시 보초의 목소리가 어둠 속에 울려퍼졌다.

“포도주입니다!”

보초가 기뻐서 소리쳤다.

“에우메네스 서기장님께서 돌격부대 편에 포도주를 보내셨습니다.”

팽팽하던 긴장이 삽시간에 깨졌다. 갑자기 여기저기서 웃음소리가 요란하게 터져나왔다. 잠시 후 돌격부대원들이 동료들의 박수를 받으며 병영 안으로 들어왔다. 돌격부대원들은 포도주가 든 가죽부대를 안장에서 내렸다.

왕과 동료들도 제자리로 돌아왔다.

"이제 먹어도 되겠소?"

잠시 긴장했던 레온나토스가 갑옷을 벗으며 물었다.

"드시지요."

네아르코스가 웃으며 대답했다.

"포도주를 마셔도 되겠군, 젠장! 이 모두가 우리 서기장님 덕택이야!"

알렉산드로스 역시 웃으며 말했다. 그들이 미지근한 모래 위에 앉자 해병들이 생선을 날라왔다.

"키프로스식으로 요리한 다랑어입니다!"

파포스 출신의 해병이 허풍스럽게 말했다. 모두들 음식에 달려들었다. 그리고 고난과 위험을 이긴 이야기, 폭풍우가 치던 바다와 쥐죽은듯 고요하던 바다 이야기, 한밤의 매복과 바다 괴물에 대한 이야기, 다시 만나지 못할까봐 오랫동안 두려웠던 이야기 등등 끊임없이 대화가 이어졌다.

"크라테로스는 어디쯤 있을까?"

갑자기 알렉산드로스가 걱정스런 표정을 지으며 물었다. 친구들은 아무 말 없이 서로의 얼굴만 쳐다보았다.

61

15일 후, 크라테로스는 부대를 이끌고 살모우스에 도착했다. 알렉산드로스와 친구들의 기쁨은 하늘을 찌를 듯했다. 오랫동안 재회를 축하하는 연회가 계속되었다. 원정대가 다시 행군을 시작했을 때도 왕은 축하 연회를 멈추고 싶지 않았다. 왕은 연회용 침대와 식탁을 새로 만든 마차에 실었다. 덕분에 동료들도 모두 그 마차를 타고 침대에 누워, 먹고 마시며 즐길 수 있었다. 병사들 역시 뒤따라오는 포도주 마차로 가서 마음껏 포도주를 퍼마셨다. 다른 마차에는 칼라노스가 타고 있었다. 가끔 왕이나 왕의 동료들은 그 마차로 올라가 그의 가르침에 귀를 기울였다.

기쁨의 합창소리가 주변 지역으로 울려퍼졌다. 페르시스의 심장부로 향하고 있는 원정대는 이제 더 이상 군대가 아니었다. 그것은 쾌락을 통해 모든 고통에서 인간을 해방시켜준 디오니소스 신에게 경배하기 위한 행렬, 코모스였다.

한편 네아르코스는 배들을 모두 정비하고 긴 여행에 꼭 필요한 필수

품들을 갑판 가득 실었다. 마침내 해병들은 길고 험난했던 시간들을 뒤로 하고 항해에 올랐다. 배들은 하르모지아 해협을 지나 페르시스 만으로 들어가 티그리스 강어귀로 직진했다. 그들은 운하로 연결된 수사에서 원정대와 만나기로 약속되어 있었다. 그들은 빨리 이 모험을 끝마치고 그 모험을 이야기해주고 싶은 마음으로 힘차게 노를 저어 앞으로 나아갔다. 그들이 육지가 보이지 않는 바다 한가운데를 항해하고 있을 때였다. 기함에서 멀리 떨어지지 않은 곳에서 갑자기 높은 파도가 치며 물보라가 일더니 어마어마하게 큰 물짐승의 등이 수면 위로 나타났다. 일순간 함대에 긴장감이 돌았다. 하지만 물짐승은 곧 물 속으로 다시 사라졌고 거대한 꼬리만 물 밖에서 요동쳤다.

"그런데…… 저것이 뭡니까?"

키프로스의 출신의 해병이 물었다.

"고래라네."

헤라클레스의 기둥 너머까지 항해를 했다던 페니키아인 갑판장이 대답했다.

"아무 짓도 하지 않을 걸세. 저것들을 배로 들이받지 않도록 조심하기만 하면 돼. 건드렸다간 고래들이 꼬리만 살짝 흔들어도 끝장날 테니까…… 그렇게 되면 기함과는 작별이지. 자네를 한 입에 집어삼킬 거야."

"전 다랑어가 좋아요."

해병이 말을 더듬었다. 그러다가 걱정스러운 듯 다시 물었다.

"정말 우리를 공격하지 않을까요?"

"바다에서 확실한 건 아무것도 없다."

옆에서 가만히 듣고 있던 네아르코스가 말했다.

"제군도 그것을 알아야 한다. 자네 위치로 돌아가라, 해병."

알렉산드로스의 부대는 파사르가다에로 이어지는 길을 따라 계속 행군했다. 그곳에서 왕은 키루스 대왕의 무덤이 파헤쳐진 것을 발견했다. 석관 뚜껑이 열려 있고 대왕의 시체가 밖으로 내던져져 있었다. 왕은 그 책임을 묻기 위해 무덤을 관리하던 마기들을 심문하고 재판에 회부했다. 하지만 마기들은 심한 고문을 당하면서도 그에 대해 아는 바가 없다고 했다. 할 수 없이 대왕은 그들을 돌려보내고 무덤을 원래대로 복구하라고 명령했다. 이어 원정대는 페르세폴리스로 향했다. 각 도시에는 왕이 돌아온다는 소문이 널리 퍼졌다. 그 소식에 도시의 총독들과 마케도니아 사령관들은 몹시 당황했다. 이미 왕이 죽었다고 생각한 그들은 온갖 종류의 횡포와 도둑질을 일삼았기 때문이었다.

페르세폴리스의 궁전은 알렉산드로스가 불을 질렀던 당시와 다름없었다. 연기에 검게 그을린 돌기둥과 거대한 문들이 마른 흙과 재에 뒤덮인 넓디넓은 평지에 우뚝 솟아 있었다. 단단한 돌에 새겨졌던 부조들은 모두 지워져버렸고, 화재 때 녹은 금속 조각들만 여기저기 널려 있었다. 그곳이 장대했던 아케메네스 왕조의 왕궁임을 알리는 것은 다리우스 3세의 장례 기념비 앞에서 타오르고 있는 불뿐이었다.

왕은 오랫동안 만나지 못했던 스타테이라 공주를 떠올렸다. 그리고 인더스 강 유역에서 보낸 편지를 공주가 받았을지 궁금했다. 그때 알렉산드로스는 아직도 그녀를 사랑하고 있으며, 곧 수사에서 만날 수 있을 거라고 편지를 썼다.

페르세폴리스에 도착해 어느 정도 시간이 흘렀을 때였다. 어느 날 밤, 록사네와 함께 총독 저택의 베란다에서 휴식을 즐기고 있을 때 왕에게 알현을 청하는 사람이 있었다. 잠시 후 뚱뚱한 몸매의 대머리 남자가 시종의 안내를 받으며 안으로 들어왔다.

남자는 환한 미소를 지으며 왕에게 인사했다.

"폐하, 폐하를 다시 뵙게 되어 얼마나 기쁜지 모르겠습니다. 그런데…… 개가 보이지 않는군요."

남자는 주변을 찬찬히 둘러보며 말했다.

"솔리스의 에우몰푸스……. 마음놓아도 되네. 페리타스는 이제 이곳에 없어. 인도에서 내 목숨을 구하고 죽었다네."

"안됐습니다. 제가 그 개를 좋아하진 않았지만 말입니다. 폐하께서 그 개를 몹시 사랑하셨다는 걸 잘 알고 있습니다."

그 말에 알렉산드로스가 고개를 숙였다.

"부케팔로스도 죽었네. 그리고 많은 친구들도 죽었지. 몹시 힘든 원정이었네. 그런데 어디서 오는 길인가? 자네는 아무 말 없이 사라졌고, 그 후로 다시 만나지 못해 난 자네가 죽은 줄 알았네."

"그 때문에 저도 폐하께서 돌아가신 줄 알았습니다. 비단 저뿐만이 아니었지요. 제가 소리 없이 사라진 것이야 늘 있는 일이잖습니까. 폐하께서 제게 원하시는 일이 있다는 것을 알게 되면 저는 가능한 한 빨리, 제일 적당한 시기를 골라 그 누구의 눈에도 띄지 않게 나타납니다. 훌륭한 정보원은 자신의 움직임을 절대 노출시키지 않습니다. 정보를 줘야 하는 사람에게까지도 말입니다."

"내가 자네를 정확히 알고 있다면, 자네가 그저 나를 만날 생각만으로 이곳에 오지는 않았을 텐데……."

왕의 말에 에우몰푸스가 두루마리를 건넸다.

"사실입니다, 폐하. 저는 폐하가 원하시는 대로 폐하의 눈과 귀가 되었습니다. 저는 제게 선의를 베풀어준 사람을 절대 잊지 않습니다. 폐하께서는 저를 믿어주셨고 모두들 저를 사형에 처하고자 했을 때 저를 구해주셨습니다. 이 두루마리에는 폐하를 언짢게 할 내용들이 적혀 있습니다. 폐하가 계시지 않는 동안 총독들과 주둔 부대 사령관들이 저지른 잘못들을 정리한 목록입니다. 총독과 사령관들 중에는 마케도니아인들도 있습니다. 또 폐하께서 재판을 하실 경우, 심문하셔야 할 증인들의 목록도 있습니다. 제일 먼저 시작해야 할 사람은 황실 보물의 관리 책임자이며 절름발이인…… 에우메네스 서기장의 친구…….”

“하르팔로스 말인가?”

“그렇습니다. 그는 금고에서 5천 탈렌트를 제멋대로 꺼내 6천 명의 용병을 모았습니다. 그리고 제 정보가 정확하다면, 그는 최근에 군대를 인솔하고 킬리키아로 행군하고 있습니다. 제 생각으로는 폐하를 그다지 좋아하지 않는, 그의 아테네 친구들과 모종의 협상을 도모하고 있을 겁니다.”

“데모스테네스 말인가?”

에우몰푸스가 고개를 끄덕였다.

“자네 생각엔 하르팔로스의 군대가 어디로 가고 있는 것 같나?”

“아마 아테네일 겁니다.”

바로 그때 에우메네스가 몹시 당황한 얼굴로 들어왔다.

“알렉산드로스, 유감스럽게도 끔찍한 소식이 있네! 어떻게 이야기를 해야 할지 모르겠지만…… 어떻게 보면 내 책임이기도 하지. 그래서 말인데…….”

“하르팔로스 이야기인가? 벌써 알고 있네.”

왕은 한쪽 구석에 앉아 있는 에우몰푸스를 가리켰다.

“이미 많은 사실들을 알게 되었네. 모두 불쾌한 일들이지. 지금 당장 우리가 해야 할 일은 이것이야. 자네는 이 목록에 적힌 사람들에 대한 고발 내용이 타당한지 조사하게. 그들이 마케도니아인이든 페르시아인이든 메디아인이든 가리지 말게. 그런 다음 자네가 모든 재판을 진행하게. 마케도니아인들의 죄가 밝혀지면 군사회의에 회부해 전통적인 의식에 따라 판결을 내리게.”

“하르팔로스는?”

“그 염병할 절름발이 녀석을 찾아내게, 에우메네스.”

알렉산드로스는 분노로 얼굴이 새하얗게 질린 채 명령했다.

"그놈이 어디 숨어 있든 찾아내게. 개처럼 죽여버릴 테니."

에우몰푸스가 자리에서 일어났다.

"제가 드릴 말씀은 모두 드린 것 같군요."

"그렇군. 에우메네스가 자네에게 충분한 보상을 할 걸세."

에우메네스는 당혹스러움을 감추지 못한 채 고개만 끄덕거렸다.

"자네 잘못이 아니야."

알렉산드로스가 일어서면서 에우메네스에게 말했다.

"자넨 내 믿음을 배신한 적이 없었네. 그리고 앞으로도 절대 그런 일은 없을 것이라고 믿네."

"고맙군. 그렇긴 해도 하르팔로스에게 느낀 실망감은 줄어들지 않네."

에우메네스는 힘없이 출입문 쪽으로 향했다. 그는 궁전의 복도를 따라 걷다가 아리스탄드로스를 만났다. 점술가의 눈이 이상하게 빛났고 그 눈길도 끔찍했다. 그는 에우메네스에게 인사조차 하지 않고 스쳐지나갔다. 아마도 에우메네스를 보지 못한 것 같았다.

점술가는 알렉산드로스의 방으로 들어갔다. 왕은 그의 얼굴이 무척 고통스럽고 낙담에 차 있는 것을 보고 깜짝 놀랐다.

"무슨 일인가?"

알렉산드로스는 그의 입에서 어떤 대답이 나올지 몰라 두려웠다.

"악몽 말입니다. 제 악몽이 다시 나타나기 시작했습니다."

"언제?"

"지난밤입니다. 또 한 가지 일이 있습니다."

"말해보게."

"칼라노스가 앓고 있습니다."

"그럴 리 없네!"

알렉산드로스가 외쳤다.

"그는 어떠한 고통도 참아냈고 어떠한 시련도 이겨냈어. 폭풍우와 뜨거운 태양, 배고픔과 갈증을 잘 견뎌냈다고…….”

“하지만 지금 그는 앓고 있습니다.”

“언제부턴가?”

“저희가 페르세폴리스에 도착했을 때부터입니다.”

“지금 어디 있지?”

“폐하께서 지정해주신 집에 있습니다.”

“즉시 그곳으로 안내하라.”

“그렇게 하겠습니다. 저를 따르시지요.”

그때였다. 같은 방에 있던 록사네가 불안한 표정을 지으며 물었다.

“알렉산드로스, 어딜 가세요?”

“병석에 누워 있는 친구를 보러 가오, 내 사랑.”

알렉산드로스와 아리스탄드로스는 저녁의 어둠이 서서히 내려앉고 있는 도시를 가로질러갔다. 잠시 후 두 사람은 주랑으로 둘러싸인 아름다운 저택 앞에 도착했다. 가우가멜라 전투에서 패한 페르시아 귀족이 살던 집이었다. 알렉산드로스는 원정대를 따라오느라 지친 칼라노스에게 편히 쉬라며 이 집을 선사했다.

두 사람은 서둘러 주랑으로 올라섰다. 그리고 조용한 복도를 지나 석양빛이 희미하게 비치는 방으로 들어갔다. 칼라노스는 바닥에 깔아놓은 돗자리 위에 누워 있었다. 눈을 감고 있는 그의 몸은 놀랄 만큼 야위어 있었다.

“칼란…….”

왕이 조그맣게 이름을 불렀다. 남자가 검고 열에 들뜬 두 눈을 떴다.

“저는 몸이 좋지 않습니다, 알렉산드로스.”

“믿을 수가 없구려, 선생. 난 당신이 조금도 힘들이지 않고 온갖 시련을 견뎌내는 것을 보았소.”

“지금은 몸이 몹시 아픕니다. 고통을 참을 수 없을 정도입니다.”

알렉산드로스가 아리스탄드로스의 불안한 눈을 쳐다보았다.

"어떻게 아픈 거요? 우리가 도와줄 테니 말하시오."

"정신의 고통입니다. 너무나 예리한 고통입니다. 치료할 방법이 없습니다."

"무엇 때문에 이렇게 아픈 거요. 당신은 변함없는 평온을 얻은 게 아니었던가요?"

칼라노스가 아리스탄드로스의 눈을 뚫어지게 쳐다보았다. 두 사람의 눈 속에 불길한 느낌이 스쳐지나갔다. 칼라노스가 힘겹게 다시 입을 열었다.

"그렇습니다. 폐하의 눈 속에서 폭풍우에 휩싸인 힘찬 대양의 모습을 발견하기 전까지는 그랬습니다. 저는 또한 폐하의 눈 속에서 호랑이의 야생적인 힘을, 하늘을 떠받치는 산 정상의 고고한 기품을 발견하기 전까지 그랬습니다. 저는 폐하와 폐하의 세계를 알고 싶었습니다. 그래서 폐하의 맹목적인 분노가 폐하를 파멸시키려고 할 때 폐하를 구해드리고 싶었습니다. 하지만 만약 제가 실패할 경우 어떻게 해야 하는지 잘 알고 있었습니다. 저는 제 자신과 약속했습니다. 저는 폐하를 아는 사람들이 모두 그랬듯이 폐하를 좋아했습니다, 알렉산드로스. 그래서 저는 폐하를 따르며 폐하의 무의식적인 본능으로부터 폐하를 보호해드리고 싶었습니다. 현인들과 당신에게 무적의 파괴도구를 만들어주었던 영웅들과 다른, 또 다른 지혜를 가르쳐드리고 싶었습니다. 하지만 당신이 배운 탄트라는 어떤 식으로노 바뀔 수 없습니다. 저는 이제 그것을 알았습니다. 저는 지금 다가오고 있는 일을, 눈앞에 닥친 일을 보고 있습니다."

그는 다시 눈을 들어 떨고 있는 아리스탄드로스의 눈을 보았다.

"그 때문에 제 고통이 참을 수 없을 정도로 점점 커지고 있는 것입니다. 지금 다가오고 있는 일이 벌어질 때까지 제가 살아 있다면, 저는 거기에서 오는 고통으로 인해 최고의 평정상태에 이를 수 없게 됩니다.

저는 무한 속에서 제 영혼을 분해시킬 수 없게 됩니다. 알렉산드로스, 그런 일이 제게 생기는 걸 원치 않으시지요? 그렇지 않습니까?"

알렉산드로스가 그의 손을 잡으며 감정에 북받쳐 말했다.

"물론 그런 일은 원치 않소, 칼란. 그런데 내게 말해주게. 지금 다가오고 있는 무시무시한 일이 도대체 무엇인가, 제발 말해주게."

"저도 알 수 없습니다. 다만 느끼고 있을 뿐입니다. 그것을 참아낼 수가 없습니다. 제가 스스로에게 맹세한 대로 죽게끔 허락해주십시오."

왕이 뼈만 남은 승려의 앙상한 손에 입을 맞추었다. 그리고 아리스탄드로스를 향해 말했다.

"칼라노스의 마지막 소원을 잘 들어보라. 그리고 프톨레마이오스 장군에게 알려 그 소원이 이루어지도록 하라. 난, 난 더 이상 할 수……."

알렉산드로스가 눈물을 흘리며 밖으로 나갔다.

정해진 날, 프톨레마이오스는 부탁받은 대로 모든 일을 준비했다. 곧이어 영원한 평정상태를 향한 칼라노스의 여행이 시작되었다.

프톨레마이오스는 10큐빗 높이에 13큐빗 넓이의 화장용 장작더미를 쌓게 했다. 장작더미를 쌓아놓은 곳까지 이어지는 진입로에는 예복을 입은 페체타이로이 5백여 명을 정렬시켰다. 또한 어린아이들이 행진하며 장미꽃잎을 뿌리도록 했다. 그러고 나자 제대로 걸을 수 없을 정도로 허약해진 칼라노스가 네 명의 병사가 운반하는 들것에 실려 도착했다. 칼라노스의 목에는 인도의 관습에 따라 화환이 걸려 있었다. 그는 세상에 태어나던 날처럼 알몸으로 장작더미 위에 눕혀졌다. 젊은이와 처녀들이 고향의 부드러운 찬가를 합창했다. 잠시 후에는 누워 있는 칼라노스의 손에 횃불이 쥐어졌다.

알렉산드로스는 그 광경을 보지 않기로 마음먹었다. 그는 자신의 숙소에 남아 프톨레마이오스에게 장례식 일체의 집행을 부탁했다. 알렉산드로스는 자신이 사경을 헤맬 때 칼라노스가 몇 날 며칠 밤을 그의 곁에서 지새웠다는 것을 떠올렸다. 그는 칼라노스에게 마지막 인사를 해야겠다는 생각이 갑작스럽게 들었다. 장작이 타오르기 전, 그는 화장용 장작더미로 이어지는 장례식 길을 빠르게 걸어나갔다.

알렉산드로스는 너무나 여윈 알몸의 칼라노스를 바라보았다. 그리고 먼 옛날 석양빛을 받으며 항아리 앞에 누워 있던 디오게네스를 생각했다. 그 순간 칼라노스가 자신과 단둘이 천막에 있을 때 했던 말이 떠올랐다. 비록 입으로 말하진 않았지만 사경을 헤매던 순간에 무의식적으로 뇌리에 와닿던 말, 바로 침묵의 말이었다.

"정복은 아무 의미가 없습니다. 전투의 고통을 보상해줄 만한 전쟁은 없습니다. 우리에게는 마지막에 누울 수 있을 만큼의 땅밖에 필요한 것이 없습니다."

알렉산드로스는 고개를 들었다. 그리고 화염에 휩싸인 칼라노스를 보았다. 믿을 수 없게도 칼라노스는 불길 속에서 미소를 짓고 있었다. 그는 알렉산드로스를 향해 뭐라고 말하는 것 같았다. 장작 타오르는 소리가 너무나 커서 그의 목소리를 알아들을 수는 없었다. 하지만 칼라노스가 한 말이 곧바로 그의 뇌리에 울려퍼졌다.

우리는 바빌로니아에서 만날 겁니다.

62

알렉산드로스는 슬픈 기억들을 안은 채 페르세폴리스를 떠나 수사로 행군했다. 원정대는 한겨울이 되어서야 수사에 도착했다.

수사에 도착하자마자 그는 황태후를 방문했다. 황태후는 그를 다시 만나자 몹시 감격스러워했다. 그녀는 아주 다정하게 그리스식으로 인사했다.

"카이레[24], 파이!"

"그리스어가 완벽하십니다, 어머니."

알렉산드로스가 칭찬했다.

"건강하신 모습을 뵈오니 정말 기쁩니다."

"건강하고 무사한 당신을 보는 내 기쁨 역시 말할 수 없이 크답니다."

황태후가 대답했다.

"당신이 죽었다는 소식을 듣고 많은 눈물을 흘렸지요 분명 마케도니

---

24) '기뻐하다'는 의미를 지닌 그리스어에서 파생된 인사말

아에 계신 당신 어머니도 굉장히 고통스러우셨을 겁니다.”

“살모우스에 도착하자마자 어머니에게 편지를 띄웠습니다. 아마 지금쯤 어머니께서 제 편지를 받으시고 한시름 놓으셨을 겁니다.”

“오늘 나와 함께 저녁식사를 해주었으면 좋겠습니다.”

“물론입니다. 저 역시 정말 즐거울 것입니다.”

“내 나이가 되면 사람들이 찾아오는 것보다 더 기쁜 일이 없어요. 그리고 당신의 방문은 내가 가장 바라던 것이에요. 그렇게 서 있지 말고 앉아요, 알렉산드로스.”

알렉산드로스가 자리에 앉았다.

“어머니, 저는 어머니께 그저 인사나 드리려고 이곳에 온 것이 아닙니다.”

“다른 이유가 있나요? 주저하지 말고 말씀해보세요.”

“저는 다리우스 황제에게 딸이 하나 더 있다고 들었습니다.”

“사실이에요.”

시시감비스가 말했다.

“그래서 저는 그녀와 결혼하고 싶습니다.”

“무엇 때문이지요?”

“저는 다리우스 황제의 유산들을 모으고 싶습니다. 그의 가족을 제 가족으로 만들고 싶습니다.”

“이해할 수 있을 것 같군요.”

“그러면 공주와의 결혼을 허락해주시는 겁니까?”

“그애 아버지가 살아 있었다면, 총독과의 동맹관계를 굳건히 하기 위해서나 총독의 충성을 맹세받기 위해 벌써 결혼을 시켰을 겁니다. 아마 그 아이는 반대하지 않을 겁니다. 하지만 그 아이의 이름을 들으면 지금은 곁에 없는 사람이 생각날 거예요……. 그 아이의 이름을 알고 있나요? 바르시네랍니다.”

알렉산드로스는 떠오르는 추억을 감당하지 못해 시선을 떨구었다. 시간 속에서 색이 바랜 모습들이 갑자기 기억 속으로 생생하게 튀어오르는 것 같았다.

황태후가 계속 말했다.

"가우가멜라 전투가 벌어졌던 그 무시무시한 날, 난 그날을 절대 잊을 수가 없을 거예요……. 아마 스타테이라는 자기 언니와 함께 살아간다면 좋아할 겁니다. 그런데 록사네는 어떻게 하실 건가요?"

"록사네는 저를 사랑합니다. 왕비로서 어떤 태도를 취해야 하는지 잘 알고 있습니다. 그리고 왕의 임무가 어떤 것인지도 잘 알고 있답니다. 그녀에게는 이미 말해두었습니다."

"록사네가 그 이야기를 듣고 뭐라고 하던가요?"

"울었습니다. 부왕이신 필리포스께서 새 신부를 궁전에 데리고 오시던 날 제 어머니께서 우신 것처럼 말입니다. 하지만 저는 어떤 일이 있어도 그녀를 사랑할 겁니다. 그녀도 그것을 알고 있습니다."

"바르시네와의 결혼을 기꺼이 허락해드리지요. 당신은 아르가이 왕조와 아케메네스 왕조를 완벽하게 결합시키는 겁니다. 이제 승자도, 패자도 없어요. 그런데 당신 병사들이 어떻게 받아들일까요?"

"그들을 설득시킬 겁니다."

"납득할까요?"

"분명 그러리라 생각합니다. 또 한 가지 청이 있습니다. 스타테이라 동생의 결혼도 허락해주십시오."

"드리페티스도 원하신단 말인가요? ……물론이지요."

"제가 아닙니다. 제 친구인 헤파이스티온과 결혼하게 해주십시오. 우리는 어릴 때부터 한 자매와 결혼하게 되면 정말 멋질 거라고 말해왔지요. 그렇게 되면 우리 자식들이 사촌이 될 테니까요. 이제 어머니께서 허락하셨다면 우리가 원했던 일이 이루어진 것입니다."

“진심으로 허락합니다. 그저 당신들의 결혼이 마케도니아 귀족과 병사들에게 인정받기를 바랄 뿐입니다.”

“반드시 그럴 겁니다.”

알렉산드로스가 대답했다.

“제 병사들 중 대부분은 이미 페르시아와 메디아의 처녀와 함께 살고 있습니다. 그들에게는 자식도 있습니다. 그들을 결혼시켰던 일은 옳았습니다. 저는 다른 병사들을 위해서도 페르시아 처녀들을 고르고 있답니다. 앞으로 결혼식을 올릴 병사들은 1만여 명에 이를 겁니다.”

주름살이 잡힌 황태후의 눈이 휘둥그래졌다.

“1만 명이라고요? 오, 아후라 마즈다시여. 이건 지금까지 한 번도 일어난 적이 없는 일이에요!”

그녀가 놀랍다는 표정과 함께 미소를 지었다.

“당신 생각이 옳은 것 같군요. 평화를 지속시킬 토대를 마련하는 데 침대보다 더 좋은 곳이 없을 테니까요.”

결혼식을 준비하는 동안 알렉산드로스는 아직 가보지 못한 새로운 지역을 정벌할 계획을 세웠다. 그는 네아르코스의 함대가 도착하기를 애타게 기다렸다. 봄이 시작될 무렵, 네아르코스의 함대는 티그리스 강 어귀에 있었다. 그리고 지금은 수사를 향해 항진 중이었다.

황금별의 아르가이 깃발을 단 기함이 마침내 운하의 부두에 닻을 내렸다. 나팔소리와 북소리, 요란한 환호성과 박수갈채가 울려퍼지는 가운데 다른 배들도 기함의 뒤를 이어 속속 닻을 내렸다.

갑옷을 갖춰 입은 네아르코스가 정렬한 페체타이로이 2개 대대의 환영을 받았다. 알렉산드로스는 왕좌에 앉아 함대를 내려다보았다. 알렉산드로스의 곁에는 록사네가 보석을 박아넣은 왕비복을 입고 앉아 있었다.

네아르코스를 보자 왕은 자리에서 일어나 그를 맞이하러 갔다. 그는 제독을 얼싸안고 양 볼에 입을 맞추었다. 그런 다음 부제독 오네시크리토스와 다른 배의 함장들을 일일이 치하하고 선물을 주었다.

그날 저녁, 왕은 자신의 원정계획을 알리기 위해 네아르코스와 친구들을 저녁식사에 초대했다. 연회는 왕좌가 있는 방에서 열렸다. 왕의 모습이 잘 보이도록 연회용 침대는 세 측면에 놓여졌다. 침대가 놓여지긴 했지만 여자도, 악기 연주자도 없는 연회장은 작전회의를 하는 분위기였다.

알렉산드로스가 먼저 말을 꺼냈다.

"이제 자네들을 결혼시킬 때가 되었다고 생각했네."

모두들 너무 놀라 서로의 얼굴만 바라보았다.

"자네들은 이미 결혼할 때가 지났어. 이제 가정을 꾸릴 생각을 해야하네. 자네들을 위해 훌륭한 귀족 가문 출신의 아름다운 처녀들을 선발해놓았네……. 모두 페르시아 처녀들일세."

잠시 동안 침묵이 흘렀다.

"그뿐만이 아닐세. 나는 이미 아시아 처녀들과 살고 있는 마케도니아 병사들의 결혼식도 거행해줄 생각이야. 자네들도 알겠지만, 자식을 둔 병사들도 많네. 지금 결혼을 하기로 마음먹은 사람들에게는 신부의 지참금도 내가 줄 생각이야. 물론 신부가 페르시아인일 경우지. 이것이 우리가 정복한 지역의 미래를 보장하고 원한과 증오, 복수의 갈망을 없앨 수 있는 유일한 방법이야. 하나의 조국, 한 사람의 대왕 밑에서 한 민족이 되어야 하네. 이게 내 계획이고 내 의지이기도 하네. 자네들 중 반대하는 사람이 있으면 거리낌없이 이야기하게."

아무도 말을 하지 않았다. 조금 있자 에우메네스가 손을 들었다.

"나는 마케도니아인이 아닐세. 그리고 난 자네들같이 무훈을 세운 영웅도 아니야. 그리고 그 어떤 제국을 건설한다 해도 참가할 생각이 없네. 봄에 벌어질 결혼 대향연에서 날 빼주면 정말 고맙겠군. 아내를 맞는다는 생각만 해도 소름이 끼치니까……."

그러자 알렉산드로스가 웃으며 말했다.

"자네 신부는 아르토니스일세. 아르타오조스 총독의 딸이야. 아주 우아하고 헌신적인 처녀지. 분명 자네 마음에 들 걸세."

봄이 되자 결혼식은 어마어마하게 큰 천막에서 페르시아식으로 거행되었다. 정해진 순서에 따라 의자가 놓였다. 먼저 신랑들이 들어와 다함께 축배를 들고 서로의 행복을 기원했다. 곧이어 화려한 결혼 예복을 차려입은 신부들이 입장했다. 그녀들은 자기 신랑을 찾아가 옆에 앉았다. 하나같이 눈부시도록 아름다운 처녀들이었다. 신랑들은 결혼식을 주재하는 왕을 따라 신부의 손에 입을 맞추었다. 왕은 결혼식에 참석한 모든 사람들에게 황금잔을 선물로 주었다. 예식이 끝나자 2만 명의 참석자들이 저녁식사를 할 수 있도록 성대한 연회가 마련되었다. 포도주가 샘처럼 항아리에서 흘러넘쳐 모두 마음껏 마실 수 있었다. 처녀 총각들이 하프와 플루트와 팀파니의 반주에 맞춰 결혼 축가를 합창했다.

스타테이라는 엑바타나에서 이틀 전에 도착했다. 그녀는 다리우스가 첫 번째 부인에게서 낳은 배다른 언니, 바르시네의 들러리로 결혼식에 참석했다. 그녀는 신부가 식장에서 나오자 신방 입구까지 데려다주었다. 스타테이라가 떠나기 직전 신방에 도착한 알렉산드로스는 그녀에게 입을 맞추었다.

"당신이 와줘서 기뻐요, 스타테이라. 당신과의 마지막 만남 이후로 많은 시간이 흘렀지."

"사실입니다, 폐하. 아주 많은 시간이 흘렀지요."

"당신 기분이 나쁘지 않았으면 좋겠군."

"괜찮습니다."

스타테이라가 애매한 미소를 지으며 대답했다.

"그런데 폐하께서도 기분이 좋으신지 궁금하군요."

"술을 조금 마셨소."

알렉산드로스가 대답했다.

"오늘 같은 밤에는 포도주가 기분을 좋게 해줄 수 있소."

"그렇지요. 서른 살이 다 된 처녀와 4년이 넘게 만나지 못한 아내를 동시에 행복하게 해줘야 할 테니까요."

알렉산드로스는 잠깐 동안 스타테이라의 말을 곰곰이 생각해보는 것 같았다. 그러면서 혼자 중얼거렸다.

"그 시간을 어떻게 할애하라는 건지……."

왕은 체념한 듯 스타테이라의 눈을 바라보며 물었다.

"당신은 내게 사랑을 주고 싶은 거요, 아니면 내게 시비를 걸고 싶은 거요?"

"시비를 걸다니요? 제가 왜 그러겠어요? 당신이 사랑하는 언니를 행복하게 해주는 동안 저는 신방 옆에서 당신을 기다리겠어요. 언니는 신부예요. 당신의 사랑을 받을 권리가 있지요."

스타테이라가 특유의 사랑스러운 미소를 지으며 대답했다. 그녀는 그에게 입을 맞추고 난 다음 방에서 나가 조용히 문을 닫았다.

그날 밤, 왕은 페르시아의 두 아내와 잠자리를 했다. 먼저 바르시네와 잠자리에 들었다가 나중에 스타테이라가 있는 방으로 갔다. 하지만 스타테이라가 깊이 잠든 것을 보고 클라미스를 어깨에 걸치고 복도로 나왔다. 그리고 주위를 둘러보았다. 주위가 조용한 것을 보고는 계단을 내려가 왕의 거처에 있는 록사네에게로 갔다. 그는 소리를 내지 않기 위해 조심하면서 록사네 옆으로 가 누웠다. 순간, 자는 줄 알았던 그녀가 돌아누웠다. 그녀는 미친 듯이 주먹으로 때리며 손톱으로 할퀴었다.

"아직도 몸에서 다른 여자 냄새가 나는데, 어떻게 내 옆에 올 생각을 한 거예요!"

록사네가 소리쳤다.

알렉산드로스에게 손목을 붙잡혀 억지로 안긴 그녀는 발버둥을 치며 소리를 질러댔다. 잠시 후 그녀는 절망적으로 흐느꼈다.

"당신이 원한다면 가겠소."

알렉산드로스가 말했다. 록사네는 대답이 없었다.

"이미 내가 바르시네와 결혼할 것이고, 스타테이라가 돌아올 거라고 말하지 않았소. 왕의 의무는……."

"그런 말을 해도 변하는 것은 아무것도 없어요."

록사네가 소리를 질렀다.

"그런 말을 한다고 내 기분이 좋아질 거라고 생각하나요?"

"아니, 그렇게 생각하진 않소."

알렉산드로스가 대답했다.

"그래서 당신이 원치 않으면 가겠다고 한 거요."

"정말 갈 건가요?"

록사네가 물었다.

"당신이 가기를 원한다면 그렇게 하겠소. 하지만 당신이 그러지 않길 바라오. 내가 죽는 날까지 사랑할 사람은 단 한 사람, 당신뿐이기 때문이오."

록사네는 오랫동안 아무 말이 없다가 입을 열었다.

"알렉산드로스……."

"말해봐요."

"다시 또 이런 일을 하면 난 죽어버릴 거예요. 나와 함께 당신 아기도 죽을 거예요."

알렉산드로스가 몸을 돌려 그녀의 손을 꼭 잡았다. 그는 어둠 속에서 소리 없이 기쁨의 눈물을 흘렸다.

다음날 왕의 승인 하에 전 마케도니아 병사의 부채가 탕감되었다. 영문을 알지 못했던 병사들은 대부분 부채를 알릴 엄두도 내지 못했다. 병사들은 재산을 제대로 간수할 줄 모르는 사람이나 많은 월급을 받고도 제대로 살아가지 못하는 사람들을 골라내기 위한 왕의 술수라고 여겼다.

"난 병사들의 부채 총액이 얼마나 되는지 알고 싶네. 그리고 그 빚을 내가 대신 지불해주고 싶네. 단지 그뿐이야."

에우메네스가 왕의 말을 병사들에게 알렸다. 용기를 낸 병사들이 하나둘 부채 액수를 증명하는 서류들을 제출했다. 에우메네스는 곧 그들이 신청한 액수만큼 돈을 지불해주었다. 서기장이 계산해본 결과 지출 총액은 1만 탈렌트에 달했다.

봄이 끝나갈 무렵, 왕은 티그리스 강가에 있는 오피스에서 신병들을 훈련시켰다. 오피스에서 마케도니아식으로 훈련된 3천여 명의 페르시아 청년들이 원정대에 합류했다. 훈련이 끝나자 그곳에서는 아시아 전사들의 성대한 열병식이 있었다. '후계자들'이란 이름으로 불리는 아시아 전사들은 뛰어난 용기와 능수능란한 전투력을 보여주었다. 이것은 식민지 병사들과 같이 대접받게 되는 것을 두려워하던 마케도니아 병사들을 또 화나게 만들었다. 그들의 실망감은 마케도니아인 부상자와 장애인들을 제대시키려고 한다는 것을 알았을 때 극에 달했다. 왕은 나이 든 안티파트로스 대신 크라테로스에게 섭정을 맡길 생각이었다. 그가 귀국하는 길에 제대자들도 마케도니아로 돌려보낸다는 소문이 퍼졌다.

"병사들이 이성을 잃었네. 자네가 그들의 대표를 접견해줘야겠네."

크라테로스가 보고했다. 알렉산드로스는 왕좌를 밖으로 내오게 하고 친구에게 말했다.

"그들을 보내게."

알렉산드로스는 몹시 기분이 언짢았다. 그의 표정은 잔뜩 화가 난 것처럼 굳어 있었다. 크라테로스는 페르시아 병영과 엄격하게 구분되어 있는 마케도니아 병영으로 향했다. 조금 지나자 기병, 중장보병, 돌격부대원, 방패부대원, 사수 등 각 부대를 대표하는 병사들이 모습을 드러냈다.

"원하는 게 뭐냐?"

알렉산드로스가 차갑게 물었다.

"노장들, 부상병들, 불구자들을 집으로 돌려보낸다는 게 사실입니까?"

가장 나이 많은 페체타이로이 중대장이 물었다.

"그렇다."

왕이 대답했다.

"과연 옳은 결정이라고 생각하십니까?"

"필요한 일이다. 우린 원정을 시작할 것이다. 하지만 그들은 이제 더 이상 싸울 수 없다."

"폐하는 대체 어떤 분입니까?"

다른 병사가 소리쳤다.

"지금 폐하는 저 조그만 페르시아인들을 멋쟁이처럼 차려입히고 훈련을 받고 춤을 추도록 만들고 있습니다. 이제 더 이상 당신의 병사들은 필요치 않은 건가요? 그들의 땀과 피로 이 세상의 반을 차지하셨는데도 말입니다."

"맞습니다."

세 번째 병사가 외쳤다.

"이제 폐하는 폐하의 병사들을 집으로 돌려보내려 하고 계십니다. 어떻게 그럴 수가 있지요? 그들을 돌려보내면 10년 전 고국을 떠나올 때처럼, 가족들이 그들을 환대하리라 생각하십니까? 10년 전, 저들은 젊고 건강하고 완벽했습니다! 하지만 지금은 지치고 아무것도 가진 게 없습니다. 부상을 입고 병들고 팔다리도 성치 않습니다. 집으로 돌아가고 싶어도 돌아갈 수 없는 저들과 같은 사람들을 생각해보셨습니까? 매복에 걸려 죽은 사람, 추위에 얼어죽은 사람, 산꼭대기에서 떨어져 산산조각이 난 사람, 인더스 강의 흙탕물에 빠져죽은 사람, 악어에게 잡아먹힌 사람, 뱀에게 물려 죽은 사람, 사막에서 갈증과 배고픔으로 죽은 사람들을 생각해보셨습니까? 과부가 된 아내와 고아가 된 자식들을 생각해보셨습니까? 아닐 겁니다, 폐하. 그것을 생각해보셨다면 이런 일은 차마 계획하지 못했을 겁니다. 우리는 항상 폐하의 말씀을 따랐고 폐하께 복종했습니다. 하지만 이제는 당신이 우리 말을 들으실 차례입니다! 당신의 병사인 우리가 총군사회의를 열어 결정하겠습니다. 모두 제대를 시키던가, 모두 그대로 두십시오!"

"무슨 말을 하고 싶은 거냐?"

점점 얼굴이 어두워지던 알렉산드로스가 물었다. 그 물음에 중대장이 대답했다.

"저희가 말씀드리고 싶은 것은, 노장들과 불구자들을 고향으로 돌려보내시려면 우리도 같이 보내달라는 겁니다. 그렇습니다. 우리도 집으로 돌아가겠습니다. 폐하께서는 금박 입힌 갑옷으로 멋을 낸 폐하의 야만인들이나 신경쓰십시오. 저희는 그들이 우리처럼 당신을 위해 피를 흘리며 싸우는지 두고볼 것입니다. 안녕히 계십시오, 폐하."

병사들이 겨우 고개만 까닥하며 인사했다. 그리고 등을 돌려 절도 있는 걸음걸이로 자기 병영으로 돌아갔다. 알렉산드로스는 분노와 굴욕감으로 새하얗게 질려 자리에서 벌떡 일어섰다. 그가 호위대 기사들에게 물었다.

"너희도 그렇게 생각하느냐?"

호위대장은 침묵을 지켰다.

"너희도 그렇게 생각하느냔 말이다?"

알렉산드로스가 버럭 소리를 질렀다.

“저희도 동료들과 같은 생각입니다, 폐하.”

대장이 대답했다.

“그러면 가거라. 너희를 제대시켜주겠다. 이제 난 너희가 필요없다.”

대장은 알았다는 뜻으로 고개를 끄덕였다. 그런 다음 대장은 왕의 주위에 있던 부하들을 불러모아 동료들이 있는 병영으로 사라졌다.

호위대 기사들의 자리는 페르시아 후계자들 그룹이 차지했다. 그들은 반짝이는 새 갑옷을 입고 진홍색과 황금색 깃발이 휘날리는 황제의 천막 앞에 모습을 보였다.

이틀 동안 알렉산드로스는 병사들 앞에 모습을 보이지 않았다. 어떤 결정을 내릴지도 알리지 않았다. 이런 행동은 모두를 당황하게 만들었다. 병사들은 목동을 잃은 양떼 같았다. 병사들은 자신들이 정복한 그 무한한 지역 한가운데서 아버지 없이 내던져진 자식들 같은 기분이 들었다. 여러 가지 감정들 가운데 특히 안타까운 것은 바로 자신들이 왕으로부터 버림받았다는 점이었다. 그 때문에 그들은 더없이 고통스러웠다. 왕이 새로운 원정을 계획하고 있으며 그들을 배제시킨 가운데 특별한 모험을 상상하고 있다는 생각이 그들을 괴롭혔다. 왕을 더 이상 볼 수 없으며, 왕과 더 이상 친밀감을 나눌 수도 없고, 그와 어떤 관계를 맺을 수도 없다고 생각하자 가슴이 찢어질 것만 같았다.

왕이 모습을 전혀 보이지 않은 채 이틀이 흘렀다. 사흘째 되는 날, 한 병사가 말했다.

“우리가 잘못한 거야. 어쨌든 폐하는 언제나 우리를 사랑하셨어. 우리와 똑같이 고통을 겪었고, 우리와 똑같은 식사를 했어. 어떤 병사보다 부상을 많이 당했지. 그리고 폐하는 우리에게 많은 선물을 주고 호의를 베풀어주셨어. 이제 우리가 폐하의 막사로 가서 용서를 구하도록 하자.”

다른 병사가 비웃었다.

"그래, 어디 한번 가봐. 엉덩이나 걷어차일 테니!"

"아마 그럴지도 모르지."

말을 꺼냈던 병사가 말했다.

"그래도 나는 갈 거야. 너는 네가 원하는 대로 해."

그는 무기를 벗고 키톤 하나만 걸친 채 맨발로 병영 밖으로 걸어나갔다. 많은 병사들이 그 병사와 행동을 같이했다. 잠시 후에는 마케도니아 병사의 반 정도가 황제 막사 주변으로 모여들었다. 막사를 지키던 호위 병들이 눈이 휘둥그래져 그 광경을 지켜보았다.

그때 크라테로스가 그곳을 지나다가 병사들을 보았다. 마침 임무를 띠고 티그리스 강으로 갔던 프톨레마이오스가 도착했다. 두 사람이 함께 막사 안으로 들어가 왕에게 물었다.

"무슨 일이 벌어진 건가, 지금. 밖에 병사들이 모여 있네, 알렉산드로스"

그때 밖에서 한 병사가 외쳤다.

"저희들을 용서해주십시오, 폐하!"

알렉산드로스는 태연한 척 그들의 음성을 듣고 있었다.

"알렉산드로스 폐하, 저희 이야기를 들어주십시오!"

다른 병사가 외쳤다. 프톨레마이오스는 자신의 감정을 숨길 수 없었다.

"왜 병사들에게 가지 않나? 저들은 자네 병사들이야."

"지금은 그렇지 않아. 그리고 내가 저들을 거부한 게 아니라 저들이 나를 거부했어. 저들은 나를 이해하려 하지 않아."

프톨레마이오스는 더 이상 아무 말도 못했다. 친구를 너무나 잘 알고 있었던 그는 이런 순간에 더 이상 고집을 부리고 싶지 않았다.

그날은 그렇게 지났다. 그리고 또 하루가 지났다. 천막 밖에서 병사들의 울음소리가 점점 커졌고, 목소리도 점점 집요해졌다.

"이만하면 됐네!"

프톨레마이오스가 찾아와 큰 소리로 말했다.

"저들은 이틀 밤낮을 잠도 자지 않고 먹지도 않았어. 자네가 사람이라면 병사들을 만나야 하네! 정말 자네는 병사들을 이해할 수 없는 건가? 자네는 왕이야. 자네는 통치술과 정치적인 명분을 생각하겠지만, 병사들은 단 한 가지밖에 모른다네. 병사들은 자네를 따라 세상의 끝까지 다녀왔네. 자네를 위해 피를 흘렸어. 그런데 자네는 지금 어제까지 적이었던 페르시아인들에게 둘러싸여 자신의 병사들을 모두 집으로 돌려보내려 하고 있어. 정말 병사들 기분이 어떤지 이해하지 못하겠나? 자네가 그들에게 준 돈으로 그들에게 보상을 다 했다고 생각하는 건가?"

알렉산드로스는 동요하는 것 같았다. 그는 그런 말을 생전 처음 듣는 사람처럼 친구의 얼굴을 올려다보았다. 잠시 후 그가 자리에서 일어나 밖으로 나갔다. 해가 서서히 기울고 있었다.

막사 밖에는 무장을 하지 않은 병사 수천 명이 맨땅에 앉아 있었으며, 많은 병사들이 눈물을 흘리고 있었다.

"나는 여러분의 말을 들었다, 제군들!"

알렉산드로스가 외쳤다.

"내가 귀머거리인 줄 아는가? 제군들 때문에 내가 이틀 전부터 잠 한숨 자지 못한 것을 아는가?"

"저희도 이틀 전부터 잠을 자지 못했습니다, 폐하!"

병사 한 사람이 대답했다.

"제군들이 괘씸해서, 제군들이 나를 이해해주려고 하지 않았기 때문이다! 그리고……."

알렉산드로스가 소리쳤다. 그때, 회색 수염에 긴 머리카락이 헝클어진 노장이 앞으로 나왔다. 그는 한 손이 잘린 불구자였다. 그가 왕의 눈을 똑바로 쳐다보며 말했다.

"저희는 폐하를 사랑하기 때문이었습니다, 알렉산드로스……."

알렉산드로스는 자신이 어린아이처럼 울음을 터뜨릴 것 같아 입술을 굳게 깨물었다. 마케도니아의 왕이며, 왕 중의 왕이며, 이집트의 파라오이며, 바빌로니아의 왕인 자신이 어린아이처럼 울어버리면 안 될 일이었다. 병사들이 보는 앞에서 울음이 터져나올 것 같아 입술을 깨물고 또 깨물었다. 그러다가 결국 눈물을 흘리고 말았다. 한 번 터져나온 눈물은 막을 수도, 가릴 수도 없었다.

"나도 너희를 사랑한다, 이 못된 놈들아!"

알렉산드로스는 연단 위의 긴 의자에 앉아 병사들을 바라보았다. 그리고 신호를 보내자 에우메네스가 낭독했다.

마케도니아의 왕이며 헬라스 연맹의 맹주인 알렉산드로스가 알린다.

의사의 진찰 결과 전투를 치르기 힘든 병사로 판명된 노장들은 크라테로스 장군과 함께 고국으로 돌아간다.

왕은 노장들에게 개인 선물을 줄 것이다. 신들이 그들에게 허락해준 여생 동안 왕을 잊지 않도록 하기 위해서다. 노장들은 모두 황금 왕관을 하나씩 받게 될 것이다. 그 왕관은 운동 경기나 연극 공연 같은 공적인 행사가 있을 때마다 쓸 수 있다. 그들은 왕관을 쓰고 예약된 일등석과 특별석에 앉게 될 것이다.

또한 고향으로 돌아가는 병사들은 평생 먹고살 수 있는 월급을 받을 것이다. 영광스럽게 전사한 병사들의 아이들은 스무 살이 될 때까지 아버지의 월급을 대신 받게 될 것이다.

마케도니아 황제의 근위대는 그들의 소임을 다시 맡는다. 가벼운 부상을 입었거나 병이 든 병사들은 치료를 받고 원대 복귀토록 한다. 왕은 시의인 필리포스가 부상자들을 돌볼 것이다. 왕은 깊은 사랑과 감사의 마음을 모든 병사들에게 보여주고 싶다. 영원히!

낭독이 끝나자 검으로 방패를 두드리는 소리와 환호성, 그리고 노랫소리가 동시에 터져나왔다.

나흘 후, 크라테로스가 이끄는 행군 대열이 유프라테스 강과 바다를 향해 움직이기 시작했다. 알렉산드로스는 마지막 병사가 지평선으로 사라질 때까지 그 모습을 지켜보았다.

"저들과 함께 나의 한 부분이 떠나가는군."

알렉산드로스가 말했다.

"맞는 말일세."

에우메네스가 대답했다.

"하지만 자네는 최고의 칙령을 발표했네. 자네 덕분에 생전 극장에 발도 들여놓지 않았던 병사들이 모두 극장으로 몰려가게 생겼네. 특석에 앉아 선물로 받은 황금 왕관을 사람들에게 자랑하려고 말일세."

"안티파트로스 장군이 어떻게 받아들일 것 같나?"

"크라테로스에게 섭정을 맡긴 것 말인가? 나도 모르겠네. 장군은 항상 충성스러웠고 변함없이 자네를 섬겨왔네. 분명 씁쓸한 기분은 들겠지. 하지만 그 외의 감정은 없을 거야. 장군은 예전에 자네 아버님을 모시던 분들 중 유일하게 살아남은 분이 아닌가. 너그럽게 생각할 걸세…… 그건 그렇고, 이제 어떻게 할 생각인가?"

"혹시 욱시우스족을 기억하나?"

"그 야만인들을 잊을 사람이 어디 있겠나?"

"북쪽에 그들보다 더 야만적인 부족들이 있어. 그들은 페르시아 왕정

568

을 복구하려는 시도를 지지하고 있다네. 코작크족이지. 먼저 이 일부터 해결해야겠네. 그런 다음 마지막 수도인 엑바타나로 갈 거야. 우리의 권위를 재확인하고 황실 보물을 훔쳐간 자들과 부패한 통치자들을 처단할 거야. 그리고 나서 미래에 제국의 수도가 될 바빌로니아로 행진할 걸세!"

"자네 생각에는 이 일이 얼마나 걸릴 것 같나?"

"아마 두세 달은 걸리겠지!"

하지만 알렉산드로스의 생각은 빗나가고 말았다. 코작크족을 복종시킬 동안 봄이 다 지나가고 말았다. 원정대는 여름이 한참 지나서야 엑바타나에 도착했다. 헤라클레스, 멜레아그로스와 아리스토니코스 같은 마케도니아 주둔군의 고위 장교들이 부정부패, 페르시아 신전을 약탈해 신성을 모독한 죄로 처형되었다. 왕은 마케도니아인과 페르시아인은 아무런 차이가 없다는 점을 보여주고 싶었다. 따라서 부패 통치를 한 것이 드러난 상당수의 페르시아인들도 함께 처형당했다. 솔리스의 에우몰푸스가 건네준 정보는 대부분 사실로 밝혀졌다.

부패자들의 처단이 끝나자 왕은 운동 경기와 공연을 곁들인 기념 축전을 성대하게 열기로 결정했다. 그리스에서 운동선수, 배우, 그리고 흥행사 3천여 명이 도착했다.

왕은 록사네와 함께 왕궁에서 머물렀다. 대신 스타테이라와 바르시네는 수사의 왕궁에서 지내도록 해 록사네의 질투를 피할 수 있었다. 그즈음, 록사네의 질투심은 날이 갈수록 심해졌다. 어느 날 밤, 두 사람이 사랑을 나누고 난 뒤었다. 보통 때처럼 알렉산드로스의 가슴에 머리를 기대고 있던 록사네가 말했다.

"전 지금 정말 행복해요, 알렉산드로스"

왕이 그녀를 꼭 껴안았다.

"나도 행복하오. 내 함대가 무사히 돌아왔고 군사적인 일은 모두 마무리되었소. 병사들과 화해했고 두 왕조도 하나로 결합시켰소. 또한 곧 아들도 갖게 될 것이오.”

“잠깐만요, 어쩌면 딸일지도 몰라요.”

록사네가 웃으며 말하자 알렉산드로스가 그 말을 가로막았다.

“오, 아니오 틀림없이 아들일 것이오 알렉산드로스 4세가 될 거요! 그리고 당신은 내 후계자의 어머니가 될 거요. 록사네, 그 순간을 기념하기 위해 성대한 축제를 거행할 것이라고 이미 공표했소. 운동 경기와 그리스식 연극 공연을 할 것이오. 당신에게는 낯설지만 곧 감상하는 법을 배우게 될 거요. 네 필의 말이 끄는 마차 수백 대가 미친 듯이 경주하는 장면들과 이야기 속의 인물들로 분장한 남자들이 무대 위에서 공연하는 광경을 상상해보오. 육상, 격투, 도움닫기, 창던지기 시합을 하는 선수들을 한번 상상해보란 말이오. 그리고 춤과 연주와 노래…….”

록사네는 홀린 듯이 알렉산드로스를 말을 듣고 있었다. 그녀는 목동들만 모여 사는 산악 마을을 떠난 뒤부터 온갖 종류의 경이로운 것들을 구경해왔다. 그리고 알렉산드로스와 함께 하는 삶은 아득한 꿈처럼 영원히 이어질 것만 같았다.

그녀가 알렉산드로스를 다시 한 번 껴안았다.

모두가 기다리던 꿈 같은 축제가 시작되었다. 때마침 헤파이스티온이 앓아누웠다. 에우메네스에게 보고를 받자마자 왕은 즉시 헤파이스티온이 있는 곳으로 달려갔다.

“어찌된 일인가?”

왕이 급하게 물었다.

“고열이 나고 구토를 한다네.”

“그렇다면 필리포스를 불러야지.”

“자네가 수사에 남겨두고 오지 않았나? 대신 글라우코스를 오게 했네.

뛰어난 의사야."

에우메네스가 대답했다. 그러자 헤파이스티온이 고열에 들뜬 목소리로 말했다.

"의사는 필요없네. 키프로스 포도주 한 항아리만 가져다줘. 내 몸은 내가 직접 돌보겠네."

"바보 같은 소리 하지 말게. 의사가 시키는 대로 해야 하네."

알렉산드로스가 환자의 머리를 쓰다듬어주며 말했다. 글라우코스가 허둥지둥 도착해 환자의 윗옷을 벗기고 가슴에 귀를 갖다댔다.

"대체 의사의 귀는 왜 이렇게 항상 얼음장처럼 차가운 거야!"

헤파이스티온이 소리쳤다.

"따뜻한 귀를 가진 의사를 원한다면 여기 있는 친구에게 부탁해보면 되겠군. 자네 친구는 이 세상의 주인 아닌가. 원하는 것은 뭐든 구할 수 있을 거야."

에우메네스가 말했다. 글라우코스가 단단하게 부어오른 배를 만졌다.

"장군께서 음식을 잘못 드셔서 체한 것 같습니다. 설사약을 조제해드리겠습니다. 적어도 사흘 동안은 물만 마시며 금식하셔야 합니다."

"제대로 처방한 게 확실한가?"

알렉산드로스가 물었다.

"제 생각엔 필리포스 님이 계셨어도 똑같이 하셨을 겁니다. 그분이 그리 먼 곳에 계시지 않으니 전령을 보내 조언을 구하겠습니다. 하지만 그런 건 소용없을 것 같습니다. 대개 이런 병은 전령이 수사에 도착하기도 전에 회복될 테니까요."

"그렇다면 다행이군. 하지만 잠시도 한눈을 팔면 안 돼. 헤파이스티온은 내가 가장 사랑하는 친구야. 우린 어릴 적부터 친구였어."

그 말을 하던 중 알렉산드로스는 헤파이스티온의 목에서 황금 목걸이를 발견했다. 목걸이에는 알렉산드로스의 작은 앞니가 아직도 박혀 있었다. 알렉산드로스의 목에도 헤파이스티온의 유치가 걸려 있었다. 두 사람이 영원한 우정을 맹세하며 주고받은 물건이었다.

"걱정하지 마십시오, 폐하. 가능한 한 빨리 헤파이스티온 장군께서 회복하시도록 애쓰겠습니다."

글리우코스가 자신있게 말했다. 알렉산드로스는 밖으로 나갔다. 의사는 헤파이스티온에게 설사약을 먹이면서 단단히 금식을 명했다.

"사흘 후 몸이 회복되시면 닭죽을 조금 드실 수 있을 겁니다."

의사의 말대로 사흘이 지나자 헤파이스티온은 어느 정도 회복되었다. 미열이 있긴 했지만 부어올랐던 배도 꺼졌다. 그날은 4두전차 경기가 열리는 날이었다. 글라우코스는 말 경주를 무척 좋아했다. 그는 헤파이스티온이 많이 회복된 것을 보자 몇 시간만 자리를 비워도 되겠느냐고 물었다.

"장군님, 오늘은 제가 몹시 좋아하는 전차 경주가 열리는 날입니다. 장군님께서 허락하신다면 경기를 관람하고 싶은데요"

"왜 안 되겠나. 가서 즐겁게 놀다 오게."

헤파이스티온이 허락했다.

"제가 안심해도 되겠습니까? 조심하실 수 있겠습니까?"

"안심해도 되고 말고. 난 야전생활을 10여 년이나 했어. 이따위 미열 같은 건 조금도 겁나지 않네."

"어쨌든 저녁이 되기 전에 돌아오겠습니다."

말을 마친 글라우코스가 밖으로 나갔다. 금식과 설사로 탈진해 있던 헤파이스티온은 더 이상 참지 못하고 하인을 불렀다. 그는 구운 닭 두 마리와 얼음같이 찬 포도주를 즉시 가져오라고 명령했다.

"하지만 장군님……"

하인이 말을 들으려고 하지 않았다.

"명령을 따를 테냐, 채찍을 맞을 테냐?"

헤파이스티온은 하인에게 으름장을 놓았다. 양자택일의 길에서 하인
은 헤파이스티온의 명령을 따르는 길을 택했다. 하인은 닭을 요리하고
눈 속에 보관해둔 포도주를 가지러 저장실로 향했다. 잠시 후 헤파이스
티온은 고기를 게걸스럽게 먹고 항아리에 들어 있는 차가운 포도주를
절반이나 마셨다.

글라우코스는 저녁 무렵에야 돌아왔다. 기분이 몹시 유쾌해진 그는
헤파이스티온의 방으로 들어갔다.

"우리 용감하신 전사님은 상태가 어떠십니까?"

의사가 물었다. 하지만 그는 살점을 다 발라먹은 닭뼈와 구석에서 뒹
굴고 있는 빈 술병을 발견하고는 얼굴이 새하얗게 질렸다. 그는 천천히
침대 쪽으로 고개를 돌렸다. 헤파이스티온은 침대 밑의 바닥에 누워 이
미 숨을 쉬지 않고 있었다.

64

알렉산드로스는 곧 그 소식을 접했다. 그는 뭔가 오해가 있을지도 모른다고 생각하며 친구의 집으로 달려갔다. 그가 헤파이스티온의 집에 도착했을 때는 이미 에우메네스와 프톨레마이오스, 셀레우코스, 페르디카스가 와 있었다. 왕은 그들의 얼굴과 눈빛에서 전혀 희망이 없다는 것을 알아차렸다.

헤파이스티온은 이미 머리를 깨끗이 빗기고 새 옷으로 갈아입힌 채 침대에 눕혀져 있었다. 알렉산드로스는 울부짖으며 시체 위에 쓰러졌다. 그는 한동안 오열을 터뜨린 뒤 한쪽 구석에서 머리를 감싸쥐고 소리 없이 눈물을 흘렸다. 그런 자세로 그는 그날 밤과 다음날 하루종일을 보냈다. 문 밖에서 밤을 새던 친구들은 그가 슬피 우는 소리와 느린 한숨을 토해내는 소리를 들었다. 또 때로는 절망적으로 흐느끼는 소리를 듣기도 했다.

다음날 해가 질 무렵, 친구들은 마침내 방 안으로 들어갔다. 프톨레마이오스가 알렉산드로스에게 말했다.

“그만 나가세. 이제 헤파이스티온을 위해 장례식 준비를 하는 것말고
는 우리가 해줄 수 있는 게 아무것도 없네.”

“안 돼. 나를 그냥 놔두게. 난 내 불쌍한 친구를 떠날 수 없어!”

왕은 절망적으로 외쳤다. 그러나 친구들은 강제로, 몸을 들다시피 왕
을 밖으로 끌고 나왔다. 장례식 준비를 위해 달려온 이집트인 장의사들
이 안으로 들어갔다.

“내 잘못이야, 내 잘못이야.”

알렉산드로스가 한탄했다.

“필리포스를 수사에 남겨두고 오지 않았더라면 헤파이스티온을 구했
을 거야. 지금쯤 멀쩡하게 살아 있을 거라고!”

“안타깝게도…… 의사의 태만함 때문에 이렇게 되었네.”

셀레우코스가 말했다.

“의사가 전차 경기를 보러 가려고 헤파이스티온을 혼자 남겨두었던
거야. 그래서…….”

“뭐라고 했나?”

알렉산드로스가 깜짝 놀란 얼굴로 물었다.

“그렇게 됐네, 안타깝게도 의사는 별로 위험하지 않을 거라고 생각했
던 것 같아. 그런데…… 헤파이스티온은 혼자 남게 되자 자제력을 잃고
음식을 먹고 포도주를 마셨다네. 고기를 너무 많이 먹었고 얼음처럼 찬
포도주를 마셨어. 그래서…….”

“낭상 의사를 찾아오게! 그 기생충 같은 녀석을 찾아와. 즉시 이리로
데려와!”

알렉산드로스가 소리쳤다. 포도주 저장실에 숨어 있던 불쌍한 의사는
왕실 호위대에게 붙잡혀 왕 앞으로 끌려나왔다. 그는 흰 천조각처럼 새
하얗게 질린 얼굴에, 발작적으로 몸을 부들부들 떨었다. 더듬더듬 변명
을 해보려던 의사에게 알렉산드로스가 버럭 고함을 질렀다.

“입 닥쳐라. 염병할 놈 같으니!”

알렉산드로스의 주먹이 의사의 얼굴로 날아갔다. 의사는 입술이 찢어진 채 땅바닥에 나뒹굴었다.

“이자를 즉시 처형하라!”

호위병들이 의사를 끌고 나갔다. 그는 밖으로 끌려나가면서도 계속 애원했다.

장교가 외쳤다.

“발사!”

병사들이 동시에 화살을 쏘았다. 가슴 한가운데 화살을 맞은 글라우코스는 신음소리 한 번 제대로 내지 못한 채 힘없이 쓰러졌다. 그의 몸에서 피와 오줌이 흘러나왔다.

며칠 동안 알렉산드로스는 깊은 절망감에 빠져 지냈다. 그러다가 불현듯 광기에 사로잡혔다. 그는 가장 사랑하는 친구를 위해 전대미문의 성대한 장례식을 치러줘야겠다는 생각이 들었다. 왕은 시와의 아몬 신전으로 사절단을 보내 영웅에게 제물을 올리는 것처럼 헤파이스티온에게 제물을 바치는 게 타당한지 물어보았다. 그런 다음 원정대에게 바빌로니아로 이동하라고 명령했다. 시체는 썩지 않도록 처리되어 바빌로니아로 운구되었다.

동료들은 모두 헤파이스티온을 사랑했다. 하지만 알렉산드로스의 과장된 행동 앞에서는 다들 어안이 벙벙해졌다. 특히 레온나토스는 시와의 신전에 신탁을 요구한 알렉산드로스의 행동을 이해할 수 없었다.

“알렉산드로스는 지금 신과 영웅들을 이용해 새로운 종교를 만들어내고 있네.”

프톨레마이오스가 지금의 상황을 레온나토스에게 말해주었다.

“헤파이스티온은 죽었어. 하지만 알렉산드로스는 그를 자신의 영웅

들 중 최고의 인물로 만들어 신화 속에 살아남게 하고 싶은 거야. 알렉산
드로스는 이미 우리를 전설 속으로 끌고 가고 있네. 이해하겠나?”

그러자 레온나토스가 고개를 저으며 말했다.

“헤파이스티온은 소화불량으로 죽었어. 거기에서는 어떠한 영웅적인
측면도 찾아볼 수 없네.”

“바로 그렇기 때문이네. 사람들의 머릿속에는 소화불량보다 성대한
장례식이 기억될 테지. 헤파이스티온의 죽음으로 인해 알렉산드로스가
느끼는 고통은 파트로클로스가 죽었을 때 아킬레우스가 느끼던 고통과
유사하다고 생각되지 않나? 헤파이스티온이 어떻게 죽었느냐 하는 건
조금도 중요하지 않아. 중요한 것은 어떻게 살았느냐 하는 것이지. 그는
위대한 전사였고 훌륭한 친구였어. 그는 숙명 때문에 요절한 젊은이네.”

프톨레마이오스가 이야기하고자 하는 바를 분명히 이해하진 못했지
만, 레온나토스는 고개를 끄덕였다. 그는 타나토스가 일곱 명의 친위부
대원 중 한 사람을 데려감으로써 죽음의 길을 열어놓았다는 것을 본능
적으로 직감했다. 그리고 다음 차례는 누구일지 자문해보았다.

바빌로니아로 이동하는 도중 칼데아의 점술사들이 왕을 알현하러 왔
다. 그들은 왕에게 바빌로니아로 들어가면 다시는 나올 수 없을 것이라
고 말했다. 알렉산드로스는 아리스탄드로스에게 조언을 구했다.

“어떻게 생각하나?”

“폐하께서 행동에 옮기기로 결정하신 일을 다른 이유로 포기하신 적
이 있습니까?”

“없네.”

왕이 대답했다.

“그러면 가십시오. 우리의 운명은 신들의 손에 달려 있습니다.”

초봄이 시작될 무렵, 그들은 도시로 들어갔다. 알렉산드로스는 왕궁

에 여장을 풀자마자 화장용 장작더미를 준비하라고 명령했다. 장작더미는 한 면이 반 스타디온에 이르는 인공의 단 위에 150큐빗 높이의 탑으로 세워졌다.

기사장인 디아데스, 목수, 장식가와 조각가들이 왕의 계획을 실현시켰다. 얼마 후 놀라운 5층탑이 완성되었다. 코끼리, 사자, 온갖 신화적인 동물들을 새긴 동상들과 기간토마키아[25]와 켄타우로스마키[26]의 장면들을 새겨넣은 조각판들이 탑 주변을 장식했다. 거대한 횃불이 탑의 각 모퉁이에서 밝게 타올랐다. 탑의 맨 위에는 실제 크기의 세이렌 상이 관을 올려놓는 단을 떠받치고 있었다.

거대한 화장용 탑이 완성되자 헤파이스티온 휘하에 있던 헤타이로이들이 미라가 된 시신을 어깨에 메고 운반해왔다. 알렉산드로스와 동료들이 그 뒤를 따라 탑의 아래쪽까지 행진했다. 헤파이스티온의 시신은 위로 올릴 수 있게 만든 장치를 타고 탑의 꼭대기 단 위에 놓였다.

해가 지평선 뒤로 넘어가자 사제들이 탑 아래에서 불을 붙였다. 장작탑은 순식간에 불길에 휩싸이며 시신과 봉헌물들을 집어삼켰다. 불길은 요란한 소리를 내며 위로 퍼져 올라갔다. 알렉산드로스는 눈물이 메말라버린 눈으로 그 무시무시한 화염을 물끄러미 지켜보았다. 사람들 역시 지나친 힘을 표현하기 위한 이 행사를 경이에 찬 눈으로 지켜보고 있었다. 사람들의 마음속에는 매 순간 두려움이 커져갔고 알렉산드로스는 그것을 놓치지 않았다. 알렉산드로스가 눈을 들었다. 그가 불길에 휘감겨 무너지는 탑 꼭대기를 바라보았을 때였다. 어린 소년이 방금 전에 알게 된 또 다른 친구와 영원한 우정의 표시를 주고받는 모습이 나타났다.

---

25) 천공의 신 우라노스와 대지의 여신 가이아 사이에서 태어난 거인들인 기간테스가 올림포스 신들과 벌인 싸움
26) 그리스 신화에 나오는 반인반마의 괴물들이 테살리아에 사는 라피테스족과 벌인 싸움

"죽을 때까지?"
어린 헤파이스티온이 물었다.
"죽을 때까지."
어린 알렉산드로스가 대답했다.

알렉산드로스는 황금 목걸이 속에 넣어둔 우정의 표시, 유치를 찾기 위해 본능적으로 목을 더듬었다. 그는 목걸이 줄을 끊어 그것을 불길 속으로 던졌다. 목걸이는 사나운 불길 속에서 흔적도 없이 녹아버렸다. 순간 알렉산드로스는 뭐라 말할 수 없는 가슴의 통증을 느꼈고 이내 깊은 우울 속으로 빠져들었다. 똑같은 약속과 꿈으로 맺어진 일곱 친구들 중 가장 사랑했던 헤파이스티온이 영원히 사라졌다. 죽음이 그를 데려갔고 바람이 그 재를 흩어놓았다.

봄이 막바지에 이르렀다. 알렉산드로스는 세계를 지배하려는 자신의 계획과 꿈을 계속 추구하고 있었다. 그동안 록사네의 배는 점점 더 불러왔다. 알렉산드로스는 유프라테스 강 유역에 5백여 척 이상의 범선이 머물 수 있는 거대한 부두를 건설하게 했다. 한편 네아르코스와 함께, 아라비아와 페르시아 만 연안을 정벌할 새로운 함대를 구성할 계획을 세웠다. 페니키아인들이 40여 척의 배를 분해해 시리아 북부의 타프사코스 강의 도하 지점으로 운반했다. 그런 다음 그것들을 조립해 강 하류로 띄워보냈다. 배들은 강물을 따라 내려오다가 시돈, 아라노스, 비블로스에서 사람들을 가득 태우고 바빌로니아까지 내려왔다. 그들은 알렉산드로스와 함께 신비한 아라비아의 극지까지 모험을 떠날 사람들이었다. 5단 갤리선 2척, 4단 갤리선 2척, 3단 갤리선 20척, 50개의 노가 달린 배 30척이 두 달 동안 지중해에서 남쪽의 대양으로 옮겨졌다. 무적의 젊은 왕에게 불가능이란 없어 보였다.

리비아, 이탈리아, 이베리아, 폰투스, 아르메니아, 인도 등 세계 각지에서 수많은 사절단이 도착했다. 그들은 황제에게 선물을 전하고 동맹을 청했다. 알렉산드로스는 전 세계의 수도가 될 바빌로니아의 웅장한 왕궁에서 사절단들을 접견했다.

여름이 시작되고 유프라테스 강의 수위가 최고조에 달한 어느 날, 알렉산드로스는 강을 따라 내려가 팔라코파스로 들어가기로 결정했다. 팔라코파스는 강물이 농경지로 범람하지 못하게끔 배수에 이용되는 운하였다.

왕은 네아르코스와 함께 난간 옆에 서 있었다. 그리고 운하를 따라 여기저기 펼쳐져 있는 넓은 석호들을 감탄의 눈으로 바라보았다. 칼데아의 선왕들이 묻힌 무덤이 반쯤 물에 잠긴 채 석호에 떠 있었다. 그 순간 갑자기 강풍이 불면서 왕의 모자가 벗겨졌다. 햇빛을 가리기 위해 쓴 챙 넓은 모자는 황제의 상징인 황금 왕관에 끈으로 묶여 있었다. 모자는 바람에 날려가 물 속으로 가라앉았다. 하지만 함께 떨어진 왕관은 가라앉지 않고 주변에 떠다니는 버드나무 가지에 걸려 있었다.

선원 한 명이 즉시 물로 뛰어들어 왕관을 붙잡았다. 선원은 왕관이 망가지지 않도록 머리에 쓴 채 배 위로 올라왔다. 그 모습을 본 사람들은 깜짝 놀라며 긴장했다. 그것은 불길한 조짐이었다. 왕을 따라나섰던 칼데아의 마기들은 황제의 왕관을 찾아온 해병에게 상을 주고 난 뒤, 그 해병을 죽이라고 조언했다.

왕은 그 정도의 불경한 행동에는 태형을 가하는 것으로 족하다며 그를 병사들에게 넘겼다. 그는 왕관을 건네받아 다시 머리에 썼다.

네아르코스는 알렉산드로스의 기분을 풀어주기 위해 아라비아 원정에 대한 계획을 이야기했다. 하지만 알렉산드로스의 눈에는 짙은 그늘이 드리워져 있었다. 칼라노스를 태우던 장작들을 바라보던 때와 똑같은 눈빛이었다.

며칠 뒤, 알렉산드로스는 왕좌에 앉아 성밖에서 벌어지고 있는 기병대의 훈련을 관람했다. 그가 잠깐 자리에서 일어나 지휘관들과 이야기를 나누러 갔을 때였다. 모두들 기병대대의 훈련에 정신이 팔려 있는 동안 낯선 사람 하나가 시종들 사이를 지나 꼴사나운 미소를 지으며 알렉산드로스의 자리에 앉았다. 뒤늦게 이를 발견한 페르시아 호위대원들이 달려와 즉시 그 남자를 죽였다. 하지만 이 광경을 목격한 칼데아의 사제들은 가슴을 쳤고, 절망을 나타내듯 자기 얼굴을 할퀴었다.

이런 음울한 징후에도 불구하고, 록사네에 대한 사랑과 곧 태어날 아들에 대한 기대로 왕의 마음은 그럭저럭 행복한 편이었다.

"날 닮았을지, 당신을 닮았을지 궁금하구려."

알렉산드로스가 말했다.

"내 스승이신 아리스토텔레스는, 여자는 단지 남자의 씨를 보관하는 항아리라고 주장하셨지. 하지만 그분도 자신의 말을 그다지 믿는 것 같지는 않았소 사람들은 분명 아버지보다 어머니를 더 많이 닮는 것 같거든. 내 자신만 봐도 알 수 있소"

"왜요, 폐하의 어머니는 어떤 분이셨는데요?"

"어머니를 곧 만나게 될 거요 우리 아들이 태어나면 어머니를 모셔올 생각이오 아주 아름다운 분이오 하지만 어느덧 10년이 지났으니…….
그 10년이 어머니에게는 몹시 힘든 시간이었을 거요"

불안한 징후들에 대한 소문이 왕의 친구들에게까지 퍼졌다. 그들은 왕을 기쁘게 해주려고 앞다투어 왕을 식사에 초대했다. 다행히 왕은 그 초대를 모두 받아들였나. 왕은 누가 식사 초대를 하든 싫다는 소리를 하지 않았다. 그는 밤낮으로 먹고 마셨다.

어느 날 밤, 연회에서 돌아오던 중 그는 이상한 기분을 느꼈다. 머리가 몹시 무겁고 귀에서는 윙윙거리는 소리가 났다. 하지만 그는 대수롭게 여기지 않았다. 그는 목욕을 하고 록사네 곁에 누웠다. 록사네는 불을 켜둔 채 이미 잠들어 있었다.

다음날 알렉산드로스는 열이 났다. 자리에 누워 있으라는 왕비의 만류에도 불구하고 여느 때처럼 그는 잠자리에서 일어났다. 그는 얼마 전 바빌로니아에 도착한 그리스인 친구 메디오스의 집으로 식사를 하러 갔다. 저녁 무렵이 되어 식탁에 앉아 있을 때 그는 갑자기 왼쪽 옆구리에 심한 통증을 느끼며 비명을 질렀다. 놀란 시종들이 그를 안아 침대에 눕혔다. 의사가 즉시 달려와 진찰했다. 하지만 통증이 느껴지는 부위에는 감히 손을 낼 수 없었다. 알렉산드로스는 꼼짝도 할 수 없을 만큼 피곤했고 고열에 시달렸다.

"왕궁으로 모시겠습니다, 폐하."

"아니다. 오늘밤은 여기서 보내겠다. 내일이면 괜찮아질 거다."

알렉산드로스가 대답했다. 그날 밤, 그는 메디오스의 집에서 잠을 잤다. 하지만 다음날이 되자 열이 내리기는커녕 더 높아졌다.

사흘째 되는 날, 그의 상태는 더욱 악화되었다. 하지만 그는 대수롭지 않게 여기며 참모회의를 소집했다. 네아르코스와 동료들은 그의 상태가 몹시 좋지 않다는 것을 알고 있었지만, 할 수 없이 원정의 세부사항과 출발 날짜에 대해 논의했다.

에우메네스가 먼저 제안했다.

"모두 연기하는 게 어떻겠습니까. 폐하께서는 좀더 치료를 받아 건강을 되찾으셔야 합니다. 어쩌면 신선한 공기를 쐬는 게 좋을 수도 있습니다. 이곳은 참을 수 없이 더운 곳이라 잠도 제대로 잘 수 없습니다. 다리우스 황제가 산악지대인 엑바타나에서 왜 여름을 보냈는지 생각해보신 적이 있으십니까?"

"난 산에 갈 시간이 없소."

알렉산드로스가 대답했다.

"열이 내리기를 기다릴 시간도 없소. 열은 내리게 되어 있소. 난 전진

하고 싶소. 네아르코스 제독, 아라비아의 면적에 대해 알고 있는 게
있소?”

“어떤 사람들의 말에 따르면, 인도만큼 크다고 합니다. 하지만 그 말
을 믿기는 어려울 것 같습니다.”

“어쨌든 곧 알게 되겠지.”

알렉산드로스가 대답했다.

“그곳을 한번 생각해보게, 친구들. 향료와 알로에와 몰약沒藥의 땅이
라네.”

친구들은 매우 기쁜 척했다. 하지만 그들의 마음속에서는 이것 역시
불길한 예감으로 받아들여졌다. 왕은 지금 시체의 부패를 막기 위해 사
용되는 향료들을 입에 올렸다. 불안해진 록사네는 그 무렵 이질을 치료
하려고 도시 북쪽의 원정군 막사에 가 있던 필리포스를 즉시 불러오게
했다. 하지만 왕비의 전령이 병영에 도착했을 때 필리포스는 이미 더
북쪽 지역으로 떠난 뒤였다. 그는 어디로 갔는지 추적할 만한 흔적조차
남겨놓지 않았다.

다시 사흘 동안 알렉산드로스는 계속해 자신이 맡은 책임을 다했다.
신들에게 제물을 올렸으며 아라비아 원정을 계획하기 위해 동료들을 소
집했다. 하지만 그의 건강은 눈에 띄게 악화되었다.

다행히 필리포스가 있는 곳을 알아냈을 때는 왕의 건강상태가 잠깐
좋아져 있었다. 열이 내린 알렉산드로스가 필리포스와 이야기를 나누
었다.

“당신이 올 줄 알았소. 이제 나을 것 같군.”

왕이 말했다.

“분명 나으실 겁니다.”

필리포스가 대답했다.

“옛날에 얼음처럼 찬 물에서 수영하신 뒤 반쯤 돌아가신 때를 생각해

보세요.”

“바로 어제 일 같군.”

“그리고 그때, 파르메니오 장군이 폐하께 보냈던 편지를 한번 생각해
보십시오.”

“그래, 자네가 날 독살하려 한다고 써보냈지.”

“사실이었습니다.”

필리포스가 웃으며 농담처럼 말했다.

“그때 제가 폐하께 코끼리도 죽일 수 있는 독약을 드렸지요. 그런데
폐하께서는 무사하셨습니다! 오히려 그전보다 더 좋아지셨지요. 어떻습
니까? 등골이 오싹하지 않으십니까?”

알렉산드로스가 웃었다.

“자네를 믿을 수가 없군. 하지만 자네 이야기를 들으니 기분은 좋아지
는데.”

다음날 왕의 건강상태가 갑자기 나빠졌다.

“폐하를 살려줘요.”

록사네가 간청했다.

“살려주세요. 이렇게 부탁드려요.”

필리포스가 힘없이 고개를 저었다. 렙티나는 눈물을 흘리며 찬 수건
으로 알렉산드로스의 이마를 적셔주었다.

다음날 알렉산드로스는 일어날 수도 없었다. 열은 무섭게 치솟았다.
병사들이 황제를 들것에 실어 서늘한 바람이 부는 여름 궁전으로 옮겼
다. 필리포스는 열이 내려가도록 그에게 찬물 목욕을 시켰다. 하지만 그
모든 것이 아무 소용도 없었다. 절망에 휩싸인 채 록사네는 단 한순간도
그의 곁을 떠나지 않았다. 그녀는 그에게 수없이 입을 맞추고 애무했다.
친구들도 음식을 먹지 않고 밤낮 없이 임종을 지켰다.

셀레우코스는 도시의 수호자이자 치료의 신인 마르두크 신전으로 달

려갔다. 그는 신관들에게 알렉산드로스를 신전으로 데려와 신의 치료를 받게 해달라고 청했다. 하지만 신관들은 이렇게 대답했다.

"신께서 황제를 자신의 집으로 옮겨오는 것을 원치 않으십니다."

절망하며 왕궁으로 돌아온 셀레우코스는 친구들과 필리포스에게 갔다.

"그 신관 놈을 죽여버리지 그랬어. 황제를 치료할 수 없다면 대체 그 자들은 왜 이 세상에 있는 거지?"

리시마코스가 소리쳤다.

"이번에도 알렉산드로스는 일어날 거야. 걱정할 것 없어. 다른 병도 이겨냈잖아."

페르디카스가 말했다. 필리포스가 슬픈 눈으로 그를 보았다. 그런 다음 왕의 침실로 들어갔다. 알렉산드로스가 겨우 알아들을 수 있는 목소리로 물을 달라고 청했다.

다음날이 되자 알렉산드로스는 말도 할 수 없게 되었다.

그 사이 황제가 위독하다는 소문이 병사들 사이에 급속도로 퍼져나갔다. 벌써 황제가 죽었다고 말하는 사람도 있었다. 병사들은 왕궁 입구로 몰려와 들여보내주지 않으면 문을 부수겠다고 위협했다.

"내가 가보겠네."

프톨레마이오스가 말했다. 그는 밖으로 나가 호위대가 있는 곳으로 내려갔다.

"우리는 폐하의 상태가 어떤지 알고 싶소!"

노징이 소리쳤다.

"폐하는 지금 임종을 맞고 계시다."

프톨레마이오스가 말했다.

"폐하를 보고 싶으면 한 사람씩 올라오라. 하지만 조용히 하도록. 폐하가 마지막 가시는 길을 방해해서는 안 된다."

병사들이 한 사람씩 계단을 올라가 왕의 머리맡에 도착했다. 그들은 눈물을 흘리며 작별인사를 했다. 길게 늘어선 줄이 왕의 침대 앞을 지나갔다. 알렉산드로스는 병사 한 사람, 한 사람과 눈을 맞추었고 고개를 끄덕였다. 왕은 겨우 알아볼 수 있을 정도로 입술을 움직여 작별을 고했다.

그는 자신의 병사들, 수많은 모험을 함께 한 친구들, 나일 강과 티그리스 강과 유프라테스 강과 인더스 강을 정복한 철의 사나이들을 하나씩 보았다. 추위로 갈라지고 더위에 검게 그을린 그들의 얼굴을 보았다. 눈물에 젖은, 수염이 덥수룩한 그들의 얼굴을 보았다. 그런데 갑자기 아무것도 보이지 않았다. 록사네의 절망적인 울음소리와 렙티나의 흐느낌, 프톨레마이오스의 목소리밖에 들리지 않았다.

"가셨네. 알렉산드로스 폐하께서 돌아가셨네……."

순간 그는 어머니를 생각했다. 고통스럽고 부질없는 어머니의 기다림을 생각했다. 그러자 왕궁의 탑 위에 올라가 울부짖으며 자신의 이름을 부르는 어머니의 모습이 눈앞에 보였다.

알렉산드로스, 가면 안 된다. 돌아와라, 제발!

그 외침이 그를 다시 뒤로 끌어당기는 것 같았다. 하지만 그것도 잠시였다. 이제 그 말들, 그 외침, 그리고 그 얼굴이 사라져버렸다. 바람 속으로 흩어져버렸다……. 그는 이제 자기 앞에 펼쳐진 끝없는 평야와 꽃이 핀 들판을 보았다. 어디선가 개 짖는 소리가 들려왔다. 하지만 케르베로스[27]의 어두운 소리는 아니었다. 페리타스였다! 그가 유형생활에서 돌아오던 그날처럼 좋아서 미칠 듯이 그를 향해 달려왔다. 곧이어 끝없이 넓은 초원에 말 달리는 소리가 울려퍼지더니 말 울음소리가 들려왔다.

---

27) 저승 문을 지키는, 머리가 셋인 개

어디선가 부케팔로스가 바람에 말갈기를 휘날리며 달려왔다. 미에자에서 부케팔로스를 처음 보았을 때처럼 그는 말 위에 올라탔다. 그러면서 알렉산드로스는 외쳤다.

"가자, 부케팔로스!"

준마는 정열적인 페가수스처럼 마지막 지평선을 향해, 끝없는 빛을 향해 앞으로 달려갔다.

　자네 몸의 온기가 식기도 전에 우리는 벌써 자네의 후계자 문제를 놓고 논쟁을 벌였네. 그리고 이 때문에 몇 년 동안 계속 싸웠지. 이제 자네는 여기 없네. 우리를 결속시켜준 꿈도 자네와 함께 사라져버렸어. 렙티나는 자네의 뒤를 따르고 싶어했지. 우리는 자네 침대 발치에서 동맥을 잘라 죽음에 이른 그녀를 발견했다네. 황태후인 시시감비스는 머리에 검은 베일을 쓰고 아무것도 먹지 않아 숨을 거두었네. 록사네는 살아서 자네 아기를 낳기로 결심했다네.

　페르디카스는 자신의 꿈을 이루었네. 클레오파트라와 마침내 결혼하게 된 거야. 하지만 자네가 이룩한 제국을 모두 차지하려는 유혹에 맨 처음 빠진 사람은 바로 그 친구였네. 불쌍한 페르디카스!

　우리는 계속 동맹을 맺었다, 깨뜨렸다 하면서 치열하게 싸우긴 했지만 이상하게도 서로를 증오하진 않았네. 아니, 어떤 의미에서는 여전히 우정을 잃지 않았던 거지. 자네가 세상을 뜨고 나서 몇 년 후 협상을 하려고 단 한 번 바빌로니아에 모인 적이 있네. 하지만 그 회의는 곧 격렬한 말다툼으로 변해버렸어.

그런데 갑자기 에우메네스가 문 뒤에서 나타났지. 그는 텅 빈 자네의 왕좌 위에 자네의 망토와 홀을 내던졌네. 그러자 신기하게도 모두들 싸움을 멈추었고 목소리도 작아졌지. 모두 깊은 생각에 잠긴 얼굴이 되었네. 비록 잠깐이긴 했지만 자네가 돌아왔던 거야. 우리는 기적이라도 일어나 자네가 갑자기 우리 앞에 나타난 것처럼, 자네 망토와 텅 빈 왕좌 앞에 서 있었던 것일세.

우리는 자네와 비교할 수도 없는 사람들이었어. 그런데 우리는 자네의 모든 것을 흉내내려고 애썼다네. 우린 자네처럼 오른쪽 어깨 방향으로 고개를 약간 숙이고, 머리카락을 이마 위로 쓸어넘겨 자네와 똑같은 자세를 취하려고 했네. 이건 자네의 이미지를 이용하기만 했을 뿐이었네. 자네 가문이 무자비하게 전멸하고 있음에도 불구하고, 우리는 분할 조약 하단에 적힌 항목 때문에, 그것을 막을 용기조차 없었네.

'만일 왕자에게 무슨 일이 생기면 마케도니아는……'

이 조항은 왕자에게 사형 선고를 내린 거나 다름없었어. 끔찍한 일이 벌어졌네. 자네의 아내, 어머니, 아들 모두 죽었네…… 권력에 대한 갈망이 우리의 영혼을 불태웠고 우리를 괴물로 만들어놓았던 거지.

자네가 우리와 맺어준 페르시아 처녀들은 곧 모두 버림받았네. 단지 아내 아파마를 사랑했던 셀레우코스는 예외였지. 그는 그녀에게 아름다운 도시들을 바쳤네.

셀레우코스…… 얼마 동안 그가 새로운 알렉산드로스였네. 그는 자네 왕국을 거의 모두 부활시켰지. 하지만 이제 그도 나처럼 늙고 병들어 있다네. 우리는 여러 번 전투를 했네. 아니, 좀더 정확히 말하자면 너무나 모호한 어떤 조약 때문에, 너무 불확실한 상황에 있던 우리 둘의 군대가 코일레시리아 국경에서 서로 충돌했지. 하지만 우리는 계속해서 옛 친구로서 좋은 관계를 유지해왔네. 지금은 어떤지 모르겠군. 하지만 그 역시 곧 이 세상을 뜨겠지.

나는 이미 2년 전, 이 이야기를 쓰기 위해 내 아들 프톨레마이오스 2세에게 왕위와 왕국을 넘겨주었네. 죽음이 나를 찾아와 어쩔 수 없이 권력을 손에서 놓은 게 아니라 나 스스로 아들에게 권력을 넘겨주었네. 하지만 내가 그보다 더 자랑할 수 있는 일이 한 가지 있네. 자네의 시신을 이곳, 자네가 세운, 자네에게 가장 걸맞은 알렉산드리아로 데려왔다는 것일세. 자네가 지금 이 모습을 보면 얼마나 좋을까? 아름다운 도시라네, 알고 있나? 화려하고 경이로운 도시라네. 자네가 꿈꿨듯이 말일세, 생각나나?

그때 우리는 젊었지. 우리 영혼은 자네가 우리 앞에 제시한 꿈으로 불탔다네. 눈부신 갑옷을 입고 자네 옆에서 말을 탈 때면 우린 신이 된 것 같았네.

지금 나는 내 이야기의 마지막 장을 쓰고 있네. 이 글을 쓰고 있는 동안 이상하게도 여러 가지 소리들이 내 머릿속에 울려퍼지고 있다네. 모든 게 다시 살아날 것 같아. 우리가 나눈 대화, 토론, 농담, 레온나토스의 욕설이 귀에 들린다네. 생각나나? 물론 그런 것들은 모두 기록으로 남겠지. 펠라와 미에자에서 우리를 가르치신 선생님들의 규범에 따라 편집되면 훌륭한 책이 될 걸세. 난 이 이야기를 쓰는 동안 그 시절의 하루하루, 한순간 한순간을 다시 살려내 그때로 돌아가고 싶었다네. 난 이제 내가 해야 할 일을 모두 마쳤어. 내 목 위에서 숨쉬는 타나토스의 차가운 숨결이 느껴지는군. 난 자네가 떠난 뒤 벌어졌던 일들을 모두 잊기 위해, 자네 곁에서 평화롭게 잠들기 위해 자네가 있는 곳으로 가고 싶다네, 친구.

쏟아지는 함박눈을 맞으며 자네를 만나러 일리리아의 얼어붙은 호수로 찾아갔던 그날처럼, 우리 알렉산드로스의 친위부대가 다시 모일 시간이 되었네. 이제 너무 오래 산 우리도 눈을 감을 때가 되었어. 다시

깨어날 때는 예전처럼 잘생긴 젊은이가 되었으면 좋겠네. 그때 자네와
함께 마지막 모험을 향해 다시 출발할 것이고, 자네 곁에서 말을 탈 걸
세. 이번에는 영원히 말일세.

〈끝〉